HEYNE<

TERESA SIMON

Die Holunder Schwestern

ROMAN

WILHELM HEYNE VERLAG
MÜNCHEN

Verlagsgruppe Random House FSC® N001967

S. 6 und S. 414: Else Lasker-Schüler, »Dein Herz ist wie die Nacht so hell«,
aus: *Sämtliche Gedichte* © 2016 Fischer Taschenbuch Verlag

Originalausgabe 07/2016
Copyright © 2016 by Teresa Simon
Copyright © 2016 dieser Ausgabe by Wilhelm Heyne Verlag
in der Verlagsgruppe Random House GmbH München,
Neumarkter Str. 28, 81673 München
Redaktion: Catherine Beck
Printed in Germany
Umschlaggestaltung: © Nele Schütz Design unter Verwendung
von shutterstock/Nejron Photo
Satz: Christine Roithner Verlagsservice, Breitenaich
Druck und Bindung: GGP Media GmbH, Pößneck
ISBN: 978-3-453-41923-0

www.heyne.de

Für Therese und Maria

Dein Herz ist wie die Nacht so hell,
ich kann es sehn
– Du denkst an mich – es bleiben alle Sterne stehn.

Und wie der Mond von Gold dein Leib
Dahin so schnell
Von weit er scheint.

ELSE LASKER-SCHÜLER *(1869–1945)*

Prolog

München, April 1936

Wenn du entdeckst, was ich dir angetan habe, wirst du mich hassen bis in alle Ewigkeit. Deshalb bin ich schon fort, wenn du diese Zeilen liest, hoch in den Bergen jenseits der Grenze, im Schoß von Mutter Kirche, die seit jeher gefallenen Sünderinnen Obhut gewährt hat. Du wirst mich nicht finden, dafür habe ich gesorgt, auch wenn mir das Herz blutet angesichts dessen, was ich hier zurücklassen muss.

Aber ich weiß keinen anderen Weg.

Ich kann dir nicht einmal genau sagen, was mich dazu getrieben hat, aber es brodelt schon viel zu lange in mir, jenes unselige Gemisch aus Neid, Eifersucht und ja, auch Rachsucht. Und es wurde immer giftiger, je fremder wir uns im Lauf der Jahre geworden sind. Tief in mir hat es geschwappt und alles verätzt- bis eine weitere Kränkung wie ein nachlässig weggeworfenes Streichholz genügt hat, um die Explosion herbeizuführen.

Hätte es jene unselige Nacht doch niemals gegeben! Wie lange hatte ich sie herbeigesehnt. Und wie tief bereue ich sie inzwischen! Ich wusste, was er dir bedeutet, so geschickt du es auch verborgen hast, das hat mich schier in den Wahnsinn getrieben. Ich konnte nicht anders –

verzeih mir, verzeih mir! Niemals habe ich mit den Folgen gerechnet, die ich nun zu tragen habe. Doch auch meine flehentlichsten Gebete werden sie nicht wieder ungeschehen machen, und ich kann nicht einmal mein Herz damit erleichtern, dir alles zu gestehen.

Dabei wollte ich immer so sein wie du, aber es ist mir leider nie gelungen. Du warst stets die Entschlossenere, die, die trotz aller Widrigkeiten vorangekommen ist, ohne sich dabei über Schwächere zu erheben. Dafür bewundere und liebe ich dich. Auch als ich am Boden lag, hast du dich um mich gekümmert. Dabei hast du mich vor einer großen Dummheit bewahrt, die nicht nur mein Leben ausgelöscht hätte. Wenn ich nun unser groß gewordenes Kind betrachte, erkenne ich erst, was ich dir alles zu verdanken habe. Noch mehr aber liebe ich dich für die kleinen Schwächen, die auch du manchmal zeigst: deine Ungeduld, deine Sturheit, deine trotzige Genauigkeit, vor allem jedoch deine Angst vor großen Gefühlen, in denen ich bisweilen so gern schwelge.

Nein, ich werde dir keine Schande mehr bereiten, darauf kannst du dich verlassen. Wenn ich dieses Mal gehe, dann ganz leise, ohne Abschiedsgetöse, und es wird dir vielleicht nicht gleich auffallen. Ich habe keine Angst, dass du mich jemals vergessen könntest. Dazu waren wir uns von Anfang an zu nah und werden es eines Tages vielleicht erneut sein, wenn meine Sünden gebüßt sind und wir uns an einem anderen, glücklicheren Ort wieder-begegnen.

Es tut mir leid, so unendlich leid, dass ich dir wehtun muss!

Das und nur das wollte ich dir mit diesem Brieflein sagen. Ich habe es so eingerichtet, dass es dich nicht zu früh erreicht, damit du mich nicht noch einmal umstimmen kannst. Hätte ich gekonnt, so hätte ich ein anderes Leben gelebt – allein schon deinetwegen. Aber nun ist es zu spät, um noch etwas daran zu ändern.

Du bist und bleibst mein Herzensmensch, mein Ein und Alles, und ich wünsche dir jedes erdenkliche Glück dieser Welt.

Denk nicht zu schlecht von mir!

Deine F.

1

München, Mai 2015

Heute würden ihr die Dampfnudeln gelingen. Katharina Raith hatte die Arbeit an der lädierten Biedermeierkommode schon vor einer Weile unterbrochen, gründlich ihre Hände gewaschen und sich dann von der Werkstatt zum Kochen in den ersten Stock zurückgezogen. Im dritten und kleinsten Zimmer ihrer neuen Wohnung stand der letzte halb ausgepackte Karton, und einige Wände warteten noch immer auf die richtigen Bilder. In der geräumigen Küche jedoch war bereits alles so, wie es sein sollte: An der Stirnseite prangte die Kredenz aus den Zwanzigerjahren, frisch lackiert in leuchtendem Zitronengelb. Gegenüber befand sich der Herd mit ultramoderner Abzugshaube, links flankiert von einer Arbeitsplatte aus Granit, in die ein längliches Feld aus Zwetschgenholz eingelassen war, auf dem sich ganz nach Wunsch kneten und schneiden ließ. Mittelpunkt aber war der längliche Tisch, der ursprünglich aus einem sardischen Bauernhaus stammte und von Katharina so gekonnt restauriert worden war, dass die Beine nicht mehr wackelten und die schwere Platte aus Olivenholz wie geölt wirkte. Er war ihr Lieblingsmöbel. In ihren nunmehr vier Berufsjahren als Restauratorin, die auf die Meisterschule für das Schreinerhandwerk gefolgt waren, hatte sie schon einige alte Schätze aufgearbeitet, aber keiner davon lag ihr so sehr am Herzen wie dieser Bauerntisch, an dem sie jeden Morgen ihren Kaffee trank.

Die schwarze Kladde, die aufgeschlagen darauf lag, trug ihre alten Fettflecken würdevoll, wenngleich sie mittlerweile vom häufigen Umblättern brüchig geworden war. Eine Handschrift prägte die zerlesenen, teilweise eingerissenen Seiten, die schon durch viele Hände gegangen waren – die steilen, fast überkorrekten Schriftzüge ihrer Urgroßmutter Franziska Raith, genannt Fanny, die hier ihre wichtigsten Rezepte niedergeschrieben hatte. Es hatte einiges an Überredungskunst gekostet, bis Paula, Fannys jüngste und einzige noch lebende Tochter bereit gewesen war, diesen Schatz an ihre Großnichte abzutreten, die ebenso gern kochte wie die Ahnin. Inzwischen waren beide gleichermaßen glücklich über diese Entscheidung.

Obwohl Fanny schon zu Beginn der Achtzigerjahre gestorben war, war die Erinnerung an sie in der Familie bis heute lebendig geblieben. Ihre Lebensweisheiten wurden gern zitiert, ihre Kochkunst gelobt. Jeder, der sie noch persönlich gekannt hatte, sprach mit liebevollem Respekt von ihr. Wenn man den Raith-Frauen ein ganz besonderes Kompliment machen wollte, dann sagte man, sie sähen ihr ähnlich. Bei Katharina traf dies in besonderem Maße zu. Sie hatte Fannys weit auseinanderstehende Augen geerbt, die je nach Stimmung und Lichteinfall zwischen Grün und Grau changieren konnten, ihre aschblonden Haare, die sie seit ein paar Wochen kinnlang trug, sowie die kurze, gerade Nase. Auch im Körperbau gab es einige Gemeinsamkeiten wie die schön geformten Schultern, die schlanken

Beine und die ebenso schmalen wie äußerst empfindlichen Füße, die rasch mit Blasen gegen unbequemes Schuhwerk protestieren konnten. Nur in der Größe unterschieden sie sich, denn die Urenkelin hätte Fanny um nahezu einen Kopf überragt.

Katharina zog das karierte Küchentuch von der Schüssel und nahm den Teig heraus. Er war prächtig gegangen und zerfiel nicht in kleine Brösel wie bei früheren Versuchen, sondern bildete eine goldene Masse, die glatt und geschmeidig in der Hand lag. Vielleicht hatte sie den Hefeteig ja dieses Mal endlich lange genug aufgeschlagen. Sie stach Kugeln in Eigröße aus, legte sie auf die bemehlte Arbeitsfläche und bedeckte sie erneut, um sie für eine weitere halbe Stunde gehen zu lassen.

Die Zwischenzeit nutzte sie für eine Tasse Espresso auf dem Balkon. Nicht weit entfernt plätscherte der Auer Mühlbach, und sie blickte gedankenverloren auf den Holzboden der Küche. Mit Unterstützung ihrer Freundin und Geschäftspartnerin Isi war das einst so trübe PVC mittlerweile hellen Bambusplanken gewichen, die exotisches Flair verströmten und sich perfekt zum Barfußgehen eigneten. Katharina hasste es, sich eingezwängt zu fühlen, und hätte ihr Leben wohl am liebsten ganz ohne Schuhe verbracht. Isabel von Thalheim, genannt Isi, hatte dafür ohne Murren ein ganzes Wochenende geopfert. Da war es das Mindeste, dass sich Katharina mit Uromas sagenumwobener Mehlspeise revanchierte, die Isi für ihr Leben gern aß.

Ob sie rechtzeitig zurück sein würde?

Versprochen hatte sie es hoch und heilig, aber bei ihren

Raubzügen ins bayerische Hinterland konnte man nie ganz sicher sein. Was hatte Isi von dort nicht schon alles angeschleppt! Wurmstichige Holzbänke, bucklige Bauernschränke, Wirtshaustische, die unzählige Arbeitshände und Kartenspiele im Lauf der Jahrzehnte blank gescheuert hatten. In manchen Dörfern wurden die Türen verrammelt, sobald der rote Transporter mit dem Münchner Kennzeichen erneut auftauchte. Anderenorts dagegen öffneten die Leute bereitwillig Scheunen und Dachböden, weil sie nirgendwo ihr altes Zeug besser loswerden konnten. Großer Einsatz, aber nur wenige echte Treffer, so präsentierte sich bislang die Ausbeute. Eigentlich als Zwischenlager für Aufträge gedacht, die auf die Abholung warteten, war der längliche Schuppen im Hinterhof, den der Hausbesitzer ihnen zusätzlich zur Werkstatt vermietet hatte, mittlerweile zu einer Art Sammellager verkommen. Hier stapelten sich die kuriosesten Fundstücke, Isi jedoch dachte noch lange nicht ans Aufhören.

»Ich bin nun mal ein Trüffelschwein, wenn es um Trödel geht, und erkenne Schätze, an denen andere blindlings vorbeilaufen. Irgendwann gelingt uns der ganz große Coup, das weiß ich genau.« Ihre wasserblauen Augen bekamen einen schwärmerischen Ausdruck. »Und dann wirst du mir bis zum Ende aller Tage dankbar sein!«

»Oder wir ersticken über kurz oder lang in all den nutzlosen Gerätschaften«, hatte Katharina gekontert. »Und gehen verarmt, aber stilvoll pleite.«

Isis rauchige Lache, mit der sie diesen Einwand pariert hatte, war einzigartig. Manchmal wünschte sich Katharina, selbst etwas mehr von der Lässigkeit zu besitzen, die ihrer Freundin so eigen war wie die winzigen, fast immer zerschrammten Hände und die kastanienbraune Mähne, die sie meistens wie eine Tänzerin im strengen Knoten trug. Aber schließlich war sie ja auch nicht als Comtesse auf einem verfallenen burgenländischen Schloss geboren worden, sondern hatte vor 32 Jahren in der beschaulichen Münchner Maxvorstadt das Licht der Welt erblickt. Dass sie sich trotzdem schon seit der Lehrzeit, die beide nach dem Abitur gemeinsam in den Werkstätten der Münchner Staatsoper absolviert hatten, so gut verstanden, war ein kleines Wunder, an das sich beide im Laufe der Jahre gewöhnt hatten.

Katharina vertiefte sich für die nächsten Schritte noch einmal in Uroma Fannys Rezept. Milch, Zucker und Butter kamen fingergliedhoch in den schweren Topf und wurden auf kleiner Flamme erhitzt. Sie setzte die Teigstücke nebeneinander in die Flüssigkeit, deckte sie zu und legte zusätzlich ein altes Küchengewicht darauf, damit ja kein Dampf entwich. Vorsichtig öffnete sie eines von Paulas heiligen Einmachgläsern und füllte etwas von dem Holunderkompott in eine Schüssel. Danach kratzte sie mit einem kleinen Messer das Innere einer Vanilleschote aus und gab es in den Topf mit Sahne und Milch. Zwischendrin schlug sie Eigelb mit Zucker auf, schüttete zwei Kellen Milch dazu und rührte das Gemisch vorsichtig unter.

Wann genau war Vanillesauce eigentlich fertig?

Fanny Raith hatte vor fast 100 Jahren einen einfachen Trick dazu niedergeschrieben: »Wenn man auf einem Holzlöffel eine Rose pusten kann.«

Katharina wollte es gerade ausprobieren, als sie von

unten Geräusche hörte. Die Werkstatt war abgesperrt, aber es gab eine Treppe, die vom Hausgang direkt heraufführte, und sie hatte die Wohnungstür angelehnt gelassen. Sie kannte Isi nur zu gut. Wahrscheinlich hatte sie wie so oft ihren Schlüssel vergessen, und so würde sie ohne Probleme in die Wohnung kommen.

»Servus, Contessina!«, rief sie. »Essen ist fertig. Du kommst also goldrichtig …«

Doch es war nicht Isi, die plötzlich auf der Schwelle stand, sondern ein Mann, den Katharina noch nie gesehen hatte. Er war groß, hatte dunkle Haare, trug Jeans und ein graues T-Shirt. Seine markanten Züge wurde von der schwarzen Sonnenbrille noch betont.

»Sorry«, sagte er, bevor Katharina auch nur einen Ton herausbrachte. »The door was open …« Er begann zu schnuppern. »What are you cooking? It smells great …«

»Dampfnudeln«, erwiderte sie nicht gerade überfreundlich. »Was wollen Sie denn hier? Das ist eine Privatwohnung!«

»Daempfnoodeln.« In seinem Mund schienen die Buchstaben immer mehr zu werden. »What a funny word!« Er schüttelte den Kopf, dann wechselte er ins Deutsche. »Verzeihen Sie bitte meinen Überfall, aber ich bin auf der Suche nach Katharina Raith.« Sein Deutsch war flüssig, der britische Akzent jedoch unüberhörbar. »Sind Sie das möglicherweise?«

»Ja, das bin ich.« Sie verschränkte die Arme vor der Brust.

»Ihre Urgroßmutter hieß Franziska? Fanny Raith, geborene Haller?«

Katharinas Haut begann zu prickeln. »Ja«, sagte sie, noch immer zurückhaltend. »Das ist ebenfalls richtig. Weshalb wollen Sie das wissen? Und wer sind Sie überhaupt?«

Er lächelte erleichtert, nahm die Brille ab, und sofort erschien er Katharina jünger.

»Well«, sagte er. »Dann bin ich hier wohl endlich an der richtigen Adresse. Mein Name ist Alex Bluebird, und ich komme aus London. Nice to meet you!«

»Alex Bluebird?«, wiederholte sie kopfschüttelnd. »Noch nie gehört.«

»Das glaube ich Ihnen gern, denn bis vor Kurzem hatten auch wir nicht die geringste Ahnung von Ihrer Existenz. Aber dann ist meine Grandma hochbetagt gestorben, und in ihrem Nachlass fand sich etwas, das mein Großonkel Fanny Raith bereits 1945 zurückgeben wollte.« Er deutete auf die schwarze Aktentasche, die neben ihm stand.

»1945?«, fragte Katharina verblüfft. »Als der Krieg vorbei war?«

»That's correct.« Sein Lächeln war erloschen. »Dazu ist es allerdings leider nicht mehr gekommen.«

»Was ist passiert?« Unwillkürlich begann sie zu frösteln.

»Eine lange Geschichte. Sie wollen sie hören?«

Sie wusste nicht genau, was sie mit der Frage anfangen sollte, aber dieser Alex Bluebird hatte etwas an sich, dem sie sich nur schwer entziehen konnte. Und was sollte ihre Urgroßmutter, die, soweit sie wusste, Deutschland nie verlassen hatte, mit einer Londoner Familie zu tun haben?

»Ja«, sagte Katharina, schloss die Kladde mit den

Rezepten und schob sie zur Seite. »Das möchte ich allerdings, wenn Sie schon die Mühe eines so weiten Wegs auf sich genommen haben.«

»Ich musste unbedingt persönlich kommen«, sagte er, was ihre Neugier nur noch weiter anstachelte. Beim Reden fielen ihm die Haare in die Stirn, und er strich sie mit einer ungeduldigen Geste zurück. »Alles andere wäre mir verkehrt erschienen. Und jetzt habe ich Sie einfach so überfallen …«

»Es klingt, als hätten Sie gute Gründe dafür.« Katharina dachte an die Freundin und das Versprechen, das sie einlösen wollte. Aber Isi würde sicherlich Verständnis haben, wenn etwas derart Spannendes passierte. »Setzen Sie sich doch bitte.« Sie überwand ihre Schüchternheit. »Darf ich Ihnen etwas anbieten?«

Er nahm Platz am Tisch. Die Aktentasche legte er auf den Stuhl neben sich.

»A coffee would be …« Er hielt inne. »Eine Tasse Kaffee wäre wunderbar. Und vielleicht …« Sein Blick glitt sehnsüchtig zum Herd.

»Sie möchten meine Dampfnudeln probieren? Aber gerne doch!«

Katharina hob vorsichtig den Deckel hoch. Sie waren perfekt geworden, golden, duftend, wohlgeformt. Zum Glück hatte sie den Topf mit der Vanillesauce abgeschaltet, bevor er gekommen war, aber sie besaß noch immer genau die richtige Temperatur.

Sie richtete eine großzügige Portion für ihn an.

»Möchten Sie dazu vielleicht Holunderkompott? Nicht ganz klassisch, aber in meiner Familie essen wir die Dampfnudeln immer mit Holunderkompott. Es ist eine spezielle Rezeptvariante meiner Urgroßmutter.«

Er zog die Brauen fragend nach oben.

»Ho-what?«

Jetzt musste sie tief in ihrem Gedächtnis kramen. Isi hatte es einmal für ihre Tante Berthe übersetzt, die nach dem Krieg nach Arizona ausgewandert war und bei ihrem Münchenbesuch gar nicht genug davon bekommen konnte – und plötzlich war es wieder da.

»Stewed elderberry«, sagte sie. »Ich glaube, so müsste es in Ihrer Sprache heißen.«

Alex Bluebird war plötzlich ganz still geworden.

»Ihre Sprache war früher einmal auch unsere Sprache«, sagte er schließlich belegt. »Ein Zweig meiner mütterlichen Familie stammt aus Deutschland. Über Generationen haben sie in Regensburg und München gelebt, bevor sie vor den Nazis fliehen mussten.«

Jetzt war Katharina froh, dass sie an der Kaffeemaschine zu hantieren hatte. Schließlich stellte sie zwei Tassen, seinen Teller mit den Dampfnudeln und der Vanillesauce sowie das Kompottschälchen auf den Tisch. »Guten Appetit«, sagte sie und fügte hinzu: »Enjoy your meal!«

»Und Sie?«, fragte er.

»Ich warte noch auf meine Freundin, die eigentlich jeden Moment zurück sein müsste. Fangen Sie doch bitte an! Ich sehe Ihrer Nasenspitze an, dass Sie es kaum erwarten können.«

Bereits nach dem ersten Löffel entspannte sich sein Gesicht, und als er weiteraß, sah er fast glücklich aus. Jetzt hatte sie Zeit, sich in Ruhe seine Augen anzusehen, die goldbraun wie Bernstein waren und leicht melancholisch wirkten.

»Diese Süße und dazu das Herbe der dunklen Beeren«, stieß er zwischendrin aus. »Einfach göttlich!«

Katharina beobachtete ihn weiter, während sie ihren Kaffee trank.

»Und jetzt will ich alles wissen«, sagte sie, nachdem sein Teller leer war. »Wieso sind Sie extra aus London gekommen? Und was konnte Ihr Großonkel meiner Urgroßmutter nicht mehr geben? Was hat Fanny Raith überhaupt mit England zu tun? Meines Wissens ist sie dort doch niemals gewesen.«

Alex legte den Löffel beiseite. Sein Blick wurde ernst, fast feierlich. Dann öffnete er die Aktentasche und zog einige vergilbte Fotos aus einer Mappe. Das erste zeigte einen Mann in Uniform mit kurzen, dunklen Locken, der gewisse Ähnlichkeit mit ihm besaß.

»Diese Zeugnisse der Vergangenheit sind viel zu kostbar, um sie fremden Händen anzuvertrauen«, sagte er. »Geschweige denn, um sie auf den Postweg zu bringen und somit der Gefahr auszusetzen, unterwegs verloren zu gehen. Wir können uns glücklich schätzen, dass sie überhaupt noch existieren, wo so vieles andere doch zerstört wurde.«

Katharina spürte plötzlich einen Kloß im Hals, ohne zu wissen, worauf sich Alex bezog.

»Das ist Ruben Rosengart«, fuhr er langsam fort, als koste ihn jedes Wort Kraft. »Der jüngere Bruder von Fannys Freundin Alina, verehelichte Cantor. Mein Großonkel.«

Jetzt sah Katharina ihn noch gespannter an.

»Ruben hatte sich als Freiwilliger für die US-Army verpflichtet. Er war dabei, als die amerikanischen Streitkräfte im Frühling 1945 München eingenommen haben«, fuhr er fort. »Dort wollte er sich auch mit Fanny Raith treffen, die er seit Kindertagen kannte, aber bevor es dazu kam, wurde sein Jeep in die Luft gesprengt.«

»Er hat es nicht überlebt?«, fragte Katharina betroffen.

Alex Bluebirds rechtes Lid begann zu zucken. Er war also offenbar ebenso angespannt und aufgeregt wie sie.

»Der feige Anschlag konnte nicht aufgeklärt werden«, sagte er. »Es gibt dazu jede Menge Theorien und einen ganzen Sack voller Indizien. Aber bedauerlicherweise bis heute keinen überführten Täter.«

Er legte zwei weitere Fotografien auf den Tisch.

»Alina mit ihrem Mann Leo Cantor, einem Münchner Kunsthändler auf ihrer Hochzeitsreise in Venedig im April 1920. Leider kam er nur wenige Jahre später bei einem Autounfall ums Leben.«

Eine strahlende junge Frau in einem eleganten Mantel mit Pelzkragen auf der Piazzetta, das dunkle Haar im modischen Bubikopf der Zwanzigerjahre frisiert. Neben ihr ein stattlicher Mann, ebenfalls in Mantel und Hut, offenbar einige Jahre älter als sie.

»Und das sind Fanny und Alina um 1933 vor Fannys Schwabinger Wirtshaus. *Zum bunten Eck*, so hat sie es genannt. Ein mutiger Name in braunen Zeiten, wie ich finde. Ihre Urgroßmutter muss eine wunderbare Frau gewesen sein. Haben Sie sie noch gekannt?«

»Als sie starb, war ich erst drei«, sagte Katharina, die

den Blick kaum von dem Foto lösen konnte. »Aber meine Mutter und meine Großmutter, die leider auch nicht mehr lebt, haben oft von ihr erzählt. Ja, ich trage ein Bild von ihr in mir, aber es ist leicht verschwommen.«

Sofort war das Gefühl wieder da, das stets mit der Erinnerung an die Uroma verknüpft war: heimelige Wärme und der Geruch nach Vanille. Für einen Moment wandte Katharina den Kopf zu Seite, weil sie einem Fremden nicht so viel von sich preisgeben wollte. Dann jedoch sah sie sich das Foto noch einmal genauer an.

Beide Frauen trugen ein schlichtes Dirndl mit Schürze, doch während Fanny die Arme vor der Brust verschränkt hatte und so selbstbewusst und stolz dastand, als wäre sie darin schon zur Welt gekommen, wirkte die zarte Frau neben ihr in der bayerischen Tracht wie verkleidet. Hatte sie sich die Haare gefärbt?

Auf diesem Foto wirkten sie viel heller.

Alinas Mund war leicht verzogen, als bemühe sie sich um ein Lächeln, das nicht ganz gelingen wollte. Die schlanken Hände spielten mit dem weißen Schürzenband. Zwischen ihnen duckte sich ein dünnes dunkelhaariges Kind in einem geblümten Kleid, das schüchtern an der Kamera vorbeischaute.

»Die Kleine zwischen ihnen ist Grandma Maxie«, sagte Alex Bluebird. »Damals muss sie ungefähr zehn gewesen sein. Sehen Sie, wie sie den Kopf einzieht, als würde sie versuchen, sich unsichtbar zu machen? Im späteren Leben war sie dann alles andere als scheu. Aber über jene Jahre hat sie niemals mit uns geredet.«

Nur ein wenig jünger als damals Oma Clara, dachte

Katharina. Und ziemlich genauso alt wie Großtante Marie. Ob die Kinder auch Freundinnen gewesen waren? Aber ein Mädchen aus so reichem Haus und die Töchter einer einfachen Köchin ….

»Wie passt das denn zusammen?«, fragte sie laut. »Diese elegante Dame und meine Urgroßmutter, die ihr Leben lang Köchin war, soviel ich weiß … das waren zu jener Zeit doch zwei ganz verschiedene Welten!«

Bluebirds Blick wurde warm.

»Sie werden es besser verstehen, wenn Sie das hier gelesen haben«, sagte er und legte zwei dickere schwarze Kladden auf den Tisch. »Und verzeihen Sie bitte, dass meine Mutter und ich es auch getan haben, obwohl uns bewusst war, dass es sich um sehr persönliche Aufzeichnungen handelt. Aber wir mussten einfach wissen, was damals in München passiert war.«

Schon auf den ersten Blick erkannte Katharina, dass es die gleiche Sorte Kladde war wie jene, die Fannys Rezepte enthielt. Sie streckte die Hand aus und berührte sie vorsichtig. Ihr Herzschlag beschleunigte sich. Vor Aufregung wurde ihr eiskalt. Alex Bluebird, der zu spüren schien, was in ihr vorging, nickte ihr aufmunternd zu.

Dann schlug sie die erste Kladde auf.

Dieselbe steile, penible Schrift – ja, das hatte ihre Urgroßmutter zweifelsfrei mit eigener Hand geschrieben …

Weiden, Oktober 1918

Jetzt, da wir die Mutter zu Grabe tragen mussten, hält mich nichts mehr hier. Selbst die Schläge, die der Vater mir ange-droht hat, sollte ich nicht endlich zur Vernunft kommen, ändern etwas an meinem Entschluss. Nicht einmal Fritzi könnte mich noch umstimmen. Ich muss weg aus diesem Weiden, bevor es mich noch erstickt, und so habe ich seit Wochen meine Flucht bis in jede Einzelheit geplant. Ich schäme mich, während ich diese Worte niederschreibe, weil ich mich ihr gegenüber wie eine Verräterin fühle, aber ich kann nun einmal nicht anders ...

2

Weiden, Oktober 1918

Jetzt, da wir die Mutter zu Grabe tragen mussten, hält mich nichts mehr hier. Selbst die Schläge, die der Vater mir angedroht hat, sollte ich nicht endlich zur Vernunft kommen, ändern etwas an meinem Entschluss. Nicht einmal Fritzi könnte mich noch umstimmen. Ich muss weg aus diesem Weiden, bevor es mich noch erstickt, und so habe ich seit Wochen meine Flucht bis in jede Einzelheit geplant. Ich schäme mich, während ich diese Worte niederschreibe, weil ich mich ihr gegenüber wie eine Verräterin fühle, aber ich kann nun einmal nicht anders.

Georg, der in München Teilhaber einer ansehnlichen Baufirma geworden ist, konnte ich zum Glück als Verbündeten gewinnen, aber unseren ältesten Bruder von meinen Plänen zu überzeugen war schwierig. Er war erst einverstanden, mir zu helfen, nachdem er für mich in München eine Stelle als Weißnäherin gefunden hatte, die ich nach meiner Ankunft sofort antreten muss. Gott, wenn er wüsste, wie sehr ich dieses öde Sticheln eigentlich hasse! Doch sonst käme für ein Mädchen wie mich nur eine Anstellung als Dienstmagd oder Fabrikarbeiterin in Betracht, und das eine wollte ich so wenig wie das andere. Eigentlich hatte ich ja Köchin werden oder wenigstens als Bedienung im hiesigen Bräuwirt

25

arbeiten wollen, doch beide Wünsche hatten die Eltern mir abgeschlagen.

»Ein Wirtshausluder, dem die Männer hinterherglotzen? Aber gewiss nicht eine meiner Töchter!«, hatte der Vater gebrüllt, und die Mutter hatte wieder jenes traurige Gesicht aufgesetzt, das einem das Atmen ganz schwer machte.

»Kochen und spülen kannst du auch daheim. Also, worauf wartest du noch? Deine Geschwister wollen alle etwas zu essen haben!«

Die Lehrzeit bei der alten Zieglerin, die dann folgte, war für mich die reinste Schinderei. Ich bin einfach nicht dazu geboren, Monogramme auf Kopfkissen oder Taschentücher zu sticken und winzige Säume zu nähen, doch jetzt kann ich von diesen Kenntnissen profitieren: Da die meisten Leute sich nichts Neues mehr leisten können, wird alles gewendet und geflickt, was an Bettzeug und Unterwäsche noch halbwegs brauchbar ist. Weißnäherinnen sind gefragter denn je, und so ist Adele Barth, wohnhaft zu München in der Westenriederstraße 12, auch bereit, mich in Lohn und Brot zu nehmen ...

Franziska hörte die leichten Schritte ihrer Schwester und schob die Blätter schnell unter das Kopfkissen. Über kurz oder lang würde sie sich eine ordentliche Kladde für ihre Aufzeichnungen kaufen, um alles beisammenzuhaben, was ihr durch den Kopf ging, aber solch ein stabiles Heft kostete Geld, und im Moment musste sie jeden Pfennig zurücklegen.

Fritzi, wie ihre Zwillingsschwester Friederike in der Familie gerufen wurde, war acht Minuten nach ihr geboren und wirkte oft, als würde sie im Gehen träumen. Feingliedriger als Fanny, galt sie als sensibel und empfindlich, hatte schon als Kind diverse Krankheiten durchstehen müssen und war der heimliche Liebling von Vater Paulus, der stolz auf seine hübsche Tochter mit den aschblonden Zöpfen, der zierlichen Nase und den klaren hellgrünen Augen war.

Auch Fannys Haar zeigte jenes silbrig schimmernde Blond, das aussah, als hätten sich Nebelstreifen auf ein Weizenfeld gelegt, aber ihre Augen waren dunkler, spielten mehr ins Grau und blickten eher skeptisch als verträumt in die Welt. Für Eitelkeit war in ihrem Leben wenig Platz. Aber es gab durchaus einige junge Männer, die ihr hinterherpfiffen, wenn sie mit ihren Einkaufskörben schnellen Schritts vom Haller-Haus hinter der Mauer zum Marktplatz ging. Normalerweise tat Fanny dann so, als würde sie es nicht bemerken. Ebenso ließ ihr scharfer Blick jede Anzüglichkeit ersterben, die ihr unterwegs zugeraunt wurde.

Die stolzen Sechspfünder aus dem massiven Holzofen, der gegenüber dem Haus auf der anderen Straßenseite errichtet worden war, bestanden zu jeweils gleichen Teilen aus Weizen, Roggen und Dinkel und zeichneten sich durch besondere Haltbarkeit aus. Noch ofenwarm verkauft, da äußerst begehrt, waren sie länger als zwei Wochen verzehrbar, wenn man sie trocken und kühl lagerte. Aber natürlich schmeckten sie frisch am allerbesten, vor allem, wenn sie mit Butter oder Schmalz bestrichen waren. Über fünfzehn Jahre hatte Anna Klara Haller, die niemals das Bäckerhandwerk erlernt, sondern die spezielle Rezeptur selbst ausgetüftelt hatte, diese großen Laibe drei- bis viermal in der Woche gebacken und in immer kürzerer Zeit verkauft. Seit der Mobilmachung hatte sie ihr Backwerk nicht nur mehr gegen die staatlich eingeführten Lebensmittelmarken an die Kunden gebracht, sondern es auch immer öfter eingetauscht gegen Fett und Wolle, Nähnadeln, Stoff, Schuhe oder anderes, was man für eine große Familie so brauchte, denn es gab in Weiden offiziell von allem immer weniger zu kaufen.

Doch nun war die Mutter viel zu früh an einer verschleppten Lungenentzündung gestorben und der Ofen, der die Familie über die Kriegsjahre gerettet hatte, erloschen. Ob Rosl, die ältere Schwester, ihn wieder anfeuern würde, war ungewiss, obwohl die Kunden schon wieder ungeduldig nach dem Haller-Brot fragten. Fanny kannte ebenfalls sein Geheimnis, denn die Mutter hatte alle drei Töchter eingeweiht. Während Rosl und sie aufmerksam zugeschaut und sich alles gemerkt hatten, war Fritzi jedoch in Gedanken wohl wieder einmal anderswo gewesen.

»Du darfst nicht fortgehen!« Jetzt stand sie zitternd an Fannys Bett. »Nicht ohne mich. Ich weiß nämlich, was du vorhast.«

Fanny stellte sich weiterhin schlafend, aber die Schwester ließ nicht locker.

»Wir sind doch Zwillinge, und Zwillinge müssen zusammenbleiben.« Jetzt klang sie flehend. »Spürst du denn nicht, was uns beide verbindet? Eine ist nichts ohne die andere.«

Ihr taten schon alle Glieder weh, aber Fanny rührte sich trotzdem nicht. Seitdem sie denken konnte, waren sie stets unzertrennlich gewesen: gleich gekleidet, gleich frisiert,

Hand in Hand unterwegs, sobald sie auf eigenen Füßen stehen konnten. *Die Zwillinge*, so hatten alle sie gerufen und stets so behandelt, als ob in ihnen ein einziger Wille wohnen würde. Dabei hatte sich spätestens seit der Einschulung gezeigt, wie unterschiedlich sie vom Wesen her waren: Fritzi hibbelig und unstet, in einem Augenblick von einer Sache hellauf begeistert, im nächsten wieder gleichgültig, während Fanny alles langsamer, dafür aber gründlich anging. Sie hatte den Unterricht geliebt, Bestnoten in Schönschrift und Heimatkunde erhalten und sich auf die Spiele im Schulhof gefreut, obwohl ihr lange nicht klar gewesen war, warum andere Schülerinnen sie plötzlich links liegen ließen. Vielleicht hatte bereits in jenen jungen Jahren Fritzis maßlose Eifersucht begonnen, weil sie ihre Zwillingsschwester mit niemandem teilen wollte.

Kein anderes Mädchen sollte Fanny zu nah kommen oder gar ihre Freundin werden. Am liebsten hätte Fritzi einen brennenden Kreis um Fanny gezogen, der alle Bewerberinnen abhielt. Dass sie dabei sehr weit ging, bekam Fanny erst nach und nach mit. Zöpfe anderer Mädchen fielen Fritzis schneller Schere zum Opfer, sie goss absichtlich Tinte über fremde Schürzen und hatte eine der Mitschülerinnen kurzerhand so heftig in die Nase gebissen, dass sie genäht werden musste.

Auch als sie älter wurden, änderte sich wenig an dieser Einstellung. Fritzi schien ihren Zwilling als Eigentum zu betrachten, als etwas, das mit ihr so eng verbunden war, dass nichts anderes dazwischen passte.

»Was musst du dich ständig mit anderen herumtreiben«, maulte sie, wenn Fanny auf der Kirmes zu einem anderen Mädchen in die Schiffschaukel stieg. »Du hast doch mich. Und so schön wie mit mir kann es mit ihnen ohnehin nie sein!«

Irgendwann hielt Fanny diese erzwungene Nähe kaum noch aus, und sie begann, vom Weglaufen zu träumen. Aus vagen Fantasien wurden im Lauf der Zeit immer konkretere Ziele, besonders als die alte Zieglerin sie nicht weiterbeschäftigen konnte. Sollte sie nun im dumpfen Mief der Kleinstadt ersticken und für einen Hungerlohn Seite an Seite mit Fritzi in der Gärtnerei ackern, statt fern von zu Hause für eine bessere Zukunft zu kämpfen? Schließlich hatte sie den Mut aufgebracht, Georg um Hilfe zu bitten – und er hatte sie ihr gewährt.

Weg von hier, das war der einzige Gedanke, dem sie nun seit Wochen Platz in ihrem Kopf ließ. Augen zu, nicht nach links und rechts schauen, sondern nichts wie weg! Seit einer kleinen Ewigkeit wartete der gepackte Koffer unter ihrem Bett. Ein bisschen Wäsche lag darin, selbstgestrickte Socken, vier Blusen, zwei Röcke, einige Schürzen. Davor stand das Paar eingelaufener Schnürstiefel, das einzige, das ihre empfindlichen Füße vertrugen. Dazwischen fand sich der bestickte Leinenbeutel mit den getrockneten Holunderblüten und eine Flasche schwarzer Holundersaft, die sie in ihre dicke Strickjacke eingeschlagen hatte, damit sie unterwegs nicht zerbrach. Der Mantel und das neue Kleid, an dem sie so lange fleißig genäht hatte, hingen im Schrank. Der Frühzug nach Regensburg, wo sie dann in den Schnellzug nach München umsteigen musste, war immer pünktlich. Und niemand auf der ganzen Welt konnte sie daran hindern, ihn morgen zu nehmen.

Irgendwann schlief sie doch ein, träumte aber wirr. Als sie aus dem Schlaf aufschreckte, war es noch dunkel, vielleicht die beste Gelegenheit, unbemerkt aus dem Haus zu kommen. Seit dem Tod der Mutter war sie wegen Fritzis nächtlicher Unruhe in die Kammer umgezogen, in der jene früher immer genäht hatte, das machte ihr Vorhaben leichter. Fanny stand leise auf, wickelte ein wollenes Tuch um das Nachthemd, zog Holzpantinen an und schlich nach draußen zum Abort, auf dem sie immer die Luft anhielt. Zurück im Zimmer, wusch sie ihre Hände gründlich mit Kernseife, spritzte sich Wasser ins Gesicht und putzte sich die Zähne. Danach steckte sie sich die Haare vor dem halbblinden Spiegel auf, zog Leibchen und Strümpfe an und schlüpfte in das dunkelblaue Kleid. Der feste Wollstoff, echte Vorkriegsware, den ihr eine in Not geratene Soldatenwitwe unter der Hand verkauft hatte, scheuerte auf ihrer Haut, so steif fühlte er sich an, aber er wärmte wenigstens. Jetzt kam der graue Mantel darüber, der früher der Mutter gehört hatte und eigentlich zu weit war, doch sie hatte keine andere Wahl. Fanny setzte ihren einzigen brauchbaren Hut auf, nahm die verbeulte Handtasche in die eine und den Koffer in die andere Hand.

So ging sie in die Küche.

Dort war es kalt, weil das Feuer über Nacht ausgegangen war. Den Ofen eigens für die Zubereitung eines Malzkaffees anzuschüren traute sie sich nicht. So begnügte sie sich mit einem Glas Wasser aus dem großen Krug und öffnete die Brotbüchse. Der letzte Laib, den die Mutter noch gebacken hatte! Mit geschlossenen Augen roch sie daran und genoss ein letztes Mal den Duft nach Kindheit und Zuhause, bevor sie entschlossen ein paar Schnitten absäbelte, diese dünn mit Schmalz bestrich und anschließend in Backpapier wickelte, um sie als Reiseproviant mitzunehmen. Jetzt waren die kurzen Briefe an der Reihe, die Fanny einige Male umgeschrieben hatte, bis sie endlich damit zufrieden gewesen war. Den für den Vater legte sie an seinen Platz am Tischkopf. Der für Fritzi, die jeden Morgen einen strammen Fußmarsch zur Gärtnerei vor sich hatte, kam in der Kredenz auf das halbleere Marmeladenglas, damit die Naschkatze ihn auch ganz gewiss fand. Als Letztes steckte sie noch drei Äpfel ein und verließ das Haus.

Draußen blieb sie vor dem Holunderstrauch stehen, den der Vater am Zaun gepflanzt hatte, als seine Zwillingsmädchen nach einer langen und schwierigen Geburt gesund zur Welt gekommen waren. Seit Fanny denken konnte, hatte er das Haus beschützt. Die Mutter hatte ihnen von klein auf die Sagen und Märchen erzählt, die sich um den Strauch rankten, der Frau Holle geweiht war und selbst auf den kargsten Böden wuchs. Niemals hatte jemand aus der Familie seine Blüten oder Beeren gepflückt, ohne vorher um Erlaubnis zu bitten. Jetzt, im Spätherbst, wo alles abgeerntet war, sah er unscheinbar und sogar leicht verkrüppelt aus, doch sobald der Frühling kam, würde er erneut in weißem Blütenduft erstrahlen.

»Gib gut acht auf sie alle!«, flüsterte Fanny und schlang für einen Augenblick ihre Arme um seinen knorrigen

Stamm. »Besonders aber auf meine Fritzi. Du weißt ja, wie unvernünftig sie manchmal sein kann und wie leicht sie krank wird. Jetzt, wo ich weg bin, musst du dich um sie kümmern!«

Dann löste sie sich wieder von ihm, nahm Koffer und Tasche und machte sich auf den Weg zum Bahnhof. Sie ging mit gesenktem Kopf, ohne die wenigen Passanten anzusehen, die so früh schon unterwegs waren. Ein paar Pferdefuhrwerke begegneten ihr, einige Radfahrer kreuzten ihren Weg, aber kein einziges Automobil, die in Weiden ohnehin noch so selten waren, dass man sie an zwei Händen abzählen konnte. Regen lag in der Luft, der bald auch als Schnee herunterkommen konnte. Es war eine karge Gegend, in der die Hallers seit Generationen lebten, früher Bauern mit kleinen, wenig ertragreichen Höfen, die eine Aufteilung nur noch ärmlicher gemacht hätte. Der Großvater war nach Weiden gezogen, hatte es aber mit seiner kleinen Böttcherwerkstatt und den vielen Kindern nur fertig gebracht, gerade so zu überleben. Ab und zu jedoch schaffte es einer aus den armen Familien, verließ seine Heimat und machte anderswo sein Glück – und genau das war Georg Haller gelungen, Fannys ältestem Bruder. Er hatte eine nicht nur schöne, sondern auch noch wohlhabende Frau aus München geheiratet und mit ihr eine kleine Tochter bekommen, die sein ganzer Stolz war.

Dabei hätte sein Start ins Leben schwieriger kaum sein können. Er war gerade mal fünf Jahre alt, als er an Kinderlähmung erkrankte, und wäre fast daran gestorben, so wie sein jüngerer Bruder Max. Georg jedoch überlebte, wenngleich sein linkes Bein steif blieb und ihn zu einem leichten Hinken zwang, auf das man ihn allerdings keinesfalls ansprechen durfte. Wenigstens hatte die verhasste Behinderung ihn vor dem Kriegseinsatz bewahrt, der Millionen anderer Männer das Leben gekostet hatte.

Sie krampfte ihre Finger um das grüne Zugbillet, das er ihr geschickt hatte. Georg hatte auf der zweiten Klasse bestanden, um sie vor den Soldatenhorden zu schützen, die in der »Holzklasse« unterwegs waren. Man hörte von verzweifelten Manövern im Westen, zu denen die letzten Reservisten mobilisiert würden, um das Ruder doch noch herumzureißen. Besondere Hoffnungen setzte die Oberste Heeresleitung dabei auf die Flotte, die im Ärmelkanal gegen die Royal Navy kämpfen und den Krieg für Deutschland entscheiden sollte. Doch das Meer lag unendlich weit entfernt von Weiden, und hier, wie vielerorts im Reich, waren die Menschen nach vier Jahren schwerster Entbehrungen zu hungrig und zu erschöpft, um noch daran zu glauben.

Ein stolzer Preis von 12 Mark!

Nicht einmal im Traum hätte Fanny zu hoffen gewagt, jemals so nobel zu reisen. Als der Zug schließlich einfuhr, kostete es sie regelrecht Überwindung, nicht in die einfachen grauen Wagen zu steigen. Stattdessen lief sie am Bahnsteig weiter nach vorn, wo die Waggons mit den komfortableren Abteilen auf Passagiere warteten. Der Schaffner war ihr beim Einsteigen behilflich, als sei sie eine feine Dame, was ihr die Röte in die Wangen trieb und den Kloß in ihrem Hals nur noch weiter anschwellen ließ. Der Koffer war kaum sicher im Gepäcknetz verstaut, und sie saß auf ihrem behaglich gepolsterten Platz, da begannen sie auch schon zu fließen, jene Tränen, die sie bislang so tapfer zurückgehalten hatte …

*

München, Mai 2015

»Du glaubst nicht, was ich heute gefunden habe …«

Isis Stimme erstarb, als sie den Fremden erblickte, der neben Katharina am Tisch saß. Die fuhr erschrocken von ihrer Lektüre hoch und starrte sie mit großen Augen an.

»'tschuldigung«, murmelte Isi irritiert und setzte zwei verbeulte Melkeimer auf dem Boden ab. »Konnte ja nicht ahnen, dass ich störe. Ich habe die Dampfnudeln schon vor dem Haus gerochen, und da bin ich schnell nach oben gerannt …«

»Du störst ganz und gar nicht«, sagte Katharina, die sich nur langsam wieder fangen konnte. »Denn für dich habe ich sie ja gemacht – bis ich ganz überraschend Besuch bekam. Das ist Mr. Bluebird aus London. Er hat mir die Tagebücher meiner Urgroßmutter gebracht.«

Isi kam mit leuchtenden Augen näher. »Das klingt ja aufregend! Ist es die, die so gut kochen konnte? Aber wieso London? Ich verstehe nicht ganz …«

»Ihre Freundin ist auch gerade erst dabei, die ganze komplizierte Geschichte zu entwirren.« Er war aufgestanden und verneigte sich leicht. »Alex Bluebird. Aber das wissen Sie ja bereits.«

»Isabel Thalheim, angenehm.« Das »von«, das eigentlich zu ihrem Namen gehörte, war seit 1919 in Österreich offiziell verboten, und Isi führte es für gewöhnlich auch in Deutschland nicht. Katharina hörte es dennoch jedes Mal im Raum schwingen, wenn sie sich vorstellte. »Wir betreiben gemeinsam die Restaurationswerkstatt im Erdgeschoss.« Sie lächelte stolz.

»Da würde ich mich sehr gern einmal näher umschauen«, sagte er. »Falls ich wiederkommen darf. Denn jetzt muss ich leider aufbrechen. Ich habe noch andere wichtige Termine in Ihrer schönen Stadt.«

»Natürlich dürfen Sie das«, sagte Katharina. »Sie müssen es sogar, ich habe noch so viele Fragen an Sie.«

»Das heißt, Sie reisen nicht sofort wieder zurück?« Wie selbstverständlich hatte Isi das Gespräch an sich gezogen.

»Ein paar Tage bleibe ich auf jeden Fall«, sagte er. »Unter Umständen auch länger. Es gibt da ein paar interessante Kunstauktionen, die ich nicht verpassen möchte.«

»Sie haben mit Kunst zu tun?«, fragte Isi neugierig weiter.

»Ich bin Geschäftsführer einer Galerie in London, die sich auf Werke des frühen 20. Jahrhunderts spezialisiert hat, und immer auf der Suche nach interessanten Objekten.« Er zog seine Brieftasche hervor, reichte eine Visitenkarte ihr, die andere Katharina. »Sorry, dass ich erst jetzt daran denke«, sagte er. »Ist sonst nicht meine Art, so unhöflich zu sein. Aber unser Zusammentreffen hat auch mich stark bewegt. Grandma hat so vieles über die Vergangenheit für sich behalten. Vielleicht könnten wir gemeinsam mehr Klarheit gewinnen.«

Katharina nickte.

»Über diese mobile Nummer können Sie mich jederzeit erreichen«, fuhr er fort. »Falls Ihnen nach weiteren Fragen zumute sein sollte. Oder Ihnen etwas einfällt, das Sie mir erzählen wollen.«

Er griff nach seiner Aktentasche.

»Wissen Sie, dass ich Sie beneide, Frau Thalheim?«, fragte er, schon halb im Gehen.

»Weshalb?«

»Weil Sie jetzt gleich diese köstlichen Daempfnoodeln kosten dürfen. Es war mir ein großes Vergnügen, Frau Raith!«

»Was war das denn?« Isis starrte ihm hinterher, während Katharina zum Herd ging und nach den Dampfnudeln sah.

»Hast du doch gehört: Alex Bluebird aus London.«

»Und weiter?«

»Ich muss mich selbst erst einmal sortieren. War alles ein bisschen viel auf einmal.« Sie füllte zwei Teller, trug sie an den Tisch und holte danach das Holunderkompott.

»Toller Typ!«, sagte Isi nachdenklich. »Hast du seine Augen gesehen?«

»Habe ich. Und jetzt lass uns endlich essen.«

Obwohl Katharina nach außen hin ruhig wirkte, war sie innerlich vollkommen aufgewühlt. Isi an ihrer Stelle hätte jetzt vermutlich einfach drauflosgeplappert, sie jedoch brauchte ein wenig Ruhe.

Sie begannen zu löffeln, und Isi verzog genießerisch das Gesicht.

»Eine Sensation«, sagte sie. »Ehrlich! Und so lieb von dir. Aber was ist mit den Tagebüchern?«

»Ich habe erst ein paar Seiten überflogen«, sagte Katharina. »Da erzählt sie von Weiden.«

»Stammen sie denn wirklich von deiner Uroma?«

»Ja, es ist definitiv ihre Schrift. Aber leider gar nicht einfach zu entziffern. Wer weiß, unter welchen Bedingungen sie entstanden sein mögen. Bei der Niederschrift der Rezepte scheint sie mehr Muße gehabt zu haben, so ordentlich, wie sie da geschrieben hat.«

»Und wieso London?« Nachdenklich schwebte Isis Löffel in der Luft.

»Keine Ahnung«, erwiderte Katharina wahrheitsgemäß. »Bluebird hat gesagt, das würde ich alles nach der Lektüre verstehen.« Sie legte ihr Besteck zur Seite. »Meine Oma Clara lebt ja nicht mehr, ebenso wie ihre jüngere Schwester Marie. Von Fannys drei Töchtern ist also nur noch Tante Paula übrig. Warum ist er eigentlich nicht zu ihr gegangen?«

»Weil er sie nicht ausfindig machen konnte?«, schlug Isi vor. »Du kannst sie ja jetzt informieren. Und deine Mutter am besten gleich mit. Schließlich gehört sie ja auch zu Fannys Nachkommenschaft.«

»Da magst du recht haben. Schließlich heißt Paula ja Brandl nach ihrem verstorbenen Mann.« Katharina zog die Nase kraus.

Den zweiten Teil des Satzes ließ sie unkommentiert, weil sie nicht über ihre Mutter reden wollte und vor allem wenig Lust auf deren beißende Kommentare hatte. Ihr Vater ergriff jede Gelegenheit, um sich von Anzug und Krawatte zu befreien, die er als Anzeigenchef einer großen Zeitung im Job notgedrungen tragen musste, und werkelte stattdessen lieber in Uraltklamotten in seinem Hobbykeller herum.

Dagegen war die Frauenärztin Dr. Christine Raith-Abendroth allem Handwerklichen gegenüber skeptisch eingestellt. Sie wurde nicht damit fertig, dass sich ihre einzige Tochter einer akademischen Karriere verweigert hatte, wie sie es auszudrücken pflegte, und »nur« Restauratorin geworden war. Vielleicht war daher Paula, die niemals an ihr herumnörgelte, sondern sie einfach liebhatte, für Katharina von klein auf zu einer Art Ersatzmutter geworden, zu der sie all ihre Freuden und Nöte getragen hatte.

»Natürlich werde ich Tante Paula alles erzählen«, fuhr Katharina fort. »Aber nicht am Telefon.«

»Genauso machst du es.« Isi musterte sie gespannt. »Kann ich dir jetzt endlich verraten, was ich heute für uns erreicht habe? Sonst platze ich nämlich.«

»Also«, sagte Katharina wenig enthusiastisch. »Was ist es dieses Mal? Doch nicht etwa diese ramponierten Melkeimer?«

»Vergiss die Eimer! Es geht um eine komplette Ladeneinrichtung aus den Zwanzigerjahren, die in einer Scheune steht«, sagte Isi stolz. »Ein echtes Prachtstück! Schon seit Februar bearbeite ich den Bauern, dass er sie uns doch bitte unbedingt verkaufen soll. Jetzt ist er offenbar endlich so weit.«

»Und was sollen wir damit?«

»Lebst du auf dem Mond? So was ist jetzt der allerletzte Schrei. Da reißen sich Kneipen darum, Cafés, hippe Läden – die richten wir wieder her und verkaufen sie danach hochpreisig. Damit verdienen wir richtig Geld, Katharina! Ich hab natürlich schon mal Fotos gemacht, schau doch nur …«

Isi zog ihr Handy heraus und legte es auf den Tisch.

»Ja, ich weiß, es ist vergammelt, voller Taubenscheiße und verdammt wacklig dazu, aber es ist ein kompletter Kramerladen! Wenn wir das wieder hinbekommen, kann es umwerfend aussehen. Ich hab da neulich in einer Bar zwei Typen kennengelernt, die wollen ein schickes italienisches Lokal aufmachen und suchen genau so etwas …«

»Wie viel?«, unterbrach Katharina ihre Schwärmereien.

Isis Unterlippe schob sich nach vorn.

»Na ja, ganz billig ist es nicht …«

»Die Zahl, Isi!«

»Der alte Bauer will zehntausend dafür haben«, gestand sie ein. »Weil es doch komplett ist. So was findet sich nur noch ganz selten. Aber wir können ihn bestimmt noch runterhandeln. Du weißt ja, darin bin ich ziemlich gut.«

»Zehntausend Euro?«, wiederholte Katharina ungläubig. »Für ein paar alte Bretter voller Taubenscheiße, in die wir womöglich wochenlange Arbeit investieren müssen – und das ohne Auftrag? Ich glaube, jetzt hast du endgültig den Verstand verloren!«

Isis Mundwinkel sanken nach unten. »Vielleicht hast du ja recht«, räumte sie ein. »Aber ich bin nun mal total verliebt in diesen alten Laden. Und wenn du ihn dir erst einmal angeschaut hast, wirst du das auch sein. Das ist unsere Chance, Katharina!« Sie berührte ihren Arm. »Hör ein einziges Mal auf dein Trüffelschwein in Sachen Holz! Du wirst es nicht bereuen. Außerdem habe ich ja noch die kleine Rücklage aus der Erbschaft von Onkel Waldemar. Die könnten wir dafür hernehmen.«

Katharina machte sich frei.

»Und die neue Sägemaschine, die wir so dringend brauchen? Sollte das Geld nicht eigentlich dafür bestimmt sein?«

»Dann kaufen wir sie eben später«, sagte Isi. »Andres borgt uns seine sicherlich auch weiterhin, wenn du ihn nur lieb genug darum bittest. Dir kann er doch keinen Wunsch abschlagen.« Sie verdrehte schelmisch die Augen. »Ich frage mich ohnehin, warum ihr kein Paar seid. Wie versonnen er dich immer anschaut …«

»So ein Quatsch! Andres und ich sind gute Freunde«, raunzte Katharina. »Nichts weiter. Kapier das bitte endlich.«

Dass es ganz kurz einmal anders gewesen war, ging nicht einmal Isi etwas an. Welch verrückte Hoffnungen sie sich damals gemacht hatte, weil alles so romantisch zwischen ihnen begonnen hatte! Seine witzigen Mails, die liebevoll gebrannten CDs mit italienischer Musik, die plötzlich in ihrer Jackentasche steckten. Ihre anregenden Gespräche über Kunst und Design, die sie während abendlicher Isarspaziergänge geführt hatten, seine leidenschaftlichen Küsse – damals war sie überzeugt gewesen, in ihm den Mann fürs Leben gefunden zu haben. Doch nach ein paar selig verliebten Wochen war Andres wieder zu seiner Ex zurückgekehrt. Es war ihr schwergefallen, weiterhin halbwegs unbefangen mit ihm umzugehen, was der Job in seiner Werkstatt natürlich erforderte. Irgendwann war es dann leichter geworden. Doch an die Romanze dachte Katharina möglichst selten, denn das abrupte Ende machte ihr noch immer etwas aus, obwohl seitdem fast fünf Jahre verstrichen waren und sie sehr wohl bemerkte, wie sehr Andres es inzwischen zu bereuen schien.

»Okay, okay!« Isi hob die Hände. »Aber unser charmanter Exchef steht auf dich, davon rücke ich nicht ab. Wenn du etwas sagst, legt er den Kopf immer leicht schief, um ja nichts zu verpassen. Das macht er sonst nur, wenn er von etwas beeindruckt ist.«

Sie hatte auf alles eine Antwort, das musste man ihr lassen.

»Ich widme mich jetzt erst mal wieder der Biedermeierkommode. Und du wolltest doch die Thonetstühle nach Solln ausliefern.«

»Mach ich gleich«, sagte Isi. »Bin schon so gut wie weg.«

Katharina begann, die Teller in die Spülmaschine zu räumen. »Anschließend kommt dann Tante Paula an die Reihe …«

»Aber morgen«, fiel Isi ihr ungeduldig ins Wort, »da könnten wir doch gemeinsam den alten Laden inspizieren. Es ist ein kleines Dorf kurz nach Wasserburg, ganz romantisch, wirst schon sehen! In einer guten Stunde sind wir dort. Und wir sollten am besten möglichst früh aufbrechen. Der Bauer hat mir nämlich nur eine kurze Bedenkzeit eingeräumt.«

»Du gibst wohl nie auf?« Gegen ihren Willen musste Katharina lachen.

»Erst wenn wir beide reich und berühmt sind«, versicherte Isi mit großem Ernst.

*

Katharina packte die schwarzen Kladden, die Alex Bluebird ihr gebracht hatte, in den Rucksack. Den ganzen

Nachmittag über waren ihr sein unvermutetes Erscheinen sowie Fannys Aufzeichnungen nicht mehr aus dem Kopf gegangen und hatten sie immer wieder von der Arbeit abgelenkt. Inzwischen konnte sie es kaum noch erwarten, die Tagebücher Tante Paula zu zeigen, die sie bereits erwartete. Für kürzere Fahrten hatte sich Katharina im letzten Sommer die rote Vespa geleistet, die ihr immer ein Gefühl von Freiheit gab, wenn sie mit ihr durch München düste. Ihr kleines Gefährt entpuppte sich allerdings als echte Italienerin, die Regen nicht mochte und aufmucken konnte, wenn es ihr zu feucht wurde. War das Wetter jedoch so warm und sonnig wie heute, schnurrte sie wie eine zufriedene Katze.

Katharina ließ die Mariannenbrücke hinter sich, bog nach rechts in die Steinsdorfstraße ein und fuhr entlang der glitzernden Isar, bis sie die Prinzregentenstraße erreicht hatte. Die tief stehende Sonne tauchte das Haus der Kunst, an dem sie niemals vorbeifahren konnte, ohne an seine wenig glorreiche Zeit im Dritten Reich zu denken, in goldenes Licht. Wenigstens verliehen ihm überlebensgroße Plakate in grellen Farben äußerlich einen Touch von Moderne, wenngleich die Innenräume für Katharina nach wie vor den Dunst der Vergangenheit ausstrahlten, egal, was in ihnen gerade gezeigt wurde.

Viele Leute waren an diesem unerwartet frühsommerlichen Abend unterwegs. Auf der von klassizistischen Gebäuden gesäumten Ludwigstraße, in die sie als Nächstes abbog, stauten sich die Autos von Ampel zu Ampel, aber die meisten Fahrer waren offenbar gut gelaunt und verzichteten auf sinnlose Hupkonzerte. Sie machte einem

Fahrradkurier Platz, der mit verzerrtem Gesicht an ihr vorbeidüste, und hielt dann auf das Siegestor zu. Hier begann für sie der vertraute Kiez, und obwohl sie schon mehr als zehn Jahre nicht mehr in der Maxvorstadt lebte, fühlte es sich noch immer wie ihr Zuhause an. Sie ließ die Ludwigskirche hinter sich, blieb ein kurzes Stück auf der Schellingstraße und hielt schließlich vor dem alteingesessenen Brillenladen an.

Der Optiker hatte ihr versprochen, eine Zeiss-Speziallupe zu besorgen, die sie für filigrane Arbeiten in der Werkstatt ab und zu gebrauchen konnte. Sie probierte sie gleich im Laden aus. Jetzt wirkte die Holztheke auf einmal wie ein abstraktes Gemälde, so überscharf war die Maserung zu erkennen. Katharina schluckte nur ein klein wenig, als er den Preis eintippte, bezahlte, stieg danach wieder auf und fuhr ein paar Meter. Dann war sie schon in der Türkenstraße angelangt und konnte ihre Vespa parken.

Dies war ihre Lieblingsstraße, seit sie denken konnte, wenngleich sie gerade im letzten Jahrzehnt ihr Gesicht stark verändert hatte. Scheinbar über Nacht waren alteingesessene Läden verschwunden, ein von vielen innig geliebtes Szenekino hatte seine Schließung erleben müssen, und auch den sagenumwobenen Plattenladen an der Ecke gab es nicht mehr. Wie so viele andere hatte sie dort ihr Taschengeld in die ersten Lieblingsscheiben investiert. Immer mehr Menschen mussten wegziehen, weil sie die gestiegenen Mieten nicht mehr bezahlen konnten, und dennoch war Katharinas Sympathie für diese schmale Straße mit dem geflickten Belag ungebrochen. Hier war sie geboren und aufgewachsen, hier hatte ihre Urgroßmutter Fanny mit ihren Töchtern gewohnt, und hier war seit vielen Jahrzehnten auch Tante Paula zu Hause.

Sie hatte ihr Blumengeschäft erst aufgegeben, als das Rheuma sie im letzten Jahr dazu gezwungen hatte. Jetzt war einer der austauschbaren Coffeeshops dort eingezogen, wo sie früher ausgefallene Blumensorten an eine treue Kundschaft verkauft hatte, und nur die alten Delfter Rosenfliesen an den Wänden erinnerten noch an jene Zeiten. Zum Glück bewirtschaftete sie bis heute ihren Schrebergarten am Ackermannbogen, der ihr neben selbstgezogenen Tomaten, Radieschen und Zucchini die herrlichsten Rosensorten bescherte. Außerdem wuchs am Zaun ein knorriger Holunderstrauch, der seit Jahren die ganze Familie mit seinen Blüten und Früchten versorgte.

Paulas Wohnung lag direkt gegenüber ihrem ehemaligen Blumenladen. Katharina schnupperte genießerisch, als sie nach sechs steilen Stiegen die kleine Wohnung betrat. Es roch verschwenderisch nach Rosen und ein wenig morbide nach Lilien, beides Düfte, die sie mit ihrer Großtante verband.

»Wie schön, dass du Zeit für mich hast!«, sagte sie nach der innigen Umarmung.

»Du bist mir doch immer herzlich willkommen«, erwiderte Paula. »Magst du einen Tee?«

Paula war fast zwei Jahrzehnte später als ihre beiden Schwestern zur Welt gekommen und damit nur unwesentlich älter als Christine, Katharinas Mutter. Zudem hatte sie sich so gut gehalten, dass man ihr die 72 Jahre nicht ansah. Zwar zogen sich inzwischen Silberfäden durch die nussbraunen Haare, aber bis auf ein paar Lachfältchen wirkte ihr Gesicht noch immer frisch. Sie hatte den lässigen Look der Siebziger nie abgelegt und zudem ein Faible für Schals entwickelt, dem sie ungehemmt frönte. Nur die vom Rheuma verkrümmten Hände, die ihr oftmals starke Schmerzen bereiteten, verrieten ihr wahres Alter. Seit Freds Tod vor fünf Jahren schien sie ein wenig geschrumpft zu sein, aber noch immer war ihr Lächeln einladend und warm.

»Später vielleicht«, sagte Katharina. »Ich komme nämlich nicht ohne Grund.« Sie leerte den Inhalt ihrer Beuteltasche auf den Küchentisch aus. »Du glaubst nicht, was heute passiert ist. Schau doch mal!«

Noch im Stehen legte Paula ihre Hand auf die oberste Kladde. »Meinst du die?«, fragte sie und klang plötzlich heiser. »Die sehen ja aus wie Mamas altes Kochbuch …«

»Ich bin sicher, sie sind von deiner Mutter!«, erklärte Katharina bewegt. »Ein gewisser Mr. Bluebird aus London hat sie mir heute persönlich gebracht. Sagt dir der Name was?«

Paula schüttelte den Kopf.

»Und Ruben? Alina? Oder Maxie? Hast du von denen schon mal was gehört?«

Zwischen Paulas Brauen erschien eine scharfe Falte. »Könnte sein«, erwiderte sie nachdenklich. »Mama hat sie vielleicht erwähnt. Aber an Genaueres erinnere ich mich leider nicht mehr.«

»Ich denke, das wird sich ändern«, sagte Katharina. »Denn vor dir liegen Fannys Tagebücher. Eigentlich hätte Bluebird sie ja dir bringen müssen, weil Oma Clara und Tante Marie nicht mehr am Leben sind und du doch die dritte Tochter bist. Aber ich denke, er hat dich wegen deines Nachnamens Brandl einfach nicht gefunden. Und Mama war ihm als Raith-Abendroth vielleicht auch nicht sicher genug. Deshalb ist er wohl bei mir gelandet.«

»Clara hätte die Tagebücher lesen sollen«, sagte Paula noch immer belegt. »Ihr hätte das alles bedeutet.«

Was meinte sie damit?

Katharina wartete auf weitere Erklärungen, doch die blieben seltsamerweise aus. Stattdessen ließ sich Paula auf den nächsten Stuhl sinken, dann strich sie noch einmal über die oberste Kladde und schloss dabei kurz die Augen. Schließlich jedoch schob sie sie energisch weg.

»Bist du denn gar nicht neugierig?«, fragte Katharina verblüfft.

Paula schüttelte den Kopf. »Ich hatte die beste Mutter der Welt«, sagte sie. »Jeder Tag mit ihr war für mich wie ein Geschenk. So soll es auch bleiben.«

»Aber das wird es ganz sicher«, versicherte Katharina. »Du lernst sie nur noch besser kennen. Schon der Anfang, wo sie von Weiden schreibt, ist mir ans Herz gegangen …«

»Dann lies du sie.« Entschlossen schob Paula den kleinen Stoß weiter zu Katharina. »Schließlich hat der Engländer sie ja dir gebracht.«

»Das werde ich! Aber ich dachte, du …«

»Ich habe meine Erinnerungen. Mehr brauche ich nicht.«

Verdutzt suchte Katharina nach den richtigen Worten, auf die Schnelle jedoch fielen ihr keine ein. Paulas abweisende Miene verriet ihre Entschlossenheit. Jetzt weiterzubohren hatte keinen Sinn, das wusste Katharina aus

Erfahrung. Doch sie verstand nicht, warum ihre Großtante so reagierte.

»Ganz, wie du willst«, sagte sie und packte die Kladden
wieder ein. »Aus der Welt sind sie ja nicht. Vielleicht war
heute einfach nicht der richtige Tag. Falls du deine Meinung
ändern solltest, brauchst du dich nur bei mir zu melden.«

War das die Andeutung eines Nickens gewesen?

Nicht einmal dabei war sich Katharina sicher. Um
Großtante Paula nicht noch weiter zu verärgern, brachte
sie das Gespräch auf den Schrebergarten, sonst immer die
beste Methode, um sie aufzuheitern. Aber selbst das funk-
tionierte heute nur bedingt, so als ob sich etwas auf Paulas
Seele gelegt hätte, das sich so schnell nicht wieder vertreiben ließ. Daher verabschiedete sich Katharina bald und
begab sich auf den Heimweg.

Inzwischen war es dunkel geworden, und als sie zu
Hause ankam, war sie müde und hungrig. Sie musste die
Lampen einschalten, machte sich ein Schinkenbrot und
schenkte sich ein Glas Wein ein.

Was war nur mit Paula los gewesen?

So halsstarrig kannte sie ihre tapfere, meist sonnige
Verwandte sonst gar nicht! Sollte sie Paula anrufen, um
nachzuhaken?

Sie entschied sich dagegen. Das konnte sie ebenso gut
auch morgen erledigen, sobald ihre Landpartie mit Isi beendet war. Jetzt war sie viel zu neugierig, um noch länger
mit der Lektüre zu warten. Katharina machte es sich auf
dem Sofa gemütlich, zog den blauen Wollfaden heraus,
mit dem sie markiert hatte, wie weit sie schon gekommen
war, und begann zu lesen.

3

Im Zug nach München, Oktober 1918

Ich kann nicht mehr aufhören zu weinen. Von der Landschaft, die im Morgendunst vorbeifliegt, bekomme ich so gut wie nichts mit. Wenigstens bin ich allein im Abteil, kein einziger Soldat weit und breit, der sich mir unzüchtig nähern könnte. Der beleibte Herr im Lodenmantel, der nach der Station Marktred- witz schwungvoll die Tür aufgestoßen hat, ist bei meinem Anblick zurückgezuckt. Er wählte einen Sitzplatz weit hinten und verzog sich beim nächsten Halt in einen anderen Waggon. Sonst hilft es mir immer, alles aufzuschreiben. Mein Tagebuch ist mein Freund und Vertrauter. Heute aber will sich mein seelischer Wirrwarr einfach nicht ordnen lassen. Ich bin unendlich traurig, dass unsere Mutter gestorben ist, und weine gleichzeitig auch um Fritzi, von der ich noch nie ge- trennt war. Ich weine, weil ich Angst habe, dass der Vater mit mir brechen wird. Und weil ich mich auf einmal doch vor der großen Stadt fürchte, in der ich ganz allein zurechtkommen muss. Dabei wollte ich unbedingt von daheim fort — doch jetzt macht mir sogar das Schnaufen der Lokomotive Angst. Worauf habe ich mich nur eingelassen?

Die Mutter hat zu Lebzeiten oft den Kopf geschüttelt, weil ich so ganz anders bin als die restlichen Geschwister, ausge- nommen vielleicht Georg, aber der ist ja ein Mann, und für

Männer gelten sowieso andere Regeln. Immer diese Neugierde, die alles und jedes erforschen möchte! Nichts war je vor mir sicher, kein Vogelskelett, kein Blatt, kein Stein, alles wollte ich erkunden und habe es immer gehasst, dabei an Grenzen zu stoßen, vor allem, wenn andere sie mir vorgegeben haben. Irgendetwas tief in mir kann einfach nicht gehorchen, wenn ich etwas nicht einsehe. Ich weiß, dass ich sperrig sein kann, so hat es der Lehrer einmal ausgedrückt. Und ich weiß auch, dass jemand wie Fritzi es einfacher haben wird, weil sie weglächeln kann, wogegen ich mich sträuben muss.

Wie kann es sein, dass ich sie so liebhabe und es trotzdem kaum in ihrer Nähe aushalte? Eigentlich sollte ich froh sein, dass ich endlich in mein neues Leben unterwegs bin, doch jetzt, da der Zug mich von Fritzi fortträgt, beginne ich sie bereits zu vermissen. Sie ist wie ein Stück von mir, das ich niemals ablegen kann, etwas unendlich Vertrautes, obwohl wir immer unterschiedlicher werden, je mehr Zeit vergeht. Ich muss weg von ihr, sonst droht diese Nähe mich noch zu verschlingen, und gleichzeitig schäme ich mich dafür, weil ich weiß, wie tief ich sie damit verletze. Es tut so weh, dass ich kaum noch Luft bekomme, und ich fühle mich schuldig, schuldig, schuldig ...

Die Schrift auf dem zerknitterten Papier ist verwischt. Wahrscheinlich werde ich später kein Wort mehr entziffern können. Noch nie zuvor im Leben war mir so elend zumute.

Soll ich einfach aussteigen und zurückfahren, auch wenn dann alle mit Fingern auf mich zeigen?

Nein, dafür ist es jetzt zu spät. Georg und Adele Barth erwarten mich in München. Wenn ich dort nicht zum Dienst antrete, bin ich nicht nur eine Verräterin, sondern auch noch eine Betrügerin und werde ganz allein dastehen ...

»Wollen Sie nicht aussteigen, Fräulein?« Der Schaffner mit dem graumelierten Schnurrbart zwinkerte Fanny väterlich zu. »Wir sind schon in Regensburg. Wenn Sie weiter nach München wollen, dann müssen Sie jetzt durch die Unterführung zum Gleis 3. Dort hält nämlich der D-Zug.«

Sie stopfte die feuchten Seiten in ihre Tasche, sprang auf, angelte nach ihrem Koffer, aber er war schneller gewesen und hatte ihn bereits aus dem Gepäcknetz gehoben und vor ihr abgestellt.

Draußen auf dem Bahnsteig zupfte sie erst einmal Mantel und Hut zurecht, dann flog ihr Blick zur verschnörkelten Bahnhofsuhr. Ihr blieb nicht mehr viel Zeit. Fanny packte ihren Koffer und rannte los, so gut es die knöchellange Bekleidung erlaubte. Nicht zum ersten Mal sehnte sie sich nach einer Mode, in der man sich auch bewegen konnte. Im Eiltempo lief sie die Stufen zur Unterführung hinunter und keuchte auf der anderen Seite wieder hinauf.

Dann stand sie endlich vor dem Schnellzug nach München. Hinter ihr pfiff es. Die Lokomotive spuckte dicke weiße Schwaden.

Bedeutete das, sie würden gleich losfahren?

»Zweite Klasse« stand in schönen silbernen Großbuchstaben an der Tür. Hier war sie also richtig. Entschlossen bestieg Fanny die eisernen Stufen, die zum Waggon führten, schleuderte ihren Koffer geradezu hinein, öffnete dann die Tür zum Abteil und ließ sich schließlich auf einen Sitzplatz gleich in der ersten Viererreihe fallen. Nachdem sie noch einmal aufgestanden war, um das Gepäck auf die Ablage zu hieven, und nun endgültig saß, atmete sie auf.

Der dunkelgrüne Sitz unter ihr war einigermaßen weich, das genoss sie. Sie drückte den Rücken an die Lehne und schloss kurz die Augen. Nur allmählich beruhigte sich ihr rasend schlagendes Herz, und zum ersten Mal an diesem atemlosen Morgen breitete sich zaghaft so etwas wie Vorfreude in ihr aus.

In gut zwei Stunden würde sie in München sein.

Ihr neues Leben konnte beginnen …

Plötzlich öffnete sich schwungvoll die Tür, und eine elegante Dame in einem dunkelroten Wollkostüm eilte ins Abteil. Nebel lag in winzigen Perlen auf ihrem ausladenden Hut und bildete einen funkelnden Schleier auf den feinen rötlichen Fuchshärchen der üppigen Pelzstola. In der rechten Hand trug sie eine bestickte Reisetasche, mit der linken wedelte sie sich Luft zu.

»Kommen Sie, kommen Sie!«, rief sie nach hinten gewandt. »Und beeilen Sie sich bitte.«

Hinter ihr schleppten zwei Dienstmänner schwere Koffer aus feinstem Leder. Fachmännisch verstauten sie sie in den Gepäckablagen, ohne sich darum zu scheren, dass diese eigentlich auch für andere Fahrgäste gedacht waren. Fanny schielte hinauf zu ihrem schäbigen Koffer aus Pappmaschee, der daneben wie ein verlottertes Straßenkind wirkte.

»Gib den Herren ihr Trinkgeld, Kind!«, befahl die Dame dem Mädchen hinter ihr und blickte sich suchend um. »Und wo steckt eigentlich schon wieder Bubi? Bubi, bist du da? Ihr zwei seid schwieriger zu hüten als ein Sack voller Flöhe!«

»Hier, Mama«, ertönte eine frische Jungenstimme. »Ich

musste die Gepäckträger erst durchlassen, damit sie aussteigen können. Jetzt sind sie draußen …«

Plötzlich gab es einen Ruck, und der Zug setzte sich in Bewegung.

Leicht schwankend kam sie nun direkt auf Fanny zu, gefolgt von einem schlanken jungen Mädchen in einem lichtblauen Mantel und einem Jungen, der dunkel gekleidet war und eine Kappe aufhatte.

»Was tun Sie eigentlich hier?«, fragte sie missmutig. »Sie besetzen ja unsere reservierten Plätze!«

Etwas Heißes schoss in Fanny hoch. Von einer Reservierung hatte Georg nichts gesagt, aber die Frau sah im Gegensatz zu ihr aus, als wüsste sie genau, wovon sie sprach.

»Ich habe eine Fahrkarte«, murmelte sie verlegen. »Mein Bruder hat sie mir bezahlt.«

»Das will ich doch hoffen! Aber wir haben eine Reservierung für diese Plätze, und wenn dann später in Landshut lauter neue Fahrgäste einsteigen …«

»Lass sie doch sitzen!«, bat der Junge, der inzwischen zu seiner Mutter aufgeschlossen hatte. »Siehst du denn nicht, dass sie geweint hat?«

Jetzt brannte Fannys ganzes Gesicht vor Verlegenheit.

»Mein kleiner Bruder bringt es immer auf den Punkt.« Die Stimme des jungen Mädchens war dunkel und melodisch. »Bitte bleiben Sie sitzen! Und du, Mama, machst bitte keinen Aufstand, sondern gehst einfach ans Fenster. Bubi, für dich ist der andere Fensterplatz gedacht. Seht ihr? Wir kommen hier doch alle spielend unter.« Sie ließ sich auf den Sitz gegenüber Fanny fallen und lächelte sie freundlich an.

Wie schön sie war!

Die üppigen Haare, die sie lose aufgesteckt trug und nur mit einem dünnen weißen Tuch bedeckt hatte, waren dunkel wie Rauch, die Augen wasserhell, die Nase leicht gebogen, die Lippen wie mit einem Pastellstift gezeichnet. Sie roch nach Rosen und frisch Gebügeltem, ein zarter Duft, der zu Fanny herüberwehte, sobald sie sich bewegte. Sie dagegen begann vor lauter Unbehagen zu schwitzen und fühlte sich trotz ihrer Sonntagskleidung ungelenk und ärmlich.

»Fahren Sie auch nach München?«, fragte die Schönheit.

Fanny nickte.

»Auf Besuch?«

»Zu meinem Bruder«, erwiderte Fanny und strengte sich an, möglichst nach der Schrift zu reden, so wie Lehrer Lehmann es ihnen immer wieder eingetrichtert hatte.

»Ihr Bruder lebt in München? In welchem Viertel denn, wenn ich so neugierig sein darf?«

Ihre Fragen, die so unschuldig und freundlich klangen, brachten Fanny in Not. Sie fühlte sich vollkommen ungeübt in dieser spielerischen Konversation – und sie wusste so wenig, das spürte sie gerade mit jeder Pore.

»Er wohnt in der Augustenstraße«, brachte sie schließlich hervor. »Wie das Viertel heißt, weiß ich leider nicht.«

»So lass die junge Frau doch in Ruhe, Alina«, schaltet sich nun die Mutter ein. »Nicht alle Leute schätzen deine forsche Art.«

Alina ignorierte ihre Mutter lächelnd und wandte sich erneut Fanny zu. Ihr Lächeln wurde noch eine Spur wärmer.

»Entschuldigen Sie trotzdem, dass ich einfach so gefragt habe. Das ist nur die Aufregung! Wir ziehen nämlich nach München und werden ab sofort in der Franz-Joseph-Straße wohnen. Die liegt in Schwabing und ist damit sozusagen gleich bei Ihnen um die Ecke. Denn die Augustenstraße gehört zur Maxvorstadt, und die schließt direkt an Schwabing an. Ja, ich habe den Münchner Stadtplan schon grob im Kopf!«

Fanny nickte abermals. Nicht ein Wort würde sie darüber verlieren, dass ihr vermutlich nur wenige Nächte bei Georg vergönnt waren. Und das mit der Anstellung bei der Weißnäherin behielt sie ebenfalls lieber ganz für sich. Sich einmal im Leben wie eine Dame fühlen! Das wollte sie noch ein wenig auskosten. Hätte der Bruder ihr nicht die noble Zugklasse spendiert, hätten sie vermutlich kein Wort miteinander gewechselt.

Den Jungen schien ihre Unterhaltung zu langweilen. Er hatte sich die Kappe vom Kopf gezogen und presste sein Gesicht gegen die Scheibe, um ja nichts von der Fahrt zu versäumen.

Den wachsamen Mutteraugen entging nichts.

»Sofort weg von dem Glas, Bubi«, befahl sie. »Ich habe dir doch erst neulich von dieser scheußlichen Spanischen Grippe erzählt, die schon so viele Menschen auf dem Gewissen hat. Willst du dir die vielleicht auch einfangen? Ein paar Tröpfchen können da schon genügen!«

Er gehorchte für einen Augenblick, dann klebte er erneut dran.

»Ruben! Bist du taub?« Jetzt klang sie streng.

»Ich hab dich ganz genau gehört. Aber ich bin doch

Winnetou. Und Winnetou wird niemals krank, Mama.«
Er betonte das Wort auf der zweiten Silbe, was Fanny
noch nie gehört hatte. »Meinst du, meine Bücher sind
schon da, wenn wir ankommen?«

»Du mit deinen ewigen Indianergeschichten! Wird
allerhöchste Zeit, dass du jetzt auch einmal etwas Anständiges liest. Für diesen Unsinn bist du nämlich allmählich zu groß. Und ein Gymnasiast, der du ja bald sein
wirst, beschäftigt sich ohnehin mit anderen Themen.«

Ihr Ton war noch immer ungehalten, ihr zärtlicher
Blick jedoch verriet, wie sehr sie ihn liebte.

»Ich will doch stark hoffen, dass unser Umzugsgut bereits sicher an Ort und Stelle ist. Wozu hat Onkel Carl
sonst so früh die Pferdewagen bestellt? War ja schließlich
keine Kleinigkeit, in diesen unruhigen Zeiten überhaupt
starke Rösser zu beschaffen!« Sie seufzte laut. »Wenn wir
jetzt auch noch die leidige Personalfrage geklärt haben,
atme ich auf.«

»Leo hat doch versprochen, sich darum zu kümmern«,
sagte Alina.

»Das weiß ich.« Jetzt klang die Mutter gereizt. »Aber
dein Schatz ist ein Kunsthändler – und keine erfahrene
Hausfrau, so sieht das nun einmal aus. Ach, wenn doch
euer lieber Vater noch am Leben wäre! Dann hätten wir
unser gemütliches Regensburg niemals verlassen müssen.«

Sie zog ein zartes Batisttaschentuch mit Häkelborte
und Monogramm heraus und betupfte sich damit die Augen, während Fannys Rücken unwillkürlich steif wurde.
Genau solche hatte sie tonnenweise in der Lehrzeit be-
sticken müssen – und würde es bald wieder tun. Wozu war

dieser Schnickschnack eigentlich gut? Ein großes Stück sauberer Stoff würde bessere Dienste leisten.

»Papa wird nicht mehr lebendig.« Jetzt lag die Hand der Tochter tröstend auf dem mütterlichen Arm, und Fanny fiel auf, wie rau ihre eigenen Hände im Vergleich dazu waren. Ihre Nägel waren gerade abgeschnitten wie bei einem Mann, nicht so perfekt oval gefeilt und perlmuttfarben wie Alinas. »Ich weiß, wie sehr du ihn vermisst, und uns geht es ja nicht anders. Aber du hast doch immerhin Bubi und mich. Außerdem freue ich mich auf unser neues Münchner Leben! Stell dir doch einmal vor, was wir alles gemeinsam unternehmen können, wenn dieser schreckliche Krieg endlich vorbei sein wird! Schlittschuhfahren, Soireen unsicher machen, Museen durchstöbern, Theaterbesuche, und vergiss mir dabei bloß nicht die berühmte Staatsoper ...« Ihr leuchtender Blick flog wieder zu Fanny. »Lieben Sie Musik auch so sehr?«, fragte sie.

Was sollte sie darauf antworten? Fritzi und sie hatten eine Weile im Kirchenchor von St. Joseph gesungen, aber im Gegensatz zum klaren Sopran ihrer Schwester hatte ihr Alt immer ein wenig unsauber geklungen. Kaplan Schweiger war jedenfalls nicht böse gewesen, als sie eines Tages weggeblieben war, so viel stand fest.

»Ich fürchte, ich bin nicht sonderlich musikalisch«, murmelte Fanny verlegen. »Meine Schwester hingegen ...«

»Sie haben eine Schwester, Sie Glückliche?«

»Sogar zwei. Und eine davon ist mein Zwilling.«

»Zwillinge? Wie aufregend! Dann kann Sie also niemand auseinanderhalten?«

»Doch, das kann man. Wir sehen uns nur ähnlich. So wie Schwestern eben.«

Alina verdrehte schwärmerisch die Augen. »Davon habe ich immer geträumt. Eine vertraute Seele an meiner Seite, mit der ich alles teilen kann. Aber mir ist leider nur dieses freche Monstrum vergönnt …« Bubi versetzte ihr einen kräftigen Tritt, und sie verwuschelte ihm im Gegenzug die Haare, die ebenso dicht und dunkel waren wie ihre. »Kleine Brüder können die Hölle sein!«, rief Alina lachend. »Und was die Musik betrifft: Es gibt keine unmusikalischen Menschen, davon bin ich felsenfest überzeugt. Musik ist wie eine Fremdsprache. Wenn man sich mit ihr beschäftigt, dann lernt man sie auch begreifen. Wie dämlich habe ich mich anfangs beim Klavierspielen angestellt! Und wie selbstverständlich geht es mir inzwischen von der Hand. Das ist alles keine Hexerei, glauben Sie mir, sondern nichts als Übung.«

Jetzt blieb ihr Fanny sogar das Nicken schuldig, so wenig hatte sie dazu zu sagen. Und sie spürte, wie hungrig sie war. Aber in dieser feinen Gesellschaft essen? Sie zögerte, doch ihr knurrender Magen gab schließlich den Ausschlag. Sie zog das Proviantpaket aus ihrer Tasche und öffnete es. Plötzlich roch es im ganzen Abteil einladend nach Schmalz. Als sie gerade genussvoll hineinbeißen wollte, bemerkte sie Bubis sehnsüchtigen Blick.

»Auch hungrig?« Sie streckte ihm ein zusammengelegtes Brot entgegen. »Da, nimm! Es ist genug da.«

Gierig griff er zu.

»Ruben!« Die Stimme der Mutter war schrill geworden. »Du gibst dieses Brot auf der Stelle zurück!«

»Ich will aber nicht, Mama!« Seine Unterlippe schob sich trotzig nach vorn. »Es riecht so gut.«

»Nein. Du weißt, dass wir kein Schmalz anrühren.«

Mit großen Augen schaute Fanny verständnislos von einem zum anderen.

»Das ist, weil wir Juden sind«, erklärte Alina, die auf einmal ernst geworden war. »Allerdings keine besonders frommen. Die meisten Feiertage begehen wir nur so lala. Wir stellen sogar einen Weihnachtsbaum auf. Aber alles vom Schwein ist für uns tabu. Das hat Mama uns von klein auf eingetrichtert, und daran halten wir uns.«

»Das wusste ich nicht«, sagte Fanny eingeschüchtert.

»Woher denn auch?« Die Mutter war wieder ruhiger geworden. »Selbst in Regensburg, das im Mittelalter die wichtigste jüdische Gemeinde hatte, leben nach zahlreichen Vertreibungen heute gerade mal 400 Menschen unseres Glaubens. Jüdische Männer dürfen zwar im Feld kämpfen, was sie mit großer Tapferkeit tun – aber die christlichen Familien bleiben dann doch lieber unter sich. Ich hoffe, dass das in München anders sein wird. Vor allem angesichts Leos gesellschaftlicher Position. Aber sicher sein kann man dabei ja leider nie.«

Auch in Weiden waren einige Juden ansässig, die mit Stoffen oder Hopfen handelten sowie Glas herstellten. In der Schule hatte es zwei jüdische Mädchen gegeben, die beim Religionsunterricht vor die Tür mussten, was Fanny immer gestört hatte. Doch weitere Gedanken hatte sie sich darüber nicht gemacht.

Sie starrte auf die verschmähten Brote. Vor ihren Reisegefährten mochte sie sie jetzt nicht mehr essen. Dann jedoch erinnerte sie sich an die Äpfel, holte sie heraus und reichte einen davon Bubi.

»Aber das darfst du, oder?«, fragte sie.

Er strahlte von einem Ohr zum anderen, und auch Alina lächelte wieder.

»Sie auch?« Fanny bot ihr den zweiten Apfel an.

»Gern.« Sie biss sofort hinein. »Höchste Zeit, dass wir uns endlich vorstellen«, sagte sie kauend. »Wenn Sie schon so lieb Ihre Brotzeit mit mir und meinem gefräßigen Bruder teilen. Vor Ihnen sitzt die versammelte Familie Rosengart: meine Mutter Dora, mein Bruder Ruben und ich, Alina-Tabea, obwohl mich zum Glück kein Mensch so ruft. Dem würde ich nämlich was geigen! Und wie heißen Sie?«

»Franziska Haller. Aber alle nennen mich Fanny.«

»Ein schöner Name«, sagte Alina. »Und ich finde, er passt zu Ihnen. Sie müssen uns unbedingt besuchen kommen, falls Ihre Zeit es erlaubt. Oder werden Sie nur ganz kurz in München bleiben?«

»Och, wohl schon eine ganze Weile«, murmelte Fanny, die schon wieder nicht wusste, was sie antworten sollte.

»Ausgezeichnet! Dann schreibe ich Ihnen für alle Fälle unsere Adresse auf.« Sie begann in ihrer Handtasche zu kramen und förderte einen Bleistift und ein Notizbüchlein zutage, aus dem sie kurzerhand eine Seite herausriss, um die Angaben zu notieren.

Dora Rosengart beobachtete Alina missmutig. Es schien ihr nicht zu gefallen, dass sich ihre Tochter so offenherzig zeigte. Die aber ließ sich nicht davon beeindrucken, sondern gab Fanny den Zettel und stürzte sie damit in weitere Probleme.

»Ich weiß noch nicht, wie lange ich bei meinem Bruder …« Fanny resignierte vor so viel Unsagbarem.

»Macht doch nichts«, sagte Alina. »Finden können wir uns ja jetzt, wenn Sie mögen, allein darauf kommt es an. Sagen Sie, wie alt sind Sie eigentlich, Fanny?«

»18. Seit diesem Juni.«

»Genau wie ich auch! Mein Geburtstag war im August. Dann sind wir ja beide ebenso alt wie unser Jahrhundert …«

Der Zug nahm an Geschwindigkeit auf, und das gleichmäßige Stampfen der Lok lullte die Reisenden ein. In Landshut stiegen zwei ältere Damen ein, die sich bescheiden auf die restlichen Plätze verteilten und bald mit offenen Mündern schnarchten. Und auch über die kleine zusammengewürfelte Gruppe senkte sich Müdigkeit.

Fanny fuhr erst wieder hoch, als der Zug schon in den Münchner Hauptbahnhof einfuhr. Bubi hatte das Fenster heruntergeschoben und lehnte sich trotz aller mütterlichen Befehle und Warnungen weit hinaus. Sie stand auf und schaute ebenfalls nach draußen.

Und dann entdeckte sie ihn, ihren großen Bruder Georg, den einzigen Verbündeten weit und breit, den sie keinesfalls enttäuschen durfte. Stattlich und gut gekleidet in Hut und dunklem Mantel, stand er rauchend am Bahnsteig …

*

München, Mai 2015

Katharinas Augen brannten, als sie wieder ins Jetzt zurückkehrte, und sie fühlte sich fast wie nach einer anstrengenden Bergtour. Draußen hatte es zu regnen begonnen. Sie öffnete das Fenster, um frische Luft hereinzulassen. Am liebsten hätte sie noch stundenlang weitergelesen, aber sie wollte vernünftig bleiben und lieber nicht zu spät ins Bett gehen, um Isis unweigerlichem Drängen in Sachen Ladenkauf notfalls genügend Widerstand leisten zu können.

Wie nah sie sich Fanny nach diesen Zeilen fühlte!

Als ob sie keine acht Jahrzehnte, sondern gerade mal ein paar Jahre trennten. Als sie nach einer kurzen Dusche dann im Bett lag und die Augen schloss, glaubte sie ihn plötzlich wieder zu riechen, jenen unvergleichlichen Duft nach Vanille, den sie immer in der Nase hatte, sobald sie intensiver an ihre Urgroßmutter dachte. Aber vielleicht war es ja auch nur der Rest der Dampfnudeln, der noch immer die Küche erfüllte.

4

München, Mai 2015

Sie schlief unruhig, wälzte sich im Bett hin und her und träumte wild. Schließlich entschied sich Katharina aufzustehen, obwohl die Sonne noch nicht aufgegangen war. Nach einem schnellen Kaffee schlüpfte sie in ihren Arbeitsoverall und ging hinunter in die Werkstatt. An Morgen wie diesen lohnte es sich, dass sie ausnahmsweise auf Isis luxuriöse Einflüsterungen gehört hatte, denn die kostspieligen Halogenlampen, die sie sich geleistet hatten, tauchten den Raum in nahezu taghelles Licht. An der Längsseite stand die Biedermeierkommode, einst ein Prachtstück, zu dem sie es durch fachkundige Restaurierung auch wieder machen würde. Sie liebte das strenge Erscheinungsbild dieses schlichten Möbels mit dem glatten Korpus, den konisch zulaufenden Füßen aus massivem Kirschholz und den beiden Schüben mit wappenförmigen schwarzen Schlüsselschildern, die elegant wirkten.

Man hatte die Kommode in schlechtem Zustand zu ihnen gebracht. Das Furnier hatte sich als teilweise lose erwiesen, ebenso wie die Furniere an den Schubkastenaußenseiten. Die Politur war ausgeblichen; hässliche Wasserflecken verunzierten die Deckplatte. Dazu kam das Wackeln der Füße, und zudem waren die Laufleisten durch unzähliges Heraus- und Hineinschieben der Schubkästen kehlförmig eingelaufen. Ihnen hatte Katharina sich als Erstes gewidmet, indem sie alle Verbindungen der Rückwand gelöst und die Laufleisten herausgeklopft hatte. Deren abgenutzte Stellen wurden anschließend mit der Kreissäge herausgefälzt und mit einem feinporigen Hartholz ausgeflickt. Nach der Presszeit mit Weißleim konnte sie den Überstand abhobeln und das Werkstück in die Vorderzange der Hobelbank einspannen. Erst nach dem Leimen aller Furniere hatte sie die Leisten erneut befestigt – und siehe da, sie funktionierten wieder einwandfrei.

Heute machte sie sich als Erstes an die Füße, oftmals eine besonders heikle Angelegenheit. Denn alte Holzverbindungen bestanden manchmal nur noch aus Bruchstücken, die lediglich eine Vielzahl kreuz- und quer eingeschlagener Nägel zusammenhielten. Doch sie hatte ausnahmsweise Glück und musste nur zwei Nägel ziehen. Die Holzverbindung, in diesem Fall ein Schwalbenschwanz, war in gutem Zustand. Während sie mit dem Stecheisen sorgfältig den Knochenleim abkratzte, wanderten ihre Gedanken zurück in die Vergangenheit.

Wie alt war sie gewesen, als sie zusammen mit Papa ihr erstes Regal gebaut hatte? Ungefähr 12. Er hatte sie im schlecht beleuchteten Keller der Türkenstraße allein hantieren lassen und sich nur dann eingeschaltet, wenn sie nicht mehr weiterwusste. Stolz hatte sie erfüllt, als sie das Prinzip von Nut und Feder erstmals eigenhändig umgesetzt hatte. Sein anerkennendes Pfeifen, das er nur dann hören ließ, wenn ihn etwas wirklich beeindruckte, war ihre schönste Belohnung gewesen. Mama hatte anschließend genörgelt, weil sie beide so staubig zurück in die Wohnung gekommen waren. Für das Regal hatte sie lediglich einen abschätzigen Blick übrig gehabt, obwohl es bis zum Auszug gehalten hatte. Manchmal wunderte sich Katharina, wie ihre Eltern es überhaupt miteinander aushielten: die forsche, stets kritische Mutter, der nichts gut genug war, und der herzliche, immer auf Ausgleich bedachte Vater, der für jeden das richtige Wort fand.

Vor lauter Nostalgie hätte sie sich beinahe in den Finger geschnitten. Sie begann mit dem nächsten Arbeitsschritt, wobei sie auch hier Weißleim verwendete, den manche ihrer Kollegen konservatorisch für bedenklich hielten. Doch das ältere Ehepaar, das ihr dieses Schmuckstück zum Restaurieren anvertraut hatte, wollte ja schließlich mit der Kommode leben und sie nicht als Schaustück ins Museum stellen. Katharina hatte den Überschuss mit einem feuchten Lappen abgewischt und war gerade dabei, die Zwinge zu setzen, als Isi hereinschoss.

Für die bekennende Langschläferin, die jeden Tag mit sich kämpfen musste, um halbwegs pünktlich in der Werkstatt zu erscheinen, war diese frühe Stunde eine echte Sensation. Und so sorgfältig wie heute machte sie sich sonst nur selten zurecht. Isi trug ein kornblumenblaues Sommerkleid, das ihre zart gebräunte Haut zum Leuchten brachte, und hatte die Haare zu einem losen Zopf geflochten, was ihr etwas Mädchenhaftes gab. So sehr trieb sie also dieser ominöse Ladenfund an? Dann musste Katharina heute noch wachsamer sein, als sie es sich ohnehin vorgenommen hatte.

Konzentriert setzte sie die letzte Zwinge, dann wandte

sie sich Isi zu. »Muss nur noch schnell unter die Dusche«, erklärte sie. »Dann können wir los.«

»Du fährst tatsächlich mit?« Auf Isis Wangenknochen brannten rote Flecken vor Aufregung. Sie schwenkte eine Bäckertüte, aus der es verführerisch duftete. »Für Reiseproviant ist bereits gesorgt.«

»Was bleibt mir anderes übrig?«, erwiderte Katharina lakonisch. »Allein stellst du doch noch größeren Unsinn an.«

Als sie dann nebeneinander im Lieferwagen saßen und Cindy Lauper aus dem Radio plärrte, war es beinahe wie früher. Isi hatte schon damals ein Auto gehabt, einen uralten Opel Kapitän in einer schrägen Bronzelackierung, der eher zu einem Zuhälter als zu einer jungen Adligen gepasst hätte, aber erstaunlich zuverlässig lief. Mit ihm fuhren sie jeden Tag hinaus nach Poing und wieder retour, ein kleiner Ort östlich von München, wo die Werkstätten des Nationaltheaters ausgelagert waren. Ein ungewöhnlicher Betrieb für eine Schreinerlehre, ebenso anspruchsvoll wie abwechslungsreich, der ihnen viel abverlangt, aber noch mehr gegeben hatte. Inzwischen arbeiteten dort einige junge Frauen, die nach ihnen diesen Weg eingeschlagen hatten. Vor 13 Jahren jedoch waren Isi und sie die einzigen weiblichen Lehrlinge im Schreinerzweig gewesen, was sie bei aller Verschiedenheit eng zusammengeschweißt hatte.

»Weißt du noch, wovon wir damals geträumt haben?«, fragte Isi irgendwann.

»Mhm«, machte Katharina.

Eine warme kleine Hand legte sich auf ihr Bein. Um

neben Isis sommerlicher Aufmachung bestehen zu können, hatte sich Katharina für eine weiße Leinenhose und eine fliederfarbene Bluse entschieden. »Berühmt werden wollten wir. Allen zeigen, was zwei junge Schreinerinnen so alles draufhaben – und jetzt sind wir ganz kurz davor.«

»Das behauptest du.«

Die Hand kehrte zurück ans Lenkrad. »Ja, weil ich das Träumen noch nicht verlernt habe. Ich erkenne eben, wenn der Himmel einem ein Geschenk offeriert. Solche Chancen lassen sich nicht in dürren Zahlenreihen oder öden Kalkulationen einsperren. Schau mal, sogar der Verkehr läuft heute flüssig. Ich kenne diese Strecke auf der B12 nach Wasserburg nämlich auch ganz anders.«

Katharina zog ein Croissant aus der Tüte und biss hinein.

»Ein bisschen mehr über dieses ›Himmelsgeschenk‹ könntest du mir aber schon noch verraten«, sagte sie kauend. »Wer ist der Mann, der den Laden anbietet? Und wie ist er – als Bauer, wie du gesagt hast – überhaupt an so etwas gekommen?«

Sofort verfiel Isi erneut ins Schwärmen. »Ein uriger Typ, gut über 80, schätze ich. Fesl Pongratz heißt er. Er hat seinen Hof schon vor Jahren dem Enkel überschrieben, arbeitet aber noch immer mit, wenn es gesundheitlich geht. Woher er den Laden hat?« Sie zuckte die Schultern. »Ehrlich gesagt, keine Ahnung! Frag du ihn doch danach, wenn es dich so sehr interessiert.«

»Das werde ich, darauf kannst du dich verlassen.« Katharina vertilgte inzwischen das zweite Croissant. »Und dieser alte Herr ist so geschäftstüchtig?«

»Er weiß eben, was sein Fund wert ist.« Isi wurde langsam schmallippig. »Du hast das Prachtstück ja noch nicht mal gesehen!«

»Wenn du ihm gegenüber auch derart vor Begeisterung sprühst, geht er mit dem Preis vielleicht sogar noch weiter hoch«, warnte Katharina. »Das wäre dann allerdings keine sonderlich kluge Verhandlungstaktik.«

Isi wandte sich ab, drehte das Radio lauter, und sie schwiegen eine Weile.

»Komm schon, sei nicht sauer!«, lenkte Katharina schließlich wieder ein. »Ich habe keine Lust auf Streit an diesem schönen Morgen, sondern möchte nur, dass du vernünftig bleibst und nicht gleich wie eine Dampfwalze abgehst. Versprichst du mir das?«

Isi nickte nach kurzem Zögern.

»Okay. Wie weit ist es eigentlich noch?«, fragte Katharina weiter.

»Nur noch ein paar Kilometer«, erwiderte Isi. »Ein Stückchen weiter geht es übrigens ab zum Seoner See. Da habe ich als Kind meinen Fahrtenschwimmer gemacht. War herrlich damals, ein Ruderboot an der Spitze, und sieben kleine Mädchen und Jungs, die ihm wie eine Schar Entchen quer über den See gefolgt sind.«

Durch das geöffnete Fenster roch es nach Gras und Dung. Die Bauernhäuser am Straßenrand wirkten renoviert und waren blumengeschmückt, eine Art Bilderbuch-Bayern. »Wir sind fast da«, sagte Isi. »Obing, da, schau!« Das gelbe Ortsschild war nicht zu übersehen. »Der Hof liegt ein wenig außerhalb. Wirst staunen, wie schön der ist!«

Nach ein paar weiteren Minuten hatten sie ihr Ziel erreicht. Rechts von ihnen lag ein großer weiß getünchter Bauernhof mit Holzdach, umlaufendem Balkon und zwei niedrigeren Scheunen. Ein paar Hühner pickten umher. Auf der Bank vor dem Haus genoss eine getigerte Katze ihr Sonnenbad. Doch nicht sie fesselte Katharinas Aufmerksamkeit, sondern die dicht behaarten hell- und dunkelbraunen Tiere, die hinter dem Zaun weideten.

»Aber das sind ja …« Sie sprang aus dem Auto und lief zur Koppel.

»Ganz genau«, hörte sie eine tiefe Männerstimme neben sich sagen. »Sie sehen vollkommen richtig. Alpakas im bayerischen Oberland. Und die werden hier jetzt immer mehr. Aber seien Sie bloß vorsichtig!«

»Warum?« Instinktiv war sie einen Schritt zurückgetreten. »Weil sie mich sonst anspucken?«

»Das tun sie nur innerhalb der Herde, um die Rangordnung festzulegen. Und ich gehe doch schwer davon aus, dass Sie nicht vorhaben, sich da einzugliedern.«

Seine Mundwinkel zuckten belustigt. Unter rötlichen, kurz geschnittenen Haaren entdeckte Katharina eine breite Stirn und wache, intelligente Augen. Reichlich Sommersprossen, eigentlich überall. Er trug ein kariertes Hemd, Jeans und lehmverkrustete Stiefel. Ein Cowboy, dachte sie. Ein smarter bayerischer Cowboy, der sogar gewisse Ähnlichkeit mit dem jungen Redford hat.

»Nein, ich warne Sie nur, weil sie brandgefährlich für die Seele sind«, fuhr er fort, als sie stumm blieb. »Schauen Sie ihnen bloß nicht zu tief in die Augen, weil Sie sich sonst in diese wunderbaren Tiere verlieben könnten. Sie sind kleiner als Esel, größer als Hunde, kuschliger als Katzen – und somit genau das Richtige fürs Herz. Und dann gibt es kein Zurück mehr.«

»Wir sind aber nicht wegen Ihrer Alpakas hier«, schaltete sich nun Isi ein, die ebenfalls ausgestiegen und dazugekommen war. »Sondern wir interessieren uns für den alten Laden in Ihrer Scheune. Herr Pongratz erwartet uns bereits.«

»Ach, Sie sind das.« Sein Lächeln erlosch. »Die berühmten Münchner Schreinerinnen. Mein Großvater hat mir schon von Ihnen berichtet.«

»Restauratorinnen«, korrigierte Isi. »Wir beide sind Spezialistinnen für die Aufarbeitung alter Möbel.«

»Auch recht. Ich bin der Enkel, Rupp Pongratz, dem der Hof gehört. Und leider haben Sie sich ganz umsonst herbemüht. Der Laden ist nämlich nicht zu verkaufen.«

»Das klang gestern aber noch ganz anders!« Energisch stemmte Isi die Hände in die Hüften. »Ihr Großvater hat mich höchstpersönlich in die Scheune geführt und dort mit mir verhandelt …«

»Er tut eben ab und zu Dinge, die er später wieder bereut. Das passiert schon mal, wenn man über achtzig ist.« Sein Ton war merklich kühler geworden. »Außerdem ist er heute verhindert. An den Tatsachen ändert das trotzdem nichts. Der Laden bleibt, wo er ist. Pfiagott!« Er wandte sich zum Gehen.

»Moment mal!« Katharina schnitt ihm den Weg ab. »Seit gestern liegt mir meine Partnerin mit diesem Laden in den Ohren – und jetzt soll ich ihn mir nicht einmal ansehen dürfen? Das ist ziemlich unfair, finden Sie nicht?«

»Der Laden ist nicht …«

»Ich bin ja nicht taub«, unterbrach sie ihn. »Aber einen Blick darauf zu werfen, das müssen Sie mir bitte schon gestatten.«

Zunächst starrte er sie finster an, schließlich jedoch entspannte sich sein Gesicht ein wenig. »Meinetwegen«, sagte er. »Aber nur ganz kurz. Und machen Sie sich bloß keine falschen Hoffnungen.«

Mit großen Schritten ging er voran zu der längeren der beiden Scheunen: Katharina und Isi folgten ihm in einigem Abstand.

»Kapier ich nicht«, murmelte Isi kopfschüttelnd. »Ich schwör dir, der alte Pongratz war gestern noch ganz wild darauf zu verkaufen. Sonst hätte ich dich doch niemals so wuschig gemacht.«

»Vielleicht ein Familienkonflikt?«, flüsterte Katharina zurück. »Opa Fesl will noch immer bestimmen, aber er darf nicht mehr? Wo steckt er überhaupt? Er wusste doch, dass wir kommen wollten.«

Isi zuckte die Schultern, da waren sie schon an der Scheune angelangt. Rupp Pongratz hatte das Tor geöffnet. Drinnen war es leicht dämmrig, weil nur durch die unregelmäßigen Ritzen Sonnenlicht hineinschien, aber es reichte aus, damit Katharina die ganze Ladenzeile sehen konnte.

Was für ein Fund!

Schon während sie darauf zuging, wusste sie, dass Isi mit jedem ihrer schwärmerischen Worte recht gehabt hatte. Ja, das war definitiv schlecht gelagert, vergammelt und verschrammt, dazu voller Spinnweben und von Taubendreck überkrustet, aber in seiner geschlossenen Vollständigkeit vollkommen einmalig. Die ursprüngliche Farbe musste ein helles Mintgrün gewesen sein, doch irgendjemand hatte leider unsachgemäß stumpfes Braun daraufgeklatscht, das inzwischen überall in hässlichen Blasen abblätterte. Regale, Verkaufsschübe, verglaste Vitrinen, ein großer Tresen, der noch so gut erhalten war, dass es ihr fast den Atem verschlug. Es würde wochenlange Arbeit erfordern, um das alles wieder in Schuss zu bringen – doch jeder Augenblick würde sich lohnen.

»Und? Habe ich dir zu viel versprochen?«, flüsterte Isi.

Katharina schüttelte den Kopf. »Nein, mein Schreinerherz spielt gerade nur leicht verrückt«, sagte sie leise. »Den müssen wir bekommen!«

»Sag ich doch! Aber wie nur …«

»Haben Sie genug gesehen?« Ungeduldig wippend stand Rupp Pongratz am Tor.

»Einen Moment noch.« Katharina zwängte sich an ein paar alten Leitern und Sensen vorbei, um einen Blick auf die Rückseite der Ladeneinrichtung zu werfen. Wäre es schlecht gelaufen, so hätte sie lauter morsches Holz vorgefunden, doch alles, was sie sah und behutsam berührte, erschien ihr erstaunlich stabil. Sie wollte sich schon wieder zurück nach vorn quetschen, als ihr im unteren Bereich ein kleines, halbblindes Metallschild auffiel. Obwohl es staubiger und unbequemer kaum hätte sein können, ging sie in die Knie.

Möbelschreinerei Franz Hirtinger.

Ein Name, an den sie sich sehr wohl erinnerte. Paula hatte ihn vor einer ganzen Weile schon einmal erwähnt und dabei eine geheimnisvolle Miene aufgesetzt. Damals hatte sie nicht weiter nachgebohrt, doch als Katharina ihn jetzt vor sich hatte, schwarz auf angelaufener Bronze geprägt, bekam die Szene plötzlich eine ganz neue Brisanz für sie.

Sie las die Inschrift dreimal hintereinander, um ja sicherzugehen, dann zog sie ihr Smartphone aus der Hosentasche und machte zwei Fotos. Langsam kam sie wieder nach oben. Ihre Hände waren kalt vor Aufregung.

»Fertig?«, hörte sie Pongratz junior in einiger Entfernung poltern. »Ich muss jetzt wieder zu meinen Tieren. Wir erwarten nämlich ein Fohlen. Und das geht vor.«

Katharina nickte mit weißem Gesicht.

»Gut.« Er verriegelte die Scheune. »Dann wünsche ich den Damen eine angenehme Heimreise!« Breitbeinig schritt er zurück zur Koppel.

»Der Alte war ganz das Gegenteil, gesprächig, witzig, fast charmant«, sagte Isi. »Ich kann kaum glauben, dass das sein Enkel sein soll. Wir sollten versuchen, mit Fesl Pongratz noch einmal in Kontakt zu kommen. Leider weiß ich noch nicht genau, wie.«

Katharina blieb stumm.

»Was ist denn auf einmal mit dir?«, fragte Isi besorgt, als sie weiter zum Auto gingen. »Ärgerst du dich so sehr, dass die Sache geplatzt ist? Oder ist dir schlecht geworden? Du siehst ja plötzlich aus wie ein Geist.«

»Kann man wohl sagen«, murmelte Katharina. »Genauso einer ist mir gerade begegnet. Lass uns fahren!«

Isi wendete und fuhr zurück auf die Dorfstraße. Nach ein paar Metern bog sie zielstrebig in eine Einfahrt und stellte den Motor ab.

»Ich will jetzt sofort wissen, was los ist!«, verlangte sie. »Hat dieser Rupp was Blödes gesagt, das ich nicht gehört habe? Rede mit mir, Katharina!«

Mit großen Augen sah die Isi an. »Ich habe an der einen Seite des Ladens ein Namensschild entdeckt«, sagte sie. »Das ist mir so ins Mark gefahren.«

»Was stand denn drauf?«, fragte Isi verdutzt.

Katharina hielt ihr das Smartphone hin. »Hier«, sagte sie rau. »Lies!«

»Schreinermeister Franz Hirtinger. Und weiter? Ich versteh ehrlich gesagt die Aufregung nicht.«

Katharina fuhr sich mit der Hand über die Stirn. »Wie solltest du auch?«, fragte sie. »Ich fange ja gerade erst selbst damit an, die ersten Puzzleteilchen zusammenzutragen.«

»Jetzt machst du mich aber richtig neugierig«, erklärte Isi grinsend. »Wollen wir nicht in Wasserburg einen Kaffee trinken, und du erzählst mir alles? Wir sollten ohnehin beratschlagen, wie wir doch noch an diesen Laden kommen, jetzt, wo auch du Feuer gefangen hast …«

»Kann ich nicht.« Katharina schüttelte den Kopf. »Nicht, bevor ich nicht mit Paula gesprochen habe.«

»Tante Paula? Aber was hat die denn …«

»Fahr einfach!«, bat Katharina. Hatte sie ihre Urgroßmutter unterschätzt? In der Familienüberlieferung war Fanny stets als tatkräftig, grundsolide und ehrbar erschienen. Hatte sie tatsächlich ein Leben lang pikante Heimlichkeiten mit sich herumgetragen? »Bring mich zu ihr in die Türkenstraße. Den Rest erzähle ich dir, sobald ich kann.«

*

Sie rannte die Treppen nach oben und klingelte Sturm. Nach einiger Zeit öffnete Paula. Ihre Lider waren geschwollen, und sie trug ihre geringelten wollenen Armstulpen, untrügliches Anzeichen dafür, dass es kein guter Tag für ihr Rheuma war.

»Ist etwas passiert?«, fragte sie erschrocken. »Mit Christine oder mit Benedict?«

»Nein, nein«, sagte Katharina schnell. »Du brauchst dir keine Sorgen zu machen. Mit den Eltern ist alles in Ordnung. Aber es gibt da etwas, das ich dir unbedingt zeigen muss.«

Sie folgte der Tante in die Küche. Dort zeigte sie ihr die Fotos auf dem Smartphone.

»Ausgerechnet dieser Name! Ich hab ihn mir gemerkt, seit du ihn mir gegenüber erwähnt hast – jemand, der deiner Mutter Fanny sehr nahstand, so hast du es damals formuliert. Wie nah eigentlich, Tante Paula?«

Die Großtante ließ sich Zeit mit einer Antwort. »Die beiden waren jahrelang zusammen«, sagte sie schließlich. »Und mehr als das. Sonst würde ich heute nicht vor dir sitzen.«

Katharina musste diese kurzen Sätze erst einmal verdauen.

»Aber Fanny war doch die Frau von Josef Raith«, sagte sie dann.

»Genau das war das Problem. Eine Scheidung kam für ihn nicht in Frage«, erwiderte Paula. »Meiner Mutter blieb also nichts anderes übrig, als sich damit abzufinden. Wie bist du überhaupt auf diese alte Ladenzeile gestoßen?«

»Isi hat sie in einer Scheune in einem kleinen Dorf im Chiemgau entdeckt. Obing – warst du da schon einmal?«

Paula schüttelte den Kopf und sah dabei ihre Großnichte bewegt an. »Die Ladenzeile ist von ihm«, sagte sie. »Von Schreinermeister Franz Hirtinger, meinem leiblichen Vater. Dieses Geheimnis hätte meine Mutter beinahe mit in den Tod genommen. Weißt du, dass ich ihn niemals kennenlernen durfte?«

»Damit auf keinen Fall herauskam, dass Fannys Ehemann Josef gar nicht dein Erzeuger war, weil es sonst einen Skandal gegeben hätte?«

Paula schüttelte den Kopf. »Nein«, sagte sie. »Mein Vater und ich konnten uns gar nicht mehr begegnen, denn als ich im September 1944 zur Welt kam, hatten ihn im Frühling bereits die Bomben des 18. englischen Luftangriffs auf München getötet.« Sie ging zum Regal und kam mit einem roten Holzkästchen zurück. »Erst auf ihrem Totenbett hat sie es mir gestanden und dabei sehr geweint. Alles, was ich von ihm habe, sind diese drei Fotos«, sagte sie. »Ich habe sie unter Mamas Matratze gefunden, nachdem sie gestorben war. Wahrscheinlich hat sie sie sich jeden Abend heimlich angeschaut.«

Das erste zeigte einen Mann, der in einer Werkstatt ein Brett zersägte. Hinter ihm stand der Rohbau der Ladenzeile, noch unbemalt, doch im Aufbau bereits unverkennbar. Er hatte die Hemdsärmel aufgerollt, trug Hosenträger und eine geflickte Arbeitshose. Verschmitzt lächelte er in die Kamera, und Katharina sah sofort, dass Paula von ihm die dichten, dunklen Haare, die Grübchen und das energische Kinn geerbt hatte.

Auf dem zweiten Foto war die Ladeneinrichtung fertig, und er posierte stolz davor. Als Katharina das Foto umdrehte, erkannte sie Fannys steile Schrift.

Fritzis heiß ersehnter Laden, las sie. *Gefertigt von meinem Franz.*

Das dritte Foto präsentierte ihn im hellen Anzug neben Fanny, die in Hut, geknöpfter Seidenbluse und engem Rock ungewohnt fein zurechtgemacht war. Blickfang war der Anhänger mit einem großen Stein, den sie an einer zarten Kette um den Hals trug. Er hatte den linken Arm um sie gelegt, als wollte er sie nie wieder loslassen. Beide blickten ernst drein, fast feierlich.

»Sieht beinahe aus wie ein Verlobungsfoto«, sagte Katharina. »Allein schon wegen der schönen Kette, die sie trägt.«

»Ja«, sagte Paula. »Das könnte man meinen. Nur dass hintendrauf 1933 steht. Da war meine Mutter bereits 13 Jahre mit Josef Raith verheiratet. Und die Kette muss ihr irgendwann abhandengekommen sein. Jedenfalls habe ich sie niemals an meiner Mutter gesehen, geschweige denn sie in ihrem Nachlass gefunden.«

Katharina schüttelte den Kopf. »So, wie alle in der Familie über Fanny reden, passt es nicht zu ihr, dass sie die ganze Zeit über einen heimlichen Geliebten hatte«, sagte sie.

»Franz war ihre große Liebe«, sagte Paula bewegt. »Ihre einzige.«

»Hat sie dir das gesagt?«

»Erst ganz zum Schluss«, sagte Paula. »Aber sie hat es mich vom ersten Tag meines Lebens an spüren lassen.

Zu mir war sie anders als zu den älteren Schwestern, wärmer, weicher, zugewandter. Mir hat sie niemals einen Wunsch abgeschlagen. Darüber haben sich Marie und vor allem Clara oft beschwert. Sie haben sicherlich gespürt, dass uns beide ein Geheimnis verbindet.«

»Und Josef?«, fragte Katharina nachdenklich. »Hat er Bescheid gewusst?«

»Ich war erst ein paar Monate alt, als er starb, und kann dir diese Frage daher leider nicht beantworten«, sagte Paula. »Uns Mädchen gegenüber hat die Mutter nie gern über ihn gesprochen, aber vielleicht steht darüber ja etwas in den Tagebüchern.«

5

München, Mai 2015

Während sich Katharina erneut der Biedermeierkommode widmete, flogen ihre Gedanken immer wieder davon. Am liebsten hätte sie auf der Stelle alles stehen und liegen gelassen, um sich weiter in Fannys Aufzeichnungen zu vertiefen. Nach allem, was sie inzwischen von Paula erfahren hatte, musste ihre Ahnin eine ganz andere Frau gewesen sein, als sie jahrelang gedacht hatte: Sie hatte ihre große Liebe außerhalb der Ehe gelebt, die schließlich zu einer dritten Tochter geführt hatte – und das im vorletzten Jahr des Zweiten Weltkriegs, als immer mehr Städte in Schutt und Asche lagen.

Leider hatte Katharina die Kladden mit hinunter in die Werkstatt genommen und auf einen Hocker gelegt. Mit dem Ergebnis, dass sie nun immer wieder zu ihnen hinüberschielen musste. Aber das Ehepaar Möller feierte bald Goldene Hochzeit, und bis dahin sollte das Möbel, das sie sich zu diesem Jubiläum gegenseitig schenken wollten, unbedingt fertig sein. Sie hatte sich dazu durchgerungen, die innen ausgebrochenen Schlüsselschilder komplett zu erneuern. Dazu war es notwendig, sie mit dem Stecheisen herauszustemmen, um die Umrisse mit einem Bleistift auf Papier durchzureiben. Reine Routinearbeit, die sie jedoch immer wieder unterbrach, weil ihr das Gespräch mit Paula nicht aus dem Kopf gehen wollte. Hatte Josef Raith gewusst, dass seine Frau einen anderen liebte? Und wenn ja, wie mochte er darauf reagiert haben? So lebendig die Erinnerung in der Familie an Fanny war, so wenig wusste Katharina über deren Ehemann. Nicht mal sein genaues Todesdatum war ihr bekannt, und sie nahm sich vor, demnächst ihre Mutter danach zu fragen. Bei dieser Gelegenheit könnte sie auch die Tagebücher ins Spiel bringen – ein Gedanke, der sie allerdings schwer ankam. Katharina hätte sich gewünscht, dass ihr Verhältnis enger, ja fast freundschaftlich wäre, so wie sie es bei vielen anderen jungen Frauen und deren Müttern erlebte. Doch Christine brachte es immer wieder fertig, sie mit wenigen Worten auf Distanz zu halten.

Wenn der Kopf mit anderen Dingen voll ist, machen die Hände manchmal eben seltsame Dinge, das musste sie feststellen, als sie die Umrisse auf ein schwarzes Stück Ebenholz übertragen und mit einer Laubsäge ausgeschnitten hatte. Sie versuchte, sie einpassen, bevor das Schlüsselloch gebohrt und ausgesägt wurde – 1,5 mm zu groß.

Also das Ganze noch einmal von vorn.

Katharina unterdrückte einen Fluch und zog bei diesem Mal die einzelnen Arbeitsschritte konzentrierter durch. Jetzt stimmte alles: Sie konnte die beiden Schlüsselschilder einpassen und leimen. Die Werkstatttür hatte sie ein Stück offen gelassen, um den stechenden Leimgeruch erträglicher zu machen, und so hörte sie nach einer Weile Isi vorfahren.

»Kannst du mir kurz helfen?«, rief die Freundin. »Dieses schwere Monstrum kann ich nicht allein schleppen!«

Das »Monstrum« erwies sich als massiver Esstisch mit Ahornplatte, groß genug, um ein Dutzend Leute und mehr zu versammeln. Gemeinsam trugen sie ihn in die Werkstatt, die plötzlich viel voller wirkte.

»Wenn jetzt noch ein Auftrag reinkommt, können wir bald wegen Überfüllung schließen«, stöhnte Katharina. »Ich hasse es, wenn ich mich so eingezwängt fühle.«

»Musst du nicht«, versicherte Isi. »Ich geh jetzt nämlich in den Schuppen und mache Klarschiff.«

»Du willst dich tatsächlich von deinen Fundstücken trennen?« Katharina bekam den Mund kaum wieder zu.

»Von den allermeisten – ja«, versicherte Isi. »Wir brauchen doch jetzt Platz für unseren Laden.«

»Den Laden, der nicht zu verkaufen ist?«

»Den Laden, um den wir kämpfen werden«, korrigierte Isi. »Darfst du mir jetzt endlich verraten, wer dieser geheimnisvolle Franz Hirtinger war, der dich derart in Atemnot gebracht hat?«

»Er war Fannys große Liebe«, sagte Katharina. »Und Tante Paulas leiblicher Vater.«

»Wow!« Isi pfiff durch die Zähne. »Das wird ja immer spannender. Woher weißt du denn das? Deine Urgroßmutter hatte in den Dreißigern einen Geliebten? Und das ist erst jetzt herausgekommen? Dann hast du ja erst recht einen Anspruch darauf, dass dieser Rupp uns den Laden verkauft. Geht doch nicht an, dass das schöne Ding in seiner Scheune weiter vor sich hingammelt. Wir werden ihm so lange zusetzen, bis er doch dazu bereit ist.«

»Und wie?« Katharina klang eher mutlos.

»Komm schon, lass uns nachdenken. Uns beiden ist doch bislang noch immer etwas eingefallen.«

Isi hatte recht. Plötzlich fühlte sich auch Katharina wieder zuversichtlicher. Und vielleicht würden ja Fannys Aufzeichnungen zusätzliche Anhaltspunkte liefern, bei denen sich einhaken ließ.

Unwillkürlich war ihr Blick wieder zum Hocker geglitten, auf dem die Kladden lagen, was Isi nicht entgangen war.

»Weil du eigentlich nichts als lesen möchtest, richtig? Würde mir an deiner Stelle vermutlich auch nicht anders gehen.«

Katharina nickte. »Erwischt«, sagte sie. »Stattdessen werde ich mich jedoch ganz brav an die Politur der Kommode machen. Und dazu muss erst einmal alles runter. Mit Auffrischen kommen wir nämlich bei diesen vielen Flecken nicht weiter. Also erst dick Abbeizer aufstreichen, und dann …«

»Das übernehme ich«, bot Isi an. »Damit du endlich zu deiner Lektüre kommst. Und während es einwirkt, fange ich schon mal an, den Schuppen auszumisten. Ich gelobe, ich werde dabei sehr streng zu mir sein. Aber ein paar winzige Raritäten darf ich schon noch aufheben, oder?«

Katharina nickte mit leuchtenden Augen. »Du bist die Allerbeste!«

»Sag ich doch«, grinste Isi zurück. »Augen auf bei der Partnerwahl.«

*

Jetzt, da sie oben in der Wohnung auf dem Sofa saß, eine Kladde auf dem Schoß, die andere neben sich, hätte sie doch eigentlich glücklich sein müssen, aber stattdessen fühlte sich Katharina innerlich wie zerrissen. Es klappte nicht mit dem Überfliegen, so wie sie sich es vorgestellt hatte, um möglichst schnell herauszufinden, wie das mit Josef und Franz gewesen war. Sogar Fannys Schrift schien sich dagegen zu verwehren, im Eiltempo einverleibt zu werden, vom Inhalt ganz zu schweigen. Ihre Urgroßmutter hatte zwar chronologisch erzählt, dabei aber zahlreiche Lücken gelassen, als hätten ihr die Zeit oder der Mut gefehlt, alles aufzuschreiben. Manche Passagen waren ausführlich gehalten, andere dagegen wirkten knapp, fast kryptisch. »Sperrig«, so hatte Fanny ein Lehrer einmal genannt, wie sie bereits gelesen hatte – und genauso gestaltete sich auch dieser Lebensbericht. Er ließ sich nur begreifen, wenn man ihn nacheinander und vor allem in Ruhe las.

Irgendwann ging Katharina hinüber in die Küche, um Tee zu kochen. Vom Balkon aus sah sie, dass Isi bereits zahlreiche Gegenstände aus dem Schuppen nach draußen geräumt hatte, und sie entdeckte auch, dass ihr Andres Kultinger dabei behilflich war, ihr früherer gemeinsamer Chef.

Er winkte zu ihr herauf, die Stirn schweißnass, die dunkelblonden Haare leicht verstrubbelt. Nur in dem kurzen Bart, den er seit Neuestem trug, verrieten ein paar Silberfäden, dass er 12 Jahre älter war als sie. Sonst wirkte er in Jeans und T-Shirt, die er bevorzugt trug, noch immer jugendlich.

»Wollte mich eigentlich von euch beiden Hübschen zu einem schnellen Kaffee einladen lassen«, erklärte er lächelnd. »Stattdessen hat Isi mich nun zum Schleppen verdonnert. Aber was will man machen? So viel geballtem weiblichen Charme ist man als Typ einfach nicht gewachsen!«

»Den Kaffee kriegst du hinterher«, rief Katharina runter. Sie musste ihn nur sehen, damit ihr warm ums Herz wurde. Manchmal träumte sie davon, wieder mit ihm zusammen zu sein. Aber das behielt sie für sich. Denn die Angst, er könne sie wie damals zurückweisen, war stärker. »Erdbeerkuchen wäre auch noch da. Ist das kein verlockendes Angebot?«

»Unbedingt!« Er stemmte einen Schemel ein Stück in die Luft und tat dabei, als wiege der mindestens eine halbe Tonne, dann ließ er ihn wieder sinken und verschwand hinter Isi im Schuppen.

Mit der Teekanne sowie Milch und Kokosblütenzucker kehrte Katharina zu ihren Kladden zurück.

Wo war sie stehen geblieben?

Genau, hier, München, Oktober 1918 …

*

München, Oktober 1918

Während ich nun in diesem zugigen Dachkämmerchen hocke, überlege ich fieberhaft, wie in aller Welt ich möglichst schnell wieder von hier fortkomme. Wenigstens habe ich mir die schwarze Kladde geleistet, gleich am zweiten Tag in München,

und meine Zugfahrt darin übertragen. Sie ist nun mein
Tagebuch, in das ich alles Wichtige aufschreiben werde, das
mir zustößt. Ist doch etwas ganz anderes als fliegende Blätter,
die so schnell in Unordnung geraten können!

Im Zug dachte ich ja noch, mein Leben würde endlich jene
Wendung nehmen, von der ich lange geträumt hatte. Dabei
hatte mich die erste düstere Ahnung bereits überfallen, als
Georg mir eine Fotografie der Barth zeigte: ein mürrischer
Mund, und Augen so hart, als bestünden sie aus schwarzen
Jettsteinen.

»Eine ehrbare Witwe«, sagte er leicht salbadernd. »Mit
strengen Prinzipien. Aber ich denke, das wird dir guttun, so
jung und unerfahren, wie du noch bist.«

Ich habe genickt, was sollte ich auch anderes tun?

Zu überwältigend war für mich noch immer die Kutschfahrt
vom Hauptbahnhof in die Augustenstraße, obwohl wir die
kurze Strecke doch ebenso gut auch zu Fuß hätten gehen
können. Die stolzen mehrstöckigen Mietshäuser, an denen wir
vorbeitrabten, hätte ich mir gern noch viel genauer angeschaut. Doch dann kam mir wieder Georgs steifes Bein in den
Sinn und die Scham, die seit jeher für ihn damit verbunden
war. Und so habe ich lieber meinen Mund gehalten. Wir
waren also nicht meinetwegen gefahren, sondern seinetwegen.
Und auch der für Kriegszeiten verblüffend reich gedeckte Tisch
anschließend in der Wohnung war wohl vor allem dazu da,
um mir zu beweisen, wie weit mein Bruder es gebracht hatte.
Ich war viel zu aufgeregt, um das Essen richtig zu genießen, und vieles von dem, was da lag, hatte ich ohnehin noch
nie zuvor probiert, wie Pastetchen mit kleinen Leberstücken,
gepökelten Fisch oder winzige gebratene Kalbsmedaillons.

Daher hielt ich mich zurück und ließ mir lieber von Schwägerin Elise ein paar Bissen zurechtmachen, als sei ich kaum älter als die vierjährige Marianne. Die Kleine plapperte und lachte, wollte unbedingt auf meinem Schoß sitzen und drückte ihr blondes Lockenköpfchen mit der roten Propellerschleife unbefangen an meinen Busen. Ihre Mutter dagegen wirkte unglücklich.

Ich erkannte es an den bläulichen Schatten unter ihren Augen, den schmalen Händen, die fahrig mit der langen Perlenkette spielten, den vollen Lippen, die wie zerbissen wirkten.

Welch heimlicher Kummer sie wohl quält?

Wir sind uns noch nicht nah genug, um sie danach zu fragen, und in Georgs Gegenwart hätte ich es ohnehin nie getan. Doch selbst als wir schließlich zusammen in der Küche den Abwasch erledigten, wich sie meinen fragenden Blicken aus.

»Früher hatten wir immer ein Mädchen«, sagte sie seufzend. »Aber die eine entpuppte sich als heimliche Trinkerin, die andere wurde frech, und die dritte hat sogar geklaut. Irgendwann hatte ich die Nase voll und habe Georg vorgeschlagen, mich für eine Weile allein um den Haushalt zu kümmern. Hätte ich das doch niemals getan! Jetzt hat er sich daran gewöhnt und will von einer Änderung nichts mehr wissen. Um mich bei Laune zu halten, faselt er ständig von irgendwelchen Geräten, die mir irgendwann die Arbeit erleichtern werden. Aber siehst du hier vielleicht auch nur ein einziges davon?«

Ich schaute mich um und schüttelte den Kopf. Die Küche war mit Gasherd, eingelassener Emaillespüle und hellen Holzmöbeln ungleich moderner eingerichtet als unsere uralte in Weiden, aber mit den Händen arbeiten musste man hier ebenso wie dort.

*»Eben!«, fuhr sie fort. »Jetzt sperrt er mich zu Hause ein.
Aber das wird ihm auf Dauer nicht viel nützen. Als ob
Waschen und Schrubben eine Frau jemals vom Träumen
abgehalten hätten ...«*

*Ich wusste nicht genau, was sie damit meinte, doch als wenig
später im Flur schrilles Läuten erklang und sie überstürzt
hinauslief, überkam mich eine ungute Ahnung. Nach Kurzem
kam sie wieder herein, rosig und halb aufgelöst.*

*»Falsch verbunden«, flötete sie. »Wieder einmal. Was für
verrückte Leute einen doch manchmal anrufen!«*

*Sie haben ein Telefon! In Weiden kannte ich niemanden, der
diese neumodische Einrichtung besitzt.*

*Vielleicht habe ich sie doch zu intensiv gemustert. Vielleicht
bekam Elise Angst, sie könne versehentlich etwas preisgeben,
das nicht für meine Augen und Ohren bestimmt sei ... jedenfalls war sie es, die dafür sorgte, dass ich nur zwei Nächte bei
ihnen schlafen durfte. Dabei habe ich die schöne große Wohnung so sehr genossen. Stundenlang hätte ich in der Badewanne mit den Löwenfüßen liegen bleiben können. Und erst
die piekfeine Toilette mit Wasserspülung, auf der man niemals
frieren musste und ganz in Ruhe sitzen bleiben konnte, bis
man fertig war.*

*Es gab noch einen allerletzten Aufschub, ein Frühstück mit
gebratenen Eiern und Marmelade, bis Georg mich mit meinem
Koffer wieder in die Kutsche packte und in die düstere Westenriederstraße bringen ließ ...*

»Wo stecken Sie denn schon wieder, Fräulein Haller? Ihre
Mittagspause ist seit exakt fünf Minuten überschritten!«

»Komme gleich«, schrie Fanny zurück.

Adele Barth stand am Fuß der Treppe und versperrte ihr den Weg. »Ich habe mir gerade die Knopflöcher der Seger'schen Bettwäsche angesehen«, sagte sie drohend. »Schon ein Mädchen im ersten Lehrjahr erledigt das sauberer. Und jetzt folgen Sie mir ins Atelier, aber hurtig!«

Sie stolzierte voran in das enge Nähzimmer und griff dort nach der Satinbluse, die ganz obenauf lag. Mehr als vier Stunden hatte Fanny an den über 50 Perlmuttknöpfchen genäht, die sie im Rücken verschlossen, winzige, glatte Dinger, die ihr immer wieder aus der Hand gerutscht und auf den Boden gekullert waren.

»Und das nennen Sie eine saubere Arbeit?« Die Jettaugen funkelten gefährlich.

»Ich habe sie so angebracht, wie Sie es mir…«

»Papperlapapp! Perlseide habe ich gesagt, *Perlseide!* Sie aber haben einen Baumwollfaden verwendet. Und sparen Sie sich gefälligst die ständigen Widerreden. Das ist Pfusch, Fräulein Haller, was Sie da abgeliefert haben, elender Pfusch. Aber elenden Pfusch, den gibt es nicht bei einer Adele Barth!«

Sie griff nach der Leiste und begann daran zu zerren. Die kleinen weißen Knöpfe fielen nacheinander ab wie reife Äpfel von einem Baum, während Fanny ungläubig zuschaute.

»Also noch einmal von vorn!« Barth klang befriedigt. »Erst werden die Knopflöcher korrigiert, danach die Perlknöpfchen fachgerecht angenäht.«

Das Klingeln der Glocke, die eine neue Kundin ankündigte, rief sie zurück in den Laden und befreite Fanny von ihrer Gegenwart. Sie schickte ihr eine wütende Grimasse hinterher, dann ging sie notgedrungen leise fluchend auf die Knie und sammelte die Knöpfe wieder ein, bevor sie sich erneut an die Arbeit machte. An die alte Gegauf-Nähmaschine aus der Schweiz, die schon ein paar Jahrzehnte alt sein mochte, ließ die Barth sie nicht, und außer Hohlsäumen hätte man ohnehin nicht sehr viel mehr auf ihr erledigen können. So türmten sich ringsumher Tischdecken, Bettwäsche, Nachthemden – und die Stoffberge wurden nicht weniger, so sehr Fanny sich auch beeilte.

Ganz im Gegenteil schien die Barth zu glauben, dass sie mindestens vier Paar Augen und acht Hände hatte, so ungeniert nahm sie immer weitere Aufträge an. Am liebsten hätte die Chefin es wohl gesehen, wenn ihre neue Angestellte auch nach Feierabend weiter für sie gestichelt hätte. Dagegen jedoch hatte Fanny sich von Anfang an gewehrt, bestärkt von Lorenz Wurzer, dem netten Nachbarn aus dem zweiten Stock.

»Diese alte Bissgurn ist doch die reinste Mädchenschinderin!«, hatte er zu ihr gesagt, nachdem sie sich schon mehrmals im Treppenhaus begegnet waren und ihm auffiel, dass sie immer müder und blasser aussah. Dass er wie ihr Bruder Sepp die schwarze Eisenbahneruniform mit den roten Streifen trug, machte ihn für Fanny sympathisch und vermittelte ihr ein warmes Gefühl. »Lass dir von der bloß nichts gefallen. Mehr als zehn Stunden Arbeit pro Tag sind gesetzlich gar nicht mehr erlaubt. Es gibt nämlich auch Rechte für die einfachen Leut – und bald wird es vielleicht noch ganz anders werden!«

»Was meinen Sie damit?«, fragte Fanny.

»Meine Parteigenossen und ich haben so lange dagegen

demonstriert, bis die Gesetze endlich geändert wurden. Das wirst du auch noch über kurz oder lang erleben – die Münchner Innenstadt voll von streikenden Menschen im Kampf für Recht und Freiheit. Wenn dieser elende Krieg endlich vorbei ist, werden Adel und Militär jede Menge Privilegien verlieren. Ich kann es kaum erwarten!«

Adele Barth hatte ihn als Sozi und gefährliche rote Socke gebrandmarkt und Fanny ausdrücklich vor ihm gewarnt, sie aber mochte diesen Schaffner mit dem grauen Schnauzer, der so freundlich und frei heraus mit ihr redete. Einmal hatte er ihr sogar ein Stückchen Hefegebäck geschenkt, das sie hungrig verschlungen hatte. Denn zu essen gab es bei der verkniffenen Weißnäherin auch nicht gerade viel. Zudem schmeckte alles, was auf den Tisch kam, gleich – lieblos, fad und ungewürzt. Fanny war fast versucht, selbst zum Kochlöffel zu greifen, aber würde die Chefin das überhaupt zu würdigen wissen?

Stattdessen bot sie ihre Dienste ganz spontan dem Schaffner an. »Ich könnte am Wochenende etwas für uns kochen«, sagte sie. »Hätten Sie Lust darauf?«

»Das würdest du tun?« Sein verwittertes Gesicht begann zu strahlen. »Aber du hast doch sicher Besseres zu tun, als deinen freien Tag mit einem alten Mann zu verbringen!«

»Den Sonntag – ja. Der ist besetzt. Da gehe ich nämlich nach der Messe zum Baden zu meinem Bruder. Aber am Samstagabend, da könnte ich, wenn Sie mögen.«

»Einverstanden! Aber was bräuchtest du denn dafür? Jetzt, wo es so gut wie nix mehr gibt …«

»Sauerkraut. Mehlige Kartoffeln, am besten ein Kilo,

ein bisschen Mehl und Schmalz. Zwei Eier. Salz. Und natürlich Muskatnuss. Aber notfalls ginge es auch ohne. Die Kartoffeln kochen Sie bittschön schon am Freitag vor. Dann tue ich mich leichter.« Sie zwinkerte ihm zu. »Können Sie das auftreiben? Und vor allem: Haben Sie eine Kartoffelpresse?«

»Glaub schon.« Sein Lächeln wurde immer breiter. »Wir Eisenbahner haben da so unsere Verbindungen. Und die Kartoffelpresse stammt noch von meiner lieben verstorbenen Annamirl …«

Ob die Barth sie heimlich belauscht hatte, weil sie in den letzten Tagen noch ekelhafter geworden war?

Mit den Knopflöchern hatte sie leider nicht ganz unrecht gehabt, die waren wirklich etwas krumm ausgefallen. Seufzend nahm Fanny die feinste Schere und schnitt die Umrandung auf, um sie danach erneut und sorgfältiger zu fassen. Dann kamen die vermaledeiten Perlknöpfchen an die Reihe, eines nach dem anderen. Ihre Augen begannen zu brennen, so sehr strengte sie sich an, denn die Tage wurden immer kürzer, und aus Sparsamkeitsgründen war das Gaslicht stark heruntergedreht. Keine Spur in Barths düsterem Reich von der verschwenderisch hellen elektrischen Beleuchtung in Georgs Räumen! Ihr Bruder war der neuen Technik von Herzen zugetan und schmiedete bereits große Pläne für die Zukunft.

»Da lässt sich richtig Geld machen, denn unser Jahrhundert wird ein elektrisches werden, Fanny. Überall ist Elektrizität auf dem Vormarsch, in den Fabriken, den Mühlen und Wasserwerken. Aber sie wird nach und nach gewiss auch Einzug in die Haushalte halten. Stell dir nur einmal vor, elektrische Maschinen würden das Geschirr reinigen oder die Wäsche waschen! Wie viel Arbeit bliebe da euch Frauen erspart …«

Oder verknitterte Wäsche glätten, dachte Fanny, nahm die Bluse und ging nach nebenan in die Küche. Dort nahm sie die Herdringe heraus und setzte stattdessen die mit Kohle befeuerte Kochhexe ein, auf der sie das Bügeleisen erhitzte. Zwar wurde somit das Eisen schneller wieder kalt, aber man lief auch weniger Gefahr, sich beim Wechseln aus Versehen die Finger zu verbrennen. Sie zog den Aufenthalt im einzig wirklich warmen Raum ein wenig mehr in die Länge, als unbedingt notwendig gewesen wäre, was die Barth sofort bemerkte.

»Wenn Sie herumtrödeln wollen, dann setzen Sie sich zu den feinen Leuten ins Café Luitpold«, keifte sie. »Aber gefälligst in Ihrer Freizeit. Bei mir wird gearbeitet!«

Fanny hörte die Glocken von St. Peter schlagen, erst viermal, dann sechsmal.

»Eigentlich gar keine schlechte Idee«, gab sie zurück. »Denn jetzt ist es Samstag, sechs Uhr – und meine Arbeitszeit damit für diese Woche vorbei!« Sie nahm die noch ungebügelte Bluse und trug sie zurück zu dem gewaltigen Stoß im Nebenzimmer.

»Das wagen Sie nicht!« Adele Barth war ihr gefolgt und baute sich drohend in der Tür auf. »Wenn Sie jetzt gehen, und dann auch noch zu diesem Sozi …«

Fanny schob sie sanft zur Seite. »Ja?«, fragte sie mit leicht provokantem Unterton.

Die Ohrfeige traf sie ohne Vorwarnung. Ihr Kopf flog zur Seite und knallte hart gegen den Türrahmen. Für einen

Moment wurde ihr schwarz vor Augen, aber sie fiel nicht, sondern hielt stand. Es tat höllisch weh, und mehr als das. Die Barth hatte das Jochbein getroffen, das rasch anschwoll. Beide Frauen starrten einander schweigend an, dann wich Adele Barth zurück und gab den Weg frei.

Schon im Gehen streifte Fanny die Schürze ab, stolperte hinaus ins Treppenhaus und stieg dann die Treppen zu Wurzer hinauf. Eigentlich hatte sie sich noch frischmachen wollen, aber jetzt klingelte sie bei ihm eben so, wie sie war.

Seine Miene erstarrte, als er geöffnet hatte und im trüben Schein der Flurbeleuchtung ihr misshandeltes Gesicht sah.

»Etwa die Barth?«, rief er. »Angezeigt gehört die, und zwar auf der Stelle. Komm erst einmal rein, Deandl!«

Fanny folgte ihm in die kleine Wohnung, die lediglich aus Wohnküche und Schlafkammer bestand, und fühlte sich, nachdem der erste Schreck über die Ohrfeige abgeklungen war, plötzlich unbehaglich. Einem fremden Mann so nah zu kommen, auch wenn er schon älter war …

Was würde Fritzi dazu sagen? Ihren Brief trug sie seit Tagen mit sich herum.

Ich vermisse dich so, geliebte Schwester! Wie konntest du mir das nur antun – mich einfach so zurücklassen? Weiden ist ohne dich noch ärmlicher und dunkler geworden. Von Rosl weiß ich, dass Georg dir die Fahrt nach München bezahlt und dort auch eine Stelle besorgt hat.

Warum nur dir und nicht auch mir?

In der großen Stadt muss es doch jede Menge Gärtnereien geben, in denen ich arbeiten könnte. Am liebsten aber hätte ich einen eigenen kleinen Laden, mein großer Traum, wie niemand besser weiß als du. Dann könnten wir wieder beieinander sein, so wie immer …

An den Vater wollte sie lieber erst gar nicht denken. Er hatte ihr über Georg ausrichten lassen, sie sei nicht mehr seine Tochter, so übel nahm er ihr die Flucht.

Doch Lorenz Wurzer ließ ihr nicht lang Zeit für solch trübe Gedanken. Stattdessen lief er zum Wasserhahn, hielt ein Küchentuch darunter und wies Fanny an, es anschließend fest auf die Schwellung zu pressen.

»Was wir jetzt bräuchten, wären Eis oder besser noch ein saftiges Stück Rindfleisch«, sagte er bedauernd. »Aber woher nehmen in diesen erbärmlichen Zeiten? Das würde dein Gesicht nämlich ganz schnell wieder heil machen.« Ihr fragender Blick war ihm nicht entgangen. »In jüngeren Jahren habe ich im Verein geboxt«, erklärte er. »Da lernt man notgedrungen, wie man mit einfachen Mitteln gegen Verletzungen angeht.«

Er ging zur Kredenz, holte eine Flasche heraus und goss ein kleines Glas mit einer klaren Flüssigkeit voll.

»Da, trink!«, befahl er. »Schnaps hilft zwar nicht gegen die Schwellung, aber er spült zumindest die Wut runter.«

Es brannte im Mund, doch in Fannys Magen wurde es warm.

»Noch eins?«, fragte er.

Sie nickte, nippte aber nur noch daran.

»Ich geh da nicht mehr hin«, stieß sie hervor. »Diese gemeine alte Hexe – nicht einen Tag ertrage ich sie länger!«

»Aber was stattdessen?«, fragte er besorgt. »Die Stadt ist

voll von Arbeitslosen, die alles dafür tun würden, um wieder in Lohn und Brot zu kommen. Willst du dich wirklich in diese Schar der Hoffnungslosen einreihen?«

»Natürlich nicht! Ich werde schon was finden …«

Die Ohrfeige, der ungewohnte Alkohol, seine ehrliche Zuwendung – Fannys Augen wurden immer feuchter.

»Ach, Deandl!« Väterlich berührte er ihren Kopf. »Eigentlich solltest du noch Zöpfe tragen und jemanden haben, der auf dich aufpasst. Wenn ich zum Beispiel dein Vater wäre …«

»Der hat kaum noch ein Wort zu mir gesagt, seitdem Mama krank geworden und gestorben ist.« Jetzt strömten ihre Tränen ungehemmt. »Und wenn mein großer Bruder erfährt, was passiert ist, wird er maßlos enttäuscht sein von mir. Georg hat mir die Stelle in München besorgt und eine teure Fahrkarte für die Bahn spendiert, damit ich heil ankomme. Damals hat er noch an mich geglaubt. Aber jetzt?«

»Dein Bruder lebt in München?«

Fanny nickte.

»Dann würde er dich doch sicherlich bei sich aufnehmen?«

»Ich weiß es nicht«, schluchzte Fanny. »Ich weiß auf einmal gar nichts mehr!«

»Lass uns noch einmal ganz in Ruhe überlegen: Kennst du sonst noch jemanden hier?«, fragte Wurzer sanft. »Verwandtschaft, auch weiter entfernte? Oder irgendjemanden Soliden, an den du dich wenden könntest?«

Zuerst schüttelte Fanny verzweifelt den Kopf, dann jedoch tauchte ein Bild vor ihr auf: Haare, dunkel wie

Rauch, die leicht gebogene Nase, die geschwungenen Lippen …

Unwillkürlich hatte sie zu weinen aufgehört, doch als das Bild allmählich wieder verblasste, kehrten auch die Tränen wieder zurück.

»Es ist nur eine Zugbekanntschaft. Eine Mutter mit zwei Kindern …«

»Wo in München wohnt diese Zugbekanntschaft?«

»Franz-Joseph-Straße Nummer 38. Ich glaube, das Viertel nennt sich Schwabing.«

»Noble Gegend!«, sagte er anerkennend. »Und die Leute waren nett zu dir?«

»Sehr!«, versicherte Fanny und wischte sich die Augen trocken. »Besonders die Tochter. Sie heißt Alina und ist genauso alt wie ich. Ja, ich glaube, sie mag mich.«

»Hör zu, Deandl, dann mach ich dir jetzt einen Vorschlag: Morgen bringe ich dich zu diesen feinen Leuten nach Schwabing. Dann musst du wenigstens nicht schutzlos durch die Stadt rennen. Und danach sehen wir weiter.«

»Das würden Sie tun?«

»Sehe ich vielleicht aus, als würde ich lügen?«, fragte er treuherzig.

»Nein«, versicherte Fanny aus vollstem Herzen. »Aber nur unter einer Bedingung.«

»Und die wäre?«

»Sie setzen sich jetzt hin, und ich koche für uns meine Fingernudeln auf Sauerkraut.«

6

München, Oktober 1918

*Ich verwünsche das dritte und vierte Gläschen Schnaps, das
ich nach dem Essen noch getrunken habe. Die Fingernudeln
waren gut geraten, wenngleich das Schmalz so knapp war,
dass ich sie schließlich regelrecht vom Pfannenboden kratzen
musste. Irgendwann habe ich mich dann nach oben geschli-
chen und bin wie eine Tote in mein Bett gefallen.*

*Lorenz, wie ich ihn seit gestern nennen darf, redet ohne Un-
terlass auf mich ein, aber ich höre ihm kaum zu, während wir
Seite an Seite durch München gehen, so aufgeregt bin ich.
Dabei will er doch nur freundlich sein und mir seine Stadt
erklären, aber meine Hoffnungen und Ängste fliegen weit
voraus. Im Augenblick ist es mir reichlich gleichgültig, dass
sich vor uns das Alte Rathaus erhebt und durch ein Stadttor
das neu erbaute zu sehen ist, das in meinen Augen viel älter
wirkt. Was kümmert es mich, wo wir gerade sind? Die Straßen und Gassen rund um das Platzl, von dem er so schwärmt,
kommen mir fast so eng vor wie in Weiden. Eigentlich will
ich nur wissen, wann wir endlich in Schwabing angelangt
sein werden. Wie eine rettende Insel in stürmischer See stelle
ich es mir vor, und natürlich hätte ich lieber die Straßenbahn
genommen, um schneller da zu sein.*

Lorenz brabbelt ohne Unterlass, erzählt von Waffenstill-

standsgesuchen, dem Widerstand der Obersten Heeresleitung, von meuternden Soldaten und Matrosen und dem Sieg der Sozialdemokratie, der nicht mehr lange aufzuhalten sei. Ich dagegen krampfe beim Gehen meine Füße zusammen, um nicht schon wieder Blasen an den Fersen zu bekommen, obwohl meine Stiefel eigentlich längst eingetragen sind.

»Aber der Sozialismus kann nicht auf Bajonetten und Maschinenpistolen aufgerichtet werden.« So sehr redet Lorenz sich in Rage, dass er sogar seinen Sonntagsanzug bespuckt. Mir wäre ja lieber gewesen, er hätte seine Eisenbahneruniform getragen, aber nachdem ich ihm gesagt habe, dass die Rosengarts Juden sind, war er nicht mehr dazu zu bewegen. »Soll er auf Dauer Bestand haben, muss er auf demokratischem Weg verwirklicht werden. Und dazu gehört auch das Wahlrecht für euch Frauen, Fanny ... «

Ich lasse ihn reden und hänge weiter meinen Fantasien nach. Die Begriffe »Oper« und »Residenz« fliegen nur so an mir vorbei, dabei hätten das noble graue Gebäude mit der Säulenreihe und der anschließende Königsbau in hellem Gelb es wohl verdient, genauer angesehen zu werden.

Doch ich bin in Gedanken anderswo.

Was, wenn Alina mich kühl empfängt oder sich gar nicht mehr an mich erinnert? Und wie wird die Mutter reagieren? Dora Rosengart ist eine feine Dame, die ihre ganz eigenen Vorstellungen hat, das habe ich schon während der Bahnfahrt beobachten können. Vielleicht stört es sie, dass ich einfach so angelaufen komme, oder sie hat ihrer Tochter längst klargemacht, dass sich ein solcher Kontakt nicht schickt. Das Schlimmste jedoch wäre, wenn sie mich wie eine Bettlerin von der Schwelle weisen würde.

»Wir sind keine Bolschewiken, die ...«

»Entschuldigung, Lorenz«, unterbreche ich ihn. »Wo genau sind wir jetzt eigentlich?«

»Das ist die Ludwigstraße«, erklärt er geduldig. »Hinter dir liegt die Feldherrnhalle, und rechts siehst du die berühmte Staatsbibliothek, in der die Herrn Studenten ihre Bücher ausleihen können, damit sie noch schlauer werden. Links vor uns liegt die Universität, aber noch davor nehmen wir die Schellingstraße.«

Wieder lauter neue Namen! Wie soll ich mich hier nur jemals zurechtfinden?

»Sind wir jetzt eigentlich schon in Schwabing?«, frage ich nach einer Weile schüchtern.

»Beinahe. Dieses Viertel nennt man Maxvorstadt, und es grenzt direkt an Schwabing«, erläutert Lorenz, während wir schnellen Schritts weitergehen. »Wir sind schon auf der Türkenstraße, jetzt biegen wir links ab und danach gleich wieder rechts. Siehst du das Schild Kurfürstenstraße?«

Ich nicke beklommen.

»Die gehen wir nun bis zum Ende lang, dann noch einmal nach rechts, und schon sind wir fast am Ziel ...«

Mir wird leicht schwummrig, und plötzlich kommen mir immer noch mehr Einwände in den Sinn.

»Und wenn sie gar nicht mehr wissen, wer ich bin?«, murmele ich verzagt.

»Sie haben dir doch die Adresse gegeben!«

»Aber es ist Sonntag. Vielleicht stören wir, oder sie sind noch in der Messe ...«

»Juden?«

Sein Tonfall bringt mich zum Verstummen. Es gibt kein

*Zurück mehr. Er wird mich zwingen, bei Rosengarts zu
läuten. Auf einmal hasse ich ihn fast dafür. Noch mehr aber
hasse ich Adele Barth, die mich so gezeichnet hat.*

*Das Haus ist in zartem Gelb gestrichen und wirkt imposant.
Kleine Säulen und Gesimse zieren die Fassade, die zudem hohe
Sprossenfenster untergliedern. Ich zähle vier unterschiedlich
große Balkone mit gusseisernen Streben, auf denen vereinzelt
Pflanzentröge stehen. Über der Haustür sind verschwenderisch weiße Stuckaturen angebracht, die wie Blüten gestaltet
sind. Es gibt nur zwei Parteien pro Stockwerk.*

*Ich lese den Namen Rosengart auf dem rechten Klingelschild,
denke an mein verunstaltetes Gesicht und wäre am liebsten im
Boden versunken.*

*»Nur Mut, Deandl!« Er knufft mich leicht in die Seite. »Wird
schon schiefgehen. Und außerdem bin ich ja auch noch da.«
Ich drücke die Klingel. Die Haustür springt mit einem Summ-
ton auf, und wir steigen die breite Stiege in den ersten Stock
hinauf. So ein vornehmes Treppenhaus habe ich noch nie
gesehen. Die unteren Stufen sind aus Stein; ein grüner Läufer
bedeckt sie mittig. Dann löst dunkles Holz den melierten Stein
ab. Ich stütze mich beim Gehen auf das hölzerne Geländer,
das warm und glatt unter meiner Hand ist.*

So fühlt sich Reichtum an.

*Die Tür zur Wohnung ist nur angelehnt. Lorenz und ich
stehen unschlüssig davor. Dann höre ich rasche Schritte …*

»Fanny!« Mit einem schiefen Lächeln stand Alina vor ihr.
»Diese Überraschung ist Ihnen wirklich gelungen.« Ihr
Lächeln erlosch, als sie Fannys Gesicht sah. »Aber wer hat
Ihnen das denn angetan? Oder war es ein Unfall?«

Lorenz räusperte sich.

»Wie auch immer, Fräulein Haller bräuchte Ihre Hilfe – gewissermaßen«, begann er schwerfällig. »Sie sehen ja, was mit ihr ist.«

»Sind Sie überfallen worden? Ist wenigstens die Polizei bereits eingeschaltet?« All diese Fragen stieß sie ohne Pause aus. »Und wer sind Sie? Ein Verwandter?«

»Nein, er ist mein freundlicher Nachbar, Herr Lorenz Wurzer. Und bloß keine Polizei!« Abwehrend hob Fanny die Hände. »Sieht schlimmer aus, als es ist, aber ich …«

»Alina!«, hörte sie die Stimme von Dora Rosengart aus der Wohnung. »Wo steckst du denn schon wieder?« Sie kam den Flur entlang, die Haare aufgelöst, einen dünnen Schweißfilm auf der Haut, und wirkte erschöpft und angespannt. »Alles rettungslos angebrannt! Kannst du dir das vorstellen?«

Sie starrte Fanny an wie eine Erscheinung. Ihr Blick wurde kühl, als sie deren blaues Auge sah. »Guten Tag. Was führt Sie denn zu uns?«

Fanny nahm allen Mut zusammen. »Eigentlich wollte ich Sie um Rat bitten«, sagte sie. »Ich suche nämlich eine neue Anstellung. Aber wenn ich es recht verstanden habe, gibt es gerade ein paar Schwierigkeiten in Ihrer Küche.«

»Schwierigkeiten?«, ächzte Dora Rosengart. »Das sind keine Schwierigkeiten, das ist eine einzige Katastrophe! Das wichtigste Essen überhaupt in unserem neuem Domizil, wir erwarten nämlich meinen künftigen Schwiegersohn und meinen Schwager zum Essen, und unsere Köchin hat gestern gekündigt. Ich komme in der Küche allein einfach nicht klar …«

»Ich könnte Ihnen helfen«, brachte Fanny hervor.

»Sie?« Tiefer Zweifel schwang in Dora Rosengarts Stimme mit.

»Ja, ich koche für mein Leben gern«, sagte Fanny, während Lorenz sie aufmunternd in die Seite stupste, damit sie ja nicht aufhörte. »In unserer großen Familie hatte ich reichlich Gelegenheit zu üben. Die gängigen Gerichte beherrsche ich weitgehend, aber ich würde mir durchaus auch zutrauen, neue Rezepte auszuprobieren.«

Ein wenig erschrak sie über die eigene Kühnheit, doch Dora Rosengarts Miene hatte sich ein wenig aufgehellt.

»Es käme auf einen Versuch an«, sagte sie schließlich zögernd. »Und auf die Schnelle werde ich ja wohl kaum jemand anderen finden.«

Fanny nickte.

»Sie müssten allerdings gleich anfangen. Unsere Gäste lassen nicht mehr lange auf sich warten.«

»Von mir aus sehr gern«, sagte Fanny. »Zeigen Sie mir, wo die Küche ist – dann kann es losgehen.«

»Also gut«, sagte Dora Rosengart. »Und ich hoffe doch sehr, dass ich meine Gutmütigkeit nicht bereuen muss.«

»Kommen Sie!« Alina zog sie lachend nach drinnen, während Lorenz Wurzer sich sichtlich erleichtert verabschiedete. »Jetzt ruht unsere ganze Hoffnung auf Ihren Schultern, Fanny!«

*

Die nächste halbe Stunde bereute sie ihren Mut. Die Küche erwies sich als geräumig, und allein, sich darin einigermaßen zurechtzufinden, war alles andere als einfach.

Außerdem war sie so nachlässig und unbedacht eingeräumt, dass Fanny nach allen Gerätschaften unnötig lange suchen musste. Auf dem Herd standen der Schmortopf
mit dem angebrannten Fleisch und der große Topf, in
dem die vollkommen zerkochten Knödel schwammen,
die sie als Erstes entsorgte. Das Fleisch nahm sie heraus,
schnitt die dunklen Stellen ab und setzte es mit einer rohen Kartoffel noch einmal auf kleiner Flamme auf – kein
Rind, sondern Pferdefleisch, wie es jetzt auf Marken nur
noch zu kaufen gab. Der Gasherd war neu und ungewohnt für sie, aber zum Glück hatte sie schon zweimal in
Georgs Küche ein wenig darauf geübt, das kam ihr jetzt
zugute. Aber wie sollte sie ein gutes Essen aus nahezu
nichts zaubern?

Aus dem Fleisch ließ sich vielleicht noch eine Art Ge-
schnetzeltes machen, doch für den Geschmack konnte sie
nicht garantieren. Dann entdeckte sie den Korb mit den
Pilzen, die zu Hause in Weiden oftmals den schmalen
Küchenplan erweitert hatten. Jeden nahm sie heraus und
hielt ihn sich an die Nase, denn schon ein einziger giftiger
konnte eine ganze Familie auslöschen. Doch sie waren
alle genießbar und würden zusammen mit frischen Sem-
melknödeln ein vorzügliches Essen ergeben.

Fanny vertiefte sich in die Arbeit, und zwischendrin
musste sie lächeln. Das sollte die Barth sehen, wie schnell
sie am Herd war – viel schneller als mit all den Loch-
säumen und Perlknöpfchen! Sie hatte die Pilze geputzt,
Zwiebeln geschnitten und beides in Margarine ange-
schwitzt. Der feine Buttergeschmack und der Schuss Sahne waren für Friedenszeiten reserviert, aber das kräftige

Aroma der Pilze würde auch so zur Geltung kommen. Parallel dazu gab sie fünf Eier zu den in Milch eingeweichten Semmeln, streute eine Prise Salz darüber und formte ein gutes Dutzend kleiner Knödel, die sie behutsam ins kochende Wasser gleiten ließ. Je mehr ihr gelang, desto sicherer fühlte sie sich. Sie hatte Alinas Mutter nicht zu viel versprochen: Kochen war wirklich ihre Welt!

Von der Ankunft der Gäste bekam sie nicht viel mehr als ein zweimaliges Klingeln mit, da die Tür zur Küche geschossen blieb. Nur als Dora Rosengart, inzwischen mit frisch aufgesteckten Haaren und leicht überpuderten Wangen in einem dunkelblauen Kleid hereinkam, hörte sie von draußen zwei Männerstimmen, die entspannt klangen.

»Sie bekommen das Essen hin?« Neugierig begann sie, die Töpfe zu inspizieren. »Riechen tut es zumindest ganz annehmbar.«

»Ich denke ja«, sagte Fanny. »Ich hoffe, Sie werden zufrieden sein.« Erleichtert atmete sie auf, als sie wieder allein war.

Und was nun als Nachspeise?«

Zu Hause hätten sie einfach ein großes Glas Holunderkompott aufgemacht, das jeder aus der Hallerfamilie liebte, hier jedoch fand Fanny in der Speisekammer lediglich vier verschrumpelte Äpfelchen. Aber es gab noch Milch, Mehl, Margarine und sogar ein wenig Zimt – und plötzlich wusste sie, was sie servieren konnte.

»Fräulein Rosengart!«, rief sie und öffnete erneut die Küchentür. »Der Hauptgang wäre jetzt so weit …«

In einem raschelnden silbergrauen Seidenkleid, das ihre zarten Farben unterstrich, kam Alina herbeigelaufen.

»Das duftet ja himmlisch«, rief sie. »Ich glaube fast, Sie können zaubern, Fanny!«

Fanny zuckte die Schultern. »Aber das mit dem Servieren sollte ich heute wohl besser bleiben lassen, sonst bekommen Ihre Gäste angesichts meines Veilchens noch Angst«, sagte sie.

»Dann werde ich es übernehmen!«, bot Alina an. »Und hinterher will ich ganz genau erfahren, wie das mit Ihrem Gesicht passiert ist.« Ihr Hals wurde lang. »Sagen Sie, das in der Eisenpfanne, das ist doch nicht etwa …«

»Doch«, sagte Fanny mit einem breiten Grinsen. »Kaiserschmarrn, wie ihn mir meine Mutter beigebracht hat. Aber mit Äpfeln anstatt mit Rosinen. Weil nämlich keine da waren. Ich hoffe, das mögen Sie auch.«

Sie richtete die Teller für Alina her, die sie geschickt ins Esszimmer trug. Inzwischen hatte sie offenbar auch Dora Rosengart überzeugt, die abermals in die Küche kam, um Fanny überschwänglich zu loben.

»Alle lieben Ihr Essen!«, rief sie. »Mein Schwager Carl hat ganz glänzende Augen, und Leo, Alinas Zukünftiger, sagte gerade, so einen guten Kaiserschmarrn kenne er nicht einmal aus Wien.«

Als sie wieder gegangen war, fühlte sich Fanny auf einmal zutiefst erschöpft. Zusammengesunken kauerte sie auf dem Küchenschemel. Lorenz war schon lange fort, und was würde nun aus ihr werden? Der ganze Abwasch musste noch bewältigt werden. Dann aber standen ihr erneut die zugige Dachkammer und das missmutige Gesicht der Barth bevor. Nicht einmal gebadet hatte sie die ganze Woche …

»Fanny?« Auf einmal stand Alina neben ihr. »Was ist denn los? Sie sehen auf einmal so traurig aus. Und das, nachdem Sie uns gerade so wunderbar aus der Patsche geholfen haben.«

Fanny schaute in die wasserhellen Augen. Sie kannte diese junge Frau kaum, fühlte sich aber so wohl in ihrer Nähe. Ihr konnte sie ihre Notlage eingestehen, ohne sich lächerlich zu machen.

»Ich weiß nicht, wohin«, gestand sie. »Weil ich nämlich gar nicht mehr bei meinem Bruder wohne, sondern bei einer verbitterten Weißnäherin. Die hat mir auch die Ohrfeige gegeben, allerdings ganz zu Unrecht. Und jetzt will ich nicht mehr zu ihr zurück. Wie sehr ich dieses öde Sticheln hasse! Viel lieber würde ich irgendwo als Köchin arbeiten …«

»Dann kommen Sie!« Alina nahm ihre Hand und zog sie mit sich. »Ich bringe Sie jetzt zu meiner Mutter in den Salon.«

»Nein, nein, doch nicht in den Salon!«, sträubte sich Fanny. »Meine Bluse hat lauter Flecken abbekommen, und mein lädiertes Gesicht …«

Aber Alina ließ sich nicht beirren. Sie öffnete eine Flügeltür, die in einen hohen, weiß getünchten Raum mit drei Fenstern und einer aufwendig gestalteten Stuckdecke führte. Vor einem der Fenster stand ein schwarzes Klavier. Gegenüber luden zwei mit dunkelgrünem Samt bezogene Sofas zum Verweilen ein, ebenso wie einige Gobelinsessel, die sich um zwei kleinere Glastischchen gruppierten. Jeder Schritt wurde von einem orientalischen Teppich gedämpft, der weicher war als alles, worauf Fanny jemals getreten war.

Auf einem der Sofas saß Dora Rosengart neben einem grauhaarigen Mann, mit dem sie sich angeregt unterhielt, ihr Schwager, wie Fanny vom Alter her vermutete. Er trug einen dunklen Anzug aus feinem Tuch mit Uhrkette und Weste, die seinen stattlichen Bauch geschickt kaschierte. Auf seiner langen Nase saß eine schmale, goldgeränderte Brille.

Der Mann auf dem Sofa gegenüber war deutlich jünger und begann erfreut zu lächeln, als er Alina erblickte. Das musste Leo Cantor sein, ihr Verlobter. Seine störrischen Haare, die der kurze Schnitt nicht ganz zu bändigen wusste, waren dunkelbraun, ebenso wie seine Augen. Klug sah er aus und gleichzeitig gesetzt. Jemand, dachte Fanny, der im Leben seinen Platz gefunden hat und ganz genau weiß, was er will. Offenbar war also die ganze Familie versammelt – bis auf den lebhaften Jungen, auf den sie sich schon gefreut hatte.

Alina zerrte Fanny bis vor ihre Mutter.

»Darf ich vorstellen, Mama?«, fragte sie. »Fanny Haller, die Lösung unseres Problems. Sie könnte sofort bei uns anfangen – aber das hat sie ja eigentlich bereits!«

Dora fasste Fanny scharf ins Auge. »Ein bisschen jung vielleicht«, sagte sie. »Haben Sie Zeugnisse? Oder Referenzen?«

Fanny schüttelte den Kopf. »Leider nein«, musste sie einräumen.

»Also ganz und gar ungelernt, wenn ich es richtig verstanden habe?«, bohrte die Hausherrin weiter.

»Mit einer Lehre als Köchin kann ich leider nicht dienen«, erwiderte Fanny wahrheitsgemäß und spürte, wie ihre freudige Aufregung in sich zusammenzusacken drohte. »Ich bin eigentlich Weißnäherin, aber Kochen liegt mir viel mehr.«

»Dann sind Sie offenbar ein erstaunliches Naturtalent«, sagte Leo Cantor freundlich. »Mir hat es heute nämlich ganz vorzüglich geschmeckt, und ich würde mich freuen, bei meiner verehrten Schwiegermutter in spe auch künftig so köstlich bekocht zu werden.« Sein Blick glitt zu ihrem Veilchen. »Was ist eigentlich mit Ihrem Gesicht passiert?«

»Ein Unfall«, sagte Fanny schnell. So würde sie es ab jetzt immer nennen.

»Soso, ein Unfall also.« Dora Rosengart klang nur halbwegs überzeugt. »Dann wird das künftig wohl nicht mehr vorkommen, nehme ich doch an.«

Fanny nickte geschwind.

»Allerdings bräuchte ich Ihre Hilfe auch bei anderen Arbeiten im Haushalt. Wären Sie dazu bereit?«

Fanny schluckte vor Aufregung. War das ein Vielleicht?

»Daheim waren wir zu acht«, erwiderte sie. »Waschen, putzen, flicken sind mir vertraut. Ich kann sogar Brot backen, und ein ganz besonderes noch dazu.«

»Die große Wäsche besorgt eine Waschfrau. Das mit dem Reinemachen müssten wir noch regeln, aber die Sauberkeit der Küche läge natürlich ganz in Ihren Händen. Wir werden häufiger Gäste haben, bisweilen auch größere Gesellschaften. Trauen Sie sich das zu?«

»Ja«, sagte Fanny tapfer. »Durchaus.«

»Außerdem sind wir ein jüdisches Haus. Manches wird Ihnen fremd erscheinen. Damit müssen Sie rechnen. Werden Sie damit zurechtkommen?«

Fanny nickte wieder, obwohl sie sich nicht vorstellen konnte, was damit genau gemeint war. Kein Schmalz, kein Schweinefleisch. So viel hatte sie bereits gelernt. Und was sonst noch dazukam, konnte doch auch nicht so schwierig sein.

»Allerdings muss ich auf einer Probezeit bestehen, damit ich sehe, was Sie wirklich können. Kost und Logis wären natürlich frei. Und der Lohn …«

Ein Rumpeln gegen die Tür. Ein unterdrückter Schrei. Dann sprang einer der weißen Flügel auf, und Bubi stand unsicher schwankend im Türrahmen. Die Locken standen ihm wirr zu Berge. Sein blauer Schlafanzug hatte überall dunkle Schweißflecke. Die großen braunen Augen glänzten unnatürlich.

»Mama?« Er streckte hilfesuchend die Hände aus. »Mamale, so hilf mir doch!« Er hustete. »Ich verbrenne …«

»Mein Liebling, was ist mit dir?«

Erschrocken war Dora aufgesprungen, ebenso wie auch Leo Cantor. Doch beide waren zu langsam gewesen. Wie gefällt stürzte der schmale Kinderkörper auf den Perserteppich.

Bubi rührte sich nicht mehr.

*

Was für Tage und Nächte!

Seite an Seite kämpften sie um Bubis Leben, nachdem Dr. Perutz mit bleichem Gesicht die Spanische Grippe diagnostiziert hatte, die in ganz Europa grassierte und sich seit ein paar Wochen auch in München verbreitete wie ein

Schwelbrand. Besonders Kinder und Alte erlagen ihr, und die Toten wurden von Woche zu Woche mehr. Manche sagten, Soldaten hätten sie aus Amerika eingeschleppt, andere schoben sie den Franzosen in die Schuhe. Auf jeden Fall brachte sie starke Fieberschübe, verbunden mit Husten, Kopf- und Gliederschmerzen, mit sich.

Bubi hatte es besonders schwer erwischt. Er aß nichts mehr, fantasierte und warf sich unruhig im Bett hin und her. Dr. Perutz fürchtete schon das Ausbrechen einer Lungenentzündung, die sein geschwächter kleiner Köper womöglich nicht durchstanden hätte. Als sich Bubis Haut am Hals bläulich verfärbte, was als besonders gefährliches Anzeichen galt, schaltete sich Fanny energisch ein. Mit unermüdlich gewechselten Wadenwickeln gelang es ihr, das Fieber zu senken. Zudem zwang sie den kleinen Kranken, literweise Holundertee zu trinken. Längst waren die Vorräte aus ihrem Koffer, den Lorenz Wurzer ihr nachgebracht hatte, verbraucht.

Aber Leo Cantor war sogar eigens mit dem Automobil nach Weiden gefahren und hatte dort aus Fritzis Vorräten Nachschub nach München gebracht. Angesichts des bedenklichen Zustands des Jungen hatte diese ihre Kränkung wegen Fannys Flucht für den Augenblick zurückgestellt und spontan Hilfe angeboten.

Cantors Augen leuchteten, als er davon sprach.

»Eine wunderbare junge Frau, Ihre Schwester!«, sagte er bewegt. »Sie hat mir mehr mitgegeben, als ich eigentlich hätte annehmen dürfen. Dazu diese Gläser voll herrlichem Kompott! Ich habe ihr Geld angeboten, aber sie wollte nichts davon wissen. Die Hollerfrau wird unseren

Bubi wieder gesund machen, das hat sie mir versichert, und ich glaube ihr. Jetzt haben wir endlich alle wieder neue Zuversicht.«

Dann wusste er jetzt also, aus welch einfachen Verhältnissen sie stammte, und würde es sicherlich auch Alina erzählen. Ein paar Augenblicke wurde Fanny äußerst unbehaglich zumute, dann aber schob sie die Scham und das Unwohlsein entschieden beiseite. Bubi musste leben. Allein darum ging es jetzt.

Tatsächlich schien die Kraft der Hollerfrau sich durchzusetzen. Am fünften Tag sank das Fieber; zwei Tage danach hatte er wieder normale Temperatur – und Bärenhunger. Mit tiefen Augenringen kehrte Fanny in die Küche zurück und bereitete eine Riesenportion Dampfnudeln mit Holunderkompott zu, die alle gierig verschlangen.

Danach saß Bubi im Sessel, einen seiner geliebten Karl-May-Romane auf dem Schoß, den Mund vom Kompott dunkel verschmiert.

»Jetzt wirst du uns doch nie mehr verlassen, Fanny?«, murmelte er satt und schlaftrunken.

Fanny schaute zu Alina, die sie warm anlächelte, und schüttelte den Kopf ...

*

München, Mai 2015

Wieder hatte sie fast bis zur Morgendämmerung gelesen. Wenn das so weiterging, würde sie vielleicht vor Übermüdung noch unkonzentriert arbeiten – und das konnte an Hobelbänken und Sägemaschinen schnell ins Auge gehen.

Katharina nahm sich vor, in den nächsten Tagen vernünftig zu bleiben und dem Sog der Vergangenheit besser zu widerstehen.

Aber würde ihr das auch gelingen?

Fannys Erlebnisse berührten sie tief. Inzwischen war sie für sie nicht mehr nur die von allen geschätzte Ahnin, mit der sie vor allem den Duft nach Vanille verband. Was sie in deren Aufzeichnungen erlebte, war die Geschichte eines blutjungen Mädchens an der Schwelle zur Frau, die sich in harten Zeiten durchbeißen musste. Katharina liebte und bewunderte sie für ihre Tapferkeit, und sie litt mit, wenn sich Hindernisse vor ihr auftürmten.

Heute gab es etwas, das sie nicht mehr aufschieben wollte. Sobald es hell war und sie geduscht hatte, warf sie ihre Vespa an und fuhr zu ihren Eltern nach Berg am Laim. Vor mehr als zehn Jahren waren die beiden nach endlosen Diskussionen in den biederen Stadtteil im Osten Münchens umgezogen. Die Mutter nannte ihn gern ein wenig abfällig »Krähwinkel«, während der Vater sich dort schnell eingelebt hatte. Bis zur Arbeitsstelle hatte er es jetzt deutlich näher, und auch der Orleansplatz, an dem ihre Praxis lag, war gut zu erreichen.

Die Mutter hatte heute ihren freien Tag, ein allererstes Zugeständnis an das nahende Alter, und das wollte Katharina sich zunutze machen. Sie stellte die Vespa ab, besorgte beim Bäcker an der Ecke ein paar frische Brezeln und klingelte.

»Du?« Die graugrünen Augen hinter der burgunderroten Designerbrille blickten skeptisch. »Ist etwas passiert?«

»Darf ich erst mal reinkommen?«

»Ja, natürlich. Papa ist aber schon weg …« Christine beäugte ihre Tochter misstrauisch.

»Ich habe Brezeln mitgebracht. Und wenn ich dazu noch einen Kaffee haben könnte …«

Katharina setzte sich auf die Couch. Der kleine Beistelltisch war übervoll mit Büchern und ausgeschnittenen Zeitungsartikeln. Eher aus Zeitvertreib als aus echtem Interesse studierte sie einige der Buchrücken. »Die Akte Odessa«. »Das Janusprojekt.« »Die Rattenlinie – Nazis auf der Flucht durch Südtirol«. »Lexikon Spanisch-Deutsch« …

»Hat Papa neuerdings sein Faible für die Geschichte des 20. Jahrhunderts entdeckt?«, rief sie ihrer Mutter hinterher. »Oder paukt er heimlich Spanisch?«

»Ach, du weißt doch, wie er ist«, kam es aus der Küche zurück. »Irgendein Projekt betreibt er immer! Wenn allerdings nur aus einem einzigen etwas Anständiges geworden wäre, würden wir heute vermutlich in einer Villa leben statt in diesem Puppenhäuschen.«

Mit energischen Schritten kam sie ins Wohnzimmer zurück, stellte den Kaffee ab und breitete eine Zeitung über den Stapel.

»Wenigstens hämmert er nicht mehr stundenlang im Keller herum. Stattdessen verzieht er sich jetzt abends hinter seinen Laptop und korrespondiert per Mail mit Gott und der Welt. Aufräumen hat ihm allerdings noch nie besonders gelegen«, sagte sie seufzend. »Dabei behauptet er immer, Ordnung zu lieben – vorausgesetzt allerdings, jemand anders stellt sie für ihn her.« Sie fasste ihre Tochter scharf ins Auge. »Also, was gibt es denn nun so Dringendes? Du bist doch nicht etwa schwanger?«

»Nein, bin ich nicht«, erwiderte Katharina belegt.

»Da bin ich aber froh! Denn nach einem unehelichen Enkelkind stünde deinen Eltern so ganz und gar nicht der Sinn, auch wenn das heutzutage fast modern geworden ist.« Sie seufzte. »Aber dafür bräuchtest du ja erst einmal einen Mann. Und bislang hast du es ja mit keinem lange ausgehalten.«

Tochter und Mutter musterten sich schweigend. Nicht die erste Unterhaltung dieser Art, doch für Katharina wurden sie im Laufe der Jahre immer unangenehmer. Den letzten Freund hatte sie den Eltern freiwillig vorgestellt, da war sie knapp zwanzig gewesen. Christines scharfe Bemerkungen hatten Stefan nicht gerade in die Flucht getrieben, aber doch kräftig an der jungen Beziehung genagt, die ein paar Wochen später ohnehin wieder vorbei gewesen war. Seitdem behielt sie für sich, ob und mit wem sie gerade zusammen war – aus gutem Grund.

»Hierum geht es.« Katharina legte die schwarzen Kladden auf den Tisch. »Kennst du die? Das sind Uroma Fannys Tagebücher.«

Ihre Mutter wurde blass. »Es gibt sie also wirklich«, murmelte sie und berührte sie plötzlich fast schüchtern. »Und ich dachte immer, meine Mutter hätte sich das alles nur ausgedacht.«

»Du hast mit Oma darüber gesprochen?«, wollte Katharina wissen. »Wann denn?«

»Sie hat es erwähnt, als es anfing, ihr schlecht zu gehen.« Sie klang abwehrend. »Mir kam es immer vor wie eine erfundene Geschichte.«

»Die Tagebücher waren offenbar jahrzehntelang in

London verwahrt«, sagte Katharina. »Bei einer Familie Bluebird.«

»Bluebird?« Christine schüttelte den Kopf. »Noch nie gehört!«

»Und die Namen Rosengart oder Cantor? Kennst du die vielleicht?«

Christines Mund wurde weicher. »Meine Mutter hatte als Kind eine kleine Freundin namens Maxie Cantor«, sagte sie. »Irgendwann wurden die beiden getrennt und haben sich danach wohl niemals wiedergesehen. Muss ihr ziemlich zugesetzt haben, so wie sie darüber geredet hat. Waren ja auch schlimme Zeiten damals, und es ist gut, dass vieles davon vergessen ist.« Sie hob den Kopf und musterte ihre Tochter. »Und wie kommst du jetzt an diese Tagebücher?«

»Alex Bluebird ist Maxies Enkel. Er hat sie mir gebracht, und ich vertiefe mich schon seit ein paar Tagen darin. Doch je weiter ich komme, desto mehr Fragen steigen in mir auf. Wieso wird in unserer Familie eigentlich dein Großvater und mein Urgroßvater Josef Raith so konsequent totgeschwiegen?«

Christine wandte sich ab, aber nicht rasch genug. »Weil er ein fürchterlicher Kerl gewesen sein muss«, sagte sie abfällig. »Arbeitsscheu, streitsüchtig, immer den Weibern hinterher, Nazi durch und durch. Ich hab ihn ja zum Glück nicht mehr erleben müssen, Fanny und ihre Töchter aber sehr wohl. Keine Ahnung, warum sie ihn geheiratet hat, aber alle waren froh, als sie ihn endlich los waren. Für manches war sogar dieser schreckliche Krieg gut, so zynisch das in deinen Ohren vielleicht auch klingen mag.«

»Dann ist er also gefallen? Wann genau?«

»Mhm«, machte ihre Mutter und fing an, konzentriert kleine Blättchen von den Zimmerpflanzen zu zupfen und sie zwischen den Fingern zu zerreiben. »Wozu willst du das wissen? Ist doch alles schon so lange her!«

»Weil es für mich mit zu der Geschichte gehört.« Katharina war ihr unbeirrt zum Fenster gefolgt. »Ebenso wie meine nächste Frage: Was ist eigentlich aus Fritzi geworden, Fannys Zwillingsschwester?«

7

München, Mai 2015

Zurück in der Lilienstraße, entdeckte Katharina Alex Bluebird vor der geschlossenen Werkstatt, den Rücken gegen die Tür gelehnt, eine brennende Zigarette in der linken Hand.

»Caught in the act«, sagte er mit einem verlegenen Lächeln, als sie von der Vespa stieg, den Helm absetzte und auf ihn zukam. In seinem hellgrauen Leinensakko und der schmalen dunklen Hose wirkte er ebenso lässig wie attraktiv. Wieso hatte sie sich wieder mal so wenig zurechtgemacht? In diesem Moment wünschte sie sich, frisch gewaschene Haare zu haben und statt Latzhose und ausgeleiertem rotem Pulli etwas Schickeres zu tragen. »Jetzt haben Sie mich sozusagen in flagranti erwischt. Eigentlich habe ich ja schon vor Jahren damit aufgehört.«

»Aber?«, fragte Katharina. Wenn man nicht ganz genau aufpasste, konnte man in seinen rätselhaften Bernsteinaugen schier versinken.

»Ab und zu gibt es Rückfälle, und zwar immer dann, wenn es besonders aufregend wird. Und unsere Begegnung hat mich doch ganz schön aufgewühlt. Sind Sie denn mit den Tagebüchern schon weitergekommen?« Er drückte die Zigarette mit dem Absatz aus. »Ehrlich gesagt hatte ich gehofft, Sie würden mich anrufen.«

»Ich hatte es vor.« Katharina schloss die Tür auf. »Ist nur so vieles passiert seitdem. Möchten Sie hereinkommen? Besonders aufgeräumt ist es bei uns im Moment allerdings leider nicht.«

Er folgte ihr.

»Ehrlich gesagt kann ich mich kaum noch von Fannys Aufzeichnungen trennen«, fuhr sie fort, während er sich aufmerksam in der Werkstatt umsah. »Beim Lesen fühle ich mich ihr so nah, als wäre sie nicht meine Ahnin, sondern eine enge Freundin. Und zu Verwerfungen in der Familie hat meine Lektüre auch schon geführt. Ich komme gerade von meiner Mutter, die manchen Fragen derart penetrant ausweicht, dass meine Neugier nun erst recht angestachelt ist.«

Er war vor der Biedermeierkommode stehen geblieben, die Katharina heute abermals mit Schellack polieren würde.

»Ein schönes Stück«, sagte er anerkennend. »Leider nicht ganz meine Zeit, sonst wäre ich durchaus interessiert.«

»Na ja, ein gutes Dutzend Arbeitsstunden liegt da schon noch vor mir«, erwiderte sie lakonisch. »Zusätzlich zu den vielen, vielen, die wir in diese Kommode bereits investiert haben. Eines sollte man als Restauratorin unbedingt mitbringen: Geduld. Sonst kommt man nicht sehr weit bei alten Möbeln.« Sie warf ihm einen prüfenden Seitenblick zu. »Ich dachte bisher, Ihr Spezialgebiet seien Gemälde.«

»So ist es auch«, versicherte er. »Aber ab und zu veranstaltet unsere Galerie einen Sonderevent zu den Themen Möbel oder auch Schmuck der Zwanzigerjahre.« Er griff in sein Sakko und holte ein dunkelblaues Kästchen heraus. »Dann zeigen wir solche Preziosen. Aber dieses Unikat war niemals zu verkaufen.«

Er klappte den Deckel auf.

Die Kette mit dem Anhänger, die Fanny auf dem angeblichen Verlobungsfoto schmückte!

Für einen Moment blieb Katharina die Luft weg.

»Was ist los?«, hörte sie Alex Bluebird fragen. »Sie sind ja ganz blass geworden.«

»Meine Urgroßmutter trägt das Collier auf einem Foto aus dem Jahr 1933.« Sie sah noch einmal genauer hin. »Kein Zweifel, das ist es!«

»Leo Cantor hat es Alina zur Hochzeit geschenkt«, sagte er. »Die Materialien sind Platin und ein augenklarer kolumbianischer Smaragd. Arabeske Sägearbeiten und feinste Millegriffes, dazu das Farbenspiel von Grün und Weiß – ein Meisterstück aus dem Art Deco, das auch nach fast 100 Jahren noch immer verblüffend modern wirkt.«

»Wieso trug Fanny es dann um den Hals?«, fragte Katharina. »Vielleicht als Leihgabe? Aber ein Geschenk mit so hohem emotionalem Stellenwert, und ein so kostbares noch dazu? Das passt doch alles nicht zusammen!«

»Jetzt gehört es auf jeden Fall Ihnen.« Alex Bluebird streckte ihr das Kästchen entgegen.

»Mir?« Unwillkürlich wich Katharina einen Schritt zurück. »Sie scherzen!«

»Ich bin niemals ernster gewesen«, versicherte er.

»Aber wieso denn ausgerechnet mir? Ich habe Alina doch gar nicht gekannt.«

»Grandma Maxie hat in ihrem Testament verfügt, dass es Fanny Raiths jüngste Nachkommin erhalten soll. Und das sind doch Sie. Oder haben Sie eine kleine Tochter, die Sie mir bislang vorenthalten haben?«

»Nein«, brachte Katharina hervor. »Leider noch nicht.«

Sein Blick wurde noch wärmer, und sie kam sich plötzlich wie ertappt vor.

Was tat sie hier eigentlich?

Parlierte am hellen Vormittag in ihrer Werkstatt mit einem Fremden, der ihr gerade ein wertvolles Platincollier offeriert hatte, und ließ sich von ihm mitten ins Herz schauen! Nur: Aus einem seltsamen Grund kam ihr dieser Engländer gar nicht so fremd vor. Sie sah ihn erst zum zweiten Mal, aber er war ihr dennoch merkwürdig vertraut. Beinahe, als seien sie verwandt, obwohl das natürlich Unsinn war.

»Darf ich es Ihnen umlegen?« Seine Stimme klang ein wenig heiser.

Katharina nickte.

Als er hinter sie trat, spürte sie seine körperliche Präsenz, noch bevor er sie berührte. Seine Hände auf ihrer Haut waren warm, und entweder hatte er Probleme mit der zarten Schließe, oder er zog den Moment absichtlich in die Länge. Es kam ihr vor wie eine kostbare kleine Ewigkeit, die sie heimlich genoss, bevor er sich wieder von ihr löste und vor sie trat.

»Wonderful!«, sagte er bewegt. »Es bringt Ihre grünen Augen zum Strahlen. Je öfter ich Sie ansehe, desto mehr fällt mir auf, wie sehr Sie Ihrer Urgroßmutter ähneln. Sie würde sich sicherlich freuen, das Collier nun bei Ihnen zu wissen – und Grandmas Vermächtnis ist hiermit erfüllt.«

»Aber es ist viel zu wertvoll!«, protestierte Katharina. »Ich kann es wirklich nicht behalten …

»Sie müssen!«, beharrte Alex Bluebird. »Und ich werde Sie jetzt sogar noch um einen weiteren Gefallen bitten. Gehen Sie heute Abend mit mir essen. Ich komme Sie dann gegen halb acht abholen, okay?«

Sie hatte genickt, gleich mehrmals hintereinander, so als sei ihr Kopf auf einmal an einer losen Schnur befestigt. Katharina tastete nach dem Anhänger, der sich in ihre Halsgrube schmiegte, als trage sie ihn schon seit Jahren. Es war verrückt, ihn bei der Arbeit anzulassen, aber sie konnte ihn einfach nicht ablegen. Während sie Baumwollstreifen mit einem weichen fusselfreien Tuch umwickelte, um sich neue Ballen zum Polieren herzustellen, lächelte sie vor sich hin. Die richtige Menge aus der Politurflasche war reine Routine, da konnten ihre Gedanken ruhig noch weiter abschweifen. Kreis- und achterförmig fuhr sie mit dem Ballen über die Fläche, um alle Poren zu schließen, und war dabei so vertieft, dass sie ihre Partnerin erst wahrnahm, als diese schon neben ihr stand.

»Geschafft!«, stöhnte Isi. »Jetzt haben wir endlich freie Bahn. Vor dem Wirtshaustisch wollte ich eigentlich noch das alte Stehpult fertig machen, wenn das für dich in Ordnung ist.«

Katharina nickte und spürte dabei das zarte Gewicht des Anhängers auf ihrer Haut.

»He«, sagte Isi, der selten etwas entging. »Was trägst du denn da für eine hübsche Preziose um den Hals? Hab ich ja noch nie an dir gesehen!«

»Bluebirds Großmutter hat sie mir vermacht. Weil ich Fannys jüngste lebende Nachkommin bin.«

»Bluebird war da?« Isi zog die Brauen hoch. »Mit diesem ungewöhnlichen Schmuckstück?«

»Gerade eben. Du hast ihn nur ganz knapp verpasst.« Fast hätte Katharina noch die Esseneinladung erwähnt, aber aus einem plötzlichen Impuls heraus behielt sie sie für sich.

»Was für ein Granatenpech! Da kommt in all der Zeit einmal so ein attraktiver Kerl zu uns in die Werkstatt – und ich bin ausgerechnet nicht da. Du musst ihn unbedingt wieder herbestellen. Ich würde zu gern mit ihm ausgehen …«

Träum weiter, hätte Katharina beinahe gesagt, hielt aber gerade noch rechtzeitig den Mund. Sie hatte keine Ahnung, was das zwischen ihr und diesem Engländer war, aber es lohnte sich, es zu beschützen, so viel stand für sie fest.

Zum Glück gab es die Arbeit, die sie beide ablenkte. Isi wandte sich dem Stehpult mit dem abgeknickten Bein zu, während sie mit einem neuen Polierdurchgang noch warten musste, damit die Politur nachsacken konnte. Stattdessen unterzog sie den Wirthaustisch einer eingehenden Inspektion. Die Beine wackelten und waren unterschiedlich lang, der Lack war abgestoßen, die Platte wies Risse,

Schnitte, Brandflecken auf und starrte vor Dreck – jetzt wusste sie, was ihren Arbeitstag füllen würde, bevor es Abend wurde und Alex Bluebird zurückkam.

*

Ihre Haare waren noch feucht, als er klingelte, weil Isi so lange herumgetrödelt hatte, bis sie endlich in ihren Feierabend verschwinden konnte. Innerlich leicht zittrig, schaute Katharina noch einmal prüfend an sich hinunter. Es lag Monate zurück, dass sie ein echtes Date gehabt hatte, und das letzte war so öde verlaufen, dass sie sich kaum noch daran erinnern konnte. Ja, das schilfgrüne Kleid saß mehr als passabel, und mit dem geschenkten Collier wirkte es beinahe festlich. Ganz kurz war sie versucht gewesen, spitze Pumps dazu anzuziehen, dann aber war sie lieber in ihre silbernen Sandalen geschlüpft, die sie schon gründlich eingelaufen hatte. Ihre Tasche, die helle Jeansjacke, falls es kühl werden sollte, ein Spritzer Parfum – sie war fertig.

Alex Bluebird gefiel, was er zu sehen bekam, das erkannte sie an seinem anerkennenden Blick, als sie langsam die Treppe hinunterging. Sie selbst setzte ein Lächeln auf, von dem sie hoffte, dass es rätselhaft wirkte. Dabei fühlte es sich in Wirklichkeit an, als sei sie plötzlich ohne Haut.

Er öffnete ihr die Hintertür des Taxis, das vor dem Haus wartete, und stieg, als Katharina saß, von der anderen Seite neben ihr ein.

»Das mit dem Rechtsverkehr war mir dann doch zu mühsam«, erklärte er. »Heute Abend möchte ich mich lieber auf Wichtigeres konzentrieren.«

Der Wagen fuhr los.

»Eigentlich sollte ich ja Sie in München herumführen«, entgegnete sie mit klopfendem Herzen. Ihm so nah zu sein, ohne ihn zu berühren, war aufregend genug. »Schließlich bin ich hier geboren und bis auf ein paar längere Reisen niemals wirklich weggekommen.«

»Ich bin schon einige Stunden zu Fuß durch München gestreift«, entgegnete er. Er roch ganz schwach nach Zimt und grünen Gräsern. Und geraucht hatte er auch wieder, aber das machte ihr nichts aus. »Dabei habe ich mir vorzustellen versucht, wie meine Vorfahren sich damals gefühlt haben mögen, in dieser schönen Stadt, die heute so offen und freundlich wirkt. Zunächst, als sie sich noch überall frei bewegen konnten, und dann später, als die Nazis ihnen all diese fürchterlichen Einschränkungen gemacht haben. Aber mit Ihnen als charmante Begleitung wäre das sicherlich noch etwas ganz anderes …«

»Wenn Sie mich weiterhin so verlegen machen, haben Sie womöglich nicht sonderlich viel von mir«, gab Katharina zu bedenken. »Ich bin nämlich in Wahrheit ziemlich schüchtern.« Sie schaute zum Fenster hinaus. »Wohin fahren wir eigentlich?«

»Zum Chinaturm, so hat der Herr es bestellt«, schaltete sich nun der Taxifahrer ein. »Ich lasse Sie dann auf dem Parkplatz raus.«

»Keine gute Entscheidung?«, fragte Bluebird, als er Katharinas verblüfftes Gesicht sah.

»Doch«, sagte sie. »Sogar eine sehr gute. Ich war nur so lange nicht mehr dort. Dabei ist der Englische Garten seit Kindertagen einer meiner Lieblingsorte.«

Nachdem sie ausgestiegen waren, umschmeichelte sie eine laue Frühsommernacht, und der Himmel über ihnen war von jenem tiefen Blau, das wie mit Gold unterwebt wirkt. Blasmusikfetzen, Stimmen und Gelächter drangen vom großen Biergarten zu ihnen herüber, als sie zum Lokal gingen, wo er einen Tisch auf der Terrasse reserviert hatte.

Weiße Tischdecken, Stoffservietten, dezente Windlichter. Holz und warme Farben erzeugten eine behagliche Atmosphäre. Gleichzeitig aber war es aber auch ein wenig beliebig eingerichtet, wie irgendein Lokal in irgendeiner Stadt. Die Speisekarte gab sich international und klang ambitioniert. Katharina fand nicht gleich auf Anhieb das richtige Gericht. Irgendwann schaute sie auf und sah ihn geradezu sehnsüchtig hinüber zum Turm starren, und sofort wurden Kindheitserinnerungen in ihr lebendig. Mit der Volksschulklasse hatte sie den Chinesischen Turm in Pagodenform sogar noch besteigen dürfen, um von oben auf den Englischen Garten zu schauen. Später hatte sie dann mit Eltern und Freunden oft hier Rast gemacht.

»Sie wollen lieber nach drüben?«, fragte sie.

Er nickte erleichtert.

»Hier ist es wie in vielen anderen Städten auf dieser Welt, aber wäre es dort drüben an den einfachen Tischen und Bänken unter all den Leuten nicht viel lustiger?«

»Viel!«, bekräftigte Katharina. »Allerdings herrscht dort Selbstbedienung wie in allen Münchner Biergärten. Man muss sich sein Essen und Trinken an der Schenke holen.«

»Great!« Bluebird stand auf und legte einen Geldschein auf den Tisch. »Sorry!«, rief er der verdutzten Bedienung zu. »We have to go …«

Er zog Katharina mit sich, die hinter ihm herstolperte.

»And now: fun!«, sagte er am Fuß der kleinen Treppe und sah sie erwartungsvoll an.

»Als Einheimische kümmere ich mich um die leiblichen Genüsse«, schlug sie vor. »Und Sie besorgen uns mit Ihrer englischen Chuzpe zwei freie Plätze, okay?«

Er lief bereits los.

Als sie schließlich in zwei Etappen Maßkrüge, halbe Hähnchen, Brezeln und Radi herbeischleppte, hatte Alex Bluebird tatsächlich Plätze an einem der Tische ergattert. Die Nachbarn, ein älteres Ehepaar mit einem Pudel, lächelten, als sie sich zuprosteten und noch mehr, als er anschließend begeistert über das einfache Essen herfiel.

»Mir genga ohnehin glei«, sagte die Frau im schönsten Bayerisch. »Dann san'S endlich ganz für sich.«

Er nickte, obwohl ihm anzusehen war, dass er kaum ein Wort verstanden hatte.

Schließlich waren die Papierteller mit abgenagten Knöchelchen bedeckt und die Krüge fast leer getrunken. Es hatte ihnen Spaß gemacht, mit den Fingern zu essen, Katharina wie auch Alex, der spitzbübisch lachte, als ihm die halbe Papierserviette in dünnen Fetzen an den fettigen Händen kleben blieb.

»Jetzt gäbe es zwei Möglichkeiten«, schlug Katharina vor. »Entweder ab zum ordentlichen Händewaschen auf die Toilette, oder wir machen einen kleinen Umweg zum …«

»Ja?« Er hing an ihren Lippen.

»… Kleinhesseloher See und säubern uns dort. Den müssen Sie eigentlich auch gesehen haben, um München halbwegs zu kennen.«

»Dann nehme ich gern den See!«

Es tat gut, den Lärm und die vielen Menschen hinter sich zu lassen. Der nächtliche Park war still. Ein paar Radfahrer, einige Spaziergänger, die wie sie die Ruhe genossen. Eine Weile sagten beide nichts, aber ihr Rhythmus, der zuerst nicht zueinander gepasst hatte, glich sich mehr und mehr an, je länger sie gingen.

»Wie sind Sie eigentlich zur Kunst gekommen?«, wollte Katharina schließlich wissen. »Eine Familientradition? Hängt das mit Alinas verstorbenem Mann zusammen, dem Kunsthändler?«

»Ja und nein«, erwiderte er. »Und auch das ist wieder eine längere Geschichte. Grandma wurde von ihren Eltern Leo und Alina von klein auf mit Kunst vertraut gemacht, sie hat sie förmlich eingeatmet, wenn Sie so wollen. Das ganze Haus war voller Bilder. Es muss herrlich dort gewesen sein – die reinste Pracht und Fülle. Später hat sie dann in London einen Maler namens Jack Bluebird geheiratet, der ursprünglich Jakob Blauvogel hieß und aus Dresden stammt. Unter den Nazis musste er nach England fliehen. Mein Großvater, fast zwanzig Jahre älter als sie, hat einige durchaus bemerkenswerte Werke geschaffen, wenngleich er nicht zur ersten, gewiss aber zur zweiten Garde der Künstler der Modernen Sachlichkeit zu rechnen ist. Leider starb er früh, und Grandma wollte mit einer Stiftung, die sie ins Leben gerufen hat, sein Andenken für die Nachwelt erhalten. Zu dieser Stiftung gehört auch ein umfangreiches Archiv, und eben dort fanden sich nach ihrem Tod Fannys Tagebücher.«

Er räusperte sich und klang leicht belegt, als er weitersprach.

»Mein Großvater hat Zigarren geliebt und ständig geraucht. Als ich klein war, hielt ich ihn für einen Drachen, der Feuer spucken kann. Und ja, auf seinen Knien bin ich zum ersten Mal mit Kunst in Berührung gekommen. Er hat für mich seine Kunstbände aufgeblättert und mir alles erklärt. Die Namen Dix, Rembrandt und Picasso kannte ich bereits, als ich gerade halbwegs manierlich allein essen konnte. Sie sehen also, eigentlich hatte ich gar keine Wahl.«

Er blieb mitten auf dem Weg stehen.

»Und wie war es bei Ihnen, Katharina? Wie haben Sie Ihren Weg zu den alten Möbeln gefunden?«

»So eine Familie hätte mir auch gefallen«, erwiderte sie. »Mit einem klugen, gutmütigen Großvater, der mir die Welt erklärt. In unserer Familie waren Männer leider Mangelware. Meine Großmutter war nicht verheiratet, den Urgroßvater hat man ausgeblendet, und selbst Tante Paula hat sich erst relativ spät zu einer Hochzeit entschlossen. Keine Onkel also, keine Brüder, keine Cousins, als ich Kind war, stattdessen nichts als Frauen – von meinem wundervollen Vater einmal abgesehen, der meine Rettung war. Für meine Mutter gab und gibt es bis heute nur ihre Naturwissenschaften. Und Oma Clara war so zurückhaltend, dass man niemals genau wusste, was sie eigentlich wollte. Mein Vater dagegen arbeitet gern mit den Händen, zumindest in seiner Freizeit. Er war es auch, der mich mit Holz in Berührung gebracht hat. Es war warm, erschien mir fast lebendig – und ich konnte es gestalten. Das hat mir gefallen.«

Sie begann, schneller zu gehen, so als habe sie schon zu viel gesagt.

»Der See!«, rief sie. »Sehen Sie? Im Winter friert er oft zu. Dann kann man auf ihm Schlittschuh laufen …«

Katharina kniete am Ufer und spülte die Finger im Wasser sauber. Dann spürte sie ihn ganz nah neben sich. Seine Hände waren feucht, als sie wie zufällig ihren Hals streiften. Die zarten Härchen an ihren Armen stellten sich auf, und ihr Herz pochte so laut, dass sie Angst hatte, er könnte es hören. Ganz kurz stieg in ihr der Gedanke auf, sie würde Andres Unrecht tun mit ihren schwärmerischen Gefühlen für diesen anderen Mann, den sie kaum kannte, aber sie waren ja nicht mehr zusammen, schon lange nicht mehr.

Würde er sie gleich küssen?

Für einen Moment fühlte sie sich zum Sterben glücklich.

»Ich mag Sie sehr, Katharina«, sagte er leise und berührte zart ihre Stirn. »Sie haben etwas an sich, das mich sehr anzieht, eine bezaubernde, ein wenig altmodische Mischung aus Stärke, Anmut und Weichheit, wie man sie nur ganz selten findet. Stundenlang könnte ich Sie einfach nur ansehen oder Ihnen zuhören …«

»Ja?«, flüsterte sie erwartungsvoll und hörte, wie brüchig ihre Stimme vor lauter Aufregung klang.

»Aber ich will fair zu Ihnen sein, gerade weil ich Sie so mag. Da gibt es Pam in meinem Leben, Pamela Winter, und das schon seit fast fünf Jahren. Wir leben nicht zusammen, weil wir beide zu nah zusammen sicherlich eine Katastrophe wären, aber wir sind ein Paar – und das nicht nur in der Galerie, die wir gemeinsam führen.«

Gegenüber beim Seehaus wurde es hell, es begann zu krachen, und ein Feuerwerk sprühte über ihnen in bunten Rädern und leuchtenden Sternschnuppen verschwenderisch über den dunklen Himmel. Für Katharina aber war mit einem Mal der ganze Zauber dieser verheißungsvollen Sommernacht erloschen.

»Ich möchte nach Hause«, sagte sie und stand auf. »Bis zur nächsten Bushaltestelle sind es nur ein paar Schritte.«

8

München, November 1918

Georgs befürchtetes Donnerwetter blieb zu meinem größten Erstaunen aus, und das, obwohl die Barth sich sehr bei ihm über mich beschwert hat. Zum Glück kam aber im rechten Augenblick Lorenz dazu und konnte die Dinge wieder zurechtrücken. Zudem gefällt meinem großen Bruder, dass die Gaben unserer Hollerfrau ein krankes Kind gerettet haben, wenngleich er damit hadert, dass ich ausgerechnet in einem Haushalt gelandet bin.

»Du wolltest doch niemals eine Dienstmagd werden. Dazu hättest du meine Unterstützung nicht gebraucht ...«

»Das bin ich ja auch nicht!«, habe ich mich verteidigt. »Ich bin Köchin und Hauswirtschafterin ...«

... und Alinas Freundin, hätte ich beinahe hinzugefügt, aber das hätte Georg natürlich niemals verstanden. Manchmal kann ich es ja fast selbst nicht glauben – aber so ist es. Sie hat mich gleich von Anfang an gemocht, das hat sie mir gestanden, aber dass ich ihren kleinen Bruder vor dem Sterben bewahren konnte, hat ihr Herz noch weiter für mich geöffnet. Alles, was ich tue, gefällt ihr – wie ich aufräume, wie ich Küche und Vorratskammer auf Trab gebracht habe, wie ich die Familie mit Essen versorge, obwohl es von Tag zu Tag schwieriger wird, noch etwas halbwegs Schmackhaftes auf den Tisch zu bringen. Fleisch ist so gut wie gar nicht mehr zu bekommen, nicht einmal Pferdefleisch, und wir alle haben diese ewigen Steckrüben, Kohlköpfe und verkümmerten Ranunkeln von ganzem Herzen satt.

Beim Durchkämmen der Stände auf dem Elisabethmarkt, bis zu dem es von der Franz-Joseph-Straße nur ein paar Schritte sind, habe ich neulich Hedwig Vogel kennengelernt, die bei einer Obristenwitwe am Habsburgerplatz in Stellung ist. Mit ihrem frischen Gesicht und den dicken rötlichen Zöpfen, die sie wie eine Krone um den Kopf geflochten trägt, ist sie mir gleich aufgefallen. Sie ist vier Jahre älter als ich, stammt aus einem kleinen Dorf und geht gern tanzen, das hat sie mir gestanden. Ihr Verlobter ist im Krieg gefallen, nun will sie Ausschau nach einem neuen Schatz halten, sobald endlich Frieden ist, womit alle in München mit jedem Tag rechnen. Aber vielleicht könnte das schwierig werden, weil sie nämlich ziemlich kurzsichtig ist und von einer Brille nichts wissen will. Hedwig hat es nicht so gut getroffen wie ich: Frau von der Aue, bei der sie in Stellung ist, ist geizig, verbittert und streng, und wenn sie an ihrem freien Tag nur ein paar Minuten zu spät kommt, lässt diese sie zur Strafe eine Stunde und mehr vor der Wohnungstür warten. Ich habe ihr von meinem Dilemma mit der Barth erzählt, das hat sie ein bisschen getröstet. Jetzt will sie mich zum Tanzen mitnehmen, wenn es wieder richtig losgeht, doch danach steht mir zurzeit gar nicht der Sinn, so viele neue Eindrücke strömen Tag für Tag auf mich ein.

Leo Cantor, Alinas Verlobter, scheint beste Beziehungen zu haben, denn er kam letzte Woche ganz überraschend mit einer Gans daher, obwohl doch noch gar nicht St. Martin ist. Ich habe sie für die Familie gebraten und dabei das ganze Schmalz ausgelassen, das sich für vieles andere verwenden lässt. Aber wie schnell waren die Portionen verspeist, so ausgehungert sind wir alle!

»Meinst du, Fanny, wir werden glücklich miteinander werden?«, hat Alina mich anschließend gefragt, als sie mir beim Abtrocknen geholfen hat, wie sie es ab und zu tut. In ihrem cremeweißen Kleid mit den tanzenden Volants und dem schimmernden Perlenkragen ist sie mir wieder einmal wie eine Prinzessin erschienen, und ich habe meine rauen Hände schnell unter der Schürze versteckt. Was gäbe ich für einen Klacks der duftenden Creme, die Dora Rosengart im Wohnzimmer ab und zu herumstehen lässt! Ich habe schon mehrfach den Deckel geöffnet und daran geschnuppert, würde aber niemals wagen, etwas davon zu nehmen. »Manchmal habe ich richtig Angst vor unserer Hochzeit. Leo ist ein guter Mann, das weiß ich, aber er ist so ernst, und er weiß so viel über Kunst und Politik. Verglichen mit ihm komme ich mir töricht und ungebildet vor. Wie soll ich denn als seine Frau jemals neben ihm bestehen? Alle werden mich nur auslachen!«

»Keiner wird dich auslachen«, habe ich geantwortet. »Du bist so schön, dass selbst der Mond eifersüchtig werden könnte. Singen kannst du, zeichnen und Klavier spielen, dass einem die Ohren klingeln. Du hast viele Bücher gelesen. Und den Rest lernst du eben ganz schnell.« Dass ich sie duzen soll, fällt mir immer noch schwer, und mir ist sehr wohl bewusst, dass Dora Rosengart es insgeheim missbilligt, auch wenn sie es nicht kommentiert.

Alina jedoch hat darauf bestanden.

Sie hat mich zweifelnd angesehen, den Kopf ein wenig schiefgelegt, wie immer, wenn sie nicht ganz überzeugt ist. Inzwischen ist mir beinahe jede ihrer Gesten vertraut, und ich weiß ziemlich genau, was gerade in ihr vorgeht. Manchmal ist es mir fast peinlich, wie sehr ich sie mag, aber ich kann nicht anders. Sogar Fritzi scheint das zu spüren, denn ihr endloser Brief klingt ganz traurig.

Du wirst mich noch ganz vergessen, klagt sie, und ich sehe, dass sie beim Schreiben wieder geweint haben muss, denn die Tinte ist zerlaufen. Immer nur Alina. In jeder zweiten Zeile schreibst du über sie. Was hat sie denn, das dich so in ihren Bann schlägt? Macht sie dir Versprechungen? Oder stellt sie dir Geschenke in Aussicht? Man könnte ja fast meinen, du seist von ihr besessen.

Jedenfalls hat sie es fertiggebracht, dich ganz weit von mir zu entfernen. Du fragst nicht einmal, wie es mir geht, als würde dich das gar nicht mehr interessieren. Und nach meiner Arbeit hast du dich auch nicht erkundigt, dabei macht mir das kalte Wetter schwer zu schaffen. Mein Mantel ist dünner als deiner, der einst unserer Mutter gehört hat, und das Wetter in Weiden härter als in München. Hast du daran gedacht, Fanny, als du ihn einfach mitgenommen hast?

Meine Hände sind manchmal vom kalten Wetter so steif, dass ich sie kaum noch bewegen kann, wenn ich abends nach Hause komme. Wie soll das erst in ein paar Jahren werden?

Früher hätte ich dir meine Sorgen ins Ohr flüstern können, und wir hätten uns in den Arm genommen, um uns gegenseitig zu trösten — doch jetzt hast du dazu ja diese Alina, die anscheinend dein ganzes Sein erfüllt. Aber vergiss bloß nicht, wie wankelhaft und undankbar die anderen Mädchen waren, die du unbedingt zur Freundin haben musstest. Von einem Tag auf den anderen wollten sie nichts mehr von dir wissen.

Und wo bist du dann weinend und zerknirscht wieder gelandet?

Bei mir.

Nicht anders wird es dir auch mit diesem verwöhnten Früchtchen ergehen, die doch nur mit deiner Gutmütigkeit spielt. Denn eines darfst du niemals vergessen: Euch beide trennen Welten, liebste Fanny! Wie lieb sie jetzt auch tun mag, sie ist und bleibt die Tochter deiner Herrschaft, und du bist nichts als ein Dienstmädchen, vergiss das bloß niemals ...

Als ob sie mir das sagen müsste!

Ja, ich bin nur bei ihnen angestellt, und dennoch gebe ich mein Bestes, um Dora Rosengart, Alina und Bubi zu verwöhnen. Dessen Wangen sind noch immer eingefallen, wenngleich er uns schon wieder die ersten Streiche spielt. Ihm zuliebe habe ich Schmalznudeln gebacken, das Hefegebäck mit der knusprigen Außenrolle, genauso, wie meine Mutter es uns beigebracht hat: in der Mitte so dünn, dass man durch den Teig fast die Zeitung lesen könnte. Puderzucker war nirgendwo aufzutreiben, aber als sie schließlich duftend und goldgelb auf der weißen Servierplatte auskühlten, war mir fast feierlich zumute.

Danach wäre ich am liebsten wieder zum Alten Friedhof an der Elisabethstraße spaziert, auf dem keine Beerdigungen mehr stattfinden, weil alle Grabstätten bereits von Hofangestellten, Rittmeistern und höheren Beamtenwitwen belegt sind. An Allerheiligen war ich schon einmal da, denn wenn ich schon nicht das Grab von unserer Mutter und meinen Geschwistern besuchen konnte, dann wollte ich wenigstens anderen Toten nah sein. Ein schöner, ruhiger Ort, an dem man wunderbar nachdenken kann, obwohl mich der Pomp man-

cher dieser Grabstätten abstößt. Was braucht man denn schon, wenn man eines Tages vor Gottes Thron gerufen wird? Sicherlich keine kitschig weinenden Engel auf Erden.

Aber Georg wollte mich an diesem Tag unbedingt abholen, und mit einiger Verspätung klingelte er schließlich auch bei den Rosengarts.

»Du hast ja keine Ahnung, was in der Stadt los ist!« Es war gar nicht so einfach, sich seinem unregelmäßigen Hinken anzupassen, als wir es die Treppen hinunter geschafft hatten, aber ich habe mir die allergrößte Mühe gegeben, es ihn nicht merken zu lassen. »Die Leute sind wie irre. Überall Soldaten. Die Stimmung ist aufgeheizt wie ein Pulverfass, in dessen Nähe die Lunte bereits schwelt. Das alles könnte das Ende der Monarchie bedeuten, und was soll dann aus unserem Bayern werden? Pass bloß gut auf dich auf, Fanny! In diesen Tagen kann alles passieren. Vor allem jungen Frauen wie dir, die kaum Lebenserfahrung haben.«

Ich nicke, obwohl ich im Inneren keinerlei Angst verspüre.

»Wohin gehen wir eigentlich?«, frage ich, als wir nach wenigen Schritten rechts abgebogen sind.

»Zu einem Mieter, der schleppend bezahlt.«

In meinem Kopf rattert es.

»Die Wohnung gehört dir?«, frage ich vorsichtig. Ist mein Bruder noch weitaus wohlhabender, als ich bislang gedacht habe?

Ein Schnauben. »Eigentlich meinem Schwiegervater Ludwig, und der will sie Elise überschreiben, sobald wir endlich im Frieden sind.« Er wechselt den Stock in die andere Hand. Georg ist aufgeregt, kleine Schweißperlen stehen auf seiner Stirn, obwohl der Tag windig und kühl ist.

»Vielleicht müssen wir den Mieter sogar raussetzen.« Er klingt bedrückt. »Aber er hat eine Frau und einen kleinen Sohn. Und in diesen Zeiten ...«

Durch eine Einfahrt gelangten sie in einen kleinen Hinterhof, in dem eine Art Gartenhäuschen stand. Im Sommer musste es schön hier sein, denn es gab einen stattlichen Kastanienbaum, der dann Schatten spendete, jetzt allerdings nur noch wenige gelbe Blätter trug.

Klee stand auf einem verwitterten Schild unter dem Klingelknopf, und als Georg ihn gedrückt hatte, wurde die Tür von einem dünnen Jungen mit zerzausten braunen Haaren aufgerissen.

»Ist dein Vater da?«, fragte Georg. »Dann sag ihm doch bitte, Herr Haller von Angermair & Haller möchte ihn dringend sprechen.«

Der Junge schüttelte den Kopf und hob die Hand, auf der ein geschnitzter Puppenkopf in einem bunten Fetzenkleid steckte.

»Nur die Mama«, erwiderte er mit übertrieben hoher Stimme, als ob nicht er, sondern die Puppe redete. »Und die hat schon Besuch. Von Onkel Rainer.«

»Dann eben die Mama.« Georg klang so ungehalten, dass Fanny ihm einen besorgten Blick zuwarf. »Geh sie mir holen!«

Der Junge verschwand nach drinnen und kam nach einer Weile wieder zurück. »Sie sind in der Küche«, sagte er. »Kommen Sie! Dort gibt es auch Tee.«

Er lief voran durch einen vollgestellten Flur, an dem an einer provisorischen Garderobe jede Menge Mäntel und

Jacken hingen, gefolgt von Georg, während sich Fanny mit einem unbehaglichen Gefühl anschloss. Was ihr Bruder wohl vorhatte?

Und aus welchem Grund war sie eigentlich hier?

Der Raum wirkte düster und war alles andere als aufgeräumt. Geschirr stand gestapelt herum, vieles schien benutzt, als ob die Zeit oder die Lust fehle, es zu säubern. Dafür hingen Bleistiftzeichnungen an den fahlgelb gestrichenen Wänden, und die eine Ecke beanspruchte eine hölzerne Puppenbühne mit geschnitzten Figuren und einem zerschlissenen Samtvorhang. Neben dem Fenster stand eine Staffelei. Daneben befand sich ein schmales Kästchen, auf dem Kreiden, Stifte und Pinsel lagen. Auch der Küchentisch, an dem eine Frau und ein Mann saßen, war mit Tellern, Bechern, Gläsern, Stiften und zerkrümelten Brotresten bedeckt. Obwohl Fannys ausgeprägter Ordnungssinn sich gegen dieses Durcheinander sträubte, zog es sie gleichzeitig an. Es wirkte so anders als alles, was sie bislang gesehen hatte: bunt, unbekümmert und frei. *So kann man also auch leben,* ging ihr durch den Kopf.

Die Frau blieb am Küchentisch sitzen und streckte Georg lässig die Hand entgegen, an der ein schmaler Goldring saß. Sie trug eine weiße, wenig fachkundig geflickte Bluse, wie Fanny sofort erkannte, um die sie ein blaues Wolltuch geschlungen hatte, und einen einfachen grauen Rock, aber sie hielt sich so stolz und aufrecht wie eine Königin, was ihr aufsässiger Blick aus hellen Augen noch unterstrich.

»Lily Klee«, sagte sie mit kehliger Stimme. »Haben Sie es sich jetzt doch noch überlegt? Dies ist unser Nachbar und

Freund Herr Rilke. Sie haben doch sicherlich nichts dagegen, dass er unserer Unterhaltung folgt. Und wer ist die junge Frau, die Sie uns da mitgebracht haben, Herr Haller?«

»Meine Schwester Franziska. Ich habe sie gebeten, mich zu begleiten.«

»Ich koche bei den Rosengarts«, ergänzte Fanny nicht ohne Stolz. »Die wohnen gleich hier bei Ihnen um die Ecke.«

»Rosengart – doch nicht etwa Alina Rosengart? Die Kleine, die Leo Cantor bald heiraten wird?« Jetzt hatte sie Lily Klees Interesse geweckt.

»Ja, sie sind verlobt«, erwiderte Fanny. »Aber ein Hochzeitstermin steht, soviel ich weiß, wohl noch nicht fest.« Sie hatte nicht vor, etwas über ihre Herrschaft zu verraten. Aber was allgemein bekannt war, konnte sie ja durchaus bestätigen.

Georg räusperte sich vernehmlich. »Zurück zum eigentlichen Anlass meines Besuchs: Eigentlich hatte ich erwartet, Ihren Mann hier vorzufinden.«

Das ist kein Besuch, dachte Fanny, denn niemand hatte sie aufgefordert abzulegen oder gar Platz zu nehmen. Sie empfand es eher als eine Art Überfall.

»Stellen Sie sich vor, ich auch!« Lily Klees kurzes Lachen klang rau. »Der Zahlmeister der Fliegerschule von Gersthofen behandelt ihn endlich besser. Wenigstens ein Fortschritt nach all der Zeit. Aber seine Urlaubssperre gilt noch bis mindestens Mitte nächster Woche. Das Vaterland scheint ihn also noch als Soldat zu brauchen. Sie werden mit mir vorliebnehmen müssen.« Sie zog die Füße unter den Rock, als ob sie plötzlich friere.

»Gut, dann reden eben wir. Es geht um die Miete, Frau Klee, die Sie schon wieder schuldig geblieben sind, ebenso wie die vom Vormonat. Mein Schwiegervater Ludwig Angermair verliert allmählich die Geduld, und das kann ich ihm nicht verübeln.«

»Geduld?«, wiederholte sie gedehnt. »Davon verstehe ich allerdings eine ganze Menge! Wie viel davon muss ich allein bei meinen unbegabten Klaviereleven aufbringen …«

»Aber ich, Mama, ich hab doch Talent, gell?«, unterbrach sie der Junge und schmiegte sich eng an sie.

»Du kannst malen, du kannst dichten, du kannst auch Klavier spielen, mein Zauber-Felix«, sagte Lily Klee zärtlich. »Aus dir wird eines Tages ein großer Künstler!«

Durch die halb geöffnete Zimmertür entdeckte Fanny im anschließenden Raum einen glänzenden schwarzen Flügel, der so gar nicht in die sonst zusammengewürfelte Einrichtung passte.

Lily Klee entging das nicht. »Ja, schauen Sie nur!«, sagte sie. »Früher habe ich schöne Konzerte in interessanten Städten gegeben. Jetzt dagegen vergeude ich meine Tage mit unterbezahltem Unterricht. Aber wir müssen ja schließlich essen und trinken, oder etwa nicht? Wohnen müssen wir und etwas anziehen. Bücher und Noten brauchen wir, Malutensilien und manchmal sogar Medikamente – und immer ist das Geld für alles zu knapp. So lange, bis diese kranke, verrückte Welt endlich so weit sein wird, das Genie meines Mannes anzuerkennen, aber das wird sie!«

Sie sprang auf und zog die Tischschublade auf.

»Unsere letzten Silberstücke«, rief sie kopfschüttelnd,

nachdem sie hineingesehen hatte. »Und diese verdammten Lebensmittelmarken, für die man so gut wie nichts mehr bekommt. Die dürfen Sie uns nicht nehmen, Herr Haller. Jetzt sag du doch auch einmal etwas, liebster Rainer!«

Der Mann, den sie Herrn Rilke genannt hatte, öffnete den Mund und schloss ihn wieder. Die Falten auf seiner hohen Stirn wurden tiefer. Sein Blick bekam etwas Durchdringendes.

»Paul Klee kann Farben zum Klingen bringen«, sagte er. »Wohl, weil in ihm selbst so viel Musik steckt. Für mich ist er nicht nur ein Künstler, sondern der Künstler schlechthin. Und das wird bald sogar diese verrückte, kranke Welt einsehen, das weiß ich.« Sein Ton wurde bittend. »Also lassen Sie bis dahin noch ein wenig Milde mit dieser kleinen Familie walten!«

»Mein Mann wird schon bald große neue Ausstellungen bekommen«, sagte Lily Klee. »Sobald dieses sinnlose Gemetzel endlich vorbei ist. Wenn alle wieder zur Besinnung kommen, steigen auch die Preise für seine Bilder, das werden Sie sehen.«

In ihren flachen Schuhen lief sie nach nebenan und kam mit einer großen grauen Künstlermappe wieder zurück. Tassen und Kanne schob sie mit einer ungeduldigen Geste zur Seite, dann legte sie die Mappe auf den Tisch und öffnete sie.

»Seine Aquarelle liebe ich am allermeisten.« Ihre Stimme klang zärtlich, während sie behutsam Blatt um Blatt umblätterte. »Sehen Sie doch nur: *Garten in der tunesischen Europäer Kolonie St. Germain* – ist es nicht ganz von Sonnenlicht getränkt? Ebenso: *Rote und gelbe Häuser in Tunis.*

Oder hier: *In der Einöde* – so viel Kraft und Anmut! Wahlweise: *Mit dem Adler* – das birst ja geradezu vor Stärke und Schönheit. Oder gefällt Ihnen das hier vielleicht sogar noch besser: *Burg mit untergehender Sonne?* Ich könnte mich verlieren in all diesen klaren Formen und herrlichen Farben! Nehmen Sie ein Bild als Pfand. Was halten Sie davon?«

Ein paar Locken hatten sich aus dem nachlässig geschlungenen Knoten gelöst, und ihre Wangen glühten. Eigentlich hat sie ein richtiges Bauerngesicht, dachte Fanny. Mit bräunlicher Haut, breiten Wangenknochen, einem energischen Kinn und schmalen, festen Lippen. Auch Felix starrte ganz gebannt auf die Bilder seines Vaters, während Georg immer hölzerner wurde.

»Also, ich weiß nicht so recht«, brachte er schließlich hervor. »Man kann darauf ja nichts erkennen, so rein gar nichts …« Hilfesuchend wandte er sich an die Schwester. »Was sagst du denn dazu, Fanny?«

»Mein Freund Klee hat schon vor Jahren den Schritt in die Abstraktion gewagt«, mischte sich Rilke ein, noch bevor sie antworten konnte, weil das nächste Aquarell ihre ganze Aufmerksamkeit fesselte: ein strahlendes, tiefes Blau, in dem zarte silberne Wesen schwebten. Es war kleiner als ein Schulheft, und doch schien auf einmal die ganze Küche zu leuchten. »Seine Kunst macht das Wesentliche erst sichtbar, verstehen Sie? Er und die Farben sind nun eins. Das hat er mir selbst einmal so gesagt.«

Fanny verstand kein Wort, aber ihr Herz flog ungestüm diesem Bild entgegen, deshalb nickte sie, während Georg gleichzeitig entschieden den Kopf schüttelte.

»Nein, das tue ich leider nicht, und mein bodenständiger Schwiegervater wird das noch weniger«, sagte er. »Wir sind einfache Leute, die ihr Geld mit redlicher Arbeit verdienen und unsere Außenstände umgehend begleichen, sonst wären wir schon lange bankrott. Nichts anderes erwarten wir allerdings auch von unseren Handwerkern und Mietern. Ich kann unmöglich mit solch einem Bild bei ihm ankommen. Er würde doch nur annehmen, ich will ihn verspotten.«

»Aber es ist doch wunderschön, Georg«, rief Fanny bittend. »Schau doch noch einmal ganz genau hin! So stelle ich mir das Meer vor, oder den Himmel – weit und unendlich. Mit lauter Engeln!«

»*Die Sirenen singen*, so hat Paul es betitelt«, sagte Lily Klee mit großer Wärme. »Und es gehört in seine Mythenreihe, die ihm besonders am Herzen liegt. Nun, Engel, wie Sie sagten, sind sie nicht gerade, sondern eher verführerische Gestalten, die mit ihren Gesängen so manchen Seemann von seinem Kurs abgebracht haben, aber ätherisch können sie durchaus gewesen sein. Ich freue mich, dass Sie das Bild so mögen, Franziska. Paul hat das Blau dafür vom Himmel geholt – sein Zauberblau.«

Sie wandte sich Georg zu.

»Kann ich Sie denn auch überzeugen, Herr Haller? Überlegen Sie doch noch einmal! Die Gelegenheit wäre einmalig.«

»Ich muss leider auf dem schriftlich vereinbarten Mietzins bestehen. Andernfalls …«

»Sie bekommen Ihr Geld.« Lily Klees Stimme war plötzlich kühl. »Nur eben nicht hier und heute. Geben Sie uns Zeit bis zur nächsten Woche, wenn mein Mann mit seinem Sold zurück ist.«

»Wenn Sie uns wieder einmal nur hinhalten wollen …« Georg starrte sie finster an.

»Keineswegs. Wir werden bezahlen.« Lily Klee reckte sich und schien auf einmal größer, während Felix' rechte Hand mit der neu aufgesetzten Holzpuppe zu einem grünen Drachenkopf geworden war, der Georg wütend anfauchte. »Angenehmen Sonntag noch!«

»Künstlerpack«, schimpfte Georg aufgebracht vor sich hin, während sie wieder auf die Straße hinaustraten. »Stellen ihre eigenen Regeln auf für alles und jedes: freie Liebe, Unordnung, Geld bis zum Abwinken – als ob unsereins sich nicht täglich schinden müsste! Sogar in der Politik wollen sie jetzt mitreden. Einer von ihnen, dieser Eisner, ist frisch aus dem Gefängnis entlassen und schwingt schon wieder in Gasthäusern große Reden. Alle rennen ihm wie Lemminge hinterher! Diese morallosen Gestalten werden uns noch ins Unglück stürzen …« Er stieß sie in die Seite. »He, aufwachen, Fanny! Du träumst ja im Gehen mit offenen Augen.«

»Das kleine Bild war so schön«, murmelte sie. »Zauberblau, so hat sie gesagt. Du hättest es nehmen sollen, Georg. In meinen Augen ist es ein echtes Juwel.«

»Sonst noch was!«, schäumte er. »Das behaupten sie doch alle, dass sie eines Tages berühmt werden! Ein Lenbach und ein Stuck, meinetwegen, das lass ich mir eingehen, die haben es in München zu etwas gebracht. Aber die konnten auch wirklich malen. Was stellt dagegen so ein Herr Nirgendwer mit seinen Strichen und Kreisen dar? Gar nix! Wem soll denn so etwas gefallen?«

»Mir«, sagte Fanny. »Mir gefällt es. Sehr sogar.« Sie stemmte die Hände in die Hüften und blinzelte zu ihm empor. »Wozu hast du mich dann überhaupt mitgenommen, wenn meine Meinung nichts zählt?«

Georg starrte sie finster an, so wie er es auch früher schon getan hatte. Der Vater hatte es öfter ihm überlassen, die Zwillinge für Streiche zu bestrafen, und es hatte ihm hinterher wohl manchmal leidgetan, aber drakonische Maßnahmen hatte er doch gegen die kleinen Mädchen verhängt, ohne mit der Wimper zu zucken: dreimal hintereinander ohne Abendessen ins Bett gehen, stundenlang im Keller eingesperrt sein, und wenn es besonders schlimm kam, dabei noch auf prall gefüllten Eichelsäcken knien, die die dünne Haut aufschürften. Fritzi und sie hatten oft Rache geschworen und wilde Pläne gegen ihn geschmiedet, ohne sie jemals umzusetzen. Er war eben der älteste Bruder, und was er befahl, das wurde gemacht. Doch jetzt war sie erwachsen, fast volljährig, und es gab nichts, mit dem Bruder Georg sie noch abstrafen konnte, bis auf vielleicht …

»Ich denke, du badest im nächsten Monat besser anderswo«, erklärte er abrupt, als sie wieder vor der Haustür angekommen waren. »Elise hat sich erst neulich beschwert, dass die Wanne danach nicht richtig sauber war. Du weißt ja, wie nervös sie manchmal werden kann.«

Fanny biss sich auf die Lippen und schluckte ihre aufsässige Antwort schnell herunter. Seine Lüge tat mehr weh, als hätte er sie geschlagen. Die Wanne hatte geblitzt, als sie das Badezimmer verlassen hatte. Und Elise genoss die Gespräche mit ihr. Von der kleinen Marianne einmal ganz abgesehen, die schon juchzte, sobald sie die Wohnung betrat. Sie schaute zu ihm hoch. Georg hatte den Mund verzogen und stand plötzlich so unbeholfen vor ihr wie ein Schuljunge, als wüsste er genau, dass er etwas Verkehrtes anstellte, aber dennoch nicht anders konnte.

Plötzlich tat er ihr leid.

»Ganz, wie du meinst.« Sie berührte kurz seinen Arm. »Im Dreck ersticken werde ich schon nicht gleich. Servus, großer Bruder. Und grüß mir die Deinen!«

*

Geträumt hatte sie, war im endlosen Blau geschwebt, das in sie einfloss, als würde sie es mit jedem Atemzug nur noch tiefer in sich aufsaugen. Leicht machte es sie, hell und glücklich, fast übermütig, und plötzlich konnte sie ebenso glockenrein singen wie Fritzi. Lied um Lied sprudelte aus ihr heraus und verschlang sich in silbrigen Linien, die sich nach und nach in zarte Gestalten verwandelten. Die Sirenen streckten die Arme nach ihr aus, als wollten sie sie in ihren Reigen einladen, und bevor sie es sich versah, war sie eine von ihnen …

»Fanny!« Eine vertraute Stimme drang an ihr Ohr. Jemand rüttelte sie sanft. »Wach auf. Ich muss dir etwas ganz, ganz Wichtiges erzählen!«

Mit großer Mühe öffnete sie die Lider. Hatte sie verschlafen?

Aber draußen war es noch stockfinster. Alina saß am Bettrand, eine Kerze in der Hand. Sie trug den alten dunkelroten Morgenmantel ihres Vaters, unter dem ihr weißes

Nachthemd hervorschaute, hatte die Haare mit einer Nadel auf dem Kopf zusammengesteckt und sich zusätzlich noch einen bunten Schal um den Hals gewickelt.

»Was ist passiert?« Fanny schoss in die Höhe. »Bist du krank? Oder etwa wieder Bubi …«

»Bubi geht es gut, und uns anderen auch«, sagte Alina schnell. »Aber draußen ist auf einmal alles anders, Fanny. Der König ist geflohen, überall wehen rote Fahnen – wir haben jetzt Revolution in München und einen freien Volksstaat Bayern. Alle dürfen zur Wahl gehen, und bald auch wir Frauen, stell dir das nur einmal vor!«

»Volksstaat Bayern«, wiederholte sie perplex, inzwischen hellwach. »Aber was bedeutet das denn?«

»Es gibt keine Monarchie mehr, sondern wir bekommen nicht nur ein Parlament mit Abgeordneten, sondern auch einen Ministerpräsidenten, aber der muss erst noch gewählt werden. Leo sagt, dass die Zeiten für uns jetzt besser werden. Die Leute werden wieder mehr in Kunst investieren, und uns Juden schaut auch keiner mehr schief an, weil ab jetzt doch alle Menschen gleich sind. Er war dabei, als Kurt Eisner gestern seine große Rede auf der Theresienwiese gehalten hat. Tausende haben ihm zugehört, danach sind sie gemeinschaftlich zu den Kasernen marschiert. Immer mehr Soldaten haben sich ihnen angeschlossen, weil die dieses sinnlose Abschlachten längst satthaben und sich nach Frieden sehnen. Schließlich wurde lange nach Mitternacht im Mathäserbräu ein Arbeiter-, Soldaten- und Bauernrat gebildet, der eine neue provisorische Regierung aus lauter verschiedenen Sozialisten gestaltet hat.«

Sie strich sich eine dunkle Strähne aus der Stirn. Mit ihrer zusammengewürfelten Aufmachung sah sie im Kerzenschein beinahe aus wie eine der Piratenbräute aus Bubis Abenteuerromanen.

»Leo hat die ganze Nacht durchgewacht, wie viele seiner Literaten- und Journalistenfreunde. Danach ist er gleich zu uns gekommen, um Mama und mich zu informieren. Sie hat sich zwar erst maßlos aufgeregt, dann aber doch wieder beruhigt. Schließlich ist sie zurück ins Bett gegangen, und ich habe ihm Tee gemacht und geröstetes Brot mit dem letzten Gänseschmalz, weil er durchfroren und vollkommen ausgehungert war. Jetzt ist er schon auf dem Weg zu seiner Galerie. Seine neu eingebauten Schlösser sind eigentlich sicher, aber er hat dort ein paar Schätze gelagert, und man kann ja nie wissen, was den Leuten bei solch einem Umbruch für Dummheiten in den Kopf kommen!«

»So?«, entschlüpfte es Fanny. »Nur halb angezogen?«

Alina schmunzelte. »Du redest ja fast schon so wie Mama! Über kurz oder lang wird Leo mich noch weniger bekleidet zu Gesicht bekommen – meinst du nicht, dass es langsam Zeit ist, dass er sich daran gewöhnt?«

Fanny schoss das Blut ins Gesicht. Die beiden waren verlobt und wollten bald heiraten. Wie konnte sie sich da solch eine Bemerkung anmaßen?

»Aber das mit dem Frühstück hätte ich doch erledigen können …«, murmelte sie verlegen.

»Ach was«, widersprach Alina. »Du brauchst deinen Schlaf, so unermüdlich, wie du Tag für Tag für uns ackerst. Vielleicht wird sich das ja jetzt auch ändern, wie so vieles andere. Ich muss dir gestehen, dieses seltsame Oben und

Unten, das den einen alles gestattet und den anderen alles untersagt, und das nur, weil sie in eine bestimmte Familie hineingeboren sind, habe ich noch nie gerecht gefunden. Und auch mein Vater meinte …«

Den Rest bekam Fanny nicht mehr mit. Zutiefst erschrocken starrte sie Alina an. Wollten sie sie etwa entlassen?

War es das, was sie ihr sagen wollte?

An ihrem entsetzten Blick erkannte Alina, was sie gerade denken musste.

»Nein, du Schäfchen, *das* habe ich natürlich nicht gemeint!« Sie stellte die Kerze ab und umarmte sie. »Du machst unser Leben so reich, aber manchmal habe ich ein schlechtes Gewissen, was wir dir alles abverlangen, nichts anderes wollte ich damit sagen.«

»Ich bin so gern bei euch.« In Fannys Augen glitzerten Tränen. »Nirgendwo anders in München möchte ich sein.«

»Du bist das Beste, was uns jemals passieren konnte, aber das dürfen wir nicht ausnutzen. Ich werde mit Leo sprechen. Vielleicht fällt dem ja etwas ein, was dich freuen könnte.«

Bleib meine Freundin, dachte Fanny inbrünstig, *nichts anderes wünsche ich mir,* doch sie war zu scheu, um es laut auszusprechen.

Diese frühmorgendliche Begegnung schwang noch lange in ihr nach, während sie kochte, aufräumte, spülte, putzte, staubwischte. Nach ein paar Tagen schien sich die Stadt an die neue Situation zu gewöhnen. Kein einziger Schuss war gefallen, kein Blut geflossen, keine Scheiben hatten geklirrt, keine Läden waren gestürmt worden, und das mit den roten Fahnen schien zumindest für Schwabing allenfalls für vereinzelte Häuser zu gelten. Hedwig freilich, deren gefallener Verlobter ein Sozialist gewesen war, schwang beim Einkaufen auf dem Elisabethmarkt aufrührerische Reden. Sie hatten sich am Milchhäusl verabredet, einem Stand, an dem vor dem Krieg jeden Morgen Freimilch ausgeschenkt worden war, um die Münchner vom übermäßigen Bierkonsum abzuhalten. Doch inzwischen brauchte man für Milch ebenso Marken wie für die meisten anderen Lebensmittel, und der kleine Pavillon blieb geschlossen.

»Die Tage der Bourgeoisie sind gezählt«, rief sie, während sie zu den Ständen hinübergingen. »Noch ein falsches Wort von dieser unmöglichen von der Aue – und ich schmeiß ihr alles vor die Füße! Soll sie dann doch gefälligst selbst ihr angelaufenes Silber polieren und ihre scheußlichen Vorhangquasten bürsten, während sie auf ihren heißgeliebten Sohn wartet, den die Franzosen erst aus der Gefangenschaft entlassen müssen. Mich hat sie die längste Zeit ausgebeutet!«

»Lorenz sagt, man kann durch Gewalt nichts erreichen«, entgegnete Fanny. Der schnurrbärtige Eisenbahner war vor zwei Abenden in der Franz-Joseph-Straße erschienen, um ihr bei einem kurzen Besuch die momentane Lage aus seiner Sicht dazulegen. »Es ist gut, dass sich die Dinge endlich ändern, meint er, aber das braucht Zeit. Die Leute müssen erst lernen umzudenken. Ich finde, das klingt alles ganz vernünftig.«

»Wer ist denn nun schon wieder Lorenz?« Hedwig

starrte sie misstrauisch an. »Ich dachte, du hast gar keinen Schatz!«

»Hab ich ja auch nicht.« Aus dem Augenwinkel hatte Fanny an einem der Nachbarstände Lily Klee entdeckt, die über einem alten Militärmantel ein großes kariertes Tuch trug, einen Korb in der Hand hatte und mit einer der Marktfrauen feilschte. Die Miete war inzwischen beglichen, das hatte Georg ihr zukommen lassen. Sonst hätte sie gar nicht gewagt, so auffällig nach rechts zu starren. »Lorenz ist nur ein väterlicher Freund. Nichts weiter.«

»Dann pass bloß ganz genau auf! Die sind nämlich oft die allerschlimmsten«, schnaubte Hedwig. »Geile alte Kerle, die sich an jungen Dingern wie uns vergreifen wollen …«

Fanny ließ sie stehen und ging hinüber zu Lily Klee. Die schaute auf und lächelte, als sie sie erblickte.

»Sieh einer an, unsere junge Köchin!«, sagte sie freundlich. »Felix redet noch immer von Ihnen. Den müssen Sie mächtig beeindruckt haben.«

»Aber ich habe doch kaum etwas gesagt …«

»Sensible Kinder wie er begreifen die Seele eines Menschen auch ohne überflüssige Worte. Ruben Rosengart und er besuchen übrigens die gleiche Klasse in der Volksschule gleich gegenüber. Und seit letzter Woche sitzen diese beiden Spitzbuben sogar nebeneinander. Na ja, ob das lange gut gehen wird?« Sie zog eine Grimasse. »Seine Hosen haben bereits drei neue Löcher abbekommen. Aber so etwas hat uns ja noch nie besonders gestört.«

Sie spähte in Fannys Korb.

»Immer schwieriger, mit diesen wertlosen Marken noch

etwas Brauchbares zu ergattern. Damit umgehen können muss man auch noch, und ich bringe ständig alles durcheinander. Verschiedene Marken für Erwachsene, für Kinder, für Brot, das mit Kartoffelmehl gestreckt ist, und für Milch, die zur Hälfte aus Wasser besteht – ach, wie wenig mir dieses Knausern doch liegt! Sie dagegen scheinen mehr Glück gehabt zu haben, wenn ich mir da Ihr prachtvolles Blaukraut anschaue. Wie lange haben wir das nicht mehr gehabt? Da läuft mir doch gleich das Wasser im Mund zusammen. Wo haben Sie das denn hier aufgetrieben?«

»Die Marktfrau hat es mir zurückgelegt«, flüsterte Fanny. »Wir sind gleich bei meinem ersten Besuch ins Reden gekommen, und ich habe ihr gesagt, woher ich komme und für wen ich koche. Seitdem sie weiß, dass Ruben unser Holunder von daheim wieder gesund gemacht hat, habe ich bei ihr einen Stein im Brett. Jetzt macht sie ab und zu eine Ausnahme und legt etwas für mich zurück.«

»Die Rosengarts können heilfroh sein, dass sie Sie haben.«

»Das beruht ganz auf Gegenseitigkeit«, versicherte Fanny. »Ich strenge mich jedenfalls an. Hungrig musste bislang noch keiner aufstehen, egal, wie viele um den Tisch herumsitzen. Und beklagt hat sich auch noch niemand, obwohl ich meistens einfache Gerichte koche. Ich kann nur hoffen, das bleibt auch weiterhin so.«

»Was mich betrifft, so bin ich in der Küche leider eine Niete«, gestand Lily Klee. »Paul hat sich jahrelang rührend um alles gekümmert, das Kind, das Essen, den ganzen Haushalt, während ich unterrichtet habe. Aber jetzt sitzt er in diesem vermaledeiten Gersthofen bei den Fliegern fest, und wenn er zurückkommt, will er nur noch malen. Keine Ahnung, was dann aus uns werden soll!«

Ihr klarer Blick und die offenen Worte machten Fanny Mut. Und plötzlich war es auch für sie ganz leicht, die Wahrheit zu sagen.

»Daheim in Weiden waren wir sechs Geschwister«, sagte sie. »Dazu ein Vater, der nicht durchgängig Arbeit hatte, aber immer gern ins Wirtshaus ging. Da hat die Mutter es nie leicht gehabt, und Geld war eigentlich auch immer rar. Deshalb hat sie uns drei Töchtern schon früh beigebracht, wie man aus wenig viel machen kann, das auch noch schmeckt – und davon profitiere ich heute. Es macht mir Freude, für andere zu kochen. Und wenn alle satt und glücklich sind, dann bin ich es auch.«

»Wie sehr ich Sie um dieses Talent beneide!«, stieß Lily Klee hervor. »Besonders jetzt, wo Abend für Abend Freunde und Bekannte zu uns kommen, könnte ich wenigstens ein bisschen davon gebrauchen. Manchmal sind es bis zu zwanzig Menschen, die plötzlich bei uns auftauchen. Sie träumen, sie diskutieren, sie reden sich die Köpfe heiß, manchmal streiten sie auch erbittert, bis sie sich wieder vertragen oder auch nicht – aber immer sind sie ausgehungert wie ein Rudel streunender Wölfe.«

Sie zog das Tuch enger um sich, und auch Fanny fröstelte, weil ein eisiger Wind zwischen den einfachen Holzständen hindurchpfiff.

Dabei fühlte sie sich gerade so wohl wie selten zuvor. *Ich bin* nichts, *ich kann nichts* – wie lange hatte sie das von sich geglaubt! Und jetzt ging ein Fenster in ihr auf, von dem sie gar nicht gewusst hatte, dass sie es überhaupt besaß. *Ich bin etwas wert. Eine Frau wie Lily Klee, selbst Pianistin und Frau eines Malers, beneidet mich.* Licht strömte herein. Sonne, Wärme. Es fühlte sich so neu und aufregend an, dass sie kaum noch zu atmen wagte.

»Wenn ich Sie so ansehe, Fanny, dann kommt mir da eine ziemlich verrückte Idee in den Sinn«, hörte sie Lily Klee sagen. »Hätten Sie nicht Lust, ab und an für uns zu kochen – und für unsere Gäste?«

»Aber das geht doch nicht. Ich arbeite für die Rosengarts …«

»Ich weiß, ich weiß«, fiel sie ihr ins Wort. »Natürlich nicht jeden Tag, und wenn, dann lediglich abends. Trauen Sie sich das zu?«

»Möglich wäre es, aber Familie Rosengart …«

Lily Klee geriet immer mehr in Rage, so sehr schien die Vorstellung sie zu begeistern. »Alina und Dora Rosengart überlassen Sie getrost mir«, erklärte sie. »Mit denen komme ich schon zurecht. Und Leo Cantor ist sowieso ganz auf unserer Seite. Aber schaffen Sie das denn überhaupt? Nach Ihren anderen Verpflichtungen?«

Jetzt spürte Fanny den kalten Wind plötzlich nicht mehr. Stattdessen sah sie die Küche in der Ainmillerstraße vor sich, die sie so beeindruckt hatte. Die Bleistiftzeichnungen an der Wand. Das selbst gebaute Puppentheater mit seinen Figuren. Und die Mappe mit dem blauen Zauberbild. Dorthin zurück, wo man sich frei fühlen konnte, und das mehr als einmal, wenn alles gut ging – es fühlte sich noch besser an als im Traum.

Doch sie wollte kein schnödes Erwachen riskieren.

»Vorausgesetzt, die Rosengarts wären damit einverstanden«, sagte sie nachdenklich, »dann bräuchte ich unbedingt sauberes Geschirr und genügend Vorräte, wenn es so viele Leute werden sollen. Denn von nichts kommt nichts. Und Wunder zu vollbringen will ich mir nicht anmaßen. Allein unser Heiland konnte mit ein paar Fischen und ein wenig Brot eine große Menschenmenge speisen. Da müsste eine Fanny Haller leider passen.«

Lily Klees Lachen war so laut, dass viele Köpfe zu ihnen herumfuhren.

»Humor haben Sie also auch«, sagte sie vergnügt. »Kein Wunder, dass Felix Sie gleich ins Herz geschlossen hat. Ja, ich kümmere mich um die Zustimmung der Rosengarts und werde ebenso für gespültes Geschirr wie für ausreichende Vorräte sorgen. Jeder Besucher soll etwas zum Essen mitbringen, dann kommt bestimmt genügend zusammen – und Sie kochen mit dem, was eben da ist. Genauso werden wir es auch mit Ihrer Bezahlung halten: Wir legen alle zusammen. Es soll Ihr Schaden nicht sein, das verspreche ich Ihnen.«

Sie streckte Fanny ihre Hand entgegen.

»Also einverstanden?«, fragte sie. »Sie würden uns allen eine Freude machen und mir gleichzeitig eine große Last von den Schultern nehmen. Sagen wir gleich morgen Abend?«

Aus dem Augenwinkel sah Fanny, dass Hedwig ein paar Stände weiter neugierig und eifersüchtig zugleich zu ihnen herüberstarrte.

Sie holte tief Luft, nickte, und dann schlug sie ein.

*

München, Mai 2015

Fanny hatte die Klees persönlich gekannt – und Rainer Maria Rilke! Obwohl Katharinas Augen vom langen Lesen brannten, konnte sie sich kaum von dem Tagebuch der Urgroßmutter lösen. Keiner aus der Familie hatte jemals ein Wort darüber verlauten lassen.

Was aber, wenn Fanny gewichtige Gründe gehabt hatte, diese Episode aus ihrem Leben für sich zu behalten?

Katharina würde es nur erfahren, wenn sie weiterlas, doch das alles war für sie derart aufregend, dass sie zwischendrin immer wieder Pausen brauchte, um zu verarbeiten. Gleichzeitig drängte sie es, möglichst rasch voranzukommen – ein Dilemma, für das sie noch keine Lösung gefunden hatte. Sie konnte lediglich ihrer Intuition vertrauen. Auch darin war Uroma Fanny für sie mittlerweile ein Vorbild.

Katharina stieg aus dem Bett, ging in die Küche und setzte sich dann mit einem Glas Wasser auf den nächtlichen Balkon. Bis auf das gleichmäßige Wassergeräusch des Auer Mühlbachs war alles still. Die Stadt schlief. Nicht einmal von dem Nachbar aus dem dritten Stock, der spätabends noch so gern lauten Rock hörte, war etwas zu hören.

Eine leichte Brise kühlte ihre erhitzte Haut.

Beim Lesen hatte sie ihre Enttäuschung über den Ausgang der abendlichen Verabredung mit Alex Bluebird ganz vergessen, jetzt jedoch meldete sie sich wieder zurück. Für ein paar Augenblicke überließ sich Katharina diesem wehmütigen Sehnen, zu dem die weiche Frühsommernacht so gut passte, dann jedoch stand sie abrupt auf und ging wieder nach drinnen.

Was bildete sie sich überhaupt ein?

Er und sie kamen unübersehbar aus ganz verschiedenen Welten. Und dass ein Mann wie Alex als Single durch die Welt lief, gehörte eher in einen kitschigen Hollywoodfilm als in die Realität. Er hatte ihr Fannys Aufzeichnungen gebracht, und sie waren sich sympathisch – nicht weniger, aber auch nicht mehr. Das würde sie sich so oft vorsagen, bis sie selbst daran glaubte. Jetzt musste sie sich einmal ein paar Stunden Schlaf gönnen, um morgen mit einem gepflegten halben Arbeitstag alle verquer-romantischen Anwandlungen konsequent in die Flucht zu schlagen.

Doch als sie wieder im Bett lag, war sie hellwach, als hätte sie mindestens drei doppelte Espressi hintereinander getrunken. Nicht einmal das warme Glas Bier, sonst stets Mittel letzter Not, zeigte irgendeine Wirkung.

Und so machte Katharina gegen halb drei seufzend erneut das Licht an.

9

München November/Dezember 1918

Also koche ich nun für die Revolution, wie Alina es zu nennen
pflegt. Mein abendlicher Einsatz bei den Klees gefällt ihr
ausnehmend gut, auch wenn sie in ständiger Sorge bleibt, ich
könne mich dabei übernehmen. Leo Cantor, selbst schon mehrmals unter den Gästen, nimmt mich gelegentlich zur Seite und
steckt mir ein großzügiges Trinkgeld zu. Ich verwahre diesen
Schatz in einem Kästchen in meinem Schrank und freue mich
daran, wie es mit den Spenden, die ich jedes Mal für meine
Arbeit erhalte, von Woche zu Woche immer mehr wird.
Und wer nicht alles zu uns findet!
Herr Rilke, der Dichter, ist für mich schon längst ein guter
Bekannter geworden. Während ich Schupfnudeln und Kraut
zubereite, nehme ich die Namen Ernst Toller, Gustav Landauer und Erich Mühsam zur Kenntnis, die sich an meinen
Armen Rittern erfreut haben, die ich ihnen nach der Kartof-
fel-Graupen-Suppe aufgetischt habe. Oskar Maria Graf
erscheint oft und hat manchmal Bier dabei, dann bereite ich
die traditionelle Brotsuppe zu, bei der man es braucht, damit
sie vollmundig wird. Er mag am liebsten Süßes und könnte
für meine Dampfnudeln sterben, wie er mir augenrollend
und mit der Hand auf dem Herzen versichert hat. Überhaupt
kommt er den Frauen gern sehr nah, das habe ich gleich

gemerkt und bleibe jetzt erst recht auf der Hut, weil er eine Frau und eine kleine Tochter hat, von denen er allerdings getrennt lebt.

Besonders gut gefällt mir der gebildete Herr Feuchtwanger, ein enger Freund von Leo Cantor, ebenso großzügig wie er, den ich mit hauchdünnen Reiberdatschis und saftigem Apfelpüree ganz besonders glücklich machen kann. Er hat mir gelbe Chrysanthemen auf den Küchentisch gelegt, als kleines Dankeschön, wie er gesagt hat, und ich war so gerührt und überwältigt, dass ich plötzlich nur noch stammeln konnte. Dicke Romane schreibt er und zusammen mit diesem wilden Brecht auch Theaterstücke. Bertolt Brecht raucht unentwegt, und diese scheußlichen Stumpen noch dazu, aber er bekommt Augen wie ein kleiner Junge, wenn ich ihm meinen Mohnstrudel serviere.

Am meisten von allen aber mag ich den Hausherrn Paul Klee, der nobel ist und fein und sich so freut, seine Familie zu sehen, wenn man ihn ab und zu vom Fliegerhorst zu ihr lässt — hoffentlich bald für immer. Ich kann nicht verstehen, dass man dort die Soldaten noch immer kaserniert, wo der Krieg doch längst zu Ende und sogar der König verjagt ist. Aber seine Frau sagt, das ist so, weil wir noch keinen anständigen Friedensvertrag haben. Wie er mit seinem Felix umgeht, der inzwischen mein Freund geworden ist, wärmt mir das Herz, und ich wünschte, unser Vater hätte nur ein einziges Mal so mit mir gesprochen.

Einmal komme ich ein wenig früher zu den Klees. Da sitzt er ganz unerwartet am Küchentisch, einen Bleistift in der Hand, und zeichnet auf ein Blatt. Ganz versunken ist er, scheint alles um sich herum vergessen zu haben. Ich gehe auf Zehenspitzen,

159

um ihn ja nicht zu stören, doch irgendwann schaut Paul Klee auf und lächelt, als er mich bemerkt.

»Sie sind es, Fanny! Fangen Sie ruhig schon mit dem Kochen an. Sie stören mich nicht.«

Ich wasche und zupfe meinen Wirsing, weil ich falsche Rouladen machen will, mit Mettwurst, statt mit Hack, da Fleisch noch immer Mangelware ist. Aber ich muss mich doch immer wieder zu ihm umdrehen.

»Sie sind also neugierig«, sagt er auf einmal. »Das gefällt mir. Dann kommen Sie zu mir, und sehen Sie sich die Zeichnung ruhig an.«

Ich trete hinter ihn und schaue auf ein Männergesicht. Die Augen sind geschlossen, der volle Mund mit dem feinen Bartschatten wirkt entspannt. Alles ist mit wenigen Strichen lediglich angedeutet, aber ich kann doch erkennen, dass er sich selbst porträtiert hat.

»Sie sind das«, sage ich. »Und es sieht so aus, als ob es Ihnen gut geht.«

Er schenkt mir ein müdes Lächeln.

»Manchmal zeichnet man auch für die Zukunft«, erwidert er leise. »Denn das wird es erst, wenn ich wieder ganz bei meiner Familie sein kann. Beten Sie für mich, Fanny, dass es bald so weit sein wird.«

Während des Kochens fliegt mir auch jede Menge Politik um die Ohren. Vieles verstehe ich nicht oder bekomme es nicht ganz mit, aber ich lerne doch mehr an diesen langen Abenden als in all meinen Schuljahren zusammen. In zahlreichen deutschen Städten sind nun Räte an der Macht, doch die Menschen sind dennoch nicht zufrieden. Viele schimpfen darüber, die Rechten sowieso, aber auch die Linken, weil zu wenig verändert wird

und nur die Staatsspitze revolutionär ist, der Rest aber nicht.
Auch die Klee'schen Gäste debattieren heftig und streiten
darüber bis tief in die Nacht, ohne freilich auf einen gemeinsamen Nenner zu kommen, bis ich dann meine Grießnockerlsuppe auftische, nach der sie schon alle gieren, und sie zum
Aufbruch animiere.

Neulich war sogar der Herr Ministerpräsident mit seiner
Gattin dabei, Kurt Eisner, ein zarter, gebeugter Herr mit
wilder Mähne und krausem grauem Bart, der mir versichert
hat, noch nie zuvor einen so köstlichen Krautstrudel genossen
zu haben.

Ein Mann von Welt.

Seinen Ausdruck »genossen« habe ich mir auf der Zunge
zergehen lassen wie ein feines Praliné, das lange nachwirkt,
und ich halte viel von ihm, obwohl Lorenz mir versichert hat,
dass sich die Stimmung in München längst gegen ihn gewendet hat. Von der Begeisterung über seine große Rede Anfang
November ist so gut wie nichts übrig geblieben. Fremd nennen
sie ihn, heißen ihn einen, der nicht nach München passe, und
Lorenz hat mir gesagt, dass er bei den Wahlen im Januar mit
seiner Partei gewiss untergehen wird. Bis dahin muss ich
aber diese ganze lautstarke Gesellschaft weiterhin bekochen,
obwohl Lily Klee mir neulich schon zugeflüstert hat, dass es ihr
allmählich reicht mit dem ganzen Besuch und der ständig
überfüllten Küche.

Dora Rosengart zieht es vor, meine Aktion unkommentiert
zu lassen, wenngleich ihre säuerliche Miene verrät, dass es ihr
eigentlich nicht recht ist. Aber dem Schwiegersohn in spe
widersprechen, von dem das Glück ihrer Tochter abhängt?
Das würde sie niemals tun.

Um ihr keinerlei Anlass zur Unzufriedenheit zu geben, habe ich meine Bemühungen in ihrem Haushalt weiter verstärkt. Ich wirble umher, als treibe mich ein unsichtbarer Motor an, aber ich bin so glücklich dabei, dass ich die ganze Zeit singen könnte, so wenig melodisch es auch klingen mag. Georg habe ich vorsichtshalber nichts von alldem verraten, da ich mir seine Kommentare schon ausmalen kann. Und als er bei einem meiner selten gewordenen Besuche in der Augustenstraße beanstandet hat, ich sähe für ein so junges Ding aber ungewöhnlich müde aus, habe ich schnell die kleine Marianne auf den Schoß gezogen und seine Bemerkung einfach weggelacht. Sein Angebot, die Familienwanne stünde ab jetzt für mich wieder zur Verfügung, konnte ich mit einem Schulterzucken abtun. Dora Rosengart erlaubt mir inzwischen, am Sonntagmorgen die in der Franz-Joseph-Straße zu benutzen, ein riesengroßes Privileg, das ich sehr wohl zu schätzen weiß und stets so früh in Anspruch nehme, dass sich niemand aus der Familie durch mich behindert fühlen kann. Das gehört inzwischen zu meinen schönsten Träumen, sollte ich jemals eine Wohnung mein Eigen nennen dürfen: eine Badewanne mit fließend heißem und kaltem Wasser, auch wenn man den Ofen dafür Stunden schüren müsste!

Eigentlich bin ich also sehr glücklich — wäre da nicht die Sorge um Fritzi gewesen. Rosl hat mir einen langen Brief geschickt, sie, die noch nie eine große Schreiberin war. Also muss es wirklich schlecht um sie stehen. Meine Zwillingsschwester hat ihre Stellung in der Gärtnerei verloren, weil sie ein paar Mal zu spät gekommen ist, hustet und liegt stundenlang tagsüber im Bett. Fragt man sie, was ihr fehle, sagt sie »Fanny« und dreht den Kopf zur Seite.

Was soll ich nur dagegen tun?

Ich weiß, dass sie am liebsten so schnell wie möglich zu mir gekommen wäre. Aber eine zweite Kraft brauchen die Rosengarts nicht, und meine Kammer bei ihnen ist zwar warm und gemütlich, aber zu klein, um noch jemanden aufzunehmen. Georg wird sich ihrer nicht erbarmen, das ist gewiss. Und was sollte sie in München arbeiten, wo schon so viele vergeblich nach einer Anstellung suchen?

Ich wünsche mir ein kleines Lädchen, so stand es abermals in ihrem letzten Brief. Im Frieden werden die Leute wieder anständig essen wollen. Ich verkaufe ihnen die Lebensmittel, und du kochst sie dann, meine Fanny. Das könnte der Himmel auf Erden für uns sein!

Ein eigener Laden in diesen schlechten Zeiten — und ich werde nächstes Jahr Papst in Rom!

Fritzi hat vielleicht Vorstellungen, aber so war sie eigentlich schon immer. Den Kopf in den Wolken, eine freche Bemerkung auf der Zunge, und dann Tränen in den Augen, wenn es nicht nach ihren Vorstellungen läuft. Und trotzdem geht es mir näher, als mir lieb ist, denn wenn sie unglücklich ist, kann auch ich nicht wirklich heiter sein. Sie ist und bleibt ein Teil von mir, ob mir das nun passt oder nicht. Und falls ich es einmal für ein paar Augenblicke vergesse, dann erinnert sie mich rechtzeitig wieder daran. Ja, ich wollte unbedingt weg von ihr — das weiß ich noch genau. Deshalb bin ich mein Münchner Abenteuer eingegangen und habe sogar Georg überreden können, mir dabei zu helfen. Doch jetzt, wo uns so viele Kilometer voneinander trennen, fehlt sie mir doch, das muss ich eingestehen.

Nicht mit ihr — aber auch nicht ohne sie.

Das klingt ganz schön verrückt. Manchmal bekomme ich tatsächlich Angst, in meinem Kopf könnte alles durcheinandergehen. Und obwohl ich weiß, dass ich eigentlich keinen Grund dazu habe, fühle ich mich Fritzi gegenüber auch in dieser Hinsicht verpflichtet. Dabei will ich eigentlich gar nicht unbedingt, dass sie nach München kommt, weil ich mich ohne sie schon so gut eingelebt habe. Ich atme hier freier als in ihrer Nähe – aber wenn Fritzi unsere Trennung doch so unglücklich macht? In meiner Not habe ich schon begonnen, die Klee'schen Gäste zu befragen, ob sie nicht eine Stelle für meine Schwester wüssten, bislang aber lauter Absagen kassiert. Nur Hedwig, die mir wieder verziehen hat, dass ich sie am Markt so arrogant habe stehen lassen, wie sie es nennt, hat nachdenklich den Kopf gewiegt.

»Unter gewissen Umständen. Aber die Sache ist noch nicht ganz spruchreif. Und ob man es ihr wirklich empfehlen kann ...«

»So mach doch bitte den Mund richtig auf, und rede nicht drum herum wie das Orakel zu Delphi«, hab ich sie beschworen. So etwas Ähnliches hat neulich Lily Klee zu ihrem Mann gesagt, und ich habe mir den Ausdruck gemerkt.

Vergebens.

»Möglicherweise nach Weihnachten.« Mehr war aus ihr nicht herauszubringen. »Ich sage dir schon, wenn es so weit sein wird.«

Weihnachten – das erschien mir da noch so fern, doch die Wochen bis dahin sind nur so verflogen, und heute ist schon der 24. Dezember. Die Rosengarts feiern es fast wie wir Christen, das hat Alina mir versichert, auch mit Baum und Geschenken, aber natürlich ohne Mette.

So habe ich mich jetzt ganz auf das Weihnachtsessen konzentriert. Leo Cantor hat im letzten Moment zwei Enten aufgetrieben, zäh vermutlich und ziemlich mager, wie wir alle in diesen Zeiten, aber immerhin. Dazu soll es Blaukraut geben, rohe Kartoffelknödel und als Nachtisch eine Bayerische Creme mit eingemachten Früchten ...

»Zefix!« Der Fluch war ihr herausgerutscht, und Bubi, der sich in der Küche herumtrieb, wohl mit dem Hintergedanken, es könne vorab etwas Leckeres für ihn abfallen, begann schallend zu lachen.

»Das darf man doch nicht sagen«, japste er vor Vergnügen –, »und jetzt hast du es doch getan!«

»Weil ich das ver... Einmachglas so schlecht aufbekommen habe«, sagte Fanny. »Um ein Haar wäre das ganze Birnenkompott in der Spüle gelandet – und was hättet ihr dann gegessen?«

»Wir«, verbesserte er sie rasch. »Du hast doch gesagt, du gehst erst danach zur Mette.« Er zögerte, dann fuhr er leiser fort: »Kannst du mich nicht auch mitnehmen? Felix hat mir davon erzählt – von den Kerzen, dem Weihrauch und den feierlichen Liedern. Man darf auch hingehen, wenn man nicht richtig gläubig ist, hat er gesagt. Sonst wären seine Eltern nicht dort. Aber ich glaube doch an Gott. Er hat über mich gewacht, sonst wäre ich jetzt längst tot. Daher möchte ich es selbst auch so gern einmal erleben!«

»Ich fürchte, das ist keine so gute Idee.« Fanny strich ihm durch die Haare. »Ja, du liegst dem lieben Gott sehr am Herzen, das weiß ich ganz genau. Aber deine Mama würde traurig darüber sein und Onkel Carl vermutlich noch mehr.«

Doras Schwager Carl Rosengart hatte sich zum Essen angesagt, zusammen mit Leo Cantor. Da würde sie sich erst recht anstrengen müssen, etwas Köstliches auf den Tisch zu bringen, denn der stolze Besitzer zweier Läden für gehobene Damenbekleidung war an gute Küche gewöhnt.

Ruben sah sie an, als ob er etwas hinzufügen wollte, verzichtete dann aber darauf und schlich hinaus.

Bei aller liebevollen Nähe zu ihm und vor allem zu Alina fühlte es sich seltsam für Fanny an, den Weihnachtsabend mit ihnen zu verbringen. Die Geschwister fehlten ihr, der Vater, der nie viel gesagt hatte, vor allem aber die Mutter, ohne deren scheues Lächeln die Welt so viel kälter geworden war.

Und natürlich Fritzi.

Was war eigentlich mit Georg, der in München lebte, nur ein paar Straßen weiter? Er hatte Fanny so halbherzig zum Heiligen Abend eingeladen, dass sie schnell abgesagt und so getan hatte, als wäre ihr seine Erleichterung nicht aufgefallen, aber wehgetan hatte es doch – und tat es, wenn sie ehrlich war, noch immer.

Sie wusch sich gründlich die Hände, um sich dann ganz dem Essen zu widmen. Die Enten schmorten im Ofen und wurden von ihr immer wieder sorgfältig beschöpft, damit sie saftig blieben. Besonders viel Fleisch war ja nicht an ihnen dran, aber zusammen mit den Beilagen würde Fanny die kleine Weihnachtsgesellschaft schon satt bekommen. Das Blaukraut hatte sie bereits gestern aufgesetzt. Zwiebeln und Apfelschnitze sollten den Geschmack verfeinern, und jede halbwegs erfahrene Köchin wusste, dass es mit jedem Aufwärmen nur noch besser schmeckte.

Inzwischen hatte es in dicken Flocken zu schneien begonnen, und die Luft, die durch das angelehnte Küchenfenster strömte, war klirrend kalt. Fanny rieb die rohen Kartoffeln, bis sie vor Anstrengung zu schwitzen begann. Danach drückte sie die Raspeln in einem Tuch gründlich aus, bis keine Flüssigkeit mehr austrat, gab heiße Milch dazu, die verhindern sollte, dass die Kartoffeln braun wurden, etwas Grieß und die aufgefangene Kartoffelstärke sowie zwei Eigelb. Alles zusammen knetete sie zu einem geschmeidigen Teig, aus dem sie anschließend runde Knödel formte, möglichst gleichmäßig, damit sie alle zur gleichen Zeit gar waren.

Schweißperlchen standen auf ihrer Stirn, die Haare hatten sich aufgelöst, aber sie war ganz mit sich zufrieden. Das Wasser im hohen Topf siedete bereits. Vorsichtig gab sie die Knödel hinein. Nicht mehr lang, und sie konnte Alina Bescheid sagen.

Doch was sollte sie mit dem Nachtisch anfangen?

Die eingelegten Birnen, ein Mitbringsel von Carl Rosengart, das er ihr mit großer Geste wie eine Kostbarkeit überreicht hatte, waren grün und so hart, dass man sie keineswegs zur Bayerischen Creme servieren konnte, die seit gestern in der Speisekammer kühlte. Manchmal verstand sie, was Georg mit seinen Träumen von elektrischen Küchengeräten im Sinn hatte, denn es war selbst hier eigentlich nicht kalt genug, damit sie richtig fest wurde. Zudem hätte sie dringend etwas von dem Holunderkompott gebraucht, das ihre Mutter jedes Jahr eingemacht hatte, aber die dunkel gefüllten Gläser, die in Reih und Glied bei ihnen im Keller standen, waren für sie ebenso unerreichbar wie die gesamte Familie Haller. Dass sie vor lauter Heimweh zu weinen begonnen hatte, bemerkte sie erst gar nicht.

Wenn jemand sie so sah!

Nicht einmal Alina mochte Fanny ihre plötzliche Verlorenheit eingestehen. Energisch wischte sie sich daher die Augen trocken und schaffte es gerade noch, eine halbwegs entspannte Miene aufzusetzen, als Bubi plötzlich hereingerannt kam.

»Besuch für dich, Fanny!«, rief er.

Besuch?

Lorenz würde den Heiligen Abend bei seiner Schwester verbringen, die mit ihrer Familie im bescheidenen Stadtteil Giesing lebte, das hatte er ihr gesagt. Von Hedwig hatte sie schon seit Tagen nichts mehr gehört. Die Klees wollten Weihnachten in der engsten Familie feiern. War also doch noch im allerletzten Moment Georg aufgetaucht, um sie mit schlechtem Gewissen abzuholen, jetzt, da sie gerade so beschäftigt war?

Fanny wischte sich die Finger an einem Küchentuch sauber und ging nachschauen.

Frierend stand sie vor der Tür. Das dunkle Wolltuch, das die Haare verhüllt hatte, war nach hinten gerutscht. Eiskristalle schimmerten auf den aschblonden Zöpfen, und ihre Haut war rosig, als sei sie schnell durch die Kälte gelaufen. Sie trug den alten blauen Mantel, den Fanny ihr schon so oft geflickt hatte. In der einen Hand hatte sie einen verbeulten kleinen Koffer, in der anderen hielt sie einen Sack, den sie ihr zum Gruß entgegenstreckte.

Ein Weihnachtsengel?

Wenn ja, dann war er Fanny von Geburt an bestens bekannt – und alle Probleme, die unweigerlich damit verbunden waren. Ihr Magen begann vor Aufregung zu rumoren, während sie gleichzeitig Wiedersehensfreude verspürte.

»Draußen vom Walde komm ich her und bring mit feinsten Holunder, ach so schwer«, dichtete Fritzi und lächelte dabei unsicher. »Fröhliche Weihnachten, geliebtes Schwesterherz! Jetzt bin ich endlich bei dir.«

*

Später betrachtete Fanny im Mondlicht das Gesicht ihrer schlafenden Schwester. Wie früher lagen sie zusammen in einem Bett, und die Wärme sowie der Geruch des vertrauten Körpers hatten etwas Anheimelndes, gegen das sie wehrlos war. Doch in Fanny herrschte alles andere als selige Weihnachtsstimmung. Fritzi hatte parliert und gelacht und nach dem Essen schließlich zu Alinas Klavierbegleitung drei altdeutsche Weihnachtslieder zum Besten gegeben, so glockenhell, dass alle Rosengarts im Nu bezaubert gewesen waren. Ihre Lider flatterten leicht, als ob sie gerade davon träume. Um den Mund trug sie noch deutliche Spuren des dunklen Kompotts, das sie nach der Mette noch einmal voller Genuss verspeist hatte. Die Holunderschwestern! Jetzt waren sie also wieder vereint – mit allen Konsequenzen.

Niemand am Tisch hatte davon gesprochen, Fritzi wieder nach Weiden zurückzuschicken, ganz im Gegenteil. Allerdings waren dabei auch Fannys rundum geglückte Knödel kaum erwähnt worden, die die Sauce so herrlich aufgesogen hatten.

»Wir werden schon etwas für Sie auftreiben, Fräulein Friederike«, hatte Carl Rosengart ungewohnt großspurig versprochen. »Wenn ich könnte, wie ich wollte, dann würde ich Sie in einem meiner Läden anstellen, aber da sind aktuell leider alle Stellen besetzt.« Er hob den Finger und drohte Fanny spielerisch. »Wie konnten Sie uns nur so lange Ihre Schwester vorenthalten, Fräulein Franziska? Sie beide in Ihrer bezaubernden Ähnlichkeit sind ja die reinste Augenweide!«

Er hatte nicht die Wahrheit gesagt, jedenfalls nicht die ganze.

Fritzi war schlanker als sie, heller, graziöser. Alles stand ihr eine Spur besser, als ob Kleider mehr Luft hätten, sich an ihr zu entfalten. Daher hatte Fanny schon seit Längerem darauf verzichtet, sich gleich anzuziehen, was ja doch nur zu ihren Ungunsten ausfallen konnte. Trotzdem hatte die Zwillingsschwester ihr den heutigen Abend vermasselt, weil sie die rosenholzfarbene Crêpe-de-Chine-Bluse, die die Familie Rosengart Fanny zum Fest geschenkt hatte, aus dem Papier genommen und sich vor das Gesicht gehalten hatte.

»Ich liebe diese Farbe!« Ihre Augen hatten vor Vergnügen geglitzert.

»Ich auch«, sagte Fanny.

»Ich weiß.« Fritzis Stimme war sanft. »Du kannst sie

tragen, aber Weiß hat dir eigentlich immer besser gestanden. Das macht dich frischer.«

»Jetzt, wo Sie es sagen …« Carl Rosengart klang beeindruckt. »Sie scheinen ein gutes Auge für Mode zu haben, Fräulein Friederike!«

Fritzi lächelte bescheiden.

»Wir können es so machen, wenn Sie beide damit einverstanden sind«, bot er weiter an. »Sie behalten diese Bluse, und Ihre Schwester bekommt sie gleich nach den Feiertagen von mir in Weiß. Was halten Sie davon?«

Fritzi nickte strahlend. Fanny blieb stumm.

Nur Alina schien zu spüren, dass sie nicht ganz glücklich damit war, denn ihr Blick bekam etwas Mitfühlendes, das Fanny erst recht störte.

»Schon gut«, sagte sie daher. »Wir werden uns schon einigen.«

Fritzi gab im Schlaf gurgelnde Laute von sich, und Fanny stupste sie mehrmals an, aber sie machte keinerlei Anstalten, sich zur Seite zu drehen, sondern blieb mit leicht geöffnetem Mund auf dem Rücken liegen.

In Gedanken flog dieser besondere Abend noch einmal an Fanny vorbei.

Als es Zeit wurde, waren sie gemeinsam zur Mette aufgebrochen, gefolgt von Rubens sehnsüchtigen Blicken, der seinen Wunsch, sie zu begleiten, vor Mutter und Onkel nicht wiederholt hatte. Seite an Seite liefen die Zwillinge durch die knirschende Kälte, beinahe wie früher in Weiden, wo jedes Mal die ganze Familie in der Weihnachtsnacht nach St. Josef gepilgert war, egal, wie hoch der Schnee sich am Straßenrand auch türmen mochte.

St. Ursula, auch genannt der Dom von Schwabing, empfing sie zunächst dunkel. Nur die Kerzen an der schlanken Fichte mit den Strohsternen neben dem Altar brannten. Doch man hörte das Wispern der Gläubigen und spürte ihren Atem, der zusammen mit der Körperwärme so vieler Menschen nach und nach die Kälte in der Basilika ein wenig erträglicher machte. In Weiden hatte es noch Frauen- und Männerbänke gegeben, die die Geschlechter säuberlich voneinander getrennt hatten, doch hier drängten sich alle aneinander. Der Mann neben Fanny erwies sich als besonders beharrlich. Erst als sie ihm kurz den Ellenbogen in die Seite stieß, ließ er sie in Ruhe.

Jetzt konnte sie an Fritzis Seite Messe und Weihnachtslesung genießen. Ein paar Bänke weiter vorn entdeckte sie zu ihrer Überraschung Lily und Paul Klee, die Felix schützend in ihre Mitte genommen hatten. Doch sie unternahm nichts, um die kleine Familie auf sich und die Schwester aufmerksam zu machen. Der Pfarrer schien Mitleid mit seinen ebenso hungrigen wie durchgefrorenen Schäfchen zu haben und hielt seine Predigt auffallend kurz. Fanny verfiel in eine Art Trance und horchte nur auf, wenn das Wort »Hoffnung« fiel, das er immer wieder einstreute. Den anderen vor und hinter ihr schien es ebenso zu ergehen. Nichts auf der Welt konnten sie alle mehr gebrauchen.

Fritzi schien Ähnliches zu denken, denn sie griff nach Fannys Hand und drückte sie fest. So standen sie nun nebeneinander, die Finger ineinander verschlungen, wie sie es schon so oft zuvor getan hatten. Als die Gemeinde schließlich aus voller Brust »Großer Gott, wir loben dich«

anstimmte, fiel auch Fanny mit ein, wurde aber leiser, als sich neben ihr Fritzis klarer Sopran mühelos in die Höhe schraubte.

Wie gern würde sie so singen können.

Aber das würde ein Wunsch bleiben, wie so vieles andere auch.

Am Altar wurden die Lichter entzündet, und jeder Kirchenbesucher trat nach vorn und erhielt eine kleine Kerze, um sie anschließend als Zeichen der Hoffnung hinaus in die dunkle Winternacht zu tragen.

Der Mann neben Fanny musterte sie neugierig.

»Sie haben gerade wundervoll gesungen«, sagte er. »Selten zuvor habe ich eine so schöne Stimme gehört, und das will etwas heißen, denn ich bin ein begeisterter Musikliebhaber. Wie heißen Sie denn, gnädiges Fräulein, wenn ich so neugierig sein darf?«

»Das war meine Schwester, nicht ich«, erwiderte Fanny. »Und ein gnädiges Fräulein bin ich auch nicht.«

Zu ihrem Erstaunen streckte er ihr dennoch die Hand entgegen, was Fanny allerdings ignorierte.

»Josef Ernst Raith«, sagte er.

»Josef?«, wiederholte Fritzi, die alles mitgehört hatte. »Wie lustig! Wussten Sie, dass wir beide mit zweitem Namen Maria heißen?«

»Und davor und danach?« Er schien fest entschlossen, nicht aufzugeben. »Bitte verraten Sie es mir!«

Sein Gesicht war voll, aber nicht schlecht geschnitten. Er hatte tief liegende Augen, scharfe Wangenknochen, ein markantes Kinn und einen fliehenden braunen Haaransatz, der ihn vermutlich älter erscheinen ließ, als er war.

Sein wadenlanger grauer Lodenmantel wirkte erstaunlich neu, und Kriegsverletzungen schien er auch keine zu haben.

»Weihnachtsgeheimnis«, entgegnete Fanny knapp und machte, dass sie aus der Kirchenbank kam, während Fritzi diesem Raith doch tatsächlich weiterhin zulächelte. »Jetzt komm schon. Wir müssen nach Hause!«

»Man sieht sich«, rief er ihr hinterher, aber natürlich drehte sie sich kein einziges Mal um. »Sind Sie hier aus Schwabing? Ich hoffe doch sehr, wir begegnen uns baldigst wieder!«

Bei den Rosengarts rührte sich keiner mehr. Die Gäste waren gegangen, die Familie schlief, doch Fritzi bestand darauf, in der Küche noch einen letzten Schlag vom Holunderkompott zu bekommen, und Fanny gab schließlich nach, weil sie es ja von Weiden mitgebracht hatte.

»Jetzt hast du einen neuen Verehrer«, zwitscherte sie übermütig. »Wie sehr München dich doch verändert hat! Sogar in der Kirche laufen dir die Männer schon nach.«

»Unsinn!«, erwiderte Fanny. »So einer wie der versucht es doch bei jeder. Und außerdem gefällt er mir nicht einmal. In ein paar Jahren hat er einen Bauch und eine Halbglatze. Vergiss ihn einfach.«

Trotzdem war es dem Mann gelungen, sie aus der feierlichen Weihnachtsstimmung zu bringen, nach der sie sich so sehr gesehnt hatte. Erst als sie bei den Rosengarts angelangt waren und sie wieder den Duft des Tannenbaums roch, kehrte ein wenig davon zurück.

Schließlich hatten sie sich in die kleine Kammer zurückgezogen, die nun mit Fritzis verstreuten Sachen übervoll wirkte. Schon nach wenigen Augenblicken war sie eingeschlafen.

»Was soll ich nur mit dir anfangen?«, flüsterte Fanny. »Platzt so einfach in mein Leben rein! Hierbleiben kannst du nicht, denn die Rosengarts sind *meine* Familie. Du musst etwas anderes finden, hast du mich verstanden?«

Fritzi begann zu schnarchen.

»Und zwar ziemlich schnell. In dem engen Bett halte ich es nämlich nicht lange mit dir aus. Ich muss neben dir auch atmen können!«

Fritzis Arm legte sich schwer über ihre Brust, und nun bekam sie noch weniger Luft. Sie schob ihn beiseite, und plötzlich öffnete Fritzi die Augen und sah sie an.

»Du denkst, ich werde dir eine Last sein«, sagte sie leise. »Weil du mich für leichtsinnig und oberflächlich hältst, eine Grille, die trällert und musiziert, während du, die fleißige Ameise, emsig alles Nötige für den Winter hortest. Aber da täuschst du dich gewaltig. Ich bin zwar aus Sehnsucht zu dir hier. Aber ich bin auch nach München gekommen, um mein Glück zu machen. Ich will nämlich etwas werden in dieser Welt. Und du wirst sehen, das wird mir gelingen!«

Die Lider fielen ihr wieder zu, und sie schlief erneut, dieses Mal jedoch, ohne störende Geräusche von sich zu geben. Fanny lag noch lange grübelnd neben ihr wach, bis die Müdigkeit schließlich auch sie übermannte.

*

Ein paar Tage später kam Fritzi viel zu spät vom Markt zurück, mit winterfrischen Wangen und einem gefährlichen Glitzern in den Augen, das Fanny sofort alarmierte. An den Einkäufen konnte es nicht liegen, denn was sie im Korb entdeckte, war nicht einmal die Hälfte der Liste, die sie ihr aufgetragen hatte.

»Stell dir vor, was gerade passiert ist!«, rief Fritzi aufgeregt, während sie sich aus dem grauen Mantel schälte, den die Schwester ihr ausnahmsweise geliehen hatte, weil er wärmer war. »Man hat mich für dich gehalten – wir müssen uns also doch sehr ähnlich sehen, auch wenn du das nicht wahrhaben willst!«

»Wer war das denn?«, fragte Fanny stirnrunzelnd. »Die Händlerin mit den Krautköpfen?«

»Nein, es war eine junge Frau. Rotblond. Du kennst sie – Hedwig Vogel. Ich soll dich übrigens herzlich von ihr grüßen.«

»Hedwig sieht ein bisschen schlecht«, kommentierte Fanny trocken. »Daran wird es wohl liegen.«

»Sie hat mir ihre Stelle angeboten«, rief Fritzi triumphierend. »Und das wäre gleich bei dir um die Ecke. Wir könnten uns also ganz einfach sehen, wenn wir beide frei haben, und jede Menge gemeinsam unternehmen. Was sagst du? Wäre das nicht herrlich?«

»Aber das kann sie doch gar nicht …«

»Kann sie doch!«, fiel Fritzi ihr ins Wort. »Ihre Hausherrin hat nämlich noch keinen Ersatz für sie gefunden und ist angeblich schon ganz verzweifelt. Und Hedwig arbeitet ab Januar in einer Gaststätte in der Schellingstraße als Bedienung. Leihst du mir noch einmal deinen

Mantel, Fanny? Ich will mich nämlich gleich heute Nachmittag dort vorstellen. Was sollte schon schiefgehen? Arbeiten mussten wir schließlich auch schon zu Hause. Einkaufen, Kochen, Waschen, Bügeln, Putzen und Staubwischen, alles, was eben in einer Wohnung so anfällt, das kann ich doch mit links!«

»Machst du dir das nicht zu einfach?«, wandte Fanny besorgt ein. »Die Wohnung ist sehr groß, da hättest du jede Menge zu tun. Hedwig war unglücklich dort, das hat sie mir oft gesagt. Frau von der Aue muss launisch sein, anspruchsvoll und streng. Nicht einmal ein paar Minuten zu spät kommen durfte sie. Als ob sie noch ein Schulkind wäre und keine erwachsene Frau.«

»Ja, das hat Hedwig erwähnt, aber ich bin doch nicht sie«, wischte Fritzi alle Bedenken lachend beiseite. »Und trau mir ruhig einmal auch etwas zu! Hier bei dir kann ich doch nicht bleiben. Das bekomme ich jeden Tag deutlicher zu spüren.«

Fritzi hatte recht. Dora Rosengarts Blicke, die sie ihr zuwarf, wurden immer skeptischer, nachdem sie gemerkt hatte, dass es sich um keinen Feiertagsbesuch handelte, wie zunächst angenommen, sondern dass Fannys Zwilling vorhatte, ganz in München zu bleiben. Gesagt hatte sie in den sechs zurückliegenden Tagen zwar noch nichts, aber das lag sicherlich allein an Alina, die sich bei ihr für die beiden Schwestern eingesetzt hatte. Allerdings sah diese Fritzi nicht nur positiv, das hatte sie Fanny auch anvertraut.

»Du bist die Klarere. Und gerade das mag ich so an dir. Deine Schwester weiß zu gefallen, das muss man ihr lassen.

Bei Männern, die sich leichter blenden lassen, kommt sie damit vielleicht durch. Frauen dagegen lassen sich nicht so leicht hinters Licht führen.«

»Ich weiß schon, wie man sich lieb Kind macht – und das nicht nur bei Damen!«, fuhr Fritzi fort, als hätte sie gerade Fannys Gedanken erraten. »Frau von der Aue hat nämlich einen erwachsenen Sohn, der bald aus dem Krieg zurück sein wird, das hat er seiner Mutter erst jüngst geschrieben. Und stell dir nur einmal vor …« Sie klimperte übertrieben mit den Wimpern. »Deine Lieblingsschwester eine von und zu! Wäre das vielleicht nichts?«

»Gar nichts wäre das«, fuhr Fanny auf. »Weil aus so etwas nämlich nie etwas Gescheites werden kann! Solche Männer nehmen keine wie uns zur Frau. Geht das endlich in dein verrücktes Hirn? Außerdem hast du die Stelle ja noch nicht einmal, und wenn es nach mir ginge, dann kriegst du sie auch nicht.«

»Krieg ich doch«, widersprach Fritzi. »Und ob ich sie kriege! Wirst schon sehen.«

»Dann halt jetzt keine großen Reden, sondern hilf mir lieber beim Kartoffelschälen! Mit dem bisschen, was du da heute auf dem Markt ergattert hast, muss ich ja wohl oder übel wieder meine Krautflecken kochen.«

Sie warf ihr eine Schürze zu, die Fritzi geschickt auffing und sich umband. Ihre gute Laune hielt an.

»Wer weiß?«, summte sie nach der Melodie von »Süßer die Glocken nie klingen«, während sie das Schälmesser ansetzte. »Wer weiß schon, was da kommen wird, wer weiß?«

10

München, Mai 2015

»Ist es eigentlich noch weit?«, fragte Paula, während Katharina den dunkelgrünen Austin Mini ihrer Tante auf die B 12 steuerte. Seit sie den Blumenladen aufgegeben hatte, brauchte sie keinen Transporter mehr, sondern hatte ihn gegen dieses Cabrio Baujahr 1990 eingetauscht. Die Sonne strahlte, der Himmel war blauweiß, und der Fahrwind zerrte an den Tüchern, die sie sich um den Kopf geschlungen hatten. Sie hatte sich spontan bereit erklärt, Katharina zu begleiten, und die war glücklich darüber.

»Mehr als zwei Drittel der Strecke nach Obing haben wir schon geschafft«, erwiderte Katharina. »Schön, dass wir dein Auto haben können! Ich hätte auch Isi nach unserem Transporter fragen können. Aber ich dachte, wir beide sind heute erst einmal das wichtigere Team.«

»Hattest du nicht gesagt, dass sie den Laden gar nicht mehr verkaufen wollten?«

»Ganz genau«, erwiderte Katharina. »Deshalb habe ich ja dich als Unterstützung mit dabei.« Sie deutete auf die Tasche neben Paula. »Bonbons, Wasser, Äpfel, Käsesandwiches, alles, was das Herz begehrt. Bedien dich einfach!«

»Später vielleicht, danke.« Paula musterte ihre Großnichte prüfend. »Aber das ist noch nicht alles, oder? Ich kenne dich doch, Katharina! Irgendetwas liegt dir auf der Seele. Magst du es mir sagen?«

Sollte sie ihr von Alex Bluebird und ihren Gefühlen für ihn erzählen? Katharina entschied sich dagegen. Gegenseitige Sympathie, mehr nicht, das hatte sie sich in dieser Nacht fest vorgenommen. Sie musste erst einmal selbst lernen, sich an dieses Mantra zu gewöhnen. Stattdessen sprach sie aus, was sie seit ihrer fieberhaften Lektüre beschäftigte.

»Was ist eigentlich aus Fritzi geworden, Uromas Zwillingsschwester?«, fragte sie stattdessen. »Wenn in der Familie aus Versehen mal ihr Name fällt, dann gucken alle so seltsam. Aufgefallen ist mir das schon früher, aber da hab ich es immer ganz schnell wieder weggeschoben. Doch jetzt möchte ich gern den Grund erfahren.«

»Fritzi – ja«, sagte Paula gedehnt. »Da hast du eigentlich recht. Mama hat kaum von ihr gesprochen. ›Ich habe sie verloren‹, so was in der Art hat sie ab und zu gesagt. Und dabei sehr traurig dreingeschaut.«

»Hast du sie denn gekannt?« Wasserburg kam in Sicht, aber Katharina war innerlich zu unruhig, um der Tante jetzt eine gemütliche Kaffeepause in der malerischen Stadt am Inn vorzuschlagen. Lieber zügig weiterfahren, damit sie ihr Ziel bald erreichten.

»Leider nicht«, antwortete Paula. »Sie war nicht mehr in München, als ich geboren wurde.«

»Ist sie weggezogen? Oder was sonst ist mit ihr passiert?«

»Wenn du mich so direkt fragst, dann muss ich dir die

Antwort leider schuldig bleiben«, sagte Paula nachdenklich. »Fritzi war einfach nicht mehr da.«

»Aber Menschen verschwinden nicht einfach so. Falls sie gestorben wäre, müsste es doch ein Grab geben.«

»Auf dem Weidener Friedhof liegt sie jedenfalls nicht. Da war ich oft genug. Alle Hallers in drei Doppelgräbern. Das ist mehr als übersichtlich.«

»Wenn sie geheiratet hat, so anziehend, wie Fanny sie in ihren Tagebüchern schildert, dann hätte sie einen neuen Namen getragen und womöglich wer weiß wo gewohnt. Ich bin in meiner Lektüre gerade an der Stelle angelangt, wo sie Weihnachten 1918 ganz überraschend nach München kommt und Fanny die Show stiehlt, sozusagen im Vorbeigehen. Haben denn deine großen Schwestern nichts über sie erzählt?«

»Marie schon mal nicht«, sagte Paula prompt. »Das ist gewiss. Und deine Oma? Du weißt ja, wie sie sein konnte: Ein falsches Wort, und sie hat sich verschlossen wie eine Auster. Hast du deine Mutter schon mal danach gefragt?«

»Mama? Die ist doch Madame Auster Nummer zwei«, antwortete Katharina trocken. »Vor allem, wenn es um Oma Clara geht. Als ob sie Angst hätte, dass deren Sockel bröckeln könnte.« Sie spähte aus dem Fenster. »Siehst du das Ortsschild? Jetzt sind wir gleich da. Und das Wetter ist einfach fantastisch!«

Paula zuckte die Schultern.

»Ich fürchte, da kann ich dir leider nicht weiterhelfen. Und was den alten Laden betrifft …«

»Das überlass erst einmal mir.« Katharina klang um einiges zuversichtlicher, als ihr eigentlich zumute war.

»Wir werden diesen sturen Pongratz schon umstimmen. Ich weiß nur noch nicht genau, wie.«

Sie parkte kurz vor dem Hof, aber bevor sie noch etwas sagen konnte, war Paula bereits ausgestiegen. Zweifelsfrei ein guter Tag, was ihr sonst so beschwerliches Rheuma betraf, sonst wäre sie nicht so schnell am Gatter angelangt.

»Lamas!«, rief sie begeistert. »Lamas mitten in Oberbayern – aber davon hast du mir ja kein Wort gesagt, Katharina! Schau doch, wie niedlich die sind …«

»Das sind Alpakas«, korrigierte eine sonore Männerstimme. »Eine schöne Herde haben wir inzwischen zusammen.«

»Die gehören alle Ihnen?« Inzwischen stand auch Katharina neben Paula.

»Drei Hengste, acht Stuten und sieben Fohlen – und heute könnten es acht werden.« Der Stolz war ihm anzuhören. »Sehen Sie die helle Stute?«

Paula nickte.

»Bei der geht es bald los.« Der alte Bauer blinzelte in den Himmel. »Crias, so nennt man die Alpakafohlen, kommen fast immer am Vormittag zur Welt. Weil die Mutter sie nach der Geburt nicht abschleckt und sie sonst in den kalten Anden nachts nicht überleben könnten.«

»Sind Sie Herr Pongratz senior?«, mischte sich nun Katharina ein. »Sie wollte ich ohnehin sprechen.«

»Der bin ich«, erwiderte er. »Mein Enkel Rupp ist gerade in Wasserburg. Aber wenn er gewusst hätte, dass unsere Kundry heute fohlt …«

Die helle Stute stieß einen Schrei aus, und er ging zu ihr.

»Das machen sie sonst nie«, sagte er besorgt. »Geburten verlaufen bei Alpakas in der Regel ganz einfach.«

Paula hatte bereits das Gatter geöffnet und lief zu Pongratz und seiner Stute.

»Die Nase ist schon draußen«, kommentierte sie. »Ein Fuß auch. Und jetzt, jetzt seh ich schon den ganzen Kopf …«

»Aber das ist zu früh«, brummte der Alte. »Da muss doch zuerst das zweite Bein kommen. Herrgottszeiten! Und ausgerechnet jetzt ist mein Enkel nicht da!«

Eine braune und eine schwarze Stute kamen näher, als ob sie ihrer Gefährtin Beistand leisten wollten, zwei weitere helle folgten. Paula streichelte die Gebärende und redete beruhigend auf sie ein, während Pongratz an dem Fuß zog.

»Sanfter!« Paula drängte ihn zur Seite. Sie stutzte, als sie genauer hingeschaut hatte. »Das kann ja gar nicht funktionieren, da ist ja noch die Fruchtblase drüber. Das werden wir gleich haben!« Mit ihrem Fingernagel ritzte sie beherzt die bläuliche Fruchtblase ein – und die Haut riss.

Die Stute drehte sich um und lief auf den Stall zu.

»Aber das Fohlen hängt ja schon halb draußen«, rief Katharina erschrocken.

»Macht nix«, versicherte der Bauer. »Durch die Bewegung wird das Cria weiter ausgetrieben. Manche der Stuten fressen sogar dabei, die haben da ihre ganz eigene Methode. Wollen Sie auch aus der Nähe zuschauen?« Er winkte Katharina heran.

Sie folgte seiner Aufforderung. Im Stall ging die Stute

weiterhin unruhig hin und her, während das Fohlen immer weiter rausglitt und nur noch mit der Hüfte im Mutterleib festzuhängen schien.

Wieder schrie die Stute qualvoll auf, und wieder besänftigte Paula sie mit Worten und sanften Berührungen, bis das Cria schließlich ganz draußen war und zu Boden glitt – tiefschwarz. Die Mutter schnupperte nur kurz an ihm, dann lief sie hinaus auf die Weide und begann zu grasen.

»Nimmt sie es nicht an?«, fragte Katharina beklommen.

Doch der Alte blieb ruhig. »Ach wo, die kommt gleich wieder und lässt es trinken.«

Er rubbelte das Kleine mit großen Handtüchern ab, entfernte den Rest der Fruchtblase und desinfizierte das Ende der Nabelschnur. Das schwarze Fohlen rappelte sich mühsam auf und sank wieder zusammen, als ob seine Beinchen noch zu schwach wären. Endlich stand es halbwegs sicher. In diesem Augenblick kam Kundry zurück. Das Kleine suchte nach ihren Zitzen und begann zu säugen.

»Ein Hengst«, sagte Pongratz zufrieden. »Besser hätte es nicht laufen können.« Er nickte den beiden Frauen zu. »Wir lassen die beiden jetzt in Ruhe und stoßen, wenn Sie mögen, drüben im Haus auf die glückliche Geburt an.«

Hinter ihm verließen Katharina wie auch Paula den Stall und folgten ihm in den Bauernhof. In der Küche, modern eingerichtet mit einigen schönen alten Holzmöbeln, die sofort Katharinas Aufmerksamkeit auf sich zogen, holte er eine schlanke Flasche aus einem der Schränke und schenkte drei Schnapsgläser mit einer klaren Flüssigkeit voll.

»Auf den Kleinen!«, sagte er. »Ich bin übrigens der Fesl – und wer sind Sie eigentlich?«

»Paula Brand. Und das ist meine Großnichte Katharina Raith.«

»Großnichte?« Skeptisch kniff Fesl die Augen zusammen. »Dafür sind Sie doch noch viel zu jung!«

»Ich bin ein absoluter Nachzügler«, sagte Paula. Sie lächelte. »Ja, in unserer Familie ist manches eben ein bisschen anders.«

»Und danke für die Unterstützung«, sagte Fesl Pongratz.

Sie stießen erneut an.

»Was wollten Sie eigentlich bei uns?«, fuhr er weiter. »Wenn ich so neugierig sein darf.«

Paula schluckte, dann ergriff sie das Wort.

»Wir sind wegen des Ladens da, den Franz Hirtinger gezimmert hat«, sagte sie. »Der ist nämlich mein Vater.«

»Der Franz«, entfuhr es Pongratz. »Aber das kann doch nicht wahr sein!« Er zögerte. »Können Sie sich ausweisen?«

»Ja, das kann ich. Aber wenn ich Ihnen meinen Personalausweis zeige, kommen Sie damit auch nicht viel weiter. Denn ich habe einen Herrn Brandl geheiratet, und vorher hieß ich Paula Raith.«

Sie nahm eine kleine Mappe aus ihrer Handtasche und zog drei Fotos heraus.

»Die sind alles, was ich von ihm habe«, sagte sie. »Auf dem ersten ist er in seiner Werkstatt. Auf dem zweiten sieht man die Ladenzeile, und das dritte Foto zeigt ihn und meine Mutter Franziska. Wie Verlobte wirken sie,

185

finden Sie nicht auch? Aber da war sie schon lange mit einem anderen Mann verheiratet – und zwar mit Josef Raith. Franz Hirtinger starb, bevor ich geboren wurde. Im Frühjahr 1944.«

»Stimmt«, murmelte Pongratz. »Diese verdammten Engländer mit ihren Luftangriffen ... Ist schon lange vorbei, aber so haben wir damals alle gedacht. Damals war sein Laden schon bei uns in der Scheune. Irgendwann mitten im Krieg hat er ihn uns gebracht, in der Nacht, auf einem Laster, und sehr geheimnisvoll dabei getan.« Er wischte sich über die Augen. »›Wenigstens etwas will ich in Sicherheit wissen‹, so hat er damals gesagt. ›Vielleicht kann der Laden ein Neuanfang werden, wenn der ganze Wahnsinn endlich vorbei ist. Irgendwann muss es doch vorbei sein, oder? Dann hole ich ihn wieder bei euch ab, und meine Liebste hat wenigstens eine Erinnerung an ihre Schwester.‹«

Seine Stimme wurde immer leiser.

»Aber dazu ist es leider nicht mehr gekommen. Mein Vater hat nach seinem Tod tagelang nichts mehr geredet, so nah ist ihm der Verlust gegangen.«

»Sie haben Franz Hirtinger persönlich gekannt?« Paulas Stimme zitterte, und Katharina legte ihr beruhigend eine Hand auf den Arm.

»Ja, Franz war oft bei uns. Immer freundlich, immer gut gelaunt, trotz seinem steifen Bein. Immer nett zu uns Kindern. Sogar Schwimmen und Tauchen hat er mir beigebracht ...«

»Was war mit seinem Bein?«, unterbrach ihn Paula.

»Eine Verletzung aus dem Großen Krieg, wie die Leute

damals sagten. Er hat es wegen einer alten Schusswunde ein wenig nachgezogen, aber das hat ihn im Leben nicht sonderlich behindert. Sogar ein Motorrad hatte er – eine BMW 500 Kompressor! Darum haben wir alle ihn glühend beneidet. Mein Vater und er waren Kriegskameraden, aber der Papa ist ja schon 1958 gestorben. Seitdem hüte ich den Laden vom Franz.«

Paula räusperte sich.

»Dürfte ich ihn vielleicht einmal sehen?«, fragte sie. »Es würde mir wirklich sehr viel bedeuten.«

Fesl musterte sie lange. »Sie haben seine Augen«, sagte er schließlich. »Sein Kinn. Und sein Lachen. Die ganze Art, wenn ich Sie mir länger anschaute. Ja, Sie sind die Tochter vom Franz. Kommen Sie!«

Obwohl sie nicht ausdrücklich dazu aufgefordert war, schloss sich Katharina den beiden an. Als das Scheunentor aufging, kehrte das Kribbeln in ihrem Bauch zurück, stärker noch als beim letzten Mal. Paula blieb eine ganze Weile ruhig vor der Ladeneinrichtung stehen, so als wollte sie alles in sich aufnehmen. Schließlich strich sie langsam um die Holzteile herum, bis sie sich wieder zu Katharina umdrehte.

»Wo genau ist noch mal das Schild, von dem du erzählt hast?«, fragte sie.

»Da, unten rechts«, Katharina deutete darauf. »Könnte allerdings vielleicht ein wenig tief für dich sein …«

Doch Paula hatte bereits eine Brille aufgesetzt, kniete auf dem staubigen Scheunenboden und strich mit der Hand behutsam über die Buchstaben auf dem alten Metall. Als sie wieder zu Fesl und ihrer Großnichte aufblickte, waren ihre Augen feucht.

»So gern hätte ich ihn gekannt«, sagte sie leise. »Ich hab mich immer nach einem Vater gesehnt und alle glühend beneidet, die einen hatten.«

»Woher wissen Sie das überhaupt mit dem Schild?«, schaltete sich nun Fesl ein. »Davon hab ich doch kein einziges Wort gesagt!«

»Von mir. Weil ich schon mal hier war«, erwiderte Katharina. »Und zwar mit meiner Freundin und Partnerin Isabel Thalheim, eine Restauratorin, so wie ich auch. Eigentlich wollten Sie ihr ja den Laden verkaufen. Zumindest haben Sie monatelang mit ihr darüber verhandelt. Erinnern Sie sich?«

»Gezeigt hab ich ihn ihr. Weil sie so scharf auf alte Möbel war. Und dann einen Preis genannt, den sie eigentlich gar nicht annehmen konnte. Woher sollt ich denn wissen, dass sie so hartnäckig bleiben und auch noch Sie anschleppen würde …«

»Und trotz allem wird nichts daraus«, unterbrach ihn eine frostige Männerstimme. »Jetzt versuchen Sie es in meiner Abwesenheit tatsächlich bei meinem Großvater! Schade, ich hatte Sie eigentlich für fairer gehalten.«

Rupp Pongratz stand in der Tür. Waren seine Sommersprossen in der kurzen Zeit noch zahlreicher geworden? Jung ließen sie ihn aussehen und ziemlich attraktiv.

Seine strenge Miene allerdings verhieß nichts Gutes.

»Der Laden bleibt, wo er ist. Und damit basta. Und jetzt verlassen Sie bitte unsere Scheune.«

Zu Katharinas Überraschung ging Fesl breitbeinig auf seinen Enkel zu.

»Der Laden ist und bleibt meine Angelegenheit«, sagte

er und betonte jedes Wort. »Der Franz hat ihn meinem Vater anvertraut und der Pap dann später mir. Du hältst dich also raus, verstanden?«

»Du willst ihn doch nicht wirklich verscherbeln, Opa? Das kann nicht dein Ernst sein! Wieso hast du ihn den Frauen überhaupt gezeigt? Die wollen doch nur Kohle machen! Das ist alles, was sie daran interessiert.« Rupps markantes Gesicht verschloss sich immer mehr.

»Mein leiblicher Vater hat vor vielen Jahrzehnten diesen Laden gezimmert.« Paula reckte sich und wirkte plötzlich größer. »Und danke, dass Sie ihn so lange treu in seinem Angedenken aufbewahrt haben. Aber schöner ist er mit all diesen Spinnweben und dem Taubenkot, der an ihm klebt, gewiss nicht geworden. Und bald wird er ganz verrottet sein.«

Sie warf Katharina einen warmen Blick zu.

»Meine Großnichte Katharina kann ich guten Gewissens als engagierte Restauratorin bezeichnen; Gleiches gilt für ihre Partnerin Frau Thalheim. Unter den kundigen Händen dieser beiden jungen Frauen erwacht die Vergangenheit in all ihrer Schönheit, das konnte ich selbst schon oft mit eigenen Augen erleben. Meinen Vater habe ich leider niemals kennenlernen dürfen. Aber von dem wenigen, was man mir über ihn berichtet hat, bin ich sicher, das hätte ihm ausnehmend gut gefallen.«

Es wurde still in der Scheune.

Schließlich räusperte sich Fesl Pongratz. »Also, für mich ist die Angelegenheit sonnenklar. Wenn Sie den Laden haben wollen, verehrte Paula, dann können Sie ihn mitnehmen. Meinetwegen auch für Ihre Großnichte, samt

Partnerin. Ja, die sollen alles wieder herrichten! Ich weiß, der Pap droben im Himmel wär damit einverstanden. Und der Franz sicherlich erst recht.«

*

Andres Kultinger lieh Katharina nicht nur den großen Transporter, sondern bot darüber hinaus spontan seine Hilfe an – und sie nahm beides ohne Zögern an. Das schlechte Gewissen folgte allerdings postwendend.

»Wie kann ich mich dafür denn jemals erkenntlich zeigen?«, seufzte Katharina, während sie tags drauf Teil um Teil des alten Ladens aus der Scheune holten und auf die Ladefläche hievten. Obwohl sie schwer schleppen mussten, fühlte es sich für sie noch immer nicht ganz real an. Wahrscheinlich musste sie erst den Muskelkater am folgenden Tag spüren, damit sie es wirklich glauben konnte.

»Gar nicht!« Er grinste frech. »Du wirst von heute an bis zum Ende aller Tage in meiner Schuld stehen, Katharina!« Er wurde wieder ernst. »Ist doch klar, dass ich dich das nicht allein stemmen lasse. Dafür sind Freunde schließlich da. Warum allerdings Isi nichts davon wissen darf, frage ich lieber nicht. Das müsst ihr unter euch Frauen ausmachen.«

»Ich will sie überraschen.« Katharina mühte sich mit einem Schubkastenteil ab, das so schwer war, dass Andres ihr zur Hilfe eilte. »Ihr Gesicht, wenn ich sie in unseren Schuppen führe – das ist mir diese ganze Aktion hundertfach wert!«

Ohne Isis unermüdliche Beutezüge hätten sie den Laden

niemals entdeckt. Dass Tante Paula ihr dann das Erinnerungsstück gestern einfach so vermacht hatte, musste sie erst noch ganz verdauen. Zudem hatte sie Großvater und Enkelsohn Pongratz gegenüber die meiste Überzeugungsarbeit geleistet. Es kam Katharina wichtig vor, nun auch ihren Anteil einzubringen.

»Wie viel habt ihr jetzt eigentlich dafür bezahlt?«, erkundigte er sich weiter. Die Ladefläche war schon halb voll. Wegen des schlechten Zustands der Ladenzeile hatten sie alles sorgfältig in dicke Transportdecken eingewickelt. Genauso hatte Katharina es zunächst in den Werkstätten der Staatsoper und später dann auch bei Andres gelernt. Noch eine weitere Stunde vielleicht, und sie hatten das meiste geschafft.

»Du wirst lachen – gar nichts.«

»Machst du Witze? Der alte Bauer wollte doch viel Geld dafür haben!«

»Eigentlich wollte er gar nicht verkaufen. War wohl eher eine Art Test. Aber dann kam schließlich heraus, dass der Schreiner des Ladens Tante Paulas Vater war …« Sie brach ab.

Fesl Pongratz hatte sie bei der Ankunft nur kurz begrüßt, seitdem war er in den Ställen verschwunden. Und sein Enkel hatte sich erst gar nicht blicken lassen. Beiden fiel es sichtlich schwer, sich von Franz' Vermächtnis zu trennen, ob aus Nostalgie bei Fesl oder Verärgerung bei seinem Enkel musste sie den beiden überlassen.

Trotzdem unternahm Katharina noch einen Versuch, als Andres und sie alles verladen hatten.

»Bin gleich wieder da«, sagte sie zu ihm. »Anständig

verabschieden will ich mich noch. Das bin ich der Familie Pongratz schuldig. «

Den Alten fand sie auf der Bank vor dem Haus, eine erkaltete Pfeife im Mund, das faltige Gesicht genießerisch der Sonne zugewandt.

»Ich bin gekommen, um Pfiagott zu sagen«, begann Katharina. »Und noch einmal danke. Sie haben nicht nur Tante Paula sehr glücklich gemacht, sondern auch mich. Ich bin nämlich gerade dabei, die Geheimnisse unserer Familie zu ergründen. Und damit haben Sie mich ein gutes Stück weitergebracht.«

»Passt scho«, murmelte er, noch immer mit geschlossenen Augen. »Dann fahren Sie jetzt wieder nach München?«

»Gleich«, sagte Katharina. »Ihrem Enkel will ich auch noch adieu sagen, selbst wenn er vielleicht nur wenig Wert darauf legt.«

Fesls Lider öffneten sich. »Der Rupp ist ein feiner Kerl«, sagte er. »Der wollte bloß auf den Laden aufpassen und dafür sorgen, dass sein Opa keinen Unsinn anstellt. Das ging nicht gegen Sie.«

»Weiß ich doch«, sagte Katharina. »Deshalb will ich ja auch noch einmal zu ihm.« Sie streckte ihm die Visitenkarte der Werkstatt entgegen. »Und das hier ist für Sie. Falls Sie doch einmal nach München kommen und schauen wollen, wie es bei uns so zugeht.«

Fesls Gesicht zerfloss in tausend lächelnde Falten.

»Ich glaub, die geben Sie lieber meinem Enkel«, sagte er. »Ihre brünette Freundin, die hat ihm nämlich ziemlich gut gefallen. Auch wenn er so etwas niemals freiwillig zugeben würde.« Er deutete nach links. »Im Stall ist er. Mitten in der Nacht kam nämlich noch ein Cria zur Welt.«

»Und ich dachte, die werden immer am Vormittag geboren!«

Er zuckte die Schultern.

»Das nennt man dann Leben.« Er griff nach ihrer Hand und drückte sie kräftig. »Hat mich gefreut, Sie kennenzulernen. Und die fesche Frau Tante erst recht. Alles Gute, Katharina!«

Sie löste sich von ihm und ging zum Stall. Das neugeborene Cria war fast weiß und säugte gerade an seiner dunkleren Mutter. Rupp hantierte mit Halftern, die an der Wand hingen, und drehte sich nur kurz um, als er sie kommen hörte. Dann fuhr er mit seiner Arbeit fort.

»Ich wollte mich verabschieden«, sagte Katharina in seinen muskulösen Rücken hinein. »Tut mir leid, dass wir bei Ihnen alles so durcheinandergebracht haben!«

Hatte er »hm« gesagt? Wahrscheinlich hatte sie sich das nur eingebildet. Aber so schnell gab sie nicht auf.

»Ihr Opa meinte, ich sollte Ihnen unsere Werkstattkarte geben. Damit Sie sich mit eigenen Augen von unserer Seriosität überzeugen können …«

Jetzt drehte er sich langsam um. Seine Miene war nach wie vor unübersehbar skeptisch.

»Arbeiten Sie noch immer mit Ihrer Partnerin zusammen?«, fragte er.

»Aber natürlich«, versicherte Katharina verdutzt. »Wie kommen Sie denn darauf, dass es anders sein könnte?«

»Weil Sie heute einen Mann dabeihaben.«

»Das ist Andres Kultinger, ein befreundeter Schreiner, bei dem wir beide unseren Meister gemacht haben. Netterweise hilft er mit beim Auf- und Abladen. Ich möchte Isabel überraschen. Die wird vielleicht Augen machen!«

Sein Gesicht wirkte plötzlich heller, und jetzt nahm er die Karte an.

»Ich würde wirklich gern sehen, was aus dem Laden wird«, sagte er. »Schließlich war der schon auf unserem Hof, bevor ich das Licht der Welt erblickt habe. Für mich war er immer so etwas wie ein versunkener Schatz. So etwas verbindet, müssen Sie wissen. Obwohl es sich in einer Scheune zugegebenermaßen ziemlich schlecht tauchen lässt.«

Er hatte gelächelt!

»Wir würden uns freuen, wenn Sie uns in München besuchen«, bekräftigte Katharina. »Und das sage ich jetzt ausdrücklich auch im Namen meiner Partnerin. Rufen Sie uns an – oder kommen Sie einfach vorbei. Die Türen unserer Werkstatt stehen Ihnen offen.«

»Mal sehen«, erwiderte er. Aber sein Lächeln blieb.

Katharina erfreute sich auf der ganzen Rückfahrt nach München daran. Andres hatte einen Klassiksender eingestellt, der Callas-Arien spielte, und die unvergessliche Stimme versetzte sie zusätzlich in beste Laune. Sie tauschten lediglich ein paar Sätze aus, sonst lauschten sie dem Gesang der großen Diva.

Wieder in der Lilienstraße, verlief das Ausräumen ohne Probleme. Den Schuppen leergeräumt zu haben war mehr als klug gewesen, denn mit einigem geschicktem Stapeln passte der gesamte Laden hinein – bis auf den großen Tresen, der räumlich alles gesprengt hätte.

»Dann ab mit ihm in die Werkstatt«, entschied Katharina nach kurzem Überlegen. »Die Biedermeierkommode ist bereits abgeholt, die Arbeit am spanischen Esstisch beenden wir bald – und gleich danach beginnen wir hiermit.«

»Er könnte euch ziemlich im Weg rumstehen«, warnte Andres und schaute dabei auf die Uhr. »Und den richtigen Kunden dafür braucht ihr auch noch, sonst wäre es vergebliche Zeit und Mühe.«

»Das wird der ganze Laden, wenn wir ihn nicht zügig aufarbeiten und anschließend hochpreisig verkaufen. Vielleicht sind wir danach ja so reich, dass wir endlich mal ordentliche Ferien machen können!«

Wieder glitt sein Blick zur Uhr an seinem Handgelenk.

»Du musst weg?«, fragte Katharina und spürte einen winzigen Stich in der Herzgegend. »Schade, denn eigentlich hatte ich noch vor, dich zu bekochen. Und eiskalten Crémant hätte ich auch zu bieten. Sozusagen als kleines Dankeschön für deinen geschenkten Sonntag …«

»Ein anderes Mal gern.« Er küsste sie flüchtig auf die Wange. »Heute hab ich leider schon was vor. Aber wenn du wieder starke Schreinerschultern und eine große Ladefläche brauchen solltest – du weißt ja, wo du mich finden kannst!«

Sie sah ihm dabei zu, wie er den Laster geschickt aus dem Hof rangierte. Jetzt schien er es auf einmal richtig eilig zu haben. Wieder arbeitete es in ihr. Ob erneut Hannah im Spiel war, seine Endlosfreundin? Katharina hatte die spröde Bildhauerin mit dem schwarzen Kurzhaarschnitt vom ersten Moment an nicht gemocht und ebenso wenig das, was sie an klobigen Holzwerken fabrizierte und hochtrabend »Kunst« nannte.

Was übrigens auf Gegenseitigkeit beruhte.

Wie ein Schulmädchen hatte Hannah sie beim ersten Treffen abgekanzelt, als sie ihr eine Frage gestellt hatte, das trug sie ihr bis heute nach. Außerdem hatte sie den sensiblen Andres nicht glücklich gemacht. Und als sie dann viel später von ihrer kurzen Liebesbeziehung erfahren hatte, war sie zur eifersüchtigen Furie mutiert, obwohl Andres und sie längst schon getrennt gewesen waren. Katharina konnte sich also kaum vorstellen, dass Andres Hannah freiwillig verraten würde, für wen er da seinen Sonntag geopfert hatte.

Aber vielleicht hörte sie ja wieder nur einmal die Flöhe husten, und alles war in Wirklichkeit ganz anders. Eine Dusche brauchte sie jetzt erst einmal dringender als alles andere, und als sie wieder in frischen Kleidern steckte, wurde der Impuls, Isi anzurufen, so stark, dass sie ihm nachgab.

»Ja«, sagte Isi gedehnt. »Thalbach hier. Mit wem spreche ich bitte?«

»Ich bin's. Katharina.«

»Ist was passiert?« Isis Stimme schnellte nach oben. »Ich meine, dass du freiwillig am Sonntag anrufst.«

»Allerdings.« Sie musste sich anstrengen, das Lachen zu unterdrücken.

»Doch nicht mit der Werkstatt?«

»Könnte man so sagen. Am besten, du kommst so schnell wie möglich.

»So schlimm? Was ist es?«

»Wirst du gleich sehen.«

»Auch eine Art, einem den Sonntag zu vermiesen. Bin sofort da!«

*

Zwanzig Minuten später schickte die spätnachmittägliche Westsonne ihre schönsten Strahlen durch das große Fenster. Jetzt sah man natürlich jedes Staubkörnchen und all die winzigen Holzpartikelchen, die durch die Werkstatt schwirrten. Katharina hatte den Tresen einmal oberflächlich abgewischt, was ihn nicht sonderlich sauber, aber doch immerhin ein wenig ansehnlicher gemacht hatte. Mitten darauf stand die Flasche Crémant mit zwei Sektgläsern.

»Also, was genau ist denn nun passiert …« Isi stockte mitten im Satz und blieb wie angewurzelt stehen, als sie den Tresen erblickte. »Das glaub ich jetzt nicht!«

»Kannst du ruhig«, sagte Katharina. »Der Rest ist im Schuppen. Andres war so freundlich. War viel Arbeit, aber wir haben es geschafft!«

»Ganz ohne mich?« Isis Unterlippe zitterte.

»Ich wollte dich überraschen.«

»Das ist dir wirklich geklungen!« Isi wandte sich ab.

»Was ist denn los?«

Isi fuhr zu ihr herum.

»Das war unser Baby, unser gemeinsames Projekt – und jetzt gehst du hin und ziehst es hinter meinem Rücken mit Andres durch! Hat er dir das nötige Geld gegeben? Was bist du denn auf einmal für eine Scheißpartnerin, die nichts mehr bespricht, sondern nur Geheimnisse hat? Ich erkenne dich ja gar nicht mehr wieder!«

Das ging so vollständig in die verkehrte Richtung, dass Katharina nach Worten suchen musste.

»Du verstehst das ganz falsch«, versuchte sie einzulenken. »Tante Paula war so berührt, als plötzlich der Name ihres Vaters als Schreiner dieses Ladens auftauchte. Dieser Spur mussten wir nachgehen. Da habe ich sie kurzerhand in ihren Mini gepackt und bin mit ihr nach Obing gefahren. Dort wurde gerade ein Alpakafohlen geboren, und sie hat mit Hand angelegt. Und plötzlich waren wir mittendrin …« Angesichts von Isis wütendem Gesichtsausdruck brach sie ab.

»Und dieser Rupp Pongratz hat urplötzlich seine Meinung geändert und stattdessen die Hand aufgehalten?« Isi klang mehr als skeptisch. »Oder womit sonst habt ihr ihn bestochen?«

»Geld ist keins geflossen – nicht ein Cent. Franz Hirtinger war ein Kriegskamerad vom Vater des alten Pongratz. Mitten im Zweiten Weltkrieg hat Franz dann den Laden in ihrer Scheune abgestellt, um ihn vor Zerstörung zu schützen und später wieder zu holen. Aber englische Fliegerbomben haben ihn 1944 getötet, bevor er das tun konnte.«

»Pongratz hat dir den Laden geschenkt?« Isis Augen wurden immer größer. »Einfach so?«

»Tante Paula«, korrigierte Katharina. »Und die hat ihn anschließend uns vermacht, mir *und* dir. Das kannst du glauben, denn es ist die reine Wahrheit!«

Verschiedenste Gefühle stritten in Isis schmalem Gesicht um die Vorherschaft, schließlich jedoch breitete sich ein zaghaftes Lächeln aus.

Isi griff nach der Flasche und goss zwei Gläser voll.

»Das muss ich erst mal verdauen«, sagte sie. »Aber schon einmal Prost!« Sie stießen an. »Wir sind jetzt also die Besitzerinnen dieses alten Ladens? Und können damit tun und lassen, was uns gefällt?«

»Genauso ist es.«

»Andres hat nicht das Geringste damit zu tun?«

»Bis auf einen halben Tag freiwilliges Schleppen – nein.«

»Und wenn wir gleich anschließend gemeinsam in den Schuppen gehen, dann …«

»… ist der rammelvoll«, ergänzte Katharina.

Isi trank ihr Glas auf einen Zug leer, dann warf sie es mit großer Geste an die Wand, wo es klirrend zerbrach.

»Ich muss zugeben, ich habe dich unterschätzt, Katharina Raith«, sagte sie anerkennend. »Und wie ich dich unterschätzt habe!«

11

München, Januar 1919

Der ganze Monat ist so grau und trüb wie die Stimmung in der Stadt. Keine Spur mehr von dem duftigen Weihnachtsschnee, stattdessen fällt Graupelregen, und ein eisiger Wind bläst, der einem unter die Röcke fährt. Von meinem Zurückgelegten hab ich mir im Kaufhaus Tietz zwei Garnituren warme Unterwäsche gekauft, und für Fritzi gleich zwei weitere mit dazu. Dabei bin ich mir so gut wie sicher, dass sie die aus Eitelkeit doch nicht anziehen wird. Ich höre nicht viel von ihr, obwohl wir nur ein paar Minuten entfernt voneinander arbeiten — und das ist, wie meine Erfahrung zeigt, nie ein gutes Zeichen. Frau von der Aue hat sie tatsächlich eingestellt und bis jetzt noch nicht wieder entlassen. Doch als meine Zwillingsschwester mich am 12. Januar zum Wählen in der Elisabethschule abholt, ist sie so blass und wortkarg, dass ich erschrecke.

An der Pforte will sie sofort wieder umkehren, aber ich packe sie am Arm und zwinge sie, mit mir nach oben zu steigen.

»Was soll ich hier?«, zischt sie. »Von Politik habe ich nicht die geringste Ahnung — und du doch auch nicht, wenn du ehrlich bist!«

»Alina wählt die Sozialisten. Ihr Verlobter Leo Cantor auch. Und Lily Klee hat gesagt ...«

»Ich kann es nicht mehr hören!« Sie hält sich die Ohren zu.
»Alina, Leo, Lily und was sie alles an Weisheiten von sich
geben – weißt du eigentlich, wie unser großer Bruder all diese
Leute nennt? Pack! In meinen Augen hat er mehr als recht
damit. Und deshalb werde ich auch so wählen wie Georg.«
Ich muss an die Nacht denken, in der Alina mich vor Begeisterung aus dem Schlaf gerissen hat – Revolution, Frauenwahl-
recht, der König vertrieben, Freiheit für alle ... wie eine kleine
Ewigkeit kommt mir das inzwischen vor und liegt doch gerade
erst ein paar Wochen zurück.
Trotzdem gehen wir nacheinander in die mit Vorhängen
abgeschirmte Kabine und machen unser Kreuz auf dem schier
endlosen Parteienzettel, wenngleich auch sicherlich an ganz
unterschiedlichen Stellen. Ich hatte eigentlich mit einem Hochgefühl gerechnet oder zumindest einer inneren Befriedigung,
doch als wir das Schulgebäude wieder verlassen, fühle ich mich
genauso wie vorher. Für einen Spaziergang ist es zu kalt, aber
zum Teetrinken will Fritzi sich partout nicht von mir einladen
lassen. Als ich nach dem Grund frage, kommt heraus, dass
Frau von der Aue ihr den Ausgang gestrichen und nur den
kurzen Weg zur Wahlurne erlaubt hat.
Es stimmt mich wehmütig, ihrer schlanken Gestalt mit den
hochgezogenen Schultern nachzusehen, als sie davoneilt. Meine
Zwillingsschwester ist nach München gekommen, um mir nah
zu sein, aber jetzt fühle ich mich ihr gegenüber manchmal
fremder als je zuvor.
Doch das ist nicht das Einzige, was mir auf der Seele liegt.
Wie gern hätte ich weiterhin für die Revolution gekocht, doch
die Klees brauchen mich nicht mehr. Die nächtlichen Diskus-
sionsrunden haben sich verlaufen, die Gäste sind in alle Winde

zerstreut oder so tief in die politischen Kämpfe eingebunden, dass keine Zeit mehr dafür bleibt. Das Feuer des Aufbruchs ist erloschen. Paul Klee ist wieder zu seiner Familie zurückgekehrt. Er hat ein neues Atelier in einem kleinen Schlösschen angemietet, in dem er viele Stunden am Tag und manchmal bis tief in die Nacht arbeitet. Durch die Vermittlung von Leo Cantor will Hans Goltz, ein Kunsthändler und Pionier der modernen Malerei, wie Lily Klee mir erzählt hat, ihn unter seine Fittiche nehmen und Ausstellungen mit Klees Werken veranstalten – die Aussicht auf Ruhm, auf mehr Geld, auf ein unbeschwertes Leben. Es ist sogar die Rede davon, sie könnten München bald verlassen.

Obwohl ich dem freundlichen Mann mit dem intensiven Blick das alles aus tiefstem Herzen gönne, bin ich dennoch betrübt. Diese zwanglosen, manchmal leicht verrückten Abende unter Literaten, Zeitungsleuten und Künstlern haben mir so viel bedeutet. Die anstrengende Zusatzarbeit hab ich gern dafür in Kauf genommen. Unter ihnen sein zu dürfen, zu hören, was sie reden, zu sehen, wie sie miteinander umgehen, wie sie streiten und sich dann wieder versöhnen! Wenn ich daran denke, dass dies alles für immer vorbei sein soll, werde ich traurig.

Meine Beine sind bleischwer, als sie mich ein letztes Mal in die Ainmillerstraße tragen. Unter der alten Strickjacke habe ich die weiße Bluse angezogen, die Carl Rosengart mir als Weihnachtsgabe nachgereicht hat, während die rosenholzfarbene nun in Fritzis Schrank hängt. Unpraktisch zum Kochen, aber mein Gefühl sagt mir, dass ich heute schön sein muss.

Felix hängt sich gleich an meinen Hals, nachdem ich den

*Mantel aufgehängt habe. Er hat in den letzten Wochen einen
enormen Wachstumsschub gemacht und ist ein richtig großer
Junge geworden, wenngleich immer noch sehr zart.*

*»Wer kommt denn zu Besuch?«, frage ich, während ich die
Küche betrete. Ein Duft schwebt in der Luft, fremd und
dennoch seltsam vertraut, der mir das Wasser im Mund
zusammenlaufen lässt. »Wissen Sie schon, wie viele Gäste
es heute sein werden?«*

*»Nur ein einziger: Fräulein Fanny Haller«, erwidert Paul
Klee. »Und für diese junge Dame koche ich heute ...«*

Ihre Augen wurden feucht, bevor sie sich recht versah.

»Sie weint ja, Mama!«, rief Felix erschrocken. »Tut ihr
etwas weh?«

Lily Klee legte ihren Arm um seine knochigen Schultern.

»Vielleicht ein wenig das Herz«, sagte sie sanft. »Aber
das ist eher ein süßer Schmerz, mein Großer. Erinnerst du
dich noch, wie ich geweint habe, als sie deinen Vater endlich
aus der Armee entlassen haben und er plötzlich mit seinem
Rucksack vor unserer Tür stand? Den ganzen Abend konnte ich nicht mehr damit aufhören. Und jetzt hol die guten
Kristallgläser von Großmama aus der Vitrine. Heute werden wir Wein trinken!«

Paul Klee hatte Kartoffelbrei zubereitet, der auf der
Zunge förmlich zerging. Zu Rosenkohl und dem Kaninchen, das zwar hauptsächlich aus Haut und Knochen bestand, aber in einer orientalisch angehauchten
Sauce serviert wurde, waren das Delikatessen, die Fanny
genoss.

»Zimt«, sagte sie nach den ersten Bissen. »Da schmecke ich doch eindeutig Zimt heraus! Zu Fleisch hab ich das noch nie zuvor probiert.«

»Richtig«, sagte Paul Klee. »Und den letzten Rest von *Ras el hanut*, der noch von unserer Reise nach Nordafrika stammt.«

Fragend zog sie die Brauen hoch.

»Und was ist das bitte?«

Er lachte. »Ich glaube, so ganz genau wissen die Berber das selbst nicht«, erklärte er launig. »Oder sie geben ihr Geheimnis nicht preis. Aber es ist köstlich, finden Sie nicht auch?«

Sie nickte und versuchte, möglichst langsam zu essen, denn groß konnte man die Portionen nicht gerade nennen. Dennoch war ihr Teller als erster leer. Der ungewohnte Wein machte ihren Kopf leicht und übermütig. Wenn sie so gut singen könnte wie Fritzi, dann hätte sie es jetzt vielleicht sogar getan.

»In Frankreich würde man danach noch Käse servieren«, sagte Lily Klee. »Oder eine hauchdünne *tarte des pommes* zum Dessert.« Sie lächelte verschmitzt. »Immerhin könnte ich Ihnen noch ein paar steinharte Lebkuchen offerieren, Fanny. Und damit wären wir leider schon am Ende unserer Möglichkeiten angelangt, zumindest, was das Kulinarische betrifft.«

Fanny, die die sehnsüchtigen Blicke des Jungen in Richtung Pfefferkuchen sehr wohl bemerkt hatte, schüttelte den Kopf.

»Ich bin mehr als satt«, schwindelte sie. »Herzlichen Dank.«

Felix schenkte ihr ein schmelzendes Strahlen und griff zu.

»Aber davon abgesehen haben wir noch eine Überraschung für Sie«, mischte sich nun der Maler ein. »Lily sagte mir, Sie hätten einen Blick für moderne Kunst. Und beim Zeichnen haben Sie mir ja auch schon einmal interessiert zugesehen.«

»Nun ja …« Unbehaglich rutschte Fanny auf ihrem Stuhl hin und her. Wollte er ihr jetzt etwa komplizierte Fragen stellen? Sie hatte doch keine Ahnung davon! Nur was ihr gefiel und was nicht, das wusste sie. »Das ist leider ziemlich übertrieben …«

»Jetzt bring sie doch nicht so in Verlegenheit, Paul«, mischte Lily sich ein. »Lass den Jungen die Mappe holen – und gut ist es!«

Wie aufs Stichwort sprang Felix auf und kam mit einer kleinen Papiermappe wieder zurück, die er vor Fanny auf den Tisch platzierte.

»Für dich«, sagte er ernst. »Jetzt schau!«

Ihre Hand war nicht ganz ruhig, als sie die Mappe schließlich öffnete – und dann lag es vor ihr, das kleine blaue Zauberbild mit den schwebenden Gestalten, das sie niemals vergessen hatte. Obwohl es draußen längst stockdunkel war und die Lampe über ihren Köpfen nur wie eine Funzel brannte, schien die Küche auf einmal zu leuchten. Rechts in kühnen Buchstaben seine Signatur: Klee.

»Die Sirenen singen«, flüsterte Fanny.

Paul Klee nickte.

»Aber das kann ich doch niemals annehmen!«

»Sie müssen sogar«, sagte er eindringlich, drehte das Aquarell auf die Rückseite, nahm einen Bleistift und schrieb.

Fanny stockte der Atem, denn da stand nun: *für fanny haller.*

Klee lächelte. »Denn jetzt singen sie für Sie, Fanny!«

*

Wie sie danach nach Hause gekommen war, wusste sie im Nachhinein nicht mehr so genau. Vielleicht war sie ähnlich geschwebt wie die silbernen Sirenen, die nun ihr gehörten. Felix hatte sie immer wieder umarmt und gar nicht mehr weglassen wollen, Paul ihr freundlich zugenickt und Lily schließlich fest Fannys Hand gedrückt.

»Sie machen Ihren Weg«, hatte ihr Abschiedswort gelautet. »Wer so viel Liebe im Herzen trägt wie Sie, Fanny, dem ist das Schicksal gewogen. Aber passen Sie bitte trotzdem auf sich auf, das müssen Sie mir fest versprechen. Es sind leider jede Menge männlicher Strauchräuber unterwegs, die sich an solch einem Schatz bereichern wollen.«

Alina saß im Wohnzimmer am Klavier und improvisierte, wie sie es manchmal tat, wenn sie nachdenklich war, und Fanny wollte eigentlich gleich in ihre Kammer verschwinden, wurde von ihr aber aufgehalten.

»Du kommst von den Klees?«, fragte sie.

Fanny nickte. »Zum letzten Mal«, sagte sie, »und es tut mir im Herzen so weh. Aber sieh mal, was sie mir geschenkt haben!« Sie schnürte die Stiefel auf, zog den Mantel aus und lief dann auf Strümpfen zu ihr hinein.

»Ein echter Klee«, sagte Alina staunend, als das kleine Aquarell vor ihr lag. »Und welch ein wundervolles Blau!«

»Ich wollte es erst nicht annehmen, aber Klee meinte, ich müsste. ›Die Sirenen singen‹, so heißt es. ›Jetzt singen sie für Sie, Fanny.‹ Das hat er gesagt.« Sie hatte es auf die Rückseite gedreht, damit Alina die Widmung lesen konnte.

»Leo meint, dass ihm als Maler eine große Zukunft bevorsteht«, sagte Alina nachdenklich. »Er ist froh, dass Hans Goltz sich jetzt um die geschäftlichen Angelegenheiten kümmert. Das wird es einfacher für die Klees machen. Und auch bei Leo geht es bald bergauf. Er hat gute Nachrichten aus der Schweiz und aus England bekommen.«

Fanny musterte sie eingehend.

»Und warum hast du dann so verweinte Augen?«, fragte sie leise.

»Wir haben gestritten«, brach es aus Alina heraus. »Leo drängt so sehr auf die Hochzeit und hat mir vorgeworfen, ich würde ihn nicht genug lieben, weil ich nicht so ungeduldig bin wie er. Mama dagegen will mich nicht hergeben, bevor das Trauerjahr beendet ist. Ihr hat er vorgeworfen, sie sei altmodisch und klammere sich an überholte Konventionen, aber sie braucht mich doch – und Bubi auch …« Sie hielt inne.

»Und du?«, fragte Fanny. »Wenn du in dich hineinhörst: Was willst du?«

»Wenn ich das so genau wüsste!« Alina sprang auf und begann, im Zimmer auf und ab zu gehen. »Natürlich freue ich mich darauf, Leo zu heiraten. Und dann, im nächsten Moment, habe ich plötzlich Angst davor. Er weiß so viel von der Welt – im Gegensatz zu mir. Was, wenn ich ihm nicht genüge, sobald wir allein sind?«

Sie ging zu Fanny und legte ihr eine Hand auf den Arm.

»Ich meine auch das Geschlechtliche. Hast du darin denn schon Erfahrungen gesammelt? Meistens ist er ja sanft und beherrscht, aber manchmal küsst er mich so leidenschaftlich, dass ich schier vergehen könnte. Ist das denn unnatürlich – ich meine, für eine Frau?«

Fanny wurde heiß vor Verlegenheit.

»Da solltest du besser meine Schwester fragen«, sagte sie. »Fritzi hat beim anderen Geschlecht die größeren Chancen. Ich habe erst zwei Männer geküsst, und nein, vergangen bin ich dabei keineswegs. Aber ich weiß, das waren auch nicht die Richtigen. Und wenn du Leo heiratest, was soll dir schon passieren? Ihr könnt euch liebhaben bis ans Ende eures Lebens und schöne Kinder bekommen. Oder willst du gar keine Kinder, Alina?«

»Sicherlich. Irgendwann. Aber nicht so bald.« Sie sprach immer lebhafter. »Ich dachte immer, das Leben hätte ein ganz besonderes Geschenk für mich bereit, Fanny. Eine Zeit lang hatte ich gehofft, es könnte vielleicht die Musik sein, doch dafür reicht mein Talent leider nicht aus. Schreiben liegt mir nicht, Malen noch viel weniger …« Sie schaute wieder auf das Aquarell und schüttelte den Kopf. »Dass jemandem so etwas aus der Hand fließen kann! Ich werde eben doch als brave Hausfrau enden.«

»Du besitzt alles, was man sich nur wünschen kann«, sagte Fanny. »Schönheit, Wohlstand, eine liebevolle, besorgte Familie – und Leo. Ich verstehe nicht, was da noch fehlen sollte.«

Alina lief zu ihr und umarmte sie.

»Verzeih, verzeih! Ich bin vollkommen maßlos. Du kommst nach Hause nach einem endlosen Arbeitstag – und ich überfalle dich mit meinen Problemchen. Vergiss, was ich eben gesagt habe! Alles ist gut, und ich freue mich sehr mit dir über dein Bild. Wo willst du es aufheben? Soll ich vielleicht Leo fragen, ob er es für dich verwahrt?«

»Nein«, widersprach Fanny und widerstand dem Impuls, es fest an sich zu pressen. »Ich will es bei mir haben. Immer.«

*

München, Februar 1919

Ministerpräsident Kurt Eisner war tot, erschossen auf dem Weg zum Landtag, wo er seinen Rücktritt verkünden wollte – und die ganze Stadt stand kopf. Der Täter war der junge Graf von Arco auf Valley, der sich in einen fanatischen Antisemitismus hineingesteigert hatte, obwohl er selbst eine jüdische Mutter hatte. Im Landtag hatte es Tumulte gegeben, Schüsse, Verletzte und zwei weitere Todesopfer. Der Generalstreik war ausgerufen, bürgerliche Zeitungen wurden verboten, ihre Redaktionen besetzt.

Die Rosengarts erfuhren all diese Ereignisse durch Leo Cantor, der ihnen das Verlassen des Hauses streng untersagt hatte, weil es zu gefährlich war. Nur Fanny wagte sich mit ihrem Korb nach draußen, weil ihre Herrschaft nicht verhungern sollte. Auf dem Elisabethmarkt traf sie auf Fritzi in seltsamer Hochstimmung.

»Was du bei diesen verrückten Künstlern gemacht hast, das tue ich jetzt jeden Abend«, flüsterte sie ihr zu. »Was meinst du, wer alles bei uns verkehrt – der halbe Adel, viele hohe Militärs, die besten konservativen Kreise Münchens! Hedwig Vogel geht mir dabei zur Hand, aber den Löwenanteil übernehme ganz allein ich.«

»Du bekochst all diese Leute?«, frage Fanny ungläubig. »Und wieso Hedwig? Die muss doch in der Gastwirtschaft bedienen!«

»Ihr Chef unterstützt die nationale Sache«, sagte Fritzi begeistert. »Und gibt ihr deshalb frei. Weißt du, wer das ist? Dieser Josef Raith aus der Mette! Ich glaube sogar, die beiden haben was miteinander. Aber denk dir nichts – mir macht er auch schöne Augen!« Sie rückte ihren schmalen rötlichen Pelzkragen zurecht.

»Woher hast du den?«, fragte Fanny.

»Von Oskar von der Aue«, sagte Fritzi stolz. »›Kriegsbeute‹, hat er gesagt. Ebenso wie der ganze Champagner, der jetzt bei uns im Keller liegt. Flaschenweise, sage ich dir. Aber die saufen auch was weg, Abend für Abend, diese Verschwörer! Und Hunger haben sie. Übrig bleibt so gut wie nie etwas.«

Sie kam Fanny ganz nah.

»Graf Arco war übrigens auch bei uns zu Gast«, raunte sie. »So ein stattlicher Kerl! Zum Glück hat Professor Sauerbruch ihm durch eine Notoperation das Leben gerettet. Für die anderen anwesenden Herren ist er der Held der Nation.«

»Er ist ein Mörder, Fritzi«, sagte Fanny unwirsch. »Pelzkragen und Champagner hin oder her. Und die anderen, die ihn umjubeln, sind auch nicht viel besser. In welche Gesellschaft bist du da nur geraten? Wir müssen schleunigst etwas anderes für dich finden!«

»Aber ich will nichts anderes!« Fritzis grüne Augen schimmerten träumerischer denn je. »Ich glaube fast, Oskar ist schon ein bisschen in mich verliebt. Und sein Kamerad, dieser von Oertzen auch. Wie der mich jedes Mal anstarrt! Als ob er mich im nächsten Moment mit Haut und Haaren verschlingen wollte. Aber mit diesem dürren, pickligen Kerl will ich nichts zu tun haben…«

Sie verzog das Gesicht schmerzerfüllt, als sie Fannys unerbittlichen Griff spürte. »Wieso schüttelst du mich denn plötzlich wie verrückt??«

»Damit du endlich wieder vernünftig wirst! Unter all diesen Adligen, Haudegen und entlassenen Militärs hast du nichts zu suchen, wann kapierst du das endlich? Für die sind Mädchen wie wir nichts als leichte Beute …«

»Ach, und das haben ausgerechnet deine feinen Juden dir beigebracht?« Fritzi hatte sich freigemacht und funkelte Fanny aufgebracht an. »Du solltest mal hören, wie abfällig meine Leute über deine Cantors, Rosengarts und wie sie alle heißen reden! Da würde dir dein Hochmut schnell vergehen.« Sie reckte sich. »Ich weiß ganz genau, was ich tue. Du brauchst mich nicht länger zu bevormunden. Habe ich dir nicht prophezeit, dass ich in München mein Glück machen werde? Nun, geliebtes Schwesterherz, ich bin gerade fleißig dabei …«

Fanny war übel vor Sorge, als sie sich voneinander trennten.

Und das blieb auch die nächsten Tage so, als ein Gene-

ralstreik ausgerufen und über München der Belagerungs-
zustand verhängt wurde. Überall in der Stadt kam es zu
Zusammenstößen zwischen Sozialisten und Anhängern
der bürgerlichen Parteien, in die oft genug auch ehema-
lige Soldaten verwickelt waren. Die Notaufnahmen der
Krankenhäuser platzten aus den Nähten, so groß war der
allnächtliche Andrang, und es hatte bereits einige Tote
gegeben.

»Die Revolution frisst schon jetzt ihre Kinder«, jam-
merte Lorenz, der Fanny bei den Rosengarts kurz besuch-
te. »Ich kann kaum mit ansehen, wie sie sich gegenseitig
zerfleischen, statt Sinnvolles auf den Weg zu bringen. Jetzt
soll es der Zentralrat der bayerischen Republik unter der
Führung von Ernst Niekisch richten – aber der verehrte
Genosse besitzt leider kein bisschen Autorität. Das wird
nix, Fanny, fürchte ich, das kann gar nix werden!«

»Und was dann?«, fragte Fanny mit bangem Herzen.
»Kommt dann etwa wieder Krieg?«

»Zwischen den Roten und den Weißen, meinst du?«
Sein frisch getrimmter Schnäuzer zitterte vor Empörung.
»Also, wenn du mich fragst, diesen fanatischen Freikorps,
die sich jetzt überall in der Stadt formieren, traue ich nicht
über den Weg. Die können ja nichts anderes als marschieren, krakeelen und schießen. Pass bloß auf, damit du denen niemals unterkommst!«

Fanny überlegte lange, ob sie Georg zu Rate ziehen
sollte. Doch der Bruder steckte gerade in Verhandlungen
mit einem gewissen Ferdinand Licht, der als dritter Partner in die Firma seines Schwiegervaters eintreten und er-
hebliches Kapital beisteuern sollte. Sie hatte den schlan-

ken, eleganten Wiener nur einmal kurz bei Georg gesehen. Mit einem Handkuss hatte er sich auf sie gestürzt und ihr ein derart gewagtes Kompliment gemacht, dass ihr die Röte in die Wangen geschossen war. Zum Glück war Fritzi nicht dabei gewesen, die wäre sofort begeistert gewesen. Reichte schon, dass Elise die Augen nicht mehr von diesem Licht lassen konnte – nein, die hatten gerade ganz andere Probleme zu lösen!

Schließlich entschloss sie sich zu einem gewagten Schritt: Sie wollte und musste mit eigenen Augen sehen, wo ihre Zwillingsschwester gelandet war. Dora Rosengart gab ihr nach einigem Überlegen den Rest des Nachmittags frei, als sie mit dieser Bitte zu ihr kam. Überhaupt hatte Alinas Mutter ihre frühere Reserviertheit ihr gegenüber so gut wie ganz abgelegt und behandelte sie viel freundlicher. Und so legte Fanny an einem kalten Februardienstag den kurzen Weg zum Habsburgerplatz zurück.

Die Haustür stand nur angelehnt, was sie bei einem solch herrschaftlichen Mietshaus verwunderte. Sie stieg gleich die Stufen bis in den zweiten Stock hinauf. Ihrem aufmerksamen Blick entging nichts: wie nachlässig die Stufen geputzt waren, wie schmutzig der grüne Treppenläufer an einigen Stellen war, wie genagelte Stiefel hässliche Spuren am dunkelbraunen Holz der Wohnungstür hinterlassen hatten.

Nach einem tiefen Atemzug läutete sie.

Eine ganze Weile geschah nichts, dann wurde geöffnet. Ein junger Mann mit kurzen blonden Haaren starrte sie an. Er trug Uniformhosen und ein weißes Hemd, an dem einige Knöpfe offen standen.

»Franziska Haller«, sagte Fanny beklommen. »Ich möchte zu meiner Schwester Friederike.«

Sein Starren verwandelte sich in Stieren, dann begann er laut zu lachen. »Zwillinge, nicht wahr?« Er deutete mit dem Zeigefinger auf sie. »Wie ulkig. Davon hat sie uns ja gar nichts verraten!«

Aus dem Hintergrund drangen Männerstimmen und Gelächter. Irgendetwas klirrte. Waffen? Oder nicht doch eher Flaschen? Schon um diese Zeit?

»Könnte ich vielleicht hereinkommen?«, fragte Fanny, obwohl sich eigentlich alles in ihr dagegen sträubte.

Sein Blick glitt prüfend an ihr hinab. Der alte Mantel, die abgetretenen Stiefel, vor allem jedoch ihr abweisendes Gesicht schienen keinen besonderen Eindruck auf ihn zu machen.

»Ein andermal vielleicht«, sagte er träge. »Jetzt passt es gerade nicht. Friederike ist im Dienst.« Er schob die Türe zu.

»Dann rufen Sie sie bitte her«, sagte Fanny schnell. »Nur einen Augenblick. Es ist wichtig!«

Er zögerte, dann zuckte er die Schultern und verschwand nach drinnen. Fanny schob mit der Fußspitze die Tür weiter auf. Es roch dumpf nach Rauch und Bier, als sei tagelang nicht mehr gelüftet worden.

Ob das im Sinn der gestrengen Frau von der Aue war?

Oder hatte sie die Herrschaft über ihre Wohnung längst an den Sohn und seine Kumpane abgetreten?

Es dauerte eine kleine Ewigkeit, bis Fritzi endlich erschien. Sie trug einen dunklen Rock und eine enge, weiß-blau gestreifte Bluse, die Fanny noch nie an ihr gesehen hatte. Die Haare waren nur provisorisch hochgesteckt, als sei sie in Eile gewesen. Über dem rechten Ohr schimmerte ein ebenfalls neuer Perlmuttkamm mit funkelnden Intarsien.

Hatte sie die Lippen geschminkt? Jedenfalls erschienen sie Fanny unnatürlich rot.

»Was willst du?«, fragte Fritzi scharf. »Ich darf während der Arbeitszeit keinen Besuch haben, das habe ich dir doch gesagt!«

»Ich musste kommen«, sagte Fanny. »All diese Soldaten … ich habe mir solche Sorgen um dich gemacht.«

»Das musst du nicht.« Sie klang versöhnlicher. »Mir geht es gut. Sehr gut sogar, siehst du das nicht? Ich habe alles, was ich brauche. Und man schätzt mich. Also? Bist jetzt endlich beruhigt?«

Fanny schüttelte den Kopf. »Ich wollte einmal dein Zimmer sehen. Und ob diese Männer dich auch wirklich in Ruhe lassen …«

»Bist du jetzt vollkommen verrückt geworden? Ich kann doch keine Wohnungsführung mit dir veranstalten, jetzt, wo wir so viele Gäste haben.«

»Und Frau von der Aue? Was sagt sie eigentlich dazu?«

»Die Gnädige kommt erst morgen zurück. Was meinst du, was ich bis dahin noch alles zu tun habe!«

Das Lachen im Hintergrund schwoll an. Eine Männerstimme begann ein derbes Soldatenlied zu grölen.

»Sie lässt dich ganz allein – mit all diesen ungehobelten Kerlen?«, fragte Fanny fassungslos.

»Du kapierst aber auch gar nichts, Schwesterchen«, erwiderte Fritzi herablassend. »Das sind keine ungehobelten

Kerle, sondern Ehrenmänner mit politischem Weitblick, die das Leben zu genießen wissen.« Sie strich ihr kurz über die Wange. »Und jetzt sag ich Servus. Meine Pflicht ruft …«

München, Mai 2015

Das Läuten des Telefons unterbrach Katharinas Lesefluss. Obwohl die Frühsommernacht mild war, fröstelte sie, so tief war sie wieder in die Aufzeichnungen ihrer Urgroßmutter vertieft gewesen.

»Katharina?« Die Stimme ließ ihr Herz schneller schlagen. »Ich bin's, Alex. Ich muss mich bei Ihnen entschuldigen.«

»Müssen Sie nicht«, sagte sie rasch. »Alles ist eben so, wie es ist.«

»Muss ich doch. Ich wurde ganz kurzfristig geschäftlich nach London abberufen und bin geflogen, ohne mich von Ihnen zu verabschieden. Das ist kein guter Stil.«

Er war weg. War es das jetzt – für immer?

»Sind Sie noch dran?«, hörte sie ihn fragen.

»Natürlich. Ich habe nur nachgedacht.«

Da war sein tiefes, sympathisches Lachen, das jede Faser von ihr erreichte.

»Da geht es Ihnen nicht viel anders als mir. Was haben Sie nur mit mir angestellt? Bei jedem zweiten Gedanken blitzen Sie durch mein Hirn.« Er zögerte. »Kann man das im Deutschen überhaupt so sagen?«

»Kann man«, versicherte sie. »Und was meint Pam dazu?«

Jetzt war es heraus, bevor sie richtig nachgedacht hatte!

»Viermal haben wir uns gestritten. An einem einzigen Tag. Das ist sogar für uns ein neuer Rekord. Weitere Fragen?«

»Ja«, sagte Katharina. »Wann kommen Sie wieder nach München?«

»Genau das wollte ich hören.« Er klang erleichtert. »Sobald ich kann, okay? Möglicherweise schon in der nächsten Woche. Ich werde alles daransetzen, dass es klappt.«

»Das ist gut. Das ist sogar sehr gut. Weil …«

»Weil?«, wiederholte Alex atemlos.

Katharina rang nach Worten, so aufgeregt war sie.

»… wir durch Zufall an eine fantastische Ladeneinrichtung aus den Zwanzigerjahren gekommen sind, die wir nun von Grund auf restaurieren werden. Eine Menge Arbeit, die da vor uns liegt, aber ich denke, das wird sich lohnen!« Zum Glück war ihr das gerade noch eingefallen.

»Wow.« Er hörte sich nicht einmal verwundert an, höchstens ein klein wenig amüsiert. »Wenn das kein Grund ist, um München wieder zu besuchen! Und Fannys Aufzeichnungen? Wie geht es Ihnen damit?«

»Könnten spannender kaum sein. Ich verschlinge sie atemlos, Seite um Seite. Keine leichte Kost – das alles verfolgt mich sogar bis in meine Träume. Aber ich lerne dabei viel über die Vergangenheit. In der Schule habe ich das Fach Geschichte nicht ausstehen können, und jetzt kann ich auf einmal gar nicht genug davon bekommen.«

Das schien ihm zu gefallen. Seine Stimme wurde noch weicher.

»Genauso ging es uns auch, meiner Mutter und mir. Plötzlich war alles wieder lebendig, das Schöne, aber eben auch das Schreckliche. Als ob man selbst mittendrin wäre. Good night, Katharina. Schlafen Sie gut, und vergessen Sie mich bitte nicht!«

Wie könnte sie das?

12

München, Mai 2015

Sie hatte den alten Wirtshaustisch zunächst über Nacht verleimt, dann am Morgen die beiden zu langen Beine abgesägt und anschließend die Schärfe der Kanten mit Schleifpapier bereinigt. Als Isi die Werkstatt betrat, war Katharina bereits dabei, die Tischbeine mit Alkohol zu säubern.

»Schläfst du eigentlich überhaupt noch?«, fragte sie nach einem kritischen Blick auf die kniende Freundin. »Du siehst aus, als würdest du gleich vor lauter Müdigkeit umfallen!«

»Es gibt Zeiten zum Ausschlafen und andere«, erwiderte Katharina lakonisch. »Und leider kann man es sich nicht immer aussuchen. Ich werde gleich den Schellack auftragen. Kümmerst du dich bitte weiter um die Tischplatte?«

»Damit bist du ja auch schon ziemlich weit gekommen«, kommentierte Isi. »Sieht viel besser aus.«

Katharina lachte. »Die Vorteile der Schlaflosigkeit«, sagte sie. »In die groben Risse habe ich mit Leim bestrichene keilförmige Leisten geschlagen, damit kein Dreck hängen bleiben kann. Den Übergang mit dem Stecheisen zu egalisieren war gar nicht so ohne, aber ich bin ganz zufrieden mit dem Ergebnis. Du könntest also direkt mit dem Abschleifen beginnen …«

»Gebongt!« Isi griff zur Schleifmaschine. »Zuerst mit 120er Körnung, was meinst du?«

»Ganz genau. Danach 150er …«

»Und anschließend wässern, damit die Fasern sich aufstellen, trocknen lassen und dann mit der 180er Körnung noch einmal sanft darüberschleifen.«

Sie grinsten sich an. Jahrelang die gleiche Schule durchlaufen zu haben machte das Zusammenarbeiten bisweilen um vieles einfacher.

Am frühen Nachmittag legten sie ihre übliche Pause ein, gleich unten in der Werkstatt, wie immer, wenn es schnell gehen sollte. Isi hatte Erdbeeren und Joghurt mitgebracht, Katharina steuerte belegte Vollkornbrote mit Frischkäse und Radieschenscheiben bei. Dazu tranken sie eine große Kanne Pfefferminztee. Immer wieder glitten ihre Blicke zu dem Tresen der alten Ladeneinrichtung, den sie vor dem Imbiss mit gemeinsamen Kräften an die Längsseite gehievt hatten.

»Ich kann es kaum erwarten«, sagte Katharina. »Wir sollten allerdings vorab im Schuppen eine eingehende Bestandsaufnahme machen, damit wir das Ausmaß der Schäden richtig einschätzen können. Danach erstellen wir einen detaillierten Arbeitsplan und legen los …«

»Sollten wir«, pflichtete Isi ihr bei. »Aber erst, wenn die Käufer entschieden haben, wie sie es letztendlich haben wollen.«

»Welche Käufer? Hab ich da irgendwas verpasst?«

»Nun«, Isi fixierte plötzlich einen imaginären Punkt

an der Wand, »ich habe dir doch von den beiden Typen erzählt, mit denen ich vor einiger Zeit zufällig in einer Kneipe ins Gespräch gekommen bin. Sie wollen ein neues italienisches Restaurant in München aufmachen und sind auf der Jagd nach so einem Ambiente. Einen von ihnen habe ich gestern angerufen. Und der war begeistert und wollte seinem Partner Bescheid geben.« Sie schaute auf die Uhr. »Eigentlich müssten die beiden gleich hier sein.«

»Du hast sie herbestellt, ohne mich vorher zu informieren?« Empört sprang Katharina auf.

»Jetzt weißt du es ja. Manchmal muss man eben schnell sein, sonst ist die günstige Gelegenheit vertan. Und außerdem: Tanta Paula hat den Laden doch uns beiden vermacht – oder habe ich da etwas missverstanden?«

»Ja, das hat sie. Aber wir haben ja noch nicht einmal den allerschlimmsten Dreck beseitigt …«

»Na und? Die beiden haben doch Fantasie!«, wandte Isi ein. »Sonst hätten sie ja wohl kaum die Vision einer derart ausgefallenen Restauranteinrichtung. Je früher sie mit im Boot sind, desto besser. Sonst restaurieren wir womöglich in eine Richtung, die ihnen dann gar nicht gefällt.« Sie musterte Katharina misstrauisch. »Sag mal, du träumst doch nicht etwa heimlich davon, alles zu behalten? Damit der fertige Laden dann in unserem Schuppen statt in der Scheune wieder Patina ansetzen kann? Das ist ein wirtschaftliches Objekt, allerliebste Freundin – und keine Familienreminiszenz, so viele herzzerreißende Erinnerungen auch daran hängen mögen!«

Wider Willen fühlte Katharina sich ertappt.

Isi hatte ja mit jedem Wort recht, aber die Vorstellung,

den Laden schon wieder hergeben zu müssen, wo sie ihn doch gerade erst bekommen hatten, setzte ihr tatsächlich zu.

»Geht mir trotzdem zu schnell«, murmelte sie bockig. »Ein paar Tage noch, um sich auf die neue Situation vorbereiten, das muss doch drin sein. Kannst du den Typen nicht anrufen und einen neuen Termin mit ihm vereinbaren ...«

Ein kräftiges Klopfen an der Werkstatttür.

»Zu spät«, sagte Isi schulterzuckend. »Sorry, Süße. Dann soll es wohl so sein.«

Die beiden Männer, die sie hereinließ, hätten unterschiedlicher kaum sein können: Der eine war dunkelhaarig und füllig, der andere klein mit wieselscharfen Zügen.

»Mein Name ist Roberto Damatelli«, sagte der Große verbindlich. »Und das ist Fabian Koch, mein Partner. Da steht ja schon ein Teil des interessanten Objekts, nicht wahr, Frau Thalheim?«

»Ganz genau.« Isi strahlte. »Und zwar der Tresen. Der Rest befindet in unserem Schuppen. Aber Sie müssen meine Partnerin Frau Raith erst noch überzeugen. Die Ladeneinrichtung stammt nämlich von einem verschollenen Familienmitglied und besitzt für sie hohen emotionalen Wert.«

»Und ist ganz schön ramponiert«, maulte Koch. »Da unten fault das Holz ja schon.« Er hob seinen Fuß, als wolle er zustoßen, überlegte es sich dann aber offenbar anders. »Und die Farbe reißt mich auch nicht gerade vom Hocker.« Mit dem Fingernagel begann er, am braunen Lack zu kratzen.

»Das Übermalte holen wir natürlich runter«, sagte Isi. »Und danach ist es reine Geschmackssache, wie Sie es haben wollen.«

»Dem muss ich leider widersprechen«, mischte sich Katharina ein. »Das Grün der ursprünglichen Lackierung ist nicht nur edel, sondern auch ausgefallen für die Epoche. Darf man so etwas mutwillig zerstören? Wir sind eigentlich der Ansicht, man sollte immer möglichst nah am Original bleiben. So und nicht anders lautet unsere Firmenphilosophie.«

Isi warf ihr einen warnenden Blick zu. Das Wiesel sog die Luft hörbar durch die Nase ein, aber sie ließ sich auch davon nicht beeindrucken.

»Wo sie recht hat, da hat sie recht«, pflichtete ihr zur allgemeinen Überraschung plötzlich Damatelli bei. »Und das mit der Philosophie gefällt mir auch. Stell dir die Farbe doch nur einmal bei gedämpfter Beleuchtung und Kerzenlicht vor – *fantastico!* Die Gäste werden begeistert sein.« Er lächelte Katharina an. »Dürften wir vielleicht auch noch den Rest ansehen? Die Zeit läuft uns nämlich davon.«

*

»Die nehmen den Laden«, sagte Isi, als die Besucher gegangen waren. »Und zwar zu jedem Preis. Hundertpro!«

»Dafür hat das Wiesel aber ganz schön viel zu meckern gehabt«, widersprach Katharina. »Verschimmelte Schubladen, zerbrochene Glasvitrinen, Fachböden mit Brandflecken – glaubt er vielleicht, unsachgemäße Aufbewahrung mache alte Möbel besser? Und was den Preis angeht, da sei dir bloß nicht zu sicher: So einer handelt alles und jeden runter, das garantiere ich dir!«

»Dann müssen wir eben so viel verlangen, dass er noch Spielraum hat und wir trotzdem nicht zu kurz kommen!«, sagte Isi. »Da ist dieser Damatelli doch eine viel angenehmere Nummer.«

»Aber Koch hat bei den beiden offenbar das Sagen. Und vielleicht ja auch das Geld...«

»Mensch, Katharina, jetzt sei einmal positiv! Wir machen den Laden sauber, gehen gemeinsam alles durch, und dann erstellen wir eine Kalkulation. Die unterbreiten wir anschließend den Interessenten – und danach sehen wir weiter! Ich fahre jetzt übrigens los und hole den Esstisch, zu dem wir den passenden Besteckschrank bauen sollen. Kann allerdings dauern, bis ich wieder zurück bin, denn ich muss ja bis nach Egmating und wieder retour.«

»Einverstanden«, sagte Katharina, obwohl es sich nicht ganz so anfühlte. Der Laden und was mit ihm zusammenhing löste etwas in ihr aus, das sie sich selbst nicht genau erklären konnte. Ja, es hatte sicherlich mit Nostalgie und mit Familiengeschichte zu tun, das war unbestritten. Aber da schwang auch noch etwas anderes mit. Sie musste daran denken, was Rupp Pongratz zu ihr gesagt hatte – der Laden als versunkener Schatz. Und gab man Schätze vorschnell wieder her, die man gerade erst geborgen hatte?

Es fiel ihr schwer, sich zu beruhigen. Es würde einige Wochen dauern, bis sie fertig wären. Vielleicht zu lang für diese beiden Bewerber, die offenbar schon einen fixen Eröffnungstermin im Nacken hatten. Im Laufe einer derart aufwendigen Restaurierung konnten durchaus Dinge passieren, die jetzt noch nicht vorhersehbar waren …

Sie musste sich ablenken. Und was eignete sich besser dazu als Arbeit?

Mit der Hand fuhr Katharina über den Wirtshaustisch. Das Holz war inzwischen getrocknet und fühlte sich schon ziemlich glatt an. Jetzt kam das Seifen an die Reihe. Das machte sie gern, weil sie dabei stets das Gefühl hatte, dem Material etwas Gutes zu tun. Sie weichte Kernseife in warmem Wasser ein, wischte den Tisch mit einem nassen Tuch ab und begann anschließend, die Platte mit dem Seifenstück sorgfältig einzureiben – je schmieriger, desto besser, so hatte man es ihr schon zu Lehrzeiten beigebracht. Bald erfüllte ein kräftiger, sauberer Geruch die Werkstatt, doch Katharina hörte erst auf zu seifen, als sie die letzten Bahnen in Holzmaserrichtung bearbeitet hatte.

Sie trat einen Schritt zurück und musterte das Ergebnis kritisch. Falls nach dem Trocknen unerwartet raue Stellen auftraten, konnte sie immer noch allerfeinstes Schleifpapier zum Einsatz bringen. Und später würde es ausreichen, den Ahorn bei Bedarf mit Stahlwolle abzureiben und anschließend nachzuseifen.

Katharina fuhr herum, als jemand ihr auf die Schulter tippte.

»Was für eine bienenfleißige Tochter!« Benedict Abendroth lächelte vergnügt. »Da kann man sich als Vater doch nur auf die Schulter klopfen.«

»Papa! Was für eine Überraschung …«

»Ich war ganz in der Nähe bei einem Kunden und dachte mir, da schau ich doch mal bei meiner Großen vorbei. Rar genug macht sie sich ja.« Er zwinkerte ihr zu. »Und all die spannenden Neuigkeiten erfahre ich nur noch über ihre Mutter oder Paula – nicht mehr wie früher aus erster Hand.«

»Es gab einfach so viel zu tun …«

Katharina brach ab, weil sie selbst spürte, dass es nicht die ganze Wahrheit war. Es war nicht so, dass sie ihn bewusst aus ihrem Leben ausgeschlossen hatte, aber mit den ganzen überraschenden Eröffnungen der letzten Tage und Wochen war plötzlich kein Platz mehr für ihn gewesen. Das Gute daran war, dass er es ihr nicht verübelte. Ihr Vater nahm sie immer, wie sie war, das liebte sie an ihm.

Freundlich sah er sie an, ein großer, ansehnlicher Mann, dem die silbergrauen Haare ausnehmend gut standen. Im dunkelblauen Businessanzug mit gleichfarbiger Krawatte machte er eine gute Figur, dabei wusste sie, wie gern er lässig gekleidet herumlief. Das Schönste an ihm war sein Lächeln, strahlend und offen, mit dem er Groß und Klein bezaubern konnte. In der Familie galt er als Fels in der Brandung, aber auch unter den Kollegen im Verlag kam er gut an, weil er bei allem wirtschaftlichen Sinn stets fair blieb und sich schon mehrmals entschieden gegen Ungerechtigkeiten und jeden Versuch von Mobbing eingesetzt hatte.

»Kann ich dich wenigstens zu einem Sprizz einladen?«, fragte er. »Irgendwann Schluss machen musst du jetzt ja ohnehin. Und nur ein paar Schritte weiter habe ich ein nettes Lokal mit Gartenbetrieb entdeckt.«

»Oder wir trinken was auf meinem Balkon?«

»Mädchen, du bist jung und schön und solltest ruhig

ein bisschen öfter unter Menschen gehen. Selbst wenn es nur mit deinem alten Vater ist«, widersprach er lachend.

»So?« Katharina deutete auf ihren verschmierten Overall.

»Früher hast du zum Duschen und Umziehen nicht länger als zehn Minuten gebraucht. Ich gebe dir heute fünfzehn – ausnahmsweise!«

»Bin gleich wieder da.« Sie flitzte nach oben und war tatsächlich blitzschnell zurück. Jetzt trug sie einen bunt gestreiften Rock und ein eng sitzendes Shirt in Korallenrot.

Er fuhr sich kurz über die Augen. »Du wirst deiner Mutter immer ähnlicher«, sagte er. »Auch wenn du das selbst manchmal nicht so gern hörst.«

»Nur weil ich ausnahmsweise einen Rock anhabe und Lipgloss aufgelegt habe?«, erwiderte Katharina leicht spöttisch.

»Das meine ich nicht. Obwohl du Christines schöne Beine geerbt hast und viel öfters Röcke anziehen solltest. Ihr könnt beide so stur sein, dass es knirscht. Und wenn ihr dann aneinandergeratet, geht man am besten in Deckung.«

Katharina zog ihn aus der Werkstatt, schloss ab und nahm dann seinen Arm.

»Mama hat sich also wieder einmal über mich beschwert«, sagte sie, während sie zu dem Lokal spazierten. »Aber hat sie dir auch verraten, warum ich sauer geworden bin? All meine Fragen hat sie blockiert, wollte nichts Genaueres über meinen Urgroßvater und über Uroma Fannys Zwillingsschwester erzählen. Ich bin dieses Abwiegeln leid, Papa! Und seit ich Fannys Aufzeichnungen lese, bin ich fest davon überzeugt, sie wäre es auch. Sie kommt mir so ehrlich vor, so offen! Warum können wir das nicht auch miteinander sein?«

Sie fanden zwei freie Plätze unter einem Sonnenschirm und bestellten. Er blieb still, bis die junge Bedienung die beiden beschlagenen Ballongläser gebracht hatte, in denen der orangerote Cocktail leuchtete. Dann prostete er seiner Tochter zu.

»Deine Mutter hat es als Kind nicht einfach gehabt«, sagte er nach dem ersten Schluck. »Vergiss nicht, dass Clara sie unehelich zur Welt gebracht hat. Das war 1953 noch ein Skandal, zumal auch später kein Stiefvater auf der Bildfläche erschienen ist. Christine hat sich immer dafür geschämt, das hat sie mir mal gestanden. Alle hatten einen Vater. Sie nicht. Wäre sie zehn Jahre älter gewesen, so hätte sie behaupten können, er sei im Krieg gefallen, aber so? Rücken gerade, Brust raus – und dann tapfer als kleiner Bastard durch die biederen Fünfzigerjahre gestapft!«

Katharina nippte nachdenklich an ihrem Sprizz.

»Oma hätte doch auch so behaupten können, sie sei Witwe«, sagte sie.

»Hätte sie. Aber sie hat es nicht getan. Außerdem hätte deine schlaue Mutter diese Lüge sicherlich irgendwann aufgedeckt.«

»Warum hat der Kindsvater sie eigentlich nicht geheiratet?«, fragte sie. »Oder ist das auch geheim?«

Ihr Vater zog die Schultern hoch. »Clara hat dieses Thema strikt vermieden. Mir hat sie lediglich anvertraut, dass er ein Amerikaner war, in München stationiert, und Robert

Frost hieß. Vielleicht hatte er in den USA ja längst Frau und Kinder, als sie sich verliebt haben? Ein Modell, das in jenen Jahren durchaus weit verbreitet war. Oder Clara wollte ihn plötzlich nicht mehr? Du weißt, wie brüsk sie manchmal sein konnte.« Er ließ die Eiswürfel in seinem Glas aneinanderklirren. »Für deine Mutter war es jedenfalls ein Makel. Als ob sie gezeichnet wäre. Ich denke, das hat sie sehr geprägt.«

»Aber ihr beide seid doch in den lockeren Siebzigerjahren erwachsen geworden, mit Flowerpower, Frauenbewegung und politischem Bewusstsein ...«

»Ja, das sind wir«, sagte er. »Aber der erste Schnitt bleibt immer der tiefste. Die Wunde deiner Mutter hat sich niemals ganz geschlossen. Und daran konnten ebenso wenig der gesellschaftliche Aufbruch etwas ändern, wie ihre akademischen Prüfungen, die sie alle mit Bestnote absolviert hat.«

Katharina bestellte noch eine Flasche Mineralwasser und leerte ihr Glas in einem Zug, so durstig war sie auf einmal.

»Was hat Fanny eigentlich zu alldem gesagt?«, fragte sie.

»Fanny«, sagte er zögernd. »Ja, Fanny ...«

»Du hast sie doch gut gekannt, Papa! Hat sie sich ihrer Tochter denn nicht angenommen, als Clara schwanger wurde und ohne Partner dastand?«

»Vergiss nicht, Fanny hatte damals selbst noch ein Kind großzuziehen. Paula war ja erst zwölf.«

»Und?« Katharina sah ihn fragend an. »Das hätte doch eher gut gepasst ...«

Ein Schatten ging über sein Gesicht. »Zwischen Fanny und Clara gab es häufig Spannungen«, sagte er. »Das habe ich selbst miterlebt. Charakterlich waren die beiden grundverschieden, Fanny ausgeglichen, ihre Tochter schwankend im Gefühlsleben. Zudem fühlte Clara sich von ihrer Mutter nicht genügend geliebt, das hat sie ein Leben lang skeptisch gemacht. Ich war der Einzige, dem sie sich schließlich ein wenig öffnen konnte, und das auch erst, als es ihr gesundheitlich schon sehr schlecht ging. Vielleicht, weil ich nicht zur Kernfamilie gehört habe, sondern ›nur‹ angeheiratet war.«

»Dich hat sie ganz besonders gemocht«, sagte Katharina. »Das habe ich immer gespürt.«

»Einfach war es nie mit ihr. Sie hat ihre Zuneigung oft an Bedingungen geknüpft, was manchmal ganz schön anstrengend sein konnte. Wenn man nicht tat, was sie erwartete, hat sie sich wieder enttäuscht zurückgezogen.« Er zögerte, dann aber redete er weiter. »Mir hat sie kurz vor ihrem Tod ein Versprechen abgenommen, oder sollte ich lieber sagen: abgenötigt?«

»Welches Versprechen denn?«, fragte Katharina verblüfft.

»Behalt es einstweilen für dich. Nicht einmal deine Mutter weiß bisher darüber Bescheid. Ich habe es nämlich gebrochen, musst du wissen, aber wie es aussieht, hatte ich allen Grund dazu.«

»Jetzt machst du mich immer noch neugieriger«, stöhnte Katharina.

»Das musst du leider aushalten, Tochter. Aber sobald ich endgültige Gewissheit habe, wirst du alles erfahren – versprochen!«

Er trank einen Schluck, dann redete er weiter.

»Ganz anders war deine Großtante Marie, Fannys zweite Tochter, die schon früh selbstständig geworden ist, und sich, soviel ich weiß, niemals über irgendeinen Mangel beklagt hat. Vielleicht hatte sie ja von den ganzen Streitigkeiten die Nase voll und hat deswegen selbst keine Kinder in die Welt gesetzt. Der mütterlichen Zuneigung am sichersten konnte sich wohl Paula sein – und so ist es bis heute geblieben.«

»Weil sie ein Kind der Liebe ist«, sagte Katharina, die eigentlich gern noch weiter nach dem Geheimnis gebohrt hätte. Doch die verschlossene Miene ihres Vaters sagte ihr, dass sie zumindest heute nicht weiterkommen würde. »Denn nicht Josef Raith ist Paulas Vater, sondern Franz Hirtinger. Und jetzt restaurieren wir ausgerechnet eine alte Ladeneinrichtung, die er geschreinert hat – ganz schön verrückt, findest du nicht? Weshalb hat Fanny diesen Raith überhaupt geheiratet, wenn ihn keiner mochte? Irgendetwas an ihm muss sie doch angezogen haben! Ich hoffe, das bekomme ich noch heraus.«

Er sah sie eindringlich an.

»Das bist du übrigens auch, Tochter«, sagte er. »Ein Kind der Liebe. Deine Mutter und ich waren die glücklichsten Menschen der Welt, als du geboren wurdest.«

»Na ja, davon spüre ich aber heute bei ihr nicht mehr allzu viel«, sagte Katharina. »Ich kann es Mama doch niemals recht machen, egal, was ich auch anstelle.«

»Manchmal wünschte ich, du hättest ein bisschen mehr Nachsicht mit ihr. Ich weiß, sie wirkt bisweilen ganz schön bissig, aber sie kann einfach nicht aus ihrer Haut. Wenn meiner Christine etwas gegen den Strich geht, dann fährt sie eben die Krallen aus. Auch wenn es ihr danach leidtut. Nur kein Opfer sein, so lautet ihre Devise. Und ja, bevor du mich das jetzt gleich wieder fragst, das hat garantiert mit ihrer Familiengeschichte zu tun!«

»Warum will sie dann jetzt nicht Fannys Tagebücher lesen? Sie müsste sie mir doch regelrecht aus der Hand reißen, Papa! Aber das tut sie nicht. Paula übrigens ebenso wenig, was mich fast noch mehr erstaunt.«

»Mit der Wahrheit ist das so eine Sache, Tochter«, sagte er grüblerisch. »Wir fordern sie ein und sind maßlos gekränkt, wenn man sie uns vorenthält, aber können wir sie auch immer ertragen, wenn sie schließlich offen vor uns liegt? Denk mal in Ruhe darüber nach. Mich jedenfalls beschäftigt dieses Thema schon eine ganze Weile, und ich muss dir gestehen, je tiefer ich in diesen sensiblen Bereich vordringe, desto unsicherer werde ich.«

*

Katharina rollte sich mit Fannys schwarzen Kladden auf dem Sofa ein. So nachdenklich wie heute hatte sie ihren Vater nur selten erlebt. Er, der stets Heitere und Ausgeglichene, der für gewöhnlich selbst hysterische Anfälle und Streitigkeiten innerhalb der Familie konsequent weglächelte, weil er auf die Kraft der Versöhnung setzte, hatte auf einmal ein ganz zerfurchtes Gesicht gehabt, als er von der Wahrheit gesprochen hatte.

Welche Wahrheit genau meinte er?

Und welches Versprechen konnte ihm die Großmutter abverlangt haben, das er nicht einhalten konnte?

Zum ersten Mal in all den Tagen der Lektüre überkam sie ein flaues Gefühl. Was, wenn sie in diesen Aufzeichnungen etwas entdeckte, das ihr ganzes Familienbild zerstören würde? Gab es da irgendetwas, das mit gutem Grund seit Jahrzehnten verborgen geblieben war?

Es gab nur einen Weg, um das herauszufinden. Katharina schaltete die Stehlampe ein und las weiter.

13

München, März 1919, Rosenmontag

Kann ich so denn überhaupt aus dem Haus?
Da ist ja überall mehr Fleisch als Stoff, jedenfalls kommt es mir
so vor, obwohl alle auf mich einreden, ich sähe fa-bel-haft aus.
Die meisten Komplimente kommen von Fritzi, die beim Griff
in die Faschingstruhe der Rosengarts wieder einmal die Fin-
digste war und sich ein bezauberndes Kolumbine-Kostüm aus
bunter Kunstseide ergattert hat. Es rückt ihre schlanke Figur
zwar in den Blickpunkt, bedeckt aber alles, was es zu bedecken
gibt. Hedwig, die ihr Glück zunächst gar nicht fassen kann,
geht nun als Ungarin mit buntem Rock, roter Bluse und
künstlichem Blumenkränzchen im Haar, während ich mich
als Letzte schließlich für Carmen entschlossen habe.
»Alles Originale aus dem Fundus des Regensburger Theaters.«
Dora Rosengart hat vor Aufregung ganz rote Wangen bekom-
men. »Mein verstorbener Julius war ein enger Freund des
Regisseurs Leo Schwarz. Und als sie bei Kriegsbeginn ausge-
mistet haben, durften wir uns bedienen.«
Es klingt fast, als würde sie uns Dienstboten um das Mas-
kenfest im Löwenbräukeller beneiden, wo sie an diesem
Abend doch mit Alina und Leo Cantor auf eine feine Schwarz-
Weiß-Redoute im Bayerischen Hof eingeladen ist. Ich bin von
meinem Kostüm nicht wirklich überzeugt, doch Fritzi und

Hedwig zupfen so lange an mir herum, bis es kein Zurück mehr gibt. Schließlich stecke ich in einem roten Rock mit Volants, der die Fesseln zeigt, trage eine weiße Bluse, die meine Schultern halb entblößt, und habe schweres Gehänge an den Ohren, zwei große goldene Ringe, die bei jeder Bewegung klirren.

»Du siehst umwerfend aus, Fanny!«

Alina lacht begeistert, als sie mich so sieht, dabei ist sie selbst niemals bezaubernder gewesen als heute. Weiße Atlasseide umschmeichelt sie, in der Taille eng anliegend, nach unten leicht ausgestellt, hinten in eine üppige Schleppe mündend, die ihr etwas Märchenhaftes verleiht. In ihrem prächtigen Rauchhaar schimmern unzählige weiße Perlen, nach einer stundenlangen Prozedur, die sie, wie ich weiß, allerdings beinahe an den Rand des Wahnsinns getrieben hat. Sie will sich die Haare abschneiden lassen, so bald wie möglich, um richtig modern zu sein — aber was werden Leo Cantor und ihre Mutter dazu sagen?

»Du bist noch nicht ganz fertig.«

Sie rauscht hinaus, kommt dann wieder zurück mit Lippenrot, einem dunklen Stift und Kunsthaaren und schminkt mich so schnell und geschickt, dass ich keine Einwände erheben kann. Schließlich wird mir noch die schwarze Perücke aufgesetzt.

»Jetzt ist die Carmen perfekt!« Sie zieht mich in ihr Zimmer.

»Da, schau dich an! Ist es nicht hinreißend geworden?«

Ich starre in den großen Spiegel, der mir das Bild einer Frau zurückwirft, die mir vollkommen unbekannt ist — geheimnisvoll, abenteuerlustig, fast lasziv.

Das soll ich sein?

Ich schließe die Lider und öffne sie wieder, aber es ist kein Traum, sondern Wirklichkeit.

*»Sie werden verrückt nach dir sein, Fanny.« Alinas Augen
funkeln. »Alle! Genieß es, aber sei bitte vorsichtig. Das musst
du mir versprechen. Die Männer sind nach diesem Krieg so
ausgehungert, und wenn dir auch nur das Geringste zustoßen würde ...«
Meint sie wirklich mich? Fritzi ist doch die Leichtsinnige,
die schnell alle Vorsätze über den Haufen wirft, während
ich als brav und bodenständig gelte. Da kommt schon
Hedwig mit meinem Mantel an, und Fritzi hat den Schal
in der Hand.
»Wir müssen!«, drängen sie beide, und so laufen wir los.
Feiner Nieselregen fällt, doch die Tram kommt bald und bringt
uns nach einmaligem Umsteigen zum Stiglmaierplatz. Menschen drängen sich vor dem breiten Eingangstor, mehr Männer als Frauen, doch Hedwig zwickt mich übermütig in den
Arm, als ich es sage.
»Könnte doch besser gar nicht sein! Heute werden nicht
einmal die Hässlichen sitzen bleiben«, sagt sie lachend. »Und
wir drei Schönheiten ohnehin nicht ...«*

Es roch nach Bier und Rauch, als sie die Mäntel an der
Garderobe abgelegt hatten und den Festsaal betraten.
Riesig kam er ihr vor, holzgetäfelt und mit Papiermasken
geschmückt, die an den Wänden aufgehängt waren, während bunte Luftschlangen von den Deckenlampen bau-
melten. An der Stirnseite des Saals spielte die Kapelle auf
einer provisorischen, leicht erhöhten Bühne. Es waren
sieben Männer in nachtblauen Fantasieuniformen mit
goldenen Epauletten, die aussahen, als seien sie einem
Zirkus entsprungen. Einige Tische waren weiß einge-

deckt, doch als Fanny darauf zusteuerte, zerrte Hedwig sie schnell wieder weg.

»Das ist doch nur für die Geldigen«, sagte sie. »Oder willst du einen halben Monatslohn für geplatzte Weißwürste und zwei lasche Brezeln hinlegen? Na, also? Trinken tun wir hier, und essen kannst du dann daheim.«

Sie fanden schließlich Platz an einem Holztisch, wo schon einige Kriegsversehrte saßen, die bereitwillig für sie zusammenrutschten. Nach kurzem Überlegen entschieden sie sich für je eine Radlermaß, die ihnen die Bedienung nach einer Weile auch brachte. Inzwischen hatte die Kapelle mehr Tempo aufgenommen und intonierte Weisen von Paul Linke, die Hedwig offenbar bestens bekannt waren, denn ihre Füße wippten im Takt mit.

»Ach, was soll's!« Fannys Nachbar, dem der linke Arm ab dem Ellenbogen fehlte, packte ihre Hand und zerrte sie auf die Tanzfläche. »Im Notfall musst eben du mich festhalten. Ich bin übrigens der Korbi. Und wer bist du?«

»Ich heiße Fanny«, sagte sie. »Und leider bin ich eine schlechte Tänzerin.«

»Das wird schon«, versicherte er, während sie sich verzweifelt an seiner Schulter festklammerte, weil er so ungelenk war. »Und der Spaß, der kommt dann ganz von allein.«

Die Nähe zu einem unbekannten Mann war verwirrend für Fanny, dabei hielt er sie nicht einmal besonders fest an sich gedrückt. Sie versuchte, sich seinen unbeholfenen Schritten anzupassen, was allerdings nur bedingt gelang. In einiger Entfernung sah sie Fritzi vorbeiwirbeln, die offenbar mehr Glück gehabt und einen gesunden Tanzpartner abbekommen hatte, während Hedwig noch immer am Tisch saß.

Ob das einer der trinkfesten Kumpane aus der Wohnung am Habsburgerplatz war? In seinem Matrosenanzug wirkte er auf Fanny nicht sonderlich militärisch. Aber was hieß das schon? Alle Männer hier unter fünfzig waren auf die eine oder andere Art in den Krieg verstrickt gewesen. Und was in ihren Köpfen vorging, konnte man leider von außen nicht erkennen.

»Bist du zum ersten Mal hier?«, wollte Korbi wissen.

Fanny nickte. »Und sicherlich auch zum letzten Mal, denn heute ist ja schon Rosenmontag.«

»Aus München?«

Sie schüttelte den Kopf.

»Weiden«, sagte sie. »Ich bin erst seit ein paar Monaten in eurer schönen Stadt.«

»Ach, aus der Steinpfalz also.« Plötzlich klang er abfällig. »Typisches Armeleuteland. Schlechte Böden, wenig zu essen, dafür aber viele Kinder. Wie viele seid ihr denn daheim?«

»Ursprünglich sechzehn«, schwindelte Fanny, der sein herablassender Tonfall missfiel.

»Sechzehn?«, wiederholte er beeindruckt und stieg ihr dabei kräftig auf den Fuß. »Aber sicherlich doch nicht alle von der gleichen Mutter?«

»Nein, mein Vater hatte sechs Frauen. Wie Heinrich VIII.« Sie unterdrückte ein Grinsen. Alina hatte ihr erst vor ein paar Tagen von dem englischen König und seinen exzentrischen Ehegepflogenheiten erzählt. »Und wenn er mit ihnen fertig war: Rübe ab. Ganz wie einst in England.« Sie fuhr sich mit der Hand über die Gurgel.

Korbi blieb mitten auf der Tanzfläche stehen und starrte sie erschrocken an. »Und die Kinder?«, flüsterte er.

»Tja, die Kinder …« Sie legte eine kurze Pause ein. »Meine Schwester und ich konnten uns gerade noch rechtzeitig in Sicherheit bringen. Die anderen jedoch …«

»Da ist sie ja, meine Mitternachtsschönheit aus St. Ursula!« Zwei kräftige Hände packten Fannys Taille und zogen sie mit sich fort. »Ich hatte schon Angst, ich würde Sie niemals wiedersehen. Franziska Maria, diesen Namen habe ich mir gemerkt. Und alles andere mit dazu.«

Josef Raith hatte sich als Pirat kostümiert, was ihm erstaunlich gut stand. Das weite Hemd überspielte seine leichte Fülle, die schwarze Hose betonte die schlanken Beine. Das rote Fransentuch, das er sich um den Kopf gebunden hatte, verlieh ihm etwas Abenteuerliches, ebenso wie die schwarze Augenklappe und der Oberlippenbart, der offenbar echt war, wenngleich künstlich geschwärzt.

»Aber ich will ja gar nicht mit Ihnen tanzen!«, protestierte Fanny.

»Doch, das willst du. Deine Füße tun es bereits, und deine Hüften auch. Spürst du den Rhythmus? Warte, spätestens jetzt wirst du ihn spüren!«

Er drehte sie schnell in den nächsten Tanz hinein, den Arm sicher und fest um ihre Taille gelegt. Sie konnte das Leinen seines Hemds riechen, ein Geruch nach Sommer und Kamille, und dazu etwas Würziges, das sie ein wenig an Wacholder erinnerte.

War er etwa ein Jäger?

Sie hatte so lange kein Wild mehr gegessen, das der Vater früher manchmal als Festbraten nach Hause gebracht hatte, weil einer seiner Schulfreunde Förster gewesen war. Allein der Gedanke daran ließ ihr das Wasser im Mund zusammenlaufen. Und schwindelig wurde ihr auch. Während sie sich zusammen drehten, hatte Fanny das Gefühl, ihre Füße würden vom Boden abheben. Sie spürte die Hitze ihres Tanzpartners durch die dünne Kleidung, und ihre Abneigung begann sich in Neugierde zu verwandeln. Eine Weile ging es so, dann wanderten seine Hände zielstrebig ihren Rücken hinab.

»Ich will das nicht.« Sie schob ihn weg, plötzlich wieder voller innerer Ablehnung. »Nicht so.«

»Aber das gehört doch im Fasching mit dazu. Was bist du nur für ein störrisches Mädchen, Franziska!«

Die Musik hatte inzwischen gewechselt, war schneller und rhythmischer geworden. Josef wippte dazu im Takt.

»Warte, ich werde dir Foxtrott beibringen. Das interessiert dich doch bestimmt.«

»Hier?«, fragte Fanny entsetzt, aus Angst, sich in aller Öffentlichkeit zu blamieren.

»Ja, wo denn sonst? Hörst du, sie spielen gerade das passende Lied! Ich zeige dir die Damenschritte, ist kinderleicht, wirst schon sehen. Ich denke, du hast eine natürliche Begabung für Bewegung.«

Sie starrte auf seine polierten Schuhspitzen und hatte das Gefühl, zunächst gar nichts zu verstehen, während er unablässig »hinten, Seitschluss, Vorwärtsschritt, Seitschluss« ansagte. Doch während ihr Gehirn noch immer damit kämpfte, nichts durcheinanderzubringen, hatten

Fannys Beine bereits in den Rhythmus hineingefunden. Josef war ein guter Tänzer, und er führte geradezu göttlich. Nach dem dritten Stück tanzte Fanny bereits Foxtrott, als hätte sie ihr Leben lang nichts anderes getan.

Andere Paare wurden auf die beiden aufmerksam, darunter auch Fritzi, die ihr im Vorbeitanzen anerkennend zunickte.

»Ich hab es dir doch gesagt«, flüsterte er an Fannys Ohr. »Es liegt dir im Blut, schönes Kind. Und ich glaube, nicht nur das!«

Sie spürte das leichte Kratzen der Stoppeln seines Kinns an ihrem, und eine neue Hitzewelle fuhr durch ihren Körper.

»Bist du nicht eigentlich mit Hedwig Vogel zusammen?«, murmelte sie.

»Ausgerechnet Hedwig?« Er lachte. »Wer hat dir denn diesen Bären aufgebunden! Sie arbeitet für mich, das ist alles. Nein, auf dich habe ich gewartet, Franziska – und das viel zu lang!«

Er zog sie an seine Brust. Seine Lippen senkten sich auf ihren Mund, in den seine Zungenspitze frech hineinglitt. Sie wollte ihn gar nicht küssen, aber ihr Körper hatte offenbar bereits anders entschieden. Fanny drückte ihre Finger gegen seinen Rücken und spürte durch den Hemdstoff Muskeln und festes Fleisch, da erhielt sie einen harten Stoß in die Seite und wäre beinahe gestürzt.

»Kannst du nicht aufpassen, du Simpel?«, herrschte Josef den Mann mit dem Holzbein an, der sie angerempelt hatte.

»Und siehst du nicht, mit wem du es hier zu tun hast?«,

brüllte ein Clown. »Ein bisschen mehr Respekt einem Kriegsversehrten gegenüber, wenn ich bitten darf!«

Sein Faustschlag ließ Josef in Fannys Arme straucheln. Halten wollte sie ihn, vor dem Hinfallen bewahren, stattdessen gaben plötzlich ihre Beine nach. Sie fiel derart unglücklich, dass ihr Stufenrock riss, von der Hüfte bis zum Saum. Fanny versteckte sich unter dem nächsten Tisch, wo sie starr vor Scham blieb.

Josef, der ihr sofort folgte, hatte eine Schürfwunde unter dem Auge, die ihn allerdings nicht zu kümmern schien.

Kurz danach stand auch Fritzi vor ihr.

»Hast du dich verletzt?«, fragte sie erschrocken.

»Nein, nein«, beteuerte Fanny. »Es ist nur der Rock – aber was sage ich da? Er ist doch eine Leihgabe der Rosengarts aus einem berühmten Theaterfundus! Wie soll ich das nur Alinas Mutter erklären …«

»So kannst du jedenfalls nicht weitertanzen«, kommentierte Fritzi. »Wir bräuchten Nadel und Faden oder zumindest riesengroße Sicherheitsnadeln, um alles zu reparieren, aber ob solch ein Provisorium auch hält?«

»So kann ich ja nicht einmal aufstehen.« Fanny versuchte vergeblich, sich irgendwie zu bedecken, denn sie hatte das Gefühl, der halbe Saal beobachtete sie. »Und von dem Getanze habe ich für heute ohnehin die Nase voll.«

»Warte! Ich hätte da eine Idee …« Josef verschwand und kam schließlich mit einer schmutzigen weißblauen Fahne zurück. »Die kannst du dir um den Leib wickeln«, schlug er vor. »Bis ich dir deinen Mantel gebracht habe. Welche Farbe hat er denn?«

»Mausgrau. Hängt neben einem dunkelblauen mit rötlichem Pelzkragen. Fritzi soll ihn dir zeigen. Aber wie soll ich denn überhaupt aus dem Saal kommen?«, flüsterte sie unglücklich. »Sie starren doch jetzt schon alle!«

»Mit hocherhobenem Haupt, schönes Kind«, sagte Josef. »Je schlimmer, desto stolzer, so meine Devise.«

»Hedwig und ich bleiben noch ein Weilchen«, sagte Fritzi, der seine Antwort zu gefallen schien. »Wo sie jetzt endlich auch einen Galan aufgetan hat. Und wie fröhlich sie lacht! Das wollen wir ihr doch gönnen, oder?«

»Aber wie kommst du dann ohne mich nach Hause?«, fragte Fanny beunruhigt. »Wir sollten uns nicht trennen. Lorenz hat mich ausdrücklich davor gewarnt, in diesen unruhigen Zeiten nachts als Frau ganz allein durch München zu laufen …«

»Hedwig und mich stiehlt schon keiner, Fanny! Wir sind ja immerhin zu zweit, und das bleiben wir auch. Zudem sind wir ordentlich bekleidet – ganz im Gegensatz zu dir.« Sie wandte sich an Josef. »Sie werden meine Zwillingsschwester doch wohlbehalten nach Hause bringen – als Ehrenmann? Geben Sie mir Ihr Wort darauf, Herr Raith!« Sie warf Fanny einen kurzen Blick zu, dann sah sie wieder ihn an. »Oder sollen wir beide uns vielleicht auch duzen?«

Josef verneigte sich leicht. »Mit dem allergrößten Vergnügen, verehrte Friederike!«

Den Weg hinaus empfand Fanny als Spießrutenlauf, denn die Fahne war so dick, dass sie unmöglich den Mantel darüberziehen konnte. In der Garderobe angekommen, wandte sich Josef ab, ohne dass sie ihn auffordern musste, das hielt sie ihm zugute. Endlich bedeckte der

Mantel ihre Blöße, die Fahne hatte ausgedient, und sie konnte wieder aufatmen.

»Wo bist du denn überhaupt zu Hause?«, wollte er wissen, als sie Seite an Seite den Löwenbräukeller verlassen hatten. »Aber keine Angst, wo es auch sein mag, ich bringe dich sicher bis vor die Tür.«

»Franz-Joseph-Straße«, sagte sie leise.

»Ausgezeichnet, das ist gar nicht weit von mir. Ich wohne derzeit in der Blütenstraße, aber hoffentlich nicht mehr lange. Ich habe da schon was Schöneres im Auge, und ein neues Lokal möchte ich auch sehr bald pachten …« Plötzlich blieb er stehen. »Wollen wir vielleicht zu Fuß gehen? Der Regen hat aufgehört, es dauert höchstens eine halbe Stunde, und bis um diese Zeit eine Trambahn kommt ….« Er schaute auf Fannys Füße. »Oder hast du kein anständiges Schuhwerk an?«

»Ich habe immer anständige Schuhe«, verteidigte sie sich. »Sonst hätte ich schon längst Blasen. Und ich gehe gern spazieren. Auch wenn ich es bisher nur ganz selten in der Nacht getan habe.«

»Gut, dann gehen wir.« Josef hielt noch einmal inne, dann zog er Fanny plötzlich die Perücke vom Kopf. »Du hast so wunderschönes blondes Haar«, sagte er. »Das solltest du nicht entstellen!«

Sie stopfte sich die Perücke in die Manteltasche. Mittlerweile waren sie am Königsplatz angelangt, wo die beiden Prachtbauten Glyptothek und Antikensammlung eindrucksvoll in den Nachthimmel ragten.

»Unser König Ludwig I. hat viel von Bayern und seinen Menschen verstanden«, sagte Josef. »Was wir dem nicht alles zu verdanken haben! Hätte er nicht eine kleine Schwäche für eine gewisse Tänzerin namens Lola Montez gehabt, so hätten ihn diese miesen Aufrührer niemals vom Thron stürzen können.«

Fanny schwieg. Ihr war bekannt, dass Ludwig ein bayerischer König im 19. Jahrhundert gewesen war, aber leider kaum mehr als das. Wenn Alina über Geschichte zu reden begann, dann schämte sie sich immer, wie wenig sie selbst darüber wusste. Auch ihr Begleiter schien sich erstaunlich gut in der Historie auszukennen, denn sie spürte im Gehen seine fragenden Blicke. Sie hatte Angst, sich zu blamieren, wenn sie jetzt etwas Falsches sagte, aber so ganz unkundig wollte sie neben ihm auch nicht wirken.

»Der, der im See ertrunken ist?«, murmelte sie deshalb auf gut Glück.

»Nein, das war sein Enkel, Ludwig II. Unser Märchenkönig. Der kam nach ihm auf den Thron. Wenn alles im Freistaat wieder seine Ordnung zurückerhalten hat, könnten wir zwei zusammen an einem schönen Tag einmal mit der Eisenbahn nach Füssen fahren und dort das Schloss Neuschwanstein besichtigen. Ein Erlebnis, Franziska, ein echtes Erlebnis!«

Josef kam immer mehr in Fahrt.

»König Ludwig II. hat den Komponisten Richard Wagner reich gemacht. Obwohl ich dir gestehen muss, dass mir durchaus nicht alle seine Opern liegen. Der Tannhäuser – ja. Und auch von mir aus die Meistersinger, so kernig und urdeutsch. Doch beim Lohengrin hört es für mich schon auf …« Er hielt inne.

»Wieso redest du nicht weiter?«, fragte Fanny, während

sie die hohen Bauten der Technischen Universität hinter sich ließen. So dunkel und streng, wie sie zu dieser Uhrzeit aussahen, wirkten sie noch ehrfurchteinflößender als am hellen Tag. Was für kluge Männer hier studieren mussten! Georg hatte als Kind auch solche Träume gehabt, doch dafür waren sie viel zu arm gewesen. Vielleicht rührte daher sein Faible für alles Elektrische. Weil er etwas erreichen wollte, das früher unerreichbar für ihn gewesen war.

»Ich möchte dich nicht langweilen.« Er klang gekränkt.

»Aber das tust du nicht, ganz im Gegenteil! Ich mag es gern, wenn über Musik geredet wird. Alina hat mir auch schon einiges darüber erzählt. Stundenlang könnte ich ihr zuhören!«

»Und wer ist diese Alina?«

»Die Tochter der Familie, für die ich koche. Sie spielt vorzüglich Klavier und wollte sogar Pianistin werden …« Jetzt war es Fanny, die erschrocken innehielt. Sie kannte ihn doch noch gar nicht richtig – und plauderte bereits Details über die Rosengarts aus!

»Gut«, sagte Josef, zum Glück wieder versöhnlicher. »Du magst also Musik. Welches ist dann deine Lieblingsoper?«

Was sollte sie jetzt darauf antworten? Trotz der spätwinterlichen Kühle wurde Fanny plötzlich glühend heiß.

Schließlich entschied sie sich für die Wahrheit.

»Das kann ich dir nicht sagen«, räumte sie ein. »Denn ich habe noch nie eine Oper gesehen.«

Er nickte, als habe er bereits mit dieser oder einer ähnlichen Antwort gerechnet, und kam ihr wieder näher, sodass sich ihre Körper im Gehen berührten. Fanny hatte das Gefühl, jedes Mal dabei einen kleinen inneren Stoß zu erhalten, aber unangenehm fühlte es sich nicht an, wenn sie ehrlich war.

»Dann werden wir das schleunigst ändern«, erklärte er bedeutungsvoll. »Und es wird mir eine große Freude sein.«

*

München, Aschermittwoch 1919

»Bedenke, Mensch, dass du Staub bist und wieder zum Staub zurückkehren wirst!«

Fanny roch den säuerlichen Atem des Priesters, als er ihr das Aschekreuz auf die Stirn zeichnete. Vielleicht war er wegen der Messe nüchtern geblieben, vielleicht aber plagte ihn einfach nur die schlechte Ausdünstung älterer Männer, die ungesund aßen, weil keiner sich richtig um sie kümmerte. Von Fritzi keine Spur, obwohl sie verabredet hatten, am Aschermittwoch gemeinsam die Frühmesse zu besuchen, um mit diesem alten Brauch die Zeit der Umkehr zu beginnen. Immerhin war die Schwester heil und unversehrt vom Faschingsabend zurückgekehrt, das wusste sie von Hedwig, die sie zufällig beim Bäcker getroffen hatte, wo sie nicht nur endlos anstehen, sondern in Ermangelung eines ordentlichen Angebots schließlich Brot kaufen mussten, über das ihre verstorbene Mutter nur die Nase gerümpft hätte. Was in der Wohnung am Habsburgerplatz tatsächlich vor sich ging, wusste Fanny trotzdem noch immer nicht, und das heutige Fehlen der Schwester belebte ihre düsteren Vermutungen erneut.

St. Ursula war bestenfalls mäßig gefüllt, vielleicht weil die Menschen ohnehin über Jahre so gehungert hatten, dass ihnen eine offizielle Verkündigung der vorösterlichen Fastenzeit als unsinnig erschien.

Oder hatten sie alle im Fasching nicht gesündigt?

Sie musste nur an Josef denken, um sofort wieder jene aufregende Hitze im Leib zu spüren. So kühn und schwungvoll er auf dem Tanzboden gewesen war, so zurückhaltend hatte er sich ihr gegenüber auf dem Heimweg gezeigt – bis auf den letzten Moment vor der Haustür.

»Rosengart«, sagte er nach einem Blick auf das Klingelschild, nachdem er sie gefragt hatte, in welchem Stock sie wohne. »Juden also? Hab ich mir gedacht! Die können sich natürlich Personal leisten, während der Rest des deutschen Volks hungert.«

Fanny beschloss, den letzten Satz einfach zu überhören.

»Die feinsten Menschen, die mir jemals begegnet sind!«, sagte sie. »Ich habe alle drei in mein Herz geschlossen. Und Alinas Verlobten mit dazu.«

Er gab ein Schnauben von sich, das ihr nicht gefiel.

»Du kennst sie ja nicht einmal«, gab sie zu bedenken. »Wie kannst du dir da ein Urteil …«

Josef riss sie an sich und küsste sie so stürmisch, dass sie kaum noch Luft bekam. Dann ließ er sie ebenso plötzlich wieder los.

»Dazu kommen wir noch«, sagte er. »Und auch zu manch anderem. Du hörst von mir!«

Sie hatte Alina gestern nichts von alldem erzählt, sondern ihr nur zerknirscht das Malheur mit dem zerrissenen Rock gebeichtet. Doch die hatte nur gelacht.

»Das alte Zeug wird ohnehin bald in seine Atome zerfallen, mach dir also bitte keine Sorgen. Wir legen die Bluse, die Perücke und die Ohrringe zurück in die Kiste – und gut ist es bis zum nächsten Jahr.«

»Aber deine Mutter …«

»Mama? Die hat heute eine böse Migräne, weil sie gestern so viel Sekt getrunken hat. Lass sie einfach in Ruhe ausschlafen – und koch uns zu Mittag deine Dampfnudeln, dann kommt alles wieder ins Lot!«

Die waren gestern bestens gelungen. Heute sollte sie Fisch auf den Tisch bringen, ein Gericht, das sie bislang allerdings nur ein einziges Mal zubereitet hatte: Karpfen blau. Es handelte es sich um zwei leicht bemooste Exemplare aus einem Schlossteich. Natürlich war es wieder eine Spende von Leo Cantor, der den Haushalt seiner Verlobten immer wieder mit Nahrungsmitteln ausstattete, die offiziell kaum oder gar nicht zu bekommen waren. Während Fanny auf den Vorplatz der Kirche trat, ging sie in Gedanken die einzelnen Arbeitsschritte noch einmal durch. Vor allem durfte man die Karpfen nur mit nassen Händen anfassen, um bloß nicht die äußere Hautschicht zu verletzen, die sonst im mit Essig angereicherten Wasser keine schöne blaue Farbe annehmen würde. Vielleicht konnte sie Dora Rosengart ja zu einem Viertelchen Weißwein überreden, das den Sud und damit auch die bejahrten Fische schmackhafter machen würde …

»Franziska«, hörte sie eine Männerstimme rufen. »Warte! Dachte ich mir doch, dass ich dich heute hier finden würde.«

Im hellen Märzlicht gefiel ihr Josef Raith weniger als

in seinem Piratenkostüm, zudem ihn der graue Lodenmantel recht behäbig wirken ließ. Sein spärliches Haar
war zerzaust, auf der hohen Stirn schimmerten Schweißperlchen.

»Jetzt habe ich mich vielleicht abgehetzt! Aber ich glaube, es hat sich gelohnt.« Er wedelte mit zwei hellen Pa-
pierstreifen.

»Was ist das?«, wollte Fanny wissen, weil er sie so gespannt anschaute.

»Zwei Eintrittskarten für die Staatsoper«, erwiderte er
stolz. »Und zwar für den kommenden Sonntag. Leider
kein Verdi, was ich persönlich als Einführung für dich
bevorzugt hätte, weil seine Musik direkt ins Gemüt geht.
Besonders seine Oper ›Aida‹ kann mich immer wieder
begeistern, obwohl ich das Werk nun schon viele Male
aufgeführt gesehen habe. Aber immerhin Rossinis ›Bar-
bier von Sevilla‹. Na, was sagst du jetzt?«

*

Alles, was Fanny erlebt hatte, konnte sie nur ihrem blauen
Bild anvertrauen. Sie holte es aus dem Schrank und legte
es auf den kleinen Tisch, nachdem sie vom Opernabend
wieder zurück war.

Sie hatte Alina doch ins Vertrauen ziehen müssen, weil
sie abends ja frei bekommen musste und wegen der Klei-
derfrage ohnehin nicht mehr ein und aus wusste.

»In die Oper? Aber das ist ja wunderbar, Fanny!«, hatte
die gerufen. »Wer so großartige Musik liebt, muss ein ganz
besonderer Mensch sein. Und natürlich helfe ich dir. Unter

meinen Kleidern finden wir sicherlich das passende für dich.«

Was sich als schwieriger herausstellte als gedacht, denn wenn auch ihre Hüften ungefähr gleich waren, so war Alinas Taille doch wesentlich schmaler, dafür ihr Busen um einiges üppiger. Oben stand jedes der Kleider, die in Frage kamen, bei Fanny also unvorteilhaft ab, während sich in der Körpermitte die hinteren Knöpfe nicht schließen ließen.

»Wir brauchen endlich vernünftige Kleider«, seufzte Alina erschöpft nach der zehnten missglückten Anprobe. »Solche, die leger fallen, ohne uns gleich zu wandelnden Säcken oder Kerlen zu machen – aber bis dahin müssen eben Onkel Carls Bestände herhalten!«

Trotz Fannys Protests schleppte sie sie in die Damenstiftstraße, wo sich das Hauptgeschäft ihres Onkels befand. Unter seiner kundigen Beratung fanden sich drei Kleider, die abendtauglich, aber gleichzeitig nicht zu extravagant wirkten. Schließlich entschied sie sich für ein Modell aus lichtgrauem Georgette mit hoher Taille, das ihren hellen Teint unterstrich. Carl Rosengart gab es Fanny zum Einkaufspreis, was noch immer einen Großteil ihres Zurückgelegten verschlang, aber das war es ihr wert. Am Sonntagabend drängte Alina ihr noch eine mauvefarbene Satinrose auf, die sie ihr eigenhändig am Ausschnitt befestigte. Fanny hatte ihre Haare mit dem Brenneisen bearbeitet, bis sie in modischen Wellen fielen, um sie dann im Nacken lose aufzustecken. Mit ihren bequemen, leider aber alles andere als repräsentativen Stiefeln konnte sie keinen Staat machen, aber sie hoffte, dass der Stoß Parfüm, den Alina ihr vor Verlassen der Wohnung an den Hals gesprüht hatte, das wettmachen würde.

Josefs Augen leuchteten bei ihrem Anblick, nachdem sie die Mäntel an der Garderobe abgelegt hatten. Fanny bemerkte es kaum, so bezaubert war sie.

Allein der breite Treppenaufgang mit dem roten Läufer hatte sie schon beeindruckt. Doch kaum hatte Josef sie an ihren Platz geführt, vergaß sie fast zu atmen. Wohin sie schaute, alles war mit goldenen Ornamenten verziert. Unter ihnen schimmerte das tiefe Rot der gepolsterten Sitze des Parterres. Sie starrte in den tiefen Orchestergraben und auf den üppigen roten Vorhang mit goldenen Mäandern, der noch geschlossen war.

Von unten und von nebenan hörte man das Wispern und Raunen der Zuschauer, die allmählich hereinströmten. Dann nahmen auch die Musiker ihre Plätze ein, und der Dirigent erhob seinen Taktstock.

Dass es sich nur um günstige Stehplatzkarten für den dritten Rang handelte, vergaß Fanny nach dem ersten Einsatz der Bläser. Auf die Balustrade gestützt, ließ sie die Musik und wenig später den Gesang in sich einströmen. Es fühlte sich an, als ob sie in einem warmen See bade. Oder wie Barfußlaufen über taubedecktes Gras. Wie der Geschmack einer dick mit Butter bestrichenen Brotscheibe – nein, nicht einmal zusammengenommen reichten die köstlichen Augenblicke ihres bisherigen Lebens aus, um diesen Genuss zu beschreiben.

Die quirlige Handlung riss sie mit, der liebeskranke Graf Almaviva ebenso wie die kokette Rosina und der geldgierige Vormund Bartolo, der sie eingesperrt hatte.

Am meisten jedoch begeisterte sie Figaro, der als listiger Kuppler agierte. Nach seiner ersten großen Arie griff sie nach Josefs Hand und drückte sie fest.

»Danke«, flüsterte sie. »Danke!«

Die Pause konnte an ihrer Verzückung nichts ändern. Die anderen Operngäste nahm sie nur wie durch einen Schleier wahr, so sehr war sie noch mit dem Bühnengeschehen verbunden. Josef ging kurz weg und brachte danach zwei Gläser mit einem Erfrischungsgetränk.

»Holunderlimonade«, sagte er gönnerhaft und reichte Fanny eines davon. »Der Sekt ist hier leider unerschwinglich.«

Sie hätte den ersten Schluck beinahe ausgespuckt, so künstlich schmeckte es.

»Das ist niemals im Leben echter Holunder«, sagte sie. »Da solltest du mal die Beeren von unserem Holunderstrauch zu Hause kosten! Mein Vater hat ihn gepflanzt, als Fritzi und ich gesund zur Welt gekommen sind. Inzwischen ist ein Baum daraus geworden. Und geholfen hat er auch schon vielen.«

»Wo kommt ihr eigentlich her?«, fragte er.

»Aus Weiden.« Sie wartete, ob auch er eine dumme Bemerkung über ihre Heimat loslassen würde, wie der Tänzer neulich, aber Josef nickte nur.

»Und du?«, fragte sie.

»Bin ein Hiesiger aus der Au und praktisch im Wirtshaus groß geworden. Gastronomie liegt mir also im Blut.«

»Und ich liebe es, für Menschen zu kochen. Wenn sie satt und zufrieden sind, bin ich glücklich.«

»Dann passen wir beide ja eigentlich perfekt zusammen. Wenngleich ich noch ganz andere Pläne für mein Leben habe …«

Das Klingeln, das das Pausenende ankündigte, schnitt Josefs Satz mittendrin ab. Sie kehrten zu ihren Plätzen zurück, und die Musik setzte erneut ein. Jetzt war es Josef, der nach Fannys Hand griff und sie festhielt. Sie ließ ihn gewähren, obwohl ihr dabei noch heißer wurde, bis der Vorhang fiel und sie beide kräftig zu applaudieren begannen.

Den ganzen Rückweg klangen die wunderschönen Arien in ihr weiter.

»Du bist ja so still«, sagte er, als sie die Feldherrnhalle hinter sich gelassen und auf der Ludwigstraße angekommen waren. »Sollen wir irgendwo noch ein Bier trinken gehen?«

»Nein, nein«, sagte sie schnell. »Kein Gasthaus jetzt, bitte! Das alles muss sich in mir erst einmal setzen. Aber du hast mir eine große Freude gemacht, Josef. Ich konnte mir zuvor ja gar nicht vorstellen, wie schön Opern sind!«

Er blieb stehen und zog sie in die Arme.

»Das könnten wir öfter haben, du und ich«, flüsterte er an ihrem Ohr. »Für mein Liebchen wäre mir nichts zu schade. Es liegt ganz allein an dir, Franziska. Jetzt bist du an der Reihe.«

Was meinte er damit? Sollte sie ihm etwa nachlaufen? Diese Vorstellung ging ihr entschieden gegen den Strich.

Sie machte sich frei und blieb, da sie nicht wusste, was sie nun tun sollte, den Rest des Wegs einsilbig.

Hatte sie ihn damit verstimmt?

Vermutlich, denn Josef unternahm keinen weiteren

Versuch, sie zu küssen, sondern verabschiedete sich vor der Haustür lediglich mit einer knappen Verbeugung, bevor er davonstapfte.

Fanny ging nach oben, schloss auf, trat in ihre Kammer, zog den Mantel aus und holte als Erstes ihr blaues Zauberbild hervor. Klees schwebende Gestalten brachten ihr nach wenigen Augenblicken die innere Ruhe zurück. Sie fühlte sich so reich, seit sie dieses wunderbare Geschenk besaß! Doch zu dem Aquarell war heute als zweite Verbündete die Musik dazugekommen.

»Die Sirenen singen«, flüsterte sie. »Sie singen nur für mich.«

Sie hätte platzen können vor Freude und Stolz und brannte darauf, ihr Opernerlebnis zu teilen. Alina war zu einer engen Vertrauten geworden und musste es natürlich erfahren. Fritzi war ihr stets die Nächste gewesen, auch wenn sie sich so wie jetzt Sorgen um sie machte. Allerdings wusste sie nie genau, wie die Schwester reagieren würde. Diesem Bild jedoch, ihrem größten Schatz, konnte sie gleich jetzt alles erzählen, was ihr Herz so sehr bewegte …

*

München, Mai 2015

Das Telefon riss Katharina aus ihrer Lektüre, und ihr Herz schlug sofort schneller.

Alex? Rief er an, um seinen Besuch anzukündigen? Oder erwartete sie nun eine Absage, an der sie lange zu kauen hätte?

»Raith«, sagte sie mit leicht zittriger Stimme.

»Ich bin's, Andres. Und ja, ich weiß, es ist verdammt spät, sorry, Katharina. Aber ich möchte gern auf dein Angebot vom Sonntag zurückkommen.«

Welches Angebot?

Sie war so verblüfft, ihn zu hören, dass sie erst einmal überlegen musste.

»Ich rede von dem Essen«, sagte er, als sie nicht gleich antwortete. »Du wolltest doch für mich kochen. Oder ist mein Gutschein bereits verfallen?«

»Nein, natürlich nicht …« Da war etwas in seinem Tonfall, das sie stutzig machte, etwas ungewohnt Drängendes, das fast sehnsüchtig klang. »Wir müssen nur noch einen Termin finden, der uns beiden passt.«

»Wie wäre es gleich mit morgen?«

»Morgen?«, wiederholte sie verdutzt, weil es ihm plötzlich so eilte. »So schnell? Ich müsste ja auch noch einkaufen gehen….«

»Dann übermorgen. Ginge das? Du musst mir sagen, wenn es dir nicht recht ist.«

»Es *ist* mir recht«, versicherte Katharina. »Du hast mich nur ein bisschen überrumpelt. Ja, übermorgen ist perfekt. Komm einfach gegen acht zu mir. Ich denke mir etwas Feines für uns aus.«

Sein Lachen hörte sich ungemein erleichtert an. »Weißt du, das mit dem Überrumpeln hätte ich schon früher machen sollen«, sagte er. »Dann wäre alles wahrscheinlich ganz anders gekommen. Also dann bis übermorgen. Und die Getränke liefere ich. Schlaf gut, Katharina. Ich freue mich sehr auf den Abend!«

Nachdem sie aufgelegt hatte, starrte sie das Telefon an.

Noch vor Kurzem hätte dieser Anruf sie vermutlich in ein spontanes Hochgefühl versetzt, heute jedoch waren ihre Empfindungen eher zwiespältig. Welch entscheidende Rolle doch der richtige Zeitpunkt im Leben spielt, dachte sie, während sie Fannys Kladden im Wohnzimmer aufeinanderstapelte und damit ihre Lektüre für heute offiziell beendete, um morgen wenigstens halbwegs ausgeschlafen in der Werkstatt arbeiten zu können. Jetzt bin ich mir plötzlich unsicher, ob wir beide womöglich nicht zu lange gewartet haben.

14

München Juni 2015

Die Tür zum Schuppen stand weit offen, und sie hatten sogar Teile des alten Ladens hinaus in den Hof getragen, um alles im hellen Vormittagslicht zu begutachten. Über den Zustand des Tresens waren sich Katharina und Isi bereits einig: Unten faulte an mehreren Stellen das Holz, wie Koch bei der Besichtigung lautstark bemängelt hatte. Die Platte bestand aus unlackierter Buche und wies zahlreiche Kratzer und Flecken auf, die sich aber mit einiger Mühe beheben ließen. Schlimmer sah das Schrankunterteil aus. Gleich drei Dutzend Schubladen, innen ebenfalls unlackiert, waren in üblem Zustand. Schmutz und Feuchtigkeit hatten leider viele von ihnen schimmeln lassen. Der mittig gesetzte, nach oben geschwungene Aufsatz mit stilisierten Rosenblüten war vollständig mit hässlichem braunem Lack zugekleistert. Die Profilstäbe am Gesims waren zum Teil lose oder hingen gerade noch an einem rostigen Nagel. Gleiches galt für die Türen des Aufsatzes: lose Scharniere, andere ganz aus dem Holz herausgebrochen. Eine Scheibe fehlte ganz, die andere war zerbrochen.

»Je weiter wir mit unserer Bestandsaufnahme kommen, desto mulmiger wird mir zumute«, räumte ausgerechnet Isi seufzend ein. »Wie hieß der griechische Typ noch gleich, der Tag für Tag seine Kugel immer wieder den Berg raufrollen musste?«

»Sisyphos«, erwiderte Katharina. »Und es war keine Kugel, sondern ein Felsbrocken. Und bevor du jetzt weiter die Antike bemühst: Der, der die Augiasställe ausmisten musste, war Herkules.« Sie rümpfte die Nase. »Stinken tut es hier übrigens auch!«

»Könnte man so sagen«, stimmte Isi zu.

Katharina zog Gummihandschuhe an und kratzte mit einem Spachtel Taubendreck von der Regalwand.

»Ich weiß schon, warum ich mir für dieses Objekt keinen Termindruck gewünscht habe. Wenn es perfekt werden soll, brauchen wir Zeit. Dann, und nur dann, können wir es hinbekommen.«

»Da ist ja höchstens noch die Hälfte der Auflagenleisten für die Fachböden vorhanden«, fuhr Isi kleinlaut weiter. »Und einer der Böden hat einen riesigen Brandfleck. Den müssen wir ganz ersetzen. Wenn ich für das alles unseren üblichen Stundenlohn rechne, kommen wir ganz schnell auf eine geradezu exorbitante Summe. Das wird unseren Interessenten nicht gefallen.«

»Ich denke, sie zahlen jeden Preis?«, spöttelte Katharina.

Isi versetzte ihr einen kräftigen Stoß.

»Sei lieber konstruktiv«, forderte sie. »Was machen wir denn jetzt?«

»Einfach anfangen«, sagte Katharina bestimmt. »Von Grund auf säubern, Griffe und Scharniere abschrauben, Farbe mit Abbeizer lösen. Und erneut abspülen. Das wird uns einige Tage beschäftigen. Danach sehen wir weiter.«

»Aber unsere Interessenten …«

»… müssen eben Geduld aufbringen! Nützt doch nichts, wenn wir am Schluss noch draufzahlen. Ist der ganze Schmodder erst einmal runter, können wir wesentlich präziser kalkulieren. Einverstanden?«

Statt zu antworten, zog Isi ein 50-Cent-Stück aus der Hosentasche.

»Zahl startet mit der Drecksarbeit, Kopf darf zurück in die Werkstatt«, sagte sie. »Ich nehme Zahl. Und du?«

Die Münze segelte in die Luft und landete sicher wieder auf ihrem Handrücken – mit der Zahl obenauf.

»Sch…ande«, sagte Isi. »Aber auch schon egal. Da hat man einmal glänzende Dollarzeichen in den Augen«, murmelte sie, während sie in die Werkstatt ging und dann zwei große Eimer mit warmem Wasser zurück in den Hof schleppte. »Ein einziges Mal! Und dann muss man gleich wieder vernünftig werden …«

Katharina schmunzelte. »Wenn du genug hast, sag Bescheid, dann löse ich dich ab. Bis dahin werde ich mich weiter an den Besteckschrank machen. Der Kunde hat schon dreimal angerufen. Scheint wieder mal eilig zu sein.«

Isi setzte sich Kopfhörer auf, um sich mit Musik in Stimmung zu bringen, schlüpfte in die Gummihandschuhe und begann ihre Arbeit mit dem Spatel, während Katharina zurück in die Werkstatt ging.

Der Esstisch im Art-déco-Stil hatte nur eine kleinere Aufarbeitung nötig gehabt. Jetzt wackelten die Beine nicht mehr, und die Platte, die mit quadratischen Furnierstücken aus dunkel gebeiztem Ahorn überzogen war, wirkte nach einer behutsamen Politur wieder wie ein makelloses über-dimensionales Schachbrett. Dem Kunden hatten ihre Ent-würfe für einen dazu passenden Schrank auf Anhieb zuge-sagt, der das Silberbesteck in Schubladen aufnehmen und Platz für Gläser bieten sollte. Die Form, die Katharina ge-wählt hatte, war streng mit Abtreppungen, die typisch für das Art déco waren. Passend dazu hatte sie auch die Tür-griffe in Treppchenmanier entworfen. Sie hatte vor, aus Sperrholz ein 1:1-Modell zu bauen. Anfertigen würde die Griffe dann ein Gürtler, der auf feine Schlosserarbeiten in Messing spezialisiert war.

Als Untergrund für das Furnier dienten Tischlerplatten, die sie nach Maß zugeschnitten hatte. Auch das Auflei-men der Massivkanten lag bereits hinter ihr. Furnier hatte Katharina im Bund gekauft. Nun ging es darum, es zuzu-schneiden und im Schachbrettmuster zusammenzuset-zen. Sie musste sich konzentrieren, um präzise zu arbeiten, und trotzdem flogen dabei ihre Gedanken zum morgigen Abend.

Womit sollte sie Andres bewirten?

Angesichts ihrer komplizierten Gefühlslage nahm sie innerlich Abstand von einem romantischen Dinner. Aber etwas Besonderes sollte es schon sein, etwas, das auch zur Jahreszeit passte. Sie hatten solches Glück dieses Jahr mit dem Frühsommer, der ihnen warme und sonnige Tage am Stück schenkte.

Katharina heizte die Furnierpresse an, die 80 bis 90 Grad heiß werden sollte. Seitdem sie allabendlich las, wie einfach die Menschen sich nach dem Ersten Weltkrieg verpflegen mussten, sofern sie überhaupt etwas zu essen hatten, erschienen ihr all die modernen Gerichte, die ihr als Erstes in den Sinn gekommen waren, als nicht ganz passend.

Andres war doch ein Fan von Fannys Kochbuch. Also beschloss sie, in der Mittagspause in den kulinarischen Aufzeichnungen ihrer Urgroßmutter zu stöbern. Vielleicht fand sich dort ja etwas, das sich mit einem modernen Gericht kombinieren ließ, sozusagen die perfekte Symbiose aus alt und neu.

Sie bestrich die ersten Platten mit Kauritleim, legte sorgfältig das zusammengesetzte Furnier auf und schob es in die Presse. Nach circa fünf Minuten war der Leim glashart, und die Platten mussten stehend abkühlen. Danach kam die nächste Fuhre an die Reihe. Keine besonders anspruchsvolle Tätigkeit, doch man musste sehr sorgsam hantieren, damit der Leim auch wirklich gleichmäßig verteilt war.

Es ging so zügig voran, dass sie irgendwann die Zeit vollkommen vergaß, bis Isi erschöpft hereinkam.

»Ich brauch jetzt einen großen Topf Pasta«, murmelte sie. »Am liebsten mit Pesto Genovese. Und zwar auf deinem Balkon. *Subito!* Sonst verweigere ich die Weiterarbeit.«

»Kannst du haben«, sagte Katharina. »Mir knurrt auch schon der Magen.«

Sie gingen nach oben in die Wohnung, wo bald schon das Nudelwasser in der Küche brodelte und Katharina im Mixer Pesto zusammenrührte. Isi lehnte sich so lange auf einem Stuhl zurück, die Beine ausgestreckt, die Augen im Halbschatten genießerisch geschlossen.

»Schade eigentlich«, sagte sie, als sie sich schließlich doch erhob, um den kleinen Balkontisch zu decken. »Jetzt, wo der Laden bei uns ist, gibt es gar keinen Grund mehr, noch einmal nach Obing zu fahren.«

»Hast du Sehnsucht nach den Alpakas?« Katharina stellte ihr einen Teller mit Linguine hin, die eine duftende grüne Sauce und gehobelter Parmesan krönten.

Isi fing sofort an.

»Köstlich!«, sagte sie mit vollem Mund. »Natürlich nicht – obwohl: Niedlich waren sie schon, findest du nicht?«

Katharina hatte ebenfalls zu essen begonnen.

»Und erst der Jungbauer«, sagte sie. »Dem scheinst du übrigens besonders gut gefallen zu haben.«

»Echt?« Isi ließ die Gabel sinken. »Woher willst du das wissen?«

»Hat mir sein Opa anvertraut. Und später wurde Rupp mir gegenüber richtig krätzig, weil er dachte, ich hätte dich heimlich gegen Andres ausgewechselt.«

»Und das sagst du erst jetzt?«

»Keine Angst, ich habe sofort alles richtiggestellt. Andres nur als Schlepphilfe, du die Partnerin an meiner Seite.« Sie grinste. »Es sei denn, du planst, exotische Tierarten im bayerischen Voralpenland aufzuziehen …«

»Unsinn!«, schnaubte Isi. »Ich werde diesen Kerl niemals wiedersehen, und aus.«

Katharina zog die Brauen hoch. »Da wäre ich mir an deiner Stelle nicht so sicher«, sagte sie, schob ihren Teller zur Seite und griff nach Fannys Kochbuch. »Er hat zum Schluss gefragt, ob er sich mal ansehen dürfe, was aus dem

Laden geworden ist, und ich hab ihn darin bestärkt. Unsere Karte hat er. Dafür habe ich ebenfalls gesorgt.«

»Und du meinst, er kommt?«

»Darauf würde ich meinen Hut verwetten«, entgegnete Katharina. »Wenn ich einen hätte.«

Während Isi weiter genüsslich aufaß und sich anschließend um den Espresso kümmerte, blätterte sie erst langsam, dann immer rascher durch die Aufzeichnungen ihrer Ahnin. Jede der Seiten sah anders aus, aber man merkte doch, dass sie sich große Mühe gegeben hatte, sauber zu schreiben. Dagegen gab es in den Tagebüchern durchaus Passagen, die schwierig zu lesen waren. Als hätte Fanny sich für die Rezepte stets ausreichend Zeit genommen, während ihre anderen Aufzeichnungen zum Teil unter ungünstigen Bedingungen entstanden sein mochten.

Katharina war schon bei den Fleischgerichten angelangt, als sie plötzlich stutzte.

»Kalbsbraten mit karamellisierten Möhren und Kartoffelbrei« stand ganz oben. Und sehr viel kleiner mit eher krakeliger Schrift darunter: »Aufbauessen Fritzi, zusammen mit Bayerischer Creme«.

Hieß das, Fritzi war krank gewesen? Und wenn ja, woran hatte sie gelitten? Und hatte Fannys Hand deshalb gezittert, anstatt wie sonst gerade und penibel zu schreiben?

Sie sah noch genauer hin, dann nahm sie sogar die Lupe zur Hilfe.

Da gab es eine Stelle, an der jemand so ungestüm radiert hatte, dass das Papier hauchdünn war. Katharina stand auf und trug das Kochbuch nach nebenan. Unter dem gleißenden Licht der Stehlampe konnte sie schließlich ein Datum entziffern: 4. Mai 1919.

»Hast du etwa einen Geheimcode entdeckt?«, rief Isi hinter ihr her. »Komm wieder rüber, und trink deinen Kaffee mit mir, bevor er eiskalt ist!«

»Vielleicht«, sagte Katharina, als sie zurück in der Küche war. »Aber ich weiß nicht, was er bedeuten soll. 4. Mai 1919 – sagt dir das irgendetwas?«

Isi schüttelte den Kopf. »Auf Anhieb – nein«, sagte sie. »Vielleicht hat Tante Paula ja eine Idee dazu. Oder sonst irgendjemand in deiner Familie. Vielleicht ist es aber auch ein Geheimnis, das deine Urgroßmutter mit ins Grab nehmen wollte. In ihren Tagebüchern hast du nichts dazu gefunden?«

»So weit bin ich noch nicht«, erwiderte Katharina. »Ich stecke im März 1919. Aber jetzt weiß ich, was ich heute Abend machen werde.«

Isi räumte die Kaffeetassen in die Spülmaschine.

»Dein Interesse für das aufregende Leben der Uroma in allen Ehren«, sagte sie. »Aber meinst du nicht, dass du langsam ein bisschen übertreibst?«

»Wie meinst du das?« fragte Katharina zurück.

»Ich habe irgendwie das Gefühl, du bist gar nicht mehr richtig hier in der Gegenwart, sondern klebst nur noch im Vorgestern.« Zart tippte sie mit dem Finger gegen Katharinas Stirn. »Tock, tock – jemand zu Hause? So hat man es doch gemacht, als wir klein waren. Und ich denke, das könnte jetzt auch bei dir nicht schaden.«

Isi hatte gar nicht so unrecht. Der Sog der Vergangenheit erwies sich tatsächlich als stark, und je weiter sie mit der Lektüre kam, desto tiefer fühlte sich Katharina in das hineingezogen, was früher gewesen war. Es *war* eine Art Schatzsuche. Man konnte erst aufhören, wenn man am Ziel war – aber wonach suchte sie eigentlich?

»Danke für deine Fürsorge, aber ich bin durchaus hier«, sagte sie. »Zum Beispiel lade ich morgen Abend Andres zum Essen ein. Ja, ich wusste, das würde dir gefallen«, fügte sie hinzu, als Isi den Daumen hochhielt und breit zu grinsen begann. »Und nein, es wird kein romantischer Abend, sondern ist nur mein Dankeschön für die Hilfe beim Transport des Ladens.«

»Kann ja noch werden«, murmelte Isi. »Weiß man alles erst hinterher. Und damit du dich jetzt ganz schnell wieder gegenwärtig fühlst: Für heute gehört der verdreckte Laden dir!«

*

Sie blieb länger als sonst unter der Dusche, doch irgendwann hatte Katharina wieder das Gefühl, halbwegs sauber zu sein. Der Schmutz saß so tief, dass sie sich den alten Laden buchstäblich Zentimeter für Zentimeter zurückerobern mussten. Jetzt sollte sie sich beeilen, bevor die Geschäfte zumachten, um den Kühlschrank für morgen zu füllen. Die Vespa ließ sie stehen und fuhr stattdessen mit dem Fahrrad den Gasteig hinauf, bis sie die kleine Fußgängerzone erreicht hatte, die zum Weißenburger Platz führte, ab da schob sie. Auf den Bänken rund um den großen Brunnen genossen die Menschen den frühen Abend. Hunde bellten, Kinder liefen lachend umher und spielten Fangen, eine urbane Idylle vom Allerfeinsten.

In solchen Momenten liebte sie München von ganzem Herzen, obwohl sie niemals vergaß, durch welch dunkle Zeiten die Stadt im letzten Jahrhundert gegangen war.

Ihre Einkäufe erledigte sie zügig, packte sie in den Korb, der vorn am Rad hing, und gönnte sich ein schnelles Eis in der Waffel, das sie am Brunnen genoss, bevor sie wieder nach Hause radelte.

Sie wollte noch Paula anrufen, doch selbst nach langem Klingeln meldete sie sich nicht.

Ausgeflogen, dachte Katharina. Gut für sie, schlecht für mich. Aber vielleicht weiß sie ja auch gar nichts über dieses Datum.

Sie hatte es sich gerade auf der Couch gemütlich gemacht, da klingelte das Telefon.

»Paula?«, fragte sie unwillkürlich, weil sie gerade in Gedanken ganz bei ihr gewesen war.

»Wieso Paula?« Christines Stimme klang spitz. »Bin nur ich, deine Mutter. Magst du am Wochenende zu uns zum Grillen kommen? Die Nachbarn wollen auch vorbeischauen.«

Danke nein, wollte Katharina schon sagen, weil solche Abende schon mehr als einmal als Reihenhausidylle begonnen und im Familienstreit geendet hatten, dann jedoch erinnerte sie sich an die Bitte ihres Vaters.

»Mal sehen«, antwortete sie stattdessen. »Ist gerade ziemlich viel los bei uns.«

»Schau doch, ob du es möglich machen kannst. Papa und ich würden uns freuen.«

»Ich versuche mein Bestes«, versprach Katharina. »Sag

mal, wo ich dich gerade dran habe: Was weißt du über den 4. Mai 1919?«

Am anderen Ende blieb es still.

»Wieso fragst du das?«, kam es schließlich belegt von ihrer Mutter.

»Die Uroma hat dieses Datum in ihr Kochbuch geschrieben und danach wieder penibel wegradiert. Es geht um ihre Schwester Fritzi. Und ein Stärkungsessen, das sie ihr offenbar gekocht hat. Aber Stärkung wofür? Oder wogegen?«

»Ach Kind, du stellst vielleicht Fragen! Kannst du dieses ganze alte Zeug nicht endlich auf sich beruhen lassen? Ich krieg gleich wieder Kopfschmerzen, wenn du mich so löcherst.«

»Wieso weichst du eigentlich immer aus, sobald die Rede auf Fannys Zwillingsschwester kommt? Ich will endlich wissen, weshalb!« Katharina war laut geworden.

»Da will man dich freundlich einladen – und dann bekommt man nur inquisitorische Fragen zu hören.« Christine klang aufgebracht. »Du stellst dir das alles so einfach vor, Katharina. Aber es waren schwere Zeiten damals, sehr schwere, das kann ich dir sagen!«

»Seit wann ist sie tot?«, fragte Katharina ungerührt weiter.

»Woher soll ich das wissen?« Sie klang gereizt. »Ich hab sie ja nicht mehr gekannt.«

»Was ist mit Friederike Raith oder wie sie später hieß geschehen?«

»Ich muss jetzt auflegen. Du weißt, wie ungenießbar dein Vater werden kann, wenn er hungrig ist. Wir können ja beim Grillen darüber reden, wenn du unbedingt willst. Servus, Katharina. Und arbeite nicht zu viel!«

Aufgelegt.

Was konnte das sein, das in einer Familie so beharrlich unter Verschluss gehalten werden musste, grübelte Katharina weiter. Etwas, das so unaussprechlich war, dass man es auch nach Jahrzehnten verstecken musste? Dann würde ihre Mutter es niemals über die Lippen bringen, so viel war gewiss. Ihre einzige Hoffnung, es doch noch zu erfahren, steckte zwischen diesen Seiten.

15

München, April 1919

Meine Hand zittert noch immer, während ich diese Zeilen schreibe, denn wir sind am Hauptbahnhof nur knapp einer großen Schießerei entkommen — und manch anderem davor. Dabei wollten wir doch mit Georg und seiner kleinen Familie nur nach Weiden fahren, um dort die Verlobung unserer Schwester Rosl zu feiern. Wochenlang hatte ich mich darauf gefreut, auch weil ich auf diese Weise endlich Gelegenheit haben würde, Fritzi all die Fragen zu stellen, die mich schon so lange quälen. Denn freiwillig rückt sie nichts heraus über ihr Leben am Habsburgerplatz, egal, ob ich bitte oder dränge.

»Hab es ganz gut getroffen.« Mehr ist ihr nicht zu entlocken. »Und ja, natürlich gibt es jede Menge Arbeit, bei den vielen Gästen, die meine Gnädige und ihr Sohn empfangen. Erst recht, seitdem sie diese schreckliche Räterepublik ausgerufen haben. Aber hörst du mich vielleicht klagen? Ich mag das, was ich zu tun habe.«

Die Räterepublik unter Ernst Tollers Führung wurde beschlossen, ein Schriftsteller und Pazifist, den ich bei den Klees mehrfach bekocht habe. Alina, ihre Mutter und Leo Cantor reden von nichts anderem mehr. Bubi weigert sich ins Bett zu gehen, sitzt bis tief in die Nacht bei den Erwachsenen und quatscht neunmalklug dazwischen. Seit einer Woche beherrscht dieses Thema jedes Gespräch.

Was soll ich mir genau darunter vorstellen?

Von Lorenz habe ich erfahren, dass das Kabinett Hoffmann nach Bamberg geflohen und die USPD, die er ohnehin immer verabscheut hat, aus der Koalition ausgetreten ist. Kreidebleich und mit zutiefst besorgter Miene hat er mir geduldig die verzwickte politische Lage zu erklären versucht, aber ich begreife den Unterschied zu vorher noch immer nicht ganz. Haben wir denn nicht schon seit letztem Oktober Revolution und Räte, die nun alles in der Stadt und im ganzen Land zu bestimmen haben?

Er seufzt und fängt noch einmal ganz von vorn an. Ich mache ein hoffentlich halbwegs gescheites Gesicht, um ihn nicht zu enttäuschen, bin aber anschließend kaum klüger als vorher. Allerdings sind die Stände auf dem Elisabethmarkt leergefegt wie noch nie zuvor. Jetzt muss ich in meiner Küche mit den einfachsten Zutaten wirklich zaubern, um die Rosengarts einigermaßen satt zu bekommen. Doch all das ließe sich aushalten, wäre da nicht die Sorge um Fritzi. Ich kann nicht aufhören nachzubohren, bis ich endlich die Wahrheit kenne.

»Hat dieser Oskar von der Aue dich bedrängt? Oder macht er dir unmoralische Anträge? Bitte, Fritzi, ich muss es wissen!«

Sie sieht mich an, mit einem seltsamen Glitzern in den Augen, das mich noch unruhiger macht.

»Und dein Raith? Was ist eigentlich mit dem? Bedrängt er dich? Und wenn ja, gefällt es dir?«

Ich schweige, weil ich nicht weiß, was ich ihr antworten soll. Und weil ich mich schäme.

Ja, ich bin tatsächlich an einem meiner freien Tage zu Josef ins

Gasthaus gegangen, weil er so gar nichts von sich hören ließ, weniger aus Sehnsucht, sondern einfach, um zu wissen, wo er arbeitet und was das zwischen uns überhaupt ist.

Hedwig schaut mich ungnädig an, als ich plötzlich mitten in der Gaststube stehe, als stünde es mir nicht zu, hier aufzutauchen und ihr noch mehr Arbeit zuzumuten. Es ist brechend voll in der Wirtschaft, vornehmlich Männer, die Bier trinken und die einfachen Gerichte von der handgeschriebenen Schiefertafel neben dem Tresen essen, hinter dem Josef ausschenkt. Seinen triumphierenden Blick werde ich nicht vergessen. Als ob er einen Sieg errungen hätte, mit dem er gar nicht mehr gerechnet hatte.

»Geht also doch«, sagt er und nickt mehrmals dazu. »Bin gleich für dich da, Franziska.«

Ich muss hier wieder weg, schießt es mir durch den Kopf, auch, damit die Männer mich nicht mehr so dreist angaffen, aber meine Beine gehorchen mir nicht. Er beendet ganz in Ruhe die Bestellungen, ruft dann eine dicke Frau aus der Küche, damit sie ihn vertritt, und zieht mich in einen kleinen Nebenraum. Ein Bett, ein Stuhl, ein paar Kleider an einem Haken, alles nicht sonderlich reinlich, wie mir auffällt. Auf einem wackligen Tischchen steht eine Waschschüssel.

Er hilft mir aus dem Mantel und hängt ihn dazu.

»Wohnst du etwa hier?«, entfährt es mir.

War das mit der Blütenstraße, die er bald verlassen wollte, weil bereits eine bessere Wohnung auf ihn wartet, eine Lüge gewesen?

»Ab und zu. Wenn es spät wird oder ich zu viel getrunken habe. Man schläft hier gar nicht so schlecht.« Er lacht. »Magst es gleich mal ausprobieren, Schatzi?«

Ich liege plötzlich auf dem Bett, er halb über mir. Seine Hände sind überall, als ob er nicht nur zwei, sondern mindestens sechs davon hätte. Ich schiebe sie weg, aber Josef scheint es für ein amüsantes Spiel zu halten, bei dem er schließlich gewinnt, denn nun sind sie unter meiner Bluse und streicheln meine Brüste. Meine Knospen werden hart, und ich geniere mich, weil es mir gefällt. Er beginnt meinen Hals zu küssen, dann meine Lippen, und jetzt spüre ich sie wieder, diese innerliche Hitze, die mir doch gefehlt hat, wenn ich ehrlich bin. Etwas beginnt in mir zu schmelzen, ein fester Kern, den ich lange gehütet habe, und auf einmal muss ich weinen.

»Brauchst doch keine Angst zu haben«, sagt er beschwichtigend. »Ich weiß schon, was man tun muss, damit die Frau nicht schwanger wird. Bin ja schließlich in Liebesdingen kein Anfänger mehr!«

Wovon redet er? Sogar Alina, die mit Leo offiziell verlobt ist, hat Angst davor.

»Oder bist du noch Jungfrau?«, höre ich ihn weiter fragen. »Was natürlich besonders pikant wäre!«

»Was glaubst du denn?«, fahre ich auf. »Und das will ich bis zu meiner Hochzeit auch bleiben!«

Er küsst mich stürmischer, lacht vorwitzig, küsst mich erneut. »Das schaffst du nie«, sagt er. »Dafür bist du viel zu heiß. Glaub mir, ich hab da so meine Erfahrungen. Es sei denn ...«
Er bricht ab.

Ich schaue ihn fragend an.

»... wir heiraten schon nächste Woche.«

Hab ich richtig gehört? Josef heiraten? Niemals!

Plötzlich weiß ich ganz genau, was ich sagen muss, damit er von mir ablässt.

»Aber ich liebe dich nicht. Eigentlich mag ich dich nicht einmal besonders.«

Der Schmerz, der sein flächiges Gesicht entstellt, tut auf seltsame Weise gut. Jetzt bin ich auf einmal wieder die, die die Oberhand hat. Er steht so schnell auf, dass ich plötzlich fröstle, denn in der engen Kammer ist es klamm.

»Hau ab«, sagt er rau. »Geh mir aus den Augen. Was glaubst du eigentlich, wer du bist? Weiber wie dich gibt es dutzendweise. Zehn an jedem Finger könnte ich haben, wenn ich nur wollte. Und das mit der Oper kannst du jetzt auch für immer vergessen, du Bauerntrampel!«

Ich springe auf und gebe mir Mühe, ihn nicht anzusehen, damit er bloß nicht merkt, wie tief seine letzten Worte mich getroffen haben. Meinen Mantel reiße ich vom Haken, dann öffne ich die Tür und laufe hinaus. Leider muss ich durch die ganze Gaststube, vorbei an Hedwig, die mir etwas hinterherruft, das ich nicht verstehe, so durcheinander bin ich ...

In der großen Bahnhofshalle fielen ihnen die vielen Männer mit roten Armbinden auf, die bewaffnet patrouillierten, obwohl es noch so früh am Morgen war. Marianne weinte erschrocken los, und auch ihre Mutter Elise schien den Tränen nahe.

»Und wenn wir unseren Besuch in Weiden verschieben?«, fragte sie halblaut ihren Mann. »Ist ja schließlich nur eine Verlobung, keine Hochzeit.« Sie blickte zu dem Rotarmisten, der nur ein paar Schritte entfernt stand. »Ich habe Angst, Georg. Die sehen alle so entschlossen aus ...«

»Uns werden sie schon nichts tun«, sagte Fritzi. »Außerdem wäre Rosl bestimmt zutiefst gekränkt, wenn wir nicht kommen würden. Jetzt, wo sie sich endlich ihren Lehrer geangelt hat.«

Sie hatte vermutlich recht, und trotzdem wurde auch Fanny ein mulmiges Gefühl nicht los.

»Was meinst du, Georg?«, fragte sie den großen Bruder. »Können wir es wagen?«

Georg wandte sich an den Mann mit der roten Armbinde.

»Fahren denn heute überhaupt noch Züge?«, fragte er in geschäftsmäßigem Ton. »Ich muss mit meiner Familie nach Regensburg und von dort aus weiter nach Weiden. Drei wehrlose Frauen und ein kleines Mädchen, für die ich verantwortlich bin. Ihnen darf nichts zustoßen!«

»Sie fahren, Genosse«, versicherte der Mann. »Natürlich fahren sie! Die Münchner Räterepublik lässt sich von reaktionären Geistern doch nicht einschüchtern. Auch immer mehr andere Städte schließen sich unserer siegreichen Revolution an – Würzburg, Amberg, Regensburg, sogar das konservative Cham ...«

Ein zweiter Rotgardist kam hinzu, redete halblaut auf ihn ein und zog ihn schließlich weg.

»Wir werden siegen – auf der ganzen Linie!«, schrie er noch im Gehen. »Hoch lebe die Räterepublik!«

So gingen sie schließlich zum Gleis und stiegen in den Zug ein. Elises Vater hatte als seinen Anteil für die Verlobung für alle die zweite Klasse gebucht, die Fritzi zum ersten Mal im Leben staunend genoss, während über Fanny ein Strom von Erinnerungen hereinbrach, kaum war die Eisenbahn losgefahren.

In solch einem Abteil war sie den Rosengarts zum

ersten Mal begegnet und wäre ohne das verschmähte Schmalzbrot und die schließlich angenommenen Äpfel womöglich niemals tiefer mit ihnen ins Gespräch gekommen. In diesem halben Jahr hatte ihr Leben eine vollkommen neue Wendung genommen. Sie waren Freundinnen geworden, das jüdische Mädchen aus wohlhabender Familie und sie, die nur mit einem verbeulten Koffer in die große Stadt aufgebrochen war. Sie besprachen ihre Sorgen miteinander, teilten ihre Ängste. Doch wie würde das weitergehen, wenn Alina bald schon ihren Leo heiratete? Nahm sie dann die Mutter und den kleinen Bruder mit in das neue Haus in der Imhofstraße, das gerade im Bau war? Und hatten sie dort überhaupt noch Verwendung für eine ungelernte Köchin?

Seit Wochen schon überfielen sie immer wieder solch quälende Gedanken, die ihr den Schlaf raubten. Alina direkt darauf anzusprechen hatte sie noch nicht gewagt, weil sie Angst vor einer abschlägigen Antwort hatte. Es ging ja nicht nur um eine Anstellung, sondern um Alinas Nähe, ihr Lachen, ihre freundliche Lebendigkeit. Um alles, was sie ihr schon gezeigt und eröffnet hatte. Um die Freude, sie am Flügel spielen zu hören. Um die Ehrlichkeit, mit der sie sich Fanny mit ihren persönlichsten Belangen anvertraut hatte. Tagsüber gab es so viel zu tun, da konnte Fanny ihre Befürchtungen zumeist schnell wieder wegschieben. Doch Rosls Verlobung und das damit verbundene Thema Hochzeit hatten sie unbarmherzig wieder hervorgeholt. Und heute meinte sie im Rhythmus der Räder und dem Schnauben der Lokomotive ein Lied zu hören, das ihr ganz und gar nicht gefiel: Sie braucht dich bald nicht mehr – sie braucht dich bald nicht mehr – sie braucht dich bald nicht mehr …

*

Der Holunder am Zaun mit der rauen, gräulichen Rinde und den knorrigen Zweigen hatte schon kräftig ausgetrieben, und dennoch erschrak Fanny, als sie ihn wiedersah. Rosl musste ihn offenbar stark zurückgeschnitten haben, so mager und gestutzt wirkte er auf sie.

»Nur so bekommen wir richtig viele Früchte«, lautete deren Antwort, als Fanny die Schwester darauf ansprach. »Ohne das Kompott wäre unsere Küche über den Winter manchmal sehr karg gewesen. Außerdem bist du ja seit Monaten fort. Ebenso wie Fritzi. Jetzt bin ich hier für alles verantwortlich.«

»Hast du dich denn um meinen Trieb gekümmert?«, fragte Fanny. »So, wie ich dich im Brief gebeten hatte?«

»Natürlich. Dort hinten. Siehst du ihn? Wenn ich etwas verspreche, dann halte ich es auch. Ich wünschte, das könnte man von euch auch immer behaupten.«

Fanny kniete nieder. Er hatte schon Wurzeln angesetzt, aber wenn sie ihn kurz vor der Abfahrt sorgfältig ausgrub, konnte er die Reise unbeschadet überstehen. Sie wollte ihn Alina und Leo für ihr neues Leben mitgeben, auch wenn sie es mit einem weinenden Auge tun würde. Dann stand sie wieder auf und musterte die Schwester genauer. Rosl hatte sich verändert, war runder geworden und bestimmter. Außerdem schien sie von innen her zu strahlen – und plötzlich wusste Fanny auch, weshalb.

»Du bist schwanger«, sagte sie leise. »Deshalb ist alles auf einmal so eilig!«

»Woher willst du das wissen?«

»Ich weiß es einfach. Man sieht es übrigens immer zuerst an den Augen.«

»Pst!« Rosl schaute sich nach allen Seiten um, aber da war außer ihnen niemand. »Müssen ja noch nicht gleich alle erfahren, vor allem nicht der Vater, den das Gallenleiden so sehr plagt. Bald werden mir ohnehin alle Sachen zu eng werden. Deshalb soll ja auch schon in einem Monat Hochzeit sein. Bis dahin muss es aber so noch gehen, denn als Lehrer hat Frieder eben Rücksicht auf die Meinung der Leute zu nehmen. Aber ich werde ihm eine gute Frau sein. Das sagt er mir fast jeden Tag.«

Kein Wunder, dass Frieder das dachte, denn Rosl hatte im Haus an der Mauer kleine Wunder bewirkt. Alles wirkte heller und freundlicher, auch wenn nur die Wände frisch gestrichen und die alten Möbel ausrangiert oder umgestellt waren. Sepp, der sich zunächst aus Sparsamkeit gegen alle Änderungen gesträubt hatte, hatte schließlich nachgegeben, weil auch er vermutlich bald ausziehen würde. Er hatte sein Auge auf die blonde Anna geworfen, Tochter eines Wagnermeisters, der er seit einigen Wochen auf seine umständliche Weise den Hof machte. Außerdem war der Holzofen wieder in Betrieb. Dreimal die Woche standen die Leute an, um das Haller-Brot zu kaufen, aber Rosl hatte noch ganz andere Pläne. Ihr Zukünftiger hatte eine bescheidene Erbschaft dafür verwendet, um ihr in der Wörthstraße einen kleinen Lebensmittelladen einzurichten. Nicht die allerbeste Lauflage, aber für ihre Ansprüche zentral genug.

»Wird schon emsig gezimmert und gemalert«, sagte sie. »Bis zur Hochzeit soll alles fertig sein. Und ab da geht das Haller-Brot dort über die Theke. Unsere Mutter hätte ihre Freude daran gehabt, denn zu ihren Lebzeiten hat es ja leider niemals dazu gereicht.«

»Und dein Kind?«, fragte Fanny.

»Nehme ich mit, solange es noch klein genug ist. Später arbeite ich dann nur noch stundenweise. Eine Aushilfe finde ich mit links. Viele Frauen in Weiden suchen dringend Arbeit, auch für wenig Geld.«

Fritzi konnte es kaum fassen, als sie davon erfuhr.

»Ein eigener Laden«, sagte sie kopfschüttelnd. »Sieh einmal an, was unserer Rosl einfach so in den Schoß fällt! Ich wünsche mir auch jemanden, der mir so etwas schenkt. Was würde ich dafür nicht alles tun …«

Fannys strenger Blick ließ sie verstummen, aber sie spürte, wie es trotzdem weiter in Fritzi arbeitete. Sie blieb ungewöhnlich einsilbig, während sie Fanny zur Hand ging, die wie früher in der alten Küche für die Familie kochte. Inzwischen an die Annehmlichkeiten bei den Rosengarts gewohnt, war es zunächst gar nicht leicht, sich wieder im Einfachen zurechtzufinden. Doch als sie erst einmal die mühsam zusammengetragenen Lebensmittel in Händen hielt und weiter bearbeitete, fühlte es sich fast an, als sei sie niemals fort gewesen.

So war dann auch ihre kräftige Pfannkuchensuppe ein voller Erfolg, und der anschließende Schweinebraten mit Kartoffelknödeln schmeckte allen, obwohl es nicht gerade die feinsten Teile gewesen waren, die sie in dunklem Bier gebraten hatte. Als Nachspeise gab es Grießpudding mit

Holunderkompott, bis nach dem Essen ein paar Flaschen vom Selbstgebrannten die Runde machten und allgemeines Politisieren einsetzte.

»Die Roten gehören alle an die Wand.« Paulus Haller hatte mindestens vier Schnäpse gehabt. »Ausnahmslos!«

»Du sollst doch nicht so viel trinken.« Rosl schob die Flasche von ihm weg. »Vater, deine Galle …«

Eine fromme Lüge, wie alle am Tisch wussten, denn eigentlich hatte er es an der Leber, wie seine gelbliche Gesichtsfarbe verriet.

»In diesem Haus bestimme noch immer ich, was gemacht wird.« Er packte die Flasche, goss sich ein nächstes Glas ein und kippte es in einem Zug. Und ein zweites gleich hinterher. Mit rollenden Augen wandte er sich an die Zwillinge, die er bis jetzt wie Luft behandelt hatte. »Und euch zwei lass ich auch nicht mehr nach München, zu diesen Kommunisten, damit ihr es nur wisst. Hier bleibt ihr, hier bei mir, bis dieser ganze gottlose Spuk vorüber ist!«

Fritzi zog die Brauen hoch und schwieg.

»Aber wir müssen zurück«, versuchte Fanny zu argumentieren. »Sonst verlieren wir doch unsere Arbeit.«

»Du bist die Schlimmste«, herrschte er sie an. »Schleichst dich nicht nur nachts heimlich aus dem Haus, sondern nimmst mir auch noch meine Fritzi weg. Ohne dich wäre sie niemals nach München gegangen! Jetzt habe ich sie verloren, vielleicht für immer verloren …«

Er kippte zur Seite und drohte vom Stuhl zu rutschen.

»Sepp. Frieder!«, befahl Rosl knapp, und die Männer erhoben sich sofort. »Einer vorn, der andere hinten – ins Bett mit ihm!«

Doch auch als die beiden wiederkehrten, blieb die Stimmung am Tisch gedämpft.

»Ich kann nicht sehen, wem diese Umstürze nützen sollen«, sagte Georg bedrückt. »Denn die Menschen haben immer weniger Geld. Dabei hätte ich so viele Ideen! Und mit dem neuen Partner nun in absehbarer Zeit endlich auch das nötige Kapital, um sie nach und nach in die Praxis umzusetzen. Natürlich fehlt mir viel von dem Technischen, das dazu nötig ist, weil ich ja niemals eine Hochschule besuchen konnte. Doch dafür gibt es ja schließlich Ingenieure. Man muss nur die richtigen Leute finden, und ich habe meine Fühler in dieser Richtung bereits ausgestreckt. Aber wer ist schon an modernen Haushaltsmaschinen interessiert, solange er fürchten muss, das Dach über dem Kopf zu verlieren?«

Frieder hatte ihm eifrig nickend zugehört.

»Ich teile die radikale Meinung meines Schwiegervaters in spe nicht ganz«, sagte er. »Und war niemals ein Freund der Monarchie, die ich im 20. Jahrhundert für reichlich überholt erachte. Außerdem war es höchste Zeit für eine Trennung von Kirche und Staat. Als Beamter jedoch bin ich entschieden für die bürgerlichen Parteien. Diese Münchner Boheme, die sich seit Monaten aufführt, als verstünde sie etwas von Politik, ist mir mehr als suspekt. Was haben sie denn schon erreicht? Nur eine Verhärtung auf allen Seiten! Nicht mehr viel – und es wird zum Bürgerkrieg kommen. Dann schießen Nachbarn auf Nachbarn. Sieht so eine geglückte Revolution aus? In meinen Augen gewiss nicht!«

Aber sie haben doch etwas ganz anderes gewollt, hätte

Fanny am liebsten laut geschrien. Abend für Abend flog es an meinen Ohren vorbei, während ich in der Klee'schen Küche für die Revolution gekocht habe, und ich habe es gespürt, in jeder Pore: Freiheit für alle. Gleichheit. Gerechtigkeit. Brüderlichkeit, überall Reformen, die den Menschen helfen sollen …

Doch sie blieb stumm. Niemand am Tisch hätte es hören wollen, am allerwenigsten Fritzi, die sich tief in ihr inneres Schneckenhaus zurückgezogen hatte.

»Es ist ohnehin bald vorbei«, hörte Fanny sie später flüstern, als sie wie früher nebeneinander in einem Bett lagen. »Ich weiß, was sie vorhaben. Ein großes Aufräumen, wie München es noch nie zuvor gesehen hat. Ein Fanal. Ja, so und nicht anders wird es werden.«

»Was heißt das?«, wollte Fanny wissen.

»Ich musste einen Eid leisten, es niemandem zu verraten. Aber dir werde ich rechtzeitig Bescheid geben, damit dir nichts zustößt, darauf kannst du dich verlassen, denn dich liebe ich mehr als alles andere auf der Welt.« Sie griff nach Fannys Hand und drückte sie fest. »Zwillinge«, sagte sie beschwörend. »Vergiss das nie: Zwillinge gehören für immer zusammen!«

Am nächsten Morgen war Palmsonntag, und alle gingen wie früher gemeinsam zur Messe nach St. Jakob, wo anschließend die Palmkätzchen geweiht wurden. Fanny blieb zu Hause, um zu kochen und sich um den Vater zu kümmern, der stöhnend mit einem Kater im Bett lag. Als sie nach ihm sah, packte er ihre Hand und ließ sie nicht mehr los.

»Du bist die Starke«, nuschelte er mit geschlossenen

Lidern. »Pass wenigstens auf sie auf, wenn du sie mir schon weggenommen hast. Versprichst du mir das?«

Sie machte sich frei, ging in die Küche, um Kamillentee zu kochen, und kam mit feuchten Tüchern wieder zurück, mit denen sie ihm behutsam Gesicht und Hals wusch.

»Wenn das so einfach wäre!«, sagte sie. »Und weggenommen habe ich sie niemandem, sondern sie ist mir einfach nachgerannt. Fritzi macht immer, was sie will, das weißt du ganz genau. Hättest du sie von klein auf nicht so maßlos verwöhnt, wäre es heute vielleicht anders. Aber nun müssen wir alle damit leben, wie es eben ist.«

Er öffnete die Augen, und Fanny erschrak über das leuchtende Quittengelb um seine Iris.

»Ich werde schon bald nicht mehr sein.« Auf einmal sprach er ganz deutlich. »Ich muss sterben, und es macht mir nicht einmal etwas aus, denn jetzt seid ihr alle erwachsen, und ich kann endlich zu meiner Frau.« Sein Mund verzog sich. »Was habe ich nur für Kinder großgezogen! Zwei liegen auf dem Friedhof, Hans kommt allenfalls noch zu Beerdigungen nach Hause. Aus Georg ist ein Träumer geworden, aus Sepp ein Zinsler und aus Rosl eine schwangere Krämerin. Das Feuer eurer Mutter steckt nur in euch beiden, meinen Zwillingen. Lass es in dir nicht erlöschen, Fanny. Aber gib auch acht, dass Fritzi nicht daran verbrennt.«

Sein Kopf fiel zur Seite.

Erschrocken beugte Fanny sich über ihn. Sein Atem ging, schwach und unregelmäßig, aber er ging.

Das erste Mal in all den Jahren, dass er so mit ihr geredet hatte, ohne Schreien, ohne Vorwürfe, gerade so, wie es aus seinem Herzen gekommen war. Paul Klee und dessen liebevoller Umgang mit seinem Sohn Felix fiel ihr ein, und die Sehnsucht, die stets in ihr aufgestiegen war, wenn sie die beiden zusammen beobachtet hatte.

War sie dem Vater doch wichtiger, als sie gedacht hatte? Dass er Fritzi immer mehr geliebt hatte als sie, war ein Schmerz, den sie über Jahre als gegeben hingenommen hatte. Stets hatte er sie bevorzugt, ihr allein sein äußerst seltenes Lob ausgesprochen. Seine Augen hatten immer geleuchtet, wenn sie ins Zimmer gekommen war.

Hatte sie womöglich umsonst gelitten?

Nachdenklich röstete sie die übrig gebliebenen Knödel in zwei großen Pfannen an, schnitt die Reste des Schweinebratens in dünne Scheiben und verlängerte die Sauce mit Wasser. Gestern hatten sie fürstlich getafelt, heute würde es eben bescheidener zugehen. Damit niemand hungrig blieb, würde sie zum Nachtisch noch eine große Portion Kaiserschmarrn zubereiten, zu dem auch wieder Holunderkompott passte, von dem es im Keller noch mehr als genug gab.

Bevor die anderen zurückkamen, ging sie nach draußen zum Holunderstrauch.

»Danke für dein Kind«, sagte sie leise, grub Rosls Setzling vorsichtig aus und steckte ihn in einen ausgedienten Sack. »Ich werde es an eine Stelle tragen, an dem es ihm gut gefällt. Das verspreche ich dir. Zu ganz besonderen Menschen.« Für einen Augenblick wurde ihr schwindelig. »Die Welt gerät immer mehr aus den Fugen«, flüsterte sie. »Aber was sollen wir dagegen tun? Und was wird aus uns werden – aus Fritzi und aus mir?«

»Redest du schon wieder mit dem Baum?« Fritzi war unbemerkt näher gekommen. »Das hat doch schon früher nichts geholfen.«

»Manchmal eben doch«, widersprach Fanny. »Unser Holunder hat mit seinen Blüten und Beeren den kleinen Ruben vor dem Tod gerettet. Du könntest ein wenig respektvoller sein.«

Fritzi musterte sie nachdenklich.

»Du glaubst es also wirklich?«, fragte sie. »Ich wünschte manchmal, ich könnte so sein wie du!«

»Versuch es doch.« Fanny winkte sie näher. »Du kannst ihm all deine Sorgen anvertrauen. Es ist schließlich *unser* Lebensbaum, nicht nur meiner. Er schützt uns beide.«

Für einen Moment legte Fritzi ihre Wange an den Stamm und schloss die Augen. Dann sprang sie zurück, als hätte sie einen unsichtbaren Schlag erhalten.

»So weit kommt es noch«, rief sie. »Und als Nächstes frage ich dann die Gänseblümchen, welches Kleid ich anziehen soll. Bleib du nur ruhig bei deinem Aberglauben. Ich werde inzwischen mein Glück machen!«

»Ich hoffe nur, es heißt nicht Oskar von der Aue«, sagte Fanny leise.

Fritzi schenkte ihr ein strahlendes Lächeln.

»Ein Laden«, summte sie verträumt, während sie zur Haustür ging. »Ein kleiner schöner Laden, nur für mich allein …«

*

Dann mussten sie sich plötzlich beeilen, wenn sie den Zug nach Regensburg nicht verpassen wollten. Rosl hatte fürsorglich die alten Rucksäcke der Schwestern mit Gläsern voller Holunderkompott, Waldhonig, Butter, Geselchtem, Dauerwurst und zwei der großen Brote aus dem Holzofen gepackt und zwang die Zwillinge mit sanfter Gewalt, sie sich auf den Rücken zu schnallen. Sie bewegten sich so schnell zum Weidener Bahnhof, wie Georgs Bein es zuließ. Ganz fahl und erledigt sah der große Bruder aus, als sie dort angekommen waren.

»Manchmal möchte ich es mir am liebsten abschneiden«, sagte er leise zu Fanny, während Elise die kleine Marianne mit einem Lied ablenkte. »Aber einbeinig würde ich vermutlich noch schlechter vorankommen. Also muss ich es wohl ertragen.«

»Ich finde, du machst es ganz großartig«, erwiderte sie ebenso gedämpft. »Viel besser als die meisten Männer mit zwei gesunden Beinen. Du kannst sehr stolz auf dich sein. Und wir sind es auch.«

Sein Lächeln war so glücklich, dass sie ihm spontan alles vergab, was sich an kleinen Animositäten ihm gegenüber in ihr angesammelt hatte. *Wir Hallers müssen zusammenhalten*, dachte Fanny. *Allein schon um unserer toten Mutter willen, wie unterschiedlich wir auch sein mögen.*

So stiegen sie in Hochstimmung in den Zug nach Regensburg ein und verdösten die halbe Fahrt im bequemen Abteil.

»Meint ihr, die beiden werden glücklich?«, fragte Elise plötzlich und wirkte dabei noch zerbrechlicher als sonst. Fannys deftige Kost hatte sie auf dem Teller nur hin und her geschoben. »Leider weiß man das ja immer erst, wenn es eigentlich fast zu spät ist.«

»Einen besseren als diesen Frieder konnte Rosl doch gar nicht bekommen«, sagte Fritzi bestimmt. »Lehrer – und einen Laden stellt er ihr auch noch hin. Wenn das kein Glück ist!«

»Nein, ich meine das zwischen ihnen«, beharrte Elise. »Wird sie ihn ertragen können, wenn er aus der Schule kommt? Wenn er daheim seine Hefte korrigiert und dabei Pfeife raucht? Oder abends zu ihr ins Bett steigt?«

»Was sind denn das für seltsame Fragen?«, mischte sich nun auch Fanny ein. »Rosl liebt ihn. Und er liebt sie. Würden sie sonst heiraten?«

»Ach, Liebe …« Elise ließ das Wort verhauchen. »Wenn erst einmal das Kind auf der Welt sein wird, ist vielleicht nicht mehr allzu viel Zeit dafür. Und dann?«

»Welches Kind, Mami?« Marianne war aus dem Halbschlaf aufgeschreckt. »Kriegen wir ein Kind?«

Zärtlich strich sie ihr die blonden Locken aus der Stirn. »Irgendwann vielleicht, mein Engel«, sagte sie. »Wenn der liebe Gott es so will. Und jetzt ruh dich weiter aus.«

Doch dazu war nicht mehr viel Zeit, denn sie hatten bald Regensburg erreicht und mussten umsteigen. Wieder überfiel Fanny die Erinnerung, als sie mit dem Gepäck durch die Unterführung hasteten, um den D-Zug nach München zu erreichen. Dabei passte sie auf, um den Sack mit dem Setzling bloß vorsichtig zu halten. Sie hatten sich gerade im Abteil eingerichtet, als es draußen plötzlich laut wurde.

»Mami, da sind ja schon wieder lauter Soldaten mit Gewehren!«, rief Marianne, nachdem sie aus dem Fenster geschaut hatte. »Werden die uns jetzt alle totschießen?«

Bevor Elise antworten konnte, kam ein bewaffneter

Trupp in den Waggon. Teils trugen die Männer ramponierte oder mehrfach geflickte Unformen, teils Zivilkleidung, und es waren auch ein paar Bauern in Lederhose und Lodenjanker dabei.

»Ihr wollt nach München?«, bellte der Anführer, der in einer grauen Militärjacke und schmutzigen Reithosen steckte. Eine wulstige Narbe verlief quer über seine Wange. Die Haare waren militärisch kurz geschoren. »Zu den roten Terrorgesellen, die gerade unsere Kameraden massakrieren? Das könnt ihr vergessen!«

»Ich bin ein Geschäftsmann, und das sind meine Frau, meine kleine Tochter und meine Schwest…«

»Halt's Maul!«, schnitt er ihm das Wort ab. »Raus aus dem Wagen!«

Fanny und Fritzi angelten nach dem Gepäck, während Elise sich um Marianne kümmerte und Georg mit seinem Stock mühsam nach draußen hinkte. Auf dem Bahnsteig standen noch andere Reisende, doch die Bewaffneten, die ständig patrouillierten, sorgten dafür, dass sie sich nicht zu nahe kamen.

Sie mussten im Stehen warten. Marianne quengelte, weil sie Durst bekam und sitzen wollte. Elise nahm sie erst auf den Arm, seufzte aber bald, weil sie ihr zu schwer wurde. Georg wirkte verzweifelt.

»Da siehst du, was ich für ein toller Kerl bin«, sagte er leise zu Fanny. »Nicht einmal mein eigenes Kind kann ich halten!«

»Aber ich kann es«, sagte sie, setzte den Sack mit dem Setzling ab und hob stattdessen Marianne hoch, die ihr begeistert die kräftigen Beinchen um die Hüften schlag und sich eng an sie schmiegte. »Und danach kann sicherlich Fritzi einspringen …«

Doch die hatte sich heimlich zu den anderen Reisenden durchgeschlängelt und kam ganz aufgeregt wieder zurück.

»In München kämpfen seit dem Morgen die Roten Garden gegen die republikanische Schutztruppe«, verkündete sie. »Einige Kommunisten sollen bereits verhaftet worden sein. Jetzt konzentrieren sich die Gefechte offenbar auf den Bahnhof. Derzeit verkehrt kein einziger Zug mehr. Deshalb haben sie uns wohl aus dem Abteil geworfen.«

»Aber mein Vater hat doch für alles bezahlt. Und das nicht zu knapp.« Elises zartes Gesicht war von Abscheu verzerrt. »Was gehen uns irgendwelche Schießereien an? Das gibt ihnen noch lange nicht das Recht …«

»Halt's Maul!« Der Anführer baute sich drohend vor ihr auf. »Wir können dich auch festnehmen«, sagte er drohend. »Dann wirst du den Luxus der bayerischen Haftanstalten von innen kennenlernen.«

Sie schwieg, während Fanny immer zorniger wurde.

»Das Kind friert«, sagte sie. »Und wir tun es bald auch. Wenn der Zug nicht fährt, dann sollen sie uns woanders hinbringen.«

»Ja, und zwar direkt ins Gefängnis, wenn wir zu meckern anfangen.« Elises Lachen klang leicht hysterisch. »Du hast ihn doch gehört!«

Ein weiterer Trupp Männer marschierte vorbei. Einer trampelte dabei unachtsam mitten auf den Sack, in den sie den Holundertrieb gesteckt hatte. Fanny zuckte zusammen, als hätte er sie getreten, aber es ließ sich leider nicht mehr rückgängig machen.

Sie mussten weiter warten. Immer schwerer stützte sich Georg auf den Stock. Mariannes warmer Kinderkörper war inzwischen zu einer Last geworden, doch Fanny zwang sich durchzuhalten.

»Ich muss mal«, flüsterte die Kleine ihr auf einmal ins Ohr.

Marianne war schon zu groß, um ihr vor all den Leuten das Kleidchen hochzuziehen und sie einfach lospinkeln zu lassen, aber einnässen sollte sie sich auch nicht.

»Marianne muss mal«, sagte Fanny ratlos zu Fritzi. »Und was nun?«

»Warte!« Beherzt ging Fritzi zu dem Anführer.

»Ich hasse diese roten Horden ebenso wie Sie«, sagte sie. »Das sollten Sie wissen, Herr General. Doch das nützt jetzt nicht viel, denn offenbar stecken wir ja mittendrin in dem Schlamassel. Dort drüben steht meine kleine Nichte und vergeht fast, weil sie nicht auf eine ordentliche Toilette kann. Was spricht eigentlich dagegen, das Kind zum Pinkeln in den Zug zu lassen? Und uns mit dazu?«

»Was bildest du dir ein …«

»Moment!« Fritzi hob ihre Hand. »Es soll Ihr Schaden nicht sein, Herr General, mein Ehrenwort! Aber mehr dazu verrate ich Ihnen erst, wenn wir wieder im Abteil sitzen.«

Er musterte sie, dann ging ein kurzes Grinsen über sein Gesicht. Das Wort General schien Wunder zu wirken.

»Keine Angst?« Es klang fast anerkennend.

»Sollte ich?« Sie hielt seinem bohrenden Blick stand.

Sein Atem ging plötzlich schneller. »So eine wie dich könnten wir gut in unserer Truppe gebrauchen«, sagte er.

»Das denken viele.« Ihr Lachen war frech, was ihm erst recht zu gefallen schien.

Er schien zu überlegen, schließlich nickte er.

»Also, dann rein mit euch!«, befahl er. »Aber keinen Mucks, sonst könnt ihr was erleben.«

Fritzi winkte die anderen herbei. »Einsteigen«, sagte sie. »Seid ruhig und tut, was er sagt. Abgerechnet wird danach.«

Sie verzog keine Miene, als sie ihm wenig später im Abteil den gesamten Inhalt ihres Rucksacks aushändigte. Fannys Rucksack hatten sie tief unter den Sitz geschoben und mit Georgs Mantel bedeckt: Geselchtes, Trockenwürste, Butter, ein halber Kuchen und das schwere Holzofenbrot waren seine Beute.

»Von unserer lieben Mutter eigenhändig gebacken«, sagte sie mit glockenheller Stimme. »Das beste Brot der Welt!«

»Und was soll das sein?« Der Anführer hielt eines der Einmachgläser in die Höhe.

»Schwarzer Holunder aus unserem Garten.« Sie verzog keine Miene. »Wollen Sie kosten, Herr General?« Fritzi öffnete den Gummi, tauchte ihren Finger tief in das Kompott und streckte ihn dann ihm entgegen. »Löffel gibt es leider keinen«, sagte sie lockend. »Aber keine Angst. Ich werde schon nicht beißen!«

Er stockte, sah sie an, beugte sich vor, stockte erneut und trat schließlich einen Schritt zurück, als sei ihm das Angebot doch zu gefährlich.

Fritzi steckte sich den Finger in den Mund und leckte ihn genießerisch ab. »Süß wie die Liebe«, sagte sie. »Und herb wie die Eifersucht – einfach göttlich!«

»Wir nehmen das Zeug«, sagte er grimmig. »Und wenn wir es an die Schweine verfüttern. Jetzt wieder auf eure Posten, Männer!« Er verließ den Waggon.

Elise musterte Fritzi mit neu erwachtem Interesse, während Fanny erst jetzt wieder richtig zu atmen wagte. Dass Fritzi so tollkühn gewesen war, beeindruckte sie. Georg schüttelte den Kopf, verzichtete jedoch auf Kommentare.

Nach Stunden setzte sich der Zug in Bewegung, hielt aber an jeder Station wesentlich länger als sonst. Es war Nacht, als sie endlich Landshut erreichten. Von dort ging es über eine weitere Stunde bis ans Ziel.

In München angekommen, empfing die wenigen aussteigenden Reisenden eine kleine Eskorte der bayerischen Polizei. Jeder wurde von den Männern in den neuen graugrünen Uniformen nach Namen und dem Zweck der Reise befragt, schließlich aber weitergelassen.

»Verlassen Sie bitte das Bahnhofsgelände so rasch wie möglich«, sagte einer von ihnen. »Es besteht womöglich noch immer Gefahr.«

Sie liefen den Bahnsteig entlang, Georg ein Stück hinter ihnen. Ein kalter, bitterer Geruch lag in der Luft, Fanny von einer Jagd her vertraut, auf die der Vater sie als Kind mitgenommen hatte.

»Sie haben geschossen«, sagte sie.

Schweigend deutete Fritzi auf die Einschläge auf der Tafel, die die Zugverbindungen anzeigte. Auch die große Bahnhofshalle war offenbar nicht verschont geblieben. Einschüsse über den Fahrkartenschaltern. Die breiten Glastüren zersplittert. Nur eine einzige Deckenbeleuchtung war noch intakt, die alles in gespenstisch-trübes Licht tauchte.

»Ich will nach Hause«, quengelte Marianne. »Bitte trag mich, Mami!«

»Dafür bin ich jetzt viel zu müde«, protestierte Elise. »Große Mädchen wie du gehen alleine.«

Auf dem Vorplatz lagen Leichen, notdürftig mit einer Plane bedeckt. Elise hielt ihre Hand über die Augen ihrer Tochter, und Fanny griff unwillkürlich nach der Hand der Schwester.

»Hab ich es dir nicht gesagt?«, flüsterte Fritzi. »Tote. Lauter Tote! Sie werden sich für alles rächen.«

»Das will ich jetzt nicht hören«, entgegnete Fanny bestimmt. »Das Kind muss endlich ins Bett, und Georg sollte sein Bein hochlegen.«

Doch weit und breit war keine Droschke zu sehen, nur ein einsamer Pferdewagen, der einen Sarg geladen hatte, kam langsam näher. Trambahnen fuhren nicht mehr.

»Wie sollen wir jetzt nach Hause kommen?«, fragte Elise verzweifelt. »Ihr zwei seid stark und könnt laufen. Aber ich, mein Kind und Georg …«

In diesem Moment wusste selbst Fanny nicht mehr weiter. Unwillkürlich umschloss ihre Hand den Sack mit dem Lebensbaum fester. Und als hätte die Hollerfrau ihr inneres Flehen gehört, kam auf einmal ein dunkelroter Mercedes angefahren.

»Wiesinger?«, fragte Georg überrascht, als der Chauffeur ausgestiegen war. »Ja, was machen Sie denn hier mitten in der Nacht?«

»Der Herr Angermair hat mich geschickt. Weil er sich

Sorgen um seine Tochter und die Kleine gemacht hat. Ich bring sie jetzt nach Hause.«

»Ach, der gute, liebe Papa«, rief Elise enthusiastisch. »Wenn wir den nicht hätten! Steigt ein, meine Lieben. Jetzt sind wir in Sicherheit.«

Wiesinger kratzte sich bedenklich am Kopf. »Ob Sie wirklich alle reinpassen ...«

»Das geht schon für das kurze Stück«, versicherte Elise. »Georg, du gehst nach vorn und nimmst die Kleine auf den Schoß. Wir drei Frauen setzen uns nach hinten.«

Eine Fahrt wie durch eine Geisterstadt. Die Häuser dunkel, nur ganz vereinzelt dazwischen ein erleuchtetes Fenster. Eigentlich hätte Fanny den Chauffeur am liebsten nach den Ereignissen des Tages gelöchert, aber seine Körpersprache verriet unmissverständlich, dass er seine Ruhe haben wollte.

In der Augustenstraße angekommen, stiegen Georg, Elise und Marianne aus.

»Wir helfen euch tragen«, bot Fritzi an. »Ich die Koffer, Fanny das Kind. Dann kommt ihr besser die Treppen rauf. Unser Gepäck lassen wir einstweilen im Auto.« Sie zwinkerte Wiesinger zu. »Geht ja ganz schnell.«

Doch als die kleine Familie in ihrer Wohnung verschwunden war und sie wieder unten angelangt waren, stand kein Mercedes mehr vor dem Wohnhaus. Stattdessen fanden sie auf dem Trottoir Koffer und Rucksack vor sowie Fannys alten Sack, fein säuberlich daneben gelehnt.

»Sauber!«, sagte Fritzi. »Da siehst du wieder einmal, was Ludwig Angermair von den armen Verwandten seines Schwiegersohns hält – nämlich gar nichts!«

»Dann gehen wir eben zu Fuß«, sagte Fanny.

»Das machen wir. Wir nehmen den Weg geradeaus bis zur Josephskirche. Weiter über die Teng- und die Elisabethstraße, dann sind wir ja fast schon da.«

Fanny nickte.

»Du warst vorhin ganz schön mutig«, sagte sie nach einer Weile. »Aber auch sehr leichtsinnig. Das hat mir nicht gefallen.«

»Du meinst diesen Möchtegern-General?« Fritzi lachte. »Solchen Kerlen muss man zeigen, wo es langgeht. Mit Angst kommst du da nicht weit.«

»Aber mit Lügen geht das besser?«

»Weil ich das über unsere Mutter gesagt habe? Die haben doch alle einen sentimentalen Kern. Wenn du den erreichst, dann hast du gewonnen.«

»Woher weißt du das eigentlich alles?«, fragte Fanny weiter. »Das über die Männer?«

Sie hatten die Josephskirche erreicht und bogen ab. Rechterhand erstreckte sich der Alte Nördliche Friedhof, Fannys Zufluchtsort, von dem sie Fritzi schon vorgeschwärmt hatte, doch zu dieser späten Stunde hatte er selbst für sie wenig Anziehendes.

»Ich habe Augen im Kopf«, erwiderte Fritzi. »Und kann zwei und zwei zusammenzählen. Ein gutes Gedächtnis kann auch nicht schaden. Das kannst du auch, wenn du willst.« Sie lachte. »Ist doch ganz schön weit, findest du nicht? Mit einem Fahrrad wäre es wesentlich bequemer.«

»Was du alles willst«, sagte Fanny spöttisch. »Einen Laden, ein Fahrrad …«

Fritzi tippte ihrer Schwester auf den Arm.

»Natürlich. Am liebsten die ganze Welt. Du etwa nicht? Was ist das eigentlich für ein Sack, den du da schon die ganze Zeit mitschleppst?«

»Ein Setzling. Vom Holunderbaum«, erwiderte Fanny.

»Willst du den in deiner Küche einpflanzen?«

»Nein, der ist für Alina und ihr neues Zuhause. Einer der Kerle in Regensburg ist allerdings am Bahnsteig darübergetrampelt. Keine Ahnung, ob der Setzling überlebt hat.«

Fritzi blieb mitten auf dem Trottoir stehen. »Ich verstehe dich nicht!«, sagte sie aufgebracht. »Wir geraten in Lebensgefahr – und du sorgst dich um einen dummen Setzling? So wichtig ist sie dir, diese Alina?«

»Sie ist meine Freundin«, sagte Fanny leise. »Meine beste.«

»Die Tochter deiner Herrschaft ist sie! Wann kapierst du das endlich? Und deine beste Freundin, das war doch immer ich …« Sie brach ab. »Du musst endlich lernen, wohin du gehörst«, fuhr sie fort. »Sonst kann dir vielleicht bald keiner mehr helfen.«

Sie eilte davon, sodass Fanny, die Rucksack, Koffer und Sack zu schleppen hatte, nicht schnell genug hinterherkam.

»Bleib stehen!«, schrie sie ihr hinterher. »Warte!

Doch Fritzi lief einfach weiter. Plötzlich bog sie in die Agnesstraße ab, aber als Fanny ebenfalls dort angelangt war, war die Schwester in der Dunkelheit verschwunden. Langsam ging sie weiter, und jetzt schien auf einmal jeder Schritt eine Anstrengung. Vor dem Haus in der Franz-Joseph-Straße blieb sie kurz stehen und atmete tief aus. Dann zog sie den Schlüssel aus der Tasche und schloss auf.

Alina kam ihr schon im Treppenhaus entgegen.

»Da bist du ja endlich!«, rief sie mit feuchten Augen. »Bin ich erleichtert, dich wiederzusehen, Fanny! Wir haben uns schon solche Sorgen gemacht. Du glaubst ja gar nicht, was hier heute los war. Das war …«

»… Krieg«, sagte Bubi, der ebenfalls aus der Wohnung kam. »Es gab sogar Tote. Aber die Roten haben gewonnen. Und Leo sagt, das ist gut so.« Er beäugte sie neugierig. »Was hast du denn da alles mitgebracht?«, fragte er. »Darf ich mal sehen? Als du weggefahren bist, da hattest du keinen Rucksack und keinen Sack. Das weiß ich ganz genau!«

»Lass mich doch erst einmal abladen«, sagte Fanny lachend. »Im Rucksack ist lauter Essbares, Geschenke meiner Familie. Ein Teil davon gehört meiner Schwester. Aber aus dem Rest werde ich uns lauter feine Sachen kochen.«

»Und im Sack?«, bohrte er unerbittlich weiter.

»Pst!« Sie legte ihren Finger auf die Lippen. »Das muss vorerst noch ein Geheimnis bleiben …«

*

München, Juni 2015

Dass Zwillinge so unterschiedlich sein konnten …

Aber wenigstens trat nach diesen letzten Passagen Fritzi immer deutlicher aus dem Dunkel der Familienhistorie hervor. Katharina erschien sie rätselhafter als die Urgroßmutter, mal tapfer und vorpreschend, dann wieder verschlossen, ganz in sich zurückgezogen. Was sie an den

Konterrevolutionären derart angezogen hatte? Und wie war sie wohl weiter durch diese stürmischen Jahre des frühen 20. Jahrhunderts gekommen?

Vielleicht war sie ja der Auflösung jenes rätselhaften Datums im Kochbuch ganz nah.

Sollte sie vielleicht doch noch weiterlesen?

Es schienen ja nicht mehr zu viele Seiten zu sein …

Die Versuchung war verlockend, doch Katharina entschloss sich, vernünftig zu bleiben. Ein anstrengender Arbeitstag stand bevor, denn das Säubern des alten Ladens ging sowohl ihr als auch Isi in die Knochen. Und abends hatte sie Andres zum Essen eingeladen. Wenigstens die Nachspeise wollte sie heute noch vorbereiten.

Während sie Sahne zum Kochen brachte, weichte sie die Gelatine ein und hackte frische Minzblätter sehr fein. Nach einer Viertelstunde kam die Gelatine dann in die heiße Sahne, die auf kleiner Flamme weitergeköchelt hatte. Dazu hob Katharina die Minze unter, kochte alles noch einmal kurz auf und passierte es dann durch ein Sieb. Sie füllte die sämige Masse in kleine Förmchen und stellte sie anschließend in den Kühlschrank.

Der Holunderfruchtspiegel würde morgen an die Reihe kommen. Ebenso wie das andere Gericht aus Fannys altem Kochbuch.

Mit dem Tagebuch in der Hand schlurfte sie todmüde ins Schlafzimmer. Und war schon eingenickt, kaum hatte ihr Kopf das Kissen berührt.

16

München, Juni 2015

Schon seit dem frühen Morgen fiel dichter Regen, und obwohl alle behaupteten, dass die Natur den nach vielen warmen Tagen in Folge dringend gebrauchen konnte, schlug er Katharina doch auf die Stimmung. Bei diesem Wetter wurde es natürlich nichts mit ihrer Säuberungsaktion im Hof, und die Einzelteile des Ladens in diesem Zustand in die Werkstatt zu schleppen, hatte auch keinen Sinn. Immerhin zeigte sich die Originalschicht, die inzwischen an immer mehr Stellen zum Vorschein kam, in erstaunlich gutem Zustand. Das frische Grün war wirklich überwältigend.

»Der Käufer muss es so belassen«, sagte Katharina, die Isi in den Schuppen geholt hatte, um es zu ihr zeigen. »Wäre eine Sünde, das zu ändern!«

»Damatelli hat mich gestern Abend angerufen«, sagte Isi. »Scheint Probleme mit dem Lokal zu geben.«

»Dann nehmen sie den Laden vielleicht gar nicht?«

»Freu dich bloß nicht zu früh«, warnte Isi. »Mir hat er gesagt, er sei noch immer sehr interessiert. Nur brauche er jetzt endlich eine Kalkulation, um wirklich planen zu können.« Sie zog die Brauen hoch. »Und wo er recht hat, da hat er recht!«

»Dann setz dich jetzt doch einmal ernsthaft dran«, schlug Katharina vor. »Ich glaube allerdings, das Ganze wird nicht unter 160 bis 180 Arbeitsstunden abgehen – Minimum. Plus Materialkosten natürlich. Wenn du magst, kann ich heute Abend dazu auch noch einmal Andres befragen. Er ist zwar kein Restaurator, aber immerhin hat er viel Erfahrung.«

»Mach ruhig«, erwiderte Isi ungewohnt sanftmütig. »Für mich seid ihr beide ja ohnehin das Traumpaar. Oder hat dieser Londoner Mr. Wonderful dir inzwischen so den Kopf verdreht, dass Andres für immer vom Platz verwiesen wurde?«

Katharina blieb ihr eine Antwort schuldig.

»Wo steckt er eigentlich?«, fuhr Isi fort. »Wollte er nicht längst wieder in München sein? Aber vielleicht halten ihn seine Galerie und seine Partnerin ja so auf Trab, dass er …«

»Es reicht«, sagte Katharina scharf.

»Schon gut.« Isi lächelte unverbindlich. »Bis dein Zorn wieder verraucht ist, begebe ich mich auf den Weg zum Gürtler, um die fertigen Griffe für den Besteckschrank abzuholen. Oder ist dir danach, durch den Münchner Regen zu fahren?«

»Fahr nur«, sagte Katharina, die genau wusste, wie dringend ihre Partnerin solche Auszeiten brauchte. »Dann lackiere ich inzwischen weiter.«

Dazu hatte sie den inzwischen fertig gebauten Besteckschrank erneut in seine Einzelteile zerlegt. Zwei Schichten Lack waren bereits aufgetragen, jetzt war die dritte an der Reihe, nachdem Katharina die Unebenheiten mit der

Schleifmaschine abgeschliffen hatte, später dann die vierte. Sie füllte die Lackierpistole und setzte eine Atemmaske auf, um den Farbnebel nicht einzuatmen. Immer glatter wurde die Oberfläche unter ihrer sicheren Hand, nahezu brillant. Katharina aber wusste, dass der Lack beim Trocknen wieder einsinken und danach erneut geschliffen werden musste, bevor die nächste Schicht aufgesprüht werden konnte.

Warten war an der Reihe, wie so oft in ihrem Beruf, der sich in eine Anzahl gezielter Aktionen und die notwendige Geduld gliederte. Anfangs hatte sie einiges verpfuscht, weil es ihr genau daran gefehlt hatte, doch Andres hatte Isi und ihr beigebracht, worauf es ankam.

In ein paar Stunden würden sie zusammen essen. Eigentlich nichts Ungewöhnliches unter alten Freunden, doch heute fühlte es sich irgendwie anders an …

Jetzt hätte sie sich eigentlich mit dem Jugendstilstuhl beschäftigen können, den ein Nachbar gestern vorbeigebracht hatte, Entwürfen des Münchner Architekten Richard Riemerschmid nachempfunden, der unter anderem auch die Münchner Kammerspiele gestaltet hatte. Während eines Festessens war er unter einem schwergewichtigen Gast zusammengebrochen, und das an einer filigranen Stelle, die starken Belastungen ausgesetzt ist – dem oberen Stuhlbeinende, wo Vorder- und Seitenzarge eingezapft waren: Bein gesplittert, Zapfen abgebrochen – wüst sah es aus. Die Reparatur würde nicht billig werden, dass hatte sie dem Nachbarn, der auch Sammler war, gleich gesagt, doch er hatte darauf bestanden, weil er an dem schönen Stück hing.

Die Deckenstrahler leuchteten bereits, doch als sie den Sitzrahmen lösen wollte, merkte Katharina, dass ihr der passende Schraubenzieher fehlte.

Wo hatte sie ihn nur hingelegt?

In der ganzen Werkstatt war er nirgendwo aufzutreiben, also kehrte Katharina in den Schuppen zurück. Dort war die Lichtquelle alles andere als gleißend, und es vergingen Minuten, in denen sie weiter vergeblich suchte. Dazu kam, dass Isi bereits einige der Schubladen herausgezogen und hochkant auf dem Boden abgestellt hatte, um den Schimmel austrocknen zu lassen. Obwohl sie eigentlich aufpassen wollte, stieß sie doch plötzlich mit dem Fuß an eine von ihnen, die scheppernd auf ihre Innenseite umfiel.

Fehlte gerade noch, dass sie hier Chaos anrichtete, während sie sonst in der Werkstatt Isi stets zur Ordnung nötigte!

Katharina bückte sich, um die Schublade wieder aufzustellen, als sie plötzlich eine dünne Holzplatte in der Hand hielt, unter die etwas geklebt war. Auf der Unterseite befand sich ein verstaubter gewachster Pappordner, aus dem eine leuchtend blaue Ecke herausragte. Behutsam löste sie das Klebeband und legte ihn auf eine andere der Schubladen.

Als sie den oberen Karton hochgehoben hatte, kam darunter ein großes Herrentaschentuch zutage. Und darunter lag …

Für einen Moment vergaß Katharina beinahe zu atmen. Es war ein Aquarell, leuchtend blau wie der Sommerhimmel oder das Meer, in dem zarte silberne Wesen schwebten. In der rechten unteren Ecke befand sich eine Signatur in Schwarz. Ein stolzes K, ein kühnes l, zweimal e, dicht aneinander geschrieben: *Klee.*

Sie drehte es um. Die Bleistiftwidmung auf der Rückseite war stark verblasst, aber noch immer lesbar: *für fanny haller.*

»Die Sirenen singen«, flüsterte sie. »Fannys Zauberbild.«

Aber wie in aller Welt war es in diesen alten Laden gekommen?

Hatte Fanny es dort versteckt, um es zu schützen? Wenn ja, vor wem? Und warum?

Der Kopf drohte ihr zu platzen, so angestrengt dachte Katharina nach.

Sie musste weiterlesen. Alles andere war jetzt nur noch nebensächlich. Sie legte das Aquarell zurück in den Schutzumschlag, breitete das Taschentuch wieder darüber, nahm beides in eine Hand und pflückte im Hinausgehen mit der anderen den Schraubenzieher von einem der Holzstapel.

*

München, 1. Mai 1919

Es gibt keine Kohle mehr, keine Milch, keine Eier, keinen Käse, kein Brot. Es heißt, die Bauern würden sich weigern, ihre Produkte weiterhin in die Stadt zu liefern. Könnte ich nicht noch die Reste vom Holzofenlaib in der Pfanne rösten, müsste ich Bubi hungrig wegschicken. Wir Erwachsenen halten uns an die knapp gewordenen anderen Vorräte und versichern uns gegenseitig immer wieder, wir hätten ohnehin keinen Appetit.

Flugblätter fallen vom Himmel, die beschwören, der bolsche-
wistische Albtraum sei bald vorbei. Die Regierung Hoffmann,
die im sicheren Bamberg sitzt, beschwört damit die Bürger
durchzuhalten. Denn München ist eingeschlossen, und über
uns allen hängt eine dunkle Glocke aus Angst. Nicht einmal
ans Fenster soll man noch gehen, geschweige denn auf die
Straße, und ich habe schon jetzt das Gefühl, keine Luft mehr
zu bekommen.

Alina spielt tagein, tagaus Chopin, und zum ersten Mal stört
mich ihre Musik. Seltsamerweise muss ich dabei an den
Holunder denken, den ich ihr aus Weiden mitgebracht habe.
Leo Cantor hat ihn auf der Baustelle eingepflanzt, dort, wo
einmal der Garten sein soll, obwohl der Trieb in der Mitte
einen Knick abbekommen hat. Kann ein Lebensbaum auch so
ein ganzes Haus und seine Bewohner schützen?
Aber noch wohnen sie ja nicht dort ...

Ich poliere Silber, um mich abzulenken, eine Arbeit, die ich
sonst hasse, aber vollkommen untätig eingesperrt zu sein ist
für mich noch schlimmer. Menschen, die im Gefängnis sitzen,
kommen mir in den Sinn, Verbrecher, wie die meisten sagen
würden, die ihre Strafe verdient haben. Aber in den letzten
Tagen und Wochen sind so viele allein wegen ihrer politischen Gesinnung verhaftet, eingesperrt und getötet worden.
Die ganze Stadt riecht nach Blut.

Man weiß nichts Genaues, weil auch die Zeitungen nur stark
gekürzt oder überhaupt nicht erscheinen, dafür machen
schreckliche Gerüchte die Runde, die alle nur noch mehr in
Angst und Schrecken versetzen: Männer und Frauen auf
offener Straße erschossen. Häuserkämpfe in Giesing und
Sendling. Der Stachus im Schussfeuer von Rotgardisten und

Freikorps – sind das jene Leute, die seit Monaten bei Fritzis Herrschaft ein und aus gehen?

Mir wird so übel bei dieser Vorstellung. Nicht einmal mein blaues Zauberbild vermag mir jetzt noch Trost zu schenken. Ich hole es aus dem Schrank und schaue es an, aber heute höre ich nicht wie sonst die Sirenen für mich singen.

»Sirenen?« Auf einmal vernehme ich Fritzis spöttische Stimme so deutlich, als stünde sie unmittelbar neben mir. Wie abfällig sie reagiert hat, als ich ihr freudestrahlend meinen Schatz gezeigt habe! »Mit diesem kindischen Gekritzel hat er dich für einen wochenlangen Arbeitseinsatz abgespeist?«

Ich schließe die Mappe und packe sie wieder zurück in den Schrank. Was immer meine Schwester auch sagen mag, ich weiß, dass mein Aquarell schön ist, und ich liebe es. Es erinnert mich an eine Zeit des Aufbruchs, Wochen, in denen alles möglich schien, bevor Neid, Missgunst und Gewalt in den Herzen der Menschen aufgegangen sind wie eine dunkle Saat.

Nun erleben wir die bittere Ernte ...

*

München, 2. Mai 1919

Sie kämpfen weiter. Immer mehr Freikorps strömen aus dem Oberland in die Stadt, wie Alina von ihrem Verlobten erfahren hat, bevor die Telefonverbindungen gekappt wurden. Inzwischen überschlagen sich die Meldungen. Im Luitpold-gymnasium soll es zu Erschießungen und brutalen Verstümmelungen der Leichen gekommen sein, Mitglieder der Thule-

Gesellschaft, die das rote München von jeher bekämpft hat.
Nun sind die Weißen, jene reaktionären Kräfte, die sich gegen
die Räterepublik stellen, außer Rand und Band, bereit, jeden
niederzumetzeln, der sich ihnen in den Weg stellt. Der Große
Krieg ist vorbei, doch in München tobt erneut Krieg zwischen
Nachbarn und einstigen Freunden.
Noch sollen sich Reste der Roten Armee in einigen Stadtvier-
teln halten, doch sie sind zahlenmäßig so stark unterlegen,
dass sie irgendwann weichen müssen. Was dann passieren
wird, weiß niemand ...
Natürlich stehen wir doch alle am Fenster und starren hinaus,
Alina, Bubi und ich, während Dora Rosengart sich in ihr
Schlafzimmer zurückgezogen hat. Inzwischen knurrt mein
Magen so sehr, dass ich nicht mehr weiß, wie ich ihn noch
beruhigen soll, und den beiden neben mir kann es eigentlich
auch nicht viel anders gehen.
»Vielleicht müssen wir ja tatsächlich alle sterben«, sagte ich
irgendwann. »Aber dann wenigstens nicht hungrig. Brot ist
aus, und Mehlspeisen kann ich euch leider keine mehr machen,
weil es ja an allem fehlt. Aber in der Speisekammer hängen
immer noch das Geselchte und die Würste aus Weiden. Und es
gibt einige Gläser mit Holunderkompott. Was mich betrifft,
so hol ich mir jetzt ...«
»Ich auch«, ruft Bubi mit leuchtenden Augen. »Bitte, Fanny,
ich auch!«
Ich werfe Alina einen fragenden Blick zu.
»Vergiss das für heute mit dem Schweinefleisch«, sagt sie
grinsend. »Ich will auch endlich einmal wieder satt sein!«
Und so essen wir zu dritt in der Küche einen verbotenen
Imbiss, der so köstlich schmeckt wie kaum etwas anderes.

Ruben vertilgt drei dicke Scheiben vom dem Geselchten und zwei große Würste, Alina und ich je eine, dazu löffeln wir das süßherbe Kompott direkt aus dem Glas.

»Herrlich!«, stöhnt sie vergnügt, als wir fertig sind und wischt sich mit der Hand die verräterischen dunklen Spuren um den Mund ab. »Ich verstehe nicht, weshalb uns Juden solche göttlichen Speisen verboten sind!«

Ich räume alles schnell beiseite, damit Dora uns nicht erwischt. Dann geht auf einmal die Türglocke, und wir schrecken zusammen.

Kommen sie jetzt, um uns zu holen?

Aber es sind nicht die Weißen Truppen, die Einlass begehren, sondern Carl Rosengart, der blass und deutlich abgemagert vor der Tür steht.

»München ist besiegt«, sagt er. »Sieht so aus, als hätten die Weißen Garden auf ganzer Linie gewonnen. Man sagt ja, sie würden uns Juden aus tiefster Seele hassen. Ob sie nun unsere schönen Geschäfte in Brand stecken werden?« Seine Handflächen zeigten resigniert nach oben. »Ich jedenfalls bin zu müde und zu alt, um sie daran zu hindern.«

»Komm erst einmal rein, Onkel Carl!« Alina zieht ihn über die Schwelle. »Irgendwo muss noch ein Rest von Papas altem Brandy sein.«

4. Mai 1919

Gestern waren wir alle wie tot, gelähmt von den entsetzlichen Nachrichten, die die Runde machten: Hunderte von Toten, Übergriffe, Plünderungen. Die Anführer der Räterepublik gefangen genommen oder ermordet. Sogar der Münchner

Kardinal Faulhaber ist aus der Stadt geflohen, aus Angst, man könne ihm etwas antun.

Heute liegt bleierne Stille über München. Sogar die Kirchenglocken, die in den letzten Tagen verstummt waren und nun wieder läuten, scheinen dies zaghafter zu tun als sonst. Aber der Himmel ist blank, und die Sonne strahlt vom Himmel, als wollte sie über die Dummheit der Menschen lachen. So ganz allein halte ich es in der Wohnung nicht aus, sondern rüste mich zum Kirchgang. Meine Familie muss ich heute nicht versorgen. Leo Cantor hat sie schon ganz früh mit dem Auto abgeholt, um sie zu einem reichen Freund in den Herzogpark zu bringen. Von denen stammen auch die Lebensmittel, aus denen ich für abends vorgekocht habe. Wenigstens heute werden wir alle etwas Anständiges zu essen haben.

Mein Herz schlägt schneller bei der Vorstellung, Fritzi beim Gottesdienst zu treffen, denn wir haben tagelang nichts voneinander gehört. Doch im Kirchenraum von St. Ursula schaue ich mich zunächst vergeblich nach ihr um. Stattdessen habe ich plötzlich einen Banknachbarn, auf den ich gern verzichtet hätte.

»Grüß dich, Franziska«, sagt Josef leise. »Bin ich froh, dich heute so gesund zu sehen!«

Ein knappes Nicken ist meine einzige Antwort. Oder hätte ich lieber sagen sollen, dass Bauerntrampel ganz schön zäh sein können?

»Ich war widerlich zu dir«, fährt er fort. »Das tut mir inzwischen leid. Aber du warst ja auch nicht gerade besonders nett. Sollen wir das Ganze nicht einfach vergessen? Immerhin leben wir beide. Andere haben da nicht so viel Glück gehabt.«

Es klingt vernünftig, was er sagt, fast schon sympathisch. Ich wende mich ihm zu, da sehe ich plötzlich meine Schwester. Fritzi kniet in der letzten Bank, gehüllt in einen Fuchspelz, der so gar nicht zu diesem sonnigen Tag passt.

Mein Blick fällt auf die beiden Männer, die sie rechts und links umrahmen, beide in Lodenjankern, und ich erstarre. Der eine ist jener Mann, der mich damals nicht in die Wohnung gelassen hat. Den anderen, der mich mit seiner platten Stirn an ein Frettchen erinnert, kenne ich nicht.

Jetzt hat auch Fritzi mich entdeckt und lächelt kurz, dann wird sie schnell wieder ernst. Sie deutet zur Kirchentür, und ich glaube zu verstehen. Wir sprechen uns später.

Es fällt mir schwer, mich auf die Messe zu konzentrieren, denn Josef hat sein altes Spiel erneut aufgenommen und kommt mir immer näher, je weiter sie voranschreitet. Doch im Gegensatz zur Mette damals spüre ich, wie mein Körper auf seinen reagiert. Ich mochte seine Küsse, und auch seine Berührungen haben mir gefallen, obwohl er mich für meinen Geschmack zu sehr überrumpelt hat ...

Aber wir sind in der Kirche, und ich rücke von ihm ab. Endlich scheint Josef zu verstehen.

Die Predigt ist ein einziger Albtraum, doch den Gläubigen von St. Ursula scheint sie zu gefallen, denn ich sehe, wie viele Köpfe nicken, als der Pfarrer die unchristliche Herrschaft der Bolschewisten in München geißelt und überschwänglich die weißen Befreier der Stadt lobt. Plötzlich möchte ich nur noch raus und kann es kaum abwarten, bis der Schlusssegen erteilt wird.

Wo ist Fritzi?

Einer der Männer hat sie verdeckt, doch jetzt bewegt er sich,

und ich gehe direkt auf sie zu. Sie sieht so müde aus, als hätte
sie nächtelang nicht geschlafen. Ihr Haar ist zerdrückt.
Als sie zu sprechen anfängt, rieche ich eine schwache Fahne.
»Meine Zwillingsschwester Franziska«, sagt sie langsam.
»Und das sind die Herrn von der Aue und von Oertzen.«
Die beiden nicken und gaffen mich an.
»Reizend«, sagt von Oertzen schließlich. »So verschieden und
doch so verblüffend ähnlich!«
»Ja, wir sind tatsächlich wie Tag und Nacht«, sagt Fritzi,
»und gleichzeitig ein Herz und eine Seele. So ist das eben bei
Zwillingen!«
Währenddessen beobachte ich aus dem Augenwinkel, wie Josef
unruhig um uns herumschleicht, aber offenbar nicht näher
zu kommen wagt.
»Möchten Sie uns vielleicht begleiten, Fräulein Franziska?«,
fragt von der Aue, doch bevor ich antworten kann, umarmt
Fritzi mich stürmisch und drückt mir dabei etwas in die Hand.
»Meine Schwester ist heute leider verhindert«, sagt sie, als
sie sich wieder von mir gelöst hat. »Ein anderes Mal vielleicht.
Servus, Fanny. Wir sehen uns!«
Sie hängt sich bei den beiden ein und schlendert davon.
Ich lasse sie ein paar Schritte gehen, dann öffne ich meine Faust.
»In zwei Stunden am Alten Nördlichen Friedhof«, lese ich.
»Gute Nachrichten?« Josef hatte sich angeschlichen.
»Familienangelegenheiten.« Mein Lächeln fällt knapp aus.
»Darf ich dich begleiten?«, fragt er weiter.
»Ich würde lieber allein gehen.«
»Aber es ist noch immer nicht ungefährlich für eine Frau«,
sagte er warnend. »Die Roten haben zwar endlich bekommen,
was sie schon lange verdient haben, aber auch die Weißen ...«

Ich lasse ihn einfach stehen und gehe los.

»Franziska«, schreit er mir hinterher. »Fanny!«

Lächelnd drehe ich mich um. »Ein andermal, Josef«, sage ich. »Vielleicht.«

Er folgt mir nicht, obwohl ich eigentlich damit gerechnet habe. Ich laufe die Hohenzollernstraße entlang bis zum Kurfürsten-platz, dann halte ich mich links, bis ich die Franz-Joseph-Straße erreicht habe.

Doch noch einmal nach Hause?

Aber was würde mich dort schon erwarten außer einer leeren Wohnung? Ganz kurz überfällt mich die Idee, nach den Klees zu schauen, aber ich verwerfe sie ebenso schnell wieder. Ich bin das Mädchen aus der Provinz, das in einer aufregenden Zeit für sie gekocht hatte – nicht mehr.

Und sie haben mich fürstlich dafür beschenkt.

Der Gedanke an mein Zauberbild, das im Schrank auf mich wartet, beschwingt meine Schritte. Zum ersten Mal seit Wochen kann man wieder leichtere Kleidung tragen, doch selbst die ist mir angesichts der warmen Sonnenstrahlen auf einmal zu beschwerlich. Ich ziehe meine lange Jacke aus und hänge sie mir um die Schultern. Jetzt spüre ich den Frühlings-wind durch meine dünne weiße Bluse – ein herrliches Gefühl. Ich überquere den Elisabethmarkt.

Wann werden die Stände, die so lange schlecht bestückt ge-wesen waren, endlich all die Köstlichkeiten des Frühlings anbieten? Wir alle gieren nach frischem Obst und Gemüse. Weiter geht es auf der Arcisstraße, bis schon die hohen rötli-chen Mauern des Alten Nördlichen Friedhofs vor mir auftau-chen. Ich weiß, ich bin viel zu früh – aber an diesem herrlichen Frühlingstag macht mir Warten nichts aus.

Vogelzwitschern. Das erste frische Grün an den Bäumen, dazu
die Würde der alten Gräber. Ein Ort der Ruhe und des Frie-
dens, obwohl gerade vor mir ein paar freche Spatzen in einer
Pfütze tschilpen. Ich suche mir eine Bank, setze mich, schließe
die Augen.
Als ich sie wieder öffne, bin ich nicht mehr allein. Zwei Männer versperren mir den Weg, einer hinter mir, einer vor mir.
Der vor mir trägt eine Uniformjacke mit Blutspuren und
Reiterhosen, wie der »General« in Regensburg, und nestelt an
seinen Hosenknöpfen. Plötzlich legen sich von hinten zwei
Hände um meinen Hals.
»Du kannst es einfach haben oder schwierig«, sagt der vor
mir. »Ganz, wie du willst. Wenn du mich gut bedienst und
danach auch noch meinen Freund, lassen wir dich hinterher
vielleicht laufen.« Der Griff wird enger.
Ich beginne zu würgen. Todesangst steigt in mir auf.
»So kann ich nicht«, sage ich stöhnend. »Ich krieg ja keine Luft
mehr!«
»Lass sie, Hias«, sagt der vor mir. »Lutschen soll sie ihn mir
und nicht zuvor ersticken.«
Die beiden lachen, und der Griff lockert sich. Inzwischen
baumelt sein hässliches bräunliches Geschlechtsteil vor mir.
Das in den Mund nehmen? Niemals im Leben!
Doch er kommt näher und immer näher ...
»So kann ich nicht!«, schreie ich wieder, um Zeit zu gewinnen.
»Nicht, wenn der andere zuschaut ...«
»Du machst vielleicht ein Theater!«, sagt der vor mir. »Aber
warten will ich jetzt nicht mehr. Also, hau schon ab, Hias. Bist
ja ohnehin gleich nach mir dran!«
Ich höre Schritte, die sich zögernd entfernen, dann kommt er

*wieder näher. Seine Hände packen meinen Kopf und ziehen
mich ganz nah heran. Ich rieche Urin und andere widerliche
Dinge, als mein Kopf plötzlich frei ist und er mir mit einem
dumpfen Laut vor die Füße fällt.
Verblüfft blinzle ich gegen die Sonne.
Da steht Fritzi in ihrem Fuchsmantel. Ihr Gesicht ist eine
weiße Maske, und sie hält einen großen Ast in der Hand, den
sie ihm offenbar gerade über den Kopf gezogen hat.
»Lauf, Fanny«, sagt sie tonlos. »Lauf ...«*

*

München, Juni 2015

Ausgerechnet an dieser Stelle endete die erste Kladde.
Aber jetzt musste Katharina natürlich unbedingt wissen,
wie es weiterging. Sie lief zum Regal, holte das zweite der
schwarzen Tagebücher heraus und schlug es auf.

»München, April 1920«, stand da über der ersten Eintra-
gung. *»Heute gehe ich doch wieder zu Josef ...«*

Josef war also noch immer im Spiel – fast ein ganzes
Jahr später! Wieso dieser Zeitsprung? Hatte Fanny keine
Zeit mehr gefunden, Tagebuch zu schreiben? Aber sie hät-
te doch niemals einfach mittendrin aufgehört.

Oder gerade?

Weil an diesem 4. Mai 1919 noch etwas viel Schreck-
licheres geschehen war, das sie nicht einmal ihrem Tagebuch anvertrauen wollte?

Katharina ließ die Kladde in den Schoß sinken.

Sie schwitzte, und ihr war übel, so hautnah hatte sie

soeben den Überfall auf ihre Urgroßmutter miterlebt. Dann schlug sie die Kladde erneut auf. Hatte sich die letzte Seite beim Umblättern nicht gerade anders angefühlt?

Als Teenager hatte sie mit ihrem Vater für Mamas Geburtstag Papier geschöpft und es anschließend zu einem kleinen Büchlein verarbeitet. Alles, was es damals zu berücksichtigen gab, fiel ihr plötzlich wieder ein, obwohl sie jahrelang nicht mehr daran gedacht hatte, weil das Geschenk ein Flop gewesen war. Christine stand nicht auf Selbstgemachtes, das hatte sie Mann und Tochter deutlich spüren lassen.

Eine Bindung sollte eben sein.

Aber das war diese ganz und gar nicht. Bucklig fühlte sie sich an und rau, wie aufgerissen – weil jemand …

Jetzt kam die Lupe wieder ins Spiel. Das grelle Licht der Stehlampe. Und nochmals Katharinas prüfende, tastende Hand.

… Seiten säuberlich herausgeschnitten hatte.

Ein paar Seiten. Nein, *viele* Seiten.

Seiten, auf denen gestanden hatte, was an jenem 4. Mai 1919 passiert war?

Sie schrak zusammen, als die Wohnungsglocke läutete, und ging zur Tür.

»Ich bin viel zu früh, sorry, Katharina«, sagte Andres lächelnd und streckte ihr eine kleine Weinkiste entgegen. »Aber ich konnte es einfach nicht mehr erwarten!«

17

München, Juni 2015

Katharina starrte ihn an wie eine Erscheinung.

»Ist es denn tatsächlich schon so spät?«, brachte sie schließlich heraus. Sie war verschwitzt, staubig, lackbeschmiert – und hatte bis auf das Dessert noch nichts fertig. »Tut mir ja so leid, aber ich habe die Zeit vollkommen vergessen!«

»Soll ich wieder gehen und lieber erst in einer Stunde wiederkommen?«

»Nein«, sagte sie schnell. »Es passieren gerade nur lauter so aufregende Dinge. Ich verschwinde kurz, und danach erzähl ich dir davon. Mach es dir doch so lange im Wohnzimmer gemütlich …«

»Ich bleibe gern in deiner schönen Küche«, sagte er. »Und lass dir ruhig Zeit.«

Im Bad ließ sie den Overall fallen, wusch sich schnell und schlüpfte anschließend in eine weiße Hose und ein langes, fliederfarbenes Seidenhemd. Mit den Händen einmal durch die Haare und ein Spritzer Parfüm, das musste genügen. Im Gehen griff sie noch nach dem Art-déco-Collier, das auf einer silbernen Muschel lag, und legte es sich um. Die Erinnerung an gewisse zärtliche Hände, die das kürzlich für sie getan hatten, rief sofort Gänsehaut hervor.

Alex hat nicht mehr angerufen, ermahnte sie sich selbst. Und wir duzen uns bis jetzt nicht einmal. Also hör endlich auf mit deinen kindischen Hoffnungen!

Andres hatte inzwischen Kerzen angezündet und eine Flasche Crémant geöffnet.

»Danke, dass ich kommen durfte«, sagte er beim Anstoßen und sah ihr dabei tief in die Augen.

Verlegen drehte Katharina sich zur Seite. »Ich lade dich ein, um mich für deine Hilfe zu bedanken – und dann präsentiere ich dir einen leeren Tisch«, sagte sie. »Was für eine unaufmerksame Gastgeberin! Aber ich war wieder mal tief in den Aufzeichnungen meiner Uroma versunken. Je weiter ich komme, desto spannender wird es. Und stell dir vor, plötzlich endet das erste Tagebuch auch noch an der aufregendsten Stelle. Weil jemand fein säuberlich die nachfolgenden Seiten herausgetrennt hat. Willst du es mal sehen?«

Er nickte, und sie brachte ihm die Kladde.

»Stimmt«, sagte Andres, nachdem er es ans Licht gehalten hatte. »Und gut gemacht dazu. Ich tippe auf eine scharfe Rasierklinge.« Sein Blick ruhte warm auf ihr. »Aber warum ist das für dich denn auf einmal so wichtig?«

»Da gibt es so seltsame Ungereimtheiten in unserer Familie, Personen, die jahrzehntelang verschwiegen oder ausgeklammert wurden, und wenn ich danach frage, wird immer abgelenkt. Früher habe ich das so hingenommen. Doch seit ich Fannys Tagebuch in die Hand bekommen habe, will ich nur noch *wissen* – und zwar die ganze Wahrheit.« Sie ging zum Kühlschrank. »Eigentlich hatte ich vor, Kalbsbraten mit karamellisierten Möhren für uns zu machen«, sagte sie. »Nach Fannys Rezepten, weil du dich doch für die Gerichte aus ihrem Kochbuch interessiert hast. Aber das dauert mindestens …«

Er stellte sein Glas beiseite.

»Glaubst du wirklich, ich sei nur zum Essen gekommen?«, fragte er leise. »Ich will in deiner Nähe sein. Und endlich über Dinge reden, für die im Alltag sonst nie Zeit ist.«

Genau das hatte sie seit vorgestern befürchtet: dass er nun Ernst machen wollte, wo ihr Herz doch gerade dabei war davonzufliegen.

»Jetzt essen wir erst einmal«, sagte sie bestimmt. »Ich hole alles, was mein Kühlschrank bietet. Notfalls können wir ja immer noch den Pizzaservice anrufen.«

Was sich als unnötig erwies, denn auf der meerblauen Platte aus ihrem letzten Positanourlaub versammelten sich schon bald Parmaschinken, drei verschiedene Käsesorten, Oliven, Kapern, ein Rest pikanter Nudelsalat, eingelegte Paprika und hartgekochte Eier mit Sardellen. Das Weißbrot röstete Katharina und belegte es anschließend mit gewürfelten Tomaten aus der Dose, die sie kurz in Olivenöl geschwenkt und mit Oregano verfeinert hatte.

»Köstlich«, sagte Andres nach den ersten Bissen. Aber seine sehnsüchtigen Augen verlangten eigentlich nach etwas ganz anderem. »Nichts hätte heute besser gepasst!«

Katharina gelang es allmählich, sich zu entspannen. Das Kerzenlicht, der kalte Vernaccia, den sie so gern trank, dazu die Lieder von Lucio Dalla, die sie Andres zuliebe aufgelegt hatte – all das versetzte sie in heitere Laune. Sogar das Wetter spielte mit. Der Regen hatte nachgelassen, und die Luft, die vom Balkon hereinströmte, war mild, fast schon wieder sommerlich. Sie saß hier mit ihrem besten Freund, und alles war gut.

»Was stellen wir nun an mit unserem Scheunenfund?«, fragte sie, als sie die Nachspeise servierte: weißgrünes Minz-Pannacotta auf einem dunklen Holunderbeerenspiegel. »Das Geld könnte unsere kleine Firma natürlich gut gebrauchen. Aber ich hänge plötzlich ungeheuer an dem alten Teil.« Das mit dem überraschenden Klee-Aquarell aus der Schublade behielt sie für sich. Sie musste erst selbst damit zurechtkommen, was sie da gefunden hatte. »Es gibt zwei scheinbar ganz heiße Interessenten, Damatelli und Koch …«

»Bloß nicht!«, fiel Andres ihr ins Wort. »Die beiden gelten in Insiderkreisen als Einpeitscher der Gastroszene. Großer Laden, schickes Interieur, teure Karte, prominenter Koch, aber das alles immer nur für wenige Monate. Danach Schließung, weil nichts als unbezahlte Rechnungen übrig bleiben. Bei solchen Kalkulationen haben Handwerker und Lieferanten immer das Nachsehen. Privatinsolvenz als letzter Ausweg – keine schöne Lösung.«

Nachdenklich trank Katharina einen Schluck Wein. »Isi wird mich hassen, wenn ich ihr das erzähle, weil sie so stolz darauf ist, die beiden angeschleppt zu haben. Aber mein Gefühl war gleich ziemlich ambivalent. Doch was dann? Den Laden erst mühsam aufrüsten und dann als persönliches Museumsstück im Schuppen verstauben zu lassen können wir uns leider nicht leisten.«

»Müsst ihr ja auch nicht«, sagte er vergnügt. »Gäbe sicherlich auch noch andere Leute, die echtes Interesse daran haben.«

Kam es ihr nur so vor, oder schien er heute von innen her zu strahlen? So gelöst hatte sie Andres schon lange nicht mehr erlebt.

»Das klingt fast, als hättest du schon jemanden Bestimmten im Sinn«, entgegnete Katharina.

»Könnte sein«, räumte er ein. »Ich denke da an einen jungen Mann, der in Frankreich bei Sterneköchen gelernt hat und nun hier in München sein eigenes Restaurant aufmachen will. Lou Nusser, so heißt er. Der kocht schon jetzt ganz erstaunlich, aber ich prophezeie dir: Aus dem wird bald ein ganz Großer!«

Katharina schob ihre Creme nachdenklich auf dem Teller hin und her.

»Und woher hätte er das Geld, um sein Lokal so aufwendig auszustatten?«, fragte sie.

»Die ganze Familie steht hinter ihm, und dem Vater gehört das Mietshaus, in dem das Restaurant liegt. Ein guter Kunde, der Schönes schätzt, wie ich aus eigener Erfahrung weiß. Wenn du willst, dann kann ich gern den Kontakt herstellen. Verpflichtet euch ja erst mal zu nichts.«

»Das würdest du tun?« Katharina sprang auf und umarmte ihn spontan.

»Hergeben müsstest du den Laden aber auch so«, sagte Andres und hielt sie ganz fest. »Das sollte dir klar sein.«

»Ja, aber dann wenigstens in solide Hände! Hände, denen ich vertrauen kann – und das nicht nur bei Braten, Gemüse und Pasta. Und wenn die Sehnsucht mich allzu sehr überfällt, dann gehe ich einfach bei diesem fabelhaften Lou Nusser essen.« Sie lachte. »Jetzt könntest du mich eigentlich wieder loslassen.«

»Ich denke gar nicht daran.« Seine Stimme klang heiser. »Ich war so ein Idiot, Katharina! Das wollte ich dir schon lange sagen. Man darf das Leben nämlich nicht schwänzen. Und nichts anderes haben wir beide getan. Wie viel kostbare Zeit ist uns dabei verloren gegangen! Aber jetzt …«

Seine Lippen senkten sich auf ihren Mund. Warm fühlte es sich an, vertraut, sogar aufregend, aber eben nicht aufregend genug.

Sie schob ihn sanft weg.

»Bin ich dir zu schnell?«, fragte er. »Ist es das?«

»Ja, das auch. Aber nicht allein.«

»Ein anderer Mann?« Das Strahlen war aus seinem Gesicht verschwunden. Plötzlich sah er müde aus.

Sie zog die Schultern hoch. »Es ist noch nicht einmal ein richtiger Anfang«, sagte sie. »Und wahrscheinlich wird auch nie einer daraus, denn er lebt weit weg und ist zudem liiert. Scheint irgendwie meine Spezialität zu sein – leider! Trotzdem bekomme ich ihn nicht mehr aus dem Kopf.«

Andres sah aus, als ob sie ihm einen Hieb versetzt hätte. »Das hättest du mir sagen sollen«, sagte er leise. »Jetzt komme ich mir vor wie ein Idiot.«

»Ich bin doch selbst ganz durcheinander.« Sie griff nach seiner Hand, er aber zog sie weg. »Andres, bitte, ich wollte dich nicht …«

Es klingelte.

Katharina ging zur Tür und öffnete. Jemand kam die Treppe herauf. Als der unerwartete Besuch schließlich vor ihr stand, drohten ihre Knie nachzugeben.

»Hello«, sagte Alex Bluebird mit einem schiefen Lä-

320

cheln, das ihr zeigte, wie aufgeregt auch er war. »Sorry, aber die Maschine aus London hatte dramatische Verspätung. Deshalb ist es leider auch so spät geworden. Ich weiß, ich hätte vorher anrufen sollen, aber ich dachte, eine …«

Sie starrte auf den weißen Rosenstrauß in seiner Hand, den schwarzen Trolley, der neben ihm stand, und dann versank sie rettungslos in seinen Bernsteinaugen.

»Überraschung«, sagte er leise.

Katharina räusperte sich, aber ihre Stimme klang noch immer belegt.

»Und die ist dir wirklich gelungen«, erwiderte sie.

*

Sie saßen nebeneinander am Tisch, so wie vor wenigen Wochen, als er Fannys Tagebücher gebracht hatte. Im Gesicht hatte er dunkle Bartstoppeln, um die Lippen, auf den Wangen, bis unter die Augen, das war neu an ihm – und sehr anziehend. Auf einmal wusste Katharina nicht mehr, wohin mit ihren Händen. So lange, bis ihre eiskalte Rechte in seiner warmen Linken verschwand und das Zittern sich legte.

»Better?«, fragte er.

»Much better!«

Sie blieben einfach so sitzen, Hand in Hand, und die Zeit schien sich auszudehnen. Dann verstärkte Alex den Druck, um kurz danach plötzlich loszulassen.

»Jetzt habe ich ihn vertrieben«, sagte er. »Deinen sympathischen Freund.« Das Du war plötzlich selbstverständlich zwischen ihnen. »Das wollte ich nicht. Er sah unglücklich aus, als er gegangen ist.«

»Dass er geht? Oder dass er unglücklich ist?«, fragte sie.

»Ertappt«, sagte er lächelnd. »Er ist ein guter Freund?«

»Mein bester«, bekräftigte Katharina. »Vor Jahren gab es mal eine kurze Zeit, da war es noch mehr, aber das liegt lange zurück.«

»Aber er hat so ausgesehen, als ob …«

»Was sagt eigentlich Pam dazu, dass du wieder nach München geflogen bist?«, unterbrach sie ihn und hoffte, dass sie beiläufig genug klang. »Oder denkt sie, es sei rein geschäftlich?«

»Ich habe ihr gesagt, dass es deinetwegen ist. Daraufhin hat sie mir einen schweren Dix-Katalog an den Kopf geworfen. Zufrieden?«

»Sehr.« Katharina streckte sich wie eine Katze, und plötzlich berührte er ihre Wange. Jetzt hätte sie die Zeit am liebsten angehalten, aber vielleicht war das, was kommen würde, ja noch schöner.

»Warte mal kurz«, sagte sie nach einer Weile, stand auf, ging hinaus und kam schließlich mit dem schwarzen Pappordner wieder zurück, den sie vor Alex auf den Tisch legte.

»Mach auf«, sagte sie. »Du kennst Fannys Tagebücher. Dann weißt du auch, was das ist.«

Ein seltsamer Ton kam aus seinem Mund, als er das blaue Zauberbild mit den silbrigen Gestalten sah, eine Mischung aus Erstaunen und Erschrecken. Langsam schob er sich eine dunkle Strähne aus der Stirn, als müsste er sich erst wieder mühsam fassen.

»»Die Sirenen singen‹.« Seine Stimme war tiefer als sonst. »Da sind sie endlich wieder! Und in so einem gutem Zustand noch dazu. Woher hast du das Aquarell?«

»Aus dem Laden, von dem ich dir schon erzählt habe. Es war gut eingeschlagen unter einer der Schubladen festgeklebt. Wer auch immer das getan hat, wollte offenbar nicht, dass es irgendeinen Schaden nimmt. Aber auch nicht, dass es gefunden wird.« Katharina musterte ihn aufmerksam. »Ist es echt? Du müsstest das doch eigentlich wissen. Hinten steht genau die Widmung, die sie auch im Tagebuch erwähnt hat.«

»Leider bin ich kein Paul-Klee-Spezialist. Dazu müssten wir einen Gutachter befragen, aber …« Er stockte.

»Ja?«

»… ich gehe doch stark davon aus, denn der Klee, den Alina damals mit nach London gebracht hat, ist definitiv eine Fälschung.«

»Jetzt versteh ich gar nichts mehr«, sagte Katharina. »Von welchem Klee sprichst du gerade?«

»Du bist in den Tagebüchern noch nicht so weit?« Er sah sie so zärtlich an, dass sie innerlich ganz fiebrig wurde.

»Am Ende der ersten Kladde. Da, wo jemand die Seiten rausgetrennt hat.«

»Dann will ich lieber nicht vorgreifen. Lies selbst, wie es dazu gekommen ist. Das war 1936, als Alina und Maxie Deutschland verlassen haben.«

»Das sind ja noch so viele Jahre«, protestierte Katharina. »Ich bin erst im Mai 1919 angekommen – so lange halte ich das nicht aus. Du musst es mir jetzt schon sagen, bitte!«

»Well«, wieder schob er sich das Haar aus der Stirn. »Deine Urgroßmutter war wirklich eine bemerkenswerte Frau, Katharina. Als es für ihre Freundin um alles ging, hat sich Fanny entschlossen, sich von ihrem kostbarsten Besitz zu trennen und ihn ihr zu schenken. Ich könnte mir nichts Großherzigeres vorstellen.«

»Das blaue Zauberbild?«, flüsterte Katharina. »Das hat sie getan?«

»Es sollte Alina und ihrer Tochter den Weg in London ebnen. Paul Klee war damals international längst bekannt. Ein Verkauf des Aquarells wäre also mehr als ein Startkapital gewesen. Doch als sie mit Sammlern in Verhandlung trat, stellte sich schnell heraus, dass sie eine Fälschung im Gepäck hatte. Ihre Enttäuschung war, wie du dir bestimmt vorstellen kannst, riesengroß. Vielleicht haben die beiden deshalb niemals mehr miteinander geredet.«

»Aber das hätte Fanny doch nie getan!« Katharina sprang auf. »Sie hat Alina von ganzem Herzen geliebt, das springt einem aus jeder Zeile entgegen, die sie über sie geschrieben hat. Nein, das kann ich nicht glauben!« Aufgebracht funkelte sie ihn an.

»Das Aquarell war eine Kopie«, sagte er. »Das steht fest.«

»Aber wieso gibt es sie überhaupt? Wer hat sie gemalt? Und weshalb?«

»Du musst weiterlesen, Katharina«, sagte er sanft. »Ich möchte nicht zu weit vorgreifen. Mach dir dein eigenes Bild. Tatsache ist, dass die Fälschung in London gelandet ist. Sie befindet sich noch immer in unserem Familienarchiv. Ich bringe sie dir mit, wenn ich das nächste Mal nach München komme. Sie ist nahezu perfekt, aber eben nur nahezu.«

Es dauerte ein paar Sekunden, bis der zweite Teil seines vorletzten Satzes sie erreicht hatte. *Alex wollte wiederkommen*. Das hieß, er konnte sich etwas mit ihr vorstellen, das in der Zukunft lag.

»Und wenn Pam dir dann das ganze Oxford Dictionary an den Kopf wirft?«, fragte sie. »Hast du davor keine Angst?«

Sein Lachen erfüllte die ganze Küche.

»Mein Schädel ist ziemlich hart«, sagte er. »Darauf konnte ich mich schon immer verlassen. Pam habe ich gesagt, dass ich dich unbedingt näher kennenlernen muss, weil ich mich in dich verliebt habe, und das ist die reine Wahrheit. Kann ich heute Nacht eigentlich hierbleiben?«

Hatte sie genickt?

Sie musste genickt haben, denn plötzlich stand auch er, und sie war in seinen Armen gelandet. Katharina spürte Muskeln, Hitze und Haut durch sein dünnes Hemd.

»Mit dem Klee-Aquarell kann ich dir helfen, wenn du willst«, murmelte er in ihr Haar. Wie gut sich seine großen warmen Hände auf ihrem Körper anfühlten! Als ob sie genau dorthin gehörten und nirgendwo sonst. »Über meine vielen Bekannten aus der Kunstszene wirst du schnell beim Richtigen landen, das verspreche ich dir. Expertise, Provenienznachweis, Schätzung, was das Werk heute wert sein könnte – dieses Spiel beherrsche ich rauf und runter.«

Und dieses hier?, hätte sie beinahe gefragt, aber sie kannte die Antwort ja bereits. Ihre Lippen hatten sich geteilt und schmeckten seine Küsse, die so leidenschaftlich wurden, dass ihr schwindelig wurde.

»Ich halte dich.«

Seine Worte oder ihr Wunsch?

Auf einmal schien alles egal. Gegenseitig streiften sie sich die Kleider vom Leib; Hosen, Hemd, Shirt wurden zu einem wilden Knäuel auf dem Boden. Zwischendrin sahen sie sich immer wieder lachend in die Augen, so viel Lust, so viel Neugier, so viel Übermut und Fröhlichkeit war zwischen ihnen. Katharina trug nur einen Slip und das Art-déco-Collier, als er plötzlich innehielt.

»Wie schön du bist«, sagte er leise. »Aber hast du eigentlich auch ein Bett? Denn ich kann dir beim besten Willen nicht garantieren, ob meine Kondition nach diesem Endlostag im Stehen noch lange durchhält.«

»Habe ich«, versicherte sie lächelnd, nahm seine Hand und zog ihn mit nach nebenan.

*

Die Wellen der Liebe waren schon einige Zeit abgeebbt, als Katharina Alex nachdenklich im Mondlicht betrachtete. Auf seiner Stirn entdeckte sie eine steile Falte, die er im Wachsein nicht hatte. Sein Mund dagegen war entspannt, und es sah sogar aus, als würde er im Traum lächeln. Am liebsten hätte sie mit den Fingerspitzen die Linie der dunklen Brauen nachgezogen, seine kühne Nase berührt oder das winzige Kinngrübchen, aber sie ließ ihn jetzt ruhen. Es schlief sich gut in seinen Armen, das wusste sie nun. Und viel mehr als das. Er war einer der Ausnahmemänner, die auf die Lust der Frau schauten, ohne selbst dabei an Leidenschaft und Draufgängertum zu verlieren.

Wie lange hatte sie sich danach gesehnt!

Aber nun war sie hellwach, und obwohl es mitten in der Nacht war, gab es da etwas, das dringend auf sie wartete. Leise stieg sie aus dem Bett, wickelte sich in ihren Morgenmantel und schlich barfuß ins Wohnzimmer, wo alles schon bereitlag: die zweite Kladde, Kissen, eine Wasserflasche.

Von nebenan hörte sie entspanntes Stöhnen. Danach vereinzelte Schnarchgeräusche. Katharina musste lächeln. Nicht einmal Alex war also perfekt. Das erleichterte sie ungemein.

18

München, April 1920

Heute gehe ich doch wieder zu Josef, weil das Kind ja schließlich nicht als Bastard groß werden soll. Alina hat versucht, mich davon abzuhalten, aber dieses Mal kommt sie damit bei mir nicht durch.

»Du hast gut reden mit deinem Leo, der dir die Welt zu Füßen legt«, entgegne ich ihr. »Und damit wir uns nicht falsch verstehen: Ich gönne dir jedes Gemälde, jedes Schmuckstück, jedes Kleid von ganzem Herzen. Bei mir aber liegt die Sache anders. Ich will Clara nicht allein großziehen, sondern brauche dazu jemanden an meiner Seite.«

»Aber du bist doch nicht allein, Fanny!« In ihren wasserblauen Augen schimmern Tränen, so bewegt ist sie. »Du kannst bei uns wohnen, solange du nur willst. Außerdem liebe ich die Kleine. Schau doch nur, wie süß sie gerade das Näschen kräuselt!«

Clara ist ein angenehmer Säugling, friedlich, heiter, wenigstens solange es hell ist. Sie hat es uns allen einfach gemacht mit ihrem Haller-Gesicht, hat unsere zarten Farben geerbt, die blonden Haare, die graugrünen Augen. Doch kaum kommt die Nacht, verwandelt sie sich in ein Kind, das schreit, bis es dunkelrot anläuft und sich kaum noch beruhigen lässt. Sobald ich versuche, sie in den Korb zu legen, der seit zwei Monaten neben meinem Bett steht, legt sie los und wird nur wieder ruhig, wenn ich sie auf dem Arm halte und stundenlang summend mit ihr auf und ab laufe. Vielleicht wäre alles besser, hätte ich sie stillen können, doch das ist ja leider ausgeschlossen. So muss ich sie mit dem Fläschchen füttern, und ihr winziger Rosenmund verzieht sich voller Abscheu, wenn ich mich ihr damit nähere. Sie ist noch immer so klein und zerbrechlich, dass ich manchmal Angst bekomme, aber Gundel Laurich, die erfahrene Hebamme, die sie auf die Welt geholt hat, versichert mir, dass zurzeit viele solcher Säuglinge geboren werden.

»Nachkriegskinder eben.« Ihr energisches Kinn vibriert leicht. Sie hat selbst drei Kinder, wie sie mir erzählt hat, ist Mitte dreißig und hat schon viel erlebt. »Geboren von Frauen, die selbst kaum etwas auf den Rippen haben und viele Albträume mit sich herumschleppen müssen. Aber das verwächst sich irgendwann. Sonst wäre die Menschheit schon längst ausgestorben.«

Ich drücke Clara fest an mich. Ich liebe sie, aber die Sorge ist immer ein bisschen stärker.

»Deine Mutter schaut mich jeden Morgen vorwurfsvoller an«, entgegne ich Alina. »Und ich kann es ihr nicht einmal verübeln. Denn sie hat ja eine Köchin eingestellt und keine ledige Mutter, deren Schreihals ihr allnächtlich den Schlaf raubt. Ich will keine Zumutung für euch sein. Deshalb werde ich nun Tatsachen schaffen.«

»Aber liebst du ihn denn, diesen Josef?«, fragte Alina zweifelnd. »Ich weiß, er mag Opern, aber sonst ...«

Ich musste ihm notgedrungen mein Geheimnis verraten, aber er hat geschworen, es für sich zu behalten. Ich kann ihn riechen und mag an ihm, dass er aufregend küsst. Außerdem betreibt er ein Gasthaus, in dem ich arbeiten kann. Und er wäre bei einer Heirat bereit, Clara offiziell als seine Tochter anzuerkennen – das ist zusammengenommen eine ganze Menge.

»Das wird sich finden«, erwidere ich scheinbar leichthin. »Er hat mir schon einmal einen Antrag gemacht. Warum also nicht auch ein zweites Mal?«

Eigentlich hatte ich immer von etwas anderem geträumt. Aber wir leben im zweiten Jahr nach dem Großen Krieg, noch immer weit entfernt von allem, was man Normalität nennen könnte. Das Geld ist nicht mehr viel wert. Überall kreuchen Arbeitslose herum sowie ganze Scharen von Kriegsversehrten, die zum Betteln verdammt sind. Der Graben zwischen Rechten und Linken wird tiefer, denn die Erinnerung an die mehr als 1200 Toten der gewaltsamen Eroberung Münchens durch die Weißen Garden liegt unversöhnlich wie ein blutiger Schleier über der Stadt. Wie grausam haben die Freikorps in den verschiedenen Stadtteilen gewütet und sich dabei nicht nur auf Schießen und Plündern beschränkt! Nicht nur Fritzi und ich, sondern auch unzählige andere Frauen haben ihren Hass und ihre Wut am eigenen Leib zu spüren bekommen ...

Ich werde todtraurig, sobald ich daran denke. Niemals werde ich diese entsetzlichen Stunden vergessen. Doch keine von uns kann die Zeit zurückdrehen. Wir alle müssen lernen, mit dem zu leben, was jetzt ist, das sage ich mir jeden Tag. Außerdem ist ein gesundes Kind keine Schande, auch wenn manche Leute hinter meinem Rücken reden, weil die Mutter noch unverheiratet ist. Ich werde alles tun, damit sie schon bald damit aufhören.

»Ich wünsche dir das Allerbeste, Fanny.« Alina küsst mich auf die Wange. »Ich weiß, du bist klug und wirst bestimmt das Richtige tun. Natürlich hüte ich Clara, bis du wieder zurück bist. Ich werde ihr ein wenig am Klavier vorspielen. Ich glaube, das gefällt ihr.«

Trotzdem werden meine Füße langsamer, als ich mich dem Gasthaus in der Schellingstraße nähere. Es ist nach wie vor gut besucht, das fällt mir auf, wahrscheinlich weil Josef die Preise niedrig hält, auch wenn die Qualität seines Essens in meinen Augen besser sein könnte. Was den Männern, die am Stammtisch hocken, wenig auszumachen scheint. Sie gehören zur Deutschen Arbeiterpartei, mit der er seit Neuestem sympathisiert, in meinen Augen ein seltsamer Haufen von Verlierern, die Juden hassen und in Biersälen finstere Reden schwingen.

Hedwig bedient wieder hier, das ist neu für mich, und der Blick, den sie mir zuwirft, hat etwas Lauerndes.

»Welch nobler Besuch!«, sagt sie spöttisch. »Dass du dich wieder einmal bei uns sehen lässt — Respekt! Und wohl schaust du aus, noch ein bisschen voll um die Hüften vielleicht, aber die Kleine ist ja auch noch nicht allzu lang auf der Welt, wie man hört. Deine schöne Schwester allerdings hab ich schon ewig nicht mehr gesehen ...«

»Kein Wunder«, sage ich rasch. Fritzi hat eine ganze Weile bei Georg und Elise zugebracht, weil sie von heute auf morgen ihre Arbeit verloren hatte und damit auch die Unterkunft. Doch jetzt hat sie eine neue Stellung in Aussicht, die sie hoffentlich länger behalten kann. »Du warst ja selbst monatelang auf dem Land.«

»Stimmt genau. Da gab es wenigstens genug zu essen. Aber

jetzt bin ich wieder da.« Sie stemmt die Fäuste in die Hüften.
»Denn Josef braucht mich.«
»Wo ist er denn?«, frage ich.
Eine unwirsche Kopfbewegung.
»Hinten. In seinem Kabuff. Und du könntest Glück haben —
ich glaube, ausnahmsweise sogar allein.«
Als ich anklopfe, schlägt mein Herz so ungestüm gegen die
Rippen, dass ich Angst bekomme, es könnte herausspringen.
Ich warte sein »Herein« nicht ab, sondern drücke sofort
die Klinke herunter.
»Franziska!« Sein Lächeln ist freundlich, aber wirkt leicht
perplex. »Mit dir hätte ich am allerwenigsten gerechnet.
Ist etwas passiert?«
Ich nicke. »Ich will deinen Antrag annehmen«, sage ich, wäh-
rend meine Stimme vor Aufregung zu kippen droht.
Er steht vom Tisch auf, kommt langsam näher. »Und das hast
du dir wirklich gut überlegt?«, will er wissen.
Ich nicke wieder. Rund 300 Tage und zumeist schlaflose Nächte
müssten eigentlich ausreichen, um einen Entschluss zu fassen.
»Ich will eine schnelle Hochzeit«, sage ich. »Wegen Clara. Sie
soll es gut haben. Und dazu gehören solide, vor dem Gesetz
verehelichte Eltern.«
Jetzt steht er direkt vor mir. Seine spärlichen Haare sind
zerrauft, als hätte er vor Kurzem noch geschlafen. Die Augen
aber schauen hellwach.
»Ich werde aber nicht nur ihr Vater sein, sondern auch dein
Mann.« Ich spüre seinen warmen Atem auf der Haut. Er hat
Zwiebeln gegessen und danach irgendeinen Stumpen ge-
raucht, aber heute stört mich nicht einmal das. »Ein richtiger
Mann, wenn du verstehst, was ich damit meine. Ich will keine

Frau, die steif wie ein Brett in meinem Bett liegt und alles mit geschlossenen Augen über sich ergehen lässt. Hast du daran schon gedacht?«

Wir alle brauchen Ordnung und Ruhe, Fritzi, Clara und auch ich. Nichts anderes ist plötzlich mehr in meinem Kopf.

Ich nehme seine Hand und führe sie zu meinem Busen. Alina hat mir erst letzte Woche zwei Garnituren Unterwäsche aus Onkel Carls Laden mitgebracht, unter anderem ein zartrosa spitzenbesetztes Mieder, das die Brüste betont, das habe ich heute extra angezogen. Von Fritzi weiß ich, dass man sich die Sentimentalität der Männer zunutze machen soll.

Und dass Frauen bisweilen auch raffiniert sein dürfen.

»Fühlt sich das vielleicht an wie ein Brett?«, flüstere ich. »Sie haben Sehnsucht nach dir. Spürst du das?«

Er presst seine Lippen auf meinen Mund, und für einen Moment will ich nur noch weglaufen, dann aber scheint er sich zu besinnen und küsst mich sanfter. Ja, so könnte es gehen, denke ich und küsse zurück, bis sein Atem immer schneller geht. Plötzlich lässt er mich los, so abrupt, dass ich taumle.

»Ich hätte da etwas für dich.« Josef geht breitbeinig zum Tisch, zieht eine Schublade auf und kommt mit einem kleinen dunkelblauen Samtetui zurück. »Habe ich schon vor Monaten bei einem Juwelier am Marienplatz gekauft«, sagt er, während er den Deckel hochschnappen lässt. »Obwohl du damals so wenig von mir wissen wolltest. Aber ich dachte mir, vielleicht nimmt sie ja irgendwann wieder Vernunft an. Und sieh einer an: Das Warten hat sich offenbar gelohnt!«

Er stülpt ihn mir über den linken Ringfinger, einen zierlichen goldenen Ring mit einer kleinen weißen Perle, eigentlich zu zart für meine kräftige Hand, aber er schmückt sie trotzdem.

»Dann sind wir jetzt offiziell verlobt und müssen nur noch das Aufgebot bestellen?«, vergewissere ich mich.

Statt einer Antwort küsst er mich abermals ungestüm. »Gleich morgen kümmere ich mich darum«, sagt er, als wir beide wieder Luft bekommen. »Deine Schwester wird allerdings nicht bei mir arbeiten, falls du darauf spekulieren solltest. Ich habe nämlich keine Lust auf immer neue Aufregungen, richte ihr das bitte aus.«

*

Alina und Leo heiraten an einem Dienstag, ein strahlender Apriltag mit emailleblauem Himmel, der nach Frühling duftet. Auf dem Standesamt in der Mandlstraße waren sie schon am Morgen, während ich emsig in der Küche gewerkelt habe, unterstützt von Fritzi und zwei weiteren jungen Frauen, die mir zur Hand gehen.

Das neu erbaute Haus hat mir zunächst schier den Atem verschlagen. Die weite Eingangshalle ziert eine schlanke, dunkle Holzstatue, die eine Tänzerin darstellen soll. Geradeaus geht es direkt ins Wohnzimmer, das über eine gepflasterte Terrasse zum Garten führt. Rechter Hand liegt das Speisezimmer mit einem länglichen, ausziehbaren Tisch, an dem mehr als ein Dutzend Gäste Platz finden. Ihm schließt sich ein Musikzimmer mit Wintergarten an. Ein verschwenderisch breiter Treppenaufgang führt hinauf in die erste Etage, wo Schlafzimmer, Gästezimmer und weitere Räume für künftige Kinder liegen. Staunend habe ich an Alinas Seite, die nach dem Standesamt eine kleine Extraführung für mich veranstaltet hat, die beiden luxuriösen Badezimmer bewundert, die neben einer Badewanne sogar eine von Glaswänden geschützte Dusche haben. Ebenso wie das ausgebaute Dachgeschoss, das Leo sich mit dunklen Ledermöbeln und eingebauten Bücherwänden als Herrenzimmer eingerichtet hat.

Am meisten jedoch beeindrucken mich die Bilder, die überall an den Wänden hängen. Ein paar alte Meister, sonst aber vor allem Modernes. Ich kann kaum damit aufhören, mich an den kühnen Formen und den aufregenden Farben sattzusehen. Ganz kurz streift mich ein Anflug von Neid, weil Alina jetzt Tag für Tag inmitten solcher Kunstwerke leben darf.

»Schau nicht gar so kariert drein«, flüstert sie mir zu. »Es sieht nach mehr aus, als es ist.«

»Was soll das heißen?«, frage ich verblüfft zurück.

»Alles nur auf Pump. Manchmal kann ich kaum noch schlafen, so vieles geht mir jede Nacht durch den Kopf.«

»Ich dachte, dein Leo ist reich ...«

»Irgendwann vielleicht einmal«, erwidert sie lakonisch. »Ich weiß, er zählt auf die Zukunft und glaubt fest an unseren unaufhaltsamen Wohlstand. Ich jedoch bin da nicht so ganz optimistisch wie er. Bisher haben wir vor allem Schulden. Kredite, Fanny, nichts als Kredite! Bis wir die alle erfüllt haben, sind wir beide alt und grau. «

»Und die Bilder?«

»Lauter Kommissionen. Nur wenn Leo eines davon verkauft, fließt Geld. Das meiste erhält dann allerdings der Besitzer. Nur die Provision gehört tatsächlich uns.«

Alinas zartes Gesicht wirkt trotz des Festtags auf einmal gequält. Und obwohl ich sie gerade noch beneidet habe, möchte ich nun nicht mehr mit ihr tauschen. Ich muss an mein blaues Zauberbild denken und bin wieder zufrieden.

Die Sirenen singen — nur für mich.

Zu der Villa gehört auch eine Küche im Erdgeschoss, die so perfekt geplant ist, dass man sich nur einmal umdrehen muss und schon das Gesuchte in der Hand hält. Mit großem Respekt bediene ich den hypermodernen Gasherd, auf dem meine Suppen sieden, und bin heilfroh, dass ich all die Torten und Kuchen bereits vorgestern und gestern noch in der Franz-Joseph-Straße gebacken habe, denn noch bin ich ja bei Dora Rosengart angestellt. Die meisten der kalten Häppchen, die zum Champagner gereicht werden sollen, stammen aus dem feinen Hause Dallmayr, einem ehemaligen Hoflieferanten, aber ein paar Kleinigkeiten steuere ich auch bei — und meine Hilfen. Fritzi, die gerade neben mir Anchovis auf wachsweiche Eier drapiert, kommt mir allerdings so mager und blass vor, dass ich mir sofort wieder Sorgen mache.

Isst sie eigentlich überhaupt noch irgendetwas?

Wenn man sie ansieht, möchte man sie auf der Stelle mit Süßem vollstopfen, aber sie weist jeden Versuch zurück.

»Mir geht es gut«, sagt sie zu jedem, der sie anteilnehmend fragt. »Ich war krank, doch jetzt bin ich wieder ganz gesund.« Dabei liegt etwas Metallisches in ihrem Blick, das mir neu ist, eine blanke Härte, die sie wie ein Panzer schützt.

»Sie sollten Kleider vorführen, Fräulein Friederike«, schlägt Carl Rosengart vor, als wir zusammen die ersten Häppchen in den Salon bringen. Offenbar hegt er noch immer eine heimliche Schwäche für sie. »Meine Modelle würden traumhaft an Ihnen aussehen.«

Fritzi lacht kurz und trocken. »Sie scherzen, verehrter Herr Rosengart! Ab nächster Woche werde ich in einem Bierlokal servieren. Und ich kann froh sein, dass ich die Stelle überhaupt bekommen habe.«

»Bei Ihrer Schwester?« Er ist uns bis in die Küche gefolgt, wo wir die restlichen Vorbereitungen abschließen müssen. Sie lacht erneut. »Wo denken Sie hin! Josef, ihr Verlobter, möchte nicht allzu viel Verwandtschaft in seiner Nähe. Nein, ich arbeite im Weißen Bräuhaus und werde ganz auf mich allein gestellt sein. Aber ich schaffe das. Die guten Zeiten haben mich nur ein bisschen hängen lassen. Jetzt brechen sie wieder an, Herr Rosengart, Sie werden schon sehen!«

Sanft berührt er ihren dünnen Arm.

»Sind Sie dafür denn nicht viel zu zart?«, fragt er leise. »Ich meine, um Krüge zu schleppen und all das andere.«

»Ich bin so stark wie ein Ochse.« Fritzi sieht dabei nicht ihn an, sondern mich. »Und was ich mir vornehme, das erreiche ich auch. Meistens jedenfalls ...«

Er hüstelt, sucht nach Worten.

»Ich hätte Sie ja gern als Verkäuferin in einem meiner Läden gesehen. Aber mir ist zu Ohren gekommen, dass Sie wegen meiner Glaubenszugehörigkeit – oder sollte ich besser sagen Abstammung – gravierende Bedenken hätten.«

Ich halte den Atem an, während ich scheinbar konzentriert mittels einer Tülle Lachssahne in Rosenform auf winzige Blätterteigtörtchen spritze.

»Wer sagt denn so etwas!« Fritzi klingt ehrlich empört. »Man kann Fehler machen, Herr Rosengart, aber man muss auch bereit sein, sie wieder auszubügeln. Und das bin ich, das können Sie mir glauben!«

Er sieht sie unschlüssig an, öffnet den Mund, als wollte er

etwas sagen, geht aber dann kopfschüttelnd ohne weitere Entgegnung hinaus.

»Er hat mir nicht geglaubt«, murmelt Fritzi hinter ihm her. »Kein einziges Wort. Habe ich das dir zu verdanken? Oder hat etwa deine geliebte Alina ihren Onkel gegen mich aufgehetzt?«

Eifersucht entstellt ihr anziehendes Gesicht, und ich fühle mich plötzlich erschöpft. Meine Zwillingsschwester kann und will mich nicht mit anderen Menschen teilen. Wird das denn niemals aufhören, nicht einmal jetzt, wo wir beide erwachsene Frauen sind?

»Den Rosengarts ist keineswegs entgangen, in welchen Kreisen du verkehrt hast«, erwidere ich. »Und trotzdem haben sie dich und mich nicht im Stich gelassen, als wir beide nicht mehr weiterwussten. Sie sind feine Menschen, die man nicht anlügen sollte. Ich hoffe, das vergisst du niemals.«

»Aber ich habe nicht gelogen ...«

Unter meinem kritischen Blick verstummt sie rasch. Dann lächelt sie mich unsicher an.

»Wo ist eigentlich die Kleine?«, will sie wissen.

»Oben. In einem der Schlafzimmer. Alinas Mutter hat für heute eine Kinderfrau bestellt, die sich um Clara kümmert.«

»Wie ungemein nobel! Sonst hätte ja auch ich ...«

»Du bringst sie ja doch nur wieder zum Weinen, weil du immer so unruhig bist«, wende ich ein. »Das Kind braucht jetzt vor allem Ruhe und Ordnung. Sonst kann es nicht gedeihen.«

»Sagt wer?« Jetzt steht sie so nah vor mir, dass ich jede Wimper sehen kann, jede Pore, jedes noch so winzige Fältchen. Den zarten Flaum, der ihre helle Haut bedeckt. Fritzis Augenweiß

*ist rötlich, als habe sie erst kürzlich geweint. Und dennoch ist
sie so schön, wie ich es niemals sein werde.*

*»Ich, Claras Mutter. Und als die muss ich es ja schließlich
wissen.«*

*Sie wendet sich ab, und für einen Moment kommt es mir vor,
als würden ihre Schultern zucken. Doch als sie sich wieder zu
mir umdreht, sind ihre Augen trocken und funkeln aufsässig.*

*»Wie geht es jetzt eigentlich mit uns beiden weiter?«, fragt sie.
»Wie sollen wir zukünftig damit umgehen, dass Clara ...*

Fanny blieb ihr die Antwort schuldig. Stattdessen legte sie
rasch die Schürze ab, weil die Stimmen von draußen lauter
geworden waren. Ein letzter prüfender Blick auf ihr
blauweißes Tupfenkleid, das zum Glück beim Garnieren
keinen Flecken abbekommen hatte, dann ging sie zu den
anderen hinaus in den Garten.

Unter einem golddurchwirkten Hochzeitbaldachin
standen Alina und Leo, sie in einem weißen, langärme-
ligen Kleid aus Brüsseler Spitze, das ihre grazile Figur
betonte, er in einem ebenfalls weißen Gewand, das er über
seinem Cut trug. Leo sah so glücklich aus, dass er von innen her zu leuchten schien. Das Gesicht der Braut bedeckte ein Schleier, ein zartes Gespinst, und daran, wie
stark es sich in Mundhöhe bewegte, erkannte Fanny, wie
aufgeregt die Freundin war. Erst gestern hatte sich Alina
die Haare in Kinnlänge abschneiden lassen, die ihr Gesicht nun wie ein edler dunkler Rahmen umschmeichel-
ten, wenngleich Dora Rosengart bei diesem Anblick einer
Ohnmacht nah gewesen war. Heute dagegen wollte das
Strahlen gar nicht mehr aus dem Gesicht der Mutter wei-

chen, das im Lauf des Tages nahezu den Ton ihrer burgunderfarbenen Seidenrobe angenommen hatte.

Nachdem der Rabbiner seinen Segen gesprochen hatte und den Brautleuten einen Becher zum Trinken reichte, schlug Alina den Schleier zurück und nippte anmutig.

Einer der beiden männlichen Trauzeugen war Lion Feuchtwanger, was Fanny freute, denn sie hatte den Mann mit den klugen Augen hinter der runden Brille in allerbester Erinnerung. Heute war er mit seiner Frau erschienen. Martha Feuchtwanger trug ein festliches blaues Kleid mit Goldborte und hatte die braunen Haare zu einem Knoten zurückgenommen. Den zweiten Zeugen, einen schlanken Mann mit grauem Bart, angeblich ein berühmter Anwalt, kannte Fanny nicht. Auch von den anderen Gästen waren ihr die meisten fremd.

Sie vermisste Ernst Toller, den Schriftsteller und zeitweiligen Vorsitzenden der USPD, der im Gefängnis saß. Gleiches galt für den Publizisten Erich Mühsam, den sie oft bei den Klees gesehen hatte, inzwischen als kommunistischer Rädelsführer zu 15 Jahren Festungshaft verurteilt. Noch viel schlimmer war es Gustav Landauer ergangen, Anarchist und glühender Befürworter der Münchner Räterepublik, den die Freikorps bei der Eroberung Münchens gefangen genommen, brutal gefoltert und schließlich getötet hatten.

Auch der Schriftsteller Oskar Maria Graf, der die Frauen so gern mochte, fehlte, ebenso wie Bertolt Brecht. Familie Klee hatte mit Bedauern abgesagt. Paul Klee war ans Bauhaus in Weimar berufen worden, und sie steckten mitten im Umzug. Die pulsierende Aufbruchsstimmung, die Fanny damals beim abendlichen Kochen wie ein glühender Hauch gestreift hatte, war endgültig verflogen. Viele ihrer Anhänger hatten bitter für ihren Enthusiasmus und ihre Träume eines neuen Lebens in einer anderen Republik bezahlen müssen.

Nur mühsam gelang es Fanny, sich wieder auf die Gegenwart zu konzentrieren. Leo streifte Alina gerade einen breiten goldenen Ring auf den Zeigefinger der rechten Hand und sprach danach die traditionellen Worte. Danach wurde der Ehevertrag in einer fremden Sprache verlesen, von der Fanny kein einziges Wort verstand, und so schweiften ihre Gedanken erneut kurz ab. Endlich hatte sie im Garten den Holunder aus Weiden entdeckt, der nah am Zaun gut eingewachsen zu sein schien, denn er trieb bereits stark aus, wenngleich er noch immer ein wenig schief war.

Schiefes Glück?, dachte sie. *Kann es so etwas überhaupt geben? Oder sehe ich alles nur wieder einmal zu kompliziert?*

»Für uns Juden ist die Ehe der Anfang einer Reise«, sagte Carl Rosengart halblaut neben ihr, als habe er ihre Gedanken erraten. Wieder redete der Rabbiner, wieder tranken die Brautleute nacheinander aus dem Becher. »Wie allerdings der Ausgang sein wird, kann niemand vorhersagen.«

»Bei diesen beiden wird er gut«, sagte Fanny. »Sehen Sie das wunderschöne Collier, das er ihr heute Morgen geschenkt hat? Der grüne Stein funkelt ja bis zu uns herüber! Morgen früh reisen sie dann zusammen nach Venedig. Alina hat mir Fotografien gezeigt – eine ganze Stadt mitten im Wasser, mit Hunderten von Brücken. Das muss märchenhaft sein! Wer seine Frau so liebt, wird sie immer auf Händen tragen. Nichts anderes wünsche ich Alina, und wunderschöne, kluge Kinder natürlich auch. Aber die werden sie ohnehin bekommen.«

»Das weiß man nicht immer vorher«, murmelte Carl Rosengart. »Man begrüßt sie im Leben, zieht sie groß, aber manchmal verliert man sie auch.« Er klang plötzlich so traurig, dass Fanny aufhorchte.

»Sie haben auch Kinder, Herr Rosengart? Davon wusste ich ja gar nichts.«

»Hatte, hatte, meine Liebe. Einen Sohn. David haben wir ihn genannt.«

»Ist er …« Sie konnte es nicht aussprechen, nicht an diesem Tag.

»Nein, er lebt. Und er arbeitet höchst erfolgreich in Berlin als Chirurg. Aber er hat sich schon vor Jahren von uns allen losgesagt, weil er kein Jude mehr sein will. Sogar seinen Namen hat er geändert. Siegfried Rosengart nennt er sich jetzt. Siegfried Rosengart – klingt das nicht ziemlich lächerlich?«

Er blinzelte, um die Tränen zu vertreiben, dann schnäuzte er sich ausgiebig.

»Und wohin soll Ihre Reise gehen, Fräulein Franziska?«, fragte er weiter. »Alina hat mir erzählt, dass Sie auch bald heiraten werden.«

»Nicht ganz so weit, Herr Rosengart.« Sie lächelte. »Wir ziehen nur in die Türkenstraße. Dort hat mein Verlobter eine Wohnung gemietet. Und kochen werde ich gleich um die Ecke in seiner Gaststätte. Dann sind es eben nicht mehr zwanzig Dampfnudeln, die mittags fertig werden müssen, sondern gleich sechzig oder sogar mehr. Ich hoffe, ich mache ihm alle Ehre!«

»Das werden Sie, da bin ich mir sicher. Aber wer kümmert sich dann um die kleine Clara?«

»Es gibt dort einen Nebenraum, wo sie tagsüber ihre Ruhe hat, und wenn sie größer wird, kommt sie in einen Laufstall mitten ins Gemenge. Was danach geschieht, werden wir sehen. Auf Reisen kennt man eben nicht immer schon im Voraus alle Stationen.«

Sie schrak zusammen, als Leo mit dem rechten Fuß ein Glas zertrat.

»Wieso macht er das?«, fragte sie ihren Nachbarn.

»Damit er Jerusalem niemals vergisst, wo wir eigentlich hingehören«, erwiderte Carl Rosengart. »Weil in aller Freude auch stets ein Körnchen Traurigkeit liegt. Und damit wir Hochzeitsgäste endlich etwas zu essen und zu trinken bekommen – ich sterbe nämlich bald vor Hunger und Durst!«

*

München, Mai 1920

An ihrer rechten Hand steckte nun ein schmaler goldener Ehering, und sie hieß ab jetzt Franziska Maria Friederike Raith. Den dritten Vornamen hatte Fanny bislang stets unter den Tisch fallen lassen, weil er ihr so übertrieben erschienen war – bis auf ein einziges Mal, wo er ihnen gute Dienste geleistet hatte. Aber im neuen blauen Familienbuch der Stadt München stand er nun unwiderruflich.

Was für ein Tag!

Ihre Hochzeitsgesellschaft war überschaubar gewesen. Rosl war erneut schwanger und litt dieses Mal sehr an Übelkeit. Zudem war ihre kleine Angelika an hohem Fieber erkrankt, was eine Bahnfahrt nach München unmöglich gemacht hatte. Auf ihren steifen Ehemann Frieder als einzigen Abgesandten hatte Fanny gut verzichten können. Der Vater lag schwer krank daheim und konnte in diesem Zustand nicht einmal das Haus verlassen. Bruder Hans aus Tiefenbach hatte eine versilberte Vorlegezange geschickt, die sie sicherlich niemals gebrauchen würden. Dafür war Sepp angereist mit seiner blonden Verlobten Anna, die sich im August nun endlich das Jawort geben wollten. Fast wie Geschwister sahen die beiden aus, klein, rundlich und äußerst sparsam, aber sie schienen sich herzlich zugetan zu sein, was Fanny beruhigte.

Ganz im Gegensatz zu Georg und Elise.

Zwischen diesen beiden brannte die Luft, jeder Satz barg eine Explosion, und Marianne wirkte so erschöpft, als ob sie das alles Tag für Tag ungefiltert mitbekäme.

»Was ist denn nur los mit euch beiden?«, flüsterte Fanny ihrer Schwägerin auf dem Weg zum Standesamt zu. Claras wegen hatten sie auf eine kirchliche Hochzeit verzichtet, und so trug sie nun auch kein bräutliches Weiß, sondern ein blaues Leinenkostüm mit weißer Bluse, das Alina ihr geschenkt hatte.

»Was soll schon sein?« Elise schüttelte die frisch ondulierten roten Locken, die sie nun ebenfalls in modischer Kinnlänge trug. »Herumkommandieren will er mich von früh bis spät! Tu dies, lass jenes, wieso hast du noch immer nicht …« Sie schaffte es, Georgs bisweilen nörgelnden

Tonfall nahezu perfekt zu imitieren. »Er ist der Größte, immer und überall, zumindest bildet er sich das ein. Dabei stammt das Firmenkapital doch von meinem Vater – und neuerdings auch von Ferdl Licht.« Sie warf dem schlanken Mann, der hinter ihnen im hellgrauen Sommeranzug einherschritt, einen koketten Blick zu. »Das ist vielleicht ein Mann, Fanny! Kultiviert, belesen, weitgereist. Aus allerbester Kinderstube. Nicht so ein Bauer wie mein Georg. In seiner Gegenwart lebt jede Frau auf.«

Josef und sie hatten den Wiener nicht eingeladen, denn sie kannten Georgs Partner ja kaum. Elise hatte ihn einfach mitgebracht, als sei es selbstverständlich, und machte ihm die ganze Zeit schöne Augen.

Josef hatte sofort darauf reagiert.

»Wenn du dich nur ein einziges Mal so aufführst, wirst du mich kennenlernen«, zischte er Fanny ins Ohr, als sie endlich vor dem Standesamt in der Mandlstraße angekommen waren. »Den Mann in aller Öffentlichkeit zum Hahnrei machen! Das verstößt doch entschieden gegen die Natur.«

»Und die Frau?«, entgegnete sie mit ihrer sanftesten Stimme. »Wie nennt man dann das?«

Er presste die Lippen zusammen, wie immer, wenn ihm etwas gegen den Strich ging, und schwieg, offenbar entschlossen, ihnen mit weiteren Bemerkungen nicht den Tag zu verderben. Dabei hätte sie allen Grund gehabt, wütend zu sein. Fritzi hatte Hedwig Vogel kürzlich früh morgens aus seiner alten Wohnung kommen sehen, und Josefs Erklärungen zu diesem Vorfall klangen mehr als dürftig. Fanny hatte erneut zu zweifeln begonnen, sich dann aber gesagt, dass es ja keine Alternativen gab.

Josef war die Rettung – für sie alle.

Dennoch hatte Fannys Hand leicht gezittert, als sie zum ersten Mal mit Raith unterzeichnete, aber daran würde sie sich gewöhnen. Sie konnte nur hoffen, dass dies auch für die anderen ehelichen Belange gelten würde.

Clara schwebte in einem weißen Rüschenkleid auf Alinas Armen, das diese ihr aus Venedig mitgebracht hatte. Das festliche Kleid würde die Kleine auch zur Taufe tragen, die in der nächsten Woche stattfinden sollte, nachdem ihre Eltern nun offiziell zu Mann und Frau erklärt worden waren. Ausnahmsweise schrie sie nicht, sondern schlief zumeist friedlich. Als sie hungrig wurde, gab Alina ihr rasch das Fläschchen.

Sie feierten in Josefs Wirtschaft, die mit Maibuschen und weißen Tischdecken ungewohnt festlich hergerichtet war. Mit Leberknödelsuppe, Tellerfleisch, Blaukraut und frischem Meerrettich, alles von Fanny und der neuen Küchenhilfe Lini aufwendig vorbereitet, war der Geschmack der Hochzeitsgäste bestens getroffen. Als zum Schluss Apfelküchlein mit Holunderkompott gereicht wurden, erreichte die gute Stimmung ihren Höhepunkt. Dazu wurde Kaffee serviert, den Leo Cantor beigesteuert hatte, nebst einem edlen cremeweißen Speise- und Kaffeeservice für 12 Personen, das Fanny die Röte in die Wangen trieb, so sehr freute sie sich darüber.

Als sie irgendwann in Josefs Hinterzimmer ging, um sich frisch zu machen, folgte ihr Fritzi.

»Wie fühlst du dich?«, fragte sie, während Fanny sich mit kaltem Wasser abtupfte.

»Verheiratet. Wäre doch schlimm, wenn es anders wäre.«

»Bereust du es schon?«

Fanny drehte sich langsam zu ihr um. »Wieso fragst du mich das?«, fragte sie. »Wir hatten doch beschlossen, dass es die ideale Lösung ist. Oder hast du inzwischen einen besseren Vorschlag?«

Fritzi schüttelte den Kopf.

»Ich weiß, du tust es für mich«, sagte sie. »Aber ich weiß nicht mehr, ob es richtig ist. Ein ganzes Leben – das kommt mir plötzlich sehr lang vor. Ich hätte dich davon abbringen sollen.«

»Ich tue es für die Kleine«, widersprach Fanny. »Für unsere Clara. Soll das Kind dafür büßen, dass wir naiv und unvorsichtig waren? Außerdem stehe ich in deiner Schuld. Nimm den heutigen Tag als eine Art Wiedergutmachung. Und als Neuanfang. Wir müssen nach vorne schauen, Fritzi, alle beide. Sonst erdrückt uns die Erinnerung.«

Fritzis Blick wurde weich.

»Du bist einfach wunderbar«, flüsterte sie. »So sehr, dass ich es manchmal kaum aushalten kann.«

»Jetzt übertreib nicht gleich so schamlos«, sagte Fanny mit einem kleinen Lächeln. »Komm lieber mal her zu mir!«

Sie umarmten sich, und sie schloss die Augen.

Warum konnte sie diesen Moment nicht festhalten? Nur bei Claras Geburt waren sie einander so nah gewesen.

Als sich die Hochzeitsgäste verabschiedet hatten und sie schließlich abends zu dritt in der Türkenstraße angelangt waren, ging Fanny mit Clara auf dem Arm durch die ganze Wohnung. Natürlich hätte sie lieber im nobleren Vorderhaus zur Straße hin gewohnt, aber auch das Rückgebäude hatte Vorteile, war ruhiger, wenngleich schattiger, weil eine Kastanie im Hof wuchs. Sie hatten nun drei Zimmer und eine Kammer sowie eine Küche, die gerade so groß war, dass man auch darin essen konnte. Sogar ihr alter Traum von einem eigenen Bad mit Toilette und Wanne hatte sich erfüllt. In der würde sie sich ab jetzt die Küchendünste abwaschen, und die Kleine konnte später darin plantschen, sobald sie dem hölzernen Zuber entwachsen war.

Nachdem sie alles zusammen ausführlich angeschaut hatten, gab sie Clara ein Fläschchen, wickelte sie und legte sie danach in ihr Körbchen, das heute ausnahmsweise in die Küche auswandern musste.

Josef hatte Jackett und Schuhe ausgezogen und wartete bereits im Schlafzimmer.

»Da bist du ja endlich, Franziska. Ich habe schon befürchtet, du freust dich gar nicht auf unsere Hochzeitsnacht.«

Sie schlüpfte aus Kostüm und Bluse, hängte beides sorgfältig auf einen Bügel. Schließlich saß Fanny auf dem Bettrand, nur noch in Mieder und Strümpfen, und vermied es, ihn anzusehen, als er seine Hose auszog. Bislang hatte sie sich ihr ganzes Leben lang ohne männliche Blicke ausgekleidet, geschweige denn nackte Männer gesehen, bis auf ...

»Könntest du dich bitte umdrehen?«, murmelte sie verlegen. Ihr weißes Nachthemd mit den rosa Schleifen lag zusammengefaltet am Bettende.

»Ich denke gar nicht daran.« Er musterte sie ungeniert. »Lass das Nachthemd ruhig, wo es ist. Das brauchen wir jetzt nicht.«

Seine Hände streichelten ihre Schultern, die Arme, den Busen, die Schenkel. Sie spürte, wie sie zu zittern begannen, und ja, auch sie zitterte, ganz tief von innen heraus.

Dann berührten seine Lippen ihren Mund.

»Musst dich nicht fürchten«, flüsterte er zwischen zwei Küssen. »Ein heißes Weib und ein potenter Kerl wie ich – was sollte da schon schiefgehen?«

Mit sanfter Gewalt zwang er sie zum Liegen, doch als Fanny ihn über sich sah, kam alles wieder zurück, was sie für immer hatte vergessen wollen – und doch nicht konnte.

Lauf, Fanny, lauf …

»Ich kann nicht.« Sie schob ihn weg. »Jedenfalls nicht so.«

»Was soll das heißen?«, fragte Josef säuerlich.

»Mach wenigstens das Licht aus«, bat sie leise. »Dann ist es leichter für mich.«

»Das klingt ja, als wollte man dich zum Schafott führen.« Er wurde immer ärgerlicher, aber kam doch ihrer Bitte nach und löschte die Lampe. »Bist du wirklich auf einmal so prüde, oder tust du nur so?«

Ich darf ihn nicht zurückstoßen, dachte sie. Mich überall anzufassen ist sein gutes Recht, denn er ist mein Mann und gibt der Kleinen Schutz. Nur noch einen winzigen Augenblick, dann …

Fanny streckte die Arme aus und zog ihn an sich.

»Sei sanft mit mir«, bat sie.

*

Am nächsten Morgen zog sie das beschmutzte Laken ab und weichte es in der Badewanne ein. Blut ging am besten im kalten Wasser heraus, das hatte ihr die Mutter beigebracht. Josef war schon auf dem Weg in die Gastwirtschaft, und sie würde ihm mit Clara bald schon folgen müssen, aber noch gehörte der Morgen ihr. Fanny hatte alle Fenster weit geöffnet und genoss die warme Luft, die hereinströmte. In der Kastanie zwitscherten Vögel um die Wette, als wollten sie ihr ein Ständchen bringen. Ein kleines Mädchen mit einem langen blonden Zopf trieb einen Reifen über den Hof – nicht mehr lange, und Clara würde mit ihr spielen können. Eine Vorstellung, die Fannys Herz wärmte.

Als sie sich über das Körbchen beugte, schien die Kleine sie anzulächeln – zum allerersten Mal. Nachts hatte sie dreimal aufstehen müssen, um das weinende Kind zu beruhigen, und entsprechend müde war sie eigentlich.

Doch dieses kurze Lächeln entschädigte Fanny für alles.

»Wir werden ein gutes Leben haben«, murmelte sie, als sie sie heraushob und mit ihr ans Fenster trat. »Das verspreche ich dir, mein Kind. Soll nicht alles umsonst gewesen sein!«

Clara sah sie so aufmerksam an, als hätte sie jedes Wort verstanden, dann streckte sie ihr Ärmchen aus und patschte Fanny mit der kleinen Hand mitten auf die Nase.

»War das etwa ein Ja?« Innig küsste Fanny die zarte Kinderwange. »Ich glaube, das war ein deutliches Ja!«

*

München, Oktober 1923

In welchen Zeiten leben wir?
Neben mir steht ein Koffer voller Geld — und ist dennoch
nichts wert! Das Pfund Margarine kostet 1 Million, einmal
Schuhe besohlen 4 Millionen, ein guter Anzug 50 Millionen
Mark, aber wir bezahlen zusätzlich sogar mit buntem Ersatz-
geld, das das Papier nicht wert ist, auf dem es gedruckt ist.
Die Notenpressen arbeiten Tag und Nacht und kommen doch
nicht nach. Menschen werden allein wegen ihrer Goldzähne
auf offener Straße erschlagen, und wer im Lokal etwas zu
essen bestellt, kann nicht wissen, ob er es eine Stunde später
noch bezahlen kann. Doch das ist bei Weitem nicht alles, was
mir auf der Seele brennt, und so habe ich nach Langem endlich
wieder mein Tagebuch zur Hand genommen ...

München, Juni 2015

Wieso auf einmal 1923? Katharina blätterte ein paar Seiten weiter, aber es ging definitiv erst im Jahr 1923 weiter.

Hatte wieder jemand etwas herausgetrennt?

Prüfend hielt sie die Kladde ganz nah unter die Stehlampe, obwohl es inzwischen draußen schon hell genug
war, entdeckte aber nichts. Fanny hatte offenbar tatsächlich erst drei Jahre später ihre Aufzeichnungen weiterge-
führt.

Vielleicht erfuhr sie ja den Grund, wenn sie weiterlas.

Die Uhr zeigte sieben, und aus dem Schlafzimmer
drang kein Ton. Trotzdem ging sie nachsehen. Alex hatte

es fertiggebracht, alle Decken an sich zu raffen und sich in ihnen einzuwickeln, bis nur noch sein schwarzer Schopf herausragte. Sie lächelte, als sie ihn in seinem selbst gebastelten Kokon sah. Nachts fühlte er sich also offenbar schutzbedürftig, etwas Weiteres, das sie nun über ihn wusste.

Lächelnd ging sie in die Küche, schäumte sich einen Milchkaffee auf und las dann weiter.

*

... denn ich bin schwanger. Niemals hätte ich gedacht, dass es dazu kommen würde, denn die letzten Jahre hatten uns so tief entzweit, dass ich eine Wiederannäherung zwischen Josef und mir für ausgeschlossen gehalten habe.

Er war mir fremd, ja sogar widerlich geworden – in mehr als einer Hinsicht. Ich hasse diese Nationalsozialisten, »seine Gefährten«, wie er sie nennt. Immer öfter steckt er mit ihnen zusammen. In unserem Gasthaus habe ich sie derart auffällig geschnitten, dass sie irgendwann die Lust verloren haben, bei uns zu essen. Ein paar gezielt versalzene Gerichte, einige schlecht eingeschenkte Bierkrüge kamen hinzu, und nun brüllen sie ihre Hetzparolen meistens anderswo, was mich erleichtert. Am schlimmsten ist ihr Anführer Adolf Hitler, den sie verehren wie einen Messias. Ich halte mich da an den Jesuitenpater Rupert Mayer, der ihn öffentlich einen Hysteriker reinsten Wassers genannt hat. Ein Ausspruch, der Josef auf die Palme bringt, denn auch er möchte ja trotz seiner völkischen Gesinnung noch immer als braver Katholik dastehen. Dazu gehört für ihn anscheinend auch, immer wieder fremd-

zugehen. Ich habe ihn und Hedwig doch tatsächlich im ersten Jahr nach der Hochzeit in flagranti in unserem Ehebett erwischt, als ich eines Sonntags zu früh vom Kirchgang nach Hause kam. Eigentlich wäre jetzt ja St. Ludwig für mich zuständig, aber es zieht mich nach wie vor in den Dom von Schwabing – das hatte er sich zunutze gemacht.

Seitdem war mein Lager nebenan bei Clara, und kein Bitten und kein Flehen Josefs konnten mich dazu bringen, ihn wieder zu erhören. Als Hedwig ein Jahr später an einer Geschlechtskrankheit im Schwabinger Krankenhaus elend zugrunde ging, war seine Reue übergroß. Ihn hatte sie gottlob nicht angesteckt, dafür jedoch andere Männer.

Zu Fuß nach Altötting ist Josef daraufhin gewallfahrtet, hat keine Messe mehr versäumt und kniete eines Abends so jämmerlich vor mir, bei allen Heiligen schwörend, er sei kerngesund geblieben und würde ab jetzt stets treu sein. In guten wie in schlechten Zeiten – hatte nicht auch ich das vor dem Altar feierlich gelobt?

Also nahm ich ihn nach einigem Zögern wieder als meinen Ehemann auf, und wir hatten für ein paar Monate gar keine schlechte Zeit. Er war öfter zu Hause, trank kaum etwas und behandelte mich liebevoll. In dieser Stimmung ist es dann wohl passiert ...

Und nun wächst dieses kleine Wunder in mir, das Anfang Dezember zur Welt kommen soll. Über meine Schwangerschaft hatte Josef sich anfangs sehr gefreut, bald jedoch das Interesse daran verloren. Auch dass ich träger werde und weniger arbeiten kann, scheint ihm nicht zu gefallen. Am liebsten würde er wohl die Monate bis zur Geburt überspringen und gleich einen fertigen Sohn in den Armen halten.

Auch Clara kann es kaum erwarten, legt den Kopf auf meinen Bauch, klopft darauf und ruft immer wieder »Brüderchen«, obwohl ich ihr jedes Mal sage, dass es ebenso gut ein Schwesterchen werden kann. Josef hofft ebenfalls inständig auf einen Stammhalter, wie er mir immer wieder versichert, während mir das Geschlecht ganz einerlei ist, wenn es nur gesund zur Welt kommt.

Er hat sich entschlossen, die Pacht unserer Gaststätte nicht zu verlängern, weil sie um einiges gestiegen ist. Stattdessen hat er nach anderen Lokalen Ausschau gehalten. Ursprünglich sollten wir sogar nach Landshut umziehen, wo er etwas Geeignetes entdeckt hatte. Doch dagegen habe ich mich mit Händen und Füßen gewehrt, denn ich will nicht weg von Alina und kann nicht weg von Fritzi. Schließlich haben wir uns auf eine kleine Gastwirtschaft in der Haimhauserstraße geeinigt, die sich mit einer Kraft am Tresen, einer Bedienung, einer Köchin und einer Küchenhilfe betreiben lässt.

Vor drei Monaten ist Josef offiziell in die NSDAP eingetreten und nun ständig für seine Partei unterwegs. Ich werde künftig also viel auf mich allein gestellt sein, eine Aussicht, die mich eher beflügelt als ängstigt, denn mein Kopf sprudelt nur so vor Ideen. Zum bunten Eck, so will ich das neue Lokal nennen, was ihm sichtlich missfällt, aber seine Vorschläge Deutsche Eiche oder Treue Gefährten habe ich abgelehnt. Ich sehne mich nach diesem neuen, ruhigeren Ort, ein ganzes Stück weg von der Schellingstraße, wo Hitler in seinem Lieblingslokal Osteria mehrmals wöchentlich Hof hält und vor dem seine Spießgesellen auf und ab marschieren.

Dort, im Herzen Schwabings, leben vor allem einfache Leute, und genau für die werde ich gutes, schmackhaftes Essen

kochen, sobald dieser Währungswahnsinn endlich vorbei ist.
Dann will ich auch eine Renovierung in Angriff nehmen, denn
das kleine Lokal hätte sie dringend nötig. Josef sagt, es wird
nicht mehr lange dauern, da die Regierung in Berlin die
deutsche Rentenbank einrichten will. Was genau das bedeutet,
weiß ich nicht, aber es wird eine neue Währung geben, und
wir können beim Bäcker zukünftig wohl wieder aus dem
Geldbeutel bezahlen und nicht wie jetzt bündelweise aus dem
Leiterwagen.

Alina wird fast zur gleichen Zeit wie ich entbinden, obwohl
ihr Bauch nur halb so groß ist wie meiner. Das lässt mich
bisweilen schwer grübeln. Meine Hebamme Gundel Laurich
hat das Thema Zwillinge bislang nur einmal kurz ins Spiel
gebracht, allerdings ausgerechnet in Fritzis Gegenwart.
»Wenn es zwei werden, dann kannst du ja mir eines davon
schenken«, lautete ihr Kommentar, und sie hat dabei betrübt
auf ihren flachen Bauch geschaut.

Mir wird elend zumute, wenn ich hinter dem flotten Spruch
ihre eigentliche Verzweiflung spüre. Schon die zweite Verlobung, die für sie nun innerhalb von drei Jahren geplatzt ist.
Keiner hält es lange aus mit ihr, weder der ältliche Beamte
Karl Huber, den sie mit ihren Nixenaugen im Weißen Bräuhaus bezaubert hatte. Und auch nicht Josefs untersetzter
Parteigenosse Erwin Scheuberl, ein Versicherungsangestellter,
der mir vom ersten Moment an zuwider war. Meine schöne
Schwester kommt mir immer öfter vor wie ein Schiff, das ohne
Segel und Ruder auf rauer See treibt, und manchmal stimmt
es mich bedenklich, wenn ich ähnliche Charakterzüge auch bei
unserer Clara zu entdecken glaube.

»Natürlich hat sie viel von mir«, kommentiert Fritzi grinsend,

als ich es in ihrer Gegenwart erwähne. »Schließlich sind wir
ja eng verwandt.«

Den Traum von einem eigenen Laden hat sie noch immer nicht
aufgegeben und Georg mittlerweile so weit getrieben, dass er
ihr eine Ausstattung versprochen hat, sobald seine Mieterträge
wieder ein normales Maß erreichen und sie eine passende
Örtlichkeit ausfindig gemacht hat. Seitdem streicht Fritzi mit
Block und Bleistift durch die Stadt, um alles festzuhalten, was
ihr unterwegs auffällt. Am liebsten würde sie sich wohl noch
einen Fotoapparat zulegen, wäre ihr die Handhabung nicht zu
kompliziert.

Einen Handwerker für die künftige Ladeneinrichtung hat sie
auch schon aufgetan, einen sympathischen Schreinermeister
mit dunklen Haaren, Grübchen und einem energischen Kinn.
Er scheint viel davon zu verstehen, denn aus seiner Werkstatt
stammen bereits einige Münchner Ladenzeilen. Franz Hirtinger, wie er heißt, zieht das linke Bein ein wenig nach, was
man nicht gleich bemerkt, so geschickt geht er damit um. Es
erinnert mich an unseren Bruder Georg und hat mich sofort
für ihn eingenommen. Auch Clara, sonst eher scheu gegenüber
Fremden, scheint ihn zu mögen und spielt mit ihrer Stoffpuppe
neben dem Stuhl, auf dem er Platz genommen hat.

Fritzi hat ihn zu uns in die Wohnung gebracht, weil sie ihn
mir unbedingt vorstellen wollte.

»Dieser Mann schreinert nicht nur die besten Ladeneinrich-
tungen, sondern könnte auch euer neues Lokal auf Vorder-
mann bringen.« Ihre Begeisterung ist unübersehbar, und ich
spüre genau, dass sie nicht nur dem Handwerker gilt, sondern
vor allem dem attraktiven Mann. »Das würden Sie doch, Herr
Hirtinger, oder?«

Lächelnd betrachtet er meinen Bauch, der nicht mehr zu
verstecken ist. Danach schaut er mir direkt in die Augen, und
mir wird glühend heiß. So hat mich schon lange kein Mann
mehr angesehen, so offen, so direkt, so liebevoll.

»Werden Sie demnächst nicht eher ganz andere Dinge zu tun
haben, Frau Raith?«, fragt er freundlich.

»Das wird sie, aber ich bin ja schließlich auch noch da«, sagt
Fritzi, bevor ich etwas antworten kann. »Clara kann mit zu
mir in den Laden. Und das Kleine ...«

»Bislang ist der Pachtvertrag noch nicht unterschrieben«,
erkläre ich. »Und natürlich müsste auch mein Mann damit
einverstanden sein. Aber wenn Sie wollen, könnte ich Ihnen
das Lokal schon einmal zeigen, denn es steht derzeit leer.«

»Sehr gern.« Sein Blick bleibt unglaublich intensiv.

Was will er von mir? Ich bin eine Schwangere in einem aus-
gewaschenen Kittelkleid, das bald zu eng sein wird — und
gegenüber sitzt meine bildschöne Zwillingsschwester, die ihn
unverhohlen anhimmelt, aber seltsamerweise scheint er nur
Augen für mich zu haben.

»Morgen Nachmittag? Gegen fünf?«, schlägt er vor, und ich
gebe ihm die Adresse vom künftigen Bunten Eck.

In der Nacht finde ich lange keinen Schlaf, und das liegt nicht
nur daran, dass mir mein Bauch inzwischen in fast jeder
Position im Weg ist. Ich muss an den Schreiner mit den blauen
Augen und der tiefen Stimme denken, der mich so angesehen
hat, wie ich es zu lange vermisst habe. In aller Frühe stehe
ich auf, wasche meine Haare, lasse sie an der Luft trocknen
und bearbeite sie danach mit dem Brenneisen, bevor ich sie zu
einem weichen Knoten aufstecke, der meinem Gesicht schmei-
chelt. Ich creme meine Hände mit Arnikasalbe ein, damit sie

zarter werden. Ein bisschen schäme ich mich wegen meiner
Eitelkeit, dann aber lächle ich mich selbst erwartungsfroh im
Spiegel an.

Franz Hirtinger ist vor mir da, als ich vom Fahrrad absteige,
das ich auch bald stehen lassen muss. Zum Glück passt mir
noch die hübsche graue Strickjacke, die alles ein wenig verhüllt.
Trotzdem habe ich mich nie schwerfälliger gefühlt als heute.
Bevor ich Clara aus dem Körbchen an der Lenkstange heben
kann, hat er es bereits getan. Sie beweist ihm ihre Zuneigung,
indem sie sich von ihm an der Hand zum Lokal führen lässt.
Schnaufend kommt der Hausmeister auf mein Läuten hin
heraus, sperrt mürrisch auf und wäre wohl noch viel unwir-
scher gewesen, hätte er es nicht mit der Frau eines Parteigenossen zu tun gehabt. Josef hat sich eher gleichgültig gezeigt,
als ich ihm von meinen Umbauplänen erzählt habe, und alles
weiterhin auf die lange Bank geschoben. So muss ich eben
allein entscheiden.

Mit wachen Augen geht Hirtinger durch die Gaststätte, be-
sichtigt die Küche ebenso wie die beiden kleinen Nebenräume,
zieht dann einen Meterstab heraus und beginnt zu messen
und in sein kleines Buch zu schreiben.

Plötzlich krampft sich mein Bauch zusammen, und mir wird
übel. Ich sinke auf einen Stuhl und schließe kurz die Augen,
bis ich plötzlich eine warme Hand auf meiner Schulter spüre.

»Brauchen Sie irgendetwas?«, fragt er leise.

»Nur ein bisschen Ruhe«, erwidere ich gepresst. »Es geht
schon wieder. Bis Dezember ist es ja noch ein Weilchen hin.«

»Dezember?«, fragt er erstaunt. »Sind Sie wirklich sicher?
Ich dachte, Sie sind schon in zwei Wochen so weit.«

»Das allerdings wäre viel zu früh.« Ich kann wieder lächeln,

*denn der schmerzhafte Krampf ist vorbei. »Können Sie etwas
aus dem Lokal machen? Teuer darf es allerdings nicht werden,
denn unsere Mittel sind leider beschränkt, und mit dieser
rasanten Geldentwertung ...«*
»Wem sagen Sie das, Frau Raith!«
*Wieder dieser intensive Blick aus seinen strahlenden Augen,
der mir durch und durch geht. Ich kann ihn kaum aushalten
und wünsche mir doch gleichzeitig, dass er weiterhin auf mir
ruht – auf Fanny, der Frau, nicht Fanny, der Schwangeren,
die keiner mehr anschaut ...*

»Schau mal, Mama, was er mir geschenkt hat!«

Clara holte sie aus ihren Träumereien. Die Kleine hielt
ihr eine geschnitzte Holzkatze hin. Sie sprach erstaunlich
flüssig für ihr Alter, wahrscheinlich, weil sie meistens unter Erwachsenen war. Ein Geschwisterchen würde ihr
guttun – aber was würde dann aus ihrer Eifersucht, die
unsere Tochter jetzt schon zeigte, wenn sie ausnahmsweise einmal nicht im Mittelpunkt stand?

»Franz hat gesagt, ich darf sie behalten. Und wenn er
wiederkommt, dann bringt er noch mehr davon mit. Ich
habe ihm gesagt, dass ich mir schon lange einen kleinen
Bauernhof wünsche. Mit ganz vielen Tieren zum Spielen!«

Fanny erhob sich unbeholfen.

»Wenn es Ihnen zu viel wird, müssen Sie sie bremsen,
Herr Hirtinger«, sagte sie. »Clara weiß manchmal nicht so
genau, wann es genug ist.«

»Aber ich bitte Sie! Welches Kind möchte keinen Bauernhof?« Er bückte sich zu Clara hinunter. »Ein Freund
von mir hat übrigens einen schönen Bauernhof ganz nah

bei einem kleinen See. Dort könnten wir im Frühling mal hinfahren, wenn du willst.« Jetzt sah er wieder Fanny an.

»Mit deinem Motorrad?« Claras Augen waren plötzlich riesengroß. »Aber wenn ich dann runterfalle?«

»Wirst du nicht.« Sein Lachen war warm und groß. »Man kann einen Beiwagen anhängen, und darin reist es sich sehr bequem.«

»Mama, er hat gesagt …«

»Ich bin ja nicht taub, Clara«, sagte Fanny. »Aber bis zum Frühling ist es noch lange hin.«

»Das liegt ganz an Ihnen, Frau Raith.«

Hatte er das wirklich gesagt?

In seinen Augen las sie die Antwort – und noch sehr viel mehr.

»Dann freue ich mich auf die Pläne«, war alles, was Fanny jetzt noch herausbrachte.

»Ich freue mich«, erwiderte er leise.

*

München, November 1923

Die Glocken von St. Ludwig schlagen Mittag. Meine Fruchtblase ist geplatzt – über einen ganzen Monat zu früh. Schwerfällig watschele ich ins Bad. Blut rinnt mir die Schenkel hinunter, und Clara weint bitterlich, weil sie der Anblick erschreckt. Sie will sich kaum von mir beruhigen lassen. Josef ist gestern nicht nach Hause gekommen. Seit Wochen schon ist er Abend für Abend mit seinen Parteigenossen unterwegs und hat wütend reagiert, als ich ihn darauf angesprochen habe.

»Das verstehst du nicht«, hat er mich angeherrscht. »Großes steht bevor, etwas ganz Großes für die nationale Sache. Wir Nationalsozialisten aus Bayern werden das ganze Reich in die Knie zwingen, so viel kann ich dir schon verraten. Zuerst ist München an der Reihe, danach geht es weiter nach Berlin. Dafür ist kein Opfer zu groß. Aber nicht ein Wort darüber zu irgendjemandem, sonst kann ich für nichts garantieren.«

Josef hat schon immer gern salbadert, doch diese Parolen sind mir neu. Ist das noch der Mann, der reumütig in meinen Schoß geweint und mir einen ehrlichen Neuanfang gelobt hat?

Sogar äußerlich hat er sich verändert, ist schwerer geworden, geradezu aufgeschwemmt. Ich fühle mich ihm gegenüber ganz fremd. War es doch ein Fehler gewesen, auf diese Verbindung zu setzen?

»Und unser Kind?«, habe ich aufgebracht gefragt. »Denkst du an das zur Abwechslung auch einmal?«

Ein seltsamer Blick, als würde er sich gerade erst wieder daran erinnern, dass ich schwanger bin, obwohl ich doch eine riesige Kugel vor mir hertrage.

»Wenn es losgeht, bin ich bei dir«, hat er schließlich versprochen. »Wir haben doch noch Zeit bis zur Geburt.«

Aber das Kind in meinem Bauch hat sich anders entschieden, wie ich nun spüre, und ich habe nicht die geringste Ahnung, wo sich mein Mann gerade befindet. Die SA schreckt vor bewaffneten Überfällen nicht zurück, das kann man jeden Tag in der Zeitung lesen, und Josef steht ihr inzwischen sehr nah. Natürlich stößt sie dabei auf Gegenwehr, weil nicht alle sich von den groben Braunhemden überrumpeln lassen wollen. Dazu sein Gerede von der großen nationalen Sache, die ich ernster hätte nehmen sollen. Vielleicht ist Josef bei einem dieser Scharmützel verwundet oder sogar erschossen worden?

Eine Wehe zwingt mich fast in die Knie.

Eigentlich wollte Alina bei mir sein und mich mit Leos Auto ins Schwabinger Krankenhaus bringen lassen, aber ich weiß, dass sie seit gestern liegen muss, weil sie vorzeitige Wehen bekommen hat. So bleibt mir jetzt nur Fritzi, die mit grünlichem Gesicht neben mir steht. Ich weiß, was in ihr vorgeht, ohne dass sie es aussprechen müsste.

»Denk nicht an damals«, sage ich, selbst jetzt bemüht, um einiges zuversichtlicher zu klingen, als mir gerade zumute ist. »Heute ist heute. Allein das zählt.«

Sie wird noch eine Spur blasser.

»Ich kann das nicht mit ansehen«, sagt sie barsch. »Auf mich kannst du jetzt nicht zählen.«

»Aber ich brauche Hilfe, Fritzi. Und zwar jetzt!«

Mir ist so übel, dass ich kaum noch atmen kann. Und die Angst, die in mir aufsteigt, macht alles nur noch schlimmer. Was, wenn ich bei der Geburt sterbe? Oder mein Kleines?

»Dann hol die Hebamme«, sagt sie. »Gundel Laurich weiß, was zu tun ist.«

Ich hätte sie schütteln können. Wie kann sie ausgerechnet jetzt so lieblos zu mir sein? Nach allem, was wir zusammen durchgemacht haben?

»In diesem Zustand?« Ächzend deute ich auf meinen Bauch, der sich in heftigen Kontraktionen bewegt.

In diesem Augenblick scheint Fritzi zu spüren, dass sie gerade etwas Falsches gesagt hat.

»Aber wenn ich gehe, bist du mit Clara ganz allein.« Es klingt noch immer trotzig.

»Dann frag Marie aus dem Parterre«, stoße ich hervor, bevor
ich mich an den Türrahmen klammere, weil mein Bauch zu
zerreißen droht. »Sie soll das Fahrrad nehmen – schnell,
Fritzi, lauf!«
Ich höre ihre Absätze die Treppe hinunterklappern. Sehr bald
ist sie wieder zurück.
»Sie macht es. Die Hebamme hat ja auch ein Rad, dann wird
es nicht lange dauern. Und jetzt ins Bett mit dir!«
Gehorsam kleide ich mich halb aus und lege mich nieder, um
allerdings bald wieder aufzustehen.
»Ich muss herumlaufen«, sagte ich. »Dann geht es besser, und
ich kann die Schmerzen aushalten.«
Die Wehen folgen immer rascher aufeinander, und noch
immer ist die Hebamme nicht da. Als es schließlich klingelt,
bin ich schweißnass und ringe schwer nach Atem.
Marie rennt ins Zimmer und schreit: »Eine wilde Schießerei
an der Feldherrnhalle! Viele Menschen sind schon tot, und
sie wollten uns nirgendwo durchlassen. Pater Rupert Mayer
tröstet die Verwundeten und spendet den Sterbenden die
Kommunion.«
»Wer schießt auf wen, Marie?«, frage ich, während die
nächste Wehe mich wie eine Lawine überrollt.
»Die Landespolizei auf die Hitlerleute. Aber die haben wohl
verloren. Sogar ihre Fahne mit dem Hakenkreuz lag am Boden,
von Kugeln zerfetzt ...«
Gundel schiebt sie energisch aus dem Zimmer und gibt ihr
Clara mit, auf die sie aufpassen soll. Fritzi überzieht sie mit
einer Liste knapper Befehle, bis alles Notwendige in Reichweite
liegt. Mir spricht sie zu, mal liebevoll, dann wieder strenger,
während sie dazwischen immer wieder die Herztöne abhört.

»Bald hast du es geschafft«, ermutigt sie mich, als ich stöhne,
ich könne nicht mehr. »Ich sehe schon ein blondes Köpfchen
zwischen deinen Beinen.«

Dann ist das Kind da und beginnt zu schreien, noch bevor
Gundel es richtig abgenabelt hat.

»Eine kerngesunde Tochter«, sagt sie, säubert sie und legt
sie mir auf den Bauch. »Nun hast du zwei wunderschöne
Mädchen, Fanny!«

Fritzi weint und weint. Sie kann nicht mehr aufhören, und
jetzt schickt Gundel sie aus der Gebärstube.

Später kümmert sich die Hebamme um die Nachgeburt, die sie
penibel untersucht und für einwandfrei befindet, doch dann
fällt mir auf, wie sie plötzlich stutzt. Sie drückt und tastet,
hört mich ab und tastet erneut. Als sie sich wieder über mich
beugt, sind ihre Augen uralt. Ich höre, wie sie Fritzi in einem
Ton wieder hereinruft, der keinen Widerspruch erlaubt. Nach
einer Weile spüre ich Fritzis warme Hände an meinem Kopf.
In diesem Augenblick weiß ich, dass mir etwas Schreckliches
bevorsteht.

»Da drin steckt noch eins«, sagt Gundel leise. »Und ich höre
leider keine Herztöne. Es tut mir so unendlich leid, Fanny!
Jetzt solltest du besser im Krankenhaus sein, wo sich Ärzte
deiner annehmen, aber wir drei werden das auch zu Hause
schaffen.«

Sie legt die Kleine in Claras altes Körbchen und träufelt mir
eine gallenbittere Flüssigkeit unter die Zunge. Nach einer
Weile setzen erneut Kontraktionen ein, und ich kann spüren,
wie meine Gebärmutter wieder in Bewegung gerät. Doch es
fühlt sich ganz anders an als zuvor, schwerer, wie unter Blei
begraben. Schließlich muss Gundel sogar die Zange einsetzen,

weil nichts mehr vorwärtsgeht, und obwohl sie meinen Damm
vorsorglich eingeölt hat, um ihn geschmeidiger zu machen,
schreie ich schmerzerfüllt auf, als ich den tiefen Riss spüre.
Der Junge, den sie schließlich herauszieht, ist winzig, blau und
leblos ...

München, Juni 2015

»Störe ich?« Leicht verwuschelt stand Alex in der Tür. »Aber wie siehst du denn aus?« Mit ein paar Schritten war er bei ihr. »Als ob du gerade einen Geist gesehen hättest!«

»Habe ich auch!« Katharina schmiegte sich an seinen bettwarmen Körper. »Fanny hat Zwillinge geboren. Davon höre ich heute zum allerersten Mal. Aber der kleine Junge kam tot auf die Welt. Nur das Mädchen hat überlebt: meine Großtante Marie. Zur Welt gekommen ausgerechnet am 9. November 1923, am Tag des missglückten Hitlerputsches ... was für ein Geburtstag!«

Er küsste sie. »Ich kann gut verstehen, wie tief dich das berührt. So ging es meiner Mutter und mir beim Lesen auch, obwohl wir die ganze Zeit über ein schlechtes Gewissen hatten, weil es ja doch sehr persönliche Aufzeichnungen sind. Aber wir konnten trotzdem nicht aufhören.«

»Wie allein sie sich gefühlt haben muss«, flüsterte Katharina. »Der eigene Mann bei einem Naziputsch, die beste Freundin ans Bett gefesselt ...«

»Immerhin hatte sie ihre Schwester«, sagte Alex. »Auch wenn die beiden oft wie Wasser und Feuer waren.«

Katharina blieb still und genoss noch ein paar Momente seine Wärme, dann löste sie sich wieder von ihm.

»Alles wieder einigermaßen okay?«, fragte er behutsam. Sie nickte.

»Was sind deine Pläne für heute?«, fragte er weiter. »Ich würde gern erste Recherchen wegen deines Aquarells starten, wenn es dir recht ist. Wie weit ich komme, weiß ich noch nicht. Denn heute ist ja Samstag, und ich erreiche vielleicht nicht auf Anhieb alle auf meiner Liste. Gib mir ein paar Stunden. Anschließend könnten wir beide dann gern etwas Schönes unternehmen.«

»Meine Eltern haben mich zum Grillen eingeladen.« Katharina zog die Nase hoch. »Und leider habe ich schon so gut wie zugesagt. Aber ich könnte natürlich …«

»Well«, sagte er. »Dann lerne ich deine Eltern eben schon heute kennen.«

»Du willst mit?« Sie starrte ihn fassungslos an. »Aber das ist viel zu früh!«

»Why?«

»Weil ich eigentlich niemals …« Sie hielt inne, dann entschloss sie sich zur Wahrheit. »Meine Mutter hat das ungewöhnliche Talent, alle Männer schlechtzumachen, die ich ihr bislang vorgestellt habe.«

»Alle? Oder nur die, an denen dir etwas lag?«, wollte er wissen.

»Letztere. Die dafür dann aber besonders gründlich.«

»Wenn du nicht willst, dass sie schon etwas von uns erfahren, gebe ich eben den Londoner Kunsthändler, der dir Fannys Tagebücher gebracht hat. Aber deine Eltern kennenlernen möchte ich sehr gern. Ich bin, wie du dir denken kannst, ziemlich neugierig auf Fannys Nachfahren.«

Katharinas Blick verriet ihre Skepsis. »Du weißt nicht,

worauf du dich da einlässt«, warnte sie. »Meine Mutter hat wirklich Ecken und Kanten.«

»Mach dir keine Sorgen, ich war schon auf dem College ein guter Schauspieler«, versicherte Alex und legte dabei übertrieben theatralisch eine Hand auf sein Herz. »Du lieferst die Stichworte – und ich übernehme das Reden.«

19

München, Juni 2015

Wo Alex auf die Schnelle den zweifarbigen Austin 55 Cambridge aufgetrieben hatte, behielt er für sich, aber es fuhr sich ausgesprochen gut in dem Oldtimer mit den schnittigen Heckflossen. Trotzdem wurde Katharina immer mulmiger zumute, je näher sie dem Haus der Eltern kamen. Was würde ihre Mutter über Alex sagen? Und würde sie, die stets und überall Skeptische, die ja bekanntlich das Gras wachsen hörte, ihnen wirklich abnehmen, dass sie lediglich Bekannte waren? Andererseits kam sie sich seltsam dabei vor, als Frau über dreißig ihrer Mutter noch so viel Macht einzuräumen.

Es wurde langsam Zeit, sich vollkommen von ihr abzunabeln.

Nach einigem inneren Hin und Her hatte sie das Klee-Aquarell doch mitgenommen. Ob sie es allerdings herzeigen würde, wusste sie noch nicht.

»Jetzt links abbiegen«, sagte Katharina, als sie das noch immer ein wenig dörflich anmutende Zentrum von Berg am Laim erreicht hatten, rechter Hand die Kirche, links der Marktplatz. »Und danach wieder rechts.«

Er warf ihr einen kurzen Seitenblick zu. »Bist du noch immer so blass, weil ich dir vorhin von Klees Enkel erzählt habe?«, fragte er. »Und du Angst hast, er könnte Ansprüche auf das Bild seines Großvaters erheben?«

»Auch«, erwiderte Katharina. »Vorausgesetzt, er erfährt davon.«

»Wenn du mit dem Bild auf den Kunstmarkt gehst, wird er es definitiv erfahren. Außerdem wäre es ein Akt der Fairness, ihm davon zu erzählen.«

»Und wenn er es mir dann wegnehmen will?«

»Wir haben immerhin Fannys Tagebuch. Und die Widmung auf der Rückseite. Ganz so einfach würde das also nicht werden. Außerdem könnten wir mit ihm reden …«

Katharina gab ein leises Stöhnen von sich. Alex fuhr rechts ran und schaltete den Motor aus.

»Jetzt will ich endlich die Wahrheit wissen«, verlangte er. »Was ist wirklich los?«

Sie konnte sich nicht länger drücken. »Mir ist schlecht vor Aufregung«, gab sie zu. »Weil ich unsicher bin, ob es tatsächlich richtig ist, dass wir heute hier zu zweit aufkreuzen. Du kennst meine Mutter nicht, Alex! Manchmal führt sie das Wort wie ein Schwert. Ich tue dann zwar so, als würde es mir nichts ausmachen, aber es kann Wochen dauern, bis meine Wunden wieder heilen.«

»Weiß sie das?«, fragte er. »Das mit den offenen Wunden?«

»Keine Ahnung.« Sie zuckte die Schultern. »Wahrscheinlich nicht, weil ich ja meistens die Coole spiele.«

Alex nickte. »Und so geht das dann weiter und immer weiter«, sagte er. »Bis ihr euch ganz voneinander entfernt habt. Meine Ma hatte früher die Angewohnheit, alles in

Frage zu stellen, was ich vorgeschlagen habe, was mich sehr gestört hat. Bis ich eines Tages den Mut aufgebracht habe, ihr das direkt zu sagen. Was glaubst du, wie überrascht sie war! Seit jenem Tag ist es sehr viel entspannter zwischen uns geworden.« Er grinste. »Es hört niemals auf. Egal, wie alt du bist. Es sei denn, du beendest es selbst.«

»Schön für euch«, sagte Katharina. »Aber meine Mutter …«

»Stopp!«, unterbrach er sie. »Hast du es schon ein einziges Mal probiert?«

»Nein.«

»Dann fängst du heute damit an.«

Er startete den Wagen, und sie legten das letzte Stück zurück.

Für gewöhnlich beäugte Christine Raith-Abendroth jeden Ankommenden durch die Scheibengardinen des Küchenfensters, heute jedoch war kein Schatten am Fenster zu entdecken. Stattdessen drang fröhliches Lachen aus dem hinteren Teil des Gartens.

»Klingt doch schon mal ganz vielversprechend.« Er schob Katharina ein Stück nach vorn. »Und jetzt los. Ich lasse dich nicht im Stich.«

Ein paar Nachbarn aus den umliegenden Häusern hatten sich um den neuen Gartengrill versammelt, auf dem schon Steaks, Hühnerbeinchen, Lammkarrees und Gemüse brutzelten, und als sie näher kamen, erkannte Katharina zu ihrer Freude, dass auch Paula darunter war.

»Ich komme gleich!«, rief sie und lief zuerst ins Wohnzimmer, um ihre kostbare Fracht auf dem obersten Regal zu deponieren. Der Bücherturm neben Papas Sofaecke war inzwischen weiter gewachsen, das fiel ihr auf. Ihr Vater schien Werke zu bevorzugen, die sich mit Argentinien beschäftigten, wie sie nach einem Blick auf die obersten Titel registrierte. Plante er eine Reise nach Südamerika?

Wenn ja, dann passte es gar nicht zu ihm, dass er ihr kein Wort darüber gesagt hatte.

Katharina ging zurück in den Garten.

»Alex Bluebird – meine Tante Paula Brandl«, stellte sie die beiden einander vor. »Das ›Groß‹ lasse ich meistens weg, weil sie noch so jugendlich ist.«

»Der Mann aus England mit Mamas Tagebüchern?«, vergewisserte sich Paula. »Ich freue mich, Sie kennenzulernen, Mr. Bluebird!«

Alex deutete einen Handkuss an. »Die Freude ist ganz auf meiner Seite«, sagte er. »Ich bin glücklich, heute hier bei Ihnen sein zu dürfen.«

»Mr. Bluebird?« Mit schnellen Schritten kam nun auch Katharinas Mutter herbeigeeilt. »Katharina hat uns ja gar nichts davon gesagt, dass sie Sie mitbringen wird. Wieder mal typisch!«

»Sie müssen Katharinas Mutter sein«, sagte er. »Was für eine verblüffende Ähnlichkeit! Und ich wette, nicht nur im Äußeren …« Er zwinkerte Katharina kurz zu. »Ihre Tochter wollte Sie überraschen. Und das ist ihr ja offensichtlich auch gelungen.«

»Dabei mag ich keine Überraschungen. Das müsste sie eigentlich wissen.« Sie klang missbilligend. Dann aber wandte sie sich Alex zu, und ihr Gesicht entspannte sich. »Ihre Großmutter Maxie und meine Mutter Clara waren enge Freundinnen, als sie beide klein waren. Mama hat mir einiges von ihr erzählt. Es war schwer für sie, als sie getrennt wurden. Die beiden haben offenbar sehr aneinander gehangen.«

»Warum zeigen Sie mir nicht Ihren bezaubernden Garten«, fragte Alex mit einem feinen Lächeln, »und erzählen mir dabei mehr darüber? Dort drüben sehe ich ja sogar einen kleinen Teich – mit echten Goldfischen? Grandma Maxie hat nämlich über ihre Münchner Jugendjahre eisernes Schweigen bewahrt. Die ganze Familie weiß so gut wie nichts darüber.«

Er bot ihr seinen Arm, und sie nahm an. Zusammen verschwanden sie in den hinteren Teil des Gartens.

Katharina sah den beiden nach. Bislang hatte sie das schmale elterliche Grün immer für ziemlich spießig gehalten. Doch wenn sie jetzt näher hinsah, konnte sie durchaus erkennen, welche Mühe sich ihre Mutter gemacht hatte. Es gab japanische Gräser, Rhododendron, einige aufblühende Strauchrosen und verschiedenfarbige Hortensien, die auch zu ihren Lieblingsblumen gehörten. Noch nie hatte sie ein nettes Wort darüber verloren. Vielleicht ähnelte sie ihrer Mutter ja tatsächlich mehr, als es ihr selbst bewusst war.

Nachdenklich ging sie zu ihrem Vater, der mit kleinen Schweißperlen auf der Stirn das Grillgut wendete.

»Schön, dich zu sehen, meine Große«, begrüßte er sie. »Freut mich, dass unser Gespräch von neulich so rasch Wirkung zeigt.«

Mal sehen, wie lange der Frieden hält, hätte Katharina sonst sicherlich geantwortet, heute aber begnügte sie sich mit einer einfachen Frage: »Könntest du dich mal kurz beim Grillen ablösen lassen? Ich würde dir gern was zeigen.«

Er folgte ihr ins Wohnzimmer, während Nachbar Maier fachmännisch den Grill übernahm.

»Du willst nach Argentinien?«, fragte sie nach einem Blick auf den Bücherstapel. »Allein oder zusammen mit Mama?«

»Weder noch«, erwiderte er. »Zumindest vorläufig. Was hier vor dir liegt, Katharina, sind Recherchen. Anfangs sah es so aus, als würde ich nicht richtig weiterkommen, doch allmählich hat sich das Dunkel mehr und mehr gelichtet. Ich bin fast am Ziel ...«

»Das klingt ganz schön geheimnisvoll«, sagte Katharina. »Wonach suchst du eigentlich?«

»Du erfährst es ganz bald, versprochen«, sagte er. »Es hängt mit dem zusammen, was ich dir schon neulich angedeutet habe. Ich will nur erst alles komplett zusammenhaben.«

Er räusperte sich, offensichtlich um einen Themenwechsel bemüht. »Was willst du mir denn nun eigentlich zeigen?«, fragte er.

Katharina musste sich strecken, um bis ans oberste Regal zu gelangen, schließlich aber hatte sie das kostbare Paket sicher in der Hand. Sie nahm es herunter, bettete es auf den Tisch und löste behutsam Schicht um Schicht. Schließlich war das Aquarell freigelegt, und seine Wirkung zeigte sich auch hier: Der ganze Raum schien plötzlich zu leuchten.

»Sehr schön!«, sagte ihr Vater beeindruckt. »Wirklich

etwas ganz Besonderes. Es erinnert mich ein wenig an Paul Klee.«

»Es *ist* ein Klee«, sagte Katharina. »Und wie es aussieht, wohl ein echter. Das Bild hat Uroma Fanny gehört. Paul Klee hat es ihr 1919 geschenkt, weil sie während der Räterepublik über Wochen Abend für Abend in seiner Küche für die Revolutionäre gekocht hat. Sie hat das alles in ihrem Tagebuch aufgeschrieben – auf einfache, sehr berührende Art. Es ist, als wäre man mit dabei.«

»Fanny hat niemals über dieses Bild gesprochen«, sagte er. »Meines Wissens zu keinem aus der Familie. Und sie ist doch schon seit vielen Jahren tot. Wie kommst du denn auf einmal an dieses Aquarell?«

»Es stammt aus der alten Ladenzeile, von der ich dir erzählt habe«, erwiderte sie. »Fritzis Laden, wie ein altes Foto von Paula beweist. Ich habe es unter einer der Schubladen entdeckt, fein säuberlich angeklebt. Ich weiß noch nicht, was ich damit anfangen werde, aber Alex will mir helfen, mir darüber klar zu werden. Er betreibt in London eine Galerie und weiß viel über die Kunst des frühen 20. Jahrhunderts. Außerdem ist er bestens vernetzt und kennt im In- und Ausland Gutachter und Auktionäre.«

»Ist das der lange Kerl, der draußen gerade um deine Mutter herumscharwenzelt?«

Katharina sah ihn verblüfft an. Diese bissige Frage passte gar nicht zu ihrem sonst so sanftmütigen Vater.

»Ja, das ist er«, sagte sie und hoffte, dass ihre belegte Stimme sie nicht verriet. Alex mochte ein guter Schauspieler sein, sie war es definitiv nicht. »Alex Bluebird, der

Urenkel von Fannys Freundin Alina. Von ihm habe ich die Tagebücher bekommen.«

»Und jetzt ist er schon wieder in München«, fuhr ihr Vater säuerlich fort. »Warum eigentlich?«

Meinetwegen, hätte sie am liebsten geantwortet. Weil wir uns ineinander verliebt haben. Und im Bett waren wir auch schon, stell dir vor, und es war ganz wunderbar – aber natürlich sagte sie das nicht. »Er hat immer mal wieder hier zu tun«, erwiderte sie stattdessen. »Und da dachte ich, ich bringe ihn heute mit. *German cooking*, hautnah erlebt, in einer echten Münchner Familie. Schließlich stammen seine Vorfahren ja auch aus unserer schönen Stadt …«

Ihr Vater starrte sie seltsam an, und plötzlich begriff Katharina: Er war eifersüchtig! Eine Welle der Zuneigung erfasste sie. So ähnlich bockig hatte er sich auch verhalten, als sie mit vierzehn auf die erste Party wollte und er allen Ernstes verlangt hatte, dass sie viel zu früh wieder zu Hause sein sollte, bis ihre Mutter eingeschritten war und die Ausgehfrist verlängert hatte. Wenn sie ihm jetzt um den Hals fiel und ihm sagte, wie goldig sie ihn fand, würde er vermutlich noch misstrauischer werden. Alex und sie brauchten noch ein wenig Zeit zu zweit. Später konnten sich ihretwegen dann alle in Ruhe kennenlernen.

Also begnügte sich Katharina mit einem zärtlichen Rippenstoß.

»Ich pass schon auf mich auf«, sagte sie. »Deine Tochter lernt nur gerade zu unterscheiden, was sie will und was nicht – und das macht mir großen Spaß.«

»Was ist das denn? Das ist ja ein Traum!«

Unbemerkt war Paula vom Garten aus ins Wohnzimmer gekommen und stand nun ebenfalls staunend vor dem blauen Aquarell.

»Die Sirenen singen««, sagte Katharina. »So heißt das Bild. Gemalt hat es Paul Klee in seiner Münchner Zeit. 1919 hat er es deiner Mutter zum Dank für ihre Kochkünste geschenkt. Gefunden habe ich es unter einer der Schubladen des Ladens, den dein Vater geschreinert hat.«

Sie hielt inne, weil Paulas Unterlippe bedenklich zu zittern begonnen hatte, so bewegt war sie.

»Genau genommen gehört es ja eigentlich dir«, meldete sich auf einmal Katharinas Vater zur Wort. »Du bist Fannys direkte Erbin, weil deine beiden älteren Schwestern nicht mehr am Leben sind, ebenso wenig wie Fannys Ehemann Josef.«

Katharina sah ihn erstaunt an, und auch Paula schien perplex.

»Es sei denn, weitere Angehörige würden Ansprüche darauf erheben«, setzte er hinzu.

»Welche Angehörige denn?«, fragte Paula kopfschüttelnd. »Ich habe doch keine anderen Geschwister mehr.«

Benedict fuhr sich mit der Hand über das Gesicht und schwieg.

»Katharina hat das Bild gefunden«, sagte Paula weiter. »Weil ihre Partnerin den Laden in der Scheune entdeckt hat. Sie soll auch entscheiden, was damit geschieht. Ich würde doch meiner Großnichte nichts wegnehmen. Niemals!«

»Das weiß ich, Paula.« Katharina nahm sie in den Arm. »Und ich dir ebenso wenig. Aber die Dinge sauber auseinanderhalten sollten wir trotzdem, da hat Papa ganz recht. Wir setzen uns zusammen und überlegen. Alex kennt sich bestens im Kunstbetrieb aus. Falls nötig, wird er uns helfen.«

*

Später hatten sie dann alle zusammen mit Champagner auf den »blauen Fund« angestoßen, wie Katharinas Mutter ihn taufte, die ungewohnt positiv auf das Aquarell reagiert hatte. Überhaupt schien sie seit dem Gespräch mit Alex wie verwandelt, lächelte, gab schlagfertige Antworten und fiel ihrer Tochter kein einziges Mal ins Wort. Seltsam daran war nur, dass Katharinas Vater die gesellige Runde sehr bald mit einer gemurmelten Entschuldigung verlassen hatte und auch später nicht wieder aufgetaucht war.

Konnte das wirklich daran liegen, dass er instinktiv spürte, wie ernst es seiner Tochter mit diesem Mann war und er Angst bekommen hatte, »seine Große« an ihn zu verlieren? Oder was sonst trieb ihn derart um, dass er sich nicht einmal von ihnen verabschiedet hatte?

Vielleicht war es doch nicht so schlau gewesen, ihm nicht gleich reinen Wein einzuschenken, dachte Katharina, als sie sich auf der Couch neben der Stehlampe einkuschelte, weil sie einfach weiterlesen musste. Wir alle tragen die Last der Vergangenheit auf unseren Schultern und sind leider bei Weitem nicht so frei, wie wir uns manchmal fühlen – nicht einmal mein sonst so souveräner Vater.

Alex beantwortete in der Küche seine E-Mails auf dem Laptop und ließ sie in Frieden, was sie ihm hoch anrechnete, weil sie die Zeit für sich brauchte und nicht mal viele Worte darüber machen musste. Und so nahm sie abermals Fannys schwarze Kladde zur Hand und begann erneut zu lesen.

*

München, Juli 1928

Ich hatte mein schwarzes Tagebuch schon fast vergessen gehabt, so viel ist in den vergangenen Jahren geschehen – Trauriges, aber auch sehr, sehr Schönes. Auslöser war wohl die Zwillingsgeburt, die alles für mich verändert hat. Meine kleine Marie ist wohlauf und wird Josef von Tag zu Tag ähnlicher, aber ich kann einfach nicht aufhören, an ihr Brüderchen zu denken, das in einem Grab auf dem Nordfriedhof ruht. Max, so habe ich ihn genannt, nach meinem älteren Bruder, der als kleiner Junge an der Kinderlähmung gestorben ist. Josef wollte unbedingt, dass er Ernst heißt, doch das erschien mir kein passender Name für ein totes Kind.

Er nimmt mir den tragischen Ausgang übel, als sei ich daran schuld. Dabei hat er mich doch zugunsten seiner Nazifreunde und ihres missglückten Putsches an der Feldherrnhalle an jenem Tag im Stich gelassen. Leider war deren Bestrafung nur von kurzer Dauer, obwohl sie in meinen Augen sehr viel Härteres verdient hätten: Die Partei wurde zwar kurzfristig verboten, aber Hitler hat man bereits nach neun Monaten aus dem Landsberger Gefängnis entlassen. Seine Komplizen wurden mit nicht minder lächerlichen Haftstrafen oder unbedeutenden Geldbußen bestraft, die, wie Josef sich mir gegenüber gebrüstet hat, auch noch aus der Parteikasse finanziert wurden. Er selbst war weggelaufen, als die Polizisten kamen, was ihn zwar vor Strafe bewahrt hat, aber bei den Nazis für eine Weile in sehr ungünstiges Licht gerückt hat. Doch inzwischen hat er ihnen wohl bewiesen, dass sein Herz noch immer für ihre Sache brennt.

Allgemein sind die Nationalsozialisten seitdem um einiges vorsichtiger geworden. Doch leider hat sich die Partei nach dem staatlichen Verbot nicht aufgelöst, sondern stattdessen neu formiert, noch immer mit Hitler an der Spitze. Von Herzen zuwider bleiben sie mir nach wie vor, und ich hadere damit, dass sich mein Ehemann noch immer zu ihnen zählt.

Dass ich Josef noch einen weiteren Sohn und Erben gebären könnte, hält er offenbar für ausgeschlossen. Ich selbst zweifle auch daran, denn trotz Gundel Laurichs Fürsorge musste ich bald nach der Geburt doch ins Schwabinger Krankenhaus, wo sie mich operiert haben.

»Sie haben zwei gesunde Kinder, Frau Raith«, sagte der strenge Oberarzt in Weiß zu mir, als ich wieder wach wurde. »Das ist mehr, als manche Frau sich jemals erträumen kann.«

»Heißt das, ich bin ab jetzt unfruchtbar?«, fragte ich nach.

»Sagen wir es so: Eine weitere Schwangerschaft ist nicht vollkommen ausgeschlossen, aber doch eher unwahrscheinlich.«

Als ich Josef dies mitteile, wirkt sein Gesicht wie versteinert. Viele Tage bekomme ich ihn danach nicht mehr zu Gesicht, und ich vermute schon, dass er eine neue Geliebte hat, bei der er eingezogen ist. Dann jedoch kehrt er überraschend zu uns in die Türkenstraße zurück. Er teilt mir mit, dass Gregor Strasser, einer der führenden Männer des Putsches von 1923, ihn nach Niederbayern beordert habe. Dort soll er die konservativen katholischen Bauern im Sinn des Nationalsozialismus beackern. Er erhält ein Auto, doppeltes Gehalt, von dem er uns großzügig einen Bruchteil zukommen lässt – und ist weg. Allein das zählt.

Ich habe meine Kinder, meine Gaststätte, Alinas Freundschaft – und Franz.

Ich komme ohne Josef bestens klar.

Meine Gaststätte Zum bunten Eck kann sich über mangelnden Zulauf nicht beklagen. Wir sind brechend voll, nahezu Tag für Tag, und die Menschen lieben mein Essen, das ich vormittags koche. Vevi, die zweite Köchin, sowie Lini, unsere Küchenhilfe, machen es abends dann nur noch warm. Manchmal müssen wir sogar Gäste abweisen, so groß ist der Andrang, weil alle meine Dampfnudeln, mein Lüngerl, meine aufgeschmalzte Brotsuppe und meinen Schweinebraten mit geriebenen Kartoffelknödeln so sehr lieben. Den Vogel schießt allerdings das Böfflamott ab, das die Franzosen nach Bayern gebracht haben, wie ich inzwischen weiß. Denn Franz liebt die Historie und teilt sein Wissen gern mit mir.

Drei Tage muss es eingelegt in Rotwein ziehen, dann wird das Fleisch beim anschließenden Schmoren so butterweich, dass man fast kein Messer mehr braucht – ich könnte Tonnen davon kochen, so emsig wird es bei uns bestellt.

Sonntags haben wir geschlossen, denn dieser Tag gehört meiner Familie. Dann bin ich mit den Kindern oft bei Alina, die sich immer freut, wenn sie uns sieht. Jedes Mal bestaune ich aufs Neue die wechselnden Bilder in ihrem Haus, und sie hat mir inzwischen so viel darüber erklärt, dass ich mittlerweile auf Anhieb einen Lovis Corinth von einem Max Beckmann unterscheiden kann.

Leos Galerie läuft inzwischen ordentlich, wenngleich sie die finanziellen Sorgen nicht los sind. Nach wie vor lasten hohe Kredite auf Geschäft und Haus, und nicht einmal seine quirlige Geschäftigkeit kann darüber hinwegtäuschen, wie angespannt er oft ist.

Um meine Freundin und ihren Mann zu verwöhnen, koche ich dann für sie, und bisweilen begleitet auch Franz mich dabei. Er hat ihnen einen schönen Geschirrschrank für das Esszimmer geschreinert, und es gefällt mir, wie sehr sie seine Arbeit und den Menschen schätzen. Inzwischen haben die Cantors schon die dritte Haushälterin eingestellt, doch wenn ich nach deren kulinarischen Talenten frage, winken die beiden ab. Sie dürfen sich also an deren freiem Tag ihre Lieblingsgerichte wünschen, die ich ihnen dann in der modernen Küche zubereite.

Leo und Franz essen am liebsten deftig und wünschen sich häufig Krautstrudel, saure Tellersülze, Kartoffelauflauf oder Leberknödel, während Alina sich meistens für Süßes entscheidet. Nach Maxies Geburt ist sie noch schmaler geworden, und so kann sie sich spielend sogar drei Desserts hintereinander leisten. Grießpudding, mit Sahne gefüllte Windbeutel aus Brandteig, Gugelhupf und meine Dampfnudeln mit Vanillesauce sind ihre Lieblinge. Aber nur wenn ich frische Holunderdolden aus dem Garten hole, sie in Butter, Mehl und Zucker wälze, in heißem Öl frittiere, danach mit Puderzucker bestreue und anschließend mit Holunderkompott serviere, lacht sie wieder so strahlend wie damals als junges Mädchen. Und doch hat sich seitdem vieles verändert. Mein Vater ist gestorben, und auch Alinas Mutter Dora lebt nicht mehr. Wahrscheinlich haben wir ihr Unrecht getan, wenn wir ihre häufigen Migränen bisweilen für Theater gehalten haben, denn sie hatte einen Tumor im Kopf, der sie schließlich binnen weniger Monate dahingerafft hat. Nicht einmal die berühmten Hände von Professor Sauerbruch, der als Einziger eine Operation gewagt hatte, konnten sie retten. Jetzt sind wir beide Vollwaisen, Alina und ich, und obwohl wir inzwischen erwachsene Frauen sind, die selbst Kinder haben, fühlt es sich trotzdem seltsam leer an, ganz ohne Eltern zu sein — ein Schmerz, der uns beide nur noch enger verbindet.

Ruben studiert inzwischen in England und kommt nur noch ab und zu nach München. Aus dem lustigen kleinen Bubi ist ein attraktiver junger Mann mit tiefer Stimme geworden, der Chemiker werden und Medikamente entwickeln will, um böse Krankheiten zu besiegen. Nur wenn er lacht, sieht er mit seinen Grübchen noch so aus wie früher, und ich bekomme Lust, mit ihm die alten Späße zu machen.

Die Zuneigung zwischen Alina und mir hat sich auch auf unsere Kinder übertragen. Clara hat eine Affenliebe zu der kleinen Maxie entwickelt, während sie sich wenig um ihre jüngere Schwester Marie kümmert, die ihr manchmal sogar lästig zu sein scheint. Marie ist ganz und gar Josefs Kind, kräftig, selbstbewusst, ein bisschen laut. Ich kann sie niemals ansehen, ohne an den zarten blauen Jungen zu denken, der eigentlich mit ihr hätte aufwachsen sollen. Manchmal glaube ich, dass sie all den Lärm nur veranstaltet, um diesen Verlust zu übertönen, den auch sie instinktiv in sich spürt. Als sie ganz klein war, musste ich ihr immer ein zweites Kissen ins Körbchen legen, an das sie sich dann im Schlaf geklammert hat, als treibe sie sonst davon.

Zwillinge sind eben etwas ganz Besonderes. Selbst wenn nur einer von beiden überlebt.

Fritzi scheint endlich ein wenig zur Ruhe gekommen zu sein,
denn ihr Lebenstraum, mit dem sie uns alle so lange auf die
Nerven gegangen ist, ist wahr geworden. Sie führt einen
kleinen Lebensmittelladen in der Marktstraße, und sie macht
es gut. Franz hat ihr eine piekfeine Einrichtung dafür gezimmert, von Georg zähneknirschend bezahlt, die in frischem
Grün gestrichen ist und zahlreiche Kunden anlockt. Sie verkauft alles, was man für den Alltag braucht, redet und lacht
mit den Kunden und erfüllt auch Extrawünsche, was alle
zu schätzen wissen. So stolz ist sie auf ihr Geschäft, dass sie
bereits seine Entstehung von einem Fotografen dokumentie-
ren ließ. Allerdings ahnt sie nicht, dass ich mich über eines
dieser Fotos nur so gefreut habe, weil auch Franz darauf zu
sehen ist.

Mein Franz.

Eine Zeit lang hatte ich sogar gehofft, diese neue Erfüllung
hätte ihre Eifersucht gegen Alina besiegt, doch ich habe mich
leider getäuscht. Kaum fällt ihr Name, verzerrt sich Fritzis
Gesicht, und sie äußert hässliche Dinge über meine beste
Freundin. Auch deren Tochter Maxie mag sie nicht und hat
immer wieder versucht, Clara gegen sie aufzuhetzen, was ihr
allerdings bislang noch nicht gelungen ist. Ich bin zu dem
Entschluss gelangt, dass ich es wohl ertragen muss, und sorge
dafür, dass Alina und Fritzi möglichst nicht aufeinander-
treffen.

Günstig für mich ist, dass Fritzis Laden fast um die Ecke
meiner Gastwirtschaft liegt. So kann Clara nach der Schule in
der Haimhauserstraße oft zu ihrer Tante gehen, während
Marie bei mir in der Wirtschaft spielt. Viele ihrer frischen
Waren bekommt Fritzi direkt vom Großmarkt, gebracht von

einem freundlichen blonden Koloss namens Martin Schlöffel, der auch mich beliefert. Dass er rettungslos in Fritzi verliebt ist, liegt auf der Hand. Dass sie ihn niemals erhören wird, ebenso. Aber die beiden tun nach außen hin so, als sei alles in bester Ordnung, und ich werde mich hüten, jemals daran zu rütteln.

Eigentlich bin ich dazu viel zu glücklich, denn auch ich habe endlich die Liebe gefunden. Franz ist für mich der Stern, der mein Leben heller macht, kein Mann, der sich einfach nimmt, was er will, sondern jemand, der so sympathisch und einfallsreich um eine Frau wirbt, bis sie ihm freiwillig alles schenkt. Wie lang er auf mich warten musste! Aber niemals hat er sich auch nur ein einziges Mal darüber beklagt. Dabei könnte Franz es so viel einfacher haben, hätte er sich nicht in eine verheiratete Frau verliebt.

»Hat sich doch gelohnt«, murmelt er zärtlich, als ich endlich in seinen Armen liege.

Ich nicke, bis mir fast der Kopf abfällt, so einig bin ich mit ihm. Franz weiß genau, wie man eine Frau berühren muss, damit sie alle Angst vergisst und alle Scham dazu und nur noch lieben will. Seine Hände, seine Küsse, seine klare Männlichkeit heilen meine alten Wunden und lassen mich wieder ganz werden. Ich muss ihn nur ansehen, damit ich Lust auf ihn bekomme, und traue mich, mit ihm im Bett Kühnheiten zu begehen, für die ich mich früher geschämt hätte.

Aber auch wenn der heiße Liebessturm vorüber ist, sind wir uns nah. Franz hat stets mit den Sozialisten sympathisiert, auch wenn er nie Parteimitglied war, und hasst die Nazis ebenso wie ich. In politischer Hinsicht hat er meinen alten Lehrmeister Lorenz abgelöst, der leider inzwischen an einem

Herzinfarkt verstorben ist. Den Sieg der Sozialdemokraten bei der Reichstagswahl am 20. Mai feiern wir auf unsere Weise in seinem breiten Bett.

»Fertigmachen müsste man die Nationalsozialisten«, sagt er, während ich mich zärtlich an ihn schmiege. »Denn sie kommen mir vor wie das Haupt der Medusa: Schneidest du eine Schlange weg, kommen augenblicklich zwei neue hervorgekrochen. Ich sage dir, Fanny, das Ganze ist noch lange nicht ausgestanden. Diese braune Kloake bringt immer noch neue Ungeheuer hervor.«

Ich bewundere ihn für seine Bildung, seinen Mut, seine ansteckende Fröhlichkeit. Und dass er mich nicht dazu drängt, Josef zu verlassen. Alles in mir sehnt sich danach, meinen Ehemann loszuwerden. Doch Josef ist inzwischen innerhalb der Parteihierarchie ein Stück nach oben gerückt und kann auf mächtige Gönner zählen. Es passt ausgezeichnet in sein Konzept, verheiratet zu sein, auch wenn er heimlich das Leben führt, nach dem es ihn gelüstet. Und leider ist die Welt voll von törichten Hedwigs, die solch treulose Männer anbeten. Sein Zorn bei einer von mir angestrebten Scheidung würde uns alle treffen, das hat Franz sehr schnell verstanden. Außerdem denke ich manchmal noch immer, dass ich Josef nach wie vor etwas schuldig bin, weil er Clara ehelich gemacht hat.

Irgendwann habe ich Franz in einem besonders innigen Moment anvertraut, warum ich damals überzeugt war, Josef heiraten zu müssen. Es spricht für meinen Liebsten, dass er mein großes Mädchen seitdem kein bisschen anders behandelt. Ganz im Gegenteil, er ist sogar noch freundlicher und zugewandter zu Clara.

»Kinder sollen doch niemals die Zeche für die Fehler ihrer

Eltern bezahlen müssen«, versichert er mir. »Sie sind die
Sehnsucht des Lebens nach sich selbst – und genau so müssen
wir sie auch behandeln.«

Ich liebe es, wenn Franz so redet, und könnte ihm stundenlang
zuhören.

»Manchmal träume ich trotzdem davon, mich vor aller Welt
zu dir zu bekennen«, gestehe ich ihm.

»Du bist doch auch so meine Frau«, sagt er, während seine
Hände dafür sorgen, dass mein Atem wieder schneller geht.
»Wozu brauchen wir beide einen offiziellen Fetzen? Franziska
und Franz gehören zusammen – unsere Herzen wissen es
ganz genau.«

Mein Körper weiß es auch und sehnt sich nach ihm, wenn wir
länger getrennt sind, was viel zu oft vorkommt. Denn leider
können wir nicht so oft zusammen sein, wie wir es beide
gewollt hätten. Den ganzen Tag über arbeite ich in meiner
Gaststätte, während er in der Werkstatt zimmert, sägt und
hobelt. Und kommt endlich der Abend, so müssen wir in der
Wohnung an der Türkenstraße stets auf die Kinder Rücksicht
nehmen. Clara beobachtet uns aufmerksam. Und die kleine
Marie will plötzlich nicht mehr ins Bett, als spüre sie, dass ihr
Vater Konkurrenz bekommen hat.

Manchmal darf ich mir Marianne ausleihen, die inzwischen
schon vierzehn und ein richtig großes Mädchen ist. Ich glaube,
sie kommt gern zu uns, denn die Ehe der Eltern scheint un-
heilbar zerbrochen. Georg wohnt schon seit Monaten nicht
mehr in der Augustenstraße, sondern hat sich in einer Pension in der Nähe eingemietet. Das habe ich schließlich aus
ihr herausbekommen. Elise hatte es mir anfangs aus Scham
verheimlicht. Aber auch mit dem Herrn Licht ist es aus.

Marianne leidet unter der elterlichen Trennung, aber sie spielt die Tapfere. Doch die Geduld, mit ihren kleinen Kusinen zu spielen, verlässt sie immer früher.

Fritzi könnte mir natürlich aushelfen und die Kinder übernehmen, doch in ihrer Gegenwart darf ich den Namen Franz kaum aussprechen, so eifersüchtig verhält sie sich. Dabei hat sie keine Ahnung, was uns wirklich verbindet. Franz hat sie sich in den Kopf gesetzt. Ihn will sie unbedingt erobern, und dass so gar nichts dabei vorangeht, erbittert sie zutiefst. Manchmal schäme ich mich, dass ich ihn meiner Zwillingsschwester wegnehme, doch Franz lacht mich aus, als ich ihm das sage.

»Man kann einem Menschen niemanden wegnehmen«, sagt er. »Außer er will aus eigenen Stücken gehen. Ich mag deine Schwester, Fanny. Sie rührt mich irgendwie, weil sie bislang noch keinen festen Stand im Leben gefunden hat und so allein ist, ohne Mann und ohne Kind.«

Ich meide also in ihrer Gegenwart das Thema Franz, doch meine Zwillingsschwester hört nicht auf, sich mit ihm und seinem Leben zu beschäftigen.

»Meinst du, er ist vielleicht ein Warmer?«, überfährt Fritzi mich eines Abends. »Ich habe mir sagen lassen, die können nach außen hin manchmal wie die virilsten Männer wirken!«

Ich verschlucke mich fast an der wässrigen Bowle, die wir zur Feier des Sommeranfangs in einem Glasgefäß angesetzt haben.

»Glaube ich nicht«, murmele ich scheinbar gleichgültig, während mein Herz schneller schlägt. »Wie kommst du denn darauf?«

»Weil man ihn nie mit einer Frau sieht«, fährt sie fort. »Nicht einmal die Hausmeisterin weiß Genaueres. Obwohl es da offenbar eine Person gibt, die manchmal abends zu ihm schleicht.«

Vor Schreck verschlucke ich mich jetzt richtig.

Wir müssen noch viel vorsichtiger sein. Und Hose, Hut und Mantel, in die ich mich den Winter über bei meinen gelegentlichen Besuchen in seiner Wohnung zur Tarnung gehüllt habe, haben jetzt im Sommer ohnehin ausgedient.

»Auch Hausmeisterinnen wissen nicht alles«, versuche ich abzulenken. »Wahrscheinlich ist es ein Freund, der ihn ab und zu besucht. Alles ganz harmlos.«

»Und mit diesem Freund verbringt er auch seine Wochenenden? Träum weiter, Fanny! Du bist einfach zu gut für diese Welt!«

Jetzt bekomme ich noch weniger Luft.

Von wegen Wochenenden! Es sind viel zu wenige, an einer Hand abzählbar, denn ich bin ja oft bei Alina, und außerdem müssen wir wegen der Kinder aufpassen. Doch wenn sie herausbekommt, dass ich es bin, die Franz auf dem Motorrad ab und an zu seinem Freund nach Obing mitnimmt, wird sie im Quadrat springen. Wastl Pongratz und seine Frau Vroni erwarten gerade ihr zweites Kind und haben unsere prekäre Lage auch ohne große Worte verstanden. Seitdem steht für uns auf ihrem Hof stets ein Fremdenzimmer zur Verfügung. Plötzlich habe ich eine Idee, und ich ärgere mich, dass sie mir nicht schon viel früher eingefallen ist.

»Er hat mich und die Kinder übrigens auf einen Bauernhof eingeladen«, sage ich scheinbar beiläufig. »Soll ich zusagen? Was meinst du? Du weißt ja, wie sehr Clara an ihm hängt!«

»Natürlich sagst du zu!«, begeistert sich Fritzi spontan. »Und dort behältst du ihn dann genau im Auge. Ich will endlich wissen, mit wem er es treibt — egal, ob männlich oder weiblich ...«

Fanny hätte es ihrer Zwillingsschwester besser doch nicht vorschlagen sollen, denn als sie tatsächlich dort hinfuhren, ging es ihr nicht gut. Sich auf dem Rücksitz an Franz zu klammern machte weniger Spaß als sonst, auch wenn ihre beiden Mädchen im angehängten Beiwagen vor Vergnügen jauchzten und Clara ausnahmsweise freiwillig die große Schwester spielte, die sich rührend um die kleinere kümmerte. Sie rannten los, kaum waren sie angekommen, wollten zu den Kühen, zu den Hühnern, zum Katzenwurf in der Scheune.

Der kleine Fesl war erst ein paar Tage auf der Welt und brauchte die ganze Aufmerksamkeit seiner Mutter. Und auch Wastl musste helfen und Vroni entlasten, die sonst den Betrieb am Laufen gehalten hatte. Franz und Fanny hatten also viel Zeit, doch plötzlich schoben sich dunkle Wolken zwischen sie. Es fiel ihr schwerer als gewohnt, auf seine Zärtlichkeiten zu reagieren, jetzt, da sie endlich ungestört allein waren, denn Vroni hatte die Kinder zu den Katzen in die Scheune gesteckt.

»Was ist?«, fragte er, als sie seine Hand wegschob.

»Ich weiß nicht«, erwiderte Fanny nicht ganz wahrheitsgemäß. Ihre Monatsblutung war seit sechs Tagen überfällig, und sie wollte ihn nicht damit belasten, bevor sie Gewissheit hatte.

»Du lügst ziemlich schlecht, Fanny Raith.« Er küsste

ihre Nasenspitze, dann ihre Wange und schließlich ihren Mund.

Sie versuchte, sich fallen zu lassen, und brachte es doch nicht zustande.

»Ich habe übrigens keine Angst vor deinem Josef«, sagte er plötzlich, als könne er ganz ungeniert in ihrem übervollen Kopf spazieren gehen. »Du und ich und die Kinder – wir stemmen das. Auch ganz offiziell, falls du dich mittlerweile umentschieden haben solltest.«

»Du würdest eine Geschiedene nehmen?«

»Dich würde ich nehmen, Fanny. Immer und überall. Und Franziska Hirtinger klingt doch gar nicht schlecht, oder?«

Den nächsten Tag verbrachten sie am See, und Fanny fühlte sich so glücklich, dass sie hätte platzen können. Die Sonne lachte, das moorige Seewasser war warm und weich, und niemand konnte sie stören, weil Wastls Bruder die Mädchen mit auf seinen Nachbarhof genommen hat, wo es neue Kälbchen zu bestaunen gab. Zum ersten Mal in ihrem Leben wagte Fanny sich nackt ins Wasser, obwohl sie nur bis zur Brusthöhe watete, weil sie ja nicht schwimmen konnte, und das Gefühl, ohne hinderlichen Stoff umspült zu werden, war überwältigend. Franz brachte ihr erste Schwimmbewegungen bei und hielt sie dabei fest, damit sie keine Angst bekam – und schließlich schaffte sie ganz allein drei, vier schnelle Stöße.

»Der Mensch ist frei geboren«, schrie sie ins Schilf, und plötzlich wünschte sie sich, von ihm schwanger zu sein, egal, welche Konsequenzen das auch nach sich ziehen mochte.

»Ja, das ist er«, schrie nun auch Franz. »Und die Frau erst recht!«

Er ging noch einmal ins Wasser, als sie schon wieder draußen war, und schüttelte sich danach am Ufer über ihr wie ein übermütiger Welpe. Sie dösten in der Sonne, aßen Kirschen, küssten sich wieder und wieder. Irgendwann wurde es kühler, und sie schlüpften zurück in die Kleider.

Jetzt erst öffnete er seinen Rucksack und holte einen Umschlag heraus. »Ich habe dir doch erzählt, dass ich ab und zu gern male«, sagte er.

Fanny nickte, schon ein wenig schläfrig. Sie wusste, dass er Kunst liebte und vertraute ihm – mehr als jedem anderen. Hätte sie ihm sonst vor ein paar Wochen ihr Zauberbild gezeigt? Nur Alina wusste davon und Fritzi, die sich allerdings abfällig darüber geäußert hatte. Nicht einmal Georg hatte sie eingeweiht, von den Kindern, die ohnehin noch zu klein dafür waren, ganz zu schweigen. Intensiv und zunächst schweigend hatte Franz es sich damals angeschaut, den Kopf dabei leicht zur Seite gelegt, und es dann umgedreht.

Für fanny haller.

Die Widmung machte Fanny noch immer stolz.

»Das ist schön«, so lautete schließlich sein einziger Kommentar, nachdem es wieder auf der Vorderseite lag. »Sehr, sehr schön.«

Fanny blinzelte, schaute noch einmal hin und erschrak.

Etwas Blaues lag auf einmal auf der Decke. Aber wie kam ihr Zauberbild an diesen See?

»Ich habe es kopiert«, hörte sie ihn sagen. »Das mache ich manchmal, um meine Hand zu trainieren. Für das

Auge ist es auch nicht schlecht. Nur immer sägen und klopfen ist mir nämlich nicht genug. Ich will, dass meine Hand geschmeidig bleibt, und mein Kopf erst recht.«

»Du hast es aus dem Gedächtnis gemalt? Aber es ist perfekt!«, sagte sie staunend.

»Warte lieber ab, bis das Original daneben liegt«, wehrte er bescheiden ab. »Die Erinnerung kann uns manchmal Streiche spielen.« Dann lächelte er. »Aber ich mag es auch. Und vielleicht kann es dir ja einmal gute Dienste leisten.«

»Wobei?«

»Reiche Damen schließen ihren kostbaren Schmuck in einen Safe und tragen stattdessen funkelnde Kristalle, die auf den ersten Blick von Diamanten nicht zu unterscheiden sind. Dein Paul Klee wird immer berühmter. Das bedeutet auch, dass die Preise für seine Werke steigen.«

Fanny verstand ihn noch immer nicht.

»Du könntest die Kopie in dein Wohnzimmer hängen und das Original weiterhin geheim aufbewahren«, fährt er fort. »Ohne jegliche Angst. Denn wenn jemand zugreift, wäre nichts verloren.«

Sie lachte und küsste ihn und vergaß, was er gesagt hatte, bis sie wieder in München waren. Als die Kinder schliefen, holte Fanny das Zauberbild aus seinem Versteck und legte die Kopie daneben, die Franz gemalt hatte. Bis auf winzige Unterschiede bei den silbrigen Gestalten schienen die beiden identisch. Die Signatur rechts unten war bei der Kopie etwas zu klein ausgefallen, doch der Schriftzug auf den beiden Rückseiten war nicht zu unterscheiden.

Sie trat einen Schritt zurück. Dann beugte sie sich wieder

über die beiden Aquarelle. Das linke – echte – schien mehr zu leuchten, obwohl Franz scheinbar dasselbe Blau geglückt war, doch das konnte man nur sehen, wenn sie unmittelbar nebeneinander lagen. So vertieft war sie in ihre Betrachtungen, dass sie zusammenschrak, als es läutete.

Fanny ging aufmachen. Vor ihr stand Georg mit kalkweißem Gesicht.

»Elise ist tot«, sagte er schwerfällig, als habe er getrunken. »Und unsere Tochter wollte sie mitnehmen.«

»Sie sind beide …« Fanny klammerte sich an den Türrahmen.

»Nur Elise. Als ich ihr mitgeteilt habe, dass ich wegen ihrer fortgesetzten Untreue auf einer Scheidung bestehen muss, hat sie anschließend den Gashahn in der Küche aufgedreht. Marianne lag offenbar näher an der Tür. Die Ärzte kämpfen noch um ihr Leben.«

*

München, Dezember 1928

Wie könnte ich ruhig weiterschreiben und unsere schöne Liebe feiern, wenn ringsum so schreckliche Dinge geschehen? Marianne hat zwar dem Tod getrotzt, aber sie ist nicht mehr die Alte. Aus dem neugierigen Mädchen ist eine leere Hülle geworden; sie sabbert, humpelt und wird von plötzlichen Wutausbrüchen überfallen. Wenn sie Georg sieht, schlingt sie die Arme um sich und beginnt bitterlich zu weinen. Vielleicht ist ja jener letzte Streit der Eltern fest in ihr eingeschlossen, der die Mutter danach zum Gashahn greifen ließ. Denn Elise war schwanger, als sie sich getötet hat, das hat eine Obduktion ergeben. Und zwar offenbar von Ferdl Licht, wie er Georg reumütig gestanden hat. Als Erbe seiner Frau kam mein Bruder nun in den Genuss der ganzen Firma, denn auch sein Schwiegervater Ludwig hat seine Tochter aus Gram nicht lange überlebt. So konnte Georg sich nun auch von seinem treulosen Teilhaber lösen und steht finanziell besser da als je zuvor. Meine Zuneigung zu ihm hat stark gelitten, nicht nur wegen Elises Tod und Mariannes schlimmem Zustand, sondern auch wegen seiner zweiten Frau, die er bald geheiratet hat. Es ist eine junge Buchhalterin aus dem Rheinland, die nun in seiner Firma arbeitet. Ihr Name lautet Elisabeth, eine Laune des Schicksals, wie man vielleicht glauben könnte. Sie hat dafür gesorgt, dass Marianne nun in einer Art Anstalt untergebracht wurde, die schönfärberisch Institut genannt wird. Das Mädchen dort zu besuchen bricht mir fast das Herz, und doch habe ich es in den letzten Monaten immer wieder getan. Ich habe sogar darüber nachgedacht, sie zu mir zu holen, doch wie sollte das gehen in meinem eng geschnürten Alltag? Bisweilen überfällt mich Traurigkeit, denn ich bin doch nicht schwanger von Franz. Die Blutungen haben in der Nacht eingesetzt, als ich die Nachricht vom Tod Elises erhalten hatte, und zwar so heftig, dass ich Angst bekam, wieder ins Krankenhaus zu müssen.

Gemeinsam haben Franz und ich um das Kind geweint, das nicht in mir wachsen wollte, aber es macht mein Leben vielleicht leichter. Denn Josef hat angedroht, nach München zurückzukehren. Er würde mir sicherlich untersagen, zusammen mit Alina zum Israelitischen Friedhof zu fahren, wo inzwischen nicht nur Dora Rosengart liegt, sondern auch ihr

Schwager Carl. Ein Schlaganfall hat ihn morgens in seiner Wohnung hingestreckt; Stunden muss er dort noch gelähmt gelegen haben, bis endlich Hilfe kam.

Doch er war nicht mehr zu retten.

Die Testamentseröffnung allerdings brachte für meine Freunde eine unerfreuliche Überraschung. Alina und Ruben, der eigens dafür aus England nach München kam, gingen davon aus, Carls Erben zu sein. Stattdessen reiste aus Berlin ihr Vetter Siegfried an, der sich plötzlich seines verleugneten Vaters erinnerte und nun alles für sich beanspruchte. Ein uralter handschriftlicher Zettel von Carl, aus welchen Gründen auch immer von ihm niemals abgeändert, festigte seine Position. Nun erhält er alles – und die beiden nichts.

Eine prekäre Entwicklung, denn meine Freundin hat mir anvertraut, dass ihre finanziellen Sorgen wachsen. Der gesamte Kunstmarkt droht sich zu verschieben, Moderne ist in Deutschland plötzlich nicht mehr so gefragt, und die Bankschulden machen Leo und sie oft schlaflos.

»Wenn alles schiefgeht, stelle ich dich in meiner Küche an«, versuche ich sie aufzuheitern. »Denn essen wollen die Leute immer, egal, wer gerade regiert. Und Böfflamott brauchen sie nun einmal dringender als Bilder. Außerdem kann euch gar nichts Schlimmes passieren. Ihr habt doch den Holunder im Garten, der über euch wacht!«

Was habe ich Falsches gesagt?

Jetzt beginnt sie herzzerreißend zu schluchzen.

»Eben nicht mehr«, gesteht sie mir. »Ich konnte es dir bislang noch nicht sagen. Der Blitz ist in ihn gefahren und hat ihn vollkommen verkohlt. Bedeutet das, das Glück hat sich von uns abgewandt?«

20

München, Juni 2015

Alex war wieder in London, *to sort it out with Pam*, wie er sich ausgedrückt hatte, und er fehlte Katharina so sehr, dass sie es kaum aushielt. Wie konnte das möglich sein, ihn erst so kurz zu kennen und sich ihm schon so verbunden zu fühlen? Er lachte, als sie ihm das während eines ihrer zahllosen Telefonate sagte, weil es ihm ganz genauso ging. Lichtblicke waren seine liebevollen Nachrichten, und sie war glücklich, wenn mehrmals am Tag kleine Botschaften von ihm aufblitzten.

»Muss wohl an der Magie zwischen unseren Familien liegen«, sagte er. »Schließlich waren unsere beiden Urgroßmütter ja allerbeste Freundinnen.«

»Aber nach 1936 haben sie sich nicht wiedergesehen. Weil jene Kopie des Aquarells zwischen ihnen stand? Ich kann mir noch immer nicht vorstellen, dass Fanny davon wusste.«

»Wenn sie es nicht ausgetauscht hat, dann muss es jemand anderer gewesen sein. Franz vielleicht? Du weißt inzwischen, dass er es angefertigt hat?«

»Ja«, erwiderte Katharina. »Aber er hat seine Fanny zu sehr geliebt, um sie so zu hintergehen. Franz scheidet ebenfalls aus. Da bin ich mir ganz sicher.«

Sie hatte eine Pause von ein paar Tagen eingelegt, weil sie trotz aller Neugier das Gelesene erst verdauen musste. In der Familie kursierte eine vage Geschichte, dass eine Verwandte viele Jahre in einer Anstalt verbracht haben sollte und schließlich dort auch gestorben sei. Wie sie hieß und wie genau es dazu gekommen war, hatte niemand erwähnt. Großonkel Georgs zweite Frau hatte sich Liz rufen lassen, und ihr Name schien im Lauf der Zeit mit dem Namen Elise verschmolzen zu sein, als hätte es stets nur eine Frau an seiner Seite gegeben.

Wie entsetzlich musste es für das heranwachsende Mädchen gewesen sein, nicht nur die Mutter zu verlieren, sondern zu wissen, dass sie versucht hatte, auch sie zu töten. Mit einem Mal war sie nicht mehr die verwöhnte Prinzessin, der der Vater jeden Wunsch von den Augen ablas, sondern nur noch das kümmerliche Anhängsel in der neuen Ehe, bis man sie schließlich ganz abgeschoben hatte. Geistig behindert in Nazideutschland – allein der Gedanke war gruselig.

Es half, sich mit Arbeit abzulenken.

Katharina fuhr mit der Restaurierung des Jugendstilstuhls fort. Da das obere Ende des rechten Stuhlbeins nicht mehr zu retten war, hatte sie es schräg abgeschnitten und ein neues Holzstück angeleimt. Am Tag darauf hatte sie die Zapfen ergänzt. Die Reste sägte sie von Hand ab, schlitzte neu, stemmte aus und leimte dann den falschen Zapfen passgenau ein, wobei sie ordentlich Druck auf die Zwinge gab. Danach wischte sie mit einem nassen Schwammtuch den Leim weg und rieb die Stelle trocken. Wieder einen Tag später wurden die Holzstücke farblich mit Beize angepasst – Ehrensache, auch wenn man es nur sah, wenn man den Stuhl umdrehte.

Heute war der Mattlack an der Reihe, den sie sorgfältig auftrug, und bis der getrocknet war, ging sie hinüber zu Isi, die in der anderen Werkstattecke die verfaulte Oberfläche des Tresens abgefräst und eine neue Holzplatte aufgeleimt hatte, die sie gerade mit dem Hobel bündig putzte.

»Immer noch sauer?«, fragte Katharina, weil Isi die schlechten Neuigkeiten über die einstigen Interessenten zunächst ungnädig aufgenommen hatte.

»Eher erleichtert«, entgegnete Isi. »Dass sie nicht die Seriösesten sind, hab ich inzwischen auch noch aus einer anderen Quelle erfahren. Wäre aber eigentlich gar nicht nötig gewesen, denn auf Andres kann man sich immer verlassen. Auch wenn du ihm gerade wahrscheinlich das Herz brichst. Dass er sich jetzt überhaupt noch für uns einsetzt, spricht sehr für ihn. Unser angekündigter Besuch müsste übrigens gleich da sein.«

Sie wusste inzwischen von Alex, seinem überraschenden Besuch und dessen weitreichenden Folgen, weil sich Katharina endlich einer mitfühlenden Seele hatte anvertrauen müssen.

»Meine liebste Partnerin, sieh mal einer an! Macht immer auf ganz harmlos und schnappt sich dann im Handumdrehen den heißesten Typen weit und breit. Alle Achtung!«, kommentierte sie zwar spöttisch, doch ihr breites Lächeln verriet, dass sie sich für die Freundin freute.

Katharina hatte Isi auch das Aquarell gezeigt und ihr die ungeklärte Geschichte der Londoner Kopie erzählt.

»Ein echter Klee! Und so ein schöner dazu. Die eigentliche Erbin ist also deine Tante Paula. Was wird sie nun damit anfangen? Ihn verkaufen? Sich ins Wohnzimmer hängen? Einem Museum vermachen? Oder ihn dir überlassen?«

»Alles noch offen. Alex zieht gerade Erkundigungen über den möglichen Marktwert ein. Außerdem gibt es da ja auch noch Klees Enkel in Bern. Mal sehen, inwieweit der eingebunden werden muss.«

Sie wurden unterbrochen von zwei Männern, die über den Hof in die Werkstatt kamen, unübersehbar Vater und Sohn, auch wenn der Jüngere den Älteren um einen halben Kopf überragte. Beide hatten dunkle Locken, die vom Vater schon leicht silbrig durchwachsen, beide blaue Augen, beide die gleiche Nase, die auch einem römischen Senator alle Ehre gemacht hätte.

»Lou Nusser«, sagte der Jüngere. »Ich bin der Koch. Und das ist mein Vater Niklas.« Seine Augen flogen neugierig in der Werkstatt umher. »Ist das der alte Laden?«, fragte er. »Ich meine natürlich ein Teil davon? Die Farbe ist ja wirklich cool!«

»Andres Kultinger hat uns bei Ihnen angekündigt.« Niklas Nusser gab sich deutlich bedächtiger. »Ein Handwerker, den ich seit Jahren schätze. Ja, wir sind auf der Suche nach einem passenden Rahmen für das neue Restaurant meines Sohnes.« Prüfend beugte er sich über den Tresen. »Sieht allerdings noch nach sehr viel Arbeit aus.«

»Das können Sie laut sagen!« Isi stieß einen Seufzer aus. »Aber haben Sie auch nur eine Vorstellung, wie schön das werden kann? Bei diesem ausgefallenen Grün würde ich auf eine computergesteuerte Farbmischung verzichten, sondern mich lieber behutsam dem Original annähern.«

Lou Nusser war inzwischen wieder hinaus in den Hof gegangen.

»Kann ich mal in den Schuppen schauen?«, rief er. »Da ist doch sicherlich der Rest.«

»Gern.« Katharina ging zu ihm und schloss auf. Zum Glück hatten sie gestern gründlich aufgeräumt. Links stapelten sich die Schubladen, rechts standen die größeren Teile, Schrankuntersatz, Aufsatz, Regale.

»Ungefähr noch 100 Stunden«, sagte sie, während er alles aufmerksam betrachtete. »Gute 60 haben wir schon investiert, allein um den Dreck herunterzubekommen. Die Landtauben waren ganz schön fleißig.«

»So viel hat mein Vater in etwa auch angesetzt«, sagte er nachdenklich. »Der Materialwert ist ja nicht sonderlich hoch, lackierte Fichte, wenn ich es richtig sehe, das war damals wie heute nicht teuer, aber die Zeit macht es natürlich aus.«

»Und die Vollständigkeit«, ergänzte Katharina. »Außerdem liegt mir viel daran, dass er in gute Hände kommt. Sehen Sie das kleine Metallschild dort unten?«

Er nickte.

»Franz Hirtinger«, sagte Katharina. »Er war die große Liebe meiner Urgroßmutter und hat diese Einrichtung in den Zwanzigerjahren für den Laden ihrer Zwillingsschwester geschreinert.«

Jetzt wirkte der junge Mann plötzlich noch nachdenklicher.

»Und Sie wollen ihn wirklich hergeben?«, fragte er. »Ein solch wertvolles Erinnerungsstück?«

Katharina lächelte und ja, plötzlich war sie sich ganz sicher.

»Er braucht Öffentlichkeit«, sagte sie. »Jahrzehntelang hat er in einer Scheune geschlafen. Soll er jetzt hier in unserem Schuppen weiterträumen? Nein, ein Ort, wo Menschen sich wohlfühlen und ihn beim Essen bewundern, wäre genau das Richtige. Nur: Ich bräuchte noch ein bisschen Zeit. Können Sie das verstehen?«

Statt einer Antwort hielt er ihr seine Hände hin: kräftige Jungmännerhände mit kurzen Nägeln, denen man ansah, dass sie ebenso Knochen zerhacken wie Fische ausnehmen oder Kräuter fein schneiden konnten.

»Und?«, fragte er mit einem verschmitzten Lächeln. »Sie wollten doch gute Hände – hier sind sie! Wenn Sie noch immer nicht vollkommen überzeugt sind, dann mache ich Ihnen demnächst meinen Thunfisch mit Sesamkruste und Wasabischaum. Spätestens danach werden Sie schwach. Und was die Zeit betrifft: So eilig habe ich es noch gar nicht. Der Vorgänger hat im Lokal vieles schleifen lassen. Wir haben noch einiges zu renovieren.«

Der Vater wollte noch Bedenkzeit, der Sohn jedoch war zum Kauf entschlossen. Es gab einen festen Handschlag, der alles besiegelte; eine schriftliche Vereinbarung würde folgen. Nach Fertigstellung sollte die Ladeneinrichtung in Lou Nussers neuem Restaurant erstrahlen. Um den Preis wurde mindestens so hart gefeilscht wie auf einem Kamelmarkt; schließlich einigten sie sich auf einen Kompromiss, mit dem alle Seiten leben konnten.

»Wo steckt eigentlich Andres?«, fragte Nusser senior, als sie den Handel in Katharinas Küche mit Espresso und einem kleinen Grappa besiegelten. »Er wollte doch eigentlich heute dabei sein.«

»Och«, sagte Isi, während Katharina mit dem Geschirr zu klappern begann. »Unser gemeinsamer Freund hat jede Menge wichtiger Termine. Aber ich bin ganz sicher, seinen Segen haben wir.«

»Ich werde es ihm persönlich mitteilen«, kam es von Katharina. »Ich habe ohnehin etwas mit ihm zu besprechen.«

Und so fuhr sie am späten Nachmittag mit der Vespa in die Schokoladengalerie an der Triftstraße, um einige Tafeln dunkler Schokolade für Andres zu kaufen. Der Weg zu seiner Werkstatt im Osten der Stadt führte sie über den Friedensengel, wo das frühsommerliche Grün der Bäume nach einem kräftigen nächtlichen Regenguss heute ganz besonders satt leuchtete.

Es war ein seltsames Gefühl, wieder die Räume zu betreten, in denen sie so lange gearbeitet hatte. Einerseits fühlte es sich vertraut an, andererseits war es aber auch aufregend, weil sie nicht wissen konnte, wie er ihren heutigen Besuch aufnehmen würde. Alles war perfekt aufgeräumt, die Bretter gestapelt, die Maschinen in Topform. Nur dann lassen sich auch perfekte Möbel bauen, das hatte sie von ihm gelernt. Seine Angewohnheit, am Donnerstagabend immer noch eine Weile am Zeichenbrett zu sitzen, hatte er beibehalten, und seine Mitarbeiter waren schon nach Hause gegangen. Das kam ihren Plänen zugute.

Als Katharina die Tür zum kleinen Büro mit der Schulter aufdrückte, die auch heute nur angelehnt gewesen war, schaute er erstaunt auf.

»Mit dir hätte ich am allerwenigsten gerechnet.« Seine Stimme klang neutral, was ihr Mut machte.

»Ich musste kommen«, sagte Katharina und stellte die Tüte mit den Schokoladetafeln auf seinen Tisch. »Die sind von Isi und mir. Mit Nusser und seinem Sohn hat nämlich alles geklappt. Sehr angenehme Leute. Ich wünschte, wir hätten lauter solche Kunden.«

Er nickte knapp. »Ihr hattet, was sie gesucht haben. Ich habe lediglich den Kontakt hergestellt. War der Preis auch okay?«

»Wir haben hart verhandelt, uns aber schließlich geeinigt. Die beiden sind ein eingespieltes Team, aber das sind Isi und ich schließlich ja auch.«

»Gut.« Er konzentrierte sich wieder auf sein Zeichenbrett, als wollte er signalisieren, dass die Unterhaltung für ihn beendet sei.

Doch Katharina ließ sich nicht beirren. »Eigentlich bin ich aber gekommen, um mich für neulich zu entschuldigen.« Jetzt kam sie dem Schreibtisch so nah, dass er aufschauen musste. »Ich wusste nicht, dass Alex mich besuchen würde. Sonst hätte ich dich doch niemals ausgerechnet für diesen Abend eingeladen. Dich zu verletzen ist das Letzte, was ich im Sinn habe.«

»Also doch ein Anfang?«, fragte er leise. »Obwohl er liiert ist?«

»Das bringt er gerade in Ordnung«, sagte Katharina. »Hoffe ich wenigstens. Aber das bedeutet nicht, dass ich dich nicht mehr zum Freund haben möchte. Du bist nämlich der beste, den ich jemals hatte.«

»Dein bester Freund also«, wiederholte er. »Das klingt gut. Ich hatte allerdings gehofft …« Er brach ab.

»Ich auch«, sagte Katharina. »Lange Zeit sogar. Aber als so gar nichts Konkretes von dir kam, habe ich mich innerlich für Freundschaft entschieden. Vergeblich zu hoffen liegt mir gar nicht, das macht mich mürrisch und unerträglich. Wir waren mal zusammen, und das war sehr schön. Dann hat es aufgehört. Sag selbst: Hältst du wirklich viel von aufgewärmten Beziehungen?«

Er lächelte, schien sich langsam zu entspannen. »Nein, wenn du mich so fragst. Und wenn ich das bei Hannah und mir früher kapiert hätte, hätte ich mir vermutlich viel Ärger ersparen können. Aber jetzt willst du doch nur schönreden, dass du dich in einen anderen Mann verliebt hast. Und ich soll das auch noch gut finden. Ganz schön raffiniert!«

»Akzeptieren sollst du es«, sagte sie. »Und weiterhin mein bester Freund bleiben – bitte, Andres!«

Er goss Rhabarbersaft in zwei Gläser und reichte ihr eines davon.

»Ganz schön anspruchsvoll«, sagte er, bevor sie tranken. »Aber nicht anders kenne ich dich.«

Da war er wieder, jener trockene Humor, den sie so an ihm mochte!

»Ihr werdet euch sympathisch finden, wenn ihr euch erst besser kennenlernt«, sagte sie. »Das war nur ein blöder Einstieg, nichts weiter. Wenn du willst, könnte ich demnächst für uns drei ein Essen arrangieren …«

»Nicht schon wieder ein verpatzter Abend, bei dem drei definitiv einer zu viel sind«, unterbrach er sie. »Lass mir Zeit. Und deinem Alex auch. Dann werden wir sehen, was daraus wird, okay?« Endlich nahm er die Schokolade in näheren Augenschein. »Dunkel mit Meersalz und Bitter mit ganzen Mandeln. Und dann auch noch Chili …« Seine Mundwinkel gingen nach oben. »Bleibt mir ja wohl gar nichts anderes übrig, als unsere Freundschaft weiterzuführen. Denn niemand kennt meine heimlichen Laster so gut wie du.«

Katharina lachte, und eine Zentnerlast fiel ihr vom Herzen. Andres beim Abschied zu umarmen, wie sie es sonst immer tat, ließ sie heute dennoch bleiben, aber sie strich ihm kurz über die Schulter, als er schon wieder über der Zeichnung saß.

Danach fuhr sie durch einen lauen Juniabend zurück in die Lilienstraße. Vor der Werkstatt parkte ein heller SUV mit Traunsteiner Kennzeichen, das fiel ihr auf.

Katharina stellte die Vespa ab und näherte sich neugierig.

Als sie fast bei der Beifahrertür angelangt war, ging diese plötzlich auf.

»Guten Abend, Frau Raith!« Rupp Pongratz schob seine langen Beine aus dem Wagen. »Jetzt dachte ich schon, ich sei ganz umsonst gekommen! Ich bin neugierig, wie es dem alten Laden geht. Und Sie haben mich ja eingeladen. Also, hier bin ich!«

»Mitten in der Verpuppung, würde ich sagen«, erwiderte sie. »Noch ganz schön viel Raupe, aber hier und da blitzt schon etwas vom Schmetterling durch. Kommen Sie rein, dann zeige ich Ihnen, was ich meine.«

Rupp trug Jeans und Cowboystiefel, dazu aber ein edles blaues Hemd und ein helles Jackett. Und er hatte einen Hauch Eau de Toilette aufgelegt. Langsam ging er zwischen den halbfertigen Teilen hin und her, dann kratzte er sich nachdenklich am Kopf.

»Das wird bestimmt noch«, sagte er. »Da vertraue ich Ihnen beiden. Aber man braucht schon jede Menge Fantasie.«

»Die haben wir.« Katharina lächelte ihn aufmunternd an.

Sag ihn endlich, dachte sie. *Den wirklichen Grund, warum du hier bist. Ich kenne ihn, aber ich möchte ihn von dir hören.*

»Die Frau Thalheim, die ist nicht zufällig da?« Es gelang ihm nicht, beiläufig zu klingen.

»Leider nicht«, sagte Katharina. »Aber wissen Sie was? Ich ruf sie einfach an.«

Sie ging nach nebenan.

»Schwing dich her«, sagte sie, als Isi abgehoben hatte. »Ich bin in der Werkstatt.«

»Was ist es dieses Mal?«, fragte Isi.

»Ein sommersprossiger Cowboy aus dem bayerischen Oberland«, erwiderte Katharina genüsslich. »Und er duftet männlich. Aber seine Alpakas hat er alle in Obing gelassen.«

*

Als die beiden gegangen waren, stellte sie die Gläser in der Küche zusammen und machte es sich auf dem Sofa im Wohnzimmer mit ihrer Lektüre gemütlich.

Katharina strich mit der Hand über die Kladde. Was würde sie heute erwarten?

Inzwischen hatte sie gelernt, auch zwischen Fannys Zeilen zu lesen. Was ihre Urgroßmutter *nicht* aufschrieb, konnte ebenso wichtig sein wie das Notierte. Jedes Mal, wenn eine große zeitliche Zäsur zwischen ihren Eintragungen lag, war etwas geschehen, das ihr Leben verändert hatte.

21

München, September 1932

Was für schwierige Jahre hinter uns liegen! Die Weltwirtschaft ist nach einer globalen Krise auf dem Tiefpunkt, die Menschen sind verarmt und verzweifelt; nie zuvor war die Arbeitslosigkeit in Deutschland so hoch. Aus diesem Grund zerbrach vermutlich auch die große Koalition im Jahr 1930. Seitdem bekommen die radikalen Parteien vermehrt Zulauf; die Kommunisten, aber leider auch Hitlers NSDAP, denn die Sparmaßnahmen des deutschen Reichskanzlers Heinrich Brüning haben die Bürger nur ärmer gemacht, anstatt ihnen Vorteile zu bringen. So sitzen die Braunen nun mit 230 Abgeordneten als stärkste Partei im Reichstag, und ihre Mitgliederzahl hat sich auf 800.000 verdoppelt.

Das alles weiß ich von Josef aus erster Quelle, denn er ist zwar nicht ganz nach München zurückgekehrt, wie er es zwischendrin angedroht hatte. Aber er hat immer wieder überraschende Stippvisiten bei uns gemacht. Aus Angst, die Kinder könnten mich aus Versehen verraten, musste ich Franz beschwören, nicht mehr in die Türkenstraße zu kommen und auch mein Buntes Eck zu meiden.

Zähneknirschend ist er meinen Bitten gefolgt, sodass uns jetzt nur noch ab und zu ein heimliches Treffen gegönnt ist. Nicht einmal in seine Wohnung habe ich mich getraut, weil Fritzi ihn noch immer im Auge hat. So ist es nun eine verschwiegene Pension am Englischen Garten, in die wir uns manchmal zurückziehen, und diese gestohlenen Stunden sind das Einzige, was mich aufrecht hält.

Zum Glück lässt mein Ehemann mich zumeist in Ruhe, weil er bei den Nationalsozialisten unbedingt Karriere machen will und schon viel weiter damit wäre, hätte er es in Niederbayern nicht mit lauter katholischen Sturköpfen zu tun. Sie sind zwar stramm national gesinnt, hören jedoch trotzdem jeden Sonntag darauf, was ihr Pfarrer sagt. Doch Josef gibt nicht auf, das hat er sich geschworen. Inzwischen ist sogar Heinrich Himmler auf seinen Einsatz aufmerksam geworden, wovon er sich einiges verspricht. Nur wenn er getrunken hat, wird er leicht rührselig und fordert seine ehelichen Rechte ein, und leider gelingt es mir dann nicht immer, sie ihm zu verweigern.

Wie naiv war ich noch, als Clara zur Welt kam, knapp 20 und vom Leben wenig Ahnung, sonst hätte ich mich doch nie auf diesen unseligen Pakt eingelassen! Aber eine Scheidung kommt für Josef nicht in Frage – niemals. Das macht er mir immer wieder klar.

»Du gehörst zu mir, und ich hoffe, du erinnerst dich immer daran«, pflegt er dann zu sagen. »Du bist und bleibst meine Frau, sonst kannst du was erleben!«

Würde er auspacken mit dem, was er weiß, könnten Fritzi und ich bei den Behörden in furchtbare Schwierigkeiten geraten. Besonders jetzt, wo es immer mehr darauf ankommt, wer von wem in welcher Linie abstammt.

So nehme ich hin, was momentan nicht zu ändern ist, und bete heimlich, dass er bald wieder aufbricht und wir hier unseren Frieden haben. Heute jedoch war ein großer Tag für ihn. Die Nationalsozialisten haben im Circus Krone ihre erste Versammlung nach der Reichstagswahl abgehalten, die ihnen immensen Stimmenzuwachs beschert und ihre Plätze im Parlament verneunfacht hat. Mehr als 10.000 Münchner sind zu Hitler geströmt. In einer donnernden Rede hat er gefordert, dass der Kampf zur Eroberung der deutschen Seele unaufhaltsam weiterzuführen sei.

Im Siegestaumel seiner Anhänger kommt es anschließend überall in der Stadt zu Ausschreitungen und Schlägereien. Auch auf der Leopoldstraße, wo das Café zur braunen Front leider ganz in unserer Nähe widerliches Gesindel anzieht, werden Passanten überfallen und verletzt. Einer davon ist Franz, der den Hitlerauftritt dazu nutzen wollte, um bei mir vorbeizuschauen.

Sein Auge ist dunkelblau, er hat eine Platzwunde an der Stirn, und sie haben ihm einen Zahn ausgeschlagen, weil er sich geweigert hat, den Hitlergruß zu entrichten. Ich versorge ihn, so gut ich kann, säubere die Wunde in dem kleinen Nebenstübchen, das sich an das Lokal anschließt, und bringe ihm anschließend in der Wirtsstube einen Teller Grießnockerlsuppe, die er so gern isst.

Seine Augen sind voller Liebe. Ich stehe ganz nah neben ihm und will ihm gerade über den Rücken streicheln.

In diesem Moment betritt Josef die Gaststätte, und sein Gesicht wird fahl.

»Wer ist dieser Kerl, der dich so verzückt anstiert?«, fragt er lauernd. »Willst du etwa in Elises Fußstapfen treten?«

Hat jemand uns verraten? Angst packt mich wie eine eiskalte Hand.

»Was machst du überhaupt hier?«, bellt er weiter. »Ich denke,
wir haben Angestellte, die die Abendschicht übernehmen.«
»Vevi ist krank, deshalb bin ich ausnahmsweise eingesprun-
gen«, antworte ich so ruhig ich kann, während ich zurück
zum Tresen gehe, obwohl mir das Herz dabei bis zum Hals
schlägt. »Einfach zuzumachen können wir uns leider nicht
leisten. Fritzi sieht nach den Kindern. Der Mann dort drüben
ist Herr Hirtinger, der auch ihre Ladeneinrichtung gezimmert hat. Hättest du damals nicht die ganze Renovierung mir
überlassen, würdest du unseren Schreiner kennen.«
Ich hasse mich dafür, aber ich kann in diesem Moment nicht
anders, denn ich sehe, wie Franz unter dem Tisch die Fäuste
ballt und kurz vor dem Aufspringen ist.
»Fritzi hat es übrigens schon seit Längerem auf ihn abgesehen«, füge ich leiser hinzu. »Sag selbst: Wären die beiden
nicht ein schönes Paar?«
Der Argwohn in seinen Augen erlischt, und das ist im Augenblick das Allerwichtigste.
»Von mir aus«, zischt er. »Aber sie soll bloß aufpassen, dass
sie sich nicht wieder in Schwierigkeiten bringt, diese verrückte
Nudel!«
»Das wird sie schon nicht«, versichere ich und kann seine
Nähe auf einmal kaum noch aushalten, während Franz ganz
allein dasitzt. Früher konnte ich Josef gut riechen. Inzwischen
aber ist ihm seine Nazigesinnung tief unter die Haut gekro-
chen und widert mich an. »Schließlich bin ich ja auch noch da
und habe ein wachsames Auge auf sie.«
Er brummt etwas, trinkt im Stehen ein Bier und geht hinaus.
Franz und ich wechseln einen langen, zutiefst erleichterten
Blick.

Am nächsten Morgen höre ich Josef frühmorgens in der Wohnung rumoren, dann fällt die Tür ins Schloss. Als ich in die Küche komme, liegt ein Zettel auf dem Tisch.

»Bin zurück nach Landshut gefahren. Die Partei braucht mich dort. Von euch erwarte ich, dass ihr euch wie eine anständige nationalsozialistische Familie benehmt und mir keine Schande macht. Sag das auch deiner Schwester – ihr ganz besonders. Josef«

Ich nehme die Scheine, die er danebengelegt hat, und stecke sie in meinen Geldbeutel. Ob sich so käufliche Frauen fühlen, sobald der Freier gegangen ist?

Für ein paar Augenblicke schäme ich mich, weil ich vor dem Gesetz an ihn gekettet bin und weil ich Fritzi vorgeschoben habe, aber es hält nicht lange an. Was sie für mich getan hat, werde ich ihr nie vergessen. Doch auch mein Opfer ist groß, das lässt mich dieser Morgen erneut überdeutlich spüren.

*

München, Oktober 1932

Leo Cantor ist tot. Gestorben bei einem Verkehrsunfall, während Alina und ich mit den Kindern auf der Wiesn waren. Über uns ein leuchtend blauer Herbsthimmel, es riecht nach Bier, Fischsemmeln und gebratenen Mandeln, so wie jedes Jahr. Wir genießen den Kitzel der Achterbahn, dann rutschen wir kreischend den Tobogan hinunter und laben uns mit Kakao im Hippodrom, während wir den Pferden zusehen. Schließlich fahren wir eine Runde Krinoline, die den Kindern allerdings schnell zu langweilig wird. Clara und Maxie wollen

*unbedingt noch auf die Schiffsschaukel, während Marie lieber
ein Schokoladenherzl möchte. Später essen wir vor der Fischer-
vroni zwei gebratene Makrelen und teilen uns eine Maß,
gefolgt von türkischem Honig und Lakritze.
Währenddessen verblutet Leo mitten auf der Straße. Ein
Betrunkener hat ihm mit seinem Wagen die Vorfahrt genommen und ist dabei seitlich so unglücklich in sein Auto gekracht,
dass Leo nach vorn auf die Armatur geschleudert wurde und
sich einen Milzriss zugezogen hat.
Er lebt schon nicht mehr, als sie die Uniklinik erreichen.
Alina spricht nicht mehr, isst nicht mehr, atmet kaum noch,
als sei sie schon halb auf dem Weg zu ihm. Das jüdische
Begräbnis hat rasch zu erfolgen, so lautet der Brauch. Ruben
jedoch muss erst aus London anreisen, was nach zwei Tagen
geschehen ist. Und so stehe ich an einem nebligen Oktobermor-
gen neben meiner Freundin auf dem Israelitischen Friedhof
in Freimann und bin froh, dass der große kleine Bruder heute
ihre starke Stütze ist. Maxie ist von meinen beiden Mädchen
umrahmt, die sie fest an der Hand halten, als spürten sie
genau, wie wichtig das heute für sie ist.
»Du kannst nur ruhig weinen«, murmelt Clara altklug und
zupft wie eine kleine Zofe Maxies schwarzen Zopf zurecht.
»Tränen verdünnen nämlich den Schmerz. Das haben wir erst
neulich in der Schule gehabt ...«*

Der Gesang des Kantors, die Trauerrede des Rabbiners,
die Tränen der Trauergemeinde, all das rauschte an Fanny
vorbei wie ein ferner Wasserfall. Doch als Ruben schließlich einen schmalen Band herauszog und laut zu lesen
begann, begann auch sie haltlos zu weinen.

Dein Herz ist wie die Nacht so hell,
ich kann es sehn
– Du denkst an mich – es bleiben alle Sterne stehn.

Und wie der Mond von Gold dein Leib
Dahin so schnell
Von weit er scheint.

»Für Leo«, sagte er und schlug das Buch wieder zu. »Von der wunderbaren Dichterin Else Lasker-Schüler, deren Gedichte er über alles geliebt hat.« Tränen liefen über seine Wangen. »Du warst nicht nur mein Schwager, sondern auch mein Freund, mein Lehrer, mein väterlicher Berater. Der Beste von allen. Nichts wird ohne dich jemals wieder so sein wie zuvor.«

Fanny hörte neben sich einen schmerzlichen Laut. Dann sackte Alina wie eine fragile schwarze Puppe neben ihr regungslos auf den Waldboden.

*

München, Winter 1932/1933

Sieben Tage soll die Trauer nach jüdischem Brauch dauern, alle Bilder und Spiegel müssen verhängt sein, und man darf in dieser Zeit das Haus nicht verlassen. Doch Alina mauert sich ein und kümmert sich um nichts mehr. Maxie isst viele Mittage bei uns im Bunten Eck, und Marie, die mit ihr die gleiche Klasse in der Haimhauserstraße besucht, behandelt sie inzwischen fast wie eine Verwandte. Von Clara ganz zu schweigen, der es nicht schnell genug gehen kann, Tag für Tag von der Salvatorrealschule nach Hause zu radeln, um das Mädchentrio zu ergänzen.

Wenn ich beobachte, wie sie sich entwickelt, sehe ich stets die blutjunge Fritzi vor mir. Wie sie hat auch Clara Rhythmus im Blut und einen gewissen Übermut im Blick, wenngleich er rasch in Selbstmitleid oder Wut kippen kann, wenn etwas nicht nach ihrem Willen geht. Die Männer reagieren schon jetzt auf sie, obwohl sie erst 13 ist. Ihr federnder Gang, ihre blonden Haare, ihr frisches Gesicht wirken ungemein anziehend. Sie ist groß und schlank, lässt aber schon Rundungen ahnen. Selbst in Faltenrock, weißer Bluse und Kniestrümpfen strahlt sie Weiblichkeit pur aus, was Marie nicht so einfach gelingen wird, selbst wenn sie sich in einigen Jahren noch so aufreizend herrichtet.

Über kurz oder lang wird Clara auffallen, wie wenig sie ihrer Schwester ähnelt. Natürlich kann ich versuchen, mich damit herauszureden, dass Marie eben ganz nach der väterlichen Linie kommt, aber wird Clara sich damit auch zufriedengeben? Sie ist schon lange nicht mehr das ängstliche Kind von einst. Ihre frühere Scheu ist Aufmüpfigkeit gewichen, die sie immer öfter an den Tag legt. Sie möchte bestimmen und wird schnell zornig, wenn es nicht nach ihrem Willen geht. Vielleicht reagiere ich manchmal zu streng darauf, aber wenn ich zu viel Fritzi in ihr sehe, kann ich nicht anders.

Jetzt wünsche ich mir die frühere Alina zurück, mit der ich diese Sorgen und Ängste teilen könnte. Doch in ihrer jetzigen Verfassung kann ich sie damit nicht behelligen. Sogar am Telefon lässt sie sich über Wochen verleugnen, obwohl ich genau weiß, dass sie zu Hause sein muss.

Irgendwann bekomme ich sie doch an den Apparat. Sie spricht zuerst undeutlich, schließlich aber klingt sie halbwegs gefasst.

»Wie soll es mir schon gehen?«, antwortet sie auf meine Frage hin. »Ich atme. Zu viel mehr bin ich nicht in der Lage.«

»Und die Galerie?«

Langes Schweigen.

»Ich habe jemanden gefunden, der sich darum kümmert«, sagt sie schließlich. »Mir wird das jetzt alles viel zu viel.«

»Einer von Leos Freunden?«, frage ich.

»Er nennt sich selbst einen Aufräumer. Ich hoffe, er versteht sein Geschäft.«

Danach folgt erneut Schweigen.

Ich sehe Alina nicht am Silvesterabend, den ich mit Fritzi und den Kindern begehe. Franz hätte mich gern in die »Fledermaus« eingeladen, die zum Jahreswechsel im Theater am Gärtnerplatz in Starbesetzung gespielt wird. Doch mir fällt keine glaubwürdige Ausrede ein, und so spielen wir stattdessen stundenlang Halma und gießen zusammen Blei, bis es endlich 12 schlägt.

Als die Glocken zu läuten beginnen, stoßen wir auf das neue Jahr an, Fritzi und ich mit Wein, die Kinder mit Apfelsaft. Danach bringe ich die Mädchen ins Bett, obwohl Clara protestiert, weil sie doch schon so groß ist.

»Du denkst an sie, habe ich recht?«, fragt Fritzi, als ich zurück ins Wohnzimmer komme. »Alina besetzt dich noch immer. Den ganzen Abend wärst du lieber bei ihr gewesen, anstatt hier, bei uns. Deiner Familie.«

»Meine Freundin hat einen schlimmen Verlust erlitten«, erwidere ich. »Leo war ihre große Liebe, und sie trauert um

ihn. Natürlich würde ich sie gern trösten. Irgendwann
wird sie es auch zulassen. Sie braucht wahrscheinlich noch
Zeit.«

Mit einer Handbewegung fegt Fritzi ihr Glas vom Tisch.
»Deine Freundin? Dass ich nicht lache! Selbst jetzt lässt sie
dich spüren, dass du ihr nicht ebenbürtig bist«, faucht sie.
»Sie will deinen Trost nicht. Weil Alina sich für etwas Besseres
hält, mit ihrem Haus, ihrer Familie, ihrer Kunst. Das haben
die Juden schon immer getan — sich uns überlegen gefühlt.
Aber schon sehr bald werden Zeiten anbrechen, in denen sich
das für immer ändert.«

Wütend starre ich sie an. Ich hasse es, wenn Josef so redet,
noch mehr aber schmerzen mich solche Worte aus dem Mund
meiner Zwillingsschwester.

»Es ist noch lange nicht gesagt, dass die Nationalsozialisten
an die Macht kommen«, sage ich. »Sei dir bloß nicht zu sicher!
Bei den letzten Wahlen haben sie verloren. In Thüringen sogar
40 Prozent.«

Fritzi schüttelt den Kopf. »Du willst es einfach nicht sehen«,
sagt sie. »Dabei würde ich mir so sehr wünschen, du würdest
endlich die Augen aufmachen. Hitler kann niemand mehr
aufhalten. Besser, du gewöhnst dich an diesen Gedanken —
und deine Judenfreunde mit dir.«

Sie berührt meinen Arm, ich aber weiche zurück. Ihre hässlichen Worte schwingen noch immer im Raum. Jetzt möchte ich
nicht, dass sie mich anfasst.

Fritzi geht wortlos, und ich muss plötzlich heftig weinen.
Nach einer Weile höre ich, wie jemand zart an die Wohnungstür klopft. Als ich öffne und Franz vor mir stehen sehe,
zerfließe ich fast in seinen Armen, so erleichtert bin ich.

*Wir teilen uns den letzten Rest Wein, und er küsst meine
Tränen weg.*
*»Ich bin bei dir«, versichert er mir. »Zusammen stemmen
wir auch das neue Jahr und alles, was da kommen mag.«*
*Ich nicke an seiner Schulter, aber ganz überzeugt hat er mich
heute nicht.*

*

*Der Januar schreitet voran, frostig und weiß, und noch immer
hüllt sich Alina in Schweigen. Mein Lokal hat weiterhin so viele
Gäste, dass ich lange arbeiten muss. Nur am Sonntag nehme
ich mir Zeit für einen Spaziergang im Hofgarten und mache
dabei einen Abstecher zu Leos Galerie unter den Arkaden.
Die Fenster sind ausgeräumt. Innen sieht es ebenfalls nach
Aufbruch aus. Ich erkenne Kisten, Leitern, Verpackungsmate-
rial. Sieht ganz so aus, als hätte der »Aufräumer«, wie Alina
ihn genannt hat, das Geschäft schon aufgelöst.
Als ich bei den Cantors anrufe und nachfragen will, lässt sich
Alina abermals von Maxie verleugnen. Ich fühle mich zurück-
gewiesen, bin verletzt und muss mir alle Mühe geben, um
nicht an Fritzis gallenbittere Worte zu denken. Dann aber
rufe ich die vielen anderen schönen Situationen in meine
Erinnerung zurück: Alina, die mir am Klavier vorspielt. Alina,
die mich für den Faschingsball ausstaffiert. Alinas Anteil-
nahme und Großzügigkeit, als ich mit der verletzten Fritzi
zurück in die Wohnung komme — das ist meine Freundin!
Sie kann nicht um Hilfe bitten, so traurig und verzweifelt, wie
sie ist, das wird mir immer klarer.
Aber sie braucht sie.
Am nächsten Tag, Montag, dem 30. Januar 1933, beruft Reichs-*

präsident Paul von Hindenburg Adolf Hitler zum Reichskanzler. Dem Kabinett gehören mit Wilhelm Frick und Hermann Göring zwei weitere NSDAP-Mitglieder an. Hitler verkündet, dass der Reichstag aufgelöst werden soll, und beschließt Neuwahlen. In Berlin feiert die NSDAP die Machtübernahme mit einem großen Fackelzug.

Auch in München hängt nun vom Rathausturm die Hakenkreuzfahne – und Josef ist zum Jubeln in die Landeshauptstadt zurückgekehrt. In Schwabing und der Maxvorstadt halten sich die SA-Leute mit Aufmärschen zurück. Dafür marschieren sie umso zahlreicher in Haidhausen und Giesing auf, um ihren Sieg zu feiern. Josef ist auch mit dabei, das erzählt er mir später. Ob er auch zu der Truppe von SA-Leuten gehört hat, durch die der Münchner Oberbürgermeister Karl Scharnagl Spießruten ins Rathaus laufen muss, bevor sie ihn eine gute Woche später zum Rücktritt zwingen, erfahre ich dagegen nicht.

Ich ertrage seine Anwesenheit in diesen Tagen kaum und nehme mich lediglich der Kinder wegen zusammen. Josef versucht nur ein einziges Mal, sich mir körperlich zu nähern, hat aber zuvor wohl schon so viel getrunken, dass daraus nichts wird.

»Du machst mich noch impotent, du Hexe«, schimpft er. »Aber das lasse ich nicht zu, kapiert? Zum Glück gibt es genügend andere Frauen, die alle bei mir auf ihre Kosten kommen.«

Ich schweige, um ihn nicht noch wütender zu machen, und bete innerlich, dass er uns bald wieder verlässt.

Kaum ist er abgefahren, setze ich mich auf mein Fahrrad und radle zu Alina. Ich muss endlich wissen, wie sie diese Tage überstanden hat. Der Garten wirkt vernachlässigt, als ich dort ankomme, auch die Hecken sind schon lange nicht mehr geschnitten worden.

Alina empfängt mich, blass, knochig, in zu weiten Hosen und einer alten Strickjacke so nachlässig gekleidet, wie ich es noch nie an ihr gesehen habe. Ihr Gesicht wirkt angespannt und maskenhaft.

»Wie geht es dir?«, frage ich besorgt. »Ich wäre schon früher gekommen, aber Josef hat uns wieder einmal einen seiner Besuche abgestattet.«

»Ich weiß es nicht«, sagt sie. »Ich weiß bald gar nichts mehr, Fanny.«

Sie führt mich ins Wohnzimmer, das mir seltsam verändert vorkommt. Erst auf den zweiten Blick erkenne ich, weshalb. An den Wänden hängen nur noch einzelne Bilder.

»Wo sind sie denn alle hingekommen?«, frage ich.

»Weg. Die Leute, die sie uns in Kommission gegeben hatten, wollten sie wiederhaben.« Ihre Hände fliegen nach oben und sinken kraftlos wieder herab. »Seitdem Leo mich verlassen hat, ist nichts mehr wie früher. Du hast doch gehört, was mein Bruder auf seiner Beerdigung gesagt hat. Ruben sollte Prophet werden, nicht Chemiker.« Auf einmal klingt sie schrill.

»Leo hat dich nicht verlassen, sondern er ist gestorben.« Plötzlich erscheint es mir wichtig, die Dinge beim richtigen Namen zu nennen.

»Aber das durfte er nicht!« Alinas wasserhelle Augen sind in ihrem verhärmten Gesicht übergroß. »Er hatte mir versprochen, für immer bei mir zu bleiben. Und jetzt bin ich ganz allein!« Sie sinkt auf das Sofa und beginnt zu weinen.

»Nichts auf der Welt hätte Leo lieber getan.« Als ich sie umarme, spüre ich, wie dünn sie geworden ist. Ich drücke sie nicht so fest, wie ich es eigentlich gewollt hätte, weil ich Angst habe, dass sie sonst in meinen Armen zu feinem Staub zerrieselt. »Aber ein furchtbarer Unfall hat seine Pläne zunichtegemacht. Doch du bist noch da. Und du musst für Maxie sorgen. Deine Tochter hat den Vater verloren. Jetzt braucht sie ihre Mutter — dringender denn je. Du darfst dich nicht länger verkriechen, Alina. Ihr müsst beide leben, du und Maxie. Das bist du ihr schuldig.«

»Maxie«, wiederholt sie leise. »Maxie, Maxie, o ja ...«
Eine Weile sitzt sie da wie erstarrt, dann klammert sie sich plötzlich an mich.

»Was soll denn jetzt nur aus uns werden, wo dieser furchtbare Hitler und seine Nationalsozialisten an der Macht sind?«
Ich weiß nicht, was ich antworten soll, weil auch mich das politische Geschehen ängstigt und an manchen Tagen sogar lähmt. Aber ich schicke gleich am nächsten Tag ein Telegramm an Ruben, der mitten im Examen steckt. Er verspricht, so bald wie möglich zu kommen. Außerdem benachrichtige ich Dr. Perutz, der seine Praxis verkauft hat. Auf meine Bitten hin ist er bereit, Alina trotzdem gründlich zu untersuchen.
»Sie muss schlafen und genügend essen, um wieder zu Kräften zu kommen«, lautet seine Diagnose. »Eine geregelte Arbeit wäre gut. Und eine neue Umgebung. Dieses Haus mit all seinen Erinnerungen frisst sie sonst noch auf.«
Hätte ich bei Familie Klee anrufen und sie um Rat bitten sollen? Aber ich weiß ja nicht einmal, ob sie noch in Weimar leben und sich überhaupt an mich erinnern. Ich tue es nicht, weil mir der Mut dazu fehlt, obwohl ich die aufregende Zeit bei ihnen niemals vergessen werde.
Rubens Besuch ist ein Einschnitt, der die Dinge wendet, aber

er kommt zu spät. Alinas finanzielle Lage ist noch schlechter als von uns allen befürchtet. Der Großteil der Bilder wurde bereits an die Leihgeber retourniert. Einige Kunden, von denen sie sich noch Geld erhoffte, weigern sich zu bezahlen, weil es nichts Schriftliches gibt. Der Abwickler, dem Alina vertraut hatte, hat vor allem in die eigene Tasche gewirtschaftet und sich damit in die Schweiz abgesetzt. Die Bank besteht auf all ihren Verbindlichkeiten und droht mit Vollstreckung.

Alina versucht, bei Bekannten Geld aufzutreiben, aber trotz Rubens Unterstützung findet sich niemand, der dazu bereit wäre. Schließlich muss sie einen Offenbarungseid leisten, um einigermaßen heil aus dem Schlamassel herauszukommen. Dabei fällt mir auf, dass die Behörden eine Jüdin viel infamer behandeln als andere Schuldner. Die Villa wird schließlich versteigert; der Ertrag geht an die Bank. Zum Schluss bleiben ihr das Hochzeitscollier, eine Handvoll geretteter Bilder, vier Koffer und eine fassungslose Maxie, die die Welt nicht mehr versteht.

»Begleitet mich nach London!«, fordert Ruben seine Schwester auf. »Die Stadt ist groß; dort bekommt jeder einen Job. Außerdem kann ich euch unterstützen, sobald ich mein Studium abgeschlossen und eine Anstellung gefunden habe. Später können wir dann alle zusammen in die USA übersiedeln — das Eldorado für engagierte Chemiker.«

»Aber ich kann doch gar nichts«, sagt Alina bedrückt. »Außer mittelmäßig Klavier spielen, schöne Kleider tragen und Geld ausgeben.«

»Du wirst ganz schnell etwas finden, so klug wie du bist. Und ich bin ja schließlich auch noch da«, ermutigt er sie. »Ihr solltet Deutschland auf jeden Fall schleunigst verlassen. Mir

gefällt ganz und gar nicht, was sich hier zusammenbraut.
Dieser Hitler hasst uns wie die Pest. Und jetzt, wo er endlich
an der Macht ist, wird er uns das auch spüren lassen.«
Ruben hat ja so recht. Seit jenem 30. Januar weht ein eiskalter
Wind durch Deutschland, und viele, die den Nationalsozialisten bislang tapfer standgehalten haben, knicken ein oder
werden von ihm weggetragen. Sogar Franz ist ungewohnt
ängstlich, ebenso wie ich auch, wo es jetzt plötzlich darauf
ankommt, braune Gesinnung öffentlich zu Markte zu tragen.
Noch besuchen die meisten Gäste nach wie vor mein Lokal,
aber es gibt durchaus auch einige, die jetzt lieber im Café zur
braunen Front verkehren, wo sie unter ihresgleichen sind —
trotz bekanntermaßen lausiger Küche.
»Das kann ich nicht.« Alina beginnt zu weinen. »Deutschland
ist meine Heimat, Deutsch meine Muttersprache.« Sie schaut
mich flehend an. »Und außerdem lebt hier in München meine
allerbeste Freundin.«
Der Kloß in meinem Hals wird immer dicker. So unendlich
schuldig fühle ich mich, obwohl ich doch für Alinas Leid eigentlich gar nichts kann.
»Ihr kommt jetzt erst einmal mit zu uns«, sage ich, weil mir
in diesem Moment nichts anderes einfällt. »Wo drei Frauen
wohnen, da werden auch fünf Platz finden. Wir müssen
die Räume nur ein wenig anders aufteilen. Dann könnte es
gehen.«
»Und dein Mann?«
Ich liebe Alina für diese Frage, denn sie zeigt mir, dass sie
endlich wieder klar denken kann.
»Josef?«, frage ich, als handle es sich um eine Nebensache.
»Den überlass mir!«

München, April 1933

Als hätte ich eine himmlische Eingebung gehabt, habe ich Alina und Maxie rechtzeitig aus der Türkenstraße ausquartiert, bevor Josef am letzten Märztag abermals zurück nach München kam. Sie sind jetzt in der winzigen Wohnung untergebracht, die im ersten Stock über dem Bunten Eck liegt und die ich bislang für wenig Geld der Küchenhilfe überlassen hatte. Lini ist schwanger und wird bald heiraten. Die kleine Wohnung ist in der Pacht mit eingeschlossen, und so vollziehe ich diesen Wechsel ohne schlechtes Gewissen.

Die Namensähnlichkeit war mir lange Zeit gar nicht aufgefallen, doch dann bringt sie mich auf eine Idee: aus Alina wird Lini. Sie bekommt zwei Dirndl zum Wechseln, wir färben ihre Haare blond, und wenn sie noch ein Tuch darüberträgt, fällt keinem so schnell auf, wer sich darunter verbirgt. Als Bedienung stelle ich die korpulente Irm ein, die viele Krüge schleppen kann und keine dummen Fragen stellt.

Natürlich würde Josef Alina sofort erkennen, wie immer sie sich auch kostümiert. Doch er ist derart beschäftigt mit seinen neuen Aufgaben, dass er im Augenblick keine Zeit dafür hat. Braunhemd, Kampfbinde, Breeches und Stiefel, die er abends so widerwillig ablegt, als sei er mit ihnen verwachsen, markieren einen neuen Einschnitt. Zur SA gehört er nun ganz offen, jenem Schlägertrupp, der Menschen schikaniert und schindet.

Am 1. April 1933 erlebt München die SA geballt als hässlichen Mob. Über Nacht haben sie in der ganzen Stadt Schilder mit dem Satz Deutsche kauft nicht bei Juden! aufgehängt. Vor Läden, Kanzleien und Arztpraxen hindern SA-Leute Kunden,

Klienten und Patienten am gewohnten Betreten der Geschäfts-, Praxis- und Büroräume.

Wenn er wüsste, wer in meiner Küche gerade die Milzwurst wendet und das Knödelwasser zum Sieden bringt!

Doch der von Hitler landesweit befohlene Einsatz zeigt nicht den gewünschten Erfolg. Viele Menschen scheren sich nicht darum, sondern kaufen nun erst recht bei Juden oder halten ihren langjährigen jüdischen Ärzten die Treue, um ihre Missbilligung auszudrücken.

Josef schäumt vor Wut, weil seine Karrierepläne abermals warten müssen, und betrinkt sich in einer Bar. Zwei Tage später hat er München erneut verlassen, dieses Mal allerdings ohne die Angabe eines festen Ziels. Dass kein Geld auf dem Küchentisch liegt, empfinde ich als Befreiung.

Alina, Franz und ich feiern die Naziniederlage am Sonntagabend mit zwei Bocksbeuteln, die ihm ein zufriedener Kunde spendiert hat. Nebenan schlafen die drei Mädchen. Mir gefällt, dass die eingefallenen Wangen meiner Freundin sich langsam runden. Sie weint seltener; ab und zu sehe ich ihre hellen Augen sogar wieder aufleuchten. Mein Essen bekommt ihr offensichtlich — und alles andere dazu.

Der ungewohnte Wein steigt uns allen rasch zu Kopf, aber es fühlt sich herrlich an, fast wie Schweben. Außerdem bin ich glücklich, dass die beiden Menschen, an denen mir so viel liegt, sich gut verstehen.

»Ich lerne von dir«, sagt Alina bewegt. »Jeden Tag. Aber eigentlich hast du uns ja schon immer mit den scheinbar einfachen Dingen glücklich gemacht. Erinnerst du dich noch an dein erstes Essen bei uns in der Franz-Joseph-Straße? Als Mama das ganze Fleisch verbrannt hatte?«

Ich nicke gerührt.

»Ich sehe dich noch immer vor mir mit deinem blauen Auge, das die Alte dir geschlagen hatte, obwohl du steif und fest behauptet hast, gefallen zu sein, und diesem energischen Zug um den Mund: Leben, hier bin ich!«

Ich muss lachen, weil sie mich so gut parodiert, doch Alinas Gesicht ist ernst.

»Ich bin so froh, dass es dich gibt, Fanny«, sagt sie und nimmt meine Hand. »Und dass du damals im selben Zug gesessen hast wie wir. Wo wäre ich nur ohne dich?«

»Und ich ohne dich«, sage ich.

Dann müssen wir beide vor Rührung weinen.

Das Glück durchströmt mich dabei wie ein breiter, heller Fluss, den ich sonst nur in den Armen meines Liebsten empfinde oder wenn ich mich über mein blaues Zauberbild beuge. Inzwischen liebe ich auch seine Kopie, die mir in ihren winzigen Abweichungen das Original nur noch wertvoller gemacht hat.

Fritzi bekommt bald heraus, dass Alina bei mir arbeitet, und stellt mich in der Küche zur Rede. Zum Glück ist die Freundin gerade bei Dr. Perutz.

»Für sie würdest du alles tun, nicht wahr? Blondierte Haare, ein neuer Name, eine Unterkunft, die du ihr finanzierst — und versuch bloß nicht zu leugnen, denn Clara hat mir alles erzählt!«

»Für dich auch«, erwidere ich ruhig.

»Und ich für dich. Weil du mein Zwilling bist. Der wichtigste Mensch auf der ganzen Welt.«

Für einen Moment ist es still, und wir beide denken an jenen schrecklichen Maitag vor vierzehn Jahren, der unser beider

Leben verändert hat. Manchmal weiß ich noch immer genau, was in ihrem Kopf vorgeht, auch wenn es mich nicht froh macht, so wie jetzt.

»Aber Alina ist doch nur eine Fremde«, fährt Fritzi aufgebracht fort. »Wie kannst du sie auf solch einen Sockel heben? Siehst du denn nicht, wie sie und ihre Familie dich seit jeher nur ausgenutzt haben?« Sie wird immer wütender, als hätte sich das alles schon viel zu lange in ihr aufgestaut. »Schuften haben sie dich lassen in ihrem Haushalt und dich wie eine Sklavin sogar an diesen Künstler verschachert ...«

»Stopp!« Mein Tonfall lässt sie verstummen. »Der Künstler heißt Paul Klee, und ich habe aus freien Stücken für ihn und seine Gäste gekocht. Bei den Rosengarts ging es mir immer gut. Dass ich für sie arbeiten konnte, war damals meine Rettung – und deine zu gewissen Zeiten auch, wenn du dich freundlicherweise erinnerst.«

Fritzi scheint mich gar nicht zu hören.

»Mit einem lächerlichen Gekritzel hat er dich abgespeist. Vielleicht stammt es ja gar nicht einmal von ihm, sondern in Wirklichkeit hat es der Junge gemalt. Nicht anders verhält es sich auch mit dieser Alina. Du reißt dir die Beine für sie aus und bist schon glücklich über jeden Brosamen Zuneigung. Sie aber behandelt dich wie ein dressiertes Hündchen. Wie weit willst du noch gehen? Das Vermögen ihres Mannes hat sie schon verschleudert. Über kurz oder lang wird sie auch dich ins Verderben reißen!«

Sie hat das Wort »Jüdin« heute nicht ausgesprochen, aber es schwingt auch so im Raum. Schweigend funkeln wir uns an, denn auch in mir ist inzwischen der Zorn erwacht.

»Lass Alina in Ruhe«, sage ich und erschrecke selbst, wie kalt meine Stimme klingt. »Wenn du uns schon nicht unterstützen willst, so halte wenigstens still, das ist das Mindeste, was ich von meiner Schwester erwarte. Und ja, wenn du es unbedingt hören musst: Ich würde weit für Alina gehen. Sehr, sehr weit.« Fritzi nickt wie eine Marionette. Dann dreht sie sich um und geht steifbeinig zur Tür.

»An diese Unterhaltung wirst du dich eines Tages noch erinnern«, sagt sie halb über die Schulter. »Aber dann ist es womöglich schon zu spät.«

*

München, Oktober 1933

Juden dürfen nicht mehr als Anwälte tätig sein, und die meisten sind seit diesem Monat auch vom Besuch einer Hochschule ausgeschlossen. Aus Ruben wäre also niemals ein Chemiker geworden, hätte er Deutschland nicht verlassen. Er hat seine Prüfungen inzwischen so gut absolviert, dass er nun auch noch seinen Doktor machen will. Alina ist ungeheuer stolz, aber vermisst ihn gleichzeitig sehr.

Weil Maxie so schlimm an den Masern erkrankt war, denen sich direkt auch noch hartnäckiger Keuchhusten anschloss, und Dr. Perutz zu seinem Sohn nach Wien verzogen ist, musste sie zwei der Bilder verkaufen, um die Arztrechnungen zu bezahlen. Einen Spottpreis hat sie dafür bekommen, ausgezahlt von einem arischen Aktionär, wie er sich selbst bezeichnet, der emsig Werke aus jüdischem Besitz an sich bringt. Jetzt besitzt sie nur noch einen Otto Dix und einen Lovis Corinth.

»Wer nichts mehr hat, kann auch nichts mehr verlieren«,

sagt sie lakonisch. »So liegt im Schlechten auch immer etwas Gutes.«

Ich nicke, obwohl ich ganz genau weiß, welche Sorgen sie sich macht. Und ich sorge mich ebenfalls, denn was wird an Schikanen noch kommen? Wenigstens haben Maxie und sie zu essen, ein Dach über dem Kopf und ein wenig Geld, denn viel kann ich ihr leider nicht bezahlen. Ich habe deutlichen Gästeschwund zu verzeichnen. Vermutlich, weil sich herumspricht, dass ich den Braunen nicht wohlgesinnt bin, obwohl mein Mann ja zu ihnen gehört. Eigentlich müsste ich die Preise fürs Essen heraufsetzen, aber dann würden noch weniger Gäste kommen. Denn die Menschen müssen trotz aller Propagandareden noch immer eng wirtschaften.

Josef dagegen scheint es blendend zu gehen. Offenbar hat man ihn nach Berlin versetzt, von wo aus er mir seltsam begeisterte Postkarten schreibt, als seien wir ein junges Liebespaar.

Weil Franz und ich das ständige Versteckspiel nicht mehr aushalten, fahren wir für einen Sonntag mit dem Zug nach Regensburg. Ganz nobel haben wir uns dafür ausstaffiert, ich mit Hut, Seidenbluse und Kostüm, er in einem hellen Anzug, der den Sommer noch einmal kurz aufleben lässt. Es ist einer jener kristallblauen Tage, die den bayerischen Herbst so besonders machen, und meine Vorfreude könnte größer nicht sein.

Alina nimmt sich der Kinder an, aber das ist nicht alles. Als ich die Wohnung verlassen will, ruft sie mich noch einmal zurück und legt mir ihr Hochzeitscollier um.

»Du sollst heute besonders schön sein«, sagt sie. »Stell dir einfach vor, ihr würdet euch verloben.«

»Das kann ich nicht annehmen!«, protestiere ich. »Was, wenn ich es verliere?«

»Niemand hat seinen Stammkunden je sicherere Verschlüsse verkauft als Juwelier Lehmann & Söhne in der Brienner-straße.« Da ist auf einmal ein winziges Seufzen in ihrer Stimme zu hören. »Ich bin überzeugt, die Damen in Prag, wohin er sein Geschäft aus politischen Gründen verlegen musste, werden das ebenfalls sehr zu schätzen wissen.«

So steige ich mit dem kostbaren grünen Stein um den Hals in den Zug, und obwohl unser Budget nur für die dritte Klasse reicht, fühle ich mich damit wie eine Königin. An den Blicken meines Liebsten erkenne ich, wie gut ich ihm gefalle, und wir halten uns an den Händen, bis der Zug den Bahnhof erreicht. Ganz kurz schaue ich nach dem Aussteigen auf die Anzeige-tafel und lese Weiden.

Plötzlich ist es, als öffne sich ein Vorhang. Ich sehe das Haus an der Mauer, den Holzofen gegenüber. Unseren kleinen Garten. Und den Holunderstrauch, der Fritzi und mich be-schützen sollte.

Mit einem Mal bin ich traurig.

Seit Wochen haben wir kein überflüssiges Wort miteinander gesprochen. Aber ich weiß nicht, wie ich meine inneren Mau-ern ihr gegenüber wieder einreißen soll. Die unzertrennlichen Zwillinge, die wir einmal waren, scheinen zu einem anderen Leben zu gehören – und allmählich bekommen auch die anderen unseren Zwist mit.

Die Geschwister, die zu Hause geblieben sind, können ihre Enttäuschung über uns nur schlecht verhehlen, weil es uns so gar nicht mehr in die alte Heimat zieht. Sepp lebt glücklich und kinderlos in Weiden mit seiner Anna. Rosl hat nach Angelika noch einen Günther und eine kleine Ursula bekommen. Ihr Laden ist bestens eingeführt, und noch immer backt sie Woche

für Woche das Haller-Brot. Dass ihr Frieder nun auch Parteimitglied geworden ist, hat sie voller Stolz geschrieben, wenn sie
es schon nicht persönlich erzählen kann.

Sicherlich vermissen sie auch Georg, aber dessen selten gewordenen Besuche nehmen sie dem ältesten Bruder nicht krumm.
Seit eh und je hatte er eine Sonderstellung in der Familie und
durfte machen, was er wollte. Sogar ich sehe ihn ja kaum noch,
obwohl wir in der gleichen Stadt zu Hause sind, weil ich dabei
immer an die arme Marianne denken muss. Zu seiner Liz
finde ich keinerlei Zugang, und ihr scheint es mit mir ebenso
zu ergehen.

Dann aber schließe ich den Vorhang wieder und sperre so all
diese Erinnerungen und Wermutstropfen aus. Heute will ich
mit Franz nur glücklich sein. Das Wetter meint es gut mit uns;
in der wärmenden Oktobersonne schlendern wir durch die alte
Domstadt und speisen im Ratskeller Schweinebraten, wobei
ich befriedigt feststelle, dass meine Knödel wesentlich zarter
und fasriger sind. Als wir schließlich auf der berühmten
Steinernen Brücke einen Verdauungsspaziergang einlegen,
fragt uns ein Mann mit einer Kamera um den Hals, ob wir ein
Erinnerungsfoto möchten.

»Machen Sie nur«, sagt Franz übermütig. »Aber nur, wenn
Sie es auch flott entwickeln, denn wir müssen heute noch nach
München zurück.«

»Für die Verlobung?«, fragt der Fotograf.

Wir nicken einträchtig.

»Für immer und ewig«, flüstert Franz, und ich wiederhole
seine Worte so feierlich wie einen heiligen Schwur ...

*

München, Juni 2015

Erst das fünfte Klingeln des Telefons holte Katharina zurück in die Gegenwart.

»Wo warst du gerade?«, fragte Alex, als sie sich gemeldet hatte. »Du klingst ganz weit weg.«

»Bei Fanny und Franz in Regensburg, als ihr Verlobungsfoto entstanden ist und sie das schöne Collier anhatte, das jetzt mir gehört. Ich dachte bisher, Alina hätte es ihr geschenkt. Aber wie hätte es dann wieder zurück in den Besitz eurer Familie kommen sollen?«

»Das wollte sie ja«, sagte Alex. »Für alles, was die Freundin für sie und Maxie aufs Spiel gesetzt hatte. Doch Fanny hat sich strikt geweigert. ›Einmal fürs Foto – ja‹, so lautete ihre Reaktion. ›Aber im normalen Leben passt so eine Kostbarkeit einfach nicht an meinen Hals‹.«

»Und jetzt trage ich sie«, sagte Katharina.

»Ja, und du tust es für sie beide.« Sie hörte Papier knistern. »Listen, Katharina, ich habe inzwischen einige Informationen zusammengetragen. Und den richtigen Gutachter weiß ich jetzt auch. Dazu bräuchte ich allerdings das Original, denn Ronald Lüthi lebt in Zürich.«

»Du willst es ihm bringen?«

»Ganz genau. Und auf der Reise lege ich einen Zwischenstopp bei Alexander Klee in Bern ein. War nicht ganz leicht, mit ihm in Kontakt zu kommen, aber jetzt scheint er interessiert. Ich habe versprochen, ihm Fannys Tagebuch zu zeigen. Wenn etwas ihn neben der Widmung überzeugen kann, dann sicherlich das.«

»Fein«, sagte Katharina, obwohl es sich reichlich seltsam anfühlte, gleich beides auf einen Schlag aus der Hand geben zu müssen.

»Als Platzhalter bringe ich dir die Kopie mit«, sagte er, als hätte er ihre Gedanken erraten. »Damit wenigstens noch ein bisschen Zauberblau bei dir bleibt.«

»Wann kommst du?«

»Morgen Mittag, aber ich kann nur einen kurzen Abstecher zu dir machen, weil ich dann gleich wieder weiter in die Schweiz muss.«

Es hörte sich beinahe an wie ein Geschäftsgespräch. Und er hatte noch kein einziges Wort über seine Ex gesagt – falls sie das überhaupt schon war.

»Und Pam?«, fragte Katharina, obwohl sie sich dafür hasste.

»Ja, Pam!« Er stieß einen tiefen Seufzer aus. »Sie hat mir ein Ultimatum gestellt. Und sie fordert Geld – ziemlich viel Geld, wenn ich es verstreichen lasse.«

»Und wirst du?« Ihre Stimme war plötzlich winzig.

»Das besprechen wir persönlich, right?« Plötzlich klang er distanziert. Mit einem »see you« legte er auf.

22

München, Juni 2015

Eine fiebrige Unruhe hatte Katharina überfallen, für die es keine rechte Erklärung gab.

Oder vielleicht doch?

War seine Reaktion auf ihre Frage nach Pam nicht so etwas wie ein Ausweichen gewesen? Inzwischen bereute sie zutiefst, das Thema angeschnitten zu haben, doch nach der intensiven Lektüre so vieler Halbwahrheiten, Verschleierungen und Lügen war ihr einfach nach Offenheit gewesen.

Trotzdem lief sie unruhig in der Werkstatt hin und her, kaum in der Lage, sich auf einen Arbeitsschritt zu konzentrieren. Ganz im Gegensatz zu Isi, die gerade die Profile der Sockelleiste des Tresens, die sie tags zuvor grob mit der Kreissäge ausgeschnitten hatte, mit alten Profilhandhobeln nachbearbeitete. Ihr melodisches Summen und das Lächeln auf ihrem Gesicht verrieten, dass der Abend mit Rupp Pongratz schön gewesen sein musste.

»Was ist eigentlich mit dir los?«, fragte sie Katharina. »Du läufst hier so rastlos herum.«

»Alex kommt gleich«, sagte Katharina.

»Das ist doch eher ein Grund zur Freude.«

»Er hat einen Schweizer Gutachter gefunden und will

434

ihm das Aquarell bringen. Und bei Klees Enkel fährt er auch noch vorbei. Dazu braucht er Fannys Tagebuch, in dem sie die Schenkung beschreibt.«

»Klingt logisch.« Isi nickte bekräftigend. »Und ganz in deinem Sinne. Wo genau liegt dann das Problem?«

»Er hat mich nicht gefragt, ob ich mitmöchte«, sagte Katharina leise. »Und über Pam wollte er auch nicht sprechen. Jedenfalls nicht am Telefon.«

Isi legte den Hobel aus der Hand und stand auf. »Dann sag du ihm doch, dass du ihn begleiten willst!«

»Das kann ich nicht.«

»Und warum nicht?«, fragte Isi.

»Weil ich mich nicht aufdrängen will. Außerdem war er vorhin am Handy so kurz angebunden.«

»Dass Alex per Handy keine Beziehungsprobleme lösen will, spricht in meinen Augen für ihn.« Sie zwinkerte ihr zu. »Komm schon, spring über deinen eingebildeten Schatten! Sonst bereust du es noch.«

Katharina nickte und ging nach oben, wo sie vorsorglich schon einmal ein paar Sachen in ihren kleinsten Trolley packte, um sie ebenso schnell wieder herauszureißen. Was zog man an, wenn man zum Enkel eines berühmten Künstlers reiste?

Alles in ihrem Schrank erschien ihr plötzlich ungeheuer bieder. Aber sie konnte ja später Alex fragen. Mit seinem guten Geschmack war er sicherlich ein perfekter Berater.

Sie öffnete die Hüllen um das Aquarell und vertiefte sich noch einmal darin. Längst konnte sie verstehen, warum ihre Urgroßmutter es so geliebt hatte. Es war leuchtend, klar und einfach und dennoch von erstaunlicher Tiefe. Als ob hinter dem Blau noch ein weiteres Blau wartete und noch eines und noch eines. Für sie war es definitiv kein Himmel, sondern das Meer in all seinen schillernden Facetten, belebt von fragilen Gestalten, die zum Träumen einluden.

Die Sirenen singen?

Wenn sie ganz genau hinhörte, glaubte sie ein zartes, metallisches Sirren zu hören.

»Katharina?« Sie hatte die Wohnungstür nur angelehnt gelassen und hörte Isi, die sie von unten rief. »Dein Besuch ist da!«

Katharina packte das Aquarell wieder ein, nahm die Kladden und ging hinunter ins Erdgeschoss.

Alex lächelte sie freudig an, aber ihm war anzusehen, dass er gehetzt war. Sogar sein Kuss schmeckte nach Stress.

»Ein Tag, an dem aber auch alles schiefgeht!«, sagte er. »Keine Ahnung, wer sich da heute gegen mich verschworen hat. Flugverspätung, Endlos-Warten an der Gepäckausgabe, und jetzt wurde auch noch mein Flieger nach Zürich storniert.«

»Dann bleibst du über Nacht bei mir?«, fragte sie hoffnungsfroh.

»Kann ich leider nicht. Lüthi erwartet mich morgen ganz früh. Und Alexander Klee möchte ich keinesfalls unnötig vertrösten. Sorry, Katharina, draußen steht mein Mietwagen, und ich muss ganz schnell los. Hast du alles schon beisammen?«

»Und wenn ich mitkäme?«, fragte sie leise.

Er zögerte. »Schöne Vorstellung«, sagte er sanft. »Äußerst verlockend. Aber ich weiß nicht, ob die Idee wirklich so gut ist. Irgendwie bleibt es ohne dich neutraler. Und mein Gefühl sagt mir, das könnte für die Verhandlungen hilfreich sein. Ist ja nicht für lange. Zwei Nächte – dann hast du mich wieder.« Er zog sie an sich und strich ihr zärtlich übers Haar.

Katharina nickte, innerlich ganz und gar nicht überzeugt.

»Das ist das richtige Tagebuch?« Alex löste sich von ihr und öffnete eine große schwarze Diplomatenmappe.

»Ja, das frühe. Mit dem zweiten bin ich auch fast durch.«

»Wir reden darüber, sobald ich zurück bin.« Er zog einen dicken Umschlag aus der Mappe. »Hier ist die Kopie. Schau sie dir in Ruhe an, sie ist wirklich ziemlich perfekt. Und wenn ich jetzt bitten dürfte …«

Sie gab ihm das sorgsam ummantelte Aquarell und war selbst erstaunt, wie leer sie sich danach auf einmal fühlte.

»Ich passe gut darauf an, versprochen.« Sein Abschiedskuss fiel innig aus, aber viel zu kurz. »Und ich beeile mich. Damit ich so bald wie möglich wieder bei dir sein kann.«

Katharina sah ihm nach, als er schnellen Schritts den Hof überquerte und danach in der Einfahrt verschwand.

»Ganz schön aufgeregt, würde ich sagen«, kommentierte Isi. »Der will es besonders gut für dich machen. Deshalb steht er wahrscheinlich derart unter Strom.«

»Ich verstehe nur nicht, warum alles auf einmal so eilig sein muss.«

Katharina packte die Kopie aus. Blau war sie, perfekt gemalt – und trotzdem fehlte etwas. Sie hörte die Sirenen nicht singen. Die zarten Gestalten blieben stumm. Weil die Seele fehlt, dachte sie. Hier wurde nicht geschöpft, sondern lediglich nachempfunden – wenngleich sicherlich mit den allerbesten Absichten.

»Isi?«

»Ja?« Isi war gerade am Schleifen.

»Ich fürchte, ich muss …«

»… weiterlesen«, ergänzte Isi. »Bin ich froh, wenn du endlich wieder normal sein wirst. Aber vorher musst du mit den Tagebüchern durch sein, das habe ich inzwischen verstanden. Also, ab nach oben mit dir!«

*

München, Januar 1936

Das Leben für die Juden im Deutschen Reich wird immer unerträglicher. Zahlreiche Verordnungen und Gesetze grenzen sie aus und machen ihnen den Alltag schwer. So sind nun Ehen und sogar Geschlechtskontakte zwischen Juden und Reichsbürgern strengstens verboten. Auch dürfen sie keine Hausangestellten unter 45 Jahren beschäftigen. Ich hätte also nicht mehr für die Familie Rosengart arbeiten können. Die freie Berufswahl ist ihnen verwehrt, und wer nicht pariert oder sonst politisch unliebsam auffällt, wird ins KZ Dachau abtransportiert, über das man in München nur im Flüsterton spricht.

Maxie ist die Klügste unserer Mädchen und besucht die zweite Klasse des Angergymnasiums, während Marie und ihre Schwester Clara auf der Salvatorrealschule sind. Bislang haben die frommen Schwestern sie halbwegs in Frieden gelassen. Doch seit eine neue Direktorin dort das Regiment übernommen hat, ist es damit vorbei. Weinend kommt Maxie in die Gaststätte, weil sie auf einem Wandertag in Grünwald von Mitschülerinnen von einer Bank gejagt worden war: Für Juden verboten.

Alina und ich versuchen, sie wieder zu beruhigen, doch sie weint haltlos.

Plötzlich stampft sie mit dem Fuß auf.

»Ich hasse dieses Land«, schreit sie unter Tränen. »Ich hasse Adolf Hitler – und dich mit deiner spießigen Gaststätte hasse ich auch, damit du es nur weißt!«

Ohne Mantel rennt sie hinaus und kommt stundenlang nicht zurück, während ihre Mutter und ich vor Sorgen fast vergehen. Erst als es zu dämmern beginnt, taucht sie wieder auf, blass, hungrig, frierend.

»Ich habe auf dem Telegrafenamt Onkel Ruben in London angerufen«, sagt sie plötzlich. »Er muss uns hier rausholen.«

»Und wie soll das gehen?«, fragt Alina müde. Die vergangenen Jahre sind nicht spurlos an ihr vorübergegangen. Scharfe Falten haben sich um ihre Nase eingegraben. Die Augen wirken stumpf. Ihre Züge sind noch immer klassisch schön, aber manchmal erinnert sie mich an ihre Mutter, wenn sie ihre schlimmsten Migränetage hatte.

»Er kommt mit dem Olympischen Komitee nach Garmisch. Ruben hat ein pflanzliches Stärkungsmittel für die englische Eishockeymannschaft entwickelt, und sie haben darauf bestanden, dass er sie begleitet. Er sagt, das sei die Gelegenheit. Nazideutschland wird versuchen, seine hässliche Fratze vor der Welt zu verbergen. Das werden wir ausnutzen.«

»Du bist noch ein richtiges Kind!« Alina streicht ihr über den Kopf, Maxie aber springt zurück.

»Ich bin kein Kind mehr! Und du solltest auch endlich wach werden, Mama. Ich will leben und glücklich sein – und mich nicht länger von diesem braunen Gesocks demütigen lassen.« Wieder rennt sie hinaus, dieses Mal aber zum Glück nach oben in die Wohnung.

»Ich finde, sie hat recht«, sage ich langsam, obwohl es mir ganz klamm dabei zumute wird. Ihren Ausbruch gegen mich nehme ich ihr keine Sekunde übel. »Es wird hier nicht besser für euch, sondern nur noch schlechter. Und wenn ihr im Schutz von Olympia das Land verlassen könnt, solltet ihr das tun.«

»Das klingt ja fast, als wolltest du uns loswerden«, erwidert sie traurig.

»Du weißt genau, dass das nicht wahr ist. Ohne dich werde ich leiden wie ein Hund.« Ich verstumme, weil mir plötzlich Fritzis hässlicher Vergleich wieder in den Sinn kommt. Wir verkehren wieder miteinander, aber das einst so feste Band der Holunderschwestern ist zerrissen.

Wenn ich jetzt noch Alina verliere ...

Bei diesem Gedanken wird mir ganz übel, aber ich zwinge mich dazu, vernünftig zu sein.

»Trotzdem bin ich dafür, dass ihr geht. Josef wird bald wieder zurück in München sein. Er hat mir geschrieben, dass er für die Spiele in Berchtesgaden eingeteilt ist – und wie sehr er sich schon auf uns, seine kleine Familie, freut.« Ich nehme meine Finger, um nachzuzählen. »Ganze 40 Monate hat er dazu gebraucht«, fahre ich fort. »Von mir aus hätte er uns für immer vergessen können.«

»Er wird toben, wenn er merkt, dass ich für dich arbeite.«

Alinas Stimme zittert. »Und noch mehr, wenn ihm klar wird, wie lange das hinter seinem Rücken schon so geht. Dazu die Wohnung und der Lohn, den du mir bezahlst ...«

»Auf jeden Fall wird er sich etwas einfallen lassen, um dich und mich zu schikanieren, darauf müssen wir uns einstellen. In seinen Mitteln dürfte er dabei nicht gerade zimperlich sein. Seitdem seine SA-Karriere 1934 so jäh geendet hat, braucht er dringend neue Erfolge.«

Bis heute weiß ich nicht, welche Rolle Josef bei der Ermordung des Stabschefs der SA Ernst Röhm gespielt hat. Keine besonders ruhmreiche, wie ich annehme, denn er musste danach all seine Ämter niederlegen. Jetzt hat die Reichswehr das Sagen, und der Traum einer Volksmiliz, wie Josef ihn lange gehegt hat, ist vorbei. Zudem lebt sein früherer Gönner Strasser nicht mehr, ebenfalls von den Nazis liquidiert. Doch Staat und Partei brauchen heute mehr denn je ergebene Diener, die nicht lange fragen, sondern parieren. Als solcher klettert er sicherlich die interne Leiter soeben wieder Stufe um Stufe nach oben. Rückschläge kann er dabei keine gebrauchen.

Und erst recht keine Frau, deren beste Freundin eine Jüdin ist.

»Und Franz?«, höre ich Alina fragen. »Wollt ihr eure Liaison denn ewig so weiterführen?«

Was soll ich ihr darauf antworten?

Wir lieben uns schon, seitdem Marie auf der Welt ist. Nein, eigentlich begann es bereits zwischen uns, da war sie noch in meinem Bauch. Und ihr Brüderchen dazu. Manchmal frage ich mich, was geschehen wäre, wenn beide Kinder gesund geboren worden wären, aber das sind, wie ich weiß, müßige Gedanken.

»Franz und ich sind die Verlobten ohne Zeit«, erwidere ich
schließlich. »Ich weiß, das wird sich eines Tages ändern.
Aber noch nicht genau, wann.«

*

Und so beginnen im Geheimen die Vorbereitungen für Alinas
und Maxies Ausreise.
Oder sollte ich es besser Flucht nennen?
Wir beschließen, dass es wie ein Familienausflug zu den
Olympischen Winterspielen aussehen soll, die Gelegenheit, den
emigrierten Bruder und Onkel wiederzusehen. Über einen
Kunden von Franz kommen wir noch an Karten für das
Skispringen am 16. Februar, an dem auch die Siegerehrungen
stattfinden werden. Am nächsten Tag wird dann die Abreise
der Nationalmannschaften erfolgen. Und wenn alles klappt
wie geplant, haben Alina und Maxie sich mit Rubens Hilfe
unter die Sportler und deren Begleiter gemischt.
Schreckliche Gerüchte sind in Umlauf über einen speziellen
Pass für Juden, der ihnen das Verlassen des Landes unmöglich
machen wird – aber noch sind die Behörden nicht ganz so
weit. Franz sagt, dass Hitler Olympia dazu benutzen wird, um
den anderen Nationen Sand bzw. Schnee in die Augen zu
streuen, um die wahren Verhältnisse im Reich zu verschleiern
und seine Diktatur als gleichberechtigten Partner der demo-
kratischen Nationen dastehen zu lassen. So werden beispiels-
weise an den Austragungsorten alle judenfeindlichen Schilder
fein säuberlich abmontiert, damit nichts dieses heile Bild
beeinträchtigen kann. Sogar die Parkbänke sind auf einmal
nicht mehr für Juden verboten.

Eigentlich wollten wir den Plan vor meinen Töchtern geheim halten, doch Clara ist viel zu neugierig. Hat sie uns belauscht, oder spürt sie auch so, dass etwas in der Luft liegt? Jedenfalls weiß sie auf einmal, was wir vorhaben, und sie reagiert panisch. Immer schon waren ihre Verlustängste nur schwer auszuhalten, jetzt jedoch steigert sie sich noch einmal.

Sie schließt sich in ihr Zimmer ein.

»Ich habe ohnehin niemanden, der mich liebhat«, behauptet sie weinend. »Jetzt nehmt ihr mir auch noch meine Maxie weg. Ihr seid gemein. So, so gemein!«

Irgendwann wird es ruhig hinter der Tür, doch dann kommt sie plötzlich mit ihrem Rucksack heraus und verkündet in trotzigem Ton, heute und die nächsten Tage bei Tante Fritzi schlafen zu wollen.

Ich kann sie nicht gehen lassen. Nicht so.

Und schon gar nicht zu meiner eifersüchtigen Zwillingsschwester, die alles tun würde, um Alina zu schaden. Oder wäre Fritzi eher froh, die Konkurrentin endlich los zu sein? Wir dürfen kein Risiko eingehen, und so verweigere ich meiner großen Tochter diese Bitte. Für den Moment wirke ich wie die Siegerin, doch am nächsten Tag kommt Clara nicht von der Schule nach Hause. Als ich schließlich besorgt Fritzis kleinen Laden betrete, sehe ich sie dort hinter dem Tresen stehen. Sie passt so gut in diese Einrichtung, die mein Liebster geschreinert hat, dass ich stutze. Ja, überhaupt hat sie in letzter Zeit immer mehr von Fritzi angenommen: die Art, den Kopf beim Sprechen zu bewegen, wenn sie etwas sagen muss, das ihr unangenehm ist, den Gang. Dazu gehört auch das sorgfältige, geradezu penible Verpacken von Gegenständen, für das meine

Zwillingsschwester früher nur ein verächtliches Schnauben übrig gehabt hätte. Heute dagegen beherrscht sie es perfekt, und Clara ist ihre gelehrige Schülerin.

Vertraut wirken die beiden, fast wie Freundinnen.

Freundinnen, die Geheimnisse miteinander teilen?

In letzter Zeit hat Fritzi regelrecht eine Art religiösen Tick entwickelt und besucht ständig die Messe in St. Ludwig. Ich weiß, dass sie Clara öfter dorthin mitnimmt, die vom dortigen Pfarrer Pater Berthold schwärmt und nun auf einmal auch regelmäßig dort die Kommunion empfängt. Selbst das Beichten, das ihr früher ein Graus war, weil sie sich für ihre kleinen Sünden zutiefst geschämt hat, weiß sie inzwischen zu schätzen. Darauf ansprechen jedoch darf ich sie nicht. Sie ist schon länger in einem Alter, wo sie empfindlich bis äußerst rebellisch auf alles reagieren kann, was sie auch nur als leiseste Bevormundung empfindet. *Hat sie sich das auch von Fritzi abgeschaut?*

Manchmal bin ich fast davon überzeugt.

Clara will nicht mehr um jeden Preis gefallen, so wie früher, sondern sucht besonders mir gegenüber die Konfrontation. Sie möchte herausfinden, wer sie ist. *Weil sie spürt, dass wir ihr nicht in allem die Wahrheit gesagt haben?*

Vor allem ich bekomme das in letzter Zeit am deutlichsten zu spüren. Dabei geht es mir doch nur um ihr Bestes. Sie soll einen guten Schulabschluss machen und danach einen soliden Beruf erlernen, damit sie es einmal leichter hat als ihre Mutter. Aber da habe ich wohl die Rechnung ohne meine Große gemacht.

»Ich will noch hierbleiben«, zischt sie mir als Begrüßung entgegen. »Und ich werde auch keine Hebamme, wie du es dir immer eingebildet hast, damit du es nur weißt! Lieber helfe ich Tante Fritzi beim Verkaufen, das ist sauber und schön!«

»Darüber reden wir dann zu Hause«, sage ich. »In aller Ruhe. Dein künftiger Beruf ist kein Thema zwischen Tür und Angel.«

»Du hast doch nie für mich Zeit. Weil alle anderen dir immer viel wichtiger sind: Alina, Marie und ...«

Gerade noch rechtzeitig hält sie inne.

Sie hat seinen Namen nicht ausgesprochen. Aber beinahe hätte sie es getan.

Fritzi lächelt wie eine satte Katze. Sie hat zugenommen, was ihr gut steht, hat auf einmal ein volleres Gesicht und richtige Brüste. Wenn sie nicht alle Männer vergraulen würde, könnte sie einen sicherlich sehr glücklich machen. Doch Franz, der Einzige, den sie wirklich will, gehört mir.

»Jetzt wird sie langsam richtig groß«, sagt sie, und es klingt wie ein Lob. »Da bekommen sie eben ihren ganz eigenen Willen.«

Bin ich gerade dabei, dieses Kind an sie zu verlieren, für das ich so vieles aufs Spiel gesetzt habe? Alles in mir sträubt sich dagegen.

»Misch dich nicht ein«, sage ich barsch. »Du hast deine Gelegenheit gehabt.« Dabei betone ich jedes Wort. »Meine Tochter und ich kommen bestens miteinander klar, auch wenn wir nicht immer einer Meinung sind. Und jetzt komm, Clara. Ich kann nicht den ganzen Tag hier herumstehen.«

Ich strecke ihr die Hand entgegen, und nach kurzem Zögern legt sie tatsächlich ihre in meine.

Zwei Kundinnen betreten den Laden, und ich verabschiede

mich rasch. Clara folgt mir ohne weiteren Disput. Ich möchte ihr zeigen, wie viel sie mir bedeutet, auch wenn ich es vielleicht nicht immer in die richtigen Worte fassen kann. Deshalb öffne ich zu Hause meinen Schrank und nehme das Aquarell heraus.

Clara bekommt es zum ersten Mal zu sehen und erkennt sofort seine Schönheit. Das sehe ich an ihren Augen, die sich leicht weiten.

»Woher hast du das?«, fragt sie sichtlich beeindruckt.

»Ein Maler hat es mir geschenkt, weil ich ihm einen Gefallen getan habe.«

»Klee«, liest sie laut vor. »So heißt er doch, oder?«

Ich weiß, der Name sagt ihr nichts. In deutschen Schulen stehen derzeit andere Künstler auf dem Stundenplan.

»Ja, so heißt er. Inzwischen ist Paul Klee ziemlich berühmt.«

»Es sieht teuer aus. Und irgendwie romantisch. Obwohl es ja eigentlich nichts darstellt.«

»Solche Bilder nennt man abstrakte Kunst«, sage ich. »Sie regen die Fantasie an, mehr als nur von der Natur Abgemaltes. Anfangs habe ich mich schwer damit getan. Aber Alina hat mir einiges erklärt.«

»Der Führer hasst abstrakte Kunst. Das hat Fräulein Schuster uns beigebracht.«

Ich sage nichts dazu, weil ich spüre, wie sehr es ihr trotzdem gefällt. Auf einmal sieht sie mich in ganz neuem Licht, die Mutter, die sie bislang vor allem hinter dampfenden Töpfen und am Schneidebrett gekannt hat.

Claras Fantasie ist längst auf die Reise gegangen.

»Was musstest du dafür tun?«, fragt sie weiter. »Ich meine, warst du seine ...«

»Lernt ihr das auf der Realschule?«, frage ich scharf, um
dann sanfter weiterzureden. »War ich natürlich nicht. Er hat
eine Frau, die ich sehr mochte, und einen liebenswerten Sohn,
der damals noch klein war. Ich habe für die Familie gekocht,
und für einige Freunde, die manchmal zu ihnen zu Besuch
gekommen sind.«
Von den Revolutionären werde ich ihr einmal später erzählen.
Sobald der richtige Zeitpunkt gekommen ist.
»Bevor oder nachdem du bei den Rosengarts warst?«
Beinahe hätte ich aufgelacht. Dieses Mädchen hat wirklich
eine Krämerseele. Kein Wunder, dass sie sich in Fritzis klei-
nem Laden so wohlfühlt!
»Abends, nachdem ich meine Arbeit bei ihnen erledigt hatte«,
erwidere ich wahrheitsgemäß.
»Dann hattest du gleich zwei Anstellungen auf einmal?« Ihre
Hochachtung mir gegenüber wächst spürbar. »Warst du da
nicht todmüde?«
»Es war nicht jeden Tag, und es hat mir Spaß gemacht. Und
ja, müde war ich schon oft. Aber das ist nicht so schlimm,
wenn man jung ist. «
»Du bist noch immer jung, Mama.« Sie umarmt mich. »Und
schön bist du auch. Nicht ganz so schön wie Tante Fritzi
vielleicht, aber mir gefällst du.«
Ich rieche ihren Jungmädchenduft und spüre ihre zarte Haut,
die sie schon als Baby hatte. Wie überglücklich war ich damals,
sie gesund in den Armen zu halten, nachdem ...
Ich löse mich behutsam von ihr, und ihr Gesicht nimmt einen
flehentlich-gekränkten Ausdruck an, den ich auch von
Fritzi kenne: Bleib hier. Geh nicht weg. Lass mich bloß nicht
allein!

»Ich will dir noch etwas zeigen, Clara«, sage ich. »Und zwar
den Unterschied zwischen Original und Nachahmung.«
Jetzt lege ich Franz' Kopie neben das Aquarell.
»Die beiden sind doch gleich«, stößt sie hervor. »Ich kann
jedenfalls keinen Unterschied erkennen.«
»Dann schau noch einmal genauer hin«, empfehle ich.
Sie schweigt und schaut, vergleicht und schweigt.
»Jetzt sehe ich es«, sagt sie schließlich. »Es kommt von ganz
innen, und ich kann es auch nicht richtig beschreiben, aber
das Bild rechts ist irgendwie lebendiger.«
»Kluge Tochter!«, sage ich anerkennend. »Wenn man ganz
genau hinsieht, kommt man meistens der Wahrheit auf die
Spur.«
Doch Claras Wissendurst ist damit noch lange nicht befriedigt.
Gebannt starrt sie auf die schwarze Kladde, in die sie mich
abends manchmal schreiben sieht. Sonst packe ich mein
Tagebuch stets vor den Kindern weg, damit sie nicht auf die
Idee kommen, darin zu stöbern, heute jedoch habe ich es aus
Versehen auf dem Tisch liegen gelassen.
»Und was ist das?«, fragt sie. »Das wollte ich dich schon ganz
lange einmal fragen.«
Ich könnte ihr jetzt sagen, es sei mein Kochbuch, das ich seit
einiger Zeit angelegt habe, weil es den gleichen schwarzen
Umschlag hat. Es macht mir Spaß, meine Rezepte darin fest-
zuhalten, und manchmal kritzle ich auch kleine Notizen oder
Bemerkungen darunter.
Aber ist heute nicht der Tag der Wahrheiten?
»Darin schreibe ich mein Leben auf«, antworte ich. »Meine
Gedanken, meine Träume, vieles von dem, was mir an
Schönem oder Traurigem widerfährt. Alles, was hier steht,

gehört mir ganz allein.« Ich packe die Kladde zurück zu den anderen.

Claras Augen ruhen nachdenklich auf mir.

»Und liest du es dir dann ab und zu wieder durch? Damit du es noch einmal erleben kannst?«

»Später vielleicht«, erwidere ich lächelnd, denn unsere wiedergefundene Nähe, die vorhin noch sehr auf der Kippe stand, erleichtert mich. »Wenn ich einmal viel Zeit haben werde.«

*

München, Februar 1936

Alina weint, als sie von Adolf Weinmüller zurückkommt. Und sie hat den Dix und den Corinth nicht mehr dabei.

»Niemals im Leben habe ich mich mehr gedemütigt gefühlt«, schluchzt sie. »Nicht einmal, als ich die Schlüssel für unsere Villa abgeben musste.«

»Was hat er getan?«, frage ich, während ich ihr einen Teller Leberknödelsuppe hinstelle, die sie so gern mag. »Dich beschimpft? Oder beleidigt? Und du hast ihm die Bilder trotzdem verkauft ...«

»Verkauft!« Es klingt wie ein Schrei. »Sag doch gleich lieber geschenkt, denn er hat mir 300 Reichsmark dafür geboten — für einen Lovis Corinth und einen Otto Dix.«

Exakt der Preis für vier Volksempfänger, wie einer davon nun auch in meiner Küche steht. Georg hat ihn mir vor ein paar Tagen gebracht, die Brust stolzgeschwellt, weil sein Handel mit diversen Elektrogeräten so zügig anrollt. Sein Sortiment erweitert sich ständig: elektrisches Installationsmaterial,

Bügeleisen, elektrisch betriebene Herde, ja sogar eine Wasch-
maschine der Firma Siemens ist darunter.

Und als Verkaufsschlager eben der Volksempfänger.

»Als ich ihn gefragt habe, ob das wirklich sein letztes Wort sei,
hat er mit den Augen gerollt und gesagt, das käme ganz allein
auf mich an ...«

Sie schiebt den Suppenteller weg, und jetzt steht in ihren Augen
der gleiche Zorn wie neulich in Maxies.

»Huren sind wir für sie, wertloses Fleisch, an dem sie sich
ebenso schadlos halten können wie an allem, was uns wichtig
und teuer ist«, sagt sie. »Was haben sie aus Deutschland
gemacht? Ich habe dieses Land einmal so geliebt, Fanny. Jetzt
aber bringen sie mich dazu, es zu hassen.«

Ich schäme mich so sehr, dass ich nicht einmal antworten,
sondern nur noch nicken und mich abwenden kann. Sie soll
nicht sehen, wie ratlos auch ich bin, und wie verzweifelt. Mein
kleines Sparkonto habe ich bereits geplündert, aber meine
Rücklagen sind so gering, dass sie Alina kaum weiterhelfen
werden. Zum bunten Eck trägt sich gerade; ich kann meine
Leute bezahlen, und die Kinder und ich leben davon. Das ist
aber schon alles. Der Einzige, der wirklich Geld hat, ist Georg,
aber den kann und will ich nicht in unser Vorhaben einwei-
hen. Seit Neuestem trägt auch er das Parteiabzeichen am
Revers, damit es mit seiner Großhandlung schneller vorangeht,
wie er mir versichert hat. Doch seit Marianne in der Anstalt
leben muss, habe ich das Vertrauen zu ihm verloren. Für die
beiden Tickets kommt Ruben auf, aber dann?

Wie werden Alina und Maxie in London zurechtkommen?
Wieder und wieder wälze ich alles in meinem Kopf hin und
her, während ich vergeblich einzuschlafen versuche. Läge ich

jetzt in den warmen Armen meines Liebsten, wäre alles viel einfacher. Doch die Ankündigung Josefs hält uns sicherheitshalber auf Distanz. Männer wie Franz können sehr schnell hinter den Stacheldrahtmauern von Dachau verschwinden – und das wäre dann auch mein Ende.

*

München, 6. Februar 1936

Wir lassen den Volksempfänger in der Küche laufen, während wir das Essen vorbereiten, denn heute beginnen die IV. Olympischen Winterspiele. Zu dröhnender Marschmusik marschieren die Teilnehmer aus 28 Ländern ins Garmischer Stadion ein, und die Stimme des Sportreporters überschlägt sich fast, als er die verschiedenen Nationen aufzählt. Bislang war es ein kalter, aber nahezu schneeloser Winter, was den Veranstaltern viele Schweißperlen auf die Stirn getrieben hat, doch an diesem Tag hängen dunkle Wolken tief und prall über den Bergen.

»Schnee, Schnee, wir alle hoffen inständig auf Schnee«, schreit der Sportreporter. »Und jetzt, verehrtes Publikum, folgt die Rede vom Präsidenten des Deutschen Olympischen Komitees, Karl Ritter von Halt.«

Eine ganze Weile hören wir schweigend zu, dann fasst sich Alina plötzlich an den Kopf.

»Mach bitte aus«, sagt sie. »Mir platzt gleich der Schädel, wenn ich diese aufgeblasenen Lügen noch länger mit anhören muss.«

»Er ist ohnehin gleich fertig ...«

»... wir Deutschen wollen der Welt auch auf diesem Wege zeigen, dass wir die Olympischen Spiele getreu dem Befehl unseres Führers und Reichskanzlers zu einem wahren Fest des Friedens und der aufrichtigen Verständigung unter den Völkern gestalten werden ...«

Plötzlich steht Ruben auf der Schwelle, groß, athletisch, mit einem breiten Grinsen im Gesicht. Er trägt einen dunkelblauen Mantel, hat die Haare so kurz geschnitten, dass seine Locken verschwunden sind, und wirkt männlich.

»Alina!«

Sie lässt den Schöpflöffel fallen und stürzt sich in seine Arme ...

Später kam dann auch Fanny an die Reihe, die er liebevoll herzte.

»Ich bin dir so unendlich dankbar für alles, was du für meine beiden hier getan hast«, sagte er bewegt. »Ich hoffe, irgendwann wird die Zeit kommen, in der ich mich revanchieren kann.«

»Für Liebe braucht man sich nicht zu revanchieren«, erwiderte sie. »Die wird ganz von allein mehr, wenn man sie mit den Richtigen teilt.«

»Das Eishockeyendspiel ist in zehn Tagen«, sagte er, sich heftig räuspernd, um seine Fassung zurückzugewinnen. »Natürlich weiß ich nicht, wie weit unsere Mannschaft kommen wird, aber wir haben ein paar ganz ausgebuffte Profis darunter. Mit ursprünglich kanadischen Pässen, wenn du verstehst, was ich meine. Dazu mein hochpotentes Stärkungsmittel – ich bin auf ziemlich alles gefasst. Sogar auf ein kleines Wunder.«

Jetzt hatte er wieder das Gesicht des aufgeweckten kleinen Jungen, den sie damals auf Anhieb ins Herz geschlossen hatte.

»Können Alina und Maxie so lange noch hierbleiben? Ich meine, weil doch dein Gatte kommen soll.«

»Ich denke, ja. Josef dürfte vor Ort genügend zu tun haben. Aber ganz sicher kann man sich bei ihm natürlich nie sein. Manchmal überkommen ihn seltsame Anwandlungen, und er erinnert sich tatsächlich an uns. Hättest du denn eine Möglichkeit, sie im Notfall am Austragungsort unterzubringen?«

»Keine Chance! Da ist jetzt alles voll, sowohl in Garmisch als auch in Partenkirchen. Selbst der letzte Bauer hat ein paar Betten aufgestellt, die er jetzt teuer vermietet. Bis zu einer halben Million Gäste werden angeblich erwartet. Alle Hotels sind ausgebucht, ebenso die Pensionen und Privatunterkünfte. Sogar in München ist nichts mehr zu kriegen. Diese Gelegenheit, so einfach an Geld zu kommen, will sich keiner entgehen lassen.«

»Dann muss es eben so gehen, und wir vertrauen auf unser Glück.«

Ruben wurde ernst und stierte aus dem Fenster.

»Was hast du denn auf einmal?«, fragte Fanny besorgt. »Angst?«

»Das auch«, sagte er. »Ich werde erst aufatmen, wenn unsere sechs Füße sicher auf englischem Boden stehen. Aber siehst du es denn nicht? Es schneit – und wie!«

Dicke weiße Flocken wirbelten durch die Luft.

»Ja, es schneit«, sagte Fanny verdutzt. »Na und?«

»Später werden sie sagen, sogar das habe der Führer hinbekommen«, sagte Ruben grimmig. »Ich warte schon darauf, dass sie eines Tages behaupten, er könne auch übers Wasser laufen!«

*

München, 10. Februar 1936

Die Unruhe wich nicht mehr von Fanny, und Alina war inzwischen so fahrig geworden, dass sie sich schon zweimal tief in den Finger geschnitten hatte.

»So schnell bekommst du von mir kein Messer mehr in die Hand«, sagte Fanny beim Verbinden. »Willst du nicht lieber hinaufgehen und dich ein wenig ausruhen?«

»Damit mir in der Wohnung die Decke auf den Kopf fällt?«, fragte Alina mit zusammengebissenen Zähnen, denn die Wunde war tief. »Ich denke gar nicht daran. Solange ich noch hier bin, musst du mich weiter ertragen.«

Schweigend arbeiteten sie weiter.

Fanny kochte Milch mit Salz, Zucker, Orangen und Zitronenschale auf. Dazu kamen eine Zimtstange, Vanillepulver und Butter. Langsam ließ sie Grieß einrieseln und alles ein paar Minuten leicht köcheln, bis die Masse eindickte. Jetzt mussten nur noch die Dotter untergerührt werden, dann konnte es in Ruhe ziehen. Ein köstlicher Duft erfüllte die Küche. Nach Winter roch es, nach Zuhause und Geborgenheit.

Alina stand am Fenster. Ihre Schultern zuckten.

»Wie werde ich das alles hier vermissen«, schluchzte sie. »Dein Essen. Die Küche. Und vor allem dich ...«

Fanny umarmte sie.

»Es kommen auch wieder andere Zeiten«, sagte sie.

»Was uns beide verbindet, kann niemand trennen. Kein Land. Keine Grenzen. Und erst recht kein Hitler.« Sie tätschelte Alinas Rücken. »Und während ich dann die Grießmasse aufs Blech streiche, lässt du die Äpfel langsam im Topf karamellisieren. In Scheiben geschnitten habe ich sie schon. Dir kann also gar nichts passieren.«

Alinas winziges Lächeln in ihrem sonst so traurigen Gesicht war Fannys schönste Belohnung.

Später ging sie zu Fuß nach Hause. Das Fahrrad hatte sie in diesen Tagen stehen lassen, weil ganz München unter einer dicken weißen Schicht lag. Die Räumarbeiten kamen nur langsam voran. Auch gestreut war nicht überall. In manchen Straßen türmte sich der Schnee an den Seiten bis in Kniehöhe.

Sie zog den Mantel aus, schürte den Ofen im Wohnzimmer ein und ging dann ins Schlafzimmer. Hier hatte sie gestern spätabends auf dem Bett gesessen, das Zauberbild vor sich auf den Knien, und schwer mit sich gerungen. Zwischendrin war Clara aufgewacht und auf nackten Füßen zu ihr getapst.

»Was machst du denn da, Mama?«, hatte sie schlaftrunken gefragt. »Wieso bist du noch wach?«

»Weil ich gerade Abschied nehme, Clara. Und das geht nicht so schnell. Vor allem, wenn man etwas sehr lieb hat.«

»Schreibst du das auch in dein schwarzes Buch?«, fragte sie weiter, und für einen Moment klang ihre Stimme sehr erwachsen.

Fanny wurde plötzlich unsicher.

Las Clara etwa heimlich in ihren Aufzeichnungen, nachdem sie sie förmlich mit der Nase darauf gestoßen hatte?

Das durfte nicht sein! Denn sonst würde sie ja erfahren, was damals wirklich geschehen war ...

»Fremde Tagebücher sind absolut tabu«, sagte Fanny daher streng. »Ich hoffe, das weißt du, meine Große!«

»Natürlich, Mama«, erwiderte Clara ernst. »Ich habe jetzt übrigens auch mit einem angefangen. Nicht einmal Marie darf es anfassen. Und du sowieso nicht.«

Sie ging zurück ins Bett.

Fanny kämpfte weiter mit sich. Schließlich aber stand ihr Entschluss fest. Alina brauchte die singenden Sirenen im Augenblick dringender als sie. Und es gab ja noch immer die Kopie ihres Liebsten.

Franz war ihr Halt, ihre Stütze, ihr Leben. Doch in letzter Zeit kam er ihr manchmal bedrückt vor. Lag es an den politischen Veränderungen, die er wie sie aus ganzem Herzen hasste? Oder gab es da vielleicht noch etwas, das er bislang vor ihr geheim hielt?

Sie würde ihn bei nächster Gelegenheit fragen. Nichts sollte zwischen sie beide kommen.

Fanny nahm den Umschlag wieder zur Hand.

Hatte sie das Aquarell trotz ihrer Müdigkeit wirklich so kunstfertig eingepackt? Ganz kurz war sie versucht, das Packpapier noch einmal lösen, um sich zu überzeugen, dann aber ließ sie es bleiben. Für den weiten Weg, der vor ihrer Freundin lag, konnte es gar nicht gut genug geschützt sein.

Als der Schlüssel sich im Schloss drehte, schob sie den Klee unwillkürlich in ihre Einkaufstasche, in der zwei Mehltüten lagen, die sie noch nicht ausgepackt hatte, und sie schloss hastig ihr Tagebuch.

Wohin damit?

Unter die Schmutzwäsche. Dort würde er sicherlich als Letztes nachsehen.

Dann stand Josef schon im Zimmer, massig, um einiges kahler, als sie ihn in Erinnerung hatte, und mit einer Miene, die nichts Gutes verhieß. Seinen Hut hatte er auf das Bett geschleudert. Unter einem dicken Tweedmantel trug er Straßenkleidung, keine Uniform mehr.

»Deine Freude über unser Wiedersehen hält sich offenbar in Grenzen, Franziska«, sagte er drohend. »Wo ich mich doch eigens von einem Kameraden von Garmisch nach München habe fahren lassen. Dabei hättest du mir so vieles zu erzählen. Zum Beispiel über eine gewisse Lini, die in meiner Gaststätte ihr Unwesen treibt. Zufällig komme ich nämlich gerade von dort.«

Er kam ihr vor wie ein gereizter Stier, der jeden Augenblick auf sie losgehen konnte. Seit dreizehn Jahren führte sie inzwischen die Gaststätte *Zum bunten Eck* allein, aber daran schien Josef nicht einen Gedanken zu verschwenden. Unter dem Pachtvertrag allerdings stand seine Unterschrift.

Fanny atmete weiter und versuchte sich davor zu schützen, dass die Angst sie auffraß. Ich muss an seine sentimentale Seite kommen, dachte sie. Ganz egal, wie.

»Ich erwarte, dass jene Kreatur sich bis morgen Mittag von dort entfernt hat, sonst werde ich persönlich dafür sorgen.« Jetzt schrie er. »Wie konntest du mein Vertrauen derart schamlos missbrauchen? Mir eine Jüdin ins Nest zu setzen – pfui Deifi!« Er spuckte auf den Boden. »Aber du hattest ja immer schon eine krankhafte Affenliebe zu diesem Abschaum, und daran hat sich offenbar bis heute nichts geändert.«

»Ganz wie du willst, Josef.«

Wo nahm sie auf einmal diesen unterwürfigen Tonfall her?

Sogar er schien überrascht.

»Morgen ist sie weg. Versprochen.«

»Versprochen?«, jaulte er. »Wenn du denkst, ich würde dir noch einmal glauben, dann hast du dich geschnitten, meine Liebe. Kontrollieren werde ich dich ab jetzt, pausenlos, und wenn du nur einen einzigen falschen Schritt tust …«

Er hob die Hand, als wollte er zuschlagen.

»Die Mädchen schlafen nebenan, Josef.« Fanny schaute ihm direkt in die Augen. »Weck sie mir bitte bloß nicht auf. Sie sollen morgen doch frisch und munter in die Schule gehen. Und bei dem vielen Schnee und weil keine Straßenbahnen fahren, ist das für sie schon anstrengend genug.«

Seine Hand sank nach unten.

»Luder«, murmelte er. »Gottverdammtes Luder.« Sein Blick glitt zu ihren Brüsten. »Eigentlich sollte ich dir jetzt zeigen, wer hier der Herr im Haus ist«, sagte er. »Aber sogar darauf ist mir der Appetit vergangen. Zum Glück kenne ich gewisse Orte, wo ich ihn mir wiederholen kann. Und genau dort werde ich jetzt hingehen.«

Er ging hinaus. Krachend fiel die Wohnungstür hinter ihm ins Schloss.

Nach ein paar Minuten hatte Fanny ihr Zittern wieder im Griff. Zwei Dinge musste sie jetzt dringend erledigen: Alina warnen und dafür sorgen, dass sie und Maxie schnellstens an einen sicheren Ort kamen.

*

München, 11. Februar 1936

Gleich kommt Franz mit dem Kleinlaster, den er sich geliehen hat, und bringt Alina und Maxie zur Familie Pongratz nach Obing. Sein Freund Wastl wird sie aufnehmen, das weiß er, auch ohne ihn zuvor gefragt zu haben, denn in Obing hat nur der Pfarrer ein Telefon. Die beiden kennen sich aus dem Großen Krieg und haben Dinge gemeinsam durchgestanden, die sie ein Leben lang verbinden. Meine Angst von gestern ist mittlerweile kühler Entschlossenheit gewichen. Josef kann ihnen dann nichts mehr antun, weder meiner Freundin noch ihrer Tochter.

Dafür ist gesorgt.

Natürlich habe ich Alinas Collier nicht angenommen, das sie mir gestern Nacht noch unbedingt aufdrängen wollte.

»Nimm es, Fanny, bitte! Es steht dir so gut. Das habe ich auf deinem Verlobungsfoto gesehen.«

»Einmal fürs Foto – ja. Aber im normalen Leben passt so eine Kostbarkeit einfach nicht an meinen Hals. Und stell dir nur einmal vor, Josef findet es und schenkt es dann einer seiner Schnallen! Nein, du behältst es, und damit Schluss.«

Dann überreiche ich ihr den dicken Umschlag.

»Mein Zauberbild. Das ist für deinen Neubeginn in England.«

»Bist du verrückt geworden?« Ihr Atem geht schneller. »Das kannst du doch nicht tun ...«

»Doch, ich kann. Vielleicht gibst du es mir ja eines Tages wieder zurück. Und steck es bloß schnell weg, sonst überlege ich es mir noch einmal.«

Wir umarmen uns, und unsere Abschiedstränen schmecken bitter.

»Und das hier musst du bitte auch für mich aufheben.« Ich gebe ihr meine beiden schwarzen Kladden. »Hier drin stehen alle meine Geheimnisse. Verbrennen kann ich sie nicht. Das bringe ich nicht übers Herz. Aber wenn sie Josef in die Hände fallen, dann bin ich geliefert.«

Alina versteht mich, so wie sie mich immer verstanden hat.

Ich schaue durch das Fenster, während Franz sie und Maxie zum Auto bringt. Die beiden schauen sich nicht um, das haben wir ausgemacht. Er aber winkt mir zu, bevor sie abfahren, um die Reifen dicke Schneeketten, das habe ich erwartet und schon gestern so aufgezeichnet. Dazu gehört auch die Kusshand, die er mir im letzten Moment noch zuwirft.

Mein Herz ist schwarz wie nie zuvor.

Denn nun ist es weg, mein Tagebuch und liebster Seelentröster, ebenso wie meine wunderbare Freundin Alina ...

*

München, Juni 2015

Katharina tauchte auf wie aus tiefem Wasser.

Das Tagebuch hörte auf, mitten im Satz. Sie blätterte weiter, doch die Seiten waren leer. Langsam erst begriff sie.

Wenn Fanny Alina die Kladden mitgegeben hatte, musste es ja hier enden.

Aber wie war es danach weitergegangen?

Offenbar waren Alina und Maxie heil in England gelandet, um dort jedoch sehr bald festzustellen, dass sie statt des versprochenen Klees lediglich eine Kopie im Gepäck hatten.

Aber wie war die dort gelandet?

Sie musste jetzt unbedingt mit jemandem reden, so aufgewühlt, wie sie war.

»Isi?«, rief Katharina, während sie die Treppen zur Werkstatt hinunterstieg. »Ich bräuchte dich jetzt ganz dringend …«

Keine Antwort. Dafür entdeckte sie ein gelbes Post-it, das an dem halb zerlegten Jugendstilstuhl klebte.

Rupp ist wieder in der Stadt. Bussi und bis morgen. Isi

Dann Alex. Inzwischen musste er längst in Zürich angekommen sein, und wenn nicht, dann konnte sie ihm ja etwas auf die Mailbox sprechen.

Oder doch lieber eine SMS schicken?

Nein, sie musste jetzt seine Stimme hören.

Sie nahm ihr Handy, tippte auf seine Nummer und wartete. Drei Freizeichen, dann wurde abgehoben.

»Hello«, sagte eine rauchige Frauenstimme. »This is Pam Winter. Who is speaking?«

23

München, Juni 2015

Lass ihn da sein, betete Katharina stumm. Heute ist der Tag, an dem Mama ihren monatlichen Medizinerstammtisch hat. Dann kommt Papa meistens früher aus dem Verlag, um seinen Hobbys nachzugehen. Doch die Tür des Reihenhauses blieb zu, und natürlich hing der Schlüssel zu ihrem Elternhaus in ihrer Wohnung am Schlüsselbrett.

»Und jetzt?« Der Taxifahrer, den sie gebeten hatte, kurz zu warten, wurde langsam ungeduldig. »Wird das heute noch was?«

»Sekunde«, sagte sie und stieg über den Zaun. Vielleicht hatte er ja Musik an und hörte sie deshalb nicht. Und sie hatte Glück. Ihr Vater saß auf der Terrasse, vor sich einen hohen Bücherstoß, neben sich zahlreiche Computerausdrucke.

»Katharina?«, fragte er verdutzt. »Wo kommst du denn her? Ich wollte dich ohnehin anrufen, denn ich bin jetzt fast so weit …«

»Über den Zaun«, erwiderte sie. »Ich bezahle nur schnell mein Taxi, dann bin ich bei dir.«

Aus dem Kühlschrank holte sie anschließend eine Wasser- und eine angebrochene Weißweinflasche, nahm zwei Gläser aus dem Schrank und trug alles nach draußen.

»Ich brauche jetzt jemanden zum Reden«, sagte sie. »Jemanden Vernünftigen. Deshalb bin ich hier.«

Er sah sie fragend an.

»Erst Wein«, sagte sie und war froh, dass er das Eingießen übernahm.

»Wieso kommst du mit dem Taxi? Ist was mit deiner Vespa?«

»Nein, aber mit mir«, stotterte sie. »So konfus und aufgewühlt habe ich mich schon lange nicht mehr gefühlt.«

»Dein englischer Freund?«, riet er weiter.

»Der auch. Und sag jetzt bloß nicht, du hättest es gleich gewusst.« Sie trank das Glas leer.

»Was ist passiert?« Er klang erfreulich neutral.

»Mir hat er gesagt, er sei in Zürich, um einen Gutachter zu treffen und mit Klees Enkel abzuklären, was nun mit dem Aquarell geschehen kann. Mich dorthin im Auto mitzunehmen hatte er abgelehnt, angeblich weil es sonst zu persönlich würde. *Persönlich!*« Sie lachte kurz auf. »Und dann rufe ich ihn an, und wer geht an sein Handy? Seine Ex! Mit der er angeblich schon in London Schluss gemacht hat. Ich fass es nicht!«

Sie griff erneut nach der Flasche, doch ihr Vater schob sie zur Seite und schenkte stattdessen Wasser in ihr Glas.

»Vieles ist nicht immer so, wie es zunächst scheint«, sagte er ruhig. »Wenn du ihn so sehr magst, dann frag ihn doch. Das ist manchmal das Einfachste.«

»Ich soll ihm auch noch nachlaufen, nachdem er mich belogen hat? Ich denke ja gar nicht daran!«

»Und das andere, das dich so aufgebracht hat, was ist das?«

»Das hier, Papa!« Sie zog Fannys Kladde aus der Tasche. »Das Tagebuch der frühen Jahre habe ich Alex mitgegeben, damit er es Alexander Klee zeigen kann. Dieses hier habe ich gerade ausgelesen. Es bricht ab, als Alina und ihre Tochter während der Olympischen Winterspiele 1936 Deutschland verlassen haben – einfach mittendrin!«

Auch ihr Wasserglas war schon wieder leer. Einen halben See hätte sie leertrinken können, so erhitzt fühlte sich Katharina.

Er nahm die Kladde in die Hand und blätterte darin.

»Vielleicht hatte Fanny Gründe, nicht weiterzuschreiben«, sagte er. »Dann wirst du dich wohl oder übel damit abfinden müssen.«

»Aber ich habe doch noch so viele offene Fragen! Wie ist es mit ihr weitergegangen? Und mit Fritzi? Gibt es denn niemanden in der Familie, der etwas darüber weiß?«

»Doch«, sagte er. »Ich.«

»Du?«

Er nickte.

»Dann rede schon«, drängte sie.

Er deutete stumm auf den Bücherstoß und die Ausdrucke.

Ratlos zuckte Katharina die Achseln.

»Meinst du etwa deine Argentinienrecherchen? Was hat das mit meinen Fragen zu tun?«

»Mehr vielleicht, als du denkst. Es hat mich viel Zeit und jede Menge Energie gekostet. Anfangs habe ich mich wie in einem Labyrinth gefühlt, ohne Hoffnung, Genaueres herauszubekommen. Aber schließlich habe ich doch etwas Konkretes gefunden.«

Aus einem der Bücher holte er zwei Fotografien. Die erste zeigte einen weißhaarigen Mann, der in die Kamera lächelte. Auf dem zweiten Foto saß er an einem Tisch, zwischen zwei weiteren Männern, von denen einer Mitte fünfzig sein mochte, der andere, jüngere war etwa in Katharinas Alter.

»Das ist Francisco Haller«, sagte er, »den alle Paco nennen. Die beiden anderen sind sein Sohn Raoul und sein Enkel Tomaso. Alle drei leben in Córdoba und betreiben dort ein Transportunternehmen. Fällt dir etwas an ihnen auf?«

»Sie erinnern mich irgendwie an Paula«, sagte Katharina nach einer Weile. »Das Kinn, die Nase, die Augen. Besonders dieser Paco. Aber wie kann das sein? Wieso tragen sie Fannys Mädchennamen? Und warum sind sie in Spanien?«

»Argentinien«, korrigierte er. »Córdoba ist die zweitgrößte Stadt des Landes. Weil Paco Paulas Halbbruder ist. Und Haller ja schließlich auch Fritzis Nachname war.«

»Paula hat einen Halbbruder? Davon hat sie nie etwas gesagt …«

»Konnte sie auch nicht. Weil sie bis jetzt nichts davon weiß.« Ihr Vater lehnte sich im Gartenstuhl zurück. »Ebenso wie deine Mutter. Du bist nach mir die Erste, die heute davon erfährt.«

»Und was hat das alles mit Fannys Zwillingsschwester zu tun? Ich kapiere gar nichts mehr!«

Er klopfte auf den Bücherstapel. »Hast du schon mal den Begriff *rat lines* gehört?«

Fanny schüttelte den Kopf. »Was ist das?«

»*Rattenlinien* klingt auch im Deutschen nicht gerade schmeichelhaft, und genauso ist es auch gemeint. Der US-Geheimdienst hat dieses Wort geprägt und bezeichnet damit die Fluchtrouten von Nazis nach dem Zweiten Weltkrieg. Weil zahlreiche Vertreter der katholischen Kirche ihre Hände mit im Spiel hatten, lautet ein anderer, älterer Begriff *Klosterrouten*. Die waren schon während des Kriegs äußerst aktiv. Ich weiß inzwischen, dass deine Großtante Friederike eine von diesen benutzt haben muss, um außer Landes zu kommen. Sie ist um 1940 in Argentinien gelandet. Da war ihr Sohn Franz vier Jahre alt.«

»Franz?« Katharina starrte ihren Vater an. »Franz, das kann nicht sein. Du musst dich irren, Papa! Franz war Fannys Liebster, doch nicht Fritzis …«

Wieder griff ihr Vater in ein Buch und holte einen Zettel hervor. Das Papier war vergilbt, die kleine Handschrift aber, auf die Katharina traf, nachdem sie ihn aufgefaltet hatte, wirkte wie gestochen.

»Lies!«, sagte er.

München, April 1936

Wenn du entdeckst, was ich dir angetan habe, wirst du mich hassen bis in alle Ewigkeit. Deshalb bin ich schon fort, wenn du diese Zeilen liest, hoch in den Bergen jenseits der Grenze, im Schoß von Mutter Kirche, die seit jeher gefallenen Sünderinnen Obhut gewährt hat. Du wirst mich nicht finden, dafür habe ich gesorgt, auch wenn mir das Herz blutet angesichts dessen, was ich hier zurücklassen muss.

Aber ich weiß keinen anderen Weg.

Ich kann dir nicht einmal genau sagen, was mich dazu getrieben hat, aber es brodelt schon viel zu lange in mir, jenes unselige Gemisch aus Neid, Eifersucht und ja, auch Rachsucht. Und es wurde immer giftiger, je fremder wir uns im Lauf der Jahre geworden sind. Tief in mir hat es geschwappt und alles verätzt – bis eine weitere Kränkung wie ein nachlässig weggeworfenes Streichholz genügt hat, um die Explosion herbeizuführen.

Hätte es jene unselige Nacht doch niemals gegeben! Wie lange hatte ich sie herbeigesehnt. Und wie tief bereue ich sie inzwischen! Ich wusste, was er dir bedeutet, so geschickt du es auch verborgen hast, das hat mich schier in den Wahnsinn getrieben. Ich konnte nicht anders – verzeih mir, verzeih mir! Niemals habe ich mit den Folgen gerechnet, die ich nun zu tragen habe. Doch auch meine flehentlichsten Gebete werden sie nicht wieder ungeschehen machen, und ich kann nicht einmal mein Herz damit erleichtern, dir alles zu gestehen.

Dabei wollte ich immer so sein wie du, aber es ist mir leider nie gelungen. Du warst stets die Entschlossenere, die, die trotz aller Widrigkeiten vorangekommen ist, ohne sich dabei über Schwächere zu erheben. Dafür bewundere und liebe ich dich. Auch als ich am Boden lag, hast du dich um mich gekümmert. Dabei hast du mich vor einer großen Dummheit bewahrt, die nicht nur mein Leben ausgelöscht hätte. Wenn ich nun unser groß gewordenes Kind betrachte, erkenne ich erst, was ich dir alles zu verdanken habe. Noch mehr aber liebe ich dich für die kleinen Schwächen, die auch du manchmal zeigst: deine

Ungeduld, deine Sturheit, deine trotzige Genauigkeit, vor allem jedoch deine Angst vor großen Gefühlen, in denen ich bisweilen so gern schwelge.

Nein, ich werde dir keine Schande mehr bereiten, darauf kannst du dich verlassen. Wenn ich dieses Mal gehe, dann ganz leise, ohne Abschiedsgetöse, und es wird dir vielleicht nicht gleich auffallen. Ich habe keine Angst, dass du mich jemals vergessen könntest. Dazu waren wir uns von Anfang an zu nah und werden es eines Tages vielleicht erneut sein, wenn meine Sünden gebüßt sind und wir uns an einem anderen, glücklicheren Ort wiederbegegnen.

Es tut mir leid, so unendlich leid, dass ich dir wehtun muss! Das und nur das wollte ich dir mit diesem Brieflein sagen. Ich habe es so eingerichtet, dass es dich nicht zu früh erreicht, damit du mich nicht noch einmal umstimmen kannst. Hätte ich gekonnt, so hätte ich ein anderes Leben gelebt – allein schon deinetwegen. Aber nun ist es zu spät, um noch etwas daran zu ändern.

Du bist und bleibst mein Herzensmensch, mein Ein und Alles, und ich wünsche dir jedes erdenkliche Glück dieser Welt.

Denk nicht zu schlecht von mir!

Deine F.

Katharina ließ den Brief sinken.

»F steht für Fritzi«, sagte sie leise.

Er nickte.

»Und was sie andeutet«, fuhr sie fort, »ist ihre Schwangerschaft. Deshalb geht sie fort. Denn der Vater ihres Kindes ist Franz.«

»Zumindest hat sie ihren Sohn nach ihm benannt. Zu Francisco, beziehungsweise Paco, wurde er dann erst in Südamerika. Er kann sich an ein Kloster erinnern, in dem sie gelebt haben, als er noch ganz klein war. Mit viel Schnee und hohen Bergen. Ich habe inzwischen nach schier endlosen Nachforschungen herausgefunden, dass es in Südtirol liegt: Kloster Marienberg im Vintschgau, betrieben von Benediktinerinnen. Von dort aus wie auch von anderen Abteien der Region haben viele dieser Klosterlinien nach Südamerika ihren Ausgang genommen.«

»Du korrespondierst mit ihm? Auf Spanisch?« Katharina kam aus dem Staunen nicht mehr heraus.

»Wir haben uns erst zweimal gemailt. Paco versteht noch ganz gut Deutsch, wie es aussieht. Und es ist Tomaso, der Enkel, der mir schreibt, halb Englisch, halb Deutsch, weil er einige Jahre auf einer deutschen Schule war. Fritzi ist 1952 in Córdoba an einer Blinddarmentzündung verstorben. Da war Paco gerade im ersten Lehrjahr. Später hat er dann die Tochter seines Chefs geheiratet und von ihm die Transportfirma übernommen.«

Katharinas Gedanken flogen davon.

In letzter Zeit hat Fritzi regelrecht einen religiösen Tick entwickelt ...

An diesen Satz aus dem Tagebuch konnte sie sich noch genau erinnern. Kurz darauf hatte Fanny Pater Berthold, den Pfarrer von St. Ludwig, erwähnt. Vielleicht hatte der ja dabei geholfen, die Schwangere in einem Kloster weitab von München unterzubringen, von wo aus sich dann später die weiteren Verbindungen nach Südamerika ergaben.

»Dann hat Franz also Fanny mit der eigenen Schwester

betrogen«, fuhr sie fort. »Wie konnte er das tun? Wo er Fanny doch so geliebt hat! Ob sie davon gewusst hat? Sicherlich nicht, sonst gäbe es keine Paula. Woher hast du diesen Brief überhaupt?

Ihr Vater griff nach der Weinflasche und schenkte erneut für sie ein. Jetzt trank auch er.

»Wir beide waren nicht dabei«, sagte er. »Und es waren schwere Zeiten, die viele Menschen dazu gebracht haben, Dinge zu tun, die sie sonst vielleicht niemals getan hätten.« Er legte eine kurze Pause ein. »Den Brief habe ich von deiner Großmutter Clara. Sie hat ihn mir sozusagen vermacht. Ich denke, aus Reue, denn sie hatte ihn abgefangen, und so hat er Fanny niemals erreicht.«

»Oma?«, fragte Katharina kopfschüttelnd. »Und mir ist sie immer so schüchtern und in sich gekehrt vorgekommen!«

»Eher vorsichtig und misstrauisch, würde ich sagen«, korrigierte ihr Vater. »Und immer wieder enormen Stimmungsschwankungen unterworfen, so wie auch Fritzi. Die beiden waren sich offenbar sehr ähnlich.«

»Fritzi war verrückt nach Franz«, sagte Katharina. »Das schreibt Fanny in ihren Aufzeichnungen immer wieder. Vielleicht hat sie ihn ja verführt, eine so schöne Frau, wie sie es gewesen sein muss. Und dabei ist es dann passiert …«

»Was ist passiert?«, ertönte eine neugierige Stimme, und Katharinas Mutter trat auf die Terrasse. Sie küsste ihren Mann und umarmte die Tochter, um einiges herzlicher als sonst.

»Das Spannendste kommt noch«, sagte Benedict. »Eigentlich war ich fest entschlossen, Claras letzten Wunsch zu akzeptieren und alles, was sie mir anvertraut hatte, nach ihrem Tod zu vernichten. Aber ich konnte es nicht. Irgendetwas hat mich immer daran gehindert. Seitdem Fannys Kladden bei Katharina aufgetaucht sind, bin ich froh darüber.«

Unter dem Stapel zog er einen Schnellhefter hervor. Als er ihn aufschlug, lag da ein Stapel beschriebener Blätter, mit einer Handschrift, die Katharina sofort erkannte.

»Das sind ja die fehlenden Seiten aus Fannys Tagebuch«, rief sie. »Du hast sie die ganze Zeit gehabt – und kein Wort gesagt!« Empört sah sie ihn an. »Wie konntest du nur, Papa! Ich bin maßlos enttäuscht von dir …«

»Ich hatte lediglich einen verschlossenen Umschlag«, korrigierte ihr Vater. »Und die Aussage Claras, dass darin etwas steckt, für das sie sich sehr schämt. Erst als du mit der Lektüre der Tagebücher begonnen hattest, kam ich auf die Idee, dass sein Inhalt etwas mit ihnen zu tun haben könnte.«

Er reichte die Seiten seiner Tochter. Dann wandte er sich seiner Frau zu.

»Lasst euch ruhig Zeit«, sagte er. »Es keine leichte Kost, aber sie geht euch beide etwas an. Ich gehe einstweilen in den Keller, um ein bisschen zu werkeln. Ruft mich, wenn ihr Hilfe braucht.«

Mutter und Tochter sahen sich an.

»Willst du es überhaupt lesen?«, fragte Katharina belegt.

Christine blieb zunächst stumm.

»Ja«, sagte sie nach einer Weile. »Aber warte noch einen Augenblick.« Ihre Hände zitterten. Richtig eingefallen sah sie aus, gar nicht mehr die streitbare Amazone, als die

Katharina sie sonst kannte. Als sie weitersprach, klang ihre Stimme brüchig. »Dass meine Mutter Benedict mehr vertraut hat als der eigenen Tochter! Damit muss ich erst einmal fertigwerden.« Sie stand auf, nicht ganz sicher, und ging dann langsam zu den Rosensträuchern.

Von hinten wirkte sie schutzlos und klein. Katharina spürte, wie Mitgefühl in ihr aufstieg.

Nach einer Weile kam Christine wieder zurück.

»Clara war als Mutter alles andere als einfach«, sagte sie. »Vor allem wusste ich nie, woran ich mit ihr war. Einmal war sie mir gegenüber herzlich, geradezu überschwänglich, dann wieder verbittert und resignativ. ›Es lohnt sich nicht, jemandem zu vertrauen‹. Dieser Satz war so etwas wie ihr Lebensmotto. ›Weil alle dich eines Tages doch betrügen und hintergehen‹.«

»Das hat sie wirklich gesagt?«, fragte Katharina bestürzt.

»Unzählige Male«, erwiderte Christine. »Dabei hatte ich immer das Gefühl, dass sie mir etwas Wichtiges verschweigt, aber ich habe auf Granit gebissen, wenn ich sie danach gefragt habe. Wäre es nach ihr gegangen, hätte ich auch so werden sollen, verschlossen, misstrauisch, immer auf der Hut. Aber das hat nun einmal nicht zu meinem stürmischen Naturell gepasst. Der Stachel saß trotzdem, und er saß tief. Da habe ich mich als vaterlose, unehelich geborene Tochter eben entschlossen, die Fäuste zu zeigen, bevor es ein anderer tun konnte. Ich habe gekämpft, immer nur gekämpft, gegen alle und jedes. Sogar gegen dich.«

Noch nie hatte ihre Mutter so mit ihr gesprochen, so

offen, so ohne Vorbehalte, auf Augenhöhe. Katharina spürte, wie tief es sie berührte, und sie entschloss sich, ebenso ehrlich zu antworten.

»Mich hat dein Dauerkampf eher gelähmt«, erwiderte sie. »Weil ich schon von klein auf das Gefühl hatte, ich könne dir niemals genügen, egal, was ich auch vorweise. Du wolltest partout eine Akademikerin aus mir machen. Aber mein Talent ging nun mal in eine andere Richtung. Ich wollte etwas Bleibendes schaffen, etwas, das man anfassen kann, und so bin ich wohl beim Holz gelandet.«

Auf Christines Gesicht stritten die unterschiedlichsten Gefühle miteinander, schließlich aber nickte sie.

»Ja, das wollte ich«, räumte sie ein. »Weil ich doch wusste, wie klug du bist. Und weil du es im Leben gut haben solltest – gerade als Frau. Damit meine ich Geld, Sicherheit, gesellschaftliche Anerkennung. All das eben, was sich Eltern so für ihre Kinder wünschen.«

»Ich *habe* es gut im Leben, Mama. Weil ich jeden Tag machen kann, was ich liebe. Das bedeutet für mich Glück. Meine Kunden schätzen meine Arbeit. Und verhungern muss ich auch nicht dabei. Ich komme ganz gut über die Runden.« Schon während sie es sagte, spürte Katharina, wie richtig es war.

Auf einmal fühlte sie sich sehr erleichtert.

Christine musterte sie nachdenklich. »Dann sollte ich mich wohl bei dir entschuldigen«, sagte sie. »Dass ich dir meine Sicht vom Leben aufdrängen wollte, genauso, wie meine Mutter es bei mir getan hat. Bei ihr habe ich es gehasst – und doch nichts anderes bei dir getan.«

»Musst du nicht.« Angerührt legte Katharina ihre

Hand auf den Arm der Mutter. »Mach es ab jetzt anders. Versuche es zumindest. Das würde uns beiden guttun.«

Sie zog ihre Hand zurück und berührte die herausgetrennten Blätter. »Sollen wir sie nun lesen? Große Wirkung haben sie ja bereits gezeigt.«

Christine nickte.

»Ich finde, der Vortritt gehört dir.« Sie trank einen Schluck. »Du kennst ja auch die Tagebücher, vor denen ich mich bislang gedrückt habe. Aber das werde ich nun ändern. So wie manches andere.«

»Gut, dann fange ich an und gebe dir die Seite weiter, sobald ich durch bin«, schlug Katharina vor.

Christine nickte. »Weißt du, ich habe plötzlich einen ganz dicken Kloß im Hals«, gab sie zu.

»Ich auch«, erwiderte Katharina. »Mama, ich auch.«

*

... und ich laufe.

Blindlings quer durch den Friedhof, ohne etwas zu sehen, ohne jemanden zu bemerken. Das Blut klopft in meinen Schläfen, und mein Schädel droht zu platzen, bis ich schließlich schwer atmend auf der Tengstraße halbwegs wieder zu Besinnung komme.

Wie sehe ich aus?

Die Bluse zerrissen, der Rock beschmutzt, wie eine Verrückte muss ich wirken, und nichts anderes bin ich auch, denn ich habe meine Schwester im Stich gelassen, um die eigene Haut zu retten.

Bittere Reue steigt in mir auf.

Zur Polizei?

Aber was soll ich dort sagen? Dass ich vor den Männern weggerannt bin und meine Schwester einfach ihrem Schicksal überlassen habe?

Nein, ich muss sie finden und ihr beistehen, besser spät als nie. Ich laufe zurück zum Alten Friedhof, und jetzt erscheint mir die milde Frühlingsluft wie ein Hohn. Da ist sie, die Bank, auf der wir überfallen wurden, doch nirgendwo eine Spur von Fritzi. Vielleicht haben sie ihr gar nichts getan, versuche ich mir einzureden. Vielleicht hat sie sie ja gekannt, weil sie auch am Habsburgerplatz verkehrt haben. Vielleicht sind Passanten vorbeigekommen und haben sie befreit.

Vielleicht, vielleicht, vielleicht ...

Mir wird auf einmal so speiübel, dass ich mich zwischen zwei Grabsteinen übergeben muss.

Wo ist Fritzi? Lebt sie überhaupt noch ....

Als es schon zu dämmern beginnt, entdecke ich sie endlich in einem Hinterhof in der Adalbertstraße, die südlich an den Friedhof grenzt. Zuerst sehe ich nur zwei leblose Beine, dann den Pelz, der dunkel vor Blut ist.

»Fritzi!«, flüstere ich. »Meine liebe, liebe Fritzi — was haben sie mit dir gemacht?«

Zuerst bleibt sie stumm, und ich fürchte, dass sie gar nicht mehr lebt. Dann aber sehe ich, wie ihr Brustkorb sich langsam hebt und senkt. Jetzt erst fällt mir auf, wie übel sie ihr auch das Gesicht zugerichtet haben, aber es sind nur Blutergüsse, Nase und Wangenknochen erscheinen mir intakt.

»Das willst du gar nicht wissen, Fanny.« Ihre Stimme ist winzig und rau. »Glaub mir, das willst du nicht!«

*

München, Juni 1919

Als Erstes habe ich ihre Wunden versorgt und ihr löffelweise von jenem Sonntagsessen eingeflößt, das für mich nun immer mit jenem unheilvollen Tag verbunden sein wird: Kalbsbraten mit Karotten und Kartoffelbrei. Fritzi jedoch behält kaum etwas bei sich. Schlafen will sie, nur noch schlafen, die Welt aussperren und alles vergessen.

»Ich war noch Jungfrau«, flüsterte sie mir zwischendrin zu. »Auch das haben sie mir brutal genommen. Mein ganzes frivoles Getue war reine Erfindung. Ich wollte vor dir nur angeben, wie erfahren ich schon bin.«

Drei Wochen lang pflege und umhege ich sie neben der Hausarbeit in meiner Kammer, während Dora Rosengart mir erlaubt, auf einem der Sofas im Wohnzimmer zu schlafen. Ich benutze es kaum, so selten lege ich mich hin. Alle sind zutiefst bestürzt, aber von keinem der Rosengarts kommt eine indiskrete Frage oder auch nur ein schiefes Wort. Vor allem Alina ist besorgt, weil sie spürt, dass das Leid der einen Zwillingsschwester auch die andere zutiefst verletzt hat.

Als wir eines Abends zu zweit im Salon sind, offenbare ich ihr die ganze schauerliche Geschichte, und sie weint um uns beide, um Fritzi und um mich.

Doch ich darf nicht in Agonie versinken. Vieles muss nun tatkräftig geregelt und entschieden werden. Zu den von der Aues kann ich meine Zwillingsschwester nicht mehr lassen, und allein betrete ich dieses schreckliche Haus nicht noch einmal. Also bitte ich Lorenz, mich dorthin zu begleiten. Nach dem Klingeln werden wir abgefertigt wie Hausierer.

Eine verblühte Schönheit schleift Fritzis halb offenen Koffer widerwillig über den Gang.

»Gut, dass das Zeug jetzt endlich wegkommt«, sagt sie. »Viel hat das Flittchen ja ohnehin nicht gehabt.«

Ich bedanke mich bei Lorenz, der mich heute ausnahmsweise mit politischen Parolen verschont, und mache mich auf den schweren Weg zu Georg, denn ohne seine Hilfe kommen wir jetzt nicht weiter. Er wird erst blass, als ich zu reden beginne, dann rot. Schließlich fängt er an zu poltern, obwohl ich das Schrecklichste schon weggelassen habe.

»Mit euch beiden hat man doch nichts als Scherereien«, brüllt er. »Viel strenger hätte man euch von Anfang an erziehen sollen, dann wäre es vielleicht jetzt anders. Ich bringe sie zurück nach Weiden. Und damit Schluss!«

»Schwanger?«, frage ich leise, und dieses eine Wort lässt ihn auf der Stelle abrupt verstummen.

»Deine Schwester ist schwanger?«, wiederholt er fassungslos. Ich nicke. »Vierzehn Tage über der Zeit. Ihre Regel ist sonst immer pünktlich. Und übrigens ist sie ebenso deine Schwester, Georg.«

»War sie schon bei einem Arzt? Ich meine, vielleicht könnte der ja ... unter solchen Umständen ...«

»Auf Abtreibung steht Gefängnis«, sage ich. »Und zu einer Kurpfuscherin lasse ich sie nicht.«

»Warum bringst du Fritzi nicht einfach zu uns?«, schaltet sich plötzlich Elise ein, die bislang stumm zugehört hat. »Ich könnte ein wenig Abwechslung gebrauchen. Sie hilft mir im Haushalt ...«

»Sie kann noch immer kaum stehen, Elise«, unterbreche ich sie leicht gereizt.

»... natürlich erst, sobald sie wieder ganz auf den Beinen ist.
Bis dahin pflegen wir sie eben gesund. Wir haben genügend
Platz, zu essen bekommt sie, was sie will. Ihr Kleines kann bei
uns in Ruhe wachsen. Marianne ist ja schließlich auch noch
da. Die wird Fritzi schon aufmuntern.«
Ich mustere sie erstaunt.
Aber sie scheint zu meinen, was sie vorschlägt, und beweist in
dieser schwierigen Lage entschieden mehr Größe als Georg.
»Meinst du, das könnte gehen?«, fragt er mich skeptisch, aber
wenigstens wieder halbwegs gefasst. »Die Wohnung darf sie
dann aber während der gesamten Schwangerschaft nicht
verlassen, das musst du ihr einschärfen. Ich bin schließlich
Geschäftsmann und kann mir keinen Skandal leisten.«
»Das werde ich«, verspreche ich, obwohl mich dabei ein Gedanke nicht mehr loslässt: Und wenn das Kind auf der Welt
ist – was dann?

München, November 1919

Ich bin gerade beim Ausrollen eines Strudelteigs, als ich das
Telefon läuten höre. Gegen meine sonstige Gewohnheit komme
ich aus der Küche.
»Es ist dein Bruder«, sagt Bubi mit ernstem Gesicht.
»Schnell! Sie suchen deine Schwester!«
Ich renne zum Telefon und höre schon an Georgs Stimme, wie
aufgebracht er ist.
»Sie ist weg, einfach weg!«, schreit er. »Elise hat Angst, dass sie
sich etwas antun will. Sie hat etwas Seltsames zu Marianne
gesagt. Von einem Engel ... aber das ergibt doch keinerlei Sinn.

Was sollen wir denn jetzt nur tun? Eine Selbstmörderin in der Familie – hört denn dieser Albtraum niemals auf?«

»Noch ist sie ja nicht tot«, sage ich streng. »Und jetzt gib mir die Kleine.«

Sie reichen Marianne den Hörer.

»Was genau hat Tante Fritzi zu dir gesagt?«, frage ich sie. »Du musst jetzt ganz fest nachdenken!«

»Sie will den Teufel im Bauch loswerden«, antwortet die helle Kinderstimme. »Und dazu braucht sie ganz viel Wasser, denn der Teufel mag doch kein Wasser.«

Wasser?

Ich überlege fieberhaft.

Wasser – Brücke!

Sie will sich von einer Brücke stürzen, jetzt mitten im November ein sicheres Todesurteil. Außerdem kann sie ebenso wenig schwimmen wie ich.

Aber welche Brücke? München hat so viele ...

»Oben steht ein Engel«, plappert die Kleine weiter. »Mit einem Engel im Rücken hat der Teufel ausgespielt, das hat Tante Fritzi gesagt ...«

Sie kann nur die Prinzregentenbrücke meinen, über der der Friedensengel thront.

»Schnell!«, sage ich zur Georg. »Dein Auto ...«

Schweigend fahren wir los. Ich lasse ihn an der Widenmayer-straße halten, und dann renne ich los, denn ich sehe schon ihre schmale Gestalt mit dem dicken Bauch, halb über dem Geländer hängend.

»Fritzi – nein!«, schreie ich. »Fritzi, warte ...«

Sie hebt den Kopf. Ihre Augen sind wie tot.

»Du kannst mich nicht daran hindern«, flüstert sie. »Wenn

nicht heute, dann eben ein anderes Mal. Ich will dieses verdammte Balg nicht – und wenn ich es mit meinen eigenen Händen erwürgen muss!«

»Das wirst du nicht tun.« Ich ziehe sie vom Geländer herunter. Sie ist eiskalt und zittert am ganzen Körper. »Die Hollerfrau beschützt uns. Dich, mich und das Kleine, spürst du das nicht? Du wirst leben – und dein Kind auch.«

»Aber wie denn, Fanny? Ich bin viel zu schwach dafür, das weiß ich«, stammelt sie.

»Ich kümmere mich darum. Ich bringe alles wieder in Ordnung, das verspreche ich dir.« Es hört sich an wie ein Schwur, und ich erschrecke plötzlich.

Was, wenn diese Last auch für mich zu schwer ist?

»Das wirst du für mich tun?« Fritzi klingt gefasster. »Dann liebst du mich doch, Fanny! Weißt du, wie froh mich das macht? Mit dir zusammen kann ich das überstehen. Aber du darfst mich nie mehr allein lassen, versprichst du mir das?«

Jetzt weinen wir beide.

»Ich bin immer für dich da«, murmele ich. »Das weißt du doch!«

Ihr Gesicht wirkt auf einmal gelöst.

»Vielleicht wird alles wieder gut.«

*

München, Februar 1920

Die Kleine ist kerngesund und 48 Zentimeter lang. Als ich sie auf den Arm nehme, könnte ich weinen vor Glück.

Ihre winzigen Ärmchen rudern durch die Luft. Die Augen hat sie zu wie ein neugeborenes Kätzchen.

»Muttermilch wäre jetzt das Allerbeste«, sagt Gundel Laurich, die erfahrene Hebamme, die auch Marianne auf die Welt geholfen hat. Aber kaum hat sie es ausgesprochen, presst Fritzi schon ihr Gesicht in das Kopfkissen. »Schon gut«, lenkt Gundel ein und zeigt mir, wie ich ab jetzt die Fläschchen zuzubereiten habe. »Warten Sie aber besser noch drei Tage, bevor Sie sie mitnehmen. Draußen ist es bitter kalt.«

Ich nicke, obwohl ich mich auf einmal fürchte.

»Werde ich denn wissen, was ich tun muss?«, frage ich beklommen.

»Jede Mutter wächst mit ihren Aufgaben«, sagt Gundel. »Sonst fragen Sie mich einfach. Ich bin gern noch eine Zeit bei Ihnen und der Kleinen. Wie soll sie eigentlich heißen?«

»Clara«, sagen Fritzi und ich wie aus einem Mund, und zum ersten Mal seit Wochen sehe ich die Andeutung eines Lächelns in ihrem Gesicht. »Clara mit C«, fügt sie noch hinzu. »Das klingt schicker und moderner.«

»Und die Behörden?«, frage ich Gundel, die in alles eingeweiht ist und schließlich ihren Segen zu dieser Lösung geben muss.

»Kein Problem«, erwidert sie mit seriös klingender Stimme. »Ich werde anzeigen, dass Franziska Maria Friederike Haller am 4. Februar 1919 in meiner Gegenwart ein gesundes Mädchen namens Clara Haller entbunden hat.«

Sie fasst uns beide fest ins Auge.

»Und so ist es ja schließlich auch gewesen, oder etwa nicht?«

*

München, Juni 2015

Christine reichte das letzte Blatt an ihre Tochter zurück.

»Fanny ist also gar nicht unsere Ahnin«, sagte Katharina bewegt. »So, wie wir es bis heute alle geglaubt haben. Wir stammen von Fritzi ab. Oma Clara. Du. Und ich ebenso. Nur Marie ist Fannys leibliches Kind. Und natürlich Paula.« Sie schüttelte den Kopf.

»Arme Mama«, sagte Christine heiser. »Unter solchen Umständen gezeugt worden zu sein! Was das wohl in ihr ausgelöst hat, als sie es gelesen hatte?«

»Ungeschehen hätte sie es am liebsten gemacht.« Benedict brachte eine Platte *insalata caprese* und ein aufgeschnittenes Baguette mit nach draußen. »Und keiner durfte es erfahren. Deshalb hat Clara wohl auch die entsprechenden Seiten aus Fannys Tagebuch herausgetrennt, nachdem sie gelesen hatte, wer ihre wahre Mutter war. Ihre Scham darüber war zu groß. Sie wollte unter keinen Umständen, dass die Aufzeichnungen jemals in die falschen Hände geraten. Kurz bevor sie starb, hat sie die losen Blätter dann mir anvertraut. Ich musste feierlich geloben, nach ihrem Tod alles zu vernichten. Aber wie ihr seht, habe ich mich nicht daran gehalten.«

»Und wieso hat sie Fritzis Abschiedsbrief nicht weitergeleitet?«, fragte Katharina. »Wenn sie doch endlich wusste, wer Fritzi war?«

»Vielleicht ja gerade deswegen«, schlug ihr Vater vor. »Ihre leibliche Mutter sollte nicht noch mehr beschädigt werden. Nach der Vergewaltigung noch ein zweites uneheliches Kind – und das ausgerechnet vom Liebsten der

Schwester? Dann doch lieber ein Zwilling, der sich scheinbar in Luft aufgelöst hat! Außerdem musste sie ja mit Fanny weiterleben – noch viele, viele Jahre.«

Keiner rührte das Essen an. Zu stark wirkte das Gelesene noch in allen nach.

»Dann muss sie es doch auch gewesen sein, die den Klee heimlich gegen die Kopie ausgetauscht hat«, fuhr Katharina fort. »Fanny schreibt an einer Stelle im Tagebuch, dass ihr die Verpackung auf einmal so seltsam perfekt erschienen ist. Aber es war keine Zeit mehr, sich weiter darum zu kümmern. Aber weshalb hat Clara das getan? Maxie Cantor war doch ihre beste Freundin. Aus welchem Grund hätte sie ihr und ihrer Mutter Alina dann schaden wollen?«

»Fällt dir nichts dazu ein, meine Große?«, fragte er behutsam.

»Aus Wut, weil Maxie sie in ihren Augen schnöde verließ? Aus Eifersucht womöglich, weil Fanny die Cantors so unendlich wichtig waren? Oder hatte Fritzi, der Alina stets ein Dorn im Auge war, ihre Tochter dazu angestiftet?« Katharina seufzte. »Wir waren, wie du so schön zu sagen pflegst, Papa, nicht dabei. Wir können lediglich spekulieren.«

Sie stand auf und streckte sich.

»Wie Franz gestorben ist, weiß ich von Paula«, sagte sie. »Eine englische Fliegerbombe hat ihn im Frühling 1944 getötet. Aber wie war es eigentlich bei Josef?«

»Meine Mutter hat einmal angedeutet, dass es nicht sonderlich rühmlich gewesen sein muss«, sagte Christine. »Deshalb wollte ich es dir auch niemals erzählen. In meinen Augen war er kein Großvater, auf den man stolz sein konnte.« Sie hielt inne. »Aber eigentlich war er ja in Wirklichkeit …«

»Dein Großonkel und mein Urgroßonkel«, sagte Katharina. »Und zwar angeheiratet.«

Christine nickte.

»An diesen Gedanken werde ich mich erst gewöhnen müssen. Josef gehörte offenbar auch nach 1945 zu den Tausendprozentigen, die nicht wahrhaben wollten, dass die Tage des Dritten Reichs endgültig vorbei waren. Mit ein paar Hitlerjungen hatte er eine ganze Menge Sprengstoff an sich gebracht und diesen auch noch weitergehortet, als die Amerikaner München bereits erobert hatten. Plötzlich explodierte einer ihrer Panzer. Ein Soldat der US-Armee kam dabei ums Leben. Aber auch Josef Raith hat es nicht überlebt. Ob er nur zufällig in der Nähe war oder direkt daran beteiligt, konnte meines Wissens niemals ganz geklärt werden.«

Katharina fuhr sich mit der Hand über das Gesicht. »Ich muss jetzt nach Hause«, sagte sie. »Mein Bedarf an Familiengeheimnissen ist für heute gedeckt.«

Ihr Vater brachte sie zur Tür, nachdem ihre Mutter sie lange umarmt hatte. Etwas Neues war zwischen ihnen entstanden. Sie wusste noch nicht genau, ob und wie es sich weiterhin entwickeln würde, aber es fühlte sich gut an.

»Frag ihn einfach, deinen Alex«, sagte er zum Abschied. »Ich fürchte fast, es könnte sich lohnen.«

*

Im Taxi mochte sie nicht telefonieren. Doch kaum war Katharina in der Lilienstraße angekommen, gab es kein Halten mehr für sie.

Doch anstatt Alex erreichte sie nur seine Mailbox.

Sie fühlte sich wie vor den Kopf geschlagen. Beschäftigte Pam ihn derart?

Etwas Bitteres kroch in ihr hoch.

Langsam ging sie zum Kühlschrank, um eine Flasche Wasser herauszuholen, da entdeckte sie das gelbe Post-it, das an der Tür klebte.

Ruf mich unbedingt an. Egal, wie spät. Isi

Sie wählte ihre Nummer.

»Thalbach.« Für die späte Stunde klang die Freundin erstaunlich munter.

»Ich sollte dich anrufen ….« Katharina seufzte.

»Du klingst ja schrecklich. Was ist passiert?«

»So ziemlich alles! Alex ist in Zürich mit seiner Ex und geht nicht ans Telefon. Und es gibt lauter neue Familienenthüllungen. Stell dir vor, Fanny ist gar nicht meine Uroma …«

»Stopp!«, unterbrach sie Isi. »Ich bin gleich bei dir.«

Als sie wenig später klingelte, mit offenen Haaren, in Jogginghosen und mit einer Flasche Rotwein unter dem Arm, umarmte Katharina sie stürmisch.

»Dazu sind Freundinnen doch da«, wehrte Isi sie ab, entkorkte den Wein, holte zwei Gläser und drängte Katharina auf die Couch. »Und jetzt los. Ich will alles ganz genau wissen!«

Irgendwann war die Flasche leer, und Katharina hatte sich heiser geredet. Aber der innere Druck war weniger geworden. Einfach alles loszuwerden fühlte sich erleichternd an.

»Wahnsinn!«, sagte Isi mit glänzenden Augen. »Oma Clara war also Fritzis Kind. Mir ist sie immer so still und verhuscht vorgekommen. Dabei hat es die ganze Zeit in ihr gebrodelt.«

Katharina nickte.

»Wir müssen alle erst lernen umzudenken«, sagte sie. »Dafür war ich meiner Mutter heute näher als je. Mal sehen, wie sich das weiter entwickelt.« Sie gähnte. »Was wolltest du mir eigentlich so Dringendes mitteilen?«

»Unser Besuch in Obing hat Rupps Großvater noch weiter beschäftigt.« Sie lachte. »Na ja, vielleicht liegt es auch ein wenig daran, dass sein Enkel und ich uns nähergekommen sind, wer weiß. Auf jeden Fall hat er noch eine Episode aus seiner Kindheit ausgegraben, die mit Franz Hirtinger zu tun hat.«

Sie strich sich die Haare aus der Stirn.

»1936 muss es gewesen sein, im Februar, da war er fast acht. Mit einem kleinen Transporter hat Franz eine blonde Frau und deren Tochter auf den Hof gebracht. Rupps Vater hat ihn und die Schwester zu sich gerufen und ihnen eingeschärft, dass sie kein Wort über diesen Besuch sagen dürfen. Und daran haben sie sich auch gehalten.«

»Alina und Maxie«, rief Katharina. »Er hat sie also auch gekannt. Und weiter?«

»Nach ein paar Tagen hat Wastl Rupp die beiden mit dem Auto eines Spezls weiter nach Garmisch gefahren. Die britischen Bobfahrer waren in einem kleinen Hotel am Ortsrand untergebracht. Dort hat sie dann ein großer, dunkelhaariger Mann in Empfang genommen. Mit Tränen in den Augen. Das weiß Rupp bis heute.«

»Ruben. Alinas Bruder. Hat er irgendetwas gesagt?«

Isi zuckte die Schultern. »Das fragst du ihn am besten selbst einmal. Vergiss nicht, er war damals noch ein Junge, und sein Vater hat sehr geheimnisvoll getan.«

Jetzt gähnte auch Isi.

»Rufst du Alex jetzt endlich an?«, fragte sie.

»Ich denke gar nicht daran«, sagte Katharina. »Er muss schon von allein kommen. Und ob ich ihm dann überhaupt noch zuhöre, wird sich weisen.«

*

Der nächste Vormittag war wie Blei. Isi hatte einen Zahnarzttermin, und so arbeitete Katharina allein in der Werkstatt an der Ladenzeile. Die fehlende Ansprache machte sie noch müder, und selbst der Hobel schien auf einmal das Doppelte zu wiegen.

Kein Anruf von Alex. Ihr Zustand wechselte zwischen Traurigkeit und Ärger.

Irgendwann gab sie auf, ging langsam nach oben in ihre Wohnung und rollte sich auf der Couch zusammen. Sie musste so tief eingeschlafen sein, dass sie nicht einmal das Klingeln hörte.

Schließlich schrak sie von einem Klopfen an der Wohnungstür hoch und ging öffnen.

Alex stand lächelnd vor ihr.

»Ich komme direkt vom Flughafen«, sagte er. »Lüthi meint, der Klee ist echt.«

»Und was sagt Pam dazu? Hattet ihr zwei eine schöne Nacht?« Sie ließ ihn stehen und ging weiter in die Küche.

»Pam? Wieso Pam?«, fragte er irritiert und folgte ihr. »Von welcher Nacht redest du?«

»Sie war gestern Nachmittag an deinem Handy.« Katharina blieb mühsam beherrscht. »Später ging nur noch die Mailbox dran. Und du hast die ganze Nacht nicht angerufen.«

»What a bitch!«, sagte Alex empört. »Ja, Pam war ebenfalls in Zürich, um einen Sammler zu treffen, aber ganz unabhängig von mir. Später habe ich sie nicht mehr gesehen.«

»Was für ein Zufall!« Katharinas Stimme wurde höher. »Klingt leider wie ausgedacht.«

»Es ist die Wahrheit, Katharina! Ich habe mit ihr im Café einen Espresso getrunken, dann musste ich zwischendrin raus, um den Mietwagen umzuparken, den sie sonst abgeschleppt hätten. Exakt diesen Moment hat sie offenbar genutzt. Sorry, dass du dich ärgern musstest. Es war wirklich ganz harmlos.«

Sie wandte sich ab. Sie wollte ihm so gern glauben, aber konnte sie das auch?

Langsam drehte er sie zu sich herum.

»Pam und ich gehen künftig getrennte Wege – in allem. Ich werde sie ausbezahlen. Auch wenn das bedeutet, dass wir beide danach den Gürtel ein wenig enger schnallen müssen. Bitte glaub mir! Ich halte es nicht aus, wenn du mich weiterhin so skeptisch ansiehst.« Seine Bernsteinaugen ließen sie nicht mehr los, und sie spürte, wie sie innerlich weicher wurde.

»Was hat eigentlich Alexander Klee gesagt?«, baute sie ihm eine Brücke.

»Fannys Aufzeichnungen haben ihn beeindruckt. Ebenso wie die Widmung seines Großvaters. Er ist ein sehr zurückgezogener Mann, der nicht viel redet. Er hat versprochen, über alles nachzudenken. Das ist bei ihm schon eine ganze Menge.«

Während Alex redete, spürte Fanny, wie echt seine Worte klangen. Er hatte sie nicht betrogen. Sie hatte nur vorschnell die falschen Schlüsse gezogen. Wahrscheinlich würde seine Ex auch weiterhin versuchen, sich zwischen sie zu stellen, aber sie hatte keine Chance mehr.

»Setz dich hin«, sagte sie. »Ich mache uns einen Kaffee – und dann muss ich dir viel erzählen.«

»Ist zwischen uns alles wieder in Ordnung?«, fragte Alex leise.

Wie hatte Fanny geschrieben?

Glück fühlt sich an wie ein heller, breiter Strom – oder so ähnlich. Genauso empfand sie es jetzt.

Katharina nickte. Dann beugte sie sich zu ihm hinunter und küsste ihn.

Epilog

München, März 2016

Nusser hatte der junge Koch sein Lokal genannt, und seit der Eröffnung im Januar waren jeden Tag alle Plätze besetzt. Natürlich waren Katharina, Isi und Andres dazu eingeladen gewesen, aber Katharina hasste es, im Stehen zu essen, und hatte sich daher nach einem Glas Wein und ein paar Probierhappen rasch wieder verzogen. Außerdem war ihr den ganzen Tag über schon so flau im Magen gewesen, dass sie das heimische Sofa als Erlösung empfunden hatte.

Doch heute saßen sie alle zusammen an einem langen Tisch und ließen in aller Ruhe die Atmosphäre auf sich wirken. Prunkstück war natürlich die alte Ladeneinrichtung, die nun in frischem Glanz erstrahlte, wobei sich Katharina und Isi genau an die originale Farbgebung gehalten hatten. Die stilisierten Rosenblüten des Aufsatzes waren einen Ton dunkler, was ihnen Tiefe verlieh; die defekten Scheiben hatten sie durch neue ersetzt. Beim Tresen hatte Lou Nusser sich schließlich noch einmal umentschieden und statt der Holzplatte grün gesprenkelten Granit gewählt, der für den Thekenbetrieb praktischer war. Ein geschickt geplantes Lichtkonzept sorgte für Helligkeit, ohne kalt zu wirken. Man fühlte sich wie an einem hellen, sonnigen Tag, auch wenn der März vor den Fenstern gerade noch einmal bewies, wie gut er Spätwinter spielen konnte.

Eine ganze Weile hatten sie die Karte studiert, die fast kryptisch wirkte, bis der junge Koch persönlich an den Tisch kam.

»Ich stelle euch was zusammen, wenn ihr mögt«, sagte er mit verschmitztem Lächeln. »Dann braucht ihr nicht gar so lang zu suchen. Und den passenden Wein kann ich auch gern dazu empfehlen.«

Alle waren einverstanden. Und noch mehr, als die ersten Vorspeisen serviert wurden.

»Und du willst wirklich nicht mit deiner Tante nach Córdoba?« Isi zerkrümelte das Chiabrot zwischen den Fingern. »Das würde ich mir an deiner Stelle ja niemals entgehen lassen – Argentinien!« Sie verdrehte schwärmerisch die Augen. »Wo das italienischste Spanisch der ganzen Welt gesprochen wird.« Sie schaute Paula an. »Oder sind Sie jetzt vielleicht gar nicht mehr Katharinas Tante bei diesen verzwickten Familienverhältnissen?«

Die Freundin wusste, dass Fritzi ihre Urgroßmutter gewesen war, die näheren Umstände aber, wie es dazu gekommen war, würde ein Geheimnis der Raith-Frauen bleiben, darauf hatten sie sich geeinigt. Das neue Wissen hatte das familiäre Band zwischen ihnen verfestigt, und das galt nicht nur für Katharina und Paula. Auch Christine war plötzlich nicht mehr ausgeschlossen, wenngleich manche ihrer Kommentare noch immer so spitz wie eh und je ausfallen konnten.

»Dafür komme ich ja mit«, sagte sie. »Zu zweit werden

wir uns mit unseren paar Brocken Spanisch schon durchschlagen. Ich hatte zwar einen Sprachkurs vorgeschlagen – aber das war Paula dann doch zu viel.« Ihr Tonfall wurde wieder milder. »Auf die Reise freue ich mich trotzdem. Seit ich meine Praxis verkauft habe und nur noch gelegentlich einspringe, geht das jetzt ja auch endlich.«

»Ich werde immer Katharinas Tante bleiben«, versicherte Paula lächelnd. »Und dieses ganze Ur-Ur-Zeug vergessen wir einfach. Wichtig ist doch die Verbindung von Herz zu Herz. Und daran fehlt es uns nicht.« Sie griff nach dem kleinen Säckchen neben ihrem Stuhl. »Ich habe dir einen schönen Holundersetzling mitgebracht, Katharina«, sagte sie. »Du wirst bestimmt die richtige Stelle zum Einpflanzen finden. Er soll dich an Fanny und Fritzi erinnern.« Jetzt bezog ihr warmer Blick auch Alex mit ein. »Und euch für euer künftiges Leben ganz viel Glück bringen.«

Jetzt erst kostete sie ihre Jakobsmuscheln im Artischockensud und verzog schwärmerisch das Gesicht.

»Aber auf meinen Bruder Paco und seine Jungs freue ich mich auch«, fuhr sie fort. »Ist doch schön, wenn die Familie weiter wächst. Und ein paar gute Männer können wir Raiths dringend gebrauchen.« Sie prostete Alex zu, der vor wenigen Stunden aus London gekommen war.

»Thanks, Paula«, sagte er. »Ich weiß deine Komplimente wirklich zu schätzen. Meine Ma freut sich auch sehr über Katharina als weiblichen Zuwachs. Sie kann es kaum erwarten, sie wiederzusehen.«

Sie wissen inzwischen, dass Josef Raith zwar Fannys Mann war, aber nicht mein Großvater, dachte Katharina.

Ich kann nichts dafür, was er getan hat, aber es erleichtert mich trotzdem.

Auch ihre Eltern lobten, was man ihnen serviert hatte.

»Ich liebe mein Roastbeef mit dem Hummus«, sagte Benedict genussvoll.

Und Christine machte sich mit so viel Begeisterung über ihren Heilbutt auf Lavendelmöhrchen her, dass der Teller schnell leer war.

Nur Katharina hatte kaum etwas angerührt, was Lou Nusser sofort auffiel, als er ihnen die Hauptspeise ankündigte.

»Alles in Ordnung?«, fragte er. »Soll ich lieber etwas anderes bringen lassen?«

»Alles bestens. Ich hebe mir meinen Hunger nur für den zweiten Gang auf«, erwiderte sie.

»Nächste Woche wird der Klee im Lenbachhaus festlich enthüllt«, sagte Alex. »War ein gutes Stück Arbeit, alle Beteiligten an einen Tisch zu bekommen, aber es hat sich gelohnt.«

»Mein Lieblingskunstort in München«, sagte Katharina. »Danke, dass du dich für uns so eingesetzt hast!«

»Mich würde noch immer interessieren, wie viel sie dafür bezahlen mussten. Und wie groß der Anteil des Klee-Enkels daran war.« Isi machte ein neugieriges Gesicht, doch Katharina sowie Paula legten beide einen Finger auf die Lippen.

»Familiengeheimnis«, sagte Paula. »Immerhin kann ich mir jetzt guten Gewissens eine Argentinienreise leisten.«

Der Hauptgang wurde serviert, Schweinebraten auf mexikanische Art, kross und scharf und innen so zart, dass man fast kein Messer dazu brauchte. Als die Teller fast leer waren, räusperte sich Katharina.

»Zum Thema Familiengeheimnis hätte ich übrigens auch noch etwas Wichtiges beizutragen.«

Alle sahen sie an.

Ihre Hände waren feucht, so aufgeregt war sie. Sie zog das kleine Ultraschallbild hervor, das sie zuvor unter ihren Brotteller geschoben hatte.

»Alex, du weißt ja schon länger, dass wir bald nicht mehr nur zu zweit sein werden«, sagte sie. »Aber seit heute gibt es aufregende Neuigkeiten.«

Sie schob das Bild zu ihm weiter. Er brauchte eine Sekunde, dann griff er nach ihrer Hand.

Die anderen am Tisch schauten sie erwartungsvoll an.

»Ein Enkelchen, Katharina?«, fragte Christine. »Ich fass es nicht!«

Alex sah sie an, dann schüttelte er den Kopf.

»Es sind zwei, right?«, fragte er.

Katharina nickte. »Die Ärztin hat es mir erst vor ein paar Stunden eröffnet«, sagte sie. »Manchmal dauert es etwas länger, bis sie sich am Bildschirm zeigen.«

Jetzt wurde sein Gesicht zu einem einzigen Strahlen.

»Oh my god!«, sagte er zutiefst bewegt. »Wir bekommen Zwillinge, Katharina!«

Nachwort

»Die zerrissenen Jahre«, so nennt der amerikanische Historiker Philip Blome jene schicksalhafte Zeit zwischen 1918 und 1938, in der die alte Ordnung zerbrochen war und Europa auf den Zweiten Weltkrieg zutaumelte. In dieser Zeit sind Teile meines Romans angesiedelt, und der Schauplatz der Handlung ist München.

Angeregt zum Schreiben wurde ich durch das Leben meiner geliebten Großmutter, die 1918 als junge Frau aus dem geruhsamen Weiden in der Oberpfalz in die aufregenden Tage der Münchner Novemberrevolution kam. Wie meine Heldin Fanny stammte sie aus einer kinderreichen Familie und hatte eine Zwillingsschwester. Wie Fanny konnte sie ausgezeichnet kochen, und meine ersten Erinnerungen an sie sind untrennbar mit dem betörenden Duft nach Vanille verbunden. Die meisten der anschließend im Buch aufgeführten acht Rezepte stammen von ihr, und sie schmecken heute noch ebenso gut wie damals.

Auch die Brote aus dem Holzofen sind nicht erfunden, sondern wurden in der Weidener Familientradition über Generationen gebacken. Später haben sie dann im Zweiten Weltkrieg die Münchner Angehörigen vor Hunger bewahrt und waren selbst nach 1945 auf dem Schwarzmarkt begehrte Tauschobjekte.

Neben dem Zaun wuchs ein Holunderstrauch, der diesem Roman seinen Namen gegeben hat – *Die Holunder-schwestern*. Nach alten Sagen wohnt Frau Holle in dieser Pflanze, eine Schutzgottheit speziell für die weiblichen Familienmitglieder. Deshalb wurden und werden Holunder-sträuche, die mit ihren weißen Blüten und ihren dunklen Beeren ja auch den Gegensatz von Leben und Tod widerspiegeln, damals wie heute verehrt.

Ebenfalls hat der im Roman geschilderte Ausflug in die Künstlergemeinschaft echte historische Wurzeln. Durch ihre Kochkunst kamen meine Großmutter und ihre Schwester mit Schwabinger Bohemekreisen in näheren Kontakt, die ihr Weltbild entscheidend verändert haben.

Damals, 1918, schrie alles nach Aufbruch. Das Ende des Großen Kriegs hatte auch die alte Zeit enden lassen. Nichts war plötzlich mehr wie zuvor. Die Moderne bahnte sich ihren Weg, in Kunst, Literatur, Architektur, Mode und Musik – bis der beginnende Nationalsozialismus diese Bewegung brutal stoppte. Plötzlich ging es um Volk und Reich, um Blut und Rasse, und die junge Demokratie wurde gestutzt, mit Füßen getreten und schließlich abgeschafft.

Mir hat es große Freude bereitet, die beiden so unterschiedlichen Freundinnen Fanny und Alina zu erzählen, die dieser Entwicklung trotzen – so lange, bis es nicht mehr geht. Die eine ist ein Mädchen einfacher Herkunft, die durch ihre Kochkunst langsam Selbstbewusstsein entwickelt. Die andere stammt aus einer wohlhabenden, gebildeten Familie, ist aber plötzlich mit dem »Makel« des Judentums behaftet. Fannys kleine Gastwirtschaft im Herzen Schwabings wird für einige Zeit ihr Refugium, und plötzlich sind die einstigen Verhältnisse umgedreht.

Eine wichtige Rolle im Roman spielt auch das Thema Zwillinge.

Manche Psychologen behaupten, sie seien sich näher als Liebes- oder sogar Ehepaare. Zwischen Menschen, die zusammen im Mutterleib gereift sind, bestehe eine fast symbiotische Bindung. Sie werden krank, wenn der andere Zwilling erkrankt, bekommen zu gleicher Zeit Kinder, haben dieselben Eigenschaften, auch wenn sie getrennt voneinander aufwachsen.

In meinem Roman wächst sich diese Nähe fast zur Raserei aus. Fritzi, die eine Zwillingsschwester, vergeht vor Eifersucht, als sie miterleben muss, welche wichtige Rolle die jüdische Freundin Alina für ihre Schwester spielt. Dabei verbindet etwas Unaussprechliches die beiden Zwillinge, ein gut gehütetes Familiengeheimnis, das auch noch die Generationen nach ihnen bestimmen wird …

Es ist ein Roman für Mütter und Töchter, für Großmütter und Enkelinnen, für Tanten und Nichten. Es ist aber auch ein Roman für Freundinnen, die sich ehrlich und einander liebevoll zugewandt auf dem Lebensweg begleiten.

»Heimat ist nicht nur, woher man kommt, sondern auch, wohin man geht«, so hat der Dichter Jean Paul es einmal ausgedrückt. Ein Satz, den ich mir seit vielen Jahren zum Lebensmotto erkoren habe.

In diesem Sinn, liebe Leserinnen – ganz viel Spaß und Spannung!

Teresa Simon, im Januar 2016

Fannys bayerische Rezepte

1 Dampfnudeln mit Vanillesauce
2 Bayerisch Creme
3 Schmalznudeln (Auszogene)
4 Gebackene Holunderblüten auf Vanilleschaum
5 Leberknödelsuppe
6 Grießnockerlsuppe
7 Schweinsbraten mit Kartoffelknödeln
8 Böfflamott mit Blaukraut

Dampfnudeln mit Vanillesauce

Für den Vorteig
25 g Hefe
3 EL lauwarme Milch
1 Prise Zucker
1 EL Mehl

Für den Teig
500 g Mehl
ca. 250 ml lauwarme Milch
ca. 50 g zerlassene Butter
½ TL geriebene
Zitronenschale

Für die Vanillesauce
1 l Milch
2 Vanilleschoten
4 Eigelb
40 g Weizenstärke
100 g Zucker
⅛ l Milch
1 EL Butter

Fannys Rezept
Hefe zerbröckeln und in eine Schüssel geben. Die restlichen Zutaten für den Vorteig zugeben und gut verrühren. Die Schüssel mit einem Küchentuch zudecken und warm stellen. Das Gemisch circa 15 Minuten gehen lassen; ein »Dampferl« soll sich bilden.

Danach die Zutaten für den Teig nach und nach zum Vorteig geben und alles zu einem geschmeidigen Teig kneten. Den Teig fest schlagen, damit sich innen kleine Luftkammern bilden. Zugedeckt circa 30–40 Minuten gehen lassen. Im Anschluss Teigkugeln in Eigröße abstechen und auf eine bemehlte Arbeitsfläche legen. Mit einem Küchentuch bedecken und erneut 20 Minuten ruhen lassen.

Milch, Zucker und Butter fingergliedhoch in einen

schweren Topf geben und auf kleiner Flamme erhitzen. Teigstücke nebeneinander in die Flüssigkeit setzen und weiterhin auf kleinster Flamme und gut verschlossen garen.

Achtung: Es darf kein Dampf entweichen!

Währenddessen 1 l Milch für die Vanillesauce mit den Vanilleschoten aufkochen lassen. Bis die Milch kocht, die 4 Eigelb, Weizenstärke, Zucker und ⅛ l Milch in einer Schüssel miteinander verrühren und dann zur Vanillemilch geben. Einige Minuten kochen lassen und zum Schluss – nach Wunsch – eine Messerspitze Butter unterrühren.

In der Familie Raith serviert man dazu am liebsten Holunderkompott. Gut schmecken aber auch entsteinte Zwetschgen oder feinblättrig geschnittene Äpfel, beides mit Zucker bestreut, die man mitgart.

Bayerisch Creme

Für die Creme
4 Blatt Gelatine
6 Eigelb
90 g Zucker

500 ml Milch
1 Vanilleschote
600 g Sahne

Fannys Rezept
Gelatine in einer Schüssel mit kaltem Wasser einweichen lassen. Eigelb mit Zucker in eine Schüssel geben und schaumig rühren. Währenddessen die Milch mit der (eingeritzten) Vanilleschote zum Kochen bringen. Die heiße Milch durch ein Sieb und anschließend über die Ei-Zucker-Masse gießen und gut verrühren.

Ein wenig Wasser in einem Topf zum Kochen bringen und die Masse über dem Wasserdampf circa 15 Minuten mit dem Schneebesen rühren, bis die Masse sich verdickt.

Beiseitestellen und circa 20 Minuten lang abkühlen lassen. Anschließend Sahne steif schlagen. Die Gelatine aus dem Wasser nehmen, gut ausdrücken und unter die Creme rühren. Zum Schluss die Sahne behutsam unterheben.

Die Bayerisch Creme in Schälchen oder Gläser füllen und mindestens für 3 Stunden kühl stellen.

Dazu isst man in der Familie Raith am liebsten Holunderkompott, es passen dazu aber auch frische Himbeeren, andere Beeren oder jede Art von Kompott.

Schmalznudeln (Auszogene)

Für den Vorteig
30 g Hefe
1 Prise Zucker
1 EL Weizenmehl
4 EL warme Milch

Für den Teig
500 g Mehl
50 g Zucker
50 g zerlassene Butter

2 Eier
Nach Wunsch 1 EL
Obstler
1 l lauwarme Milch
1 Prise Salz
Heißes Fett zum
Ausbacken, am besten
eignet sich ein Gemisch
aus je 500 g Pflanzenfett
und 500 g Butterschmalz

Fannys Rezept

Die Hefe zerbröckeln und in eine Schüssel geben. Die restlichen Zutaten für den Vorteig zugeben und zu einer cremigen Masse verrühren. Mit einem Küchentuch bedecken und an einem warmen Ort gehen lassen, bis das kleine »Dampferl« Blasen wirft.

Die aufgegangene Hefe mit Mehl, Zucker, Butter, Eiern und dem Obstler verrühren. Nach und nach Milch dazugeben und das Ganze zu einem geschmeidigen Teig verarbeiten. Diesen mehrmals aufschlagen, damit Luft hineinkommt, salzen und abermals durchkneten. Zudecken und warm gestellt mindestens 1 Stunde gehen lassen.

Im Anschluss kleine Kugeln formen, sie auf ein bemehltes Blech legen und mit Frischhaltefolie und einem Küchentuch bedecken. Weitere 30 Minuten gehen lassen.

Die einzelnen Kugeln nun flach drücken und mit eingefetteten Fingern vorsichtig auseinanderziehen, sodass in der Mitte ein dünnes Teigfenster entsteht. Die Auszogene sollte so groß sein wie ein Handteller.

Einzeln ins heiße Fett gleiten lassen und 1–2-mal mit Fett übergießen, damit das dünne Teigfenster sich nach oben wölbt. Auf einer Seite goldbraun ausbacken, dann vorsichtig wenden, damit die Mitte schön hell bleibt. Auch auf dieser Seite goldbraun backen und dann aus dem Fett nehmen. Auf Küchenkrepp abtropfen lassen.

Nach Geschmack mit Puderzucker bestäuben.

Gebackene Holunderblüten
auf Vanilleschaum

Holunderblüten
12 aufgeblühte
Holunderdolden
2 Eier
200 g Mehl
125 ml Milch
1 EL trockener Weißwein
(nach Geschmack)
1 Prise Salz
Zitronenschale
(unbehandelt)

1 EL Zucker
Fett zum Ausbacken

Vanilleschaum
1 Vanilleschote
2 EL Sauerrahm
1 EL Honig
Zitronensaft
250 g geschlagene Sahne
Puderzucker

Fannys Rezept

Holunderblüten unter kaltem Wasser abwaschen und sorgfältig mit Küchenkrepp trocknen.

Für den Backteig die Eier trennen, Mehl, Milch und Wein verrühren. Danach die beiden Eigelb, Salz und Zitronensaft einrühren. Eiweiß mit dem Zucker steif schlagen, unter die Masse heben.

In einem Topf Fett erhitzen. Holunderblüten am Stiel nehmen und in den Backteig tauchen, den Teig etwas abtropfen lassen und dann in dem Fett ausbacken (180 Grad), bis sie goldgelb sind.

Für den Vanilleschaum die Vanilleschote der Länge nach halbieren und das Mark auskratzen. Sauerrahm mit Honig, Zitronensaft und dem Vanillemark verrühren. Zum Schluss die geschlagene Sahne unterheben.

Mit den gebackenen Holunderblüten anrichten und mit Puderzucker bestreuen.

Leberknödelsuppe

Leberknödel
8 altbackene Semmeln, fein geschnitten
500 ml lauwarme Milch
300 g Rindsleber (gewaschen und ohne Häutchen)
2 EL Butter
1 mittelgroße Zwiebel, gewürfelt

1 Bund Petersilie, gehackt
3 Eier
2 TL Majoran (trocken oder frisch)
½ TL geriebene Zitronenschale
Salz
Pfeffer
1 Prise Muskat

Fannys Rezept
Die Semmeln in eine Schüssel geben und mit der lauwarmen Milch übergießen. Zugedeckt 30 Minuten ziehen lassen. Die Rindsleber durch die feinste Lochscheibe des Fleischwolfs drehen (oder die Leber beim Metzger durchdrehen lassen).

Variante: Mit einem scharfen Messer sehr fein hacken.

Butter in einer Pfanne erhitzen, Zwiebel und Petersilie darin andünsten.

Pfanneninhalt, die Rindsleber und alle restlichen Zutaten zu der Semmelmasse geben und gut durchkneten. Knödel formen.

Reichlich Wasser in einem Topf zum Kochen bringen,

salzen und Knödel zugeben. Bei halb offenem Deckel circa 30 Minuten köcheln lassen.

Zum Servieren je einen Leberknödel in den vorgewärmten Suppenteller geben; mit heißer Fleischbrühe übergießen.

Achtung: Schmecken auch ohne Suppe köstlich zu gekochtem Rindfleisch!

Grießnockerlsuppe

Grießnockerl
40 g Butter
1 großes Ei
80 g Grieß

1 Prise Salz
Muskat
½ Bund Petersilie (nach Geschmack)

Fannys Rezept
Butter schaumig rühren. Salz, Ei und Muskat untermengen. Nach und nach so viel Grieß einrühren, dass ein gut formbarer Teig entsteht. 1 Stunde kühl ruhen lassen. Inzwischen Wasser zum Kochen bringen, salzen. Mit einem Esslöffel (nicht zu groß) Nocken aus der Teigmasse stechen und in das siedende Wasser legen. Circa 20–25 Minuten ziehen lassen, bis sie gar sind.

Abtropfen lassen und in die Fleischbrühe legen.

Fleischbrühe	1 mittelgroße Zwiebel,
800 g Beinscheibe	geschält, halbiert,
vom Rind	angebraten
2 Karotten	3 getr. Wacholderbeeren
2 kleine Stangen Lauch	2–3 getr. Lorbeerblätter
1 kleiner Knollensellerie	1 TL schwarze
2 Petersilienwurzeln	Pfefferkörner
1 Bund Petersilie	1 TL Salz

Fannys Rezept

Wurzelgemüse schälen und klein schneiden Alle Zutaten in einen großen Topf geben und mit 1,5 l kaltem Wasser aufgießen. Das Ganze aufkochen lassen. Hitze reduzieren und 1,5 Stunden leicht köcheln lassen. Anschließend die Beinscheibe entfernen und die Brühe durch ein Sieb abgießen.

Achtung: Erst zum Schluss salzen!

Schweinsbraten mit Kartoffelknödeln

Schweinsbraten	3 Nelken
1 kg Schweinefleisch	1 gr. Zwiebel, geschält
mit Schwarte	und geviertelt
Salz	2 Karotten, geschält,
Pfeffer	grob geschnitten
getr. Majoran	1 kleine Stange Lauch,
Rosenpaprika	geschnitten
500 ml kaltes Wasser	1 l Fleischbrühe
2 getr. Lorbeerblätter	500 ml helles Bier

Fannys Rezept

Das Fleisch unter kaltem Wasser abspülen, trocken tupfen und mit Salz, Pfeffer, Majoran und Paprika einreiben. Den Backofen auf 200° C vorheizen. In einen Bräter 500 ml heißes Wasser einfüllen und den Braten mit der Schwartenseite nach unten legen. Lorbeer und Nelken zugeben und in den vorgeheizten Ofen schieben. Ca. 30 Minuten schmoren lassen.

Anschließend das restliche Gemüse um das Fleisch herum im Bräter verteilen und mit etwas Brühe übergießen. Ca. 1½ Stunden garen, immer wieder abwechselnd mit Bier und Brühe übergießen. Etwa 20 Minuten vor Ende der Garzeit die Hitze auf 220–250° C erhöhen und das Fleisch wenden, sodass die Schwarte nach oben zeigt. Die Schwarte mehrmals mit kaltem Wasser einpinseln, damit sich eine knusprige Kruste bilden kann.

Die Sauce durch ein Sieb in einen Topf geben. Evtl. noch etwas Brühe zugießen und alles zusammen kurz aufkochen. Mit Salz und Pfeffer abschmecken.

Den Schweinsbraten in Scheiben schneiden und anrichten.

Kartoffelknödel	1 EL Salz
2 kg festkochende	Stärkemehl
Kartoffeln	1 EL Butter

Fannys Rezept

1 kg Kartoffeln in der Schale kochen; das andere Kilo schälen. Küchenreibe über ein Sieb legen. Auf der Reibe die geschälten Kartoffeln reiben, dabei die Masse immer

wieder durch das Sieb drücken, damit das Wasser nach unten ablaufen kann. Wenn alle geschälten Kartoffeln gerieben sind, die Masse in ein sauberes Küchentuch geben. Das Tuch zudrehen und die Kartoffeln auspressen.

Sobald die gekochten Kartoffeln ausgekühlt sind, in einer Schüssel mit einer Gabel klein drücken. Die ausgepresste Kartoffelmasse darübergeben und mit Salz würzen. Beide Kartoffelmassen gut miteinander vermengen. Sollten sie zu klebrig sein, Stärkemehl zufügen.

Einen großen Topf mit Salzwasser zum Kochen bringen.

Die Knödel behutsam in das sprudelnde Wasser gleiten lassen und circa 15 Minuten garen.

Sie sind fertig, sobald sie an der Oberfläche schwimmen – und jetzt: Guten Appetit!

Böfflamott mit Blaukraut

Fleisch
1 kg Rindfleisch
(flache Schulter oder
Tafelspitz)
Salz
Pfeffer

Für die Marinade
2 mittelgroße Zwiebeln,
in Würfel geschnitten

2 Karotten, geschält
und gewürfelt
2 getrocknete
Lorbeerblätter
4 getrocknete
Wacholderbeeren
2 Nelken
100 ml Weinessig
Wasser

Zum Schmoren
Mehl
2 EL Butterschmalz
250 g Kalbsknochen
1 kleiner Knollensellerie,
geschält und grob
geschnitten
2 Karotten, geschnitten

2 Petersilienwurzeln (falls
vorhanden), geschnitten
2 kleine Zwiebeln,
geschält, grob geviertelt
1 kleine Stange Lauch,
grob geschnitten
1 EL Tomatenmark
1EL scharfer Senf
⅛ l Fleischbrühe

Fannys Rezept

Das Fleisch kräftig mit Salz und Pfeffer würzen und in eine große Schüssel legen. Zwiebeln, Karotten, Petersilienwurzeln und die Gewürze dazugeben und mit Weinessig und Wasser aufgießen, bis das Fleisch vollständig bedeckt ist. Zugedeckt zwei Tage kühl ruhen lassen (heutzutage im Kühlschrank!)

Zum Braten das Fleisch aus der Marinade heben und trocken tupfen. Von allen Seiten leicht mit Mehl bestäuben. Die Marinierflüssigkeit in eine Schüssel abseihen und beiseitestellen.

In einem großen Topf mit schwerem Boden Butterschmalz erhitzen und das Rindfleisch rundum anbraten. Nun das Fleisch aus dem Topf nehmen und beiseitestellen.

Kalbsknochen, Gemüse, Tomatenmark und Senf in den Topf geben und im gleichen Fett anrösten. Mit Brühe ablöschen. Anschließend die Marinierflüssigkeit zugießen. Rindfleisch wieder zugeben. Bei kleiner Hitze circa 2 Stunden schmoren lassen, dabei das Fleisch gelegentlich wenden.

Den Braten aus der Flüssigkeit heben. Die Sauce durch ein feines Sieb in eine Kasserolle gießen und bei mittlerer Hitze etwas einkochen lassen. Das Gemüse passieren und zur Sauce geben. Mit Salz und Pfeffer abschmecken.

Zum Böfflamott passen perfekt Semmelknödel als Beilage. Gemüse jeder Art, besonders zu empfehlen ist Blaukraut.

Blaukraut
1 TL Zucker
1 EL Butter
1 mittelgroßer Kopf
Blaukraut (in anderen
Regionen Deutschlands
sagt man Rotkohl dazu), in
feine Streifen geschnitten
3 säuerlicher Äpfel,
geschält und geviertelt

2–3 EL Rotweinessig
1 mittelgroße Zwiebel,
gespickt mit 3–4 Nelken
und 4 getrocknete
Lorbeerblätter
Salz
1 Prise Muskat
Ev. Gemüsebrühe zum
Aufgießen

Fannys Rezept
Einen schweren Topf erhitzen, Zucker einstreuen und karamellisieren lassen. Butter hinzufügen und umrühren. Dann das Blaukraut und die Äpfel zugeben und andünsten. Mit Essig ablöschen (konserviert die schöne Farbe!). Anschließend die restlichen Zutaten in den Topf geben und das ganze leise köcheln lassen, bis das Kraut weich ist. Bei Bedarf etwas Gemüsebrühe zugeben.

Tipp 1
Schmeckt bei jedem Aufwärmen immer noch besser ☺

Tipp 2
Lässt sich mit dem Saft von einer Orange und etwas geriebener Orangenschale (unbehandelt!) noch verfeinern.

Danksagung

Mein herzlicher Dank geht an den Restaurator Clemens Oppenheimer, der mir beim Schreiben mit seinen klugen und inspirierenden Erklärungen zu den Themen Holzberatung und Restaurieren eine große Stütze war.

Mehr über ihn erfahren Sie unter www.schreinerei-oppenheimer.de

Tausend Dank an meine wunderbaren Erstleserinnen Julia, Babsi, Sabine, Gesine, Moni, Thea, Brigitte und Heidrun, die mich während des Entstehens dieses Romans so anregend und treu begleitet haben.

Was wäre ich ohne euch?